KB118237

미국을 노린 음모

미국을 노린 음모

THE PLOT AGAINST AMERICA

필립 로스 장편소설 김한영 옮김

PHILIP ROTH

문학동네

일러두기

1. 주석은 모두 옮긴이주다.
2. 본문 중 고딕체는 원서에서 이탤릭체로, 볼드체는 대문자로 표기한 부분이다.

S.F.R에게

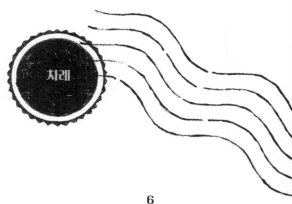

차례

1
1940년 6월~1940년 10월
린드버그인가 전쟁인가

　이 기억엔 두려움이 잔뜩 스며 있다. 영원히 가시지 않는 두려움이. 물론 두려운 것 하나 없이 유년기를 보내는 사람은 없지만, 린드버그가 대통령이 되지 않았다면 혹은 우리 부모님이 유대인이 아니었다면 내가 그렇게까지 겁이 많은 아이가 되었을까 싶다.
　최초의 충격은 1940년 6월에 찾아왔다. 필라델피아에서 열린 공화당 전당대회에서 세계적으로 유명한 미국의 영웅 비행사 찰스 A. 린드버그가 대통령 후보로 지명되었다. 그해 서른아홉 살이던 아버지는 초등학교를 졸업한 학력을 가지고 보험 외판원으로 일했고 주급으로 50달러에 조금 못 미치는 돈을 벌었다. 매달 나가는 기본적인 지출을 납부 기한 내에 내고 나면 남는 게 거의 없는 돈이었다. 서른여섯 살인 어머니는 사범대학에 가고 싶었지만 학비 때문에 가지 못했고, 고등학교를 마친 후 비서로 일하며 집에서 출퇴근했고, 대공황이 가장 극심하던 시절에도 아버지가 금요일마다 건네는 수입을 쪼개고 또 쪼개 살림을 꾸리며 우리에게 궁핍하다는 느낌을 주지 않았다. 열두 살인 형 샌디는 그림에 천재적 재능을 보이는 7학년생이었고, 월반해 3학년이던 일곱 살의 나는 다른 많은 아이처럼 미국에서 가장 유명한 우표 수집가 루스벨트 대통령을 보며 꿈을 키우는 풋내기 우표 수집가였다.

우리는 2.5가구용 작은 공동주택 이층에 살았다. 가로수가 늘어선 거리를 따라 목조 가옥들이 줄지어 선 동네였다. 집집마다 현관 앞 붉은 벽돌 계단에는 박공지붕이 덮여 있었고 계단 앞에는 낮게 친 생울타리로 반듯하게 두른 작은 마당이 펼쳐져 있었다. 위퀘이크 지구는 1차대전 직후 미개발지로 남아 있던 뉴어크 남서부의 농장 부지에 세워졌다. 거리 대여섯 군데에는 스페인-미국전쟁에서 승리를 거둔 해군 사령관을 기리는 제국주의적인 이름이 붙어 있었고, 동네 영화관은 FDR*의 십이촌 형인 미국 26대 대통령**의 이름을 따 루스벨트극장으로 불렸다. 우리 동네인 서밋 애비뉴는 주택 지구의 언덕배기에 자리잡고 있었다. 다시 말해 주택 지구의 북쪽과 동쪽에 펼쳐진 개펄의 만조 수위로부터, 또는 공항 너머 정동 방향의 깊은 만에서 시작해 베이온반도의 유조 탱크들을 감싸고 흐르다 뉴욕만과 합쳐진 뒤 자유의 여신상을 지나 대서양으로 흘러드는 바닷물의 수위로부터 100피트 이상 높은 곳이 거의 없는 이 항구도시에서 가장 높은 지대에 우리 동네가 있었다. 우리 방의 뒤창을 열고 서쪽을 바라보면 때때로 워청산맥의 검푸른 숲의 윤

---

* 미국 32대 대통령 프랭클린 델러노 루스벨트.
** 시어도어 루스벨트.

곽 그리고 낮게 누워 있는 산맥 끝자락에 펼쳐진 드넓은 사유지들과 부유하고 한적한 교외 지역들, 즉 우리집에서 약 8마일이나 떨어진 내륙지방이 휜히 내다보였다. 남쪽으로 한 블록 내려가면 노동자들이 모여 사는 힐사이드가 나오는데, 이교도* 주민이 압도적으로 많은 곳이었다. 힐사이드와의 경계에서 같은 뉴저지주이지만 완전히 다른 동네, 유니언 카운티가 시작되었다.**

1940년에 우리는 행복한 가족이었다. 부모님은 외향적이고 붙임성 있는 분들이라 아버지의 직장 동료들 중에서나 나와 형이 다닌 새로 지어진 챈슬러애비뉴학교에서 어머니와 함께 사친회를 만든 부인들 중에서 좋은 친구들을 골라 사귀었다. 모두 유대인이었다. 동네 남자들은 동네 과자점, 식료품점, 장신구점, 여성복점, 가구점, 주유소, 조제식품점 주인이나 뉴어크-어빙턴 가도에 늘어선 작은 공장 사장이나 배관공, 전기공, 페인트공, 보일러공으로 자영업을 했다. 그 밖에는 모두 우리 아버지와 마찬가지로 보병처럼 매일 발품을 팔며 시내의 거리와 사람들의 집을 돌아다니면서 각자 맡은 상품을 위탁 판매하는 영업사원들이었다. 유대인 의사들과 변호사들 그리고 도심에 큰 가게를 소유한 성공한 상인들은 챈슬러 애비뉴 언덕길의 동쪽 경사면을 따라 나뭇가지처럼 뻗어 있는 도로변의 1가구용 주택에 살았다. 그 동네는 풀과 숲이 무성한 위퀘이크공원과 훨씬 가까웠다. 공원은 300에이커 넓이에 보트를 타는 호수, 골프장, 마차경주 트랙을 갖추고 있었다. 공원이 끝

---

* 유대인의 관점에서 기독교도를 가리킨다.
** 주인공 가족이 사는 위퀘이크는 뉴저지주 에식스 카운티에 속해 있고, 힐사이드는 뉴저지주 유니언 카운티에 속해 있다.

나는 지점부터 27번 국도를 따라 수많은 공장과 화물 터미널이 늘어서 있었고, 그 동쪽으로는 펜실베이니아철도회사의 고가 철교가 지나갔으며, 다시 동쪽으로는 급성장하는 공항이 자리잡고 있었고, 그 동쪽이자 미국의 동쪽 끝인 뉴어크만에는 전 세계에서 모여든 화물을 부리는 창고들과 선창들이 펼쳐져 있었다. 주택 지구의 서쪽 끝, 그러니까 공원이 없는 변두리의 우리 동네에는 이따금 선생님이나 약사가 들어와 살기는 했지만, 그들 외에 전문직 종사자가 옆집에 산 적은 거의 없었고 부유한 사업가나 공장주 가족이 산 적은 한 번도 없었다. 남자들은 일주일에 오십 시간, 육십 시간, 심지어 칠십 시간이나 그보다 더 오래 일했고, 여자들은 일손을 덜어주는 기계 같은 건 꿈도 못 꾼 채 일을 손에 달고 살았다. 여자들은 매일 빨래하고, 셔츠를 다리고, 양말을 깁고, 셔츠 칼라를 뒤집어 꿰매고, 단추를 달고, 모직 옷에 방충제를 바르고, 가구에 윤을 내고, 바닥을 쓸고 닦고, 창문을 닦고, 싱크대와 욕조와 변기와 스토브를 청소하고, 카펫에 진공청소기를 돌리고, 아픈 사람을 돌보고, 식료품을 사 오고, 요리하고, 일가친척을 먹이고, 옷장과 서랍을 정리하고, 페인트칠과 집안 수리를 감독하고, 종교 의식을 준비하고, 청구서를 납부하고, 가계부를 정리했으며, 그 와중에도 아이들의 건강, 옷, 청결, 교육, 영양, 품행, 생일, 규율, 정서에 항상 주의를 기울였다. 몇몇 여자들은 상점가에 있는 가족 소유의 가게에서 남편과 함께 부지런히 일했고, 좀 자란 아이들은 방과후와 토요일에 부모를 도와 물건을 배달하고 물품을 관리하고 청소를 했다.

　내가 보기에 우리 동네 사람들을 확연히 가르는 정체성은 종교가 아니라 단연 일이었다. 집밖에서는 물론이고 내가 어릴 적 친구들과 하루 일과처럼 매일 들쑤시고 다니던 집안에서도 유대인 모자를 쓰거나 구세계의 구식 의복을 입고 다니거나 턱수염을 기르는 사람은 한 명도 없었다. 설령 율법을 진지하게 지키는 어른이라 해도 겉으로 드러내지 않았고, 남성복점 주인과 코셔* 정육점 주인처럼 나이 많은 가게 주인들 그리고 나이든 자식들에게 얹혀사는 병들거나 노쇠한 할머니 할아버지들을 제외하고는 동네에서 사투리를 쓰는 사람은 거의 없었다. 1940년 무렵 뉴저지주에서 가장 큰 도시의 남서부 모퉁이에 살던 유대인 부모들과 아이들은 이미 미국식 영어로 이야기를 주고받았다. 허드슨강 너머의 다섯 구**에 사는 또다른 유대인이 쓴다고 알려진 사투리들보다는 앨투나나 빙엄턴에서 쓰는 말과 더 비슷하게 들리는 영어였다. 정육점 창문에 히브리어 글자가 등사되어 있었고 동네의 작은 회당 출입구 위에도 히브리어 글자가 새겨져 있었지만, 귀천에 상관없이 모든 목적을 위해 거의 모든 사람이 늘 사용하는 모국어의 친숙한 알파벳이 있을 뿐, (공동묘지를 제외하고는 어디에서도) 기도서 문자가 눈에 띄는 일은 없었다. 길모퉁이 과자점 앞에 자리잡은 신문 가판대에는 이디시어 일간지 〈포르베르츠〉보다 영어로 된 〈레이싱폼〉을 사는 손님이 열 배는 더 많았다.

이스라엘은 아직 존재하기 전이었고, 유럽에는 육백만이나 되는 유대인이 여전히 존재했으며, 머나먼 팔레스타인 땅(승리한 연합군이 1918년 소멸한 오스만제국의 마지막 오지들을 해체한 뒤로

---

* 유대교 규정에 따라 식재료를 선택하고 조리한 음식.
** 뉴욕의 자치구 브롱크스, 브루클린, 맨해튼, 퀸스, 스태튼아일랜드를 말한다.

영국의 위임 통치 아래 있었다)이 우리와 상관이 있다는 말은 내게 아직 아리송했다. 턱수염을 기른 낯선 남자가 몇 달에 한 번씩 어김없이 해거름 뒤에 모자를 쓰고 찾아와 더듬거리는 영어로 팔레스타인에 유대인의 조국을 건설할 돈을 기부해달라고 요청할 때마다. 나는 아무것도 모르는 꼬맹이가 아니었음에도 그 남자가 우리 집 층계참에서 도대체 뭘 하고 있는지 종잡을 수가 없었다. 부모님은 나나 샌디 형에게 동전 두 닢을 주고 그의 모금함에 떨어뜨리게 하곤 했지만, 그건 우리가 벌써 3세대 전에 조국을 갖게 되었단 사실을 해가 바뀌어도 이해하지 못하는 불쌍한 노인의 마음을 아프지 않게 하려는 자선 행위일 거라고 나는 항상 생각했다. 나는 아침마다 학교에서 국기에 대한 맹세를 했고 조례시간에는 급우들과 함께 경이로운 조국을 노래했다. 나는 국경일을 열심히 준수했고, 7월 4일*의 불꽃놀이나 추수감사절의 칠면조 요리나 현충일의 더블헤더 경기를 끔찍이 좋아한다고 일 초도 망설이지 않고 말할 수 있었다. 우리의 조국은 미국이었다.

그때 공화당이 린드버그를 지명했고 모든 것이 변했다.

다른 어디에서나 마찬가지로 우리 동네에서도 린드버그는 거의 십 년 동안 위대한 영웅이었다. 그가 스피릿 오브 세인트루이스라 이름 붙인 작은 단엽기를 몰고 롱아일랜드에서 파리까지 서른세 시간 삼십 분 동안 무착륙 단독 비행에 성공한 사건은 때마침 1927년 봄 어머니가 형을 임신한 사실을 알게 된 날과 우연히 일치했다.

---

* 미국 독립기념일.

그 결과 미국과 세계를 전율에 빠뜨리고 놀라운 업적으로 항공술의 미래를 예고한 이 용감한 젊은 비행사는 어린아이의 마음에 쏙 드는 최초의 신화들, 즉 가문의 일화들이 전시된 마음속 공간에서도 특별한 자리를 차지하게 되었다. 임신이라는 신비한 경험과 린드버그의 영웅적 행동이 맞아떨어지자 어머니는 그것을 신의 계시쯤으로 여겼고, 그 정도로 세계적인 수태고지쯤은 되어야 장남의 성육신에 어울린다고 느꼈다. 형은 나중에 놀라운 두 사건을 나란히 표현한 그림으로 그 순간을 기록했다. 아홉 살 소년이 완성한, 우연히 소비에트 포스터 같은 분위기를 풍기는 그 그림에서 형은 어머니가 우리집에서 몇 마일 떨어진 브로드 스트리트와 마켓 스트리트의 교차로에 모여 환호하는 군중 속에 있다고 상상했다. 그림 속의 어머니는 검은 머리에 가냘픈 몸매를 하고 온통 기쁨에 젖어 미소를 짓고 있는 스물세 살의 젊은 여성이었고, 꽃무늬 앞치마를 두른 차림으로 마을에서 가장 혼잡한 두 거리의 교차로에 놀랍게도 홀로 나와 있었다. 한 손은 넓게 펼쳐 앞치마 전면에 대고 있는데 엉덩이 둘레는 거짓말처럼 작아 마치 소녀 같았으며, 다른 한 손으로는 군중 속에서 어머니 혼자 하늘을 향해 스피릿 오브 세인트루이스호를 가리키고 있었다. 사람들이 지켜보는 가운데 비행기가 뉴어크 상공을 날아가는 바로 그 순간 어머니는 한 명의 인간으로서 자신이 린드버그의 비행에 못지않은 당당한 업적을 이루었음을 알았다. 첫 아들, 샌퍼드 로스를 임신한 것이다.

형은 네 살이고 나 필립은 아직 태어나기 전인 1932년 3월, 찰스 린드버그와 앤 모로 린드버그의 첫아이가 뉴저지주의 시골 마을인 호프웰의 새로 지은 한적한 저택에서 유괴당하는 일이 발생

했다. 불과 스물 달 전 온 국민의 경축을 받으며 태어난 사내아이
였다. 십 주 뒤 몇 마일 떨어진 숲에서 부패중인 시체가 우연히 발
견되었다. 아기가 살해되었는지 뜻하지 않게 죽었는지는 알 수 없
었지만 범인은 임시로 만든 사다리를 타고 이층 방 창문으로 들어
가 어둠 속에서 침대에 누워 있던 아기를 담요에 싸 안고 다시 마
당으로 내려간 게 분명했다. 그동안 유모와 아기 어머니는 집안의
다른 곳에서 저녁마다 하는 일에 몰두하고 있었다. 1935년 2월 뉴
저지주 플레밍턴에서 열린 유괴 및 살인에 관한 재판에서 브롱크
스에 사는 서른다섯 살의 독일인 전과자 브루노 하웁트만과 그의
독일인 아내가 유죄판결을 받을 즈음, 린드버그는 세계 최초로 대
서양을 무착륙 단독 비행한 대담함에 연민의 정이 더해져 링컨에
필적하는 위대한 순교자로 추앙받고 있었다.

　재판이 끝나자 린드버그 부부는 미국을 떠났다. 잠시 국외로 이
주해 새로 태어난 둘째 아기를 보호하고 그들 가족이 절실히 원하
던 사생활을 얼마간 되찾기 위해서였다. 가족은 영국의 작은 시골
마을로 이사했다. 그곳에서 린드버그는 평범한 시민 자격으로 나
치 독일을 여행하기 시작했고 이 여행으로 인해 대부분의 미국 유
대인들에게 악인으로 낙인찍혔다. 다섯 번 여행하는 동안 그는 독
일의 막대한 군사력을 몸소 경험하고 공군 중장 괴링의 극진한 환
대를 받고 예식에서 총통의 이름으로 훈장을 수여받았으며 히틀
러에 대한 높은 존경심을 스스럼없이 드러냈다. 그는 독일을 세계
에서 "가장 흥미로운 나라"로 일컫고 독일 총통을 "위대한 인물"
이라 칭했다. 더구나 그 모든 관심과 존경을 표한 시기가 하필이면
1935년 히틀러가 인종차별법을 만들어 독일 유대인들의 평등권,

사회권, 재산권을 박탈하고 그들의 시민권을 휴짓조각으로 만들고 아리아인과의 결혼을 금지시킨 후였다.

1938년 내가 학교에 들어갈 무렵 린드버그라는 이름은 코글린 신부의 일요 라디오방송과 동일한 종류의 분노를 불러일으켰다. 디트로이트의 사제인 코글린 신부는 〈사회 정의〉라는 우익 주간지를 편집하고 있었고 나라가 어려울 때마다 신랄한 반反유대주의로 많은 청취자를 자극했다. 유럽의 유대인들에게 천팔백 년 만에 닥친 가장 암울하고 가장 불길한 해인 1938년 11월, 근대 역사상 최악의 유대인 학살이 나치의 선동 아래 독일 전역에서 자행되었다. 유대교 회당들이 소각되고, 유대인 거주지들과 점포들은 파괴되고, 끔찍한 미래를 예고하는 그 하룻밤 사이에 유대인 수천 명이 집에서 끌려나와 강제수용소로 옮겨졌다. 국가가 제 나라의 본토박이들에게 자행한 이 유례없는 만행에 항의하는 뜻으로, 공군 중장 괴링이 총통을 대신해 수여한, 네 개의 하켄크로이츠* 장식이 달린 금십자 훈장을 독일에 반납하는 게 어떻겠느냐는 제안에, 린드버그는 독일독수리공로훈장을 공식적으로 넘겨주면 나치 수뇌부에게 "불필요한 모욕"을 안겨줄 거라며 거부했다.

살아 있는 유명한 미국인 중 내가 살면서 사랑하게 된 최초의 인물이 루스벨트 대통령이었다면 린드버그는 살아 있는 유명한 미국인 중 내가 살면서 미워하게 된 최초의 인물이었다. 그렇다보니 린드버그가 1940년 프랭클린 루스벨트의 적수로 공화당 대통령 후보에 지명된 사건은, 전 세계와 평화롭게 지내고 있는 미국 땅 미

---

* 독일 나치의 상징인 갈고리 모양의 십자가.

국 도시에서 미국인 부모 밑에 태어나 미국 학교에 다니는 미국 어린이인 내가 공기처럼 당연하게 여겨오던 신변의 안전이라는 중대한 권리를 그 어떤 사건보다 더 맹렬히 위협했다.

사실 여기에 견줄 만한 위협이 한 번 있었다. 아버지는 대공황이 최고의 위세를 떨치는 동안에도 메트로폴리탄라이프 뉴어크 지점의 외판원으로 꾸준히 높은 매출을 올린 덕분에 우리집에서 6마일 떨어진 유니언 카운티 지점의 외판원들을 관리하는 부매니저로 승진시켜주겠다는 제안을 받았다. 내가 아는 유니언 카운티의 유일한 특징은 비가 내려도 영화를 틀어주는 드라이브인 극장이 있다는 것뿐이었다. 회사는 아버지가 제안을 받아들이면 가족을 데리고 그곳으로 이사를 갈 거라고 기대했다. 부매니저가 되면 아버지는 곧 주당 75달러를 벌 수 있었고, 몇 년이 더 지나면 주당 100달러까지 벌 수 있었다. 1939년에만 해도 우리 정도의 기대를 품고 사는 사람들에겐 꽤 큰돈이었다. 대공황 때문에 1가구용 주택 가격이 몇천 달러까지 내려갔기 때문에 아버지는 뉴어크의 공동주택에서 가난하게 성장하던 어린 시절부터 고이 간직해온 야망을 드디어 실현할 수 있게 되었다. 바로 제 집을 가진 미국인이 되는 것 말이다. "소유의 자부심"은 아버지가 가장 좋아하는 표현이었고 아버지 같은 배경을 가진 사람에겐 빵처럼 현실적인 개념을 구체화하는 말, 그러니까 사회적 경쟁이나 과시적 소비가 아니라 가족의 생계를 책임진 남자로서의 지위와 관계가 있는 말이었다.

그런데 문제가 하나 있었다. 힐사이드처럼 유니언 카운티도 이교도 노동자들의 도시였기 때문에 아버지는 약 서른다섯 명의 직원

중 혼자 유대인일 게 분명했고, 어머니는 우리가 살게 될 거리에서, 형과 나는 학교에서 유일한 유대인이 될 가능성이 아주 높았다.

대공황에 짓눌려 있던 가족에게 무엇보다 재정적 안정에 대한 갈망을 조금이나마 해소해줄 승진 제안이 굴러들어온 그주 토요일, 우리 네 식구는 점심식사를 마친 후 유니언 카운티를 둘러보러 길을 나섰다. 일단 유니언 카운티로 들어가 주택가 이곳저곳을 운전해서 다니며 이층짜리 집들을 둘러보았다. 우리 동네와 크게 다르진 않았지만 집집마다 현관에 방충망이 쳐져 있고, 마당엔 손질된 잔디밭과 낮은 관목들이 자라고, 콘크리트 블록이 깔린 차도와 차 한 대를 넣을 수 있는 작은 차고가 딸려 있었다. 집들은 아주 수수했지만 우리가 사는 침실 둘 딸린 공동주택보다 훨씬 널찍했고, 선하고 정직한 사람들이 모인 미국의 작은 마을을 그린 영화 속의 작고 하얀 집들과 훨씬 더 비슷해 보였다. 하지만 일단 유니언 카운티에 들어선 순간부터 우리 가족도 드디어 집을 소유한 계층으로 올라설 수 있겠다는 들뜬 기분은, 누구나 예상할 수 있듯이, 기독교적 박애 정신의 한계가 어디까지인가에 대한 근심으로 바뀌고 말았다. 보통 때에는 힘이 넘쳐나던 어머니가 이날만큼은 "여보, 어떤 거 같아?"라는 아버지의 질문에 어린아이라도 금방 알아챌 수 있는 거짓 열정을 보이며 대꾸했다. 나는 어렸지만 그 이유를 짐작할 수 있었다. 어머니의 생각은 이랬다. "우리집은 '유대인들이 사는 집'이 되겠지. 엘리자베스에 살던 시절로 되돌아갈 거야."

뉴저지주 엘리자베스는 어머니가 할아버지의 식료품점 이층에 딸린 공동주택에서 자라던 당시 뉴어크의 4분의 1쯤 되는 크기의 공업항이었다. 도시를 지배한 건 아일랜드계 노동자들과 그들의 정치인들 그리고 도시 곳곳에 퍼져 있는 수많은 교회를 중심으로 끈끈하게 돌아가는 교구민들의 단합된 삶이었다. 나는 어머니가 어렸을 때 엘리자베스에서 딱히 차별을 받았다는 불평을 들어본 적이 없었지만 어머니는 결혼 후 뉴어크의 새로운 유대인 지구에 정착하고 나서야 비로소 자신감을 가질 수 있었고, 처음엔 사친회의 학년 대표 학부모가 되고, 그다음엔 사친회 부회장이 되어 유치부어머니클럽을 만들고, 마지막으로 사친회 회장이 되어 소아마비를 주제로 트렌턴에서 열린 회의에 참석한 뒤에야 비로소 해마다 루스벨트 대통령의 생일인 1월 30일에 맞춰 마치오브다임스* 댄스 파티를 열자고 제안할 수 있었다. 뉴어크에 있는 학교들은 대부분 어머니의 제안을 받아들였다. 어머니로서는 1939년 봄 이미 챈슬러애비뉴학교의 각 교실에 '시각 교육'을 보급하려고 열심히 뛰는 젊은 사회과 선생님을 후원하면서 진보적인 교육 이념을 가진 지도자로 성공적인 두번째 해를 보내고 있는 마당에, 서밋 애비뉴의 한 가정의 아내이자 어머니가 되어 성취한 그 모든 것을 한꺼번에 잃어버리는 상황을 머릿속에 그려보지 않을 수 없었다. 설령 우리가 큰돈을 벌어 눈앞에 보고 있는, 봄날이라 상태가 제일 좋은 유니언 카운티의 어떤 집을 사서 들어간다 쳐도, 어머니의 지위는 옛날처럼 아일랜드계 가톨릭교도들이 지배하는 엘리자베스에서 유대인 이민자 식료품점 주인의 딸로 성장하던 시절로 되돌아갈 수 있었다. 더 나쁘게는 형과 내가 어머니의 암울했던 어린 시절을 고

---

* 1938년 영유아들의 소아마비 퇴치를 위해 루스벨트 대통령이 설립한 재단. 대통령 본인이 소아마비를 앓기도 했다.

스란히 대물림해 동네에서 따돌림을 당할 수도 있었다.

어머니의 마음을 아는지 모르는지 아버지는 여긴 모든 게 얼마나 깨끗하고 관리가 잘되어 있는지 모르겠다, 저런 집에서 살면 형과 나는 더이상 작은 침실과 옷장을 함께 쓸 일이 없을 거라 늘어놓으며 우리의 기분을 띄우기 위해 갖은 노력을 기울였다. 그런 뒤에는 집세를 내는 대신 융자금을 갚아나가는 게 얼마나 이득인지 아느냐며 아버지가 늘어놓던 기초 경제학 수업은 갑자기 나타난 빨간 신호등과 사거리의 한쪽 모퉁이를 완전히 장악해버린 술판 때문에 중단되었다. 잎이 무성한 나무들 아래에 초록색 간이 테이블들이 펼쳐져 있었고, 이 화창한 주말 오후에 술 장식이 달린 흰색 상의를 입은 남자 종업원들이 술병과 물주전자를 얹은 쟁반과 접시를 들고 분주히 오갔으며, 테이블마다 모든 나잇대의 남자들이 둘러앉아 담배와 파이프와 시가를 피우며 굽이 달린 큰 컵과 머그잔으로 양껏 술을 마셔대고 있었다. 또 음악이 울려퍼지는 곳을 보니 반바지에 무릎까지 올라오는 양말, 긴 깃털이 달린 모자 차림의 땅딸막한 남자가 아코디언을 연주하고 있었다.

"개자식들!" 아버지가 말했다. "파시스트 놈들!" 신호등이 바뀌자 우리는 아무 말 없이 차를 출발시켜 아버지가 주급 50달러 이상의 돈을 벌 수 있는 사무실 건물을 보러 갔다.

그날 밤 잠자리에 들었을 때 아버지가 순간 자제심을 잃고 자식들 앞에서 큰 소리로 욕을 한 이유를 설명해준 건 샌디 형이었다. 도시 한복판에 편하고 널찍한 장소를 골라 떠들썩하게 술판을 벌이는 걸 비어 가든이라고 하는데, 이 비어 가든은 독일계미국인동맹과 관련이 있고, 독일계미국인동맹은 히틀러와 관련이 있고, 나로서는 처음 듣는 얘기였지만 히틀러는 유대인 박해와 아주 깊은 관련이 있었다.

반유대주의의 술. 가만히 생각해보니 그날 그 비어 가든에서 그 모든 남자가 그렇게 흥겹게 마시던 건 결국 나치들이 불로장생의 약을 마시듯 연거푸 들이켜는 반유대주의의 도취제였다.

아버지는 다음날 오전근무를 쉬어야 했다. 뉴욕의 본사, 꼭대기에 '꺼지지 않는 불빛'이라고 쓰인 간판이 당당하게 붙어 있는 그 높다란 건물에 들러 본부장에게 그토록 갈망했던 승진을 받아들일 수 없음을 알리기 위해서였다.

저녁식사 자리에서 아버지가 그날 매디슨 애비뉴 1번지의 십팔층에서 있었던 일을 자세히 얘기하려고 입을 떼는 순간 어머니가 불쑥 말했다. "내 잘못이에요."

"누구의 잘못도 아니오." 아버지가 말했다. "할말은 다 하고 왔소. 본사에 가서 그 사람한테 얘기하고 깨끗하게 끝냈지. 얘들아, 우린 유니언 카운티로 이사가지 않을 거다. 여기에서 그냥 살 거야."

"그 사람이 뭐라고 해요?" 어머니가 물었다.

"내 이야길 끝까지 듣더군."

"그러고는요?"

"일어나서 악수를 했어."

"아무 말도 안 하고요?"

"'행운을 비네, 로스'라고 하더군."

"당신한테 화가 난 거예요."

"해처는 요즘 보기 드문 신사라오. 키가 183센티미터에 덩치 큰 기독교도지. 영화배우처럼 생겼소. 나이가 육십이나 되었는데도

22

아주 건강해요. 여보, 그들은 사업을 하는 사람들이오. 나 같은 사람한테 화를 내는 건 시간 낭비지."

"이제 어떻게 될까요?" 어머니의 말에선 해처를 만난 결과가 좋은 쪽보다 비참한 쪽으로 흐를지 모른다는 우려가 묻어났다. 난 그 이유를 알 것 같았다. 열심히 매달려라, 그러면 할 수 있다. 이건 내가 두 분에게서 배운 원칙이었다. 저녁을 먹을 때마다 아버지는 어린 두 아들에게 이 원칙을 되풀이하면서 이렇게 덧붙였다. "어떤 사람이 '이 일을 할 수 있느냐? 해결할 수 있느냐?'라고 물으면, '물론이죠, 할 수 있습니다'라고 대답해야 한다. 결국 할 수 없다는 생각이 들 때쯤에는 이미 모든 걸 배운 뒤라서 그 일은 네 것이 되어 있을 거다. 그리고 누가 아느냐, 그게 일생의 기회가 될지." 하지만 뉴욕에서 아버지는 완전히 다르게 행동했다.

"보스는 뭐라고 해요?" 어머니가 물었다. 우리 네 식구 사이에서 보스란 아버지가 일하는 뉴어크 지점의 점장, 샘 피터프론드를 가리키는 말이었다. 대학과 전문학교에 유대인 입학생을 최소 인원으로 제한하는 할당제가 암묵적으로 퍼져 있고, 대기업에서 유대인은 요직에 승진시키지 않는 차별이 버젓이 자행되며 수많은 사회조직과 공공단체에서 유대인의 가입을 엄격히 금지하던 그 시절 피터프론드는 처음으로 메트로폴리탄라이프라는 회사에서 관리직에 오른, 극소수의 유대인 중 한 명이었다. 어머니가 말했다. "보스는 당신을 밀었을 거예요. 많이 실망하겠죠?"

"사무실에 돌아오자 보스가 뭐랬는지 아시오? 유니언 지점에 대해 뭐라고 했는지 알아요? 술주정뱅이들이 득실거린다고 하더군. 술주정뱅이들로 유명하대요. 보스는 내 결정에 미리 입김을 넣고 싶지 않았던 거요. 원하는 대로 하게 놔두고 싶었던 거요. 직원들이 오전에 두 시간만 일하고 나머지 시간은 술집에서 노닥거리거나 더 한심한 짓거릴 하는 걸로 유명하다는군. 그러니 내가 거기에 가면 생판 못 보던 대단한 유대인 놈이 상사랍시고 와서는 그 이교도들을 달래가며 일을 시켜야 하고, 그 작자들을 술집에 못 가도록 붙잡아야 할 거요. 내가 거기에 가면 그 작자들에게 아내와 자식들을 생각하고 가족에 대한 의무감을 가지라고 훈계해야 할 거요. 아이고, 내가 먼저 호의를 베푼다고 한들 그들이 나를 얼마나 좋아해줄지. 내 등뒤에서 나를 뭐라고 부를지 상상해보시오. 아니, 난 여기가 더 좋소. 우리 넷 다 여기가 더 좋아요."

"하지만 당신이 거절했다고 회사에서 해고하진 않을까요?"

"여보, 난 할일을 했소. 그만합시다."

하지만 어머니는 보스가 했다는 말을 믿지 않았다. 어머니가 독일계미국인동맹이 둥지를 튼 이교도 도시에 자식들을 데리고 가기를 거부해서 결국 아버지가 일생일대의 기회를 놓치게 되었다고 자책하자, 아버지가 어머니를 위로하기 위해 보스가 했다는 그 말을 꾸며낸 거라고 믿었다.

린드버그 가족은 1939년 4월 미국으로 돌아와 다시 생활을 꾸려나갔다. 그로부터 불과 몇 달 후인 9월, 이미 오스트리아를 합병하고 체코슬로바키아를 유린한 히틀러가 폴란드를 침략해 정복하자 프랑스와 영국은 독일에 전쟁을 선포했다. 이미 육군 항공단 대령으로 복귀해 활동하던 린드버그는 이제 미국 행정부를 대신해 전국을 돌아다니며 미국 항공술의 발전과 미군 비행단의 확대 및 근대화를 위해 로비를 벌이기 시작했다. 히틀러가 번개 같은 속도로 덴마크, 노르웨이, 네덜란드, 벨기에를 점령하고 패배한 프랑스만 코앞에 남겨놓은 그때, 20세기의 두번째 유럽 대전이 본격적으로 불붙던 시기에, 육군 대령 린드버그는 미국이 독일에 대항하는 전쟁에 참가하거나 영국과 프랑스에게 원조하는 것을 기필코 막겠다는 새로운 사명을 추가해 고립주의자들의 우상이자 FDR의 적수로 떠올랐다. 그와 루스벨트 사이에는 벌써부터 강한 적의가 흘렀는데, 이제 그는 대규모 공식 모임과 라디오 및 대중잡지에서 대통령이 겉으로는 평화를 약속하지만 실은 국민을 속이고 있으며 한편으로는 우리를 전쟁에 끌어들이려고 비밀리에 계획하고 선동하고 있다고 공개적으로 선언하는 지경에까지 이르렀다. 공화당 일각에서는 세번째 임기를 노리는 '백악관의 전쟁광'을 마술처럼 꺾을 수 있는 인물로 린드버그를 거론하기 시작했다.

루스벨트가 영국의 패배를 막기 위해 무기 수출 금지를 철회하고 미국의 중립적 입장을 완화하라고 국회를 압박할수록 린드버그는 더 막무가내로 나갔고, 급기야 디모인*의 한 강당에 가득 모인 환호하는 지지자들 앞에서 그 유명한 라디오 연설을 선보였다. 그는 "이 나라를 전쟁으로 몰아가는 가장 중요한 집단들" 가운데 전체 인구의 3퍼센트도 안 되고, "유대인" 아니면 "유대민족"이라는 이름으로 번갈아 불리는 집단을 특별히 지목했다.

린드버그는 이렇게 외쳤다.

"정직함과 통찰력을 지닌 사람이라면 누구나 그들의 전쟁 지지

* 아이오와주의 주도(州都).

정책이 우리와 그들 모두를 어떤 위험에 빠뜨릴지 알 수 있을 겁니다." 그런 뒤 참으로 솔직하게도 이렇게 덧붙였다.

분별력 있는 소수의 유대인은 이 사실을 인식하고 개입에 반대하는 입장을 취하고 있습니다. 그러나 대다수는 아직 그러지 못하고 있습니다…… 그들이 그들 자신에게 이득이 된다고 믿는 것을 추구한다는 이유로 그들을 비난할 순 없습니다. 그러나 우리는 우리 자신의 이익을 추구해야 합니다. 다른 민족이 본능적인 열정과 편견을 내세우며 이 나라를 파멸로 끌고 가는 것을 내버려두어서는 안 됩니다.

다음날, 아이오와주 청중에게서 우레와 같은 환호를 이끌어낸 바로 그 차별적 연설에 대해 자유주의 언론인들, 루스벨트의 대변인, 유대인 기관들과 단체들이 거센 비난을 퍼부었고 심지어 공화당 내에서도 대통령 후보로 지명될 가능성이 있는 두 사람, 뉴욕의 지방 검사 듀이와 월스트리트의 공공사업 전문 변호사 웬델 윌키가 비난의 화살을 날렸다. 내무장관 해럴드 이키즈를 비롯한 민주당 각료들의 비판은 더욱 거셌기에 린드버그는 FDR 밑에서 사령관에 오를 기회를 마다하고 육군 대령직을 사퇴했다. 그러나 광범위한 지지층을 기반으로 전쟁 개입 반대 여론을 이끌던 미국우선위원회가 계속 밀어준 덕분에 린드버그는 미국의 중립을 주장하는 그 위원회에서 가장 유명한 전도사로 계속 활동했다. "유대인들이 이 나라에 가하는 가장 큰 위험은 우리의 영화, 언론, 라디오, 정부에 퍼져 있는 그들의 막대한 소유권과 영향력에 있다"는 린드버그의 주장은 많은 미국우선주의자에겐 (객관적 사실과 상관없이) 명백한 진실이었다. 린드버그가 자랑스럽게 "우리가 물려받은 유럽 혈통"이라 쓰고 "이민족에 의한 희석"과 "열등한 혈통의 침투"를 경고할 때(전부 그 시절 일기에 적힌 표현들이다), 그는 개인적 신념을 기록하고 있었지만 그건 미국우선위원회의 상당수 회원이 공유하는 신념이었고, 더 나아가 반유대주의를 격렬히 증오하는 아버지나 기독교도에 대한 불신이 가슴속 깊이 새겨진 어머니 같은 유대인들이 상상하는 것보다 훨씬 더 광범위하게 미국 전역에 번성중이던 광적인 지지자들의 신념이었다.

1940년 공화당 전당대회. 6월 27일 목요일, 그날 밤 형과 나는 잠자리에 들었고 아버지와 어머니 그리고 사촌형 앨빈은 라디오가 흘러나오는 거실에 앉아 필라델피아에서 전해오는 생중계에 귀기울이고 있었다. 공화당은 무기명투표를 여섯 번이나 한 뒤에도 후보를 선정하지 못했다. 아직 대의원 가운데 단 한 명도 린드버그의 이름을 거론하지 않았으며, 린드버그는 신형 전투기를 설계하는 비밀회의에 참석하기 위해 중서부의 한 공장을 방문한 터라 전당대회에 참석하지 않았고, 그가 참석하리라 기대하는 사람도 없었다. 형과 내가 잠자리에 들 때까지도 당원들의 지지는 강력한 공화당 상원의원인 듀이와 윌키, 미시간주의 밴던버그, 오하이오주의 태프트로 나뉘어 있었고, 전 대통령 후버나 주지사 앨프 랜던 같은 공화당 거물들이 여차하면 밀실 협상을 벌여 막후에서 조종할 기미 같은 건 보이지 않았다. 후버는 1932년 FDR의 압도적인 승리로 백악관에서 쫓겨났고 주지사 선거에서도 앨프 랜던에게마저 밀렸으며, 랜던은 사 년 뒤 대통령 선거에서 역사상 가장 큰 표 차이로 FDR에게 굴욕적인 패배를 당했다.

그해 여름 처음 찾아온 후텁지근한 밤이었기에 모든 방의 창문이 열려 있었고, 그래서 형과 나는 침대에 누워 우리집 거실의 라디오와 아랫집의 라디오에다가—두 집 사이에 난 샛길이 자동차한 대가 간신히 들어갈 정도로 좁았던 탓에—양 옆집과 건넛집의라디오에서까지 동시에 울려대는 진행 상황을 계속 들을 수밖에 없었다. 창문형 에어컨이 열대야의 동네 소음을 압도하기 한참 전이라 그 라디오방송은 키어 애비뉴와 챈슬러 애비뉴 사이에 자리잡은 우리 동네를 완전히 뒤덮었다. 2.5가구용 공동주택 삼십여 채그리고 챈슬러 애비뉴 모퉁이에 새로 들어선 작은 아파트 건물까지 통틀어 공화당 지지자는 한 명도 살지 않았다. 여기 같은 동네에서는 FDR가 대통령 후보로 나오는 한 유대인이라면 누구나 한치의 망설임도 없이 민주당에 표를 던졌다.

어린아이였던 우리는 둘 다 그런 상황에서도 까무룩 잠이 들었다. 공화당이 스무번째 무기명투표를 끝내고 교착상태에 빠져 있던 새벽 세시 십팔분 예기치 않게 린드버그가 대회장에 나타나지않았다면 아침까지 내처 잠을 잤을 것이다. 큰 키에 깡마르고 잘생긴 영웅, 육상 선수를 방불케 하는 유연한 몸에 마흔 살도 채 되지않은 사내가 자신의 비행기를 몰고 필라델피아공항에 착륙한 지몇 분도 안 되어 비행사 복장으로 대회장에 나타났다. 축 처져 있던 대회 참가자들은 그를 보자마자 새로운 흥분에 휩싸여 자리에서 일어나 "린디! 린디! 린디!"를 연호했고 그 거나한 삼십 분 동안 의장은 한 번도 군중을 제지하지 않았다. 이 자연발생적인 사이비 종교 드라마가 성공적으로 끝날 수 있었던 배후에는 노스다코타주 상원의원 제럴드 P. 나이의 간계가 숨어 있었다. 이 우파 고립주의자는 재빨리 미네소타주 리틀폴스의 찰스 A. 린드버그라는 이름을 지명했고, 뒤이어 가장 보수적인 두 국회의원, 몬태나주의 토컬슨과 사우스다코타주의 먼트가 그 지명에 동의했다. 6월 28일 금요일, 정확히 새벽 네시에 공화당은 만장의 갈채 속에, 우리 유대인이 미국의 기독교도와는 비교할 수 없는 소수집단이고 종교적 편견 때문에 공권력에서 전반적으로 소외되어 있으며 아돌프 히틀러를 찬양하는 자 못지않게 미국 민주주의의 원칙을 충실히 따르고 있다는 명백한 사실을 외면한 채, 전 국민이 듣는 라디오방송에서 "이 나라를 파멸로 이끌기 위해 막대한 영향력을 행사하는 다른 민족"이라며 우리를 공공연히 비난한 편협한 자를 대통령 후보로 선출했다.

"안 돼!"라는 말이 우릴 깨웠다. 어른 남자의 큰 목소리로 "안 돼!"라는 외침이 동네의 모든 집에서 터져나왔다. 말도 안 된다. 미국의 대통령이라니.

잠시 후 형과 나는 가족과 함께 라디오 앞에 앉았고 누구도 우리에게 돌아가서 자라고 말하지 않았다. 무더운 밤이었지만 항상 단정한 차림새의 어머니는 얇은 잠옷 위에 가운을 걸쳐 입고 있었다. 어머니도 잠이 들었다가 그 소리에 깨어났고, 지금은 아버지 곁에 앉아 마치 구토를 참는 듯 손으로 입을 틀어막고 있었다. 한편 사촌형 앨빈은 자리에서 일어나더니 원수를 처단하려 도시를 뒤지고 다니는 복수심에 불타는 사람 같은 걸음걸이로 세 평 남짓한 거실을 씩씩거리며 돌아다녔다.

그날 밤의 분노는 부글거리는 진짜 용광로, 사람들을 쓸어담아 쇳물처럼 비틀어대는 용광로였다. 다시 한번 미국의 구세주로 떠오른 린드버그가 필라델피아의 연단에 말없이 선 채 사람들의 환호 소리를 듣고, 그런 뒤 당의 지명과 함께 미국이 유럽 전쟁에 휩쓸리지 않게 하라는 지상명령을 받아들이겠노라고 연설하는 동안 그 용광로는 계속 끓어올랐다. 우리 모두 그가 유대인을 비방하는 그 사악한 연설을 되풀이할지도 모른다는 공포에 사로잡혀 귀를 기울였고, 그가 하지 않았음에도 분위기는 이미 새벽 다섯시가 조금 못 된 시간에 우리 블록에 사는 가족들을 남김없이 거리로 끌어내기에 충분했다. 지금까지 내가 낮시간에 옷을 다 갖춰 입은 모습으로만 알고 있던 모든 가족이 마치 지진이 일어나 집밖으로 대피한 듯 새벽에 파자마와 잠옷 위에 가운을 걸친 채 슬리퍼를 끌고 나왔다. 그러나 어린아이에게 가장 큰 충격이었던 것은 그저 유쾌하게 정치 문제에 훈수를 두거나 묵묵하고 성실하게 생업에 몰두한다고만 알고 있던 남자들, 온종일 하수관을 뚫거나 화덕을 수리하거나 1, 2파운드씩 사과를 팔다 해가 지면 거실 의자에서 신문을 보고 라디오를 들으며 잠이 드는 그런 남자들이 드러낸 분노였다. 이 평범한 사람들은 이전 세대에 천우신조로 이주한 덕분에 사랑하는 가족을 비참한 고난에서 구출했다고 믿다가 갑자기 과거의 고난으로 다시 떠밀리자, 거리로 쏟아져나와 예의 같은 건 집어치우고 욕설을 퍼부어댔다.

나라면 린드버그가 수락 연설에서 유대인을 들먹이지 않은 걸 희망적인 징조라고 여겼을 수도 있었다. 그건 그가 대중들의 강렬한 항의 때문에 육군위원회에서 쫓겨난 뒤 기가 한풀 꺾였거나, 디 모인 연설 이후 마음이 바뀌었거나, 이미 우리를 깨끗이 잊었거나, 우리가 돌이킬 수 없는 헌신적인 미국 국민이 되었다는 걸 충분히 알고 있다는 징조일 수도 있었다. 여전히 아일랜드 사람들에겐 아일랜드가, 폴란드 사람들에겐 폴란드가, 이탈리아 사람들에겐 이탈리아가 중요했지만 우리 유대인은 단 한 번도 환영받아본 적이 없고 다시 돌아갈 마음도 없는 구세계의 나라들에 충성심이라곤 눈곱만큼도 없었다. 만일 내가 그 순간에 그 많은 단어의 의미를 충분히 곱씹어볼 수 있었다면 필시 그렇게 생각했을 것이다. 그러나 거리에 나온 남자들은 다르게 생각했다. 그들이 생각하기에 린드버그가 유대인을 언급하지 않은 건 일종의 속임수일 뿐 그 이상이 아니었고, 우리의 입을 틀어막는 동시에 우리가 방심한 사이 허점을 노리겠다는 책략의 시작이었다. 이웃들은 "미국의 히틀러! 미국의 파시스트! 미국의 돌격대원!"이라고 외쳤다. 뜬눈으로 밤을 꼬박 지새운 당황한 어른들은 온갖 생각에 사로잡혔고 우리가 듣건 말건 험한 말들을 쏟아냈다. 그리고 잠시 후 남자들은 면도를 하고 옷을 입고 커피를 마신 뒤 출근하기 위해, 여자들은 아이들에게 옷을 입히고 밥을 먹이고 하루를 준비하기 위해 하나둘씩 (아직도 라디오가 울려퍼지고 있는) 집으로 돌아가기 시작했다.

루스벨트는 자신의 상대가 태프트 같은 거물급 상원의원이나 듀이 같은 공격적인 검찰관이나 윌키같이 세련되고 잘생긴 일류 변호사가 아니라 린드버그가 되리란 사실을 전해듣고 자신 있는 반응을 보여 모든 사람을 기운나게 했다. 새벽 네시에 깨어나 그 소식을 들은 루스벨트는 백악관 침대에서 이렇게 말했다고 한다. "선거가 끝나면 그 젊은이는 정치에 발을 들인 것뿐 아니라 하늘을 나는 법을 배운 것까지 후회하게 될 걸세." 그런 직후 다시 깊은 잠에 빠졌다고 하는데, 어쨌든 다음날 우리에게 큰 위로가 되는 이야기였다. 뻔하디뻔한 그 부당한 모욕이 우리의 안전을 위협할 거라는 생각에만 사로잡혀 있던 그날 거리에서, 사람들은 이상하게도 FDR와 FDR가 차별과 억압을 막기 위해 준비해놓은 대비책을 까맣게 잊고 있었다. 린드버그 지명이 일으킨 파문은 키시네프 포그롬*과 1903년의 대학살들로 거슬러올라가는 무방비에 대한 본능적 공포를 일깨웠고, 그런 와중에 삼십칠 년 뒤의 뉴저지주는 수면 아래로 가라앉았다. 그 결과 사람들은 루스벨트가 임명한 대법원 판사 펠릭스 프랭크퍼터, 재무장관 헨리 모겐소 2세, 대통령 보좌관인 은행가 버나드 바루크** 그리고 대통령 본인처럼 유대인의 친구로 알려진 루스벨트 여사와 이키즈와 농업장관 월리스를 미처 떠올리지 못했다. 루스벨트가 있었고, 미합중국 헌법이 있었고, 권리장전, 신문, 자유 언론이 있었다. 심지어 공화당 계열의 〈뉴어크 이브닝 뉴스〉마저도 디모인 연설을 상기시키며 린드버그를 지명한 것이 과연 현명했는가를 대놓고 묻는 사설을 실었다. 뉴욕의 신좌파 신문인 〈피엠〉도 가만히 있지 않았다. 얼마 전부터 아버지가 퇴근할 때 〈뉴어크 뉴스〉와 함께 가져오기 시작한 5센트짜리 타블로이드판 〈피엠〉은 "다른 사람들을 괴롭히는 사람들에 반대하는 신

---

* 1903년 4월 6일 러시아의 키시네프(현재 몰도바공화국의 수도)에서 일어난 유대인 대학살. 이후 비슷한 사건이 꼬리를 물었다.

** 세 사람 모두 유대인이다.

문"이라는 슬로건에 걸맞게 긴 사설과 톰 미니와 조 커미스키가 쓰는 스포츠면의 반린드버그 칼럼을 비롯해 서른두 면에 달하는 지면 대부분의 기사와 칼럼을 동원해 공화당을 맹공격했다. 신문의 1면에는 린드버그가 받은 나치 훈장 사진이 크게 실렸고, 또 사회적 물의를 일으킬 수 있어 다른 신문들이 싣지 않는 사진들—폭도들의 린치, 사슬 하나에 줄줄이 묶인 죄수들, 곤봉을 휘두르는 구사대, 미국 형무소의 비인간적 환경 등—을 싣는다고 광고하는 〈피엠〉의 데일리 픽처 매거진에는 공화당 대통령 후보가 1938년에 나치 독일을 유람하는 사진들이 지면마다 실렸으며 린드버그가 그 악명 높은 훈장을 목에 걸고 나치의 유일한 이인자인 헤르만 괴링과 악수하는 전면 사진이 클라이맥스를 장식했다.

일요일 밤 우리는 연이어 나오는 코미디 프로그램들이 끝나고 아홉시에 월터 윈첼이 나오기를 기다렸다. 마침내 윈첼이 방송에 나와 우리가 원하던 바로 그 경멸적인 어투로 우리가 고대하던 말들을 쏟아내자, 마치 그 유명한 기자가 허드슨강이라는 커다란 경계 너머의 라디오방송국 스튜디오 안에 있는 게 아니라 여기 우리 동네에서 넥타이를 느슨하게 풀고 칼라 단추까지 풀어헤치고 회색 중절모를 뒤로 삐딱하게 쓴 채 이웃집의 싸구려 식탁보 위에 놓인 마이크에 대고 맹렬히 린드버그를 비난하고 있는 것처럼, 우리 동네 골목길에선 환호성이 터져나왔다.

1940년 6월의 마지막 밤이었다. 따뜻한 하루가 지나고 공기가 선선해져서 집안에 앉아 있으면 땀도 나지 않고 편히 쉴 수 있었지만, 아홉시 십오분에 윈첼이 방송을 마치자 부모님은 다 함께 상쾌한 저녁 공기를 마실 수 있도록 우리를 데리고 밖으로 나갔다. 우리는 그저 길모퉁이까지만 걸어갔다 돌아올 생각이었고 그런 뒤 형과 나는 잠자리에 들어야 했지만 애들이란 부모가 흥분하면 덩달아 흥분하기 마련이라 우리는 자정 무렵까지 잠자리에 들지 못했다. 윈첼의 거침없는 공격에 신이 난 사람들이 죄다 밖으로 몰려 나온 탓에 우리끼리 시작된 짧고 즐거운 저녁 산책은 별안간 모든 사람이 어울리는 동네잔치가 되었다. 남자들은 창고에서 해변용 의자를 꺼내 골목길 어귀에 펼쳤고, 여자들은 레모네이드를 주전자에 담아 내왔으며, 나이 어린 꼬마들은 현관 앞 계단을 정신없이 뛰어다녔고, 노인들은 그들끼리 웃으며 이야기를 나눴다. 이 모두가 앨버트 아인슈타인 다음으로 유명한 유대인이 린드버그에게 전쟁을 선포한 덕분이었다.

어쨌거나 자극적이지만 사실적 근거가 아주 희박한 기사에 그 유명한 말줄임표를 도입한—그래서 마술처럼 진짜 뉴스로 만들어 버리는—사람이 바로 윈첼이었고, 잘 속는 대중에게 구미에 맞는 가십을 무더기로 포격하는 방법을 창안하다시피 한 것도 바로 윈첼이었다. 그의 칼럼은 평판을 망가뜨리고, 유명 인사들의 체면을 떨어뜨리고, 연예인들의 경력을 좌우지했다. 그의 칼럼만이 수백 개의 신문에 실려 전국에 배포되었고, 미국에서 가장 인기 있는 뉴스 프로그램으로 자리잡은 그의 일요일 밤 십오 분 뉴스는 윈첼의 속사포 같은 말투와 전투적인 냉소가 어우러져 폭로하는 추문마다 놀라움과 충격을 안겼다. 우리는 감탄했다. 그는 겁 없는 아웃사이더인 동시에 영리한 인사이더였다. FBI 국장 J. 에드거 후버와 한패였고, 갱 두목 프랭크 코스텔로의 이웃이면서도 루스벨트의 측근과 절친한 친구였고, 때로는 백악관에 손님으로 초대받아 술자리에서 대통령을 웃기기도 했다. 그는 적들이 두려워하는 영리한 도시의 싸움꾼이자 냉혈한이었고, 우리 편이었다. 맨해튼에서 태어난 월터 윈첼(별칭은 웨인첼)은 뉴욕의 보드빌* 배우로 일하다 브로드웨이의 칼럼니스트로 변신한 뒤 저급한 새 일간지들에 독자들이 갈망하는 싸구려 기사들을 실어 큰돈을 벌었지만, 히틀러가 부상하자 다른 언론인들이 앞날을 내다보고 분노를 표출하기 훨씬 전부터 파시즘과 반유대주의를 자신의 첫째가는 적으로 삼았다. 그는 일찍부터 독일계미국인동맹에 '래치스'**라는 이름을 붙였고 방송과 신문에서 동맹의 지도자 프리츠 쿤을 외국의 비밀 첩보원이라며 몰아세웠다. 그리고 FDR의 농담, 〈뉴어크 뉴스〉의 사설, 〈피엠〉의 전면적인 고발이 나온 지금 월터 윈첼은 단지 그의 일요일 저녁 뉴스를 듣는 삼천만 청취자들에게 린드버그의 '친나치 철학'을 폭로하고, 린드버그를 대통령 후보로 지명한 것은 미국 민주주의에 대한 역사상 가장 큰 위협이라고 했을 뿐이었다. 그러나 그의 이런 발언은, 서밋 애비뉴의 작은 동네에 사는 유대인 가족 모두가 정신병원을 탈출한 환자들처럼 꼭두새벽에 잠옷 차림으로 밖에 나와 다시금 국가의 보호 아래 신변의 안전과 자유, 삶의 활기를 마음껏 누리며 살아가는 다른 미국인들처럼 느끼게 하기에 충분했다.

---

* 노래, 춤, 만담, 곡예 등을 섞은 쇼.
** ratzis. 'rat(쥐)'와 'Nazis(나치스)'를 합친 말이다.

형은 자전거, 나무, 개, 의자, 만화 릴 아브너의 주인공 등 '뭐든지' 잘 그리는 걸로 동네에서 유명했지만 최근에는 사람 얼굴에 관심을 쏟기 시작했다. 형이 방과후 아무데나 자리를 잡고 스프링 노트와 샤프펜슬을 꺼내 근처에 있는 사람들을 스케치하면 아이들이 어김없이 주위로 모여들었다. 구경하던 아이들이 참다못해 "이 남자 그려봐, 저 여자 그려봐, 나 좀 그려봐"라고 소리치기 시작하면 형은 귀에 대고 소리를 질러대는 아이들을 조용히 시키기 위해 어쩔 수 없이 그 요구를 들어주었다. 그림을 그릴 때 형은 위아래를 번갈아 보며 부지런히 손을 놀렸고, 그러다 보면 어느새 종이 위엔 살아 있는 사람이 생겨났다. 사람들은 저마다 비결이 뭐냐, 어떻게 그렇게 할 수 있느냐고 물었다. 마치 형이 무슨 복사 기술이라도 있는 것처럼, 무슨 마술이라도 부리는 것처럼. 이 모든 성가신 질문에 형은 그저 어깨를 으쓱하거나 미소를 지어 보였다. 그렇게 넘어갈 수 있었던 비결은 형이 조용하고 진지하고 허세부리지 않는 소년이라는 데 있었다. 형은 가는 곳마다 사람들이 요구하는 얼굴 그림을 그려주고 관심을 독차지했지만 그의 강인함의 핵심인 냉정함과 타고난 겸손에는 아무런 영향도 미치지 않는 것처럼 보였다. 그러나 나중에 위기가 닥쳤을 때, 형은 이를 버리고 말았다.
　　형은 이제 집에서 〈콜리어스〉의 그림이나 〈루크〉의 사진을 베끼는 대신에 회화 입문서를 보면서 인물화를 공부했다. 형은 초등학생들이 참가하는 식목일 포스터 사생대회에서 상으로 그 책을 받았는데, 그날 우연히 뉴어크 공원공유지국이 주최한 범시민 식목 행사도 같이 열린 덕에 시상식에서 녹음수 관리과장인 밴워트 씨와 악수까지 했다. 상을 받은 포스터의 도안은 내가 수집한 우표

가운데 식목일 육십 주년을 기념하는 2센트짜리 빨간색 우표에 기초한 것이었다. 내 눈에 그 우표는 특히 아름다워 보였다. 좁고 하얀 양쪽 테두리 안에 가느다란 나무가 하나씩 그려져 있었고 그 가지들이 꼭대기에서 만나 아치형 나무그늘을 이루었다. 나는 그 우표를 손에 넣고 세세한 특징들을 확대경으로 들여다본 후에야 식목일Arbor Day이라는 낯익은 공휴일의 이름 속에 '나무그늘arbor'이라는 의미가 숨어 있음을 깨달았다. (그 작은 확대경과 우표 이천오백 장을 담을 수 있는 우표첩, 전용 핀셋, 천공 가늠자*, 우표 부착용 힌지**, 비닐 보호지, 투문*** 탐지기라 불리는 검은 고무 접시는 내가 일곱번째 생일에 받은 선물이었다. 부모님은 10센트를 더 내고 『우표 수집 입문서』라는 구십여 쪽짜리 작은 책을 함께 사오셨다. '우표 수집의 첫걸음'이라는 부제 밑에 마음을 사로잡는 글귀가 새겨져 있었다. "오래된 서류나 편지에는 종종 대단히 가치 있지만 이미 단종된 우표가 붙어 있을 수 있습니다. 친구의 오래된 집 다락에 오래된 서류나 편지가 쌓여 있으면 우표가 붙어 있는 봉투나 포장지를 찾아보세요." 우리집엔 다락이 없었고 친구들이 사는 공동주택과 아파트 어디에도 다락은 없었지만 유니언 카운티에서 본 1가구용 주택들의 지붕 바로 밑에는 다락이 있었다. 그 소름 끼치는 작년 토요일 자동차를 타고 유니언 카운티를 돌 때 뒷좌석에서 내다보니 집집마다 지붕 아래 양쪽 끝에 작은 다락방 창문이나 있었다. 그래서 그날 오후 집으로 돌아왔을 때 내 머릿속은 온

---

* 우표 절취선 구멍의 크기와 개수를 측정하는 도구.
** 한쪽 면에 접착제를 바른 파라핀 종이쪽.
*** 우표의 위조를 막기 위해 넣은 무늬.

통 그 다락방들의 외진 구석에 쌓여 있을 오래된 편지봉투들과 선불로 구독하는 신문 포장지에 붙은 돈을새김이 찍힌 우표들, 그리고 내가 유대인이기 때문에 그 우표들을 '손에 넣을' 기회조차 없다는 생각으로 가득했다.)

식목일 기념우표는 유명인의 초상화나 중요한 명소를 그린 그림이 아니라 사람의 활동을 표현하고 있어 한층 더 매력적이었다. 더구나 그 일을 하는 건 어린아이들이었다. 우표 중앙에 열 살이나 열한 살쯤 돼 보이는 남자아이와 여자아이가 묘목을 심고 있는데 남자아이는 삽으로 땅을 파고 여자아이는 나무가 구덩이 안에 똑바로 서도록 한 손으로 줄기를 받치고 있었다. 형의 포스터에서 그 남자아이와 여자아이는 위치가 서로 바뀐 채 나무 양쪽에 서 있었다. 그래서 남자아이는 왼손잡이가 아니라 오른손잡이로 보였고, 반바지가 아닌 긴바지를 입은 채 한 발로 삽날을 밀어 땅을 파고 있었다. 형의 포스터에는 아이가 한 명 더 있었는데 얼추 내 나이 또래였고 반바지 차림이었다. 묘목 뒤에 서서 물뿌리개를 들고 있는 그 아이는 내가 학교 갈 때 입는 가장 좋은 반바지를 입고 무릎까지 올라오는 긴 양말을 신고서 형을 위해 모델을 서준 바로 그 모습이었다. 세번째 아이를 넣는 건 어머니의 아이디어였다. 식목일 기념우표와 다르게 그려서 '모방'이라는 의심을 피하고, 또 1940년에는 포스터에서나 다른 어디에서나 흔히 볼 수 없는 주제를 암시하며, 자칫하면 심사위원들이 '취향' 운운하며 거부할 수도 있는 사회적 내용을 담기 위해서였다.

나무를 심고 있는 세번째 아이는 흑인이었다. 어머니가 그 아이를 넣자고 제안한 데에는 자식들에게 관용의 미덕을 심어주고 싶다는 소망 외에도 나의 또다른 우표가 중요한 역할을 했다. 그 10센트짜리 새 우표는 내가 3월 한 달 내내 매주 5센트씩 받는 용돈을 모아 우체국에서 총 21센트를 내고 구입한 다섯 장짜리 '교육자 시리즈' 중 하나였다. 각 우표마다 중앙에 자리잡은 초상화 뒤에 미국 우정국의 상징인 '지식의 램프' 그림이 들어가 있었지만 나는 그게 알라딘의 램프라고 생각했다. 그걸 보니 『아라비안나이트』에 나오는 마술 램프와 마술 반지 그리고 원하는 것을 모두 들어주는 두 요정이 떠올랐기 때문이다. 그런 요정이 있다면 나는 소원으로 미국의 모든 우표 가운데 가장 탐나는 몇 장을 말하고 싶었다. 첫째는 1918년에 발행된 유명한 24센트짜리 항공우표로, 중앙에 들어간 육군 항공기 플라잉제니가 거꾸로 인쇄된 탓에 무려 3400달러나 한다는 얘기가 있었다. 그다음은 1901년 범아메리카박람회를 기념해서 나온 우표 석 장으로 이 시리즈도 가운데 그림이 거꾸로 인쇄되어 한 장에 1000달러나 한다고들 했다.

교육자 시리즈의 1센트짜리 초록색 우표에는 '지식의 램프' 바로 위에 호러스만이 있었고, 2센트짜리 빨간색 우표에는 마크 홉킨스, 3센트짜리 자주색 우표에는 찰스 W. 엘리엇, 4센트짜리 파란색 우표에는 프랜시스 E. 윌라드, 10센트짜리 갈색 우표에는 부커 T. 워싱턴이 그려져 있었다. 부커는 미국 우표에 등장한 최초의 흑인이었다. 내가 부커 T. 워싱턴을 우표첩에 꽂은 뒤 어머니에게 다섯 장 세트가 완성된 모습을 보여주면서 "유대인도 우표에 나올 수 있을까요?"라고 묻자 어머니는 "글쎄다, 언젠가 나오겠지. 아무렴, 그렇게 되면 얼마나 좋겠니"라고 대답했다. 실은 아인슈타인이 우표에 나오기까지 그후로 이십육 년이 흘러야 했다.

형은 매주 25센트씩 받는 용돈과 눈을 치우고 낙엽을 긁어모으고 세차를 해서 벌어들인 푼돈을 차곡차곡 모으더니 마침내 클린턴 애비뉴의 문구점에서 미술 용품을 잔뜩 사서 자전거에 싣고 왔다. 그후에도 몇 달에 걸쳐 처음에는 목탄 연필을, 다음엔 목탄 연필을 깎는 사포 블록을, 다음엔 목탄지, 그다음엔 목탄이 번지지 않게 정착액을 입으로 불어 뿌릴 때 쓰는 작은 금속 튜브를 사 왔다. 그 밖에도 형에겐 종이를 고정하는 큰 집게, 메소나이트 화판, 노란색 티콘데로가 연필 세트, 지우개, 스케치북, 도화지가 있었는데 형은 이 용품들을 식료품 상자에 담아 우리 방 벽장 바닥에 보관했고 어머니가 집안 청소를 할 때에도 건드리지 못하게 했다. 형의 (어머니한테서 물려받은) 지칠 줄 모르는 세심함과 (아버지한테서 물려받은) 놀라운 인내심을 볼 때마다 나는 모두에게 큰일을 할 재목이라고 인정받는 형에게 갈수록 경외감을 느꼈다. 그 또래 아이들 대부분이 사람들 틈에 끼여 음식을 먹을 가치조차 없어 보인 것과는 천지차이였다. 당시 나는 집에서나 학교에서나 말 잘 듣는 착한 아이였다. 나중에 나타날 완고한 고집과 공격성은 아직 휴화산처럼 자고 있었고, 사람의 내면에 잠재된 분노를 알기엔 너무 어렸다. 그리고 다른 누구보다 형에게는 더 고분고분했다.

열두번째 생일에 형은 단단한 판지로 된 크고 납작한 검은색 그림 가방을 장만했다. 바느질이 된 이음매를 따라 반으로 접을 수도, 상단에 한 쌍의 긴 띠가 달려 있어 양쪽 판을 접은 뒤 나비매듭으로 단단히 묶을 수도 있는 가방이었다. 크기는 가로 60센티미터 세로 45센티미터로, 우리 방 서랍장에 넣거나 형과 내가 함께 쓰는 비좁은 벽장의 벽에 똑바로 세워놓기엔 너무 컸다. 결국 부모님은 그 가방을 스케치북들과 함께 형의 침대 밑에 눕혀놓는 걸 허락했다. 가방 안에는 파리로 향하는 스피릿 오브 세인트루이스호와 그걸 손가락으로 가리키는 어머니를 완벽한 구도로 그려낸 1936년의 걸작을 비롯해 형이 가장 잘 그렸다고 생각하는 그림들이 보관되어 있었다. 연필과 목탄으로 그린 그 영웅 비행사의 다른 초상화 몇 장도 함께 들어 있었다. 그 초상화들은 형이 부모님이 가장 존경하는 현존 인물들 위주로 그리고 있던 위대한 미국인 시리즈의 일부였다. 린드버그 외에도 루스벨트 대통령 내외, 뉴욕 시장 피오렐로 라과디아, 광산노동자연합 대표 존 L. 루이스, 1938년 노벨상을 받은 소설가 펄 벅이 포함돼 있었는데, 펄 벅의 초상화는 그 작가의 베스트셀러 중 한 권의 표지를 보고 그린 것이었다. 또 여러 장의 가족 초상화가 있었고, 그중 적어도 절반은 살아 계신 유일한 조부모인 친할머니를 그린 것이었다. 일요일이면 할머니는 몬티 삼촌과 함께 우리집에 들렀고, 종종 형의 모델 노릇을 했다. 형이 '존경하는 할머니'라는 주제를 정확히 표현하려고 할머니의 얼굴에 진 주름들과 관절염에 걸린 손가락의 혹들을 빠짐없이 그리는 동안, 할머니는 평생 무릎이 닳도록 마룻바닥을 닦고 석탄난로 앞에서 아홉 식구의 음식을 만들 때처럼 성실하게, 작고 강인한 모습으로 부엌에 앉아 '포즈'를 취했다.

윈첼의 방송이 나오고 불과 며칠 뒤 집에 우리 둘만 있을 때였다. 형은 침대 밑에서 그림 가방을 꺼내 식당으로 들고 왔다. 형은 가방을 테이블(보스를 초대했을 때나 특별한 가족 행사가 있을 때만 썼다) 위에 올려놓은 뒤 그림을 한 장씩 보호하는 트레이싱지 사이에서 린드버그 초상화들을 조심스럽게 꺼내 식탁 위에 나란히 펼쳐놓았다. 첫번째 그림에서 린드버그는 비행모를 쓰고 있었고 양쪽으로 길게 늘어진 끈이 귀 위까지 내려와 있었다. 두번째 그림에서는 비행모의 가장자리가 이마 위로 밀어올린 보안경 밑으로 들어가 있었다. 세번째 그림에서 린드버그는 모자를 쓰지 않았기에 그가 비행사라고 알아볼 만한 것은 지평선을 바라보는 결연한 시선뿐이었다. 형이 이 인물에게 불어넣은 가치를 가늠하는 것은 어렵지 않았다. 사내다운 영웅. 용감한 모험가. 강인하고 청렴한데다 강력한 온후함까지 갖춘 자연인. 소름 끼치는 악당이나 인류를 위협할 인물은 절대 아니었다.

형이 말했다. "대통령이 될 거래. 앨빈 형이 그랬어, 린드버그가 이길 거래."

너무 혼란스럽고 두려운 말이라 나는 농담이겠거니 하고 웃어넘겼다.

"앨빈 형은 캐나다로 가서 캐나다군에 들어갈 거야. 영국 편에서 히틀러하고 싸울 거야." 형이 말했다.

"하지만 루스벨트는 아무도 못 이겨." 내가 말했다.

"린드버그가 이길 거야. 미국은 파시즘국가가 될 거야."

우리는 세 초상화의 무시무시한 마력에 사로잡혀 그 자리에 붙박인 채 서 있었다. 일곱 살이란 나이가 그렇게 부족하게 느껴진 건 난생처음이었다.

"나한테 이 그림들이 있다고 아무한테도 말하지 마." 형이 말했다.

"하지만 엄마 아빠는 이걸 봤잖아. 엄마 아빠도 보고, 다른 사람들도 다 봤잖아."

"찢어버렸다고 했어."

형은 세상에서 가장 정직한 사람이었다. 형이 말수가 적은 건 비밀이나 거짓이 있어서가 아니라 구태여 나쁜 행동을 하지 않으므로 감출 게 없어서였다. 하지만 지금은 외부 상황이 그림의 의미를 왜곡해 원래의 그림이 아닌 다른 그림으로 만들어버렸고, 그림들을 찢어버렸다고 말한 형도 본래의 형이 아닌 다른 사람이 되고 말았다.

"엄마 아빠가 이걸 아시면." 내가 말했다.

"어떻게 아시겠어?" 형이 말했다.

"몰라."

"좋아, 넌 모르는 거다. 네가 입단속만 잘하면 아무도 모를 거야."

내가 형이 시키는 대로 한 데에는 몇 가지 이유가 있었다. 내가 갖고 있는 미국 우표 중에서 세번째로 오래된 게 린드버그의 대서양 횡단을 기념하기 위해 1927년에 발행된 10센트짜리 항공우표였는데 나는 도저히 그걸 찢어버릴 수가 없었다. 그 파란색 우표는 세로보다 가로가 두 배 길었고, 대서양 위에서 동쪽을 향해 비행하는 스피릿 오브 세인트루이스호 그림이 중앙에 인쇄되어 있었다. 우표 속의 비행기는 형이 자기 자신이 수정受精된 것을 경축하려고 그린 그림의 모델이 되기도 했다. 우표 왼쪽의 하얀 테두리는 북아메리카의 해안선과 인접해 있고 해안선에서 대서양 쪽으로 '뉴욕'이라는 글씨가 튀어나와 있었으며, 오른쪽 테두리는 아일랜드, 영국, 프랑스의 해안선과 인접해 있었고 '파리'라는 글씨가 두 도시의 비행경로를 나타내는 아치형 점선의 끝부분에 새겨져 있었다. 우표 맨 꼭대기에는 흰색으로 굵게 **미합중국 우표**라고 적혀 있고 그 바로 밑에 그보다 약간 작지만 완벽한 시력을 가진 일곱 살 아이가 보고 읽을 수 있을 만큼 뚜렷한 서체로 **린드버그-항공우편**이 인쇄되어 있었다. 스코트의 『표준 우표 카탈로그』를 보니 그 우표 가격은 벌써 20센트로 오른 상태였고, 그때 즉시 뇌리를 스친 생각은 앨빈 형 말이 옳았구나, 만약 최악의 사태가 벌어진다면 우푯값이 계속 오를 수밖에 없겠구나(그래서 곧 나의 가장 값비싼 소유물이 되겠구나) 하는 것이었다.

긴 여름방학 동안 우리는 길가에서 싸구려 고무공과 분필 하나를 가지고 '전쟁을 선포하노라'라는 새로운 놀이를 했다. 분필로 지름이 대충 5피트에서 6피트쯤 되는 원을 그리고 그 원을 사람 수대로 파이 조각처럼 분할한 뒤 각각의 구역에 그해 뉴스에 나온 외국의 이름을 하나씩 적어넣었다. 그런 뒤 각자 '자기' 나라를 선택하고 둥그런 가장자리 선의 안팎으로 다리를 벌리고 서서 시간이 되면 최대한 빨리 도망칠 준비를 했다. 그동안 술래는 공을 높이 치켜들고 불길한 목소리로 천천히 "이번에…… 전쟁을…… 선포할…… 나라는……"이라고 발표했다. 전쟁을 선포하는 아이는 잠시 말을 멈춰서 긴장감을 고조시킨 뒤 공을 바닥에 힘껏 튀기며 "독일!" "일본!" "네덜란드!" "이탈리아!" "벨기에!" "영국!" "중국!" 또는 심지어 "미국!"이라고 외쳤다. 그 순간 다른 아이들은 모두 달아났고 기습 공격을 당한 아이는 통통 튀고 있는 그 공을 최대한 빨리 잡고서 "멈춰!"라고 외쳤다. 그러면 연합군이 된 아이들은 모두 그 자리에 꼼짝없이 멈춰야 했고, 공격당한 나라는 역습을 개시해 가장 가까운 나라부터 한 번에 한 명씩, 공으로 최대한 세게 맞혀 제거하며 전진해나갔다.

우린 이 놀이를 끝도 없이 했다. 비가 와서 분필자국이 잠시 지워질 때까지 사람들이 나라 이름들을 밟거나 건너뛰면서 거리를 오갔다. 그 당시 낙서라고 할 만한 게 전혀 없던 우리 동네에서 유일한 낙서는 우리가 단순한 놀이를 위해 그린 그 상형문자 흔적뿐이었다. 누구에게도 피해가 되지 않았지만 우리 소리가 열린 창문으로 몇 시간 동안 끊임없이 들려오면 어떤 엄마들은 더이상 참지 못하고 소리를 질렀다. "얘들아, 다른 거 좀 하고 놀면 안 되겠니? 다른 놀이는 없어?" 하지만 우린 그럴 수가 없었다. 우리 머릿속은 온통 전쟁을 선포할 생각으로 가득차 있었다.

1940년 7월 18일 시카고에서 열린 민주당 전당대회 1차 투표에서는 압도적으로 세번째 당선을 기대하는 FDR가 대통령 후보로 지명되었다. 우린 라디오에서 그의 수락 연설을 들었다. 지금까지 팔 년 동안 우리와 같은 수백만의 평범한 가족들에게 고난의 한가운데에서도 희망을 잃지 말라고 용기를 북돋워온, 그 자신감 넘치는 상류층 발음이 흘러나왔다. 우리가 쓰는 말투와 다르긴 했지만 그의 연설에서 풍기는 특유의 단정함에는 우리의 불안을 진정시키는 동시에 우리 가족에게 역사적 의미를 던져주는 무언가가 있었다. 그가 거실에 있는 우리를 "동료 시민들"이라고 부를 때마다 우리의 삶을 그의 삶뿐 아니라 온 국민의 삶과 하나로 융합시키는 권위가 느껴졌다. 미국 국민들은 목소리만으로도 험난한 인생사를 거뜬히 헤쳐나갈 것 같은 이 재선 대통령이 아니라 린드버그를 선택할 수도 있고, 사실 다른 누구를 선택할 수도 있었지만…… 그건 상상하기 힘든 일이었고, 특히 다른 대통령의 목소리를 들어본 적이 없는 나 같은 어린 미국인에겐 더욱 그랬다.

　약 육 주 후 노동절을 앞둔 토요일, 린드버그는 디트로이트 노동절 퍼레이드에 나타나지 않았다. 원래는 미국의 고립주의를 대표하는 노동자 도시의 심장부(그리고 코글린 신부와 헨리 포드의 반유대주의 거점)인 그곳에서의 자동차 퍼레이드로 선거운동을 시작할 계획이었지만 대신에 십삼 년 전 자신이 장대한 대서양 횡단 비행을 시작했던 롱아일랜드에 예고도 없이 도착해 온 나라를 놀라게 했다. 스피릿 오브 세인트루이스호는 방수포에 싸인 채 비밀리에 운반되어 외진 격납고에서 하룻밤을 보냈고, 다음날 아침 린드버그가 비행기를 몰고 들판으로 나올 무렵 미국의 모든 통신사 그리고 뉴욕의 모든 라디오방송사와 신문사는 저마다 기자를 파견해 린드버그의 이륙을 취재했다. 이번에는 유럽을 향해 동쪽으로 날아가는 대서양 횡단비행이 아니라 캘리포니아주를 향해 서쪽으로 날아가는 대륙 횡단비행이었다. 물론 1940년경 미국의 민간항공은 이미 십 년도 넘게 화물, 승객, 우편을 싣고 대륙을 횡단하고 있었고, 여기에는 린드버그의 단독 비행과 새로 생긴 항공사들에서 연간 100만 달러를 받고 고문 역할을 했던 그의 부지런한 노력이 크게 기여했다. 그러나 그날 대통령 선거운동을 시작한 사람은 민간 항공을 주창하는 부유한 비행사도 아니고, 베를린에서 나치로부터 훈장을 받은 린드버그도 아니었으며, 전국 라디오방송에서 이 나라를 전쟁으로 끌고 가려 한다며 유대인의 과도한 영향력을 비난한 린드버그도 아니었고, 1932년 브루노 하웁트만에게 어린 자식을 유괴 및 살해당하고도 평정을 잃지 않던 아버지도 아니었다. 그날 선거운동을 시작한 사람은 이전까지 어떤 비행사도 감히 도전하지 못했던 모험을 하려는 무명의 항공우편 조종사였고, 여러 해 동안 경이적인 명성을 누렸지만 여전히 소년처럼 맑고 순수한 '외로운 독수리'였다. 1940년의 여름을 마무리하는 공휴일이 낀 주말에 린드버그는 자신이 십 년 전 스피릿 오브 세인트루이스 호보다 더 개선된 비행기로 세운 무착륙 비행 기록에 훨씬 못 미치는 기록으로 미 대륙을 횡단했다. 그러나 그가 로스앤젤레스공항에 도착하자 항공기 노동자들—LA 내외곽에 새로 들어선 거대 항공사들에서 일하는—로 이루어진 군중이 과거에 그를 맞이했던 다른 어떤 군중 못지않게 열정적으로 그를 환영했다.

민주당은 그 비행을 린드버그의 참모진이 연출한 여론몰이 계략이라 불렀지만, 사실 캘리포니아 비행은 출발하기 불과 몇 시간 전 린드버그 혼자 내린 결정이었다. 공화당이 이 풋내기 정치인의 첫 선거 유세를 돕기 위해 배정한 전문가들은 다른 모든 사람처럼 그가 디트로이트에 나타날 거라 예상하고 있었다.

그의 연설은 꾸밈없고 단도직입적이었으며, 루스벨트와 판이한 중서부의 높고 단조로운 목소리로 전해졌다. 셔츠와 넥타이 위에 가벼운 점퍼를 걸치고 승마 바지에 장화를 신은 그의 비행 복장은 대서양을 횡단할 때와 똑같았다. 그는 가죽 헤드기어도 벗지 않고 형이 침대 밑에 숨겨둔 목탄 그림처럼 보안경을 이마 위로 밀어올린 채 연설했다.

무질서하고 소란스러운 군중이 그의 이름을 연호하다 멈추자 그가 입을 열었다. "제가 대통령에 출마한 이유는 미국이 또다른 세계대전에 참가하는 것을 막고 미국의 민주주의를 보호하기 위해서입니다. 여러분의 선택은 간단합니다. 찰스 A. 린드버그와 프랭클린 델러노 루스벨트 중 한 명을 선택하는 게 아닙니다. 린드버그와 전쟁 중 하나를 선택하는 것입니다."

오거스터스의 약자인 A를 포함해 총 마흔한 단어, 그게 다였다.*

LA공항에서 샤워와 가벼운 식사를 마치고 한 시간 동안 잠을 잔 뒤 린드버그는 다시 스피릿 오브 세인트루이스호를 몰고 샌프란시스코로 날아갔다. 해질녘에는 새크라멘토에 있었다. 그날 린드버그가 캘리포니아주의 어떤 도시를 가든 온 국민은 주식시장의 붕괴와 대공황의 비참함(달리 말하면 FDR의 위업)을 까맣게 잊은 것 같았고, 심지어 린드버그가 우리의 개입을 막아야 한다고 외치는 그 전쟁도 별로 생각하지 않는 것 같았다. 린디가 그 유명한 비행기를 타고 하늘에서 내려오자 미국은 1927년으로 되돌아갔다. 그는 예전의 린디로 돌아갔다. 단도직입적으로 말하는 린디, 결코 잘난 척을 하거나 거만한 목소리를 낸 적이 없는, 그 자체로 뛰어난 인물 린디였다. 두려움을 모르는 린디, 젊으면서도 중후한 멋을 풍기고, 솔직한 개인주의자에다 오로지 혼자 힘으로 불가능한 일을 해낸 전설적인 미국 사나이 중의 사나이였다.

그후 한 달 반 동안 그는 마흔여덟 개 주에서 하루씩 보냈고 10월 말이 되자 노동절 주말에 이륙했던 롱아일랜드의 활주로로 돌아왔다. 해가 떠 있는 시간 동안 그는 큰 도시와 작은 도시, 시골 마을을 쉬지도 않고 돌아다녔다. 근처에 활주로가 없으면 간선도로에 착륙했고, 미국에서 가장 외진 농촌의 농부들과 그 가족들을 만나러 갈 때에는 긴 목초지를 활주로로 이용했다. 그가 비행장에서 하

---

* 영어 원문 연설은 린드버그의 가운데 이름 약자를 포함해 마흔한 단어로 되어 있다.

는 말들은 지역 라디오방송을 통해 전파되었고, 일주일에 몇 번씩 그가 주도에서 밤을 보낼 때에는 그의 메시지가 전국에 방송되었다. 그의 메시지는 항상 간결했고, 다음과 같았다. 유럽의 전쟁을 막기에는 너무 늦었다. 그러나 미국이 그 전쟁에 뛰어드는 것을 막기에는 아직 늦지 않았다. FDR는 미국을 잘못 이끌고 있다. 거짓으로 평화를 약속하는 대통령을 뽑으면 미국은 전쟁으로 끌려들어갈 것이다. 선택은 간단하다. 린드버그에게 표를 던지느냐, 전쟁에 표를 던지느냐.

항공술이 아직 신기하기만 하던 초기에 젊은 비행사 린드버그는 더 나이 많고 노련한 동료와 함께 중서부 전역을 돌며 낙하산을 메고 스카이다이빙을 하거나 낙하산 없이 비행기 날개 위로 걸어나가는 스턴트 묘기로 관중들에게 볼거리를 제공했다. 이제 민주당은 재빨리 스피릿 오브 세인트루이스호를 이용한 지방 유세를 그때의 스턴트에 비유하며 폄하했다. 기자회견에서 기자들이 정도에서 벗어난 린드버그의 유세에 대해 질문을 던져도 루스벨트는 더이상 조롱하거나 빈정대지 않고 주제를 돌려 독일의 영국 침략이 임박한 상황에서 처칠의 근심이 얼마나 깊은가를 거론하거나, 조만간 미국 역사상 최초로 시행될 비전시 징병제를 위해 의회에 자금을 요구하리라 발표했고, 또는 미국 상선들이 대서양 너머 영국에 공급하고 있는 전쟁 물자 수송을 히틀러가 조금이라도 방해하면 절대 좌시하지 않겠다고 경고했다. 처음부터 대통령의 유세는 백악관을 벗어나지 않을 것이 분명했다. 루스벨트는 내무장관 이키즈가 이름 붙인 린드버그의 '카니발 광대 쇼'와 대조적으로 최대한 자신의 권위를 앞세워 국제 상황의 위험에 대응하기로 계획을 세웠고, 필요할 때에는 밤을 새워가며 업무를 보았다.

린드버그는 마흔여덟 개 주를 도는 동안 기상 악화로 실종된 적이 두 번 있었고 그때마다 몇 시간이 흐른 후에야 무선 연락을 재개하며 아무 문제가 없음을 온 국민에게 알렸다. 그러던 10월, 런던을 강타한 그 치명적인 야간 공습 마지막날, 독일군이 세인트폴대성당을 폭격했다는 뉴스가 미국인들을 충격에 빠뜨린 바로 그날, 저녁식사 시간에 뉴스 속보가 흘러나왔다. 스피릿 오브 세인트루이스호가 앨러게니산맥 상공에서 폭발한 뒤 화염에 휩싸여 추락하는 것을 누군가 봤다는 소식이었다. 이번에는 무려 여섯 시간이 흐른 뒤에야 처음 속보를 뒤집는 두번째 속보가 나와, 공중 폭발이 아니라 엔진 고장 때문에 린드버그가 펜실베이니아주 서부의 험한 산악 지대에 불시착했다고 알렸다. 정정 보도가 나오기 전까지, 첫번째 뉴스를 들은 부모님의 친구들과 친척들이 화염이 일었다면 치명적일 수 있는 그 사건을 놓고 함께 추측을 해보자며 전화를 거는 통에 우리집 전화기는 불이 날 지경이었다. 부모님은 형과 내 앞에서 린드버그의 죽음을 예상하고 안도하는 기색을 전혀 내비치지 않았다. 그렇다고 그 뉴스가 사실이 아니었으면 좋겠다고 말하거나, 저녁 열한시쯤 '외로운 독수리'가 화염에 휩싸여 추락하기는커녕 멀쩡한 비행기에서 안전하게 나와 교체할 부품을 기다리고 있으며 곧 다시 이륙해서 유세를 계속할 거라는 소식이 들려왔을 때 환성을 지르며 기뻐하지도 않았다.

린드버그가 뉴어크공항에 착륙한 10월 아침, 뉴저지주에 온 그를 환영하기 위해 모인 수행단 중에는 폴란드계 유대인들이 이 도시에 세운 최초의 보수파 회당인 브네이모세의 랍비 라이오넬 벤 겔스도르프도 있었다. 브네이모세는 오래된 빈민가 중심에서 몇 블록 떨어진 곳에 있었는데, 여전히 도시에서 가장 가난한 그 지역은 더이상 브네이모세 신도들의 고향이 아니라 최근 남부에서 올라온 가난한 흑인 이민자들의 주거지로 바뀌어 있었다. 몇 해 전부터 브네이모세는 부유한 신도들에 대한 경쟁력을 잃고 있었다. 부유한 가족들은 보수파 회당을 떠나 하이 스트리트의 오래된 저택들 사이에 멋지게 들어선 개혁파 회당 두 곳, 브네이예슈룬과 오헵 샬롬의 신도가 되거나, 또다른 전통 있는 보수파 회당인 브네이아브라함에 입회했다. 이 회당은 원래 침례교회였던 건물을 개조해 사용한 최초의 회당으로부터 서쪽으로 몇 마일 떨어진, 유대인 의사들과 변호사들이 사는 클린턴힐과 가까운 곳으로 자리를 옮겼다. 새로 지은 브네이아브라함은 도시의 모든 회당 중 가장 화려했고, 이른바 '그리스양식'에 따라 간소하게 설계된 원형 건물은 대제일*에 천 명의 신자를 수용할 정도로 아주 널찍했다. 한 해 전에 은퇴한 줄리어스 실버펠트를 대신해 회당의 랍비가 된 사람은 히틀러의 비밀경찰에 의해 베를린에서 추방된 망명자 요아힘 프린츠로, 이미 폭넓은 사회관을 가진 유력 인사로 부상해 자신의 부유한 신도들에게 최근 나치의 잔혹한 범죄 현장에서 몸소 경험한 일들을 바탕으로 유대인의 역사를 가르치고 있었다.

랍비 벤겔스도르프는 매주 WNJR방송국을 통해 그가 자신의 '라디오 신도'라고 부르는 일반 대중에게 설교를 했다. 또한 그는

---

* 유대교의 신년제와 속죄일.

성년식을 치르는 소년과 신혼부부에게 선물하기에 적당한, 영감을 주는 시집 몇 권을 펴낸 작가이기도 했다. 그는 1879년 사우스캘리포니아에서 포목점을 하는 이민자 상인의 아들로 태어났다. 설교단이나 방송에서 유대인 청중에게 연설할 때마다 그의 품격 있는 남부 어투는―그리고 낭랑한 억양은 여러 음절로 된 그의 이름을 발음할 때 나오는 억양과 함께―듣는 사람에게 고상하고 심오한 인상을 심어주었다. 예를 들어 그는 라디오방송에서 브네이아브라함의 랍비 실버펠트 그리고 브네이예슈룬의 랍비 포스터와의 친분을 주제로 설교하면서 "그건 운명이었습니다. 소크라테스, 플라톤, 아리스토텔레스가 고대에 속해 있었던 것처럼, 우리 세 사람은 종교계에 속해 있습니다"라고 말했다. 그리고 라디오 청취자들에게 왜 자기와 같은 신분의 랍비가 쇠약해지는 회당의 사제로 있으면서 만족하는지를 설명하는 장황한 설교에서는 다음과 같은 서론을 늘어놓았다. "아마 여러분은 말 그대로 이미 수천 명이 내게 던진 질문에 내가 어떤 대답을 할지 궁금할 겁니다. 왜 당신은 상업적 이익을 얻을 수 있는 순회 목회자의 길을 가지 않습니까? '왜 당신은 이곳을 떠나 다른 회중들을 위해 다른 회당에 갈 기회가 하루에 여섯 번이나 있음에도 뉴어크의 브네이모세회당만을 당신의 유일한 회당으로 삼고 있습니까?'" 그는 미국의 대학교뿐 아니라 유럽의 여러 명문 학교에서 공부했으며, 열 개 국어를 구사하고, 고전철학, 신학, 예술사, 고대사 및 현대사에 조예가 깊고, 원칙의 문제에서는 절대 타협하지 않고, 설교단이나 연단에서 메모 같은 건 절대 보지 않고, 현재 가장 관심을 끄는 주제들을 기억해뒀다가 색인카드를 만들어 항상 가지고 다니면서 그 위에 매일 새로운 생각과 인상을 적어간다는 소문이 있었다. 또한 승마 기술이 뛰어났고, 순간적으로 어떤 생각이 떠오르면 말을 멈추고 안장을 임시 책상 삼아 메모한다고도 알려져 있었다. 그는 이른아침마다 운동 삼아 위퀘이크공원의 승마 길에서 말을 탔고, 뉴어크에서 가장 부유한 보석가공업체 소유주의 상속녀인 아내가 1936년 암으로 사망하기까지 그녀를 동반했다. 그들은 1907년 결혼한 후 줄곧 공원 바로 맞은편에 있는 엘리자베스 애비뉴의 저택에 거주했으며 그곳에 보관된 유대 문헌은 세계에서 가장 값비싼 개인 소장품 중 하나라는 얘기가 있었다.

1940년 라이오넬 벤겔스도르프는 자신이 미국의 랍비 가운데 한 회당에서 가장 오래 재직한 기록을 세웠다고 주장했다. 신문들은 그를 뉴저지 유대인의 종교 지도자라 칭했고, 그의 수많은 공식 활동을 보도할 때는 열 개 국어 능력과 함께 "웅변에 대한 타고난 재능"도 빼놓지 않고 언급했다. 1915년 뉴어크 건설 이백오십 주년 기념식에서 그는 레이먼드 시장 옆자리에 앉았고, 해마다 현충일과 7월 4일 독립기념일 열병식에서 하는 것처럼 기도를 올렸다. 〈스타레저〉는 매년 7월 5일에 '**랍비, 독립선언을 찬양하다**'라는 헤드라인을 붙였다. 그는 설교나 강연을 할 때 "미국적 이념의 발전"이 유대인의 최우선 과제이며 "미국인의 미국화"가 "볼셰비즘, 급진주의, 무정부주의"를 막고 우리의 민주주의를 지키는 최선의 수단이라 역설했고, 그러면서 종종 시어도어 루스벨트가 작고하기 전 국민들에게 남긴 마지막 메시지를 인용하기도 했다. "이 나라에서 애국심이 분열되는 일은 없어야 합니다. 자신이 미국인이면서 동시에 다른 어떤 존재라고 말하는 사람은 결코 미국인이 아닙니다." 랍비 벤겔스도르프는 뉴어크의 모든 교회와 공립학교에서 미국인의 미국화에 대해 연설했고, 뉴저지주의 거의 모든 공제조합, 시민단체, 역사단체, 문화단체에서도 같은 연설을 반복했다. 뉴어크의 신문들은 그의 연설을 기사로 다루며 그 주제로 그에게 연설을 해달라고 요청한 전국 수십 개 도시들의 이름과 날짜를 일목요연하게 보도했다. 그는 그 밖에 여러 주제들을 다룬 회의와 집회에도 참석해, 범죄 및 감옥 개혁 운동에 대해서는 "감옥 개혁은 최고의 도덕성과 종교적 이념에서 우러나온 운동"이라 말하고, 세계대전의 원인에 대해서는 "유럽 민족들의 세속적인 야망과 그들이 군사적 팽창, 권력, 부를 얻으려고 벌인 행동의 결과"라 말하고, 주간 탁아소의 중요성에 대해서는 "탁아소는 아이들 각자가 기쁘고 즐거운 분위기에서 성장하며 인간성의 꽃을 피우는 생명의 정원"이라 말하고, 산업시대의 불행에 대해서는 "노동자의 가치를 그가 생산한 물건의 물질적 가치로 계산해서는 안 된다고 믿는다"라고 말했다. 또한 여성에게도 투표권을 부여하자는 참정권운동에 대해서는 "남자들이 국가를 잘 이끌지 못하면 그들을 도와주는 것이 어떤가. 어떤 해악도 수를 두 배로 늘려 해결된 적이 없다"고 주장하며 강하게 반대했다. 몬티 삼촌은 모든 랍비를 싫어했지만 벤겔스도르프는 특히 이를 갈며 혐오했는데 그 감정은 브네이모세의 종교학교에서 급비생으로 공부하던 어린 시절부터 시작된 것이었다. 삼촌은 이렇게 말하길 좋아했다. "그 거만한 개자식은 모든 걸 알아. 하지만 다른 건 아무것도 모른다는 게 유감이지."

랍비 벤겔스도르프가 공항에 나타난 일은 우리 부모님을 포함한 뉴어크의 많은 유대인에게 섬뜩한 충격이었다. (〈뉴어크 뉴스〉 전면에 실린 사진 밑의 캡션에 따르면 그는 맨 앞줄에 서서 스피릿 오브 세인트루이스호의 조종석에서 나오는 린드버그와 악수를 나눴다고 한다.) 그 신문이 린드버그의 짧은 방문을 다루면서 인용한 랍비 벤겔스도르프의 말도 마찬가지였다. 그는 기자에게 이렇게 말했다. "내가 여기에 온 이유는 유대계 미국인의 순수한 애국심에 대한 모든 의혹을 분쇄하기 위해서입니다. 나는 린드버그 대령의 출마를 지지합니다. 왜냐하면 우리 민족의 정치적 목표가 그의 목표와 일치하기 때문입니다. 미국은 우리의 사랑하는 조국이고 유일한 조국입니다. 우리의 종교는 이 위대한 나라가 아닌 다른 어떤 땅덩어리와 아무 관련이 없습니다. 우리는 언제나 그랬던 것처럼 지금도 미국을 가장 자랑스러워하는 국민으로서 이 나라에 모든 애정과 충성을 바치고 있습니다. 나는 찰스 린드버그가 우리의 대통령이 되기를 원합니다. 내가 유대인임에도 불구하고 그러는 것이 아니라, 바로 유대인이기 때문에, 즉 유대계 미국인이기 때문입니다."

삼 일 후 벤겔스도르프는 린드버그의 비행 유세가 끝난 것을 기념하기 위해 매디슨스퀘어가든에서 열린 거대한 집회에 참석했다. 비록 전통적으로 민주당이 강세를 보이던 지역인 남부 전역에서 린드버그 지지층이 늘어나는 듯 보이고 가장 보수적인 중서부 주들에서 접전이 예상되었지만, 선거가 불과 이 주 앞으로 다가온 시점에 발표된 전국 여론조사에서는 대통령이 일반 투표에서 안정적으로 우세하고 선거인단 투표에서도 월등히 앞서는 것으로 나타났다. 린드버그가 다른 누구의 간섭도 거부한 채 고집을 부리며 혼자 선거 전략을 결정해버리자 공화당 지도자들은 절망에 빠졌고, 그래서 지루하게 반복되는 지방 유세의 금욕적인 분위기에서 그를 끄집어내 필라델피아 전당대회 같은 떠들썩한 분위기를 입혀주기로 했다. 그들은 10월 둘째 월요일 저녁에 매디슨스퀘어가든 집회를 열고 전국에 방송했다.

그날 밤 린드버그에 앞서 등장한 열다섯 명의 연사는 이른바 "각계각층의 저명한 미국인들"이었다. 그들 중 한 농촌 지도자는 미국 농업이 1차대전과 대공황의 여파로 여전히 위기에 처해 있는 상황에서 또다시 전쟁이 일어나면 결정적 타격을 입을 거라고 연설했고, 노동계 지도자는 전쟁이 일어나면 미국 노동자들에겐 그야말로 재난이 될 것이고 정부가 노동자들의 삶을 조직적으로 통제하게 될 거라고 연설했다. 한 제조업자는 전시의 초과 팽창과 세금 부담이 미국 산업에 장기적으로 파멸적 결과를 초래할 것이라 연설했고, 개신교 목사는 현대전이 전쟁터에 나선 젊은이들에게 잔인한 영향을 미칠 것이라 연설했으며, 가톨릭 사제는 전쟁이 일어나면 우리 같이 평화를 사랑하는 국가의 영혼이 불가피하게 타락하고 전쟁이 낳은 증오 때문에 품위와 친절함이 파괴될 거라고 연설했다. 마지막으로 유대교 랍비가 연단에 올라갈 차례가 되자 자리를 가득 채운 린드버그의 지지자들은 유난히 열광적인 환호를 보냈다. 뉴저지주의 라이오넬 벤젤스도르프가 그 자리에 선 이유는 린드버그와 나치의 관계는 결코 공모가 아님을 구구절절 설명하기 위해서였다.

앨빈 형이 말했다. "뻔해, 돈으로 매수한 거야. 짜인 각본이 있어. 저 커다란 유대인의 코에 황금 고리를 꿰어 마음대로 끌고 다니는 거야."

"글쎄, 과연 그럴까." 아버지는 이렇게 말했지만 그건 벤겔스도
르프의 행동이 괘씸하지 않아서가 아니었다. 아버지는 앨빈에게
말했다. "뭐라고 하는지 한번 들어보자고. 그래야 공평하니까." 이
는 분명 형과 나를 위해, 그러니까 그 놀라운 사건들의 전개가 어
른들이 느끼는 것만큼 소름 끼치는 일로 다가오지 않기를 바라며
하는 말이었다. 전날 밤 나는 잠을 자다 침대에서 떨어졌는데, 아
기 침대를 떼고 어린이 침대를 쓰기 시작한 이후로 처음 있는 일이
었다. 부모님은 내가 침대에서 떨어지는 걸 막으려 매트리스 옆에
주방 의자 두 개를 붙여놓았다. 여러 해 동안 아무 일 없다가 그렇
게 굴러떨어진 건 필시 뉴어크공항에 린드버그가 나타났기 때문이
라고 자연스럽게 결론이 났다. 나는 린드버그가 나오는 나쁜 꿈을
꾼 기억은 없고 단지 눈을 떠보니 형 침대와 내 침대 사이의 바닥
에 있더라고 주장했지만, 그동안 내가 잠을 자려고 할 때마다 거의
항상 형의 그림 가방에 감춰져 있는 린드버그 그림들이 눈앞에 떠
올랐다는 사실을 퍼뜩 깨달았다. 나는 줄곧 형에게 그 그림들을 건
너편 침대 밑이 아니라 지하실에 있는 창고에 숨길 수 없느냐고 묻
고 싶었지만, 그 그림 얘기를 아무에게도 하지 않기로 맹세했기 때
문에—나 역시 나의 린드버그 우표를 멀리 떼어놓는 게 마음에 내
키지 않았기 때문에—감히 그 문제를 꺼내지 못했다. 그래도 그
그림들은 내 머릿속을 떠나지 않았고 무엇보다 내게 형의 위안이
필요했던 시기에 형을 멀리하도록 만들었다.

차가운 밤이었다. 난방을 틀고 모든 창문을 닫은 터라 바깥 소리
는 하나도 들리지 않았지만 집집마다 평소 같으면 린드버그의 집회

중계를 들을 생각도 안 할 가족들이 랍비 벤겔스도르프가 나온다는 소식에 라디오를 켜고 주파수를 맞춰놓고 기다리고 있다는 걸 훤히 알 수 있었다. 벤겔스도르프의 신자들 가운데 몇몇 주요 인물들은 이미 회당 이사회의 즉각적인 해임까지는 아니더라도 어쨌거나 그의 사임을 요구하기 시작했다. 반면에 그를 여전히 지지하는 대다수의 신자들은 그들의 랍비가 단지 민주주의의 권리인 표현의 자유를 행사하는 거라고 믿으려 애썼고, 그가 공식적으로 린드버그를 지지하는 것이 소름 끼치긴 하지만 그처럼 저명한 양심적 인사의 입을 틀어막는 건 그들이 가진 권리 밖의 일이라 생각했다.

그날 밤 랍비 벤겔스도르프는 린드버그가 1930년대에 개인적으로 독일을 방문한 이른바 진짜 동기라는 것을 국민에게 밝혔다. 랍비의 설명은 이랬다. "그의 비판자들이 퍼뜨리는 선전과 정반대로 그는 히틀러를 찬성하거나 지지하는 사람으로 독일을 방문했던 게 아닙니다. 그는 매번 미국 정부의 비밀 고문 자격으로 방문했습니다. 진실을 모르는 자들과 나쁜 의도를 가진 자들이 계속 비난하는 것처럼 린드버그 대령은 결코 미국을 배신한 게 아닙니다. 그는 미국의 군비를 강화하기 위해 거의 홀몸으로 봉사해왔습니다. 자신의 지식을 우리 군대에 전수했으며, 또 미국의 항공술을 발전시키고 우리의 대공방어를 확대하기 위해 온 힘을 쏟은 것입니다."

"맙소사! 모두가 아는……" 아버지가 말했다.

"쉬, 가만히 들어봐요. 얼마나 위대한 웅변이 나오는지." 앨빈 형이 말했다.

"그렇습니다. 1936년, 유럽에서 교전이 시작되기 오래전 나치는 린드버그 대령에게 훈장을 수여했습니다. 그렇습니다, 대령은 그 훈장을 받았습니다. 그러나 국민 여러분, 그동안 대령은 우리의 민주주의를 지키고 보호할 목적으로, 또 힘에 기초한 우리의 중립성을 지킬 목적으로 그들의 존경을 은밀히 이용했습니다."

"믿을 수가 없군." 아버지가 다시 입을 뗐다.

"믿으려고 해보세요." 앨빈 형이 비꼬듯 말했다.

"이건 미국의 전쟁이 아닙니다." 벤겔스도르프의 선언에 매디슨스퀘어가든을 가득 메운 군중은 꼬박 일 분 동안 박수갈채를 보냈다. 랍비가 말했다. "이건 유럽의 전쟁입니다." 다시 박수갈채가 이어졌다. "이건 샤를마뉴시대에 시작해 천 년 동안 계속되고 있는 유럽 전쟁의 일부입니다. 반세기도 지나지 않아 또다시 일어난 그들의 두번째 세계대전입니다. 지난 세계대전이 우리 미국에 얼마나 비극적인 대가를 요구했는지 어느 누가 잊을 수 있겠습니까? 4만 명의 미국인이 전투중에 목숨을 잃었고, 19만 2000명이 질병으로 사망했습니다. 35만 명이 그 전쟁에 참가했다는 이유로 아직 장애인으로 살고 있습니다. 이번에는 얼마나 천문학적인 대가를 치르게 될까요? 말해보십시오, 루스벨트 대통령님, 이번에 사망자 수는 두 배가 될까요, 세 배가 될까요, 아니면 네 배가 될까요? 말해보십시오, 대통령 각하, 무고한 미국 젊은이들을 대량으로 학살하고 나면 미국은 어떤 나라로 남을까요? 물론 나치가 독일 유대인을 괴롭히고 박해하는 것을 보면 다른 모든 유대인처럼 나 역시 가슴이 찢어질 듯 고통스럽습니다. 나는 하이델베르크와 본에서 몇 년 동안 주요 대학교들의 교수진과 신학을 연구하던 시절 훌륭한 친구들을 많이 사귀었습니다. 현재 그 위대한 학자들은 단지 유대계 독일인이라는 이유로 오랫동안 재직해온 대학에서 쫓겨나고 독일을 장악한 나치 폭력배들에게 무참히 박해당하고 있습니다. 나는 그들의 정책에 단호히 반대하며, 린드버그 대령도 그들의 정책에 반대합니다. 그러나 우리의 위대한 나라가 그들을 고문하는 자들과 전쟁을 벌인다고 한들, 그들의 조국에서 그들에게 떨어진 그 잔인한 운명을 어떻게 덜어줄 수 있겠습니까? 설령 덜어줄 수 있다고 해도, 두려운 얘기지만 독일에 있는 모든 유대인이 처한 곤경은 끝없이 악화되어 최악의 비극으로 이어질 것입니다. 그렇습니다, 나는 유대인이고, 유대인으로서 그들의 고통을 가족 같은 심정으로 뼈저리게 느낍니다. 그러나 동포 여러분, 나는 미국 국민입니다." 또다시 박수갈채가 터졌다. "이곳에서 태어나고 자란 미국인으로서 여러분에게 묻겠습니다. 지금 미국이 전쟁에 참가해, 우리 유대교 신자의 아들들과 우리 개신교 신자의 아들들, 가톨릭 신자의 아들들 수만 명의 목숨을 피로 물든 유럽의 전쟁터에서 잃는다면, 지금 나의 고통이 어떻게 덜어지겠습니까? 신도들을 위로해야 한다면 나의 고통이 어떻게 줄어들 수 있겠습니까?"

그 순간 벤겔스도르프의 남부 억양을 더이상 견디지 못하고 거실을 떠난 사람은 평소 우리 가족 중 가장 차분하고 우리가 감정을 노골적으로 드러낼 때마다 우리의 흥분을 가라앉혀주던 어머니였다. 그러나 벤겔스도르프가 연설을 끝내고 군중의 떠들썩한 환호를 받으며 무대를 떠날 때까지 나머지 사람들은 아무도 자리를 뜨거나 입을 열지 않았다. 나는 감히 그럴 수가 없었고, 형은 그런 상황에서 종종 그러던 것처럼 라디오에 귀를 기울인 채 우리 가족의 모습을 스케치하는 일에 몰두하고 있었다. 앨빈 형의 침묵에서는 살기어린 증오가 배어나왔고, 아버지는 격앙한 나머지 말을 잇지 못했다. 아마 아버지가 좌절과 실망감을 억누르려 끊임없이 노력하던 평소 모습을 벗어던진 게 그때가 처음이었던 것 같다.

아수라장. 말로 형언할 수 없는 환희의 도가니. 마침내 린드버그가 가든의 무대에 올라서자 아버지는 반쯤 발광한 사람처럼 소파에서 펄쩍 뛰어올라 라디오를 딸깍하고 껐다. 바로 그때 어머니가 거실로 돌아와 물었다. "뭐 좀 마실 사람? 앨빈?" 어머니의 눈에 눈물이 고여 있었다. "차 한 잔 줄까?"

어머니의 역할은 우리의 세계를 최대한 차분하고 분별 있게 하나로 묶는 것이었다. 바로 그 일이 어머니의 삶에 충만함을 부여했고, 바로 그 일에 어머니는 언제나 모든 노력을 쏟았다. 그러나 평범한 모성애에서 우러나온 어머니의 행동이 지금처럼 우스꽝스럽게 느껴진 적은 단 한 번도 없었다.

아버지가 소리를 지르기 시작했다. "대체 왜 그러는 거야! 뭣 때문에 그런 짓거릴 하는 거지? 그런 한심한 연설을! 그런 한심한 거짓 연설을 듣고 그 반유대주의자 놈한테 투표할 사람이 유대인 중에 단 한 명이라도 있을 거라고 생각하는 건가? 완전히 돌아버렸나? 뭣 때문에 그런 짓거릴 하는 거지?"

"린드버그를 정결화하는 거예요." 앨빈 형이 말했다. "이교도들을 위해 린드버그를 정결화하는 거라고요."

"뭘 정결화해?" 그렇게 혼란스러운 순간에 앨빈 형이 잠꼬대 같은 말로 빈정거리는 듯 보이자 아버지는 버럭 화를 냈다. "뭘 한다고?"

"애당초 유대인들한테 연설을 한 게 아니에요. 그것 때문에 그놈을 매수한 게 아니라고요. 아시겠어요?" 앨빈 형은 감춰진 진실이라도 알아낸 것처럼 격한 어조로 말했다. "그놈은 이교도들에게 연설을 한 거예요. 전국의 이교도들한테 랍비 하나가 선거일에 린디에게 표를 던지는 걸 허락해줬음을 알린 거라고요. 모르시겠어요, 허먼 삼촌? 그들이 저 잘나빠진 벤겔스도르프를 왜 불렀겠어요? 놈을 이용해서 루스벨트를 이겨보겠다는 거잖아요!"

그날 밤 새벽 두시쯤 나는 곤히 잠든 와중에 또다시 침대에서 굴러떨어졌다. 하지만 이번엔 바닥으로 떨어지기 전에 무슨 꿈을 꾸고 있었는지 기억이 났다. 완전히 악몽이었고, 내 우표 소장품에 관한 꿈이었다. 문제가 발생했다. 내 우표 가운데 두 세트의 도안이 무섭게 변해버렸는데 언제 어떻게 그렇게 됐는지 알 수 없었다. 꿈속에서 나는 옷장 서랍에서 우표첩을 꺼내 친구인 얼의 집으로 갔다. 그전에 수십 번 갔던 것처럼 그의 집을 향해 걷고 있었다. 얼 액스먼은 열 살이었고 5학년이었다. 얼은 삼 년 전 학교와 대각선 방향에 있는, 챈슬러 애비뉴와 서밋 애비뉴가 만나는 모퉁이 부근의 넓은 공터에 노란색 벽돌로 지은 사층짜리 아파트에서 어머니와 함께 살았다. 그전에는 뉴욕에서 살았다. 그의 아버지는 글렌그레이카사로마오케스트라* 단원인 사이 액스먼이었고, 글렌그레이의 알토 색소폰 옆에서 테너 색소폰을 연주했다. 액스먼 씨와 이혼한 얼의 어머니는 배우처럼 멋들어지게 생긴 금발의 여자로 얼이 태어나기 전 그 밴드에서 잠깐 노래를 불렀다. 부모님 말에 따르면 얼의 어머니는 원래 뉴어크 출신이고 갈색 머리의 유대인 소녀였

---

* 미국의 재즈 색소포니스트 글렌 그레이의 오케스트라.

으며 이름이 루이즈 스위그였고 사우스사이드로 간 뒤 유대인청년 회의 뮤지컬 레뷰*에서 노래하면서 그 지역에서 유명해졌다고 했다. 내가 아는 모든 남자아이 중 부모가 이혼한 아이는 얼밖에 없었고, 화장을 짙게 하고 어깨가 훤히 드러나는 블라우스에 주름이 있는 풍성한 치마를 입고 그 안에 큰 페티코트를 받쳐 입은 어머니를 가진 아이도 얼밖에 없었다. 얼의 어머니는 글렌그레이와 함께 일할 때 〈둘 중 하나일 거야〉를 녹음했는데, 얼은 내게 그 음반을 자주 틀어주었다. 난 그런 엄마를 다시 만난 적이 없었다. 얼은 그 여자를 엄마라 부르지 않고 망측하게도 루이즈라 불렀다. 난 그런 엄마를 상상해본 적이 없었다. 그녀의 침실에는 페티코트가 가득 한 옷장이 있었는데, 얼은 나와 단둘이 있을 때 그 속옷들을 보여주곤 했다. 한번은 심지어 나한테 그걸 만져보라고 했고, 내가 어째야 할지 망설이자 내 귀에 대고 "아무데나 만져봐"라고 속삭였다. 그런 뒤 얼은 서랍 하나를 열어 그녀의 브래지어들을 보여주고 하나를 만져보라고 말했지만 나는 사양했다. 아직은 나이가 어려 멀찍이서 보고 감탄하는 것으로 충분했다. 얼의 부모님은 아들에게 우표를 사라고 매주 1달러씩 주었고, 카사로마오케스트라가 뉴욕을 떠나 순회공연을 할 때마다 액스먼 씨는 얼에게 항공우편과 함께 온갖 도시의 소인이 찍힌 우표를 보내주었다. 심지어 '오아후섬 호놀룰루'에서 온 우표도 있었다. 부재중인 아버지를 스스럼없이 멋지게 포장하던 얼은―마치 유명한 재즈밴드의 색소폰 연주자를 아버지로 두고 머리를 금발로 표백한 가수를 어머니로 둔 것이 보

---

* 하나의 주제 아래 춤, 노래, 풍자 코미디를 엮은 공연.

험 외판원의 아들에게 그리 놀라운 일이 아니라는 듯—액스먼 씨가 어떤 '사택'에 놀러갔을 때 1851년 발행되려다 취소된 2센트짜리 하와이 '선교' 우표를 보았는데 하와이가 미국 영토로 합병되기 무려 사십칠 년 전에 발행된 그 우표에는 중앙에 숫자 2 외에 아무 도안도 없었지만 지금 시가로 무려 10만 달러나 하는 상상할 수 없는 보물이 되었다는 얘기를 늘어놓았다.

얼은 동네에서 제일가는 우표 수집가였다. 얼이 실용적인 모든 것과 은밀한 모든 것을 가르쳐준 덕에 어린 꼬마인 나는 우표에 관해, 다시 말해 우표의 역사에 관해, 신권과 소인이 찍힌 우표를 수집하는 방법에 관해, 종이, 인쇄, 색, 풀, 덧인쇄, 그릴*, 특별 인쇄 같은 기술적 문제들에 관해, 중요한 위조 우표들과 도안 오류들에 관해 많은 걸 알게 되었다. 또한 얼은 내 교육의 첫 장을 열어준 비범한 이론가였다. 얼은 '우취philately'라는 단어는 프랑스 수집가 에르팽 씨가 만들었고 두 그리스 단어에서 파생했으며 두번째 단어인 아텔레이아ateleia는 세금 면제를 뜻한다고 설명해줬지만, 마지막 말은 도통 이해가 되지 않았다. 주방에서 우표 수업을 마치고 나면 얼은 즉시 선생님 같은 태도를 접고 킥킥 웃으며 "이제 굉장한 걸 해볼까"라고 말했다. 나한테 어머니의 속옷을 보여주겠다는 말이었다.

꿈속에서 우표첩을 가슴에 끌어안고 얼의 집으로 걸어가고 있을 때 누군가 내 이름을 크게 부르더니 나를 쫓아오기 시작했다. 나는 허둥지둥 골목으로 들어가 여러 차고 중 하나로 숨어들었다. 그리

---

* 종이에 소인이 잘 찍히게 하기 위해 넣은 작은 사각형의 패턴.

고 쫓아오는 사람을 피해 달아나는 동안 친구들과 매일 '전쟁을 선포하노라' 놀이를 하던 바로 그 장소에서 넘어져 우표첩을 떨어뜨려 혹시 빠뜨린 우표가 있는지를 확인해보았다. 액면 금액이 0.5센트인 암갈색에서부터 10센트인 노란색까지 총 열두 장으로 이루어진 1932년 워싱턴 이백 주년 우표 세트를 펼친 순간 나는 소스라치게 놀랐다. 모든 우표에서 워싱턴이 감쪽같이 사라져 있었다. 모든 우표 상단에는 로마체라고 배운 흰색 글자로 변함없이 '미합중국 우표'가 찍혀 있었고 어떤 우표에는 한 줄로, 또 어떤 우표에는 두 줄로 인쇄되어 있었다. 우표들의 색도 2센트 권은 빨간색, 5센트 권은 파란색, 8센트 권은 녹갈색 등으로 예전과 똑같았고, 크기도 그대로 규격 사이즈였으며, 각각의 초상화에 맞춰 도안된 배경들도 원본과 똑같았다. 그러나 열두 장의 우표에 새겨진 각기 다른 워싱턴 초상화들은 온데간데없이 사라지고 바로 그 자리에 워싱턴이 아닌 히틀러가 들어가 있었다. 그리고 초상화 밑에 이름을 새겨 넣은 리본이, 0.5센트 권과 6센트 권처럼 양쪽이 밑으로 둥글게 처져 있든, 4센트, 5센트, 7센트, 10센트 권처럼 위로 둥글게 올라가 있든, 혹은 1센트, 1.5센트, 2센트, 3센트, 8센트, 9센트 권처럼 수평이었다가 양쪽 꼬리만 위로 말려올라가 있든 간에, 그 안에는 모두 '히틀러'라는 글자가 들어가 있었다.

내가 이번엔 비명까지 지르며 침대에서 굴러떨어져 잠에서 깨어난 건, 다음에 혹시나 하고 1934년의 열 장짜리 '국립공원 시리즈'를 모아놓은 맞은편 페이지를 들여다본 순간이었다. 캘리포니아주의 요세미티, 애리조나주의 그랜드캐니언, 콜로라도주의 메사베르데, 오리건주의 크레이터호, 메인주의 아카디아, 워싱턴주의 레이니어산, 와이오밍주의 옐로스톤, 유타주의 자이언, 몬태나주의 글레이셔, 테네시주의 그레이트스모키산맥 위에, 그 절벽들과 숲들과 강들과 봉우리들과 간헐천과 골짜기들과 화강암 해안선 위에, 그 원시의 보호지 안에서 영원히 보존되어야 할 미국에서 가장 파랗고 가장 푸르고 가장 새하얀 모든 것 위에 시커먼 하켄크로이츠가 찍혀 있었다.

2
1940년 11월~1941년 6월
떠버리 유대인

린드버그의 취임식으로부터 정확히 육 개월이 지난 1941년 6월, 우리 가족은 사적지와 유명한 정부 청사를 구경하기 위해 300마일을 달려 워싱턴DC를 방문했다. 어머니는 이 여행에 들어갈 적지 않은 돈을 마련하기 위해 거의 이 년 동안 생활비에서 매주 1달러씩 아껴 하워드세이빙스은행의 크리스마스클럽 계좌에 저금했다. 여행 계획을 세웠을 때는 FDR 대통령의 두번째 임기였고 민주당이 상하원을 모두 장악한 시절이었지만, 지금은 공화당이 정권을 잡고 음험한 새 대통령이 백악관의 주인이 되었기 때문에 우리는 애초의 계획 대신 북쪽으로 차를 몰아 먼저 나이아가라폭포를 구경하고, 세인트로렌스 수로의 사우전드제도*에서 비옷을 뒤집어쓰

---

* 미국 뉴욕주와 캐나다 온타리오주 사이 세인트로렌스강에 있는 군도로 약 천오백 개의 섬으로 이루어져 있다.

고 보트 유람을 한 뒤, 차를 몰고 그대로 국경을 넘어 캐나다의 오타와를 방문하면 어떨지에 대해 잠깐 논의했다. 우리 친구들과 이웃들 중에는 벌써 린드버그 행정부가 공개적으로 유대인을 적대시하는 정책으로 돌아서면 이 나라를 떠나 캐나다로 이민을 가겠다고 말하는 사람들이 있었고, 그래서 캐나다를 여행한다면 박해를 피할 수 있는 잠재적인 피난처가 어떤 곳인지 미리 알아볼 수 있었다. 이미 지난 2월 사촌형 앨빈은 늘 말하던 대로 영국 편에서 히틀러와 싸우기 위해 캐나다군에 들어갔다.

캐나다로 떠나기 전까지 앨빈 형은 거의 칠 년 동안 우리 가족의 보호 아래 있었다. 형의 아버지는 우리 아버지의 맏형으로 앨빈 형이 여섯 살 때 돌아가셨고, 형의 어머니는 우리 어머니의 육촌이자 우리 부모님을 서로 만나게 해준 장본인으로 형이 열세 살 때 돌아가신 탓에 형은 위퀘이크고등학교를 다니던 사 년 동안 우리와 함께 살았다. 앨빈 형은 머리 회전이 빠른 학생이었지만 그 머리를 노름과 도둑질에 썼기 때문에 아버지는 형을 구하러 다니느라 정신이 없었다. 1940년 스물한 살의 앨빈 형은 청과물 시장에서 모퉁이를 돌면 바로 나오는 라이트 스트리트의 구두 닦는 가게 이층, 가구가 딸린 방에 세 들어 살고 있었고, 그 무렵 이 도시에서 가장 큰 유대인 건설사 두 곳 중 한 곳인 스타인하임앤드선스사에서 일한 지 거의 이 년이 되어가고 있었다. 다른 한 건설사는 라클린 형제가 운영하는 회사였다. 앨빈 형을 회사에 넣어준 사람은 스타인하임앤드선스사의 창업자이자 우리 아버지의 보험 고객인 스타인하임 할아버지였다.

스타인하임 할아버지는 사투리가 심하고 영어를 읽을 줄 몰랐지만 아버지의 표현을 빌리자면 "무쇠 같은" 사람이었고 아직도 동네 회당에서 열리는 대제일 예배에 참석했다. 몇 년 전 속죄일에 회당 밖에서 아버지와 함께 있는 앨빈 형을 본 할아버지는 사촌형을 우리 형으로 착각하고는 이렇게 말했다. "이 아이는 뭘 하나? 우리 회사에 들어와 일하라고 해." 회사에는 에이브 스타인하임이 있었다. 이민자 아버지가 세운 조그만 회사를 수백만 달러짜리 기업으로 키운 대단한 인물이었다. 집안에서 대판 싸움을 벌여 두 동생을 거리로 내쫓은 뒤였지만, 에이브는 다부지고 땅딸막한 앨빈 형과 그의 자신만만한 태도가 마음에 들어 그를 우편물실에 앉히거나 사환으로 쓰지 않고 자신의 운전수로 썼다. 이때부터 앨빈 형은 그의 심부름을 하고, 용건을 전하고, 그가 하도급업자들을 감시할 수 있도록 그를 태우고 건설 현장 이곳저곳을 돌아다녔다(에이브는 하도급업자들을 "사기꾼"이라 불렀지만 앨빈 형 말로는 그 역시 하도급업자들에게 사기를 치고 사람들을 닥치는 대로 이용한다고 했다). 여름이 오면 앨빈 형은 토요일마다 그를 태우고 프리홀드로 갔다. 오래된 마차경주 트랙인 프리홀드에서 경주하는 속보마 중 여섯 마리가 에이브 소유였는데 그는 자기 말을 "햄버거"라 불렀다. "오늘 프리홀드에 햄버거를 내보냈다"고 말하는 날이면 그들은 캐딜락을 몰고 달려가 번번이 그의 말이 지는 것을 지켜보았다. 에이브는 경마로 돈을 벌지 못했지만, 실은 그럴 생각도 전혀 없었다. 에이브는 토요일마다 위퀘이크공원의 그 멋진 경주로에서 역마협회가 주관하는 경주에 말들을 내보냈고, 이 신문 저 신문을 통해 전성기가 한참 지난 마운트홀리의 평지 경주로를 복구하는 문제를 언급했다. 그렇게 해서 에이브 스타인하임은 뉴저지주 경마 위원이 되었고, 자신의 차에 경찰 휘장을 붙여 인도로 차를 몰고 사이렌을 울리고 아무데나 주차할 수 있었다. 또 그렇게 해서 먼마우스 카운티의 공무원들과 친해졌고, 해안가 동네의 승마 애호가 모임에 자연스럽게 들어갈 수 있었다. 월과 스프링레이크* 모임의 이교도들이 에이브를 데리고 그들의 화려한 클럽에 점심을 먹으러 가면, 에이브가 앨빈에게 말한 상황이 펼쳐졌다. "모두 나를 보고 귓속말을 해대는군. 온통 수군거리잖아. 입이 근질거려서 참지 못하고 '저 봐, 누가 왔는지'라고 속삭이고 있어. 하지만 저들은 아무렇지도 않게 내가 사는 술을 마시고 훌륭한 저녁을 대접받아. 결국 밑질 게 없는 거지." 에이브는 자신의 심해 낚시 보트를 샤크강 도크에 매두었고, 가끔씩 그들을 태우고 나가 만취할 때까지 술을 대접하고 사람들을 시켜 고기를 잡게 했다. 그런 수완 덕분에 롱브랜치에서 포인트플레전트에 이르기까지 새 호텔이 들어섰다 하면 그 건물은 항상 스타인하임 부자가 거의 공짜로 구입한 부지 위에 세워졌다. 에이브는 그의 아버지처럼 무엇이든 헐값에 사들이는 비상한 재주가 있었다.

사흘에 한 번씩 앨빈 형은 그를 태우고 사무실에서 네 블록 떨어진 브로드 스트리트 744번지로 갔다. 에이브는 시가 판매대 뒤에 있는 로비 이발소에서 간단히 머리를 다듬은 뒤 트로전**과 1달러 50센트짜리 시가를 샀다. 당시 브로드 스트리트 744번지는 뉴저

---

* 두 곳 모두 뉴저지주 해안가에 있는 도시.
** 콘돔 상품명.

지주에서 가장 높은 두 빌딩 중 하나였다. 내셔널뉴어크앤드에식스은행이 맨 위 스무 개 층을 모두 사용했고 나머지 층들은 도시의 유명 변호사들과 금융업자들이 차지하고 있었다. 그래서 로비 이발소에는 뉴저지주의 거물급 금융업자들이 정기적으로 드나들었다. 앨빈 형이 해야 하는 일 중 하나는 이발사에게 즉시 전화를 걸어 에이브가 오고 있으니 준비하라고 알리고 의자에 누가 앉아 있든 그를 이발소 밖으로 내쫓는 일이었다. 앨빈 형이 취직한 날 밤 저녁식사 자리에서 아버지는 우리에게 에이브 스타인하임은 뉴어크에서 누구보다 파란만장하고 가장 흥미롭고 가장 훌륭한 건축업자라고 말했다. "그리고 천재란다." 아버지가 말했다. "천재가 아니면 거기까지 못 올라갔지. 영리한 사람이야. 그리고 잘생겼어. 금발이고 목소리도 허스키해. 덩치는 있지만 뚱뚱하지 않아. 언제 봐도 멋있지. 낙타털 코트. 흑백 구두. 멋들어진 셔츠. 나무랄 데 없는 옷차림이야. 아내는 또 얼마나 아름다운지. 세련되고 품위 있는 여자란다. 프라일리히 가문에서 태어났지. 뉴욕의 프라일리히. 자기 앞으로 재산을 갖고 있는 아주 부유한 여자야. 에이브는 정말 영리해. 게다가 배짱이 두둑하지. 뉴어크 사람은 다 안단다. 아무리 위험 부담이 큰 사업이라도 스타인하임은 겁을 내지 않아. 다른 사람은 엄두도 못 내는 곳에다 건물을 짓지. 앨빈은 그 사람한테서 많은 걸 배울 거다. 소중한 걸 얻기 위해 밤낮으로 일하는 게 뭔지를 옆에서 보고 배울 거야. 앨빈이 살아가는 데 중요한 자극이 될 수 있어."

주로 아버지는 앨빈 형을 계속 지켜보려는 목적에서, 어머니는 앨빈 형이 핫도그만 먹고 사는 게 아니라는 것을 확인하기 위해서 일주일에 두 번씩 우리집에 와서 제대로 된 식사를 하도록 했다. 앨빈 형이 방과후 일하던 에소주유소의 카운터에서 돈을 훔치다 붙잡혀 라웨이의 소년원에 갈 뻔하자 아버지가 주유소 사장 심코위츠에게 고소를 철회해달라고 사정하고 돈을 물어준 뒤로 형은 매일 밤 저녁식사 자리에서 정직과 책임과 성실한 노동에 대해 엄격한 강의를 들어야 했다. 그러나 신기하게도 이제 형은 아버지와 정치 이야기, 특히 자본주의에 관한 열띤 이야기를 주고받았다. 앨빈 형은 아버지 덕분에 신문과 뉴스에 흥미를 느끼게 된 이후로 기회가 있을 때마다 자본주의체제를 개탄했고 아버지는 마음을 잡은 조카에게 미국제조업자협회 회원이 아니라 루스벨트의 뉴딜 정책을 지지하는 사람의 태도로 자본주의체제를 옹호했다. 아버지는 앨빈 형에게 경고했다. "스타인하임 씨 앞에선 절대 카를 마르크스 이야길 꺼내지 마라. 그 즉시 네 궁둥이를 걷어차 내쫓을 테니까. 그 사람을 보고 배워. 그게 네가 거기에 붙어 있는 이유다. 그 사람한테 중요한 걸 배우고, 존경심을 가져라. 이건 인생을 좌우하는 기회가 될 수 있어."

하지만 앨빈 형은 스타인하임이 싫다며 끊임없이 욕했다. 놈은 사기꾼이다, 깡패다, 구두쇠다, 걸핏하면 소리를 지르고 고함을 친다, 협잡꾼이다, 온 세상을 뒤져도 친구 한 명 없다, 사람들은 그놈 근처에 가기도 싫어한다, 그런데 난 그놈 운전수 노릇을 하고 있다. 그놈은 자기 아들들한테도 무자비하고 심지어 손자를 쳐다볼 때도 냉담하다, 삐쩍 마른 아내는 행여 놈의 비위를 거스를까 안절부절못하는데 놈은 기분이 안 좋으면 아내에게 함부로 한다, 에이브가 이스트오렌지의 업살라대학교 근처, 큰 참나무들과 단풍나무들이 서 있는 거리에 호화로운 건물을 세운 뒤 온 가족을 그 안의 아파트 몇 채에 모여 살게 했다. 아들들은 해가 뜰 때부터 질 때까지 뉴어크에서 그를 위해 일하는데 그자는 걸핏하면 아들들에게 소리를 지르고 고함을 친다. 밤이 되면 집에서 전화기를 붙들고 계속 아들들에게 소리를 지르고 고함을 친다. 그자는 돈밖에 모른다. 뭘 사기 위해서가 아니라 어려운 시기를 이겨내려는 것처럼, 그러니까 자신의 지위를 유지하고 재산을 지키고 원하는 부동산을 헐값에 사들이기 위해 돈을 모은다. 그렇게 해서 대공황이 터진 후 크게 한몫 잡았다. 오로지 돈, 돈, 돈. 이 투전판에서, 아수라장의 한복판에서 세상의 돈을 다 긁어모으려고 한다.

"어떤 사람이 500만 달러를 벌고 나서 마흔다섯 살에 은퇴를 한다는 거야. 은행에 500만 달러가 있으면 엄청난 돈이야. 그런데 에이브는 뭐라고 하는지 알아?" 앨빈 형이 열두 살인 형과 내게 이렇게 물었다. 저녁식사를 마친 후 앨빈 형은 우리 방에 들어왔다. 우리 셋은 신발을 벗고 이불 위로 올라갔고, 샌디 형은 자기 침대에, 앨빈 형은 내 침대에, 나는 앨빈 형의 겨드랑이로 파고들어 형의 강한 팔과 든든한 가슴 사이에 누웠다. 더없이 행복했다. 인간의 탐욕, 인간의 열정, 인간의 끝없는 생활력과 주체할 수 없는 오만함에 관한 이야기들이 이어졌다. 우리 아버지가 그 모든 노력을 쏟아부은 후였음에도 그런 이야기를 하는 앨빈 형은 여전히 자제가 안 되는 사람, 스물한 살에 벌써 범죄자처럼 보이지 않으려 하루에 두 번씩 면도를 하면서도 감정은 여전히 미숙하기만 한 매혹적인 사촌이었다. 먼 옛날 고대의 숲에서 하루종일 잎을 갉아먹고 살다가 나무에서 내려온 대형 유인원의 육식성 후손들이 뉴어크에 들어와 도심에서 일하는 이야기들이 펼쳐졌다.

"스타인하임 씨가 뭐라고 하는데?" 샌디 형이 물었다.

"이러더라. '그자에겐 500만 달러가 있지만, 그게 전부다. 아직 젊고 한창때라 나중에 5000만 달러, 6000만 달러, 어쩌면 1억 달러까지 벌 기회가 있는데, 그 작자는 이렇게 말해. 난 이제 완전히 손뗄 거야. 난 너하곤 달라. 일에 치여 살다가 심장마비에 걸리고 싶지 않아. 난 할 만큼 했고, 이제 골프를 치면서 여생을 보낼 거야.' 그러고 나서 에이브가 뭐랬는지 알아? '완전히 얼간이 같은 놈이야'라고 하더군. 금요일에 하도급업자들이 목재, 유리, 벽돌 값을 받으러 사무실에 오면 에이브는 이렇게 말해. '이보시오, 돈이 바닥났소. 아무리 해도 이것밖에는 줄 수가 없소.' 그러고는 절반이나 3분의 1, 또는 괜찮다 싶으면 4분의 1만 내주지. 이 사람들은 먹고살 돈이 필요한데 에이브는 자기 아버지한테 배운 방법을 그대로 써먹는 거야. 사업을 워낙 크게 하다보니 그렇게 해도 별 탈 없이 넘어가고 아무도 그자를 죽이려고 하지 않아."

"그 사람을 정말 죽이려고 하는 사람이 나타나지 않을까?" 샌디 형이 물었다.

"그럼." 앨빈 형이 말했다. "그게 나야."

"결혼기념식 얘기 좀 해줘." 내가 말했다.

"결혼기념식이라, 흠, 그는 노래를 오십 곡이나 불렀어. 피아노 반주자를 고용해서." 앨빈 형은 내가 듣고 싶다고 조를 때마다 에이브와 피아노 이야기를 정확히 똑같이 되풀이했다. "아무도 끼어들어 말을 할 수도 없고, 무슨 일이 벌어지고 있는지도 몰라. 손님들은 그저 음식을 먹느라 정신이 없는데 그는 턱시도 차림으로 피아노 옆에 서서 끊임없이 노래를 하는 거야. 사람들이 떠나가도 피아노 옆에 서서 생각나는 모든 유행가를 불러대. 사람들이 작별인사를 해도 듣는 둥 마는 둥 하지."

"형한테 소리지르고 고함치고 그래?" 내가 앨빈 형에게 물었다.

"나한테 그러냐고? 모두한테 그래. 어딜 가나 소리지르고 고함치지. 일요일 아침마다 그를 태우고 타바츠니크 상점에 가면 사람들이 베이글과 훈제연어를 사려고 줄을 서 있어. 우린 무작정 안으로 들어가고 그는 소리를 질러. 육백 명이나 줄을 서 있는데 '나, 에이브가 왔다!'고 소리치는 거야. 그러면 사람들이 맨 앞으로 들여보내줘. 타바츠니크가 안에서 달려나오고, 직원들이 줄 선 사람들을 옆으로 밀치면 에이브는 5000달러어치 물건을 주문하지. 차를 몰고 집에 오면 스타인하임 부인이 있어. 몸무게가 42킬로그램밖에 안 되는 이 여자는 언제 몸을 사려야 하는지를 알아. 에이브가 세 아들한테 전화를 걸면 그들은 오 초 안에 달려와. 그리고 넷이 둘러앉아 사백 인분의 음식을 먹어대지. 그가 돈을 쓰는 것 중 하나가 음식이야. 음식과 시가. 타바츠니크 상점, 카츠만 상점에 가면 누가 거기에 있든, 사람이 얼마나 있든 아랑곳하지 않고 가게 물건을 통째로 사버려. 그들은 일요일 아침마다 철갑상어, 청어, 검은담비, 베이글, 피클 등을 마지막 한 조각까지 먹어치워. 그런 다음 그를 태우고 임대 사무실로 가면 그는 아파트 몇 채가 비어 있는지, 몇 채가 임대되었는지, 몇 채가 수리되고 있는지를 확인해. 일주일에 칠 일. 쉬는 날도 없고 휴가도 없어. 내일은 없다, 이게 그의 좌우명이야. 누가 일 분이라도 늦으면 미친듯이 화를 내. 다음날 더 많은 돈을 벌어들일 거래가 잡혀 있지 않으면 잠을 못

자. 난 이 모든 게 역겨워. 내가 보기에 그자는 딱 이거야. 자본주의 타도를 정당화해주는 걸어다니는 광고판."

아버지는 앨빈 형의 불평을 어린애 같은 짓이라 했고, 특히 에이브가 앨빈 형을 러트거스대학교로 보내야겠다고 결심한 뒤로는 형을 그 일에 묶어두기 위해 더욱 그랬다. 에이브는 앨빈 형에게, 넌 멍청이로 살기엔 너무 똑똑하다고 말했다. 그런 뒤 우리 아버지가 현실적으로 바랄 수 있는 그 어떤 일보다 더 기적 같은 일이 일어났다. 에이브가 러트거스의 총장에게 전화를 걸어 소리치기 시작했다. "이 아이를 입학시켜주시오. 고등학교를 졸업했는지 안 했는지는 따지지 마시오. 이 아인 고아인데, 어쩌면 천재일지 모르오. 이 아이한테 전액 장학금을 주시오. 그러면 대학 건물을 하나 지어드리겠소. 세상에서 가장 멋진 건물을 지어드리지. 하지만 이 아이를 완전히 공짜로 받아줄 수 없다면, 변소 하나도 기대하지 마시오!" 그리고 앨빈 형에겐 이렇게 설명했다. "난 멍청한 놈을 내 운전수로 쓸 생각이 눈곱만큼도 없다. 난 쓸 만한 능력을 가진 너 같은 아이들을 좋아해. 러트거스로 가라. 그리고 여름방학 때 와서 내 차를 운전해라. 그리고 파이베타카파* 회원으로 졸업하면 그때 우리 둘이 앉아서 얘기해보자."

에이브는 1941년 9월 앨빈 형을 뉴브룬스위크로 보내고, 사 년 뒤 대학을 마친 형이 쓸 만한 사람이 되어 돌아오면 사업에 써먹을 참이었다. 그러나 2월 앨빈 형은 캐나다로 떠났다. 아버지는 형에게 무섭게 화를 냈다. 두 사람은 몇 주 동안 말씨름을 했고, 결

---

* 미국 대학들의 우등생 클럽.

국 앨빈 형은 아무 말도 남기지 않고 뉴어크의 펜역에서 특급열차를 타고 몬트리올로 직행했다. "허먼 삼촌, 난 삼촌의 도덕성을 인정할 수 없어요. 삼촌은 내가 도둑놈이 안 되길 바라지만, 도둑놈 밑에서 일하는 건 괜찮다는 거잖아요." "스타인하임은 도둑놈이 아냐. 스타인하임은 건설업자야. 그는 남들과 똑같이 하고 있어." 아버지가 말했다. "건설업이란 게 원래 험한 사업이라 다들 그렇게 하는 거야. 하지만 그가 지은 건물이 무너지든? 언제? 그가 법을 어기든? 앨빈?" "아뇨, 하지만 그자는 기회만 있으면 노동자를 엿 먹여요. 난 삼촌의 도덕성이 그걸 용인하는지 몰랐어요." "그래, 내 도덕성은 고약하다. 이 도시 사람은 다들 내 도덕성이 어떤지 알아. 하지만 지금 중요한 건 내가 아냐. 문제는 네 미래야. 네가 대학에 가야 한다는 거야. 사 년 동안 공짜로 대학에서 공부할 수 있어." "그자가 러트거스 총장을 을러대서 공짜가 된 거죠. 모든 사람한테 그러듯 말이에요." "그건 러트거스 총장이 걱정할 문제야! 넌 대체 왜 그러냐? 널 교양인으로 만들어서 자기 건설회사에 넣어주려는 사람이 세상에서 제일 나쁜 놈이라고 말하면서 거기 떡하니 앉아 있는 게 정말 네가 하고 싶은 일이냐?" "아뇨, 아니요. 세상에서 제일 나쁜 놈은 히틀러예요. 솔직히 말해 난 스타인하임 같은 유대인하고 시간을 낭비하느니 히틀러 그 개자식과 싸우고 싶어요. 스타인하임은 우리 유대인의 수치예요. 그 빌어먹을 짓거리……" "아, 제발 어린애처럼 말하지 마라. 그리고 '빌어먹을'이란 말 좀 안 들었으면 좋겠다. 그 사람은 누구의 수치도 아냐. 만일 네가 아일랜드계 건설업자 밑에서 일한다고 생각해봐라. 더 낫겠냐? 생각해봐라. 샌리 밑에서 일한다면 그자가 얼마나 훌륭한 작자인지 알게 될 거다. 이탈리아 사람들도 그래. 그들은 더 나을 것 같으냐? 스타인하임은 말로 사람을 죽이지만 그들은 총으로 죽여." "론지 즈윌먼*은 총을 쏘지 않나요?" "그만해라, 난 론지를 누구보다 잘 안다. 론지하고 같은 거리에서 컸으니까. 하지만 그게 러트거스하고 무슨 상관이냐?" "저하고 상관이 있어요, 삼촌. 그리고 전 스타인하임한테 평생 빚을 지게 될 거예요. 그자가 아들 셋을 짓뭉개고 있는데 그걸로 충분하지 않나요? 세 아들이 그자와 함께 모든 유대교 명절에 참석하고 해마다 추수감사절을 지내고 해마다 새해 전야를 지내는 걸로 충분하지 않나요? 그자가 그렇게 소리를 질러대는 걸 나까지 들어야 하나요? 그들은 다 한 사무실에서 일하고, 한 건물에서 살고, 오로지 하나만 초조하게 기다리면서 살아요. 그자가 죽어서 모든 재산을 나눠가질 수 있기를요. 허먼 삼촌, 분명히 말씀드리지만, 그들은 그리 오랫동안 애도하지도 않을 거예요." "넌 틀렸어. 완전히 틀렸어. 그 사람들에겐 단지 돈이 전부가 아니라 그 이상의 뭔가가 있어." "아니, 삼촌이 틀렸어요! 그자는 돈으로 세 아들을 틀어쥐고 있어요! 그자는 완전히 폭군이에요. 그들이 숨죽이고 지내는 건 돈을 잃어버릴까 무서워서라고요!" "아니, 가족이라 그렇게 지내는 거야. 어느 가족이나 많은 일을 겪기 마련이다. 가족이란 평화이자 전쟁이야. 우리도 지금 작은 전쟁을 치르고 있지 않니? 난 그걸 이해하고 받아들여. 하지만 그게 네가 대학을 포기할 이유는 아니지 않니? 저절로 굴러들어온 기회를 걷어차고 그놈의 혈기만 가지고 히틀러와 싸우겠다고?" 그러

* 뉴어크 출신의 유대인 갱 두목.

자 앨빈 형은 마침내 자신의 고용주뿐 아니라 보호자에게서도 비난의 꼬투리를 찾았다는 듯 말했다. "삼촌은 결국 고립주의자예요. 삼촌과 벤겔스도르프. 벤겔스도르프, 스타인하임. 삼촌하고 잘 어울리는 짝이에요." 마침내 인내심이 바닥난 아버지가 씁쓸하게 물었다. "뭐가 잘 어울린다는 거냐?" "가짜 유대인이요." "아, 또 반유대주의 얘기냐?" "그 유대인들. 유대인에게 치욕을 안기는 유대인들, 그래요. 삼촌은 분명 그들과 똑같아요!"

말다툼은 나흘 밤 동안 이어졌다. 아버지는 앨빈 형이 고집을 꺾고 정신을 차릴 때까지 저녁식사에 꾸준히 오게 할 생각이었지만, 다섯째 날인 금요일 밤, 아버지 혼자의 힘으로 아무짝에도 쓸모없는 어린애에서 가족의 버젓한 일원으로 변화시킨 아이, 앨빈 형은 저녁을 먹으러 오겠다고 연락하지 않았다.

이튿날 아침 우리는 빌리 스타인하임에게서 듣고 알았다. 세 아들 중 누구보다 앨빈 형과 가깝고 형을 각별히 생각하는 그가 토요일 아침 가장 먼저 전화를 걸었다. 그리고 앨빈 형이 금요일 저녁 주급 봉투를 받은 후 캐딜락 열쇠를 에이브의 면전에 던지고 밖으로 걸어나갔다고 전했다. 아버지가 앨빈 형의 방에서 이야기를 나누고 모든 사정을 들은 뒤 형이 얼마나 좋은 기회를 놓쳤는지 따져보려고 급히 차를 몰아 라이트 스트리트로 달려갔을 때, 구두 닦는 가게 주인이자 임대인이 나타나 그 방 세입자는 어제 집세를 내고 짐을 꾸린 후 세상에서 가장 나쁜 놈과 싸우기 위해 떠났다고 말해주었다. 앨빈 형의 들끓는 분노로는 그 정도 흉악한 사람이 아니면 싸울 수 없었던 것이다.

11월 선거는 접전도 아니었다. 린드버그는 일반 투표에서 57퍼센트를 획득했고, 선거인단 투표에서는 FDR의 고향인 뉴욕주와 연방 공무원들 대다수의 지지에 힘입어 FDR가 2000표차로 이긴 메릴랜드주에서만 패했다. 반면 대통령은 민주당의 오랜 텃밭인 남부, 즉 메이슨 딕슨 라인* 아래에서만 절반에 가까운 지지를 얻어냈다. 선거 다음날 아침에는 믿을 수 없다는 분위기가 지배적이었고 특히 여론조사원들이 그런 태도를 보였지만, 그다음날에는 모든 사람이 모든 상황을 이해하는 것 같았고 라디오 해설자들과 시사평론가들은 마치 루스벨트의 패배가 이미 예정되어 있었던 것처럼 말했다. 미국인들은 조지 워싱턴이 만들었고 루스벨트 이전까지 어떤 대통령도 감히 도전하지 않았던 삼선 대통령 불허의 전통을 깨기 싫어한 것이라고 그들은 설명했다. 게다가 소아마비 환자인 FDR가 겪고 있는 심한 신체장애와 극명하게 대조되는 린드버그의 젊음과 운동선수 같은 몸놀림이 대공황의 그늘 아래 잠들어 있던 젊은층과 노년층의 자신감을 동시에 자극한 면도 있었다. 그리고 경이로운 항공술과 그로부터 기대되는 새로운 생활방식이 있었다. 린드버그는 이미 장거리 비행의 신기록 제조기였으므로 국민을 항공술이라는 미지의 세계로 현명하게 이끌 수 있었다. 그와 동시에 보수적이고 예의바른 행동은 그가 과거의 가치관을 훼손하지 않고도 현대적인 공학으로 훌륭한 업적을 이룰 수 있다는 확신을 주었다. 결국 20세기의 미국인은 십 년마다 찾아오는 새로

---

* 메릴랜드주와 펜실베이니아주의 경계선으로 미국 남부와 북부의 경계. 과거 노예제도 찬성 주와 반대 주의 경계이기도 하다.

운 위기에 지쳐 사회 안정을 간절히 원했고, 찰스 A. 린드버그는 그런 사회 안정을 이룰 수 있는 영웅의 상징이라고 전문가들은 결론지었다. 그는 정직한 얼굴에 평범한 목소리를 가진 점잖은 사람이자, 불굴의 용기와 역사를 만드는 힘은 물론이고 개인적인 비극을 초월하는 힘까지 온 세상에 두루 입증한 사람이었다. 린드버그가 전쟁은 일어나지 않을 거라고 약속하면, 전쟁은 절대 일어나지 않을 것이다. 대다수 국민은 그렇게 단순하게 생각했다.

우리에게 선거보다 더 끔찍했던 건 취임 연설이 끝난 후 몇 주였다. 신임 미국 대통령은 아이슬란드로 날아가 아돌프 히틀러를 직접 만났고, 이틀 동안 "진심에서 우러나온" 대화를 나눈 뒤 독일과 미국의 평화 관계를 보장하는 "협약"에 서명했다. 미국의 십여 개 도시에서 아이슬란드협약에 반대하는 시위가 일어났고, 공화당의 압도적인 승리 속에서 간신히 살아남은 민주당 국회의원들은 상원, 하원 할 것 없이 열정적인 반대 연설을 쏟아냈다. 의원들은 린드버그가 잔인무도한 파시스트 독재자를 동등한 사람으로 대하고, 그동안 민주적인 군주제에 충성했지만 나치에게 정복당해버린 섬나라 왕국을 회담 장소로 받아들였다며 비난했다. 덴마크에게는 국가적인 비극이고 덴마크 국민과 국왕에게도 땅을 치고 한탄할 만한 일이었지만, 린드버그의 레이캬비크 방문은 나치의 침략을 암묵적으로 용서하는 것으로 비쳤다.

대통령은 열 대의 커다란 해군 정찰기가 비행 대형을 이루어 호위하는 가운데 두 개의 엔진을 장착한 신형 록히드 인터셉터를 직접 몰고 돌아왔다. 그러고 나서 다섯 문장으로 짧게 대국민 연설을 했다. "이제 이 위대한 나라는 유럽 전쟁에 참가하지 않아도 된다는 것이 보장되었습니다." 역사적인 메시지는 그렇게 시작되었고, 다음과 같이 이어지다 마무리되었다. "우리는 이 지구상에서 전쟁을 벌이는 어느 편에도 가담하지 않을 것입니다. 그와 동시에 미국의 군비를 계속 확충하고, 최신 군사술로 우리의 젊은 군인들을 훈련시킬 것입니다. 우리의 철통같은 방위의 핵심은 로켓술을 포함한 미국 항공술의 발전입니다. 이를 통해 우리 대륙의 경계는 외부 침략으로부터 난공불락이 될 것이며, 그동안 우리는 엄격한 중립을 수호할 것입니다."

열흘 후 대통령은 호놀룰루에서 일본제국 정부의 수상 고노에 후미마로 왕자와 외무장관 마쓰오카를 만나 하와이협약을 맺었다. 두 사람은 이미 1940년 9월 베를린에서 히로히토국왕의 특사 자격으로 독일, 이탈리아와 삼국동맹을 맺었다. 이 회담에서 일본은 이탈리아와 독일의 주도로 확립된 "유럽의 신질서"를 승인했고, 두 나라는 일본이 확립한 "대동아의 신질서"를 승인했다. 한술 더 떠 삼국은 어느 한 나라가 유럽 전쟁이나 중일전쟁에 참전하지 않은 나라로부터 공격을 받으면 그 나라에 군사적 지원을 해주기로 약속했다. 하와이협약은 미국이 일본의 동아시아 패권을 인정하고, 네덜란드령 동인도제도와 프랑스령 인도차이나 합병을 포함해 아시아 대륙에서의 일본의 팽창에 반대하지 않겠다고 보장한 것이어서, 아이슬란드협약과 이 협약을 통해 미국은 이름만 아닐 뿐 실질적으로 추축국 동맹의 한 나라가 되었다. 일본은 미 대륙에 대한 미국의 주권을 인정하고 1946년에 시행될 예정인 미국령 필리핀 연방의 정치적 독립을 존중하며 태평양의 하와이, 괌, 미드웨이를 영구적인 미합중국 영토로 인정했다.

두 협약의 여파로 참전에 반대한다. 다시는 젊은이들이 싸우다 죽는 일은 없어야 한다는 등의 주장이 미국 전역을 휩쓸었다. 사람들은 이렇게 말했다. 린드버그는 히틀러와 거래할 수 있다, 히틀러는 린드버그를 존경한다, 왜냐하면 그는 린드버그니까. 무솔리니와 히로히토도 그를 존경한다, 왜냐하면 그는 린드버그니까. 사람들은 또, 린드버그에 반대하는 사람은 유대인뿐이라고 말했다. 미국에서는 분명 맞는 말이었다. 유대인들이 할 수 있는 일은 걱정뿐이었다. 유대인 노인들은 길가에 앉아 저들이 우리를 어떻게 할지, 우리가 스스로를 보호하려면 누구에게 의지해야 할지, 어떻게 보호할 수 있을지를 끊임없이 고민했다. 나 같은 어린아이들은 린드버그가 아이슬란드에서 식사를 할 때 히틀러에게 우리 유대인을 어떻게 말했고 히틀러가 린드버그에게 우리 유대인을 어떻게 말했는지에 대해 학교에서 형들이 주고받는 이야기를 듣고서는 겁에 질리고 당황하거나 심지어 눈물을 흘리면서 집으로 돌아왔다. 우리 부모님이 오래전부터 계획한 워싱턴DC 여행 계획을 그대로 밀어붙인 이유 중 하나는, 부모님 본인들도 과연 그렇게 믿었는지는 몰라도, FDR가 물러난 것 빼고는 아무것도 변하지 않았음을 샌디 형과 내게 확신시켜주기 위해서였다. 앨빈 형이 뭐라고 예측했든 간에 미국은 파시즘국가가 아니며 앞으로도 그렇게 되지 않을 거라고. 대통령이 바뀌고 국회가 바뀌었지만, 대통령이든 국회든 헌법의 테두리 안에서 정해진 법을 준수해야 했다. 그들은 공화당원이고 고립주의자이고 개중에 반유대주의자도 있고, 심지어 FDR의 당에도 남부인 가운데 실제로 그런 자들이 있지만, 그들과 나치는 하늘과 땅 차이였다. 게다가 일요일 밤마다 윈첼이 나와서 새 대통령과 "그의 친구인 조 괴벨스*"를 속시원하게 비판하거나 내무부가 강제수용소 부지로 고려중인 지역들을 하나하나 폭로하는 걸 들으면—그 지역들은 주로 린드버그가 "국민 대통합"을 내세워 부통령으로 선임한 고립주의자 민주당원 버턴 K. 휠러의 고향인 몬태나주에 있었다—〈피엠〉 직원들은 물론이고 아버지가 좋아하는 윈첼, 도러시 톰프슨, 퀜틴 레이놀즈, 윌리엄 L. 샤이러 같은 기자들이 새 행정부의 정책을 얼마나 열심히 파헤치고 있는지 확신하기에 충분했다. 이젠 나도 아버지가 저녁마다 〈피엠〉을 가져오면 내 차례를 기다렸다가 신문을 펼치고서 연재만화 〈바나비〉만 읽거나 지면을 후루룩 넘기며 사진만 보지 않고, 비록 우리 유대계 미국인의 지위가 피부에 와닿을 정도로 빠르게 변하고 있긴 했지만 그래도 우리가 여전히 자유국가에서 살고 있다는 활자로 된 증거를 손에 쥐려고 애썼다.

1941년 1월 20일 린드버그의 취임 선서 이후, FDR는 가족과 함께 뉴욕주 하이드파크의 저택으로 돌아갔고 그후 대중의 눈과 귀에서 점점 사라졌다. 전해오는 이야기에 따르면 그가 맨 처음 우표 수집에 흥미를 느낀 때가 하이드파크에서 보낸 어린 시절, 그의 어머니가 자신이 어린 시절에 모은 우표첩들을 그에게 물려주면서부터였다고 했으므로, 내가 상상하기에 그는 아마 백악관에 있던 팔년 동안 모은 수백 종의 우표를 정리하느라 온종일 바쁠 성싶었다. 우표 수집가라면 누구나 알겠지만 지금까지 어떤 대통령도 우정국에 그렇게 많은 새 우표를 발행하라고 주문한 적이 없었고, 어떤

---

* 요제프 괴벨스. 히틀러의 나치 신화를 만들어낸 선전과 선동의 천재.

대통령도 우정국 사업에 그렇게 깊이 관여한 적이 없었다. 내가 내 우표첩을 가졌을 때 세운 첫번째 현실적인 목표는 여성 참정권 수 정조항의 십육 주년을 기념하는 1936년 수전 B. 앤서니 3센트 권 과 삼백오십 년 전 로어노크에서 미국 최초로 영국인 아기가 태어 난 것을 기념하는 1937년 버지니아 데어 5센트 권을 시작으로 내 가 아는 한에서 FDR가 도안에 관여하거나 개인적으로 제안한 우 표들을 모두 수집하는 것이었다. 1934년 어머니의 날 3센트 권은 FDR가 직접 도안한 우표로, 왼쪽 귀퉁이에 '미국의 어머니들을 기 념하고 존경하며'라는 글이 적혀 있고 오른쪽 중앙에 화가 휘슬러 가 자기 어머니를 그린 유명한 초상화가 들어가 있었다. 어머니는 나의 우표 수집을 격려하는 뜻에서 이 우표 네 장짜리 한 벌을 통 째로 사주었다. 어머니는 또한 루스벨트가 취임 첫해에 승인한 일 곱 장 세트 기념우표를 구입하도록 도와주었다. 내가 그 우표를 갖 고 싶었던 이유는 그중 다섯 장에 내가 태어난 해인 '1933'이 선명 하게 새겨져 있었기 때문이다.

워싱턴DC로 가기 전 나는 내 우표첩을 갖고 가게 해달라고 졸 랐다. 어머니는 내가 여행중에 우표첩을 잃어버리고 크게 상심할 지 모른다는 생각에 처음에는 허락하지 않았지만, 내가 적어도 대 통령 우표들은 꼭 가져가야 한다고 끈덕지게 주장하자 결국 두 손 을 들었다. 내가 갖고 있던 그 1938년 우표 세트 열여섯 장은 조지 워싱턴부터 캘빈 쿨리지까지 재임 순서에 따라 액면 금액이 순차 적으로 올라갔다. 1922년 알링턴국립묘지 우표와 1923년 링컨기 념관과 국회의사당 우표는 내 용돈으로 사기엔 너무 비쌌지만, 그 래도 나는 우표첩을 갖고 가야 하는 또다른 이유로 이 유명한 장소

세 곳이 흑백으로 선명하게 인쇄된 페이지를 그 우표들을 넣으려고 비워두었다는 점을 내세웠다. 사실은 일전에 꾼 악몽 때문에 우표첩을 텅 빈 집에 놔두고 가기가 두려웠다. 내 우표첩에서 린드버그 항공우표 10센트 권을 없애버리지 않았기 때문에, 또는 샌디 형이 부모님에게 거짓말을 하고 린드버그 그림들을 그대로 침대 밑에 놔두고 있었기 때문에, 그러니까 두 아들이 서로 짜고 부모님을 속이고 있었기 때문에, 내가 없는 사이에 어떤 나쁜 변화가 일어나 나의 워싱턴들이 무방비 상태에서 히틀러로 변하고 나의 국립공원들 위에 하켄크로이츠가 찍혀버리지 않을까 못내 두려웠다.

워싱턴DC에 들어서자마자 우리는 혼잡한 도로에서 방향을 잘못 트는 바람에 길을 잃고 말았다. 어머니가 도로지도를 보며 아버지에게 우리가 묵을 호텔이 있는 방향을 알려주고 있을 때 지금껏 내가 봤던 것 가운데서 가장 큰 흰색 물체가 우리 앞에 나타났다. 도로 끝의 언덕 위에 미국 국회의사당이 서 있었던 것이다. 시원스레 뻗은 널찍한 계단, 그 위로 줄지어 선 기둥들, 꼭대기를 덮은 삼단 돔. 우리는 무심코 미국 역사의 한복판으로 들어섰다. 보는 이에게 감동을 불러일으키는 그 웅장한 건물은 미국 역사를 잘 알든 모르든 간에 우리가 린드버그의 손길로부터 우리 자신을 보호하기 위해 의지해야만 하는 미국 역사의 상징이었다.

"저것 봐!" 어머니가 뒷좌석에 있는 샌디 형과 나를 돌아보며 말했다. "정말 감동적이지 않니?"

우리는 당연히 '네'라고 대답해야 했지만, 샌디 형은 애국심에 완전히 취해버린 것 같았고 나 역시 형을 본보기로 삼아 침묵으로 경외심을 대신했다.

바로 그때 오토바이를 탄 경찰관이 우리 곁으로 붙었다. "무슨 일이오, 뉴저지 양반?" 열린 창 너머에서 그가 물었다.

"호텔을 찾고 있어요." 아버지가 대답했다. "호텔 이름이 뭐였지, 여보?"

방금 전까지 국회의사당의 장엄한 모습에 홀려 있던 어머니는 경찰을 보자 즉시 얼굴이 창백해지고 목소리가 기어들어갔다. 호텔 이름을 대려 했지만 어머니의 대답은 도로의 소음에 파묻히고 말았다.

"여기서 빠져나가게 해드리지." 경찰이 큰 소리로 말했다. "크게 말해봐요, 부인."

"더글러스호텔!" 그 순간 큰 소리로 호텔 이름을 말한 건 형이었다. 형은 오토바이를 꼼꼼히 관찰하고 있었다. "케이 스트리트에 있어요, 경찰 아저씨."

"장하구나!" 경찰관은 손을 높이 들어 뒤에서 오는 차들을 멈춰 세우고는 우리 차를 따라오게 하고 유턴을 한 뒤 펜실베이니아 애비뉴가 있는 반대 방향으로 달리기 시작했다.

아버지가 껄껄 웃으며 말했다. "왕처럼 대접을 받는구나."

"하지만 우릴 어디로 끌고 가는지 어떻게 알아요?" 어머니가 물었다. "여보, 괜찮을까요?"

우리는 경찰관을 앞세우고 커다란 정부 건물들을 차례로 지나쳤다. 갑자기 샌디 형이 바로 왼쪽에 굽이치듯 펼쳐진 잔디밭을 가리키며 흥분했다. "저 위를 봐요!" 형이 소리쳤다. "백악관이에요!" 바로 그때 어머니가 울기 시작했다.

"왜냐하면," 우리가 호텔에 도착해서 경찰관이 손을 흔들고 부릉부릉 소리를 남기고 떠나기 직전, 어머니는 조금 전의 일을 설명하려 했다. "더이상 정상적인 나라에서 사는 것 같지가 않아서 그래. 정말 미안하구나, 얘들아. 용서해주렴." 하지만 어머니는 다시 울기 시작했다.

더글러스호텔의 제일 안쪽에 있는 작은 방에는 부모님을 위한 더블베드와 형과 나를 위한 보조 침대 두 개가 있었다. 아버지가 방문을 열어주고 우리 가방을 옮겨준 사환에게 팁을 주자마자 어머니는 다시 예전의 모습을 되찾았거나 되찾은 듯 행동했다. 어머니는 여행 가방에 든 물건들을 서랍장에 정리하기 시작했고 서랍 안쪽에 깨끗한 종이가 깔려 있는 걸 무척 고마워했다.

새벽 네시에 집을 나선 뒤 줄곧 도로 위에 있던 우리는 오후 한시가 넘어서야 점심 먹을 장소를 찾기 위해 다시 거리로 나왔다. 우리 차는 호텔 맞은편에 주차되어 있었는데, 회색 더블수트를 입은 날카로운 얼굴의 키 작은 남자가 차 옆에 서 있다가 우리를 보더니 모자를 벗고 말했다. "여러분, 제 이름은 테일러입니다. 저는 이 나라의 수도인 워싱턴DC를 안내하는 전문 가이드입니다. 시간을 허비하고 싶지 않다면 저 같은 사람을 고용하십시오. 여러분이 길을 잃지 않도록 운전을 대신 해드리고, 명소들로 안내하고, 알아야 할 것이 있으면 빠짐없이 알려드리겠습니다. 또한 여러분을 기다렸다가 차에 태우고, 적당한 가격에 맛있는 음식을 먹을 수 있는 곳으로 확실히 모셔드립니다. 이 모든 비용이, 여러분의 차를 이용하는 조건으로 하루에 단돈 9달러입니다. 이것이 저의 허가증입니다." 그는 몇 페이지로 된 문서를 펼쳐 아버지에게 보여주었다.

"상공회의소에서 발행한 겁니다." 그가 설명했다. "벌린 M. 테일러. 공식 DC 가이드, 1937년부터. 정확히 말하면 1937년 1월 5일입니다. 제75대 국회가 개원한 바로 그날이죠."

두 사람은 악수를 했고, 아버지는 보험사 직원다운 간결하고 사무적인 태도로 가이드의 서류를 훑어본 뒤 다시 건네주었다. "좋기는 한데," 아버지가 말했다. "하루에 9달러라면 힘들 것 같습니다, 테일러 씨. 어쨌든 우리 가족에겐 말입니다."

"이해합니다. 하지만 이 복잡한 도시에서 선생님이 직접 운전하고, 길을 찾아 헤매고, 주차할 자리를 찾는다고 생각해보십시오. 제 안내를 받으면 선생님과 가족분들은 두 배로 많이 볼 수 있고, 두 배로 즐거우실 겁니다. 자, 저는 여러분이 점심을 드실 멋진 장소로 안내해드릴 수 있고, 차에서 여러분을 기다렸다가 즉시 워싱턴기념탑으로 출발할 수 있습니다. 그런 다음엔 몰*을 따라 링컨기념관으로 갑니다. 워싱턴과 링컨. 우리의 가장 위대한 두 대통령을 보는 거죠. 저는 항상 그렇게 시작합니다. 워싱턴은 워싱턴DC에서 산 적이 없다는 걸 여러분도 아시죠? 워싱턴 대통령은 이곳을 선택하고 이곳을 행정의 영원한 중심지로 만드는 법안에 서명했지만, 1800년 백악관에 맨 처음 들어온 대통령은 그다음 대통령인 존 애덤스였습니다. 정확히 말하면 1800년 11월 1일이었죠. 영부인 애비게일은 이 주 뒤에 들어왔고요. 백악관에는 흥미로운 골동품이 많은데 존 애덤스와 애비게일 애덤스가 소유했던 셀러리 유리잔도 아직 보존되어 있습니다."

---

* 워싱턴DC에 있는 공원인 내셔널몰.

"그건 몰랐던 사실이군요." 아버지가 대답했다. "잠시 이 문제를 아내와 상의해보겠소." 그런 뒤 어머니에게 조용히 물었다. "돈이 될까? 저 사람, 워싱턴DC를 훤히 꿰뚫고 있는데." 어머니가 속삭였다. "하지만 누가 저 사람을 보냈을까요? 어떻게 우리 차를 알아봤을까요?" "그게 그의 직업이라오. 누가 관광객인지 단번에 알지. 저 사람은 그렇게 해서 먹고사는 거라고." 형과 나는 어머니가 말을 멈추고 아버지가 여행이 끝날 때까지 얼굴이 뾰족하고 다리가 짧고 말을 술술 잘하는 저 가이드를 고용하기를 바라면서 부모님 곁에 바짝 붙어 있었다.

"너희는 어떻게 했으면 좋겠니?" 아버지가 샌디 형과 나를 보고 물었다.

"만일 돈이 모자라면……" 샌디 형이 입을 열었다.

"돈 이야기가 아니다." 아버지가 말했다. "저 사람이 좋으냐, 싫으냐?"

"특이한 사람이에요." 샌디 형이 작은 소리로 속삭였다. "오리 인형같이 생겼어요. '정확히 말하면'이라고 하는 게 맘에 들어요."

"여보." 아버지가 말했다. "저 사람은 믿을 만한 진짜 워싱턴DC 가이드야. 미소라는 걸 지어본 적이 있는지 의심스럽지만, 매사에 빈틈없는 평범한 남자인 건 분명해요. 또 저렇게 예의바를 수가 없어요. 7달러에 할 수 있는지 한번 알아보겠소." 아버지는 우리를 남겨두고 가이드에게 걸어갔고, 두 사람은 몇 분 동안 진지하게 이야기를 나누었다. 마침내 거래가 성사되자 두 사람은 다시 악수를 했고, 아버지는 아무 일이 없을 때에도 항상 힘이 넘치는 사람답게 큰 소리로 외쳤다. "자, 이제 먹으러 가자!"

가장 놀라운 게 무엇인지 딱 집어내기는 어려웠다. 태어나서 처음으로 뉴저지주를 벗어난 것인지, 집에서 300마일이나 떨어진 미국의 수도에 와 있는 것인지, 아니면 우리 가족이 미합중국 12대 대통령과 성이 똑같은 낯선 사람을 운전수로 고용한 것인지. 내 무릎 위에 놓인 우표첩에는 그 대통령의 옆모습이 아름답게 그려진 자주색 12센트 우표가 파란색 11센트 포크 대통령 우표와 초록색 13센트 필모어 대통령 우표 사이에 있었다.

테일러 씨가 말했다. "워싱턴DC는 네 구역으로 나뉩니다. 북서 지구, 북동 지구, 남동 지구, 남서 지구죠. 예외가 있긴 하지만, 남북으로 난 도로에는 숫자가 붙어 있고, 동서로 난 거리에는 알파벳이 붙어 있어요. 워싱턴DC는 현재 서양의 모든 수도 가운데 유일하게 중앙정부를 유치할 목적으로 개발됐습니다. 그 때문에 런던이나 파리와 다르고, 뉴욕이나 시카고와도 다르지요."

"잘 들었니?" 아버지가 어깨 너머로 샌디 형과 나를 보면서 물었다. "여보, 당신도 들었지? 워싱턴DC가 왜 특별한지 테일러 씨가 설명한 거야."

"들었어요." 어머니는 이제 모든 게 순조롭다고 나를 안심시키고 그렇게 해서 어머니도 마음을 놓으려는 듯 내 손을 꼭 잡았다. 하지만 워싱턴DC에 들어온 순간부터 떠날 때까지 내 유일한 걱정은 단 하나, 우표첩을 무사히 지키는 것이었다.

테일러 씨가 우리를 데려다준 간이식당은 깨끗하고 저렴했으며 그가 말한 대로 음식맛도 좋았다. 식사를 마치고 밖으로 나오자 우리 차가 주차된 차들 사이에서 빠져나와 우리에게 다가오고 있었다. "타이밍이 정확하군요!" 아버지가 큰 소리로 말했다.

"몇 년 동안 일하다보면 일가족이 점심을 먹는 데 얼마쯤 걸리는지 예측할 수 있지요. 괜찮았습니까, 로스 부인? 입맛에 맞았는지요?"

"아주 좋았어요, 감사합니다."

"그럼 이제 워싱턴기념탑으로 가볼까요?" 테일러 씨가 차를 몰기 시작했다. "누구를 기리는 기념탑인지는 다들 아시겠지요? 우리의 초대 대통령입니다. 대부분의 사람들이 링컨 대통령과 함께 우리의 가장 훌륭한 대통령으로 꼽고 있지요."

"난 거기에 FDR도 넣고 싶습니다. 위대한 사람인데, 이 나라 국민들이 등을 떠밀었죠." 아버지가 말했다. "그리고 누가 그 자리를 차지했는지 보시오."

테일러 씨는 정중하게 귀를 기울일 뿐 아무런 대꾸도 하지 않았다. 잠시 후 그가 입을 열었다. "자, 여러분 모두 사진으로 워싱턴기념탑을 보신 적은 있을 겁니다. 하지만 사진으로는 기념탑이 얼마나 인상적인지를 제대로 느낄 수 없죠. 높이가 지상에서 555피트 5와 8분의 1인치로, 세계에서 가장 높은 석조 건축물입니다. 새로 생긴 전기 승강기를 타면 일 분 십오 초 만에 꼭대기까지 올라갑니다. 아니면 팔백구십삼 개나 되는 구불구불한 계단을 걸어서 올라갈 수도 있습니다. 위에서 보면 반경 15마일에서 20마일까지 전망이 나옵니다. 볼만하지요. 저기입니다. 보이죠? 똑바로 앞을 보세요."

몇 분 후 테일러 씨는 기념탑 마당에 주차할 자리를 발견했고, 우리가 차에서 내리자 발장다리로 총총걸음치며 우리를 따라왔다. "몇 년 전에 처음으로 기념탑을 청소했습니다. 어떻게 청소를 했을

지 상상해보세요, 로스 부인. 물에다 모래를 섞어 뿌리고, 강철모가 달린 솔을 사용했답니다. 오 개월이 걸렸고 만 달러가 들었지요."

"FDR 시절이었죠?" 아버지가 물었다.

"네, 그럴 겁니다."

"사람들이 그걸 알까요? 신경이나 쓸까요? 아니죠. 대신에 사람들은 항공우편 조종사에게 이 나라를 맡겼어요. 더 큰 문제는 따로 있지만요."

테일러 씨는 밖에 남고 우리는 기념탑 안으로 들어갔다. 승강기 앞에서 어머니는 다시 내 손을 꼭 잡고 아버지 곁으로 다가가 속삭였다. "그렇게 말하지 말아요."

"어떻게?"

"린드버그 말이에요."

"아, 그저 내 생각을 말한 것뿐이오."

"하지만 이 남자가 어떤 사람인지 모르잖아요."

"확실히 알아요. 저 사람은 공인 가이드고 그걸 입증하는 서류도 갖고 있어요. 여보, 여긴 워싱턴기념탑이야. 당신은 내 생각을 숨기라고 말하는데, 워싱턴기념탑은 베를린에 있는 게 아니잖소."

아버지의 퉁명스러운 대꾸는 어머니를 더 고통스럽게 했고, 특히 승강기를 기다리는 사람들이 우리 대화를 엿들을까봐 더욱 그랬다. 아버지는 아내와 두 아이 곁에 서 있는 한 아버지를 바라보며 물었다. "어디서 오셨습니까? 우린 뉴저지주에서 왔습니다." "메인주요." 그 사람이 대답했다. "들었지? 메인주에서 오셨단다." 아버지가 형과 나를 보고 말했다. 다 합쳐 스무 명쯤 되는 아이들과 어른들이 타자 승강기 안은 대략 절반쯤 찼다. 승강기가 쇠

기둥들 사이에 난 통로를 타고 위로 올라가는 동안, 아버지는 다른 가족들에게 어디서 왔느냐고 물으며 일 분 십오 초를 보냈다.

구경을 마치고 나오자 테일러 씨가 밖에서 기다리고 있었다. 그는 샌디 형과 나에게 500피트 위에서 창밖으로 무엇을 봤느냐고 물었고, 그런 뒤 우리를 이끌고 기념탑 주위를 빠른 걸음으로 돌면서 다사다난했던 기념탑 건축의 역사를 설명했다. 다음으로 그는 우리의 브라우니박스 카메라로 가족사진을 찍어줬고, 아버지는 테일러 씨가 사양하는데도 기어이 워싱턴기념탑을 배경으로 어머니, 샌디 형, 내 옆에 테일러 씨를 세우고 사진을 찍었다. 우린 차로 돌아왔고, 테일러 씨는 다시 운전대를 잡고 몰을 따라 링컨기념관을 향해 운전하기 시작했다.

이번에 테일러 씨는 주차를 하며 우리에게 링컨기념관은 세계 어느 곳의 건축물과 달라 보는 사람을 완전히 압도할지도 모르니 준비를 단단히 하라고 일러주었다. 그런 뒤 그는 우리를 데리고 주차 구역을 나와 거대한 열주식 건물로 향했다. 둥근 기둥들을 지나쳐 넓은 대리석 계단을 오르자 실내 공간이 펼쳐졌고, 엄청나게 높고 거대한 왕좌 위에 링컨이 앉아 있었다. 신의 얼굴과 미국의 얼굴이 완벽하게 하나로 합쳐진 가장 신성한 얼굴이 나를 굽어보고 있었다.

아버지가 정색을 하고 말했다. "그놈들이 링컨을 쐈어, 더러운 놈들."

우리 네 사람은 기단부 바로 앞에 서서 동상을 올려다보았다. 거대한 동상은 불빛을 받아 에이브러햄 링컨의 모든 면을 숭고하게 드러내고 있었다. 일상에서 흔히 위대하다고 여기는 모든 것이 한 순간에 먼지처럼 하찮아졌고, 어른 아이 할 것 없이 모두 과장법이 빚어내는 그 장엄한 분위기에 압도되었다.

"이 나라가 위대한 대통령들에게 한 짓을 생각하면……"

"여보, 그만해요." 어머니가 애원했다.

"뭘 그만하란 거요. 그건 큰 비극이었어, 안 그러니, 애들아? 링컨의 암살 말이다."

테일러 씨가 우리에게 다가와 조용히 말했다. "내일은 포드극장에 갈 겁니다. 링컨 대통령이 저격당한 곳이죠. 그리고 길 건너에 있는 피터슨하우스에도 갈 겁니다. 링컨 대통령이 숨을 거둔 곳이죠."

"테일러 씨, 내 말은 이 나라가 위대한 사람들에게 어떤 짓을 하고 있는가 하는 거요."

"린드버그가 대통령이 되어서 얼마나 다행인지." 불과 몇 피트 떨어진 곳에서 여자 목소리가 들렸다. 나이 많은 부인이 혼자 멀찍이 서서 안내 책자를 뒤적이고 있었다. 그 말은 꼭 누구한테 한 게 아니라 우연히 아버지의 말을 듣고서 불쑥 튀어나온 것이었다.

"링컨하고 린드버그를 비교하나? 거참 어이가 없군." 아버지가 신음하듯 말했다.

사실 그 부인은 혼자가 아니라 관광객 무리에 속해 있었고 그중에는 부인의 아들로 보이는 아버지 또래의 남자도 있었다.

"뭐가 불만이오?" 그가 우리를 향해 위협적으로 걸음을 내디디며 아버지에게 물었다.

"그런 게 아니오." 아버지가 말했다.

"저 부인의 말이 잘못되었소?"

"아니오, 선생. 여긴 자유국가요."

그 남자는 한참 동안 뚫어지게 아버지를 쳐다보았고, 그런 다음 어머니와 샌디 형과 나를 차례로 훑었다. 그는 무엇을 봤을까? 적당한 근육질에 군살 없는 몸, 넓은 가슴과 175센티미터 정도의 키, 적당히 잘생긴 얼굴, 흐릿한 회녹색의 눈, 관자놀이 근처에서 자른 성긴 갈색 머리와 필요 이상으로 익살스럽게 튀어나온 두 귀를 가진 남자. 여자는 가냘프지만 튼튼했고, 옷매무새가 깔끔했으며, 검은 곱슬머리 한 타래가 한쪽 눈썹 위까지 내려왔고, 둥그스름한 뺨에 볼연지를 연하게 발랐고, 매부리코, 짧고 통통한 팔, 균형 잡힌 다리, 빈약한 엉덩이, 나이의 절반을 거스른 것 같은 생기 있는 눈을 갖고 있었다. 두 사람 모두 분별이 넘치고 힘이 넘쳤으며 그들 곁에는 젊은 부모를 둔, 아직 피부가 보들보들하니 예쁘장하고 집중력도 좋고 건강하며 거의 구제불능일 정도로 낙천적인 두 남자아이가 있었다.

그 낯선 남자는 우리를 관찰한 것에 대한 결론으로 조롱하듯 머리를 까닥거렸다. 그런 다음 우리에 대한 평가가 잘못 전달되지 않도록 경멸적으로 크게 쉿 소리를 내면서 노부인과 일행 쪽으로 몸을 돌리더니 젊은 등짝의 윤곽으로도 경고의 메시지를 전하려는 듯 천천히 건들건들 걸어갔다. 그리고 바로 그 자리에서 "떠버리 유대인"이란 말이 들려왔다. 그가 우리 아버지를 이르는 말이었다. 뒤이어 노부인의 또렷한 말소리가 들려왔다. "뺨을 때려주고 싶은 걸 간신히 참았다."

테일러 씨는 재빨리 우리를 이끌고 중앙홀에서 나와 다음 방으로 넘어갔다. 게티즈버그연설문이 새겨진 석판과 노예해방을 주제로 그린 벽화가 있는 작은 홀이었다.

"이런 곳에서 저런 말을 듣다니." 아버지의 목멘 음성은 분노로 가늘게 떨렸다. "이렇게 위대한 인물을 기리는 신성한 곳에서!"

그러는 동안 테일러 씨는 그림을 가리키며 말했다. "저길 보세요. 진리의 천사가 노예를 풀어주고 있습니다."

그러나 아버지에겐 아무것도 보이지 않았다. "루스벨트가 대통령이라면 저런 소리를 들을 수 있겠니? 감히 저런 말을 못할 거다. 루스벨트 시절이라면 꿈도 못 꿀 일이야……" 아버지가 말했다. "하지만 이제 이 나라의 가장 큰 동맹자는 아돌프 히틀러가 되었어. 미합중국 대통령의 가장 절친한 친구가 아돌프 히틀러란 말이다. 그러니 뭘 해도 괜찮다고 생각하는 거지. 수치스러운 일이야. 이 모든 일이 백악관에서 시작되고 있어……"

아버지는 나 말고 누구에게 이야기하고 있었을까? 형은 테일러 씨를 따라다니면서 벽화에 대해 묻고 있었고, 어머니는 아까 차에서 지금보다 훨씬 덜한 상황이었음에도 터져나올 뻔했던 말과 행동을 참으려 인내심을 쥐어짜내고 있었다.

"저걸 읽어봐." 게티즈버그연설문이 새겨진 석판을 말하는 거였다. "이렇게 쓰여 있구나. '모든 인간은 평등하게 창조되었다.'"

"여보," 어머니가 숨을 헐떡이며 말했다. "더이상 못 참겠어요."

우리는 다시 환한 밖으로 나가 층계참에 모여 섰다. 반 마일 떨어진 곳에 워싱턴기념탑의 높다란 몸체가 우두커니 서 있었고, 인공 호수인 '반짝이는 연못'이 링컨기념관의 계단식 잔디밭에서 기념탑까지 길게 펼쳐져 있었다. 주변에는 온통 느릅나무가 심어져 있었다. 내가 본 그 어떤 전경보다 아름다운 그곳은 애국의 낙원, 미국의 에덴동산이었다. 우리는 쫓겨난 가족처럼 계단 위에 옴츠린 채 서 있었다.

"자, 얘들아." 아버지가 형과 나를 가까이 끌어당기며 말했다. "우리 모두 낮잠을 자는 게 좋겠구나. 모두에게 힘든 하루였어. 호텔로 돌아가서 한두 시간 쉬도록 하자. 테일러 씨, 어떻게 생각하시오?"

"원하시는 대로 하세요, 로스 씨. 저녁을 먹은 뒤 밤에 차를 타고 워싱턴DC를 둘러보시면 좋을 겁니다. 모든 유명한 기념물에 조명이 켜지지요."

"그렇게 말씀하시니," 아버지가 말했다. "여보, 그게 좋지 않겠소?" 하지만 샌디 형과 나를 달랜 것처럼 어머니를 달래기란 쉽지 않았다. 아버지가 말했다. "여보, 조금 전엔 미친 사람들을 만난 거요. 두 미치광이였지. 캐나다로 갔다 해도 똑같은 사람을 만났을 거요. 그런 걸로 여행을 망치지 않도록 합시다. 우리 모두 푹 쉬도록 하자. 테일러 씨는 우릴 기다려줄 거야. 그런 다음 다시 시작하자. 봐라." 아버지는 팔을 쭉 펴고 크게 휘둘렀다. "미국인이라면 모두 이걸 봐야 해. 얘들아, 돌아서서 마지막으로 에이브러햄 링컨을 봐라."

우린 아버지가 시킨 대로 했지만 아까처럼 황홀한 애국심이 가슴에서 솟구쳐올라오진 않았다. 긴 대리석 계단을 내려가기 시작할 때 뒤에서 아이들 몇 명이 부모에게 묻는 소리가 들렸다. "정말 그 사람이에요? 그 사람이 저기 저 아래에 묻혀 있어요?" 어머니는 내 곁에 바짝 붙어 계단을 내려갔고 공황에 빠지지 않은 사람처럼 행동하려고 노력했다. 갑자기 나는 링컨을 닮은 용기 있는 새 사람이 되려면 지금 어머니를 붙잡아줘야 한다는 생각이 들었다.

하지만 내가 할 수 있는 일은 어머니가 손을 내밀 때 어린아이처럼 그 손을 꼭 쥐는 것뿐이었다. 나는 아직 우표 수집을 제외하곤 세상에 대해 아는 게 한줌밖에 안 되는 어린아이였다.

차에서 테일러 씨는 남은 하루의 계획을 세웠다. 우리가 호텔로 돌아가 낮잠을 자면 그가 여섯시 십오분에 우리를 데리러 와서 저녁을 먹을 식당으로 실어다주기로 했다. 점심을 먹은 유니언역 근처의 그 간이식당에 다시 갈 수도 있고, 그가 값싸고 질이 좋다고 보장하는 다른 두 식당 가운데 하나를 선택할 수도 있었다. 그리고 저녁을 먹고 나서 밤에는 그의 안내에 따라 워싱턴DC를 한 바퀴 돌아볼 수 있었다.

"전혀 당황하지 않는군요, 테일러 씨?" 아버지가 말했다.

테일러 씨는 애매한 고갯짓으로 어물쩍 대꾸했다.

"어디 출신이시오?" 아버지가 물었다.

"인디애나주 출신입니다, 로스 씨."

"인디애나주라. 얘들아 상상해봐라. 그러면 고향은 인디애나주 어딥니까?" 아버지가 그에게 물었다.

"고향은 없습니다. 아버지가 기계공이었어요. 농기계를 고치느라 여기저기 돌아다녔습니다."

"그렇다면," 아버지가 말했다. 테일러 씨는 그 이유를 명확히 납득하기 어려웠을 것이다. "당신에게 경의를 표합니다, 선생. 정말 자랑스러우시겠군요."

이번에도 테일러 씨는 고개만 살짝 끄덕였다. 몸에 꼭 맞는 정장을 입고 모든 면에서 능률적이며 군인처럼 단호한 태도의 테일러 씨는 허점이 전혀 없는 사람이었다. 숨길 게 아무것도 없고 비개인적인 면들이 모두 드러난다는 점을 제외하고는 모든 게 비밀스러운 사람이었다. 워싱턴DC에 대해 유창하게 설명하면서도 그 밖의 모든 것에 대해선 입을 다물었다.

호텔에 도착하자 테일러 씨는 주차를 하고 나서 단지 가이드가 아니라 우리의 보호자인 양 우리를 앞세우고 안으로 들어갔다. 거기까지는 좋았다. 작은 호텔 로비 프런트 옆에 우리의 여행 가방 네 개가 놓여 있었기 때문이다.

프런트 뒤에 서 있는 처음 보는 사람이 자기를 지배인이라고 소개했다.

아버지가 우리 가방이 왜 여기에 있느냐고 묻자 지배인이 말했다. "여러분, 먼저 사과드립니다. 여러분을 대신해 가방을 꾸릴 수밖에 없었습니다. 오후 예약을 담당하는 직원이 실수를 저질렀습니다. 그 직원이 여러분의 방을 다른 가족에게 배정하고 말았습니다. 여기, 선금을 환불해드리겠습니다." 그는 10달러가 든 봉투를 아버지에게 건넸다.

"하지만 내 아내가 당신네들한테 편지를 보냈고, 당신들은 우리에게 답장을 했소. 우린 몇 달 전에 예약을 한 거요. 그래서 선금을 보낸 거지. 여보, 그 편지들 어디 있소?"

어머니는 가방을 가리켰다.

"선생님," 지배인이 말했다. "그 방엔 다른 손님이 들어갔고, 호텔에는 빈방이 없습니다. 여러분이 오늘 사용한 것들이나 없어진 비누에 대해서는 돈을 받지 않겠습니다."

"없어지다니?" 그 단어에서 아버지는 이성을 잃어버렸다. "우리가 훔쳤다는 말이오?"

"아뇨, 그게 아닙니다. 아마 어떤 아이가 기념품으로 가져갔겠지요. 아무 문제도 아닙니다. 우린 그렇게 작은 문제로 입씨름을 하거나 비누를 찾기 위해 호주머니를 뒤지진 않습니다."

"그게 무슨 말이오!" 아버지는 설명을 요구하면서 지배인의 코 밑에서 주먹으로 프런트를 탕탕 쳤다.

"로스 씨, 여기에서 소란을 피우신다면……"

"그래요." 아버지가 말했다. "그 방에 무슨 문제가 있는지 알 때까지 소란을 피울 거요!"

"그렇다면," 지배인이 말했다. "경찰을 부르는 수밖에 없군요."

바로 그때 프런트에서 안전한 거리를 유지한 채 형과 나의 어깨를 끌어안고 우리를 보호하고 있던 어머니가 아버지의 이름을 불렀다. 문제를 더 키우지 말자는 뜻이었다. 하지만 그러기에는 너무 늦었다. 항상 그랬다. 아버지는 절대로 지배인이 그에게 부여하려는 지위를 순순히 받아들일 수 없었을 것이다.

"그놈의 빌어먹을 린드버그!" 아버지가 말했다. "너희 쥐새끼 같은 파시스트들이 드디어 권력을 잡았구나!"

"경찰을 부를까요, 선생님, 아니면 가방을 가지고 가족과 함께 즉시 떠나시겠습니까?"

"경찰을 부르시오." 아버지가 대답했다. "부르라고요."

이제 로비에는 대여섯 명의 손님이 멀찍이 서서 우리를 지켜보고 있었다. 그들은 아버지와 지배인이 다투는 동안 로비에 들어온 뒤 상황이 어떻게 굴러가는지를 보려고 머무르는 중이었다.

그때 테일러 씨가 아버지 곁으로 다가와 말했다. "로스 씨, 당신이 전적으로 옳습니다. 하지만 경찰을 불러 해결할 문제가 아니에요."

"아니, 경찰을 불러야 해요. 빨리 부르시오." 아버지가 지배인에게 말했다. "이 나라엔 당신 같은 자들을 혼내는 법이 있소."

지배인은 수화기를 들었고, 그가 다이얼을 돌리는 동안 테일러 씨는 가방이 있는 곳으로 재빨리 달려가 가방을 한 손에 두 개씩 들고 호텔 밖으로 날랐다.

어머니가 말했다. "여보, 그만해요. 테일러 씨가 가방을 갖고 나갔어요."

"아니오, 여보." 아버지가 격한 어조로 말했다. "이자들의 헛소리에 신물이 나요. 경찰한테 얘기해야겠소."

지배인이 막 전화를 끊고 있을 때 달음박질로 다시 돌아온 테일러 씨가 프런트 앞까지 멈추지 않고 달려갔다. 그는 목소리를 낮춰 아버지에게만 들리게 얘기했다. "멀지 않은 곳에 좋은 호텔이 있습니다. 밖에서 공중전화로 알아봤어요. 방이 있답니다. 훌륭한 거리에 있는 훌륭한 호텔이에요. 차를 타고 가서 가족을 쉬게 하세요."

"고맙습니다, 테일러 씨. 하지만 지금 우린 경찰을 기다리고 있소. 경찰이 이 사람한테 내가 오늘 읽은 게티즈버그연설문을 상기시켜주는 걸 봐야겠소. 그 석판에 뭐라고 새겨져 있는지 말이오."

아버지 입에서 게티즈버그연설문이라는 말이 나오자 구경하던 사람들은 서로 눈을 맞추면서 웃음을 지었다.

나는 형에게 속삭였다. "왜 그러는 거야?"

"반유대주의야." 형이 나에게 속삭였다.

우리가 서 있는 곳에서 경찰관 두 명이 오토바이를 타고 도착하는 모습이 보였다. 우리가 지켜보는 가운데 경찰관들은 엔진을 끄고 호텔로 들어왔다. 한 명은 모든 사람을 감시할 수 있게 호텔 입구 쪽에 멈춰 섰고, 다른 한 명은 프런트로 다가가 은밀히 얘기할 수 있는 곳으로 지배인을 불렀다.

"경찰관님." 아버지가 불렀다.

경찰관이 돌아보며 말했다. "차례로 한 명씩 얘기를 듣겠습니다, 선생님." 그러더니 한 손으로 신중하게 턱을 괸 채 지배인과 이야기를 계속했다.

아버지는 우리를 향해 "이럴 수밖에 없었다, 얘들아"라고 말하고, 어머니에게는 "걱정할 거 없소"라고 말했다.

경찰관은 지배인과 이야기를 마친 후 아버지에게 다가왔다. 그는 지배인 옆에서 그의 이야기를 귀담아들을 때 그랬던 것처럼 간간이 미소 짓진 않았지만, 그래도 화를 내는 기미는 없었고 처음에는 친절한 어조로 말했다. "무슨 문제죠, 로스?"

"우린 이 호텔에 사흘간 예약을 하고 선금을 보냈습니다. 그리고 예약을 확인해주는 편지도 받았고요. 아내 가방에 서류가 있습니다. 우린 오늘 도착해서 체크인을 했고, 방에 들어가서 짐을 풀었습니다. 그런데 시내 구경을 하러 나갔다 오니 우릴 쫓아내는 겁니다. 방이 다른 사람에게 예약되어 있다면서요."

"그럼 뭐가 문제인가요?" 경찰관이 물었다.

"우린 애들까지 넷입니다, 경찰관님. 뉴저지에서 먼길을 달려왔죠. 이렇게 길거리로 내쫓길 수는 없습니다."

"하지만, 다른 사람이 방을 예약했다면……"

"아무도 없어요! 그리고 있더라도 왜 우리가 그 사람들한테 밀려나야 하는 거죠?"

"지배인은 선금을 돌려줬소. 심지어 당신들을 위해 짐도 꾸려주었잖소?"

"경찰관님, 내 말을 이해하지 못하시는군요. 왜 다른 사람의 예약 때문에 우리의 예약이 취소되어야 하죠? 난 우리 가족을 데리고 링컨기념관에 다녀왔습니다. 기념관 홀에 게티즈버그연설문이 있더군요. 거기에 뭐라고 적혀 있는지 아십니까? '모든 인간은 평등하게 창조되었다'라고 적혀 있단 말입니다."

"하지만 모든 호텔 예약이 평등하게 창조되었다는 말은 아니지 않소?"

경찰관의 목소리는 로비 끝에 있는 구경꾼들에게까지 전달되었다. 몇몇 사람은 더이상 참지 못하고 큰 소리로 웃었다.

어머니는 형과 나를 뒤에 남겨두고 이제야 끼어들려고 앞으로 걸어갔다. 문제를 더 악화시키지 않을 순간을 기다리고 있던 어머니는 숨이 가빠졌음에도 불구하고 지금이 기회라고 생각하는 것 같았다. "여보, 그만 가요." 그리고 아버지에게 간절히 애원했다. "테일러 씨가 근처에 방을 찾았어요."

"싫소!" 아버지는 크게 소리치면서 팔을 휘둘러 어머니의 손을 뿌리쳤다. "이 경찰관은 왜 우리가 쫓겨나는지 알고 있어요. 경찰관도 알고, 지배인도 알고, 이 로비에 있는 사람들은 다 알고 있어요."

"당신은 아내 말을 들어야 할 것 같소." 경찰관이 말했다. "로스, 부인 말대로 다른 호텔로 가시오. 이곳에서 떠나시오." 그리고 입구 쪽으로 머리를 홱 돌리면서 한마디 덧붙였다. "내 인내심이 남아 있을 때 떠나시오."

아버지는 더 반항하고 싶은 마음이 굴뚝같았지만 그래도 조금은 제정신이 남아 있었기에 자신의 주장이 자신을 제외한 모든 사람에게 더이상 관심거리가 아님을 이해할 수 있었다. 우리는 모두가 지켜보는 가운데 호텔을 떠났다. 입을 연 사람은 다른 경찰관뿐이었다. 입구에 놓인 화분 바로 옆에서 그는 상냥하게 고개를 끄덕여 인사를 했고, 우리가 다가가자 손을 내밀어 내 머리를 쓰다듬었다. "안녕, 꼬마야?" "안녕하세요." 나도 인사했다. "그게 뭐니?" "우표예요." 하지만 나는 그가 우표첩을 보여달라고 한다면 체포되지 않기 위해 어쩔 수 없이 보여줘야 할 거라는 생각에 걸음을 멈추지 않았다.

테일러 씨는 인도에서 기다리고 있었다. 아버지가 그에게 말했다. "내 평생에 이런 일은 처음이오. 난 사람들과 잘 지냅니다. 모든 배경의 사람들, 모든 직업의 사람들과 잘 어울리는데 이런 일은 정말 처음이오……"

"더글러스호텔 주인이 바뀌었습니다." 테일러 씨가 말했다. "새 주인이 인수했어요."

"하지만 친구들이 그 호텔에 묵었었고 100퍼센트 만족했다고 했어요." 어머니가 말했다.

"어쨌든, 로스 부인, 주인이 바뀌었습니다. 하지만 에버그린호텔에 방을 잡아놨으니 모든 게 잘 풀릴 겁니다."

바로 그때 비행기 한 대가 굉음을 내며 워싱턴DC 상공을 낮게 날았다. 거리를 걷던 몇 사람이 걸음을 멈추었고, 그중 한 명이 마치 6월에 내리는 눈을 본 것처럼 하늘을 향해 두 팔을 올렸다.

하늘을 나는 물체라면 뭐든지 윤곽만 보고도 알아맞히는 샌디 형이 손가락으로 비행기를 가리키며 말했다. "록히드 인터셉터야!"

"린드버그 대통령이다." 테일러 씨가 설명했다. "매일 오후 이

시간쯤에 포토맥강을 따라 잠시 비행하고, 앨러게니산맥 위로 날아간 뒤 블루리지산맥을 따라 내려가고, 거기서 체서피크만으로 나간단다. 사람들이 목을 빼고 기다리지."

"세계에서 제일 빠른 비행기예요." 형이 말했다. "독일에서 만든 메서슈미트 110은 한 시간에 365마일을 가는데 인터셉터는 한 시간에 500마일을 날아가요. 세계에서 어떤 비행기도 인터셉터를 못 따라잡아요."

모두 샌디 형을 따라 하늘을 바라보았다. 형은 대통령이 히틀러를 만나기 위해 아이슬란드까지 몰고 갔다 온 바로 그 인터셉터에 홀려 흥분을 감추지 못했다. 비행기는 엄청난 힘으로 가파르게 상승한 뒤 하늘 속으로 사라졌다. 거리를 걷던 사람들은 박수갈채를 보냈고 어떤 사람은 "브라보 린디!"라고 외쳤다. 그런 뒤 사람들은 가던 길을 계속 갔다.

에버그린호텔에서 어머니와 아버지는 싱글 침대에서 잤고, 샌디 형과 나는 다른 싱글 침대에서 잤다. 그렇게 촉박한 상황에서 테일러 씨가 찾아낸 최상의 대안은 트윈 베드가 고작이었지만, 더글러스호텔에서 그 모든 일을 겪은 후라 누구도 불평하지 않았다. 침대가 편히 쉬기에 적당하지 않다거나, 방이 처음 들었던 곳보다 훨씬 작다거나, 욕실이 성냥갑만한데다 살균제를 흠뻑 뿌렸음에도 냄새가 고약하다는 건 문제가 되지 않았다. 특히 우리가 도착했을 때 프런트에서 친절하게 맞아준 쾌활한 여자가 에드워드 B라고 부른 나이 많고 홀쭉한 흑인이 사환 복장을 한 채 우리 가방을 낮은 카트 위에 차곡차곡 쌓고, 일층 통풍구 아래의 방에 도착한 뒤 문을 열면서 "우리 에버그린호텔은 이 나라의 수도에 오신 로스 씨 가족을 환영합니다"라고 유머러스하게 알린 뒤 마치 그 흐릿한 조명의 토굴 같은 방이 리츠호텔의 내실이나 되는 양 우리를 방안으로 안내할 때에는 더욱 그랬다. 형은 에드워드 B가 우리의 짐을 싣는 순간부터 그에게서 눈을 떼지 못했고, 이튿날 아침 다른 사람들이 잠에서 깨기 전 조용히 옷을 차려입은 뒤 스케치북을 들고 로비로 달려가 그를 그렸다. 공교롭게도 다른 흑인이 근무중이었는데, 에드워드 B만큼 얼굴에 홈과 주름살이 보기 좋게 나 있진 않았지만 그 역시 화가의 관점에서는 대단한 발견이었다. 〈내셔널 지오그래픽〉의 과월호에 실린 사진 말고는 샌디 형이 어디에서도 본 적 없는, 아프리카계의 특징들을 고스란히 보여주는 얼굴과 새까만 피부였다.

우리는 오전 내내 테일러 씨의 안내를 받으며 국회의사당과 국회를 둘러보았고, 이어서 대법원과 국회도서관을 구경했다. 테일러 씨는 모든 돔의 높이, 모든 로비의 치수, 모든 대리석 바닥의 원산지, 우리가 들어가는 모든 정부 청사의 모든 그림과 벽화에 담긴 주제와 사건을 훤히 꿰뚫고 있었다. "참 대단하시군요." 아버지가 말했다. "인디애나주의 작은 마을에서 태어난 분이. 〈인포메이션 플리즈〉*에 나가도 될 것 같습니다."

점심을 먹은 후 우리는 마운트버넌을 구경하기 위해 포토맥강을 따라 남쪽으로 차를 몰고 버지니아주로 들어갔다. 테일러 씨가 설명했다. "다들 아시겠지만, 버지니아주 리치먼드는 남부의 열한 개 주가 미합중국에서 탈퇴해 결성한 남부 연방의 수도였습니다. 남북전쟁 때 버지니아주에서 큰 전투가 여러 번 벌어졌지요. 정서 방

---

* 미국의 라디오 퀴즈 프로그램.

향으로 약 20마일 밖에 매너서스국립전적지공원이 있습니다. 남군은 불런이라는 작은 강 근처에서 북군을 두 번 참패시켰는데, 두 전장이 모두 공원 안에 있지요. 첫번째는 1861년 7월 P.G.T. 보르가드 장군과 J.E. 존스턴 장군이 지휘한 전투였고, 두번째는 1862년 8월 로버트 E. 리 장군과 스톤월 잭슨 장군이 지휘한 전투였습니다. 리 장군은 버지니아군을 지휘했고, 남부 연방 대통령은 리치먼드에서 남부를 통치했어요. 역사를 기억하신다면 아시겠지만, 그 대통령은 제퍼슨 데이비스였죠. 여기서 남서쪽으로 125마일 거리에 버지니아주 애퍼매톡스가 있습니다. 1865년 4월, 정확히 말하면 4월 9일, 그곳 법원에서 무슨 일이 있었는지 아실 겁니다. 리 장군이 U.S. 그랜트 장군에게 항복했고, 그렇게 해서 남북전쟁이 끝났지요. 그리고 육 일 후 링컨이 어떻게 되었는지 여러분도 잘 아실 겁니다. 저격을 당했어요."

"더러운 놈들." 아버지가 또 그 말을 했다.

"자, 다 왔습니다." 테일러 씨가 말하는 순간 워싱턴의 저택이 눈앞에 나타났다.

"아, 정말 아름답구나." 어머니가 말했다. "저 현관을 봐, 그리고 높은 창문들. 얘들아, 이건 복제품이 아냐. 조지 워싱턴이 살던 진짜 집이란다."

"그의 아내 마사도 살았고," 테일러 씨가 어머니의 기억을 일깨웠다. "워싱턴의 두 의붓자식도 함께 살았죠. 장군은 두 아이를 애지중지했답니다."

"그랬나요?" 어머니가 말했다. "난 몰랐어요. 우리 작은 아이에게 마사 워싱턴 우표가 있어요. 테일러 씨한테 그걸 보여드리렴."

나는 즉시 우표를 찾아냈다. 미국의 초대 영부인의 옆모습이 그려진 1938년 갈색 1.5센트 권이었다. 영부인의 머리에는 어머니가 내게 보닛과 머리 망의 중간쯤 된다고 확인해준 모자가 씌워져 있었다.

"네, 맞습니다." 테일러 씨가 말했다. "그리고 부인께서도 아시겠지만, 1923년 4센트 권과 1902년 8센트 권에도 초대 영부인의 모습이 들어갔습니다. 로스 부인, 그 1902년 우표가 최초로 미국 여성을 인쇄한 우표입니다."

"그거 알고 있었니?" 어머니가 내게 물었다.

"네." 내가 대답했다. 어느덧 우리가 린드버그의 워싱턴DC에 들어온 유대인 가족이라는 근심걱정이 말끔히 사라졌고, 학교에서 조회를 시작할 때 자리에서 일어나 정성을 다해 애국가를 부를 때와 같은 느낌이 고스란히 돌아왔다.

"마사는 워싱턴 장군의 훌륭한 배필이었습니다." 테일러 씨가 말했다. "결혼 때 이름은 마사 댄드리지였고, 대니얼 파크 커스티스 대령의 미망인이었죠. 두 아이의 이름은 팻시 파크 커스티스, 존 파크 커스티스였고요. 워싱턴과 결혼할 때 버지니아주에서 거의 최고라 할 수 있는 재산을 가져왔습니다."

"나도 항상 우리 아이들에게 그걸 강조합니다." 하루종일 들을 수 없었던 웃음소리와 함께 아버지가 말했다. "워싱턴 대통령처럼 결혼해라. 부유한 여자도 가난한 여자처럼 사랑하기 쉽다고 말이죠."

마운트버넌 방문은 이번 여행에서 가장 행복한 시간이었다. 마당과 정원과 나무와 포토맥강이 내려다보이는 전망 좋은 곳에 자리잡은 그 집이 워낙 아름다워서였는지도, 그 집의 가구와 장식,

그리고 테일러 씨가 수백 가지 특징을 자세히 설명해준 벽지가 우리에게 워낙 특이하게 보여서인지도, 워싱턴이 잠을 자던 4주식 침대*, 그가 글을 쓰던 책상, 그가 착용하던 검, 그가 소장하고 읽었던 책들을 바로 코앞에서 보게 되어서인지도, 우리가 워싱턴DC에서, 린드버그의 망령이 모든 것을 감싸고 있는 도시에서 15마일이나 떨어진 곳에 있어서인지도 몰랐다.

마운트버넌은 네시 반까지 문을 열었기 때문에 우리는 여유 있게 모든 방과 딴채들을 둘러보고, 마당을 마음껏 거닐어보고, 기념품점을 구경했다. 나는 그곳에서 혁명 당시의 구식 소총과 총검 모양을 본떠 만든 4인치 길이의 주석 편지봉투 칼을 보고는 유혹에 넘어가고 말았다. 나는 다음날 조폐국의 우표박물관에서 쓰려고 모아놓은 15센트 중 12센트로 그 칼을 샀고, 샌디 형은 신중히 생각한 끝에 워싱턴의 일생이 담긴 그림책을 샀다. 그림 가방에 넣어 침대 밑에 보관해둔 것과 같은 애국자들의 초상화를 그릴 때 그 책 속의 사진들을 이용할 참이었다.

하루가 끝날 무렵 간이식당에 들러 음료를 마시려고 출발하는 순간 멀리서 비행기 한 대가 낮게 우리 쪽으로 날아왔다. 비행기 소리가 점점 커지자 사람들은 "대통령이다! 린디다!"라고 소리쳤고, 아이들은 저택 앞의 넓은 잔디밭으로 달려나가 다가오는 비행기를 향해 손을 흔들기 시작했다. 비행기는 포토맥강을 가로지르는 도중 날개를 흔들었다. "만세!" 사람들이 소리쳤다. "린디, 만세!" 비행기는 전날 오후 워싱턴DC 상공에서 본 것과 똑같은 록

---

* 네 모서리에 높다란 기둥이 있어 덮개를 씌울 수 있는 큰 침대.

히드 인터셉터였다. 우리는 애국자들처럼 자리에서 일어나 사람들과 함께 그 비행기를 구경하는 수밖에 없었다. 비행기는 비스듬히 선회해 조지 워싱턴의 집 위를 난 뒤 포토맥강을 따라 북쪽으로 돌아갔다.

"남자가 아니야. 여자였어!" 어떤 사람이 조종석 안을 봤다면서 인터셉터의 조종사가 대통령의 아내였다는 말을 퍼뜨리기 시작했다. 어쩌면 그럴 수도 있었다. 린드버그는 아내가 젊었을 때 그녀에게 비행기 조종술을 가르쳐주었고 그녀는 종종 그의 비행에 따라나섰기 때문에, 이제 사람들은 자식들에게 마운트버넌 하늘에서 본 사람은 앤 모로 린드버그였고 그건 평생 잊지 못할 역사적인 사건이라고 말하기 시작했다. 그녀는 이미 최신형 비행기를 모는 대담한 조종사일 뿐 아니라 특권층 가정에서 본데있게 자란 예절바른 여성이고 두 권의 시집을 발표할 정도로 문학적 재능이 있다는 명성에 힘입어 모든 여론조사에서 미국에서 가장 존경받는 여성으로 떠오르고 있었다.

이렇게 해서 우리의 완벽한 소풍은 망가져버렸다. 린드버그 부부 중 한 명이 기분전환을 위해 모는 비행기가 우연히 이틀 연속 우리 머리 위를 지나가서라기보다는, 아버지가 스턴트라고 한 그 비행이 우리를 빼고 모든 사람을 감동시켰기 때문이다. "상황이 나쁘다는 건 알고 있었지." 집에 돌아왔을 때 아버지는 즉시 친구들에게 전화를 걸어 이렇게 말했다. "하지만 이 정도일 줄은 몰랐어. 자네도 거기서 무슨 일이 벌어지는지를 봐야 했어. 그들은 꿈속에 살고 있고, 우린 악몽 속에 살고 있네."

그건 내가 들은 아버지의 말 중 가장 생생한 표현이었고, 단언컨

대 린드버그의 아내가 쓴 어떤 문장보다 정확성 면에서 더 탁월했을 것이다.

테일러 씨는 우리가 씻고 쉴 수 있도록 에버그린으로 차를 몰았다. 그리고 잠시 후 다섯시 사십오분에 돌아와 우리를 역 근처의 그 저렴한 간이식당으로 안내하고, 식사가 끝나면 다시 만나 어제 못한 워싱턴DC 야간 관광을 시작할 거라고 말했다.

"오늘 저녁을 함께하면 어떻소?" 아버지가 말했다. "항상 혼자 식사를 하면 외로울 텐데요."

"당신의 사생활을 침해하고 싶지 않습니다, 로스 씨."

"아닙니다. 당신은 훌륭한 가이드예요, 우리도 즐거울 겁니다. 우리가 대접하겠습니다."

간이식당은 낮에 봤던 것보다 훨씬 더 인기가 있었다. 모든 자리가 차 있었고, 손님들은 음식이 나오기를 기다리며 줄을 서 있었으며, 하얀 앞치마와 하얀 모자를 쓴 세 남자가 음식을 담아내고 있었는데 잠시 손을 멈추거나 얼굴에 흐르는 땀을 닦을 새도 없이 바쁘게 일하고 있었다. 테이블 앞에서 어머니는 식사를 할 때마다 자연스럽게 나오는 어머니 역할로 돌아와 기분을 전환했다. "애야, 음식을 베어먹을 때 고개를 숙이지 마라." 그리고 테일러 씨가 마치 친척이나 부모님 친구인 양 우리 곁에 앉아 있는 건 더글러스호텔에서 쫓겨난 것만큼 이상한 모험은 아니었지만 덕분에 인디애나주에서 자란 사람이 어떻게 먹는지 지켜볼 수 있었다. 아버지만이 다른 손님들을 유심히 바라보았다. 모든 사람이 웃고, 담배를 피우고, 그날의 특별 메뉴인 프랑스 요리, 로스트비프오쥬와 피칸파이 알라모드를 열심히 먹는 동안 아버지는 손가락으로 물잔을 만지작

거리면서, 그들이 살면서 겪는 문제들이 아버지가 살면서 겪는 문제들과 어떻게 그리 다른지를 곰곰이 따져보는 듯했다.

아버지는 한참 후 자신의 생각을 표현했는데 아버지에겐 여전히 그 문제가 저녁식사보다 우선이었다. 그건 우리가 아니라 테일러 씨에게 하고 싶은 말이었다. 테일러 씨는 후식으로 아메리칸치즈를 얹은 파이를 골라 이제 막 먹으려 하고 있었다. 아버지가 말했다. "우린 유대인 가족입니다, 테일러 씨. 처음엔 어땠을지 몰라도 이젠 알고 계실 겁니다. 그래서 어제 호텔에서 쫓겨난 거죠. 정말 큰 충격이었습니다. 그런 일은 극복하기가 어렵지요. 그게 왜 충격인가 하면, 그 사람이 대통령이 아니어도 그런 일이 일어날 수 있지만, 그가 대통령이고 또 유대인을 적대시하기 때문입니다. 그는 아돌프 히틀러의 친구입니다."

"여보." 어머니가 속삭였다. "작은아이가 겁을 내겠어요."

"작은아이도 이제 알 만큼 알아요." 아버지는 다시 테일러 씨에게 말했다. "윈첼이 한 말을 들어보셨소? 월터 윈첼이 이렇게 말했소. '그들의 외교적 합의에 뭐가 더 있었을까? 그들은 또 무슨 말을 했고 무엇에 동의했을까? 그들은 미국의 유대인에 대해 무엇을 합의했을까? 만일 그랬다면, 그건 무엇이었을까?' 그게 윈첼의 용기입니다. 그가 용기 있게 온 국민에게 한 말이지요."

놀랍게도 어떤 사람이 우리 테이블에 바짝 다가와 테이블 위로 상체를 절반이나 기울이고 있었다. 고개를 들고 보니 큰 체격에 콧수염을 기른 노인이었고 하얀 종이 냅킨을 허리춤에 꽂고 있었으며 얼굴이 벌겋게 달아오른 것이 뭔가 하고 싶은 말이 있는 것 같았다. 그는 가까운 테이블에서 식사를 하던 손님이었고, 그의 일행

들은 모두 다음에 무슨 말이 나오는지 듣고 싶어 우리 쪽으로 몸을 기울이고 있었다.

"이봐요, 뭐하는 거요?" 아버지가 말했다. "저리 가시오."

"윈첼은 유대인이야." 그 남자가 큰 소리로 말했다. "영국 정부가 돈을 대주고 있어."

그 말이 떨어지자마자 아버지의 두 손이 테이블 위로 무섭게 올라갔는데, 마치 양손에 쥔 나이프와 포크로 그 낯선 사람의 명절 거위 요리를 찌를 것만 같았다. 아버지는 혐오감을 전달하기 위해 그 이상으로 정교한 동작을 취할 수는 없었지만, 콧수염을 기른 그 남자는 꼼짝도 하지 않았다. 그의 콧수염은 히틀러처럼 작은 사각형 모양으로 짧게 자른 검은색이 아니라, 그보다 덜 권위적이고 더 자유로운 영혼이 엿보이는, 1938년 주황색 50센트 우표에 인쇄된 태프트 대통령 타입의, 누가 봐도 바다코끼리처럼 보이는 하얀 콧수염이었다.

"떠버리 유대인이 너무 많은 권력을 쥐고 있으면……" 그가 말했다.

"그만하시오!" 테일러 씨가 소리치며 자리에서 벌떡 일어나더니 평균치보다 작은 편에 속하는 그 몸으로, 우리 위에서 거대한 그림자를 드리우고 있는 그 남자와 그의 터무니없이 큰 덩치 때문에 의자에 붙박여 있는 아버지 사이를 가로막았다.

떠버리 유대인. 사십팔 시간도 안 되는 사이에 두 번이나 듣다니.

앞치마를 두른 두 남자가 배식 카운터 뒤에서 달려나와 우리의 적을 양쪽에서 붙잡았다. 그리고 한 명이 그에게 말했다. "여긴 동네 술집이 아니오. 절대 잊지 마시오, 선생." 그 남자가 자기 자리에 떠밀려 앉자 그를 혼내준 사람이 우리에게 건너와 말했다. "원하신다면 커피를 얼마든지 채워드리겠습니다. 아이들에게 아이스크림을 더 갖다드릴까요? 그대로 앉아서 저녁을 마저 드셨으면 합니다. 저는 여기 주인이고, 이름은 윌버라고 합니다. 원하는 후식이 있으면 공짜로 드리겠습니다. 준비하는 동안 시원한 얼음물을 갖다드리지요."

"고맙군요." 아버지의 목소리는 기계처럼 차갑고 섬뜩했다. "고맙소." 그러고 나서 또 반복했다. "고맙소."

"여보," 어머니가 낮은 목소리로 말했다. "제발, 그냥 나가요."

"아니, 절대 그럴 수 없어. 식사를 마쳐야지." 아버지는 헛기침을 하고 나서 말을 이었다. "우린 워싱턴DC의 야경을 구경할 거예요. 야간 관광이 끝날 때까지 돌아가지 않을 거요."

다시 말해 그날 저녁이 끝날 때까지 우리는 겁에 질리면 안 되었다. 샌디 형과 내게 그것은 직원 한 명이 새로 가져다준 커다란 아이스크림 접시를 비워야 한다는 걸 의미했다.

몇 분이 지나자 식당은 아직 한창때와 같은 와자지껄한 분위기는 아니지만 삐걱거리는 의자 소리, 나이프와 포크의 덜걱거리는 소리, 접시들이 가볍게 딸강거리는 소리로 다시 활기를 되찾았다.

"커피 더 마시겠소?" 아버지가 어머니에게 말했다. "당신도 들었지만, 주인이 커피를 채워주겠다고 했잖소?"

"아뇨." 어머니가 나직하게 말했다. "이제 됐어요."

"테일러 씨, 당신은? 커피?"

"아뇨, 저도 괜찮습니다."

"그런데," 아버지가 테일러 씨를 보며 말했다. 딱딱하고 어설펐지만 지금까지 겪은 불쾌한 일들을 모두 접고 새로 시작하겠다는 뜻이 담겨 있었다. "이 일을 하기 전에 어떤 일을 하셨소? 처음부터 워싱턴DC에서 가이드로 일하셨던 거요?"

그때였다. 우리에게 다가와 월터 윈첼이 앞선 베네딕트 아널드*처럼 영국에 매수되었다고 말한 남자의 목소리가 또다시 들려왔다. "아, 걱정하지 말게." 그는 친구들을 안심시키고 있었다. "유대인들도 곧 진실을 알게 될 테니까."

그렇게 조용한 분위기에서, 특히 그는 어떤 식으로든 자신의 비웃음을 감추려 하지 않았기 때문에 그의 말이 잘못 들렸을 리는 없었다. 손님의 절반가량은 고개를 숙인 채 아무 말도 못 들은 척했지만, 적잖은 사람들이 그 불쾌한 이야기의 주인공들을 똑바로 쳐다보기 위해 몸을 비틀었다.

나는 몸에 타르칠을 하고 깃털을 붙이는 형벌을 서부영화에서 딱 한 번 봤을 뿐이지만 '우린 이제 타르를 뒤집어쓰고 깃털 범벅이 되겠구나'라고 생각했고, 어떻게 해도 떼어낼 수 없는 오물을 잔뜩 뒤집어쓴 것처럼 그 모든 굴욕이 우리의 살갗에 달라붙어 따라다니는 모습이 그림처럼 떠올랐다.

아버지는 잠시 멈추고서 다시 공세를 취할지 그냥 넘어갈지를 결정했다. "참, 테일러 씨한테 질문을 하고 있었지." 갑자기 아버지는 어머니에게 말을 걸면서 두 손으로 어머니의 두 손을 잡았다. "가이드가 되기 전에 뭘 했는지 말이오." 아버지는 마치 주문을 걸어 상대방의 의지를 마음대로 조종하고 자신이 시키는 대로 행동

---

* 미국 독립전쟁 시기에 활동한 군인. '매국노' '반역자'의 대명사로 통한다.

하게 만드는 기술을 가진 사람처럼 어머니를 똑바로 쳐다보았다.

"그래요." 어머니가 말했다. "맞아요." 어머니의 괴로움이 또다시 눈물로 새어나왔지만, 어머니는 자세를 똑바로 세우고 테일러 씨에게 말했다. "네, 말해주세요."

"얘들아, 아이스크림 계속 먹으렴." 아버지는 우리가 아버지의 눈과 똑바로 맞출 때까지 우리의 팔뚝을 두드렸다. "맛이 좋으냐?"

"네." 우리가 말했다.

"그래, 천천히 다 먹어라." 아버지는 우리와 미소를 주고받은 다음 테일러 씨에게 말했다. "이 일을 하기 전에 어떤 일을 하셨소?"

"교수였습니다, 로스 씨."

"정말입니까?" 아버지가 말했다. "얘들아, 들었냐? 너흰 대학교수님과 저녁을 먹고 있어."

"역사학 교수였죠." 테일러 씨가 정확성을 위해 덧붙였다.

"알아차렸어야 했는데 말입니다." 아버지가 시인했다.

"인디애나주 북서부의 작은 대학이었습니다." 테일러 씨가 우리네 사람에게 말했다. "1932년에 학교를 절반으로 줄였는데, 저도 거기에 포함됐지요."

"그래서 그때 무슨 일을 했습니까?" 아버지가 물었다.

"뭐, 빤하지요. 높은 실업률에 파업에, 안 해본 일이 없습니다. 인디애나주의 질척거리는 농장에서 박하를 땄고, 해먼드의 도살장에서 고기를 포장했고, 이스트시카고 커더히에서는 비누를 포장했고, 인디애나폴리스의 실크양말 공장에서 일 년 동안 일했고, 심지어 로건스포트에서도 잠시 일했지요. 거기 정신병원에서 정신질환이 있는 사람들을 간호했습니다. 힘든 시절에 떠밀려 결국 여기까지 왔지요."

"예전에 가르친 대학교 이름이 무엇인가요?" 아버지가 물었다.

"워배시."

"워배시? 아," 아버지는 그 말의 발음 자체에 만족했다. "다들 들어본 적이 있습니다."

"전교생이 426명인데요? 다들 들어봤을 것 같지는 않습니다. 사람들이 그 이름을 들어봤다면 유명한 졸업생이 한 말 때문입니다. 꼭 그를 워배시 졸업생으로 알고 있어서는 아닙니다만. 사람들은 그를 1912년부터 1920년까지 재임한 미국 부통령으로 알고 있죠. 부통령을 연달아 두 번 지낸 토머스 라일리 마셜입니다."

"물론 압니다." 아버지가 말했다. "마셜 부통령, 민주당 출신의 인디애나주 주지사. 같은 민주당 출신의 훌륭한 대통령 밑에서 부통령을 지냈죠. 우드로 윌슨. 위엄 있는 사람이었어요, 윌슨 대통령." 이틀 동안 테일러 씨의 가르침을 받은 탓에 아버지도 어느덧 설명조로 이야기했다. "루이스 D. 브랜다이스를 대법원에 임명한 용기 있는 사람이 바로 윌슨 대통령이었습니다. 대법원에 최초로 임명된 유대인 판사였죠. 애들아, 그거 알고 있었니?"

알고 있었다. 우리한테 처음 하는 얘기가 아니었다. 하지만 워싱턴DC의 이런 식당에서 쩌렁쩌렁한 목소리로 얘기하는 건 처음이었다.

테일러 씨가 말을 이었다. "부통령이 한 말이 그후 전국적으로 유명해졌지요. 어느 날 상원에서 토론을 주재하던 중 상원의원들에게 이렇게 말했답니다. '이 나라에 필요한 건 5센트로 살 수 있는 좋은 시가다.'"

아버지는 웃었다. 그건 아버지 세대에 공감을 불러일으킨 서민적인 발언이었고, 아버지가 누차 얘기해준 탓에 샌디 형과 나도 익히 알고 있는 말이었다. 아버지는 기분좋게 웃은 뒤 한술 더 떠 가족뿐 아니라 식당 안의 모든 사람, 이미 우드로 윌슨이 유대인을 대법원 판사로 임명했다며 큰 소리로 칭찬해 귀를 솔깃하게 만든 그 사람들까지 깜짝 놀라게 하려고 이렇게 선언했다. "이 나라에 필요한 건 새 대통령이오."

소동은 일어나지 않았다. 잠잠했다. 아버지가 끝까지 물러나지 않으니 마치 승리를 거의 따낸 것처럼 보였다.

"워배시강이 있지 않소?" 아버지가 뒤이어 테일러 씨에게 물었다.

"오하이오강의 가장 긴 지류입니다. 오하이오주를 동서로 완전히 가로지르면서 475마일을 흐르지요."

"그리고 노래도 있지요." 아버지는 마치 꿈을 꾸듯이 기억에 잠겼다.

"맞습니다." 테일러 씨가 대답했다. "아주 유명한 노래죠. 〈양키 두들〉 못지않게 유명해요. 1897년에 폴 드레서가 쓴 〈멀리 워배시 강둑에서〉입니다."

"맞아요!" 아버지가 소리쳤다.

"1898년 스페인-미국전쟁 때 우리 병사들이 좋아한 노래인데, 1913년 인디애나주 주가로 채택되었지요. 정확히 말하면, 1913년 3월 4일입니다." 테일러 씨가 말했다.

"그래요, 그래요, 그 노래를 압니다." 아버지가 말했다.

"미국 사람이라면 모두 알고 있으리라 생각합니다." 테일러 씨가 말했다.

그러자 아버지가 갑자기 경쾌한 박자로, 식당 안의 모든 사람이 들을 수 있을 만큼 큰 소리로 노래를 부르기 시작했다.

"플라타너스 사이로 촛불이 아련하네……"

"좋습니다." 우리의 가이드가 감탄하며 말했다. "아주 좋아요." 아버지의 멋진 바리톤 음성에 완전히 홀린 듯 엄숙하고 작은 백과사전의 얼굴에 마침내 미소가 번졌다.

"우리 남편은 노래하는 목소리가 아주 멋지답니다." 눈물을 그친 어머니가 말했다.

"정말 그렇습니다." 테일러 씨가 말했다. 배식 카운터 뒤의 윌버 씨 외에는 아무도 박수를 치지 않았지만, 우리는 이 작은 승리의 여파가 사그라지고 대통령의 콧수염을 한 남자가 광포해지기 전에 신속히 자리에서 일어났다.

3
1941년 6월~1941년 12월
기독교도를 따라가다

1941년 6월 22일 히틀러-스탈린불가침조약은 경고도 없이 깨졌다. 이 년 전 두 독재자가 폴란드를 침공하고 영토를 나눠먹기 며칠 전 맺은 조약이었다. 이미 유럽대륙을 집어삼킨 히틀러는 폴란드에서부터 아시아를 가로질러 태평양까지 뻗어 있는 광대한 토지를 정복하기 위해 동쪽으로 스탈린의 군대를 맹렬히 공격하기 시작했다. 그날 저녁 린드버그 대통령은 백악관에서 히틀러의 엄청난 확전에 대해 대국민 담화를 발표했는데, 아버지마저 깜짝 놀랄 정도로 독일 총통을 노골적으로 칭찬했다. 대통령은 선언했다. "이 행동으로 아돌프 히틀러는 공산주의와 그 해악의 전파를 저지하는 세계에서 가장 위대한 수호자가 되었습니다. 그렇다고 해서 일본제국의 노력을 과소평가할 수는 없습니다. 일본은 장제스의 타락한 봉건체제를 근대화하는 일에 전념하고 있지만, 그와 동시에 광신적인 중국 공산당을 뿌리 뽑기 위해 전력을 다하고 있습니다. 그들의 목표는 그 광대한 나라의 권력을 잡는 것이고, 러시아의 볼셰비키처럼 중국을 공산주의의 포로수용소로 만드는 것입니다. 그러나 오늘밤 소련을 타격한 공로로 전 세계인에게서 감사를 받아야 할 사람은 히틀러입니다. 여러 가지 이유에서 충분히 예측할 수 있는 일이지만, 독일군이 소비에트 공산주의를 성공적으로 격파한다면 미국은 세계 곳곳에 간악한 공산주의체제를 강요하고 있는 그 탐욕스러운 공산국가의 위협에 직면할 필요가 없을 것입니다. 아직도 미국 국회에서 참전을 주장하고 있는 국제주의자들은 만일 우리가 영국과 프랑스의 편에 서서 이 세계대전에 끌려들어갔더라면 지금 우리의 위대한 민주주의는 사악한 소련 정권과 동맹을 맺고 말았을 것이라는 점을 깨달아야 할 것입니다. 오늘밤 독일군은 미군의 몫이 됐을지 모르는 전쟁을 대신 수행하고 있는 것입니다."

그러나 우리 군대는 준비하고 있었고, 앞으로도 오랫동안 준비할 것이라고 대통령은 국민들에게 다짐했다. 그의 요청으로 국회가 제정한 비전시 징병제를 통해 십팔 세 남자들은 이십사 개월 동안 의무적으로 군사훈련을 받고, 그후 팔 년 동안 예비군 훈련을 받게 되었다. 이 제도는 "미국은 모든 해외 전쟁에 참가하지 않고, 어떤 해외 전쟁도 국내에 들이지 않는다"는 대통령의 이중 목표를 달성하는 데 막대하게 기여할 것으로 예상되었다. "미국의 독자적 운명." 린드버그는 연두교서에서 이 말을 열다섯 번쯤 되풀이했고, 6월 22일 밤 연설을 마치며 다시 강조했다. 최근에 나는 신문 제목에 열중했고 온갖 근심스러운 생각에 마음이 무거워 그 모든 것의 의미가 무엇인지 점점 더 많이 묻고 있었다. 그런 내가 아버지에게 그 말이 무슨 뜻인지 설명해달라고 하자 아버지는 미간을 찡그리며 이렇게 말했다. "우리가 친구들에게서 등을 돌린다는 뜻이야. 친구의 적과 손을 잡는다는 뜻이지. 알았니? 얘야? 미국이 상징하는 모든 것을 파괴한다는 뜻이란다."

린드버그가 새로 만든 미국동화청은 '소박한 사람들'을 "도시 청소년들에게 자립을 중시하는 전통 생활방식을 소개하는 자원봉사 프로그램"이라고 설명했다. '소박한 사람들'의 지원으로 1941년 6월의 마지막날 샌디 형은 켄터키주의 한 담배 농장으로 여름 "실습"을 떠났다. 형은 지금까지 한 번도 집에서 멀리 떠난 적이 없었고, 우리 가족은 지금까지 한 번도 그런 불확실성을 안고 산 적이 없었으며, 아버지는 우리의 시민권을 좌우할 수 있는 동화청이라는 기관에 격렬히 반대했고, 또 캐나다군에 입대하기 위해 떠난 앨빈 형이 우리 가족의 끊임없는 걱정거리로 자리잡고 있었기에 샌디 형의 출발은 우리의 감정을 뒤흔들었다. 샌디 형이 부모님의 주장을 꺾고 '소박한 사람들'에 참가할 수 있도록 힘을 불어넣어주고, 처음에 그 프로그램에 신청할 생각을 심어준 사람은 어머니의 여동생, 이블린이었다. 성격이 활달한 이블린 이모는 랍비 라이오넬 벤겔스도르프가 새 정부로부터 뉴저지주의 첫번째 동화청장으로 임명된 후 그의 개인 비서가 되었다. 동화청의 공식 목표는 "미국의 종교적, 민족적 소수집단들이 더 큰 사회에 통합될 수 있도록 장려하는" 정책들을 시행하는 것이었지만, 1941년 봄 동화청이 진지하게 관심을 갖고 장려하는 소수집단은 우리뿐이었다. '소박한 사람들'의 목적은 십이 세에서 십팔 세까지의 유대인 소년 수백 명을 그들의 집과 학교가 있는 도시에서 수백 마일 떨어진 농장으로 데려가 팔 주 동안 들판에서 일용 노동을 시키는 것이었다. 이 새로운 여름 프로그램을 찬양하는 공고문이 챈슬러학교와 바로 옆에 있는 위퀘이크고등학교의 게시판에 나붙었다. 이 고등학교에 다니는 학생들도 우리 학교처럼 거의 모두가 유대인이었다. 4월 어느 날 뉴저지 동화청 사람이 열두 살 이상의 소년들에게 그 프로그램의 취지를 설명하기 위해 왔고, 그날 저녁 샌디 형은 저녁식사 자리에서 학부모의 서명을 요구하는 지원서를 내밀었다.

"넌 이게 실제로 어떤 프로그램인지 모르겠니?" 아버지가 형에게 물었다. "왜 린드버그가 너 같은 소년들을 가족에게서 떼어내 외딴 시골로 데려가려 하는지 모르겠어? 이 모든 것 뒤에 어떤 의도가 깔려 있는지 모르겠냐?"

"아버지가 어떻게 생각하는지 몰라도, 이건 반유대주의하고는 아무 상관이 없어요. 아버지는 한 가지 생각, 오직 그 생각만 하시잖아요. 이건 그저 좋은 기회일 뿐이에요."

"이게 무슨 기회라는 거냐?"

"농장에서 살아보는 거요. 켄터키주에 가보는 거요. 거기에 있는 모든 것을 그려보고 싶어. 트랙터, 헛간, 동물, 온갖 종류의 동물들이요."

"하지만 그 사람들은 동물을 그리라고 널 보내는 게 아냐. 동물들한테 음식물 찌꺼기를 갖다주라고 널 보내는 거야. 밭에 거름을 뿌리라고 널 거기로 보내는 거라고. 하루종일 일하고 나면 녹초가 돼서 동물 그림은커녕 제대로 서 있기도 힘들 거다."

"그리고 네 손도 걱정이구나." 어머니가 말했다. "농장에는 가

시철조망이 있단다. 또 날카로운 날이 달린 기계도 있어. 손을 다칠 수 있는데, 그럼 어떻게 되겠니? 다시는 그림을 못 그리게 돼. 난 네가 이번 여름에 예술고등학교 수업을 들을 거라고 생각했단다. 레너드 선생님한테 드로잉을 배우려고 하지 않았니?"

"그건 언제든 할 수 있어요. 하지만 이건 미국을 볼 기회잖아요!"

다음날 밤 이블린 이모가 저녁을 먹으러 왔다. 샌디 형이 숙제를 하러 친구 집에 갈 계획을 세우자 형이 없는 몇 시간 동안 다녀가라고 어머니가 이모를 불렀다. 이모와 아버지가 '소박한 사람들'을 주제로 치열한 언쟁을 벌일 것이 분명한데 형에게 그런 싸움을 보이지 않기 위해서였다. 아니나다를까, 이모가 집에 들어오자마자 싸움이 시작되었다. 샌디 형의 지원서가 사무실에 도착하면 즉시 접수하겠다고 이모가 선언하자 아버지가 굳은 표정으로 말했다. "그런 호의는 필요 없어."

"샌디를 보내지 않겠다는 거예요?"

"왜 보내야 하지? 왜 그래야 해?" 아버지가 물었다.

"도대체 왜 안 보내려는 거죠?" 이모가 되물었다. "제 그림자에 놀라는 유대인이라면 모르겠지만요."

저녁을 먹는 동안 논쟁은 격렬해지기만 했다. 아버지는 '소박한 사람들'이라는 프로그램은 유대인 아이들을 부모에게서 떼어놓고 유대인 가정의 유대에 금을 내려고 린드버그가 추진하는 계획의 첫 단계라고 주장했고, 이블린 이모는 다소 쌀쌀맞게 형부 같은 유대인에겐 자식들이 자기처럼 속 좁은 겁쟁이로 크지 않는 것이 가장 큰 두려움일 거라는 생각을 대놓고 드러냈다.

앨빈은 아버지 쪽 집안에서 나온 배신자였고, 이블린은 어머니쪽 집안에서 나온 반항이였다. 뉴어크의 초등학교 대체 교사인 이 블린 이모는 대체 교사가 되기 전에 몇 년 동안 주로 유대인으로 구성된 좌파 성향의 뉴어크교원노조를 창립하려 열심히 활동했고, 이제 몇백 명의 조합원을 거느리게 된 교원노조는 시 교육청과 계 약을 맺기 위해 보다 착실하고 비정치적인 교사 연합과 경쟁중이 었다. 1941년 이블린 이모는 만 서른 살이었다. 이모는 이 년 전 십 년 동안 심장병을 앓던 외할머니가 심장마비로 돌아가실 때까지 듀이 스트리트에 있는 2.5가구용 주택의 비좁은 꼭대기층에서 외 할머니와 함께 살았고, 집에서 멀지 않은 호손애비뉴학교에서 대 체 교사로 일하면서 할머니를 보살폈다. 집에 들러 할머니의 상태 를 확인해줄 이웃이 없는 날엔 우리 어머니가 버스를 타고 듀이 스 트리트로 넘어가 이모가 퇴근할 때까지 할머니를 보살폈고, 토요 일 밤 이모가 지적인 친구들과 연극을 보러 뉴욕에 갈 때면 할머니 는 아버지 차로 우리집에 와 저녁시간을 보내거나, 어머니가 그쪽 으로 건너가 할머니를 보살폈다. 이블린 이모는 밤에 뉴욕에서 돌 아오지 않을 때가 많았고, 심지어 자정 전에 오겠다고 마음먹고 간 날에도 종종 돌아오지 않았다. 그런 날 어머니는 별수없이 남편과 아이들과 떨어져 밤을 보내야 했다. 게다가 이모는 오후에 수업을 마친 뒤 몇 시간이나 돌아오지 않을 때도 있었다. 노스뉴어크에 사 는 대체 교사와 오래전부터 가끔씩 데이트를 했기 때문인데, 그 남 자는 이모처럼 교원노조를 강력하게 지지했고, 이모와 달리 기혼 자이고 이탈리아 사람에다 세 아이의 아버지였다.

어머니는 항상 이블린 이모가 병든 어머니를 간호하느라 그렇게 여러 해 동안 집에 붙잡혀 있지 않았다면 교사 자격증을 딴 뒤 곧

바로 결혼해서 정착했을 테고 절대 결혼한 동료 교사들하고 '불미스러운' 만남과 헤어짐을 반복하진 않았으리라 주장했다. 이모는 코가 좀 컸지만 그래도 사람들에게 '멋있다'는 말을 들었다. 어머니가 유심히 관찰한 것처럼 자그마한 이모가 실내에 걸어들어오면 비록 축소판이지만 완벽한 여성의 몸매, 고양이처럼 양쪽으로 치켜올라간 엄청나게 크고 검은 눈, 누가 봐도 눈이 부신 새빨간 립스틱, 흑갈색의 머리 때문에 남자든 여자든 모두가 이 쾌활한 여자를 돌아보게 되었다. 이모는 옻칠한 듯 윤이 나는 머리를 뒤로 묶어 틀어올렸고, 눈썹은 극적으로 솟아 있었으며, 학교에 출근할 때에는 굽이 높은 신발과 넓은 흰색 벨트에 어울리는 밝은색 치마, 속이 살짝 비치는 파스텔톤 블라우스를 걸쳤다. 아버지는 이모의 의상이 학교 선생에겐 어울리지 않는 취향이라고 생각했고 호손학교 교장도 그렇게 생각했지만, 옳든 그르든 간에 어머니는 이모가 할머니를 보살피느라 '청춘을 희생해야만' 했던 것을 자기 탓으로 돌리면서 이모의 자유분방함을 가혹하게 비난하지 않았다. 심지어 이모가 교직을 그만두고, 노조를 탈퇴하고, 겉으로 보기에 아무 주저함 없이 정치적 신념까지 버리고 린드버그의 동화청으로 들어가 랍비 벤겔스도르프 밑에서 일하기 시작했을 때도 마찬가지였다.

이블린 이모가 랍비 벤겔스도르프의 애인이라는 것, 랍비가 뉴어크교원노조에서 "미국적 이상을 교실에서 꽃피우자"라는 연설을 하고 연회장에서 두 사람이 만난 후 계속 애인으로 지냈다는 것을 부모님이 알아차린 것은 몇 달이 지난 뒤였다. 더구나 부모님이 그 사실을 알게 된 것은 벤겔스도르프가 워싱턴DC에 있는 연방 동화청의 청장직을 맡기 위해 뉴저지 동화청을 떠날 때였다. 그가 뉴어크 언론에 예순세 살인 자신과 서른한 살의 열정적인 비서가 결혼할 거라고 발표했기 때문이었다.

　사촌형 앨빈은 히틀러와 싸우기 위해 도망치듯 떠날 때만 해도 캐나다 구축함에 승선해 영국으로 물자를 나르는 상선을 호위하면 가장 빨리 전투에 참가할 수 있으리라 상상했다. 신문에는 한 척이나 그 이상의 캐나다 선박이 독일 잠수함에게 격추되어 침몰하는 일이 북대서양뿐 아니라 때때로 뉴펀들랜드섬 근해의 조업 지역처럼 본토 가까운 곳에서도 발생한다는 이야기가 꾸준히 보도되었다. 루스벨트 국회가 제정한 원조 법령을 린드버그 행정부가 뒤집은 후로 캐나다는 영국에 무기, 식량, 의약품, 기계를 공급하는 거의 유일한 나라였기에 그런 이야기는 영국인들에게 대단히 불길한 소식이었다. 몬트리올에서 만난 미국인 망명자는 앨빈 형에게 해군은 잊으라고 말했다. 나치가 점령한 대륙에 야간 공습을 퍼붓고, 독일의 주요 시설을 파괴하고, 탄약고를 폭파하고, 서유럽 해안 곳곳에서 영국 특공대와 함께 유럽의 지하 저항군과 협력해 부두와 조선소를 파괴하는 등의 중요한 작전은 캐나다 특공대가 수행한다고 했다. 앨빈 형은 그에게서 특공대에서 가르치는 다양한 살인 기술들을 자세히 들은 뒤 애초의 계획을 접고 특공대에 들어갔다. 다른 캐나다 부대와 마찬가지로 캐나다 특공대도 조건을 갖춘 미국 시민을 기꺼이 사병으로 받아들였다. 앨빈 형은 십육 주 동안 군사 훈련을 받은 후 특공대에 배치되어 영국제도의 비밀 집결지로 수송되었다. 그제야 사촌형의 소식이 날아왔다. 편지에는 단 한 줄, "싸우러 갑니다. 다시 뵐 때까지 안녕히 계세요"라고 적혀 있었다.

두번째 편지가 도착한 것은 샌디 형이 혼자 야간열차를 타고 켄터키주로 떠난 후 불과 며칠이 지나서였다. 이번에는 앨빈 형이 아니라 오타와의 육군성에서 보낸 편지로, 앨빈 형이 지정한 가장 가까운 친척에게 그들의 조카가 작전중에 부상을 입고 영국 도싯의 병원에 입원해 있다고 알려왔다. 그날 밤 어머니는 설거지를 마친 후 중요한 편지를 쓸 때 사용하는, 모노그램이 새겨진 편지지를 보관한 함과 만년필을 들고 주방 식탁에 앉았다. 아버지는 어머니 곁에 앉았고, 나는 뒤에 서서 어머니가 비서로 일할 때 사용했고 샌디 형과 내게 어렸을 때 가르쳐준, 일정한 폭을 유지하면서 써내려가는 필기체를 어깨 너머로 지켜보았다. 어머니는 약손가락과 새끼손가락으로 손을 받치고 집게손가락을 엄지손가락보다 펜촉에 더 가깝게 놓았다. 그리고 문장을 적을 때마다 아버지가 바꾸거나 덧붙일 수 있도록 먼저 말로 표현했다.

사랑하는 앨빈,
오늘 아침 캐나다 정부에서 편지 한 통이 도착했다. 네가 임무 수행중 부상을 당했으며 지금 영국의 병원에 입원해 있다고 적혀 있구나. 편지에는 네가 우편물을 받을 수 있는 주소 외에는 상세한 내용이 전혀 없었다.
삼촌, 필립, 숙모, 우리 세 사람은 지금 식탁 앞에 모여 있단다. 우리 모두 너의 건강 상태가 어떤지 매우 궁금해하고 있어. 샌디는 여름방학이라 집에 없지만, 그 아이한테도 즉시 네 소식을 전할 거야.
캐나다로 후송될 수는 있는 거니? 후송된다면 우린 차를 몰고 널 보러 갈 거야. 그때까지 너에게 우리의 사랑을 보내고, 영국에서 우리에게 편지를 보내주기 바란다. 편지를 직접 쓸 수 없으면 다른 사람에게 대신 써달라고 하려무나. 네가 원하는 것이라면 무엇이든 하겠다.

다시 말하지만, 우린 널 사랑한다. 보고 싶구나.

우리는 여기에 세 사람의 서명을 덧붙였다. 거의 한 달 만에 답장이 날아왔다.

친애하는 로스 부부께

앨빈 로스 상병은 7월 5일자로 가족의 편지를 받았습니다. 저는 로스 상병이 속한 부대의 선임 간호병이며, 로스 상병이 그 편지의 발신자와 내용을 확실히 이해할 수 있도록 상병에게 편지를 몇 번 되풀이해 읽어주었습니다.

현재 로스 상병은 대화를 하지 못합니다. 상병은 왼쪽 다리의 무릎 아래 부분을 잃어버렸고 오른발에 중상을 입은 상태입니다. 오른발은 지금 회복되고 있으며 그 상처 때문에 장애가 남진 않을 것으로 보입니다. 왼쪽 다리가 준비되면 상병은 의족을 착용하고 보행하는 법을 배울 것입니다.

지금 로스 상병은 암울한 시기를 보내고 있지만, 우리는 그가 시간이 지나면 별다른 신체적 장애가 없는 민간인으로 다시 살아갈 수 있다고 확신합니다. 이 병원은 절단 환자들과 화상 환자들을 전문적으로 치료합니다. 저는 많은 환자가 로스 상병과 같은 심리적 어려움에 시달리는 것을 봐왔지만 그들 대부분은 어려움을 이겨냈습니다. 저는 로스 상병도 그러리라고 강하게 믿고 있습니다.

진심을 담아,

A.F. 쿠퍼 하사 드림

샌디 형은 매주 자신은 잘 지내고 있다고 전하고 켄터키주가 얼마나 더운지를 얘기한 다음 마지막으로 농장에서의 생활을 한 줄로 적었다. 그 마지막 문장은 "블랙베리가 풍작이에요" "황소들이 파리 때문에 미치려고 해요" "오늘은 목초를 베고 있어요" 또는 무슨 뜻인지 잘 모르겠지만 "순지르기가 시작됐어요" 등이었다. 그런 뒤 농장에서 하루종일 일을 하고도 그림을 그릴 힘이 남아 있다는 걸 아버지에게 증명이라도 하듯, 서명 아래에 돼지 그림("이 돼지는 무게가 300파운드도 넘어요!"라고 적었다), 개 그림("오린의 개, 수지인데 뱀을 쫓아내는 게 특기예요"), 양 그림("어제 마휘니 씨가 새끼 양 서른 마리를 사육장에 데리고 갔어요"), 헛간 그림("사람들이 방금 이 헛간에 목타르칠을 했는데요, 냄새가 어휴!")을 스케치해서 보냈다. 대개는 글보다 그림이 더 많은 공간을 차지했기 때문에, 어머니가 매주 편지를 쓸 때 옷이나 약이나 돈이 필요하지 않느냐고 보낸 질문들은, 어머니에겐 유감스럽게도, 무응답으로 돌아왔다. 물론 나는 어머니가 두 자식을 똑같이 사랑하고 마음을 쏟는다고 생각했지만, 형이 켄터키로 떠난 후에야 비로소 어머니에게 형은 작은아들과 다른 특별한 존재임을 알게 되었다. 어머니는 이미 열세 살을 넘긴 아들과 팔 주 동안 떨어져 지내는 것 때문에 실의에 빠지진 않았지만, 여름 내내 마음 한구석이 쓸쓸하다는 건 어머니의 몇몇 몸짓과 표정으로 알아볼 수 있었다. 특히 매일 저녁식사 시간에 식탁에 바짝 붙은 네번째 의자가 덩그러니 비어 있는 동안에는 더욱 그랬다.

샌디 형이 뉴어크로 돌아오는 8월 마지막 토요일 우리 가족이 샌디 형을 태우러 펜역에 갈 때 이블린 이모도 함께 갔다. 아버지는 이모의 동행이 아주 못마땅했지만, 결국 샌디 형이 '소박한 사람들'에 지원하고 켄터키에 가서 봉사활동을 하도록 허락했을 때처럼, 실질적인 위험이 뚜렷이 드러나지 않은 현재의 상황을 악화시키지 않으려는 생각에 처제가 아들에게 미치는 영향을 두고 보기로 했다.

이블린 이모는 역 플랫폼에 내려서는 샌디 형을 가장 먼저 알아보았다. 형은 떠날 때보다 5킬로그램가량 살이 쪘고 갈색 머리는 들판에서 일하는 동안 여름 햇빛에 그을려 금빛으로 바뀌어 있었다. 키도 5센티미터 정도 훌쩍 커버린 탓에 바지 끝단이 신발 상단 근처에도 안 갔다. 내 눈에는 전체적으로 형이 다른 사람으로 변장한 것처럼 보였다.

"어이, 농부, 여기야." 이블린 이모가 부르자 샌디 형은 등에 멘 가방을 좌우로 덜렁거리고, 새로운 체격에 어울리는 새로운 걸음걸이를 야외에서 과시하며 우리 쪽으로 경중경중 다가왔다.

"어서 와라. 아주 딴사람이 됐구나." 어머니는 젊은 아가씨 같은 동작으로 행복하게 형의 목을 감싸안았다. 어머니가 형의 귀에 대고 속삭이자—"이렇게 잘생긴 청년이 또 있을까?"—형은 "엄마! 그만 좀 해요!"라고 투덜거렸고, 그 바람에 다른 식구들은 큰 웃음을 터뜨렸다. 우리는 모두 형을 포옹했다. 750마일을 달려온 기차

옆에서 형이 이두근을 구부릴 때 나는 그의 근육을 느낄 수 있었다. 차에서 형이 우리 질문에 대답하기 시작할 때 우리는 형의 목소리가 얼마나 허스키해졌는지를, 또 모음을 길게 빼는 느릿한 말투와 콧소리를 난생처음 들었다.

이블린 이모는 의기양양했다. 샌디 형은 마지막날 했던 밭일에 대해 얘기하기 시작했고, 마휘니 씨의 아들 중 한 명인 오린과 함께 돌아다니며 수확할 때 떨어진 담뱃잎을 거둬들였다고 말했다. 그런 잎들은 대개 맨 밑동에서 자란 것들이고 사람들이 '부스러기'라 부르지만, 왜 그런지는 몰라도 최상급 담배라 시장에서 가장 높은 값에 팔린다고 말했다. 하지만 25에이커나 되는 담배밭을 수확하는 사람들은 하루에 약 삼천 대씩 잘라 이 주 안에 건조실에 모두 저장해야 하기에 땅에 떨어진 잎은 신경쓰지 못한다고 말했다. "잠깐, 잠깐, '대'가 뭐니." 이블린 이모가 묻자 형은 신이 나서 최대한 장황한 설명으로 화답했다. 이모는 '건조실이 뭐니, 순지르기가 뭐니, 곁눈 이식이 뭐니, 구제가 뭐니'라고 물었고, 이모가 질문할수록 샌디 형은 더 권위 있게 대답했다. 심지어 서밋 애비뉴에 도착해서 아버지가 차를 골목길에 주차할 때에도 샌디 형이 계속 담배 재배에 관한 이야기를 늘어놓는 통에 마치 우리 모두 차에서 내리자마자 뒷마당으로 가서 쓰레기통 옆 잡초 투성이의 작은 땅을 일구고 뉴어크 최초로 화이트벌리를 심어야만 할 것 같았다. "러키 담배에서 그 맛이 나는 게 바로 당을 첨가한 벌리 연초 때문이에요." 형이 설명하는 동안 나는 형의 이두근을 만져보고 싶어 좀이 쑤셨고, 그 이두근 못지않게 형이 "can't"를 "cain't"로, "remember"를 "rimember"로, "fire"를 "fahr"로, "again"을

"agin"으로, "walking"과 "talking"을 "awalkin'"과 "atalkin'"으로 발음하는 남부 사투리도 특이했다. 그게 무엇이든, 그 묘한 맛이 나는 영어를 뭐라 부르든 간에, 우리 뉴저지 토박이들은 그렇게 말하지 않았다.

이블린 이모는 의기양양했지만 아버지는 시무룩해서 한마디도 하지 않았고, 저녁식사 자리에서 샌디 형의 이야기가 마휘니 씨가 얼마나 모범적인 사람인지에 이르렀을 땐 특히 침울해 보였다. 우선 마휘니 씨는 켄터키대학교 농과대학을 졸업한 반면 아버지는 세계대전 전 뉴어크 빈민가에 살던 대부분의 아이들처럼 8학년까지밖에 교육받지 못했다. 마휘니 씨는 농장을 하나가 아닌 셋이나 소유했고 그중 작은 두 농장은 소작을 쳤으며 그 땅은 대니얼 분*의 시대부터 그의 가문 소유였던 반면, 아버지는 육 년 된 자동차를 제외하고는 내세울 게 전혀 없는 사람이었다. 마휘니 씨는 말을 탈줄 알고, 트랙터를 몰 줄 알고, 탈곡기를 다룰 줄 알고, 거름 주는 기계 차를 운전할 줄 알고, 노새뿐 아니라 황소를 부려 밭일을 쉽게 할 줄 알았다. 또한 윤작을 할 줄 알고, 흑인뿐 아니라 백인 노동자를 관리할 줄 알았으며, 도구를 수리하고, 쟁깃날과 잔디 깎는 기계를 갈고, 울타리를 세우고, 가시철조망을 치고, 닭을 기르고, 양을 약물에 담가 살충하고, 소의 뿔을 자르고, 돼지를 잡고, 베이컨을 훈제하고, 햄을 설탕에 절일 줄 알았으며, 샌디 형이 먹어본 것 중 가장 달고 즙이 많은 수박을 재배할 줄 알았다. 마휘니 씨는 담배, 옥수수, 감자를 직접 길러 땅에서 삶의 수단을 얻었고, 일

---

* 미국의 개척자.

요일 저녁 만찬 때에는(키가 190센티미터이고 몸무게가 104킬로 그램 나가는 이 농부는 크림그레이비소스를 곁들인 튀긴 닭을 식탁에 둘러앉은 다른 모든 사람이 먹는 양보다 더 많이 먹었다) 자신이 직접 기른 음식만 먹는 반면, 아버지가 할 수 있는 일이라고는 고작해야 보험을 파는 것뿐이었다. 두말할 필요 없이 마휘니 씨는 기독교인이었다. 그는 미국의 독립을 위해 싸우고 국가를 건설하고 황무지를 정복하고 아메리카 원주민을 진압하고 흑인을 노예로 부리고 흑인을 해방시키고 또 흑인을 차별한 절대다수의 집단에 오래전부터 속해 있던 구성원, 변경에 정착하고, 농토를 갈고, 도시를 세우고, 주를 통치하고, 국회에 입성하고, 백악관에 입주하고, 부를 축적하고, 토지를 소유하고, 제강 공장과 야구팀과 철도와 은행을 소유하고, 심지어 언어를 소유하고 감독하는 선하고 깨끗하고 부지런한 수백만의 기독교도 중 한 명, 장군, 고위 관리, 부호, 거물을 배출하면서 법을 제정하고 국정을 지휘하고 필요하다 싶으면 소요 단속령을 선포하는, 미국을 지배했고 앞으로도 지배할 난공불락의 북유럽계 및 영국계 신교도 중 한 명인 반면, 아버지는 일개 유대인에 불과했다.

이블린 이모가 집으로 돌아간 뒤 샌디 형은 사촌형 앨빈의 소식을 들었다. 아버지는 식탁에 앉아 장부책을 들여다보며 저녁 수금 준비를 했고, 어머니와 샌디 형은 지하실로 내려가 형이 켄터키에서 가져온 옷들을 펼쳐놓고 세탁용 싱크대에 넣기 전에 수선할 옷들과 버릴 옷들을 가려내고 있었다. 어머니는 항상 할일이 있으면 즉시 했고, 오늘도 잠자리에 들기 전 형의 더러운 옷들을 먼저 처리할 생각이었다. 나는 형을 시야에서 놓칠 수 없어 지하실까지 따라갔다. 형은 언제나 내가 모르는 것을 전부 알고 있었지만, 지금은 켄터키에서 훨씬 더 많은 것을 배워 돌아온 참이었다.

"앨빈에 대해서 할 얘기가 있단다." 어머니가 형에게 말했다. "편지에는 쓰고 싶지 않았어. 왜냐하면…… 네가 충격을 받을까 걱정됐기 때문이야." 이 대목에서 어머니는 절대 울지 않겠다고 마음을 다잡은 뒤 낮은 목소리로 말했다. "앨빈이 부상을 당했단다. 지금 영국의 병원에 있어. 부상에서 회복하는 중이야."

샌디 형이 깜짝 놀라 물었다. "누가 그랬대요?" 형은 마치 사람들이 매일 불구가 되고, 부상당하고, 죽어나가는 나치 점령하의 유럽이 아니라 동네에서 일어난 일을 전해 들은 것처럼 물었다.

"우리도 자세한 건 모른단다." 어머니가 말했다. "하지만 가벼운 부상이 아니야. 샌퍼드, 네게 아주 슬픈 이야기를 해야겠구나." 어머니는 최대한 용기를 내보았지만 목소리가 떨리는 건 어쩔 수 없었다. "앨빈은 다리를 잃었단다."

"다리요?" '다리'보다 알아듣기 쉬운 말은 거의 없지만, 형은 한참 동안 그 말을 이해하지 못했다.

"그래. 앨빈의 간호병이 편지를 보냈는데, 왼쪽 다리 무릎 아래라고 하더라." 어머니는 어떻게든 형을 달랠 수 있기를 바라면서 이렇게 덧붙였다. "편지는 위에 있어, 직접 보고 싶으면 읽어보렴."

"그럼, 어떻게 걸어요?"

"의족을 맞춰준대."

"하지만 어떻게 부상을 당한 건지 이해가 안 돼요. 누가 그랬대요?"

"글쎄다, 독일군과 싸우러 갔으니 그중 한 명이겠지."

샌디 형은 절반은 알아듣고 절반은 알아듣지 못한 채 다시 물었다. "어느 다리예요?"

어머니는 최대한 부드럽게 다시 대답했다. "왼쪽 다리야."

"왼쪽 다리를 완전히 잃었어요? 전부요?"

"아니, 아니." 어머니는 서둘러 형을 안심시켰다. "아까 말했잖니, 얘야. 무릎 아래라고."

갑자기 샌디 형은 울기 시작했다. 지난 봄보다 어깨너비와 가슴 둘레와 손목 둘레가 훨씬 더 커졌고, 두 팔은 아이처럼 여위지 않고 남자처럼 늠름했기 때문에, 나는 형의 깊이 그을린 얼굴을 따라 눈물이 흐르는 것을 보고 놀라서 따라 울기 시작했다.

"그래, 정말 무서운 일이지." 어머니가 말했다. "하지만 앨빈은 죽지 않았어. 아직 살아 있단다. 그리고 이제 적어도 전쟁에서는 빠져나왔지."

"뭐라고요?" 샌디 형이 갑자기 폭발했다. "방금 뭐라고 하셨어요?"

"그게 무슨 뜻이니?" 어머니가 물었다.

"방금 그러셨잖아요? '전쟁에서는 빠져나왔다'고요."

"그럼, 물론이지. 그래서 이제 더 큰 일을 겪지 않고 집으로 돌아올 수 있어."

"하지만 엄마, 왜 형이 전쟁에 나갔죠?"

"왜냐하면……"

"아빠 때문이죠!" 샌디 형이 소리를 질렀다.

"아니, 그렇지 않아." 그러면서 어머니는 마치 용서할 수 없는 말을 내뱉은 사람이 자신인 양 한 손으로 자신의 입을 막았다. "절대 그렇지 않아. 앨빈은 말도 없이 캐나다로 떠났어. 금요일 밤에 도망쳤지. 너도 그 일이 얼마나 끔찍했는지 기억할 거야. 아무도 앨빈을 전쟁에 보내지 않았어. 스스로 결정해서 간 거란다."

"하지만 아빠는 온 나라가 전쟁에 나가기를 바라죠. 아닌가요? 그래서 루스벨트를 찍은 거 아니에요?"

"목소리를 낮추렴, 제발."

"처음엔 앨빈 형이 전쟁에서 빠져나온 건 천만다행이라고 말씀 하시고는……"

"목소리를 낮추래도!" 하루종일 긴장에 시달리던 어머니는 결국 화를 내고 말았고, 여름 내내 애타게 그리워하던 아들에게 고함을 쳤다. "지금 무슨 말을 하는 거니!"

"제 얘길 들어보세요." 형이 소리쳤다. "만일 린드버그 대통령이 아니었다면……"

또 저 이름이라니! 우리 모두를 괴롭히고 있는 그 이름을 다시 듣느니 차라리 폭탄이 터지는 소리를 듣는 게 나았다.

바로 그때 지하실 계단 층계참에 켜진 희미한 불빛 속에 아버지가 나타났다. 우리는 안이 깊은 싱크대 옆에 서 있었기에 여기서 아버지의 바지와 구두만 보이는 건 어쩌면 다행스러운 일이었다.

"큰 아이가 앨빈 때문에 힘들어해요." 어머니가 위를 쳐다보면서 왜 소란스러운지를 설명했다. 그러고 나서 샌디 형에게 말했다. "내가 잘못했구나. 오늘밤 그 이야기를 하지 말았어야 했는데. 어린아이가 혼자 그렇게 큰 경험을 하고 오는 건 쉽지 않아…… 그렇게 먼 곳까지 다녀오는 건 결코 쉽지 않지…… 어쨌든 피곤하겠구나……" 그런 뒤 어머니는 기진맥진해서 힘없는 목소리로 말했다. "너희 둘, 이제 올라가거라. 난 빨래를 해야겠다."

우리는 계단을 올라갔다. 다행히 아버지는 층계참에 없었고, 이미 차를 몰고 저녁 수금을 나간 뒤였다.

한 시간 뒤 우리 방. 집안의 모든 불이 꺼져 있다. 우리는 낮게 속삭인다.

거기 좋았어?

아주 좋았어.

뭐가 그렇게 좋았어?

농장에서 사는 게 좋았어. 아침에 일찍 일어나고, 하루종일 밖에서 지내고, 온갖 동물이 다 있어. 많은 동물을 그렸지. 나중에 보여줄게. 그리고 매일 밤 아이스크림을 먹었어. 마휘니 부인이 직접 만들어. 신선한 우유가 있거든.

우유는 다 신선해.

아냐, 우린 젖소에서 우유를 직접 짰어. 아직 따뜻하더라. 그걸 난로 위에 놓고 끓인 다음 표면에 덮인 크림을 제거하고 마셨지.

병에 걸리지 않을까?

그래서 끓이는 거야.

하지만 젖소에서 나오는 걸 곧바로 먹어보진 않았지?

한 번 먹어봤는데 맛이 없었어. 크림 같아.

소젖도 짜봤어?

오린이 나한테 어떻게 짜는지 보여줬는데, 어렵더라고. 오린이 소젖을 쭉 짜면 고양이들이 주위로 다가와서 그 우유를 잡으려고 해.

친구들도 사귀었어?

음, 오린이 제일 친한 친구야.

오린 마휘니?

그래. 나와 동갑이고. 그곳 학교에 다녀. 농장에서 일하고, 새벽 네시에 일어나 허드렛일을 해. 우리하곤 달라. 오린은 버스로 등교해. 버스로 사십오 분쯤 걸려. 저녁에 돌아오면 일을 조금 더 하고, 숙제를 하고, 잠을 자. 그리고 다음날 새벽 네시에 일어나. 농부의 아들로 사는 건 힘든 일이야.

하지만 그 사람들은 부자야, 그렇지?

그래, 아주 잘살아.

그런데 말투가 어떻게 그렇게 변했어?

당연한 거야. 켄터키에서는 다들 이렇게 말하거든. 마휘니 부인이 말하는 걸 네가 들어봐야 하는데. 부인은 조지아주에서 왔어. 매일 아침 팬케이크를 만들어서 베이컨하고 같이 차려. 마휘니 씨는 베이컨을 직접 훈제해. 훈제실이 따로 있는데, 그분은 방법을 알아.

베이컨을 아침마다 먹었어?

매일 먹었지. 아주 맛있어. 그리고 일요일 아침에는 팬케이크와 베이컨과 계란을 먹었어. 거기서 닭들이 낳은 계란은, 노른자가 거의 빨간색이야, 그 정도로 아주 싱싱해. 닭이 낳은 계란을 가져와서 곧바로 먹는 거야.

햄도 먹어봤어?

일주일에 두 번쯤 저녁에 먹었어. 마휘니 씨는 햄도 직접 만들어. 그 집안의 특별한 제조법이 있어. 마휘니 씨가 그러는데 햄은 일 년 동안 매달아놓지 않으면 맛이 없대.

소시지도 먹어봤어?

그래. 마휘니 씨는 소시지도 만들어. 그라인더에 갈아서 말이야. 베이컨 대신 소시지를 먹을 때도 있어. 아주 맛있어. 그리고 폭찹도 맛있어. 우린 왜 그런 걸 안 먹는지 모르겠어.

그건 돼지니까.

그게 어때서? 농부들이 왜 돼지를 기른다고 생각하니? 사람들한테 보여주려고? 돼지는 우리가 먹는 다른 음식하고 똑같아. 그냥 먹으면 돼. 정말 맛있어.

그럼 계속 먹을 거야?

물론이지.

그런데 거긴 아주 덥지 않았어?

낮에는 더웠지. 하지만 점심시간에 집에 와서 토마토와 마요네즈 샌드위치를 먹어. 레모네이드하고 같이. 레모네이드를 엄청 많이 마셔. 집안에서 잠시 쉬고 다시 밭으로 나가 일을 하지. 잡초 뽑기. 오후 내내 잡초를 뽑아. 옥수수밭에서 잡초를 뽑고, 담배밭에서도 잡초를 뽑아. 야채를 기르는 텃밭이 있는데, 나하고 오린은 거기에서도 잡초를 뽑았어. 우린 고용된 사람들하고 같이 일했는데, 흑인도 몇 명 있었어. 일용 노동자들이야. 그리고 랜돌프라는 흑인은 소작을 해. 원래 노동자였는데 성공한 거야. 마휘니 씨가 그러는데 랜돌프는 최고의 농부래.

형은 흑인들이 하는 말을 알아들어?

물론이지.

하나만 흉내내볼 수 있어?

흑인들은 tobacco를 "bacca"라고 말해. 또 "I 'clare"라고 말해. I 'clare this, I 'clare that. 하지만 흑인들은 말을 별로 안 해. 대부분 일만 하지. 돼지를 잡을 때 마휘니 씨는 클리트와 올드헨리를 불러서 내장을 제거하라고 해. 두 사람은 흑인이고 형제야. 그들은 내장을 집으로 가져가서 기름에 튀겨 먹어. 그걸 곱창이라고 하지.

형도 먹을 수 있어?

내가 흑인처럼 보여? 마휘니 씨 말로는, 흑인들이 도시로 가면 돈을 많이 벌 줄 알고 농장을 떠난대. 올드헨리는 토요일 밤에 몇 번 체포됐어. 술을 마셔서야. 그러면 마휘니 씨가 벌금을 내고 빼내줘. 월요일에 올드헨리가 필요하니까.

흑인도 신발을 신어?

어떤 사람은 신어. 애들은 맨발로 다녀. 마휘니 씨 가족은 흑인들한테 입던 옷을 줘. 하지만 흑인들은 다들 행복해 보였어.

유대인을 나쁘게 말하는 사람이 있어?

필립, 그들은 반유대주의 같은 거 생각도 안 해. 내가 그들이 처음으로 본 유대인이었어. 그들이 그렇게 말했어. 하지만 나쁜 말은 전혀 안 했어. 그게 켄터키야. 거기 사람들은 정말 친절해.

그래서 집에 오니까 좋아?

조금은. 잘 모르겠어.

내년에 또 가겠네?

물론이야.

엄마 아빠가 못 가게 하면?

그래도 갈 거야.

샌디 형이 베이컨, 햄, 폭찹, 소시지를 입에 댔기 때문인지 몰라도 우리의 삶에 찾아온 변화를 억누르기란 불가능했다. 랍비 벤겔스도르프가 저녁식사에 오게 되었다. 이블린 이모가 데려온다는 것이었다.

"왜 우리를 보러 오는 거요?" 아버지가 어머니에게 말했다. 저녁식사를 마친 뒤 샌디 형은 침대에서 오린 마휘니에게 편지를 쓰고 있었고 나는 부모님과 함께 거실에 남아 있었다. 우리를 둘러싼 모든 것이 한꺼번에 뒤흔들리고 있는 상황에서 아버지가 그 소식을 어떻게 받아들일지 몹시 궁금했다.

"이블린은 내 동생이고," 어머니의 목소리에서 전투적인 기운이 느껴졌다. "그는 동생의 상사예요. 이블린에게 싫다는 말을 할 수가 없어요."

"난 할 수 있소." 아버지가 말했다.

"절대 그러지 말아요."

"그렇다면 다시 설명을 해봐요. 왜 우리가 그런 대단한 영예를 누려야 하지? 그 유명 인사는 우리집에 오는 것보다 더 긴급한 일이 없는 거요?"

"이블린은 그에게 우리 아들을 소개시켜주고 싶어해요."

"그것 참 우습군. 처제는 항상 우스워. 우리 아들은 챈슬러애비뉴학교 8학년이야. 그런데 여름 내내 잡초를 뽑았어. 이건 정말 우스워."

"여보, 목요일 저녁에 온대요. 그냥 환영해줍시다. 당신은 그 사람을 싫어하지만, 그는 보통 사람이 아니잖아요?"

"나도 알아." 아버지가 조바심하며 말했다. "그래서 그 사람이 싫은 거요."

요즘 아버지는 집안을 걸어다닐 때 항상 〈피엠〉을, 마치 여차하면 직접 전쟁에 뛰어들 것처럼 둘둘 말아 무기처럼 들고 다니거나 어머니에게 큰 소리로 읽어주고 싶은 부분이 있는 지면을 펼친 채 들고 다녔다. 아버지는 이날 저녁 어떻게 독일군이 그렇게 쉽게 러시아로 계속 진격하는지 갈피를 못 잡았고, 격분하면서 신문을 읽다 갑자기 이렇게 소리쳤다. "왜 러시아군은 싸움을 안 하는 거야? 비행기도 있는데, 왜 그걸 사용하지 않지? 거긴 왜 아무도 싸움에 나서질 않는 거야? 히틀러가 국경을 넘어 어떤 나라에 걸어들어가면 그대로 그놈 땅이 되는구나. 유럽에서 그 개자식과 싸우면서 버티는 나라는 영국뿐이야. 그놈은 매일 밤 영국 도시에 맹포격을 가하지만, 영국군은 오뚝이처럼 일어나고 공군을 앞세워 히틀러와 싸우고 있어. 영국 공군의 병사들이 있어서 정말 다행이야."

　"히틀러는 언제 영국을 침략할까요?" 내가 물었다. "왜 아직 영국을 침략하지 않죠?"

　"아이슬란드에서 린드버그 씨와 그러기로 거래를 했기 때문이야. 린드버그는 인류의 구세주가 되고 싶어해." 아버지가 내게 설명했다. "전쟁을 끝내는 평화조약을 맺자고 협상할 거야. 그래서 히틀러가 러시아를 삼키고, 중동을 삼키고, 집어삼킬 수 있는 다른 모든 것을 삼키고 나면, 린드버그는 엉터리 평화 회담을 제안할 거야. 독일 동맹국에게 딱 어울리는 짓이지. 이 평화 회담에서 독일은 세계 평화를 약속하고 영국을 침략하지 않는 대가로 영국에 파시즘 정권을 들어앉히려고 할 거야. 다우닝 스트리트*에 파시스트

＊영국 수상의 관저가 있는 곳.

수상을 집어넣겠다는 거지. 영국이 싫다고 하면, 그때 침략할 거야. 평화 회담을 중재한 우리 대통령의 승인을 받아서 말이야."

"월터 윈첼이 그렇게 말했어요?" 나는 아버지의 모든 설명이 아버지가 알아냈다고 보기에는 너무 똑똑하다는 생각에 이렇게 물었다.

"그건 내 생각이란다." 아버지의 말은 사실일지 몰랐다. 긴박한 상황이 나를 포함해 모든 사람의 교육을 촉진하고 있었다. "하지만 월터 윈첼이 있으니 얼마나 다행이냐. 그가 없다면 우린 막막할 거야. 라디오방송에 남아서 그 더러운 놈들을 비판하는 사람은 윈첼뿐이야. 구역질이 난다. 아니, 그보다 더 역겨워. 느리지만 분명히, 미국에서 린드버그가 히틀러의 엉덩이에 입을 맞추는 걸 비판하는 사람은 모두 사라질 거야."

"민주당은 어때요?"

"얘야, 민주당 얘기는 꺼내지도 마라. 그들을 생각하면 화만 나니까."

목요일 저녁 나는 어머니가 시키는 대로 식탁 차리는 일을 도운 다음 내 방으로 가서 좋은 옷으로 갈아입었다. 이블린 이모와 랍비 벤겔스도르프는 일곱시에 도착할 예정이었다. 우리가 평소 저녁식사를 마치는 시간보다 사십오 분이나 늦지만, 그때가 랍비가 모든 공무를 끝내고 우리집에 올 수 있는 가장 이른 시각이었다. 이 사람은 보통 유대인 성직자를 대단히 존경하는 아버지가 매디슨스퀘어가든에서 린드버그를 위해 "어리석고 거짓된 연설"을 한다며 소리 높여 비난하고, 앨빈 형에 따르면 "이교도를 위해 린드버그를 정결화해서" 루스벨트를 패하게 만든 "가짜 유대인"이었기 때문에 우리가 그에게 음식을 대접하려고 들이는 노력이 이해하기 어려웠다. 내게는 욕실에 꺼내놓은 새 수건을 쓰지 말고, 저녁을 먹기 전 랍비가 아버지의 안락의자에 앉을 테니 그 근처에는 얼씬거리지 말라는 사전 명령이 떨어졌다.

먼저 우리 모두 뻣뻣하게 거실에 앉아 있는 동안 아버지는 랍비에게 하이볼이나 원한다면 네덜란드 진을 권했고, 벤겔스도르프는 둘 다 사양하고 수돗물 한 잔을 청했다. "뉴어크의 물은 세계 최고지요." 랍비는 무슨 말을 할 때나 마찬가지로 이번에도 깊이 사색하며 말했다. 그는 어머니가 컵받침에 올려 내온 물컵을 품위 있게 받아들었다. 지난해 10월 라디오에서 린드버그를 칭송하는 그의 연설을 듣지 않으려고 거실 밖으로 뛰쳐나가던 어머니의 모습이 아직도 기억났다. "참으로 아늑한 집입니다." 그가 어머니에게 말했다. "모든 게 제자리에 있고, 모든 게 완벽하게 정돈되어 있군요. 저처럼 질서를 사랑한다는 증거입니다. 보아하니 초록색을 좋아하는 분이군요."

"짙은 황록색이요." 어머니는 미소를 지으며 호감을 주려 애썼지만, 간신히 말을 내뱉었고 아직 그가 있는 쪽을 바라보지 못했다.

"이 사랑스러운 가정에 자부심을 가지셔도 좋을 듯합니다. 이곳에 초대되어 영광입니다."

랍비는 키가 아주 크고 호리호리한, 린드버그와 비슷한 체형의 대머리 남자였고 검은색 스리피스 정장에 번쩍이는 검은 구두를 신고 있었다. 나는 그의 꼿꼿한 자세만으로도 그가 인류의 가장 고귀한 이상을 충실히 따른다고 충분히 믿을 것 같았다. 나는 라디오에서 들었던 부드럽고 유창한 남부 억양 때문에 훨씬 덜 엄격한 사람을 상상했지만, 다른 것은 몰라도 그의 안경은 위협적이었다. 그것이 루스벨트가 사용하는 안경처럼 콧등에 꼭 끼워 고정시키는 타원형의 올빼미 같은 코안경이기 때문이기도 했고, 그가 그런 안경을 썼고 그 안경을 통해 사람을 뚫어지듯 처다본다는 사실만으로 웬만한 사람은 그의 의견에 반대할 수 없다는 것이 분명하기 때문이기도 했다. 그러나 말할 때의 목소리는 따뜻하고 친절하고 심지어 남을 쉽게 믿는 듯했다. 나는 계속 그가 우리를 경멸적으로 다루거나 우리에게 이래라저래라 하기를 기다렸지만 그는 단지 그 억양(샌디 형의 억양과 완전히 달랐다)으로 말을 이어가기만 했고, 하도 나지막이 얘기하는 통에 때로는 그의 박식한 이야기를 듣기 위해 숨을 죽여야 했다.

"네가 그 아이구나." 그가 샌디 형에게 말했다. "넌 우리 모두의 자랑이야."

"저는 샌디입니다, 랍비님." 형의 얼굴이 홍당무처럼 붉어졌다. 내 생각에 형은 다른 성공한 아이였다면 사회적으로 허용된 겸손의 기준에 맞추느라 그렇게 신속히 처리할 수 없을 법한 질문에 영리하게 응수했다. 이젠 어떤 것도 형을 되돌릴 수 없었다. 팔근육이 생기고 머리가 햇빛에 탈색된 형, 그 누구의 허락도 없이 돼지고기를 양껏 먹어버린 형을 되돌리기란 불가능했다.

"이글거리는 태양 아래 켄터키의 들판에서 일을 해보니 어떻더냐?" 랍비는 "work"를 "wuhk"로, "burning"을 "buhning"으로, "there"를 "theyuh"로 발음했고, "Kentucky"를 말할 때는 요즘 샌디 형이 처음 세 철자가 K-i-n인 것처럼 말하는 것과는 달리 철자에 맞게 발음했다.

"많은 것을 배웠습니다, 랍비님. 조국에 대한 많은 것을요."

이블린 이모가 눈에 띄게 흐뭇해했다. 그도 그럴 것이, 어제저녁 이모가 전화로 형에게 그런 질문이 나오면 그렇게 답하라고 일러두었기 때문이다. 이모는 항상 아버지보다 잘난 사람이어야 했기에 그의 코앞에서 그의 장남을 주무르는 것보다 더 큰 기쁨은 없었다.

"이블린 이모의 말로는 담배 농장에서 일했다고 하더구나."

"네. 화이트벌리 담배를 키우는 곳이었어요."

"샌디야, 네가 아는지 모르겠지만, 담배는 미국에 도착한 영국인들이 버지니아주 제임스타운에 처음 정착했을 때 그들의 경제적 기반이었단다."

"전 몰랐어요." 형은 무지를 시인하면서도 이렇게 덧붙였다. "하지만 놀라운 사실은 아닌 것 같아요." 그렇게 해서 순식간에 고비를 넘겼다.

"제임스타운 개척자들은 많은 재난을 겪었단다." 랍비가 말했다. "그들을 굶주림에서 구해주고 정착촌을 유지시켜준 것이 바로 담배 경작이었어. 생각해보렴. 담배가 없었다면 이 신세계를 대표하는 최초의 정부는 1619년에 그랬던 것처럼 제임스타운에서 모임을 열지 못했을 거야. 담배가 없었다면 제임스타운은 무너지고 버지니아주를 식민지로 개척하지 못했을 테고, 버지니아주의 1세대 가문들은 담배 농사로 부를 쌓았기 때문에 담배가 없었다면 절대 성공하지 못했을 거다. 버지니아주 1세대 가문들이 주 정치가들의 선조이자 이 나라를 세운 건국의 아버지라는 걸 기억해라. 그러면 담배가 우리 공화국의 역사에 얼마나 중요했는지 이해하게 될 거야."

"꼭 기억하겠습니다." 샌디 형이 말했다.

"나는 미국 남부에서 태어났단다." 랍비가 말했다. "비극적인 남북전쟁이 끝나고 십사 년 후에 태어났지. 나의 아버지는 젊었을 때 남부 연방을 위해 싸웠단다. 나의 할아버지는 1850년 독일에서 건너와 사우스캐롤라이나에 정착했어. 할아버지는 행상을 했지. 말 한 마리가 끄는 마차를 몰고 턱수염을 길게 기르고서 흑인과 백인 모두에게 물건을 팔았어. 혹시 주다 벤저민이라는 이름을 들어 봤니?" 랍비가 샌디 형에게 물었다.

"아뇨, 못 들어봤어요." 하지만 샌디 형은 또다시 재빠르게 올바른 대답으로 말을 이었다. "그 사람이 누구인지 여쭤봐도 될까요?"

"음, 그는 유대인이고 남부 연방 정부에서 제퍼슨 데이비스 다음으로 높은 사람이었다. 유대인 변호사였고 데이비스 밑에서 법무장관, 전쟁장관, 국무장관을 지냈지. 남부 열한 개 주가 연방에서 탈퇴하기 전에는 사우스캐롤라이나주의 두 상원의원 가운데 한 명으로 상원에서 일하기도 했어. 남부가 전쟁을 일으킨 원인은 내 판단으로는 법률적이거나 도덕적인 게 아니었지만, 나는 항상 주다 벤저민을 대단히 존경해왔단다. 그 시절에는 남부든 북부든 미국에서 유대인은 드문 존재였지만, 넘어서야 할 반유대주의가 없었다고는 생각하지 마라. 그래도 주다 벤저민은 남부 연방 정부에서 최고에 근접하는 정치적 성공을 이루었지. 전쟁이 끝난 후에는 영국으로 건너가 훌륭한 변호사가 되었단다."

이때 어머니는 음식을 살피러 가는 것처럼 주방으로 물러났다. 이블린 이모가 샌디 형에게 말했다. "네가 농장에서 그린 그림을 지금 랍비님께 보여드리면 좋을 것 같구나."

샌디 형은 자리에서 일어나 우리 모두가 거실에 모일 때부터 무릎 위에 올려놓고 있던 스케치북 몇 권을 가지고 랍비의 의자로 다가갔다. 그 안에는 여름 동안 그린 그림이 가득 들어 있었다.

랍비는 그중 한 권을 집어들어 천천히 첫 장을 넘겼다.

"랍비님께 하나씩 설명해드리렴." 이블린 이모가 말했다.

"그건 헛간이에요. 수확한 담배를 매달아서 말려요."

"음, 헛간이구나, 좋아, 아주 잘 그렸는걸. 빛과 어둠을 표현한 게 아주 마음에 들어. 재능이 뛰어나구나, 샌퍼드."

"그리고 그건 밭에서 자라고 있는 담배예요. 다 그렇게 생겼어요. 보세요, 잎이 세모꼴이에요. 아주 커요. 그 담배는 아직 꼭대기에 꽃이 달려 있었어요. 순지르기를 하기 전이에요."

"이 담배는," 랍비가 페이지를 넘기며 말했다. "꼭대기에 봉투가 씌워져 있는데, 이런 건 처음 보는구나."

"그렇게 해서 씨를 받아요. 종자식물이거든요. 종이봉투로 꽃을 싼 다음에 꽉 묶어요. 필요할 때까지 꽃을 유지하려고요."

"아주 훌륭해." 랍비가 말했다. "식물을 정확히 묘사하면서 예술작품으로 그려내기가 쉽지 않은데. 잎의 아랫면을 그늘지게 잘 그렸구나. 정말 훌륭하다."

"그리고 그건 쟁기예요. 잘 아시겠지만요." 샌디 형이 말했다. "그리고 그건 괭이예요. 잡초 뽑을 때 써요. 괭이를 안 쓰고 그냥 손으로 뽑을 때도 있지만요."

"잡초 뽑기를 많이 했구나?" 랍비가 놀리듯이 물었다.

"어휴." 샌디 형의 말에 랍비는 미소 지었고, 그러자 전혀 무서운 사람처럼 보이지 않았다. "그건 개예요." 샌디 형이 설명을 계속했다. "오린의 개예요. 잠을 자고 있어요. 그리고 그건 올드헨리라는 흑인이고, 그건 그의 손이에요. 저는 그의 손이 유별나다고 생각했어요."

"이건 누구냐?"

"올드헨리의 형제 클리트예요."

"이 사람을 표현한 방식이 참 좋구나. 그렇게 늘어져 있으니 아주 피로해 보여. 난 이런 흑인들을 안다. 그들과 함께 자랐거든. 난 흑인들을 존경해. 그런데 이건 뭐냐?" 랍비가 물었다. "여기, 분무기를 들고 있는 게 뭐지?"

"안에 사람이 있어요. 해충을 없애려고 약을 뿌릴 때 그렇게 해요. 머리부터 발끝까지 두꺼운 옷을 입고 커다란 장갑을 끼고 단추를 완전히 채워야 화상을 안 입어요. 분무기로 살충제를 뿌릴 때 약이 묻으면 살이 타거든요. 약은 초록색이고 안개 같아요. 일이 끝나면 옷이 온통 약으로 뒤덮여 있어요. 전 그 안개를 그려보려고 했어요. 안개 부분을 더 밝게 그렸는데, 제대로 표현되지 않은 것 같아요."

"음, 확실히 안개는 그리기가 어렵구나." 이렇게 말한 뒤 랍비는 남은 페이지들을 조금 빨리 넘겼고, 마지막 그림을 본 뒤 스케치북을 덮었다. "켄터키에서 한 경험이 네게 쓸모가 없진 않았겠구나, 그렇지, 젊은 친구?"

"정말 좋았어요." 샌디 형이 대답했다. 바로 그때 랍비에게 좋아하는 의자를 내주고 소파에 가만히 앉아 있던 아버지가 자리에서 일어나며 말했다. "가서 저녁 준비를 도와야겠다." 아버지는 마치 "당장 창문에서 뛰어내려 죽어버리겠다"고 말하는 것 같았다.

저녁을 먹을 때 랍비가 우리에게 말했다. "미국의 유대인은 세계 역사를 통틀어 다른 어떤 유대인사회와도 다릅니다. 이 나라의 유대인은 근대에 우리 민족에게 부여된 것 중 가장 큰 기회를 잡았습니다. 미국의 유대인은 이 나라의 어느 분야에나 참여할 수 있습니다. 또한 더이상 천민 집단처럼 사회와 격리된 채 살 필요가 없습니다. 필요한 것은 단 하나, 여러분의 아들 샌디가 자발적으로 켄터키라는 미지의 땅에 들어가 여름 동안 농장에서 봉사활동을 함으로써 보여준 바로 그 용기입니다. '소박한 사람들'에 참여한 샌디를 비롯한 유대인 소년들은 이 나라에서 성장하는 모든 유대인 아이들은 물론이고 모든 유대인 어른들에게도 모델이 되어야 합니다. 그리고 이는 단지 나만의 꿈이 아닙니다. 이는 린드버그 대통령의 꿈입니다."

　　우리의 시련은 갑자기 더이상 나빠질 수 없는 단계로 진입했다. 나는 워싱턴DC에서 아버지가 호텔 지배인과 거만한 경찰관에게 맞선 일을 잊을 수 없었고, 그래서 송구하게도 아버지의 집에서 린드버그의 이름이 튀어나온 지금 나는 드디어 아버지가 벤겔스도르프에게 맞설 순간이 왔다고 생각했다.

　　그러나 랍비는 랍비였고, 아버지는 그러지 않았다.

　　어머니와 이블린 이모는 음식을 차려냈다. 세 코스가 나온 뒤 그날 오후 우리집 오븐에서 새로 구운 마블케이크가 나왔다. 우리는 '훌륭한' 은제품으로 '훌륭한' 음식을, 물론 우리의 가장 좋은 러그, 가장 좋은 가구, 가장 좋은 테이블보와 냅킨을 쓰면서, 우리도 특별한 날에만 사용하는 식당에서 먹었다. 내가 앉은 쪽에서는 우리의 추억을 모셔놓은 성소인 가운데가 불룩 튀어나온 찬장 위에 가지런히 배열된 죽은 가족들의 사진이 보였다. 찬장 위에는 두 할아버지, 외할머니, 이모, 앨빈 형의 아버지이자 아버지의 사랑하는 형인 잭 삼촌과 또 한 명의 삼촌이 액자에 담겨 있었다. 랍비 벤겔스도르프가 린드버그의 이름을 들먹인 여파로 나는 그 어느 때보다 혼란스러웠다. 랍비는 랍비였지만, 지금 앨빈 형은 히틀러와 싸우다 왼쪽 다리를 잃은 후 캐나다 몬트리올의 어느 군병원에서 의족을 차고 걷는 연습중이었고, 나는 좋은 옷을 제외하고 아무 옷이나 입어도 되는 우리집에서 히틀러를 친구로 둔 대통령이 당선되는 데 일조한 바로 그 랍비에게 잘 보이기 위해 하나뿐인 재킷에 하나뿐인 넥타이를 매고 있었다. 우리의 굴욕과 우리의 영광이 하나가 된 상황에서 내가 어떻게 혼란스럽지 않을 수 있을까? 본질적인 무언가가 무너지고 사라진 상황에서 우리는 평소와 같은 미국인의 모습이 아닌 다른 존재이기를 강요받고 있었지만, 우리는 컷글라스 샹들리에의 불빛 아래, 식당의 무겁고 어두운 가구로 둘러싸여 어머니가 요리한 소고기찜을 우리가 초대한 최초의 유명인과 함께 먹고 있었다.

나를 더 큰 혼란에 빠뜨리고 내 생각의 대가를 톡톡히 치르게 만든 순간이 찾아왔다. 벤겔스도르프는 난데없이 이블린 이모에게서 듣고 알게 된 앨빈 형 이야기를 꺼냈다. "이 가족에 부상자가 있다는 사실에 슬픔을 금할 길이 없소. 여러분 모두에게 안타까운 마음을 전합니다. 이블린에게 들었소. 여러분의 조카가 퇴원하면 여러분 곁에서 건강을 회복할 거라고 말이오. 여러분은 그런 부상이 꽃다운 청년에게 어떤 정신적 고통을 남기는지 알 거라 믿습니다. 그 청년이 쓸모 있는 삶을 다시 시작하려면 여러분의 지대한 사랑과 인내가 필요할 거요. 그 청년의 이야기가 특히 비극적인 것은 그가 캐나다로 건너가 군에 입대할 필요가 전혀 없었기 때문이오. 앨빈 로스는 미국에서 태어난 미국 시민이오. 미국은 어느 누구와도 전쟁을 하지 않고 어느 누구와도 전쟁을 할 생각이 없으며 단 한 명의 젊은이에게도 전쟁에 나가 목숨이나 팔다리를 희생하라고 요구하지 않소. 우리 중 몇몇은 이걸 위해 부단한 노력을 했소. 내가 1940년 선거에서 린드버그 선거운동에 가담했다는 이유로 일부 유대인은 내게 상당한 적대감을 갖고 있소. 하지만 나는 전쟁을 혐오하는 마음으로 버텨왔소. 젊은 앨빈이 미국의 안전이나 미국인의 안녕과 아무 상관이 없는 유럽대륙의 전투에서 다리를 잃었다니 얼마나 끔찍한 일이오……"

랍비는 대략 매디슨스퀘어가든에서 미국의 중립성을 지지하며 했던 말을 되풀이했지만, 지금 내 관심의 초점은 앨빈 형뿐이었다. 앨빈 형이 우리와 함께 산다고? 나는 어머니를 바라보았다. 어머니는 우리에게 그런 얘기를 전혀 하지 않았다. 앨빈 형은 언제 올까? 어디서 잠을 잘까? 어머니가 워싱턴DC에서 말한 것처럼 정상적인 나라에서 살지 못하는 것도 괴로운데, 이제는 두 번 다시 정상적인 가정에서도 살지 못하게 되는 것이다. 훨씬 더 고통스러운 삶이 내 주위로 몰려들고 있었다. 나는 소리치고 싶었다. '안 돼! 앨빈 형은 이 집에서 살면 안 돼. 다리가 하나뿐이잖아!'

나는 너무 심란한 나머지 예절이 식당을 지배하는 분위기가 끝나고 아버지가 더이상 뒷전에 밀려 있지 않기로 결심했다는 것을 한참 만에 깨달았다. 아버지는 마침내 벤겔스도르프의 권위와 그 자신의 부족함이 쌓아올린 장애물을 무너뜨렸다. 아버지는 이제 랍비의 위엄에 굴하지 않았고, 코앞에 닥친 재난 때문에 억누를 수 없는 위기감에 사로잡혀, 그리고 랍비가 자신을 무시하는 듯한 태도에 결국 울화통이 터져 코안경과 그 모든 권위로 무장한 벤겔스도르프에게 맹렬히 공격을 퍼부었다.

"히틀러는," 아버지의 목소리가 들렸다. "정상적인 인간이 아니란 말이오, 랍비! 그 미친놈은 천 년 전에 시작된 전쟁을 하고 있는 게 아닙니다. 히틀러는 이 지구상에서 아무도 본 적이 없는 그런 전쟁을 하고 있어요. 히틀러는 유럽을 점령했죠. 지금은 러시아와 전쟁을 하고 있습니다. 그는 매일 밤 런던을 공습해 잿더미로 만들고 무고한 영국 국민을 수백 명씩 죽이고 있어요. 그는 역사상 가장 잔인한 반유대주의자입니다. 그런데도 그의 절친한 친구인 우리 대통령은 히틀러가 '협약'을 맺자고 하자 그의 말을 덥석 믿고 있어요. 히틀러는 러시아와도 협약을 맺었죠. 그런데 그걸 지켰습니까? 그는 체임벌린과도 협약을 맺었어요. 그런데 그걸 지켰나요? 히틀러의 목표는 세계를 정복하는 것이고, 거기엔 미합중국도 포함되어 있습니다. 그리고 어딜 가든 유대인을 쏴죽이는 걸로 봐서 때가 되면 여기 와서도 유대인을 쏴죽일 겁니다. 그때 우리의 대통령은 어떻게 할까요? 우릴 보호할까요? 우릴 지켜줄까요? 우리 대통령은 손가락 하나 까딱하지 않을 겁니다. 바로 그것이 두 사람이 아이슬란드에서 맺은 협약이니까요. 그렇지 않다고 생각하는 어른이 있다면 미친 겁니다."

랍비 벤겔스도르프는 전혀 답답해하지 않고 적어도 아버지 말의 일부에는 공감한다는 듯 정중하게 듣고 있었다. 샌디 형만이 감정을 억누르지 못하고 있는 듯했다. 아버지가 린드버그를 "우리의 대통령"이라고 경멸적으로 언급할 때 형은 나를 돌아보았고 자신은 평범한 미국인으로서 새 정부에 순응할 뿐인데 그로 인해 우리 가족의 궤도에서 얼마나 멀리 벗어나고 말았는지를 보여주듯 얼굴을 찌푸렸다. 아버지의 바로 옆자리에 앉아 있던 어머니는 아버지의 말이 끝나자 두 손으로 아버지의 손을 꼭 잡았지만, 아버지가 자랑스럽다는 뜻을 전한 것인지 아버지에게 조용히 있으라고 신호를 보낸 것인지 분명하지 않았다. 한편 이블린 이모는 선량하고 너그러운 가면 뒤에 다른 생각을 감춘 채, 이 천박한 형부가 보잘것없는 어휘로 감히 열 개 국어를 구사하는 학자에게 대항하는 동안 랍비의 눈치를 보고 있었다.

벤겔스도르프는 즉시 대꾸하는 대신 불길하게 틈을 두더니 그사이에 조용히 자신의 답변을 집어넣었다. "난 어제 아침 백악관에서 대통령과 얘기를 나누었소." 여기에서 그는 우리에게 다시 냉정해질 시간을 주려는 듯 컵을 들어 물을 한 모금 마셨다. 랍비가 말을 이었다. "나는 대통령에게 축하의 말을 건넸소. 그가 1930년대 말 독일을 방문할 때 불거지기 시작한 유대인의 의심을 성공적으로 가라앉힌 것에 대해서 말이오. 유대인의 의심은 그가 미국 정부를 위해 독일 공군을 염탐하러 독일을 여행하던 시절에 비롯되었소. 나는 대통령에게 나의 신도들 가운데 루스벨트를 찍은 사람들이 이제는 그를 강력히 지지하고 있으며 그가 우리의 중립성을 지키고 이 나라를 또다시 일어난 세계대전의 고통에서 구출한 것에 감사한다고 알렸소. 또한 미국의 유대인들이 '소박한 사람들'과 같은 프로그램들을 통해 그가 결코 유대인의 적이 아님을 확신하기 시작했다고 알렸소. 인정하건대 대통령이 되기 전에 그는 때때로 반유대주의적인 표현을 써가며 연설했소. 하지만 그때는 무지해서 그랬고, 현재는 그 점을 충분히 인정하고 있소. 여러분에게 기쁜 소식을 알려드리겠소. 나는 대통령을 고작 두세 번 접견했지만 그가 유대인에 대한 그릇된 생각을 버리고 미국에서 유대인이 얼마나 다방면에서 활약하고 있는지를 이해하게 되었다는 것을 여러분에게 알려줄 수 있어 기쁩니다. 대통령은 절대 악한 사람이 아닙니다. 이 사람은 선천적으로 지성과 정직성이 대단히 높고 개인적인 용기로 찬양받고 있으며 요즘은 기독교도와 유대인, 유대인과 기독교도를 가르고 있는 무지의 장벽을 무너뜨리기 위해 내게 도움을 구하고 있소. 그러나 무지는 유대인 사이에도 퍼져 있고, 불행하게도 많은 유대인이 린드버그 대통령을 미국의 히틀러라 여기고 있소. 그는 반란을 일으켜 권력을 잡은 독재자가 아니라 공정하고 자유로운 선거에서 압도적으로 승리해 정권을 잡았고 독재정치의 경향을 단 한 번도 보이지 않았는데 말이오. 그는 국가의 이름을 드높이기 위해 개인의 희생을 강요하지 않고, 오히려 중앙정부의 간섭 없이 자유기업체제와 개인주의적인 기업가 정신이 발전하도록 장려합니다. 지금 이 나라에 파시즘적인 국가 통제가 어디에 있소? 파시즘적인 폭력이 어디에 있소? 갈색 셔츠의 나치당원과 비밀경찰이 어디에 있소? 우리 정부가 파시즘적인 반유대주의를 보여준 적이 단 한 번이라도 있소? 히틀러가 1935년 뉘른베르크법을 통과시켜 독일 유대인에게 저지른 행위는 린드버그 대통령이 미국 동화청을 설립해 미국 유대인에게 시행하고 있는 정책과 정반대입니다. 뉘른베르크법은 유대인의 시민권을 박탈하고 그들을 국경 밖으로 몰아내기 위해 온갖 수단을 동원했소. 내가 린드버그 대통

령에게 권하는 것은 유대인이 자유롭게 국민의 권리를 누리며 살
수 있는 프로그램들을 시행하는 것이오. 당신도 동의하겠지만 그
렇게 된다면 우리는 분명 다른 누구와도 견줄 수 있는 즐거운 삶을
살게 될 거요."

우리의 식탁은 물론이고 이 동네 어디에서도 이렇게 지적인 문
장들이 쏟아져나온 적은 없었을 것이다. 그래서 랍비가 긴 설명의
마무리로 꽤 부드럽고 친근하기까지 한 말투로, "어떻소, 허면, 내
설명을 들으니 두려움이 좀 가라앉는 것 같소?"라고 말하자 아버
지가 단호하게 "아뇨, 천만에, 어림도 없습니다"라고 대답한 것은
놀라운 일이었다. 그런 뒤 아버지는 경솔하게도 랍비의 불쾌함을
자극하는 데서 그치지 않고 그의 위엄을 짓밟고 경멸 섞인 보복심
을 불러일으키는 모욕적인 말을 덧붙였다. "당신 같은 사람이 그렇
게 말하는 것을 들으니, 솔직히 말해 훨씬 더 걱정이 됩니다."

이튿날 저녁 이블린 이모는 '소박한 사람들'의 후원 아래 그해
여름 서쪽으로 갔던 백 명의 아이들 중 샌디가 뉴저지주를 대표하
는 '징병관'으로 선정되어 유대인 청소년과 학부모 앞에서 동화청
프로그램에서 얻을 수 있는 많은 이득을 설명하고 청소년의 참여
를 유도하는 고참병 노릇을 하게 되었다고 신이 나서 전화로 알려
왔다. 랍비는 그렇게 복수의 칼을 휘둘렀다. 아버지의 장남은 이제
새로운 정부의 명예 회원이 되었다.

샌디 형이 오후마다 시내에 있는 이블린 이모의 동화청 사무실
에서 시간을 보내기 시작한 직후 어머니는 가장 좋은 옷, 즉 사친
회 모임을 주재하거나 선거 날 학교 지하실에서 선거 참관인으로

일할 때 입는 맞춤옷인 가늘고 희미한 세로 줄무늬가 들어간 회색 재킷과 치마를 입고 일자리를 찾아 집을 나섰다. 저녁식사 시간에 어머니는 시내에 있는 큰 백화점인 하네스에서 여성복을 팔게 되었다고 발표했다. 어머니는 우선 주 육 일과 수요일 저녁에 일하는 휴일 보조로 채용됐지만, 과거에 비서로 일한 적이 있으므로 몇 주 근무하다보면 백화점 관리부에 자리가 날지 모르고 성탄절 이후에는 정직원으로 고용될 수도 있다는 희망을 품고 있었다. 어머니는 샌디 형과 내게 자신의 월급은 앨빈 형이 돌아왔을 때 늘어날 지출에 들어갈 거라고 말했지만 사실 (남편 외에는 누구에게도 알리지 않은) 속마음은 우리가 캐나다로 추방되어 밑바닥부터 시작할 때를 대비해 월급을 몬트리올의 한 은행 계좌에 우편으로 적립하려는 것이었다.

어머니도 없고, 형도 없고, 사촌형은 곧 돌아올 예정이었다. 아버지는 차를 몰고 몬트리올까지 올라가서 육군병원에 있는 앨빈 형을 만났다. 금요일 아침 샌디 형과 내가 등교를 위해 일어나기 몇 시간 전 어머니는 아버지의 아침식사를 만들고, 보온병에 마실 것을 채우고, 음식을 싼 뒤 샌디 형의 크레용으로 세 음식 봉지에 점심은 L, 간식은 S, 저녁은 D라고 표시했다. 아버지는 북쪽으로 350마일 떨어져 있는 국경을 향해 출발했다. 아버지의 상사는 금요일 하루만 휴가를 주었기 때문에 아버지는 그날 하루종일 운전을 하고 토요일에 앨빈 형을 만난 뒤 일요일에 하루종일 차를 몰고 돌아와야 월요일 아침 직원회의에 참석할 수 있었다. 올라가는 길에 타이어가 한 번 펑크나고 돌아오는 길에 두 번 더 펑크나는 바람에, 아버지는 회의에 참석하기 위해 집에 들르지 않고 고속도로에서 곧장 시내로 들어갔다. 저녁에 식탁 앞에서 본 아버지는 하루종일 잠을 못 잤으며 그보다 더 오래 제대로 씻지도 못한 상태였다. 앨빈 형은 시체처럼 핼쑥하고 몸무게가 45킬로그램가량 빠졌다고 아버지가 말했다. 이 말을 들었을 때 나는 잃어버린 다리의 무게가 얼마쯤인지 궁금했고, 그날 저녁 욕실에 있는 저울로 내 다리의 무게를 재보려 했지만 성공하지 못했다. 아버지가 말했다. "앨빈은 식욕이 전혀 없어. 음식을 앞에 놓으면 멀리 치워버려. 원래 강했던 아이인데 살겠다는 의욕이 없고 험상궂은 얼굴을 하고서 침대에 누워만 있어. 내가 말했지. '앨빈, 난 네가 태어날 때부터 널 알고 있었다. 넌 차돌 같은 놈이야. 넌 포기할 줄 모르는 놈이야. 넌 네 아버지의 강인함을 물려받았어. 네 아버지라면 어떤 시련이라도 꿋꿋이 이겨냈을 거야. 네 어머니도 마찬가지고. 네 아버지가 돌아가셨을 때 네 어머니는 다시 일어나야 했어. 선택의 여지가 없었지, 네가 있었으니까.' 하지만 잘 모르겠더구나. 과연 희망이 있는 건지." 아버지의 목소리가 탁해졌다. "주위에 온통 아픈 아이들이 누워 있는데, 그런 병원에서 앨빈의 침대 옆에 앉아 있으니……" 아버지는 더이상 말을 잇지 못했고 나는 처음으로 아버지가 우는 모습을 보았다. 그것은 유년기의 한 이정표였다. 타인의 눈물이 나 자신의 눈물보다 더 견딜 수 없다는 것을 알게 되는.

"피곤해서 그래요." 어머니가 말했다. 어머니는 의자에서 일어난 뒤 아버지를 진정시키기 위해 식탁 반대편으로 돌아가 아버지의 머리를 쓰다듬기 시작했다. "먼저 식사를 마쳐요." 어머니가 말했다. "그런 다음 샤워를 하고 푹 쉬어요."

아버지는 어머니의 손에 머리를 단단히 기대고서 걷잡을 수 없이 흐느끼기 시작했다. "앨빈의 다리가 날아갔어." 아버지가 그 말을 하는 동안 어머니는 샌디 형과 내게 어머니 혼자 아버지를 위로할 테니 물러가라고 손짓했다.

내게 새로운 삶이 시작되었다. 나는 아버지가 무너지는 것을 본후 다시는 예전과 같은 유년기로 돌아가지 못했다. 집에 있던 어머니는 이제 하네스에서 일하느라 하루종일 집을 비울 테고 항상 곁에 있던 형은 방과후 린드버그를 위해 일하러 갈 예정이었다. 워싱턴DC의 간이식당에서 그 어설픈 반유대주의자들에게 둘러싸여 도전적으로 노래를 부르던 아버지는 예측 불가능한 미래를 감당할힘이 없었는지 버려진 아기 같기도 하고 아주 고통스러운 어른 같기도 한 모습으로 입을 크게 벌린 채 소리 내어 울었다. 그리고 린드버그의 당선이 내게 명백히 예고해준 대로 예측 불가능한 미래가 걷잡을 수 없이 펼쳐지면서 모든 것을 집어삼켰다. 무자비한 미래가 나쁜 방향으로 전개되고 있었지만 우리 학생들은 그것을 '역사'로서 공부했다. 당대의 예기치 못한 모든 일이 종이 위에 필연적인 일로 기록되면 무해한 역사가 된다. 역사학은 예기치 못한 미래의 공포를 드러내지 못하고, 그러는 사이 재난은 서사시가 된다.

혼자 있게 되면서부터 나는 방과후 모든 시간을 나의 우표 수집스승, 얼 액스먼과 보내기 시작했다. 확대경으로 얼의 우표를 관찰하거나 그의 어머니의 옷장을 열고 휘둥그레진 눈으로 속옷을 구경하려고 그랬던 것만은 아니다. 내 숙제는 시간이 전혀 걸리지 않았고 숙제 외에 내가 할 일은 저녁상을 차리는 것뿐이었기에 이제 나는 마음껏 나쁜 짓을 할 수 있었다. 그리고 얼의 어머니는 오후에 항상 미용실에 있거나 뉴욕으로 쇼핑을 갔기 때문에 얼은 편하게 나쁜 짓을 할 기회를 제공했다. 얼은 나보다 거의 두 살 많았다. 얼의 매력적인 부모는 이혼했고, 또 그들이 매력적이었기 때문에 얼은 구태여 모범적인 아이가 되려 해본 적이 없었다. 최근 들어 나 자신이 그런 모범적인 아이라는 사실이 점점 짜증스럽게 느껴져 나는 침대에 누워 "나쁜 짓 좀 해볼까"라고 중얼거리는 습관이 들었다. 얼이 우리가 하는 일에 싫증을 느낄 때마다 한 말로, 거듭 내게 전율과 불안을 번갈아 안겨주던 말이었다. 때가 되면 모험이 매력적으로 다가오겠지만, 이 나라와 함께 우리 가족마저 내게서 미끄러지듯 멀어지고 있다는 현실적인 불안감 때문에 나는 모범적인 가정의 소년이 더이상 어린아이의 순수함으로 모두를 기쁘게 해줄 수 없다는 걸 깨달았다. 나는 혼자 비밀스럽게 행동하는 데서 음험한 즐거움을 발견했을 때 할 수 있는 멋대로의 행동들을 배울 준비가 되어 있었다.

내가 얼과 함께 시작한 장난은 사람 따라다니기였다. 얼은 몇 달 전부터 일주일에 두어 번씩 그 짓을 했다. 얼은 방과후 혼자 시내로 나가 버스정류장에서 어슬렁거리면서 퇴근하는 사람을 찾았다. 그가 고른 사람이 버스를 타면 눈에 띄지 않게 함께 버스를 타고 갔고, 그 사람이 버스에서 내리면 같이 내린 뒤 집까지 안전한 거리를 유지하며 따라갔다. "그런 걸 왜 해?" 내가 물었다. "사람들이 어디에서 사는지 보려고." "그게 다야? 고작 그거야?" "고작이 아냐. 난 안 가본 데가 없어. 뉴어크를 벗어나기도 했어. 난 어디든지 갈 수 있어. 사람들은 모든 곳에 살아." 얼이 설명했다. "어떻게 엄마보다 먼저 집에 와?" "그게 기술이야. 최대한 멀리 갔다가 엄마보다 먼저 돌아오는 거." 버스비는 어머니의 핸드백에서 훔친다고 아무렇지도 않게 털어놓은 뒤, 얼은 마치 포트녹스에 있는 연방 금괴보관소의 자물쇠를 푸는 양 더없이 기쁜 표정으로 온갖 종류의 핸드백이 아무렇게나 쌓여 있는 장롱 서랍을 열었다. 얼은 주말에 아버지를 만나러 뉴욕에 갔을 때 아버지의 벽장에 걸려 있는 정장 주머니에서 돈을 훔쳤고, 일요일에 카사로마오케스트라의 음악가 네다섯 명이 포커를 치기 위해 아버지의 아파트에 놀러오면 손님을 돕는 척 외투를 받아 침대에 쌓은 뒤 그들의 호주머니를 뒤져 잔돈을 훔치고 더러운 양말에 넣어 가방 밑바닥에 숨겼다. 그런 다음 태연히 거실로 나와 오후 내내 카드놀이를 구경했고, 그러면서 그들이 파라마운트, 에식스하우스, 글렌아일랜드카지노에서 연주할 때 겪은 재미있는 이야기를 주워들었다. 1941년 그 밴드는 할리우드에서 영화에 출연한 뒤 막 돌아온 참이었고, 그래서 판이 돌 때마다 스타들과 그들의 외모, 은밀한 정보에 관한 얘기가 쏟아져 나왔다. 얼은 그 얘기를 내게 전해줬고, 내가 샌디 형에게 그 얘기를 되풀이하면 형은 항상 "다 허풍이야"라고 말하면서 얼 액스먼과 어울려 다니지 말라고 경고했다. 형은 이렇게 말했다. "네 친구는 조그만 어린애가 너무 많은 걸 알고 있어." "얼은 엄청난 우표수집가야." "그래, 걔네 엄마도 엄청나. 아무하고나 돌아다니지. 자기보다 훨씬 어린 남자들하고도 돌아다녀." "형은 그걸 어떻게 알아?" "서밋 애비뉴 사람이면 다 알아." "난 몰라." 그러자 형이 말했다. "그래, 네가 모르는 게 그뿐이겠냐?" 그때 나는 '아마 형이 모르는 것도 있을걸'이라고 생각하며 속으로 몹시 즐거웠지만, 내 절친한 친구의 어머니가 다른 형들이 "창녀"라 부르는 사람이 아닐까 하는 의심이 들어 내심 초조했다.

어머니와 아버지의 돈을 훔치는 일은 생각보다 훨씬 쉬웠고, 사람들을 따라다니는 것도 생각보다 훨씬 쉬웠다. 물론 처음 몇 번은 오후 세시 반에 남의 눈에 띄지 않고 시내에 있는 것부터 시작해 어리벙벙하지 않은 순간이 없었다. 우리는 사람을 찾기 위해 때로는 펜역으로 갔고, 때로는 브로드 스트리트와 마켓 스트리트로 갔고, 때로는 마켓 스트리트를 지나 법원 앞 버스정류장에서 먹잇감을 기다렸다. 여자는 절대 따라가지 않았다. 여자는 관심이 가지 않았다. 또한 유대인처럼 보이는 사람도 절대 따라가지 않았다. 유대인에게도 관심이 가지 않았다. 우리의 호기심은 남자, 하루종일 뉴어크 시내에서 일하는 기독교도 성인 남자에게 집중되었다. 그들은 퇴근하면 어디로 갈까?

나의 불안은 버스에 올라 돈을 낼 때 최고조에 달했다. 버스비는 훔친 돈이었고, 우리는 있지 말아야 할 곳에 있었고, 어디로 가는지 전혀 몰랐다. 그리고 일단 어느 곳에든 도착했을 때에는 현기증이 날 정도로 짜릿해서 얼이 내 귀에 대고 동네 이름을 속삭여도 무슨 말인지 알아듣지 못했다. 나는 길을 잃어버린 아이야, 나는 그런 척하기로 했다. 뭘 먹어야 할까? 어디서 자야 할까? 개가 덤벼들지 않을까? 경찰한테 붙잡혀 감옥에 가지 않을까? 어떤 기독교도가 나를 데려가 입양하지 않을까? 혹은 린드버그의 아이처럼 유괴되지 않을까? 나는 낯설고 먼 어떤 곳에서 길을 잃었거나, 린드버그의 묵인 아래 히틀러가 미국을 침공해서 얼과 내가 나치를 피해 도망다니고 있는 척했다.

그리고 미행하는 동안 나는 두려움을 떨치지 못했다. 우리는 살금살금 모퉁이를 돌고 길을 건넜으며 절정의 순간이 다가오면 나무 뒤에 웅크리고 숨어서 우리가 미행한 사람이 집에 도착해 문을 열고 안으로 들어가는 광경을 지켜보았다. 문이 다시 닫히고 나면 우리는 멀찍이서 그 집을 바라보았다. 얼은 이렇게 말하곤 했다. "잔디밭이 정말 크다." "여름이 다 지났는데 왜 방충망을 쳐놨을까?" "차고 보이지? 저게 새로 나온 폰티액이야." 창문으로 다가가 몰래 집안을 들여다보는 것은 얼 액스먼의 엿보기 원칙을 벗어나는 행동이었기에 얼은 나를 이끌고 펜역으로 돌아가는 버스를 타기 위해 발길을 돌렸다. 그 시간에는 종종 모든 사람이 퇴근 준비를 하느라 바빴고 시내로 향하는 버스에는 우리 외에 승객이 한 명도 없었기 때문에, 버스 기사는 자가용 운전사 같았고 대중교통 수단인 버스는 우리의 전용 리무진 같았으며, 우리 둘은 살아 있는 모든 아이 중 가장 용감한 두 소년 같았다. 얼은 영양 상태가 아주 좋고 피부가 하얀 열 살의 소년으로 이미 배가 조금 나오고, 아기처럼 두 볼이 통통하고 속눈썹이 검고 길었으며, 바짝 붙인 검은 고수머리에서는 아버지의 머릿기름 냄새가 났다. 버스가 텅 비어 있으면 얼은 긴 뒷좌석에 거만하게 큰대자로 누워 마음껏 으스댔고, 그의 부하인 나는 깡마르고 앙상한 몸으로 그 옆에 앉아 수줍음과 황홀함이 뒤섞인 미소를 지었다.

펜역에서 우리는 용감한 오후 나들이의 네번째 버스인 14번 버스를 타고 집으로 돌아가곤 했다. 저녁을 먹을 때면 나는 이렇게 생각했다. '난 기독교도를 미행했는데 아무도 몰라. 유괴당할 수도 있었는데, 아무도 몰라. 우리 둘이 모은 돈으로, 마음만 먹으면, 우리는……' 그럴 때마다 (얼이 거짓말을 할 때 그러는 것처럼) 식탁 밑에서 무릎이 와들와들 떨렸기에 때로는 눈치 빠른 어머니에게 들킬 뻔했다. 그리고 매일 밤 팔 년 만에 발견한 내 인생의 위대한 새 목표, 내 인생에서 탈출하기를 생각하면서 짜릿한 마법에 홀린 채 잠이 들었다. 수업시간에 열린 창으로 챈슬러 애비뉴의 언덕길을 올라가는 버스 소리가 들려오면 내 머리는 온통 버스를 타고 싶다는 생각으로 가득찼다. 사우스다코타주에 사는 아이에겐 허락된 자유의 경계까지 데려다주는 조랑말이 전부인 것처럼, 내겐 버스가 바깥세계의 전부였다.

10월 말 얼의 견습생이 되어 거짓말과 도둑질을 시작한 후 우리의 비밀스러운 소풍은 짜릿함이 조금도 줄어들지 않은 채 날씨가 추워지기 시작한 11월을 지나 12월까지 계속되었다. 시내에 크리스마스 장식이 등장했고 모든 버스정류장 주위에 선택할 사람이 넘쳐났다. 나는 난생처음으로 시내 인도 위에서 크리스마스트리를 파는 광경을 보았다. 형편이 어려워 보이거나 방금 소년원에서 나온 듯 거칠어 보이는 아이들이 트리 하나에 1달러를 받고 팔고 있었다. 훤히 트인 장소에서 그렇게 돈을 주고받는 광경을 처음 봤을 때에는 불법이 아닐까 하는 생각이 들었지만, 아무도 거래를 감출 생각이 없는 것 같았다. 시내에는 경찰이 수두룩했다. 그들은 커다란 파란색 외투를 입고 야경봉을 든 채 순찰을 돌았지만, 다들 행복한 표정이었고 크리스마스를 즐기고 있는 듯했다. 추수감사절 직후부터 강풍을 동반한 대형 눈보라가 일주일에 두 번씩 불어닥쳤기 때문에 눈을 치운 거리 양쪽에는 지저분한 눈더미가 벌써 자동차 높이만큼 쌓여 둑을 이루고 있었다.

노점상들은 늦은 오후 늘어난 군중에 아랑곳하지 않고 트리 더

미에서 하나를 비틀어 빼내 혼잡한 인도로 가져가서는 고객이 크기를 가늠할 수 있도록 톱으로 켠 밑동을 바닥에 짚은 채 똑바로 세워놓고 있었다. 도시에서 수마일 떨어진 어느 나무 농장 주인이 키운 나무들이 도시에서 가장 오래된 교회 앞에 쳐놓은 쇠난간을 따라 길게 쌓여 있거나 위압적인 은행과 보험회사 건물 정면에 기대어 더미를 이루고 있는 모습은 무척이나 생소했고, 도심지 거리에서 시골 특유의 싸한 냄새가 풍기는 것도 생소했다. 우리 동네에는 트리를 파는 사람도, 사는 사람도 없었고, 그래서 12월에 어떤 냄새가 난다면 그것은 헛헛거리는 길고양이가 어느 집 마당에서 쓰레기통을 뒤집어엎은 뒤 끄집어낸 어떤 물체의 냄새이거나, 주방 스토브에서 저녁을 준비하는 어느 주부가 환기를 위해 살짝 열어둔 골목 쪽 창문 틈으로 희뿌연 김과 함께 새어나오는 냄새이거나, 집집마다 화덕에서 굴뚝으로 뿜어내는 유독한 석탄 가스 냄새이거나, 지하실에서 들통에 긁어모은 뒤 질질 끌고 나와 미끄러운 인도 위에 뿌린 석탄재 냄새였다. 노스저지의 축축한 봄과 질척한 여름, 불안정하고 변덕스러운 가을의 향기와 비교할 때 살을 에는 겨울의 냄새는 거의 알아챌 수 없을 만큼 희미했다. 하지만 얼과 함께 도심을 돌아다니며 트리를 보고 트리에서 훅 풍기는 냄새를 맡고 다른 많은 것이 그렇듯 기독교도의 12월이 우리의 12월과 다르다는 사실을 깨닫고부터는 내가 알던 겨울의 냄새가 그저 나의 생각임을 알게 되었다. 시내 전역에 수천 개의 전구가 줄지어 매달려 있고, 사람들이 캐럴을 부르고 구세군 밴드가 흥겨운 음악을 연주했으며, 길모퉁이를 돌면 또다른 산타클로스가 웃고 있었다. 한 해 중 그 달에 내가 태어난 곳의 중심지는 거의 완전히 그들의 땅이었고 그들만의 땅이었다. 군사공원 안에 장식된 크리스마스트리는 높이가 12미터였고 시청 건물 전면에 매달려 투광 조명을 받는 금속으로 만든 거대한 크리스마스트리는 〈뉴어크 뉴스〉에 높이가 24미터라고 나온 반면, 내 키는 고작 137센티미터였다.

얼과 함께 마지막 여행을 한 것은 크리스마스 방학이 시작되기 며칠 전이었다. 그날 오후 우리는 선물이 가득 담기고 빨간색과 초록색의 크리스마스 장식이 그려진 백화점 쇼핑백을 양손에 든 남자를 따라 린든행 버스에 올랐다. 정확히 열흘 후 액스먼 부인은 신경쇠약 증세로 한밤중에 구급차에 실려갔고, 며칠 후인 1942년 정월 초하루 얼은 아버지를 따라 그 모든 우표와 함께 휙 사라졌다. 1월 말 이삿짐 트럭이 나타나더니 내가 지켜보는 가운데 얼의 어머니의 옷장과 속옷을 포함해 가구를 전부 싣고 가버렸고, 그후 서밋 애비뉴에서는 액스먼 가족을 볼 수 없었다.

차가운 겨울 일찍 내려앉은 땅거미 때문에 우리는 버스를 타고 사람을 따라다니는 일이 더욱 만족스러웠다. 마치 다른 아이들은 몇 시간 전부터 자고 있는데 우리는 자정을 훌쩍 넘겨 볼일을 보고 있는 것 같았다. 쇼핑백을 든 남자는 힐사이드를 지나 엘리자베스에 들어서도록 내리지 않다가 버스가 커다란 공동묘지를 지나자 곧바로 내렸다. 어머니가 자랐고 외할아버지의 식료품점이 있는 거리의 모퉁이에서 멀지 않은 곳이었다. 우리는 충분히 조심스레 그를 따라 내렸고, 둘 다 바둑판무늬 후드 점퍼, 울로 된 두꺼운 벙어리장갑, 헐렁한 코르덴 바지, 발이 너무 아플 만큼 사이즈가 맞지 않아 단추의 절반을 풀어버린 고무덧신 등 다른 수천 명의 아이들이 사용하는 일반적인 겨울 장비로 위장하고 있었다. 그러나 깊어가는 어둠이 우리를 평소보다 더 잘 숨겨준다고 상상해서인지 아니면 빈틈없는 경계심이 시간이 흐르며 약해져서인지 몰라도 우리는 그간 연습한 것보다 서투르게 그를 미행했고, 그래서 얼이 기독교도를 추적하는 우리 두 사람에게 의기양양하게 붙인 '천하무적 2인조'라는 이름을 더럽히고 말았다.

우리는 긴 블록 두 개를 가로질렀다. 두 블록 모두 당당한 벽돌집들이 나란히 서 있었고 집집마다 크리스마스 장식등이 훤히 켜져 있었다. 얼이 내 귀에 대고 "백만장자들이 사는 저택"이라고 일러주었다. 다음으로 그때까지 우리가 돌아다닌 거리에서 수백 채나 본 훨씬 작고 소박한 목조 가옥들이 모여 있는 짧은 블록 두 개가 나왔고, 모든 집의 현관문에는 크리스마스 화환이 걸려 있었다. 그 남자는 두번째 블록에서 벽돌이 깔린 좁은 길로 방향을 틀었고, 완만히 구부러진 그 소로의 끝에는 성냥갑같이 생긴 판잣집이 하얀 케이크 위에 올려놓은 먹을 수 있는 집처럼 높이 쌓인 눈 위로 예쁘게 튀어나와 있었다. 이층과 아래층에서 램프가 희미하게 타고 있었고, 현관이 있는 정면의 창들 중 하나를 통해 반짝이는 크리스마스트리가 보였다. 그 남자가 쇼핑백을 내려놓고 열쇠를 꺼내는 동안 우리는 굽이치듯 펼쳐진 하얀 잔디밭으로 점점 더 다가갔고, 마침내 창을 통해 트리에 매달린 장식물들을 알아볼 수 있는 곳에 이르렀다.

"저거 봐." 얼이 속삭였다. "꼭대기 보여? 트리 맨 꼭대기. 보여? 저게 예수야!"

"아냐, 천사야."

"예수가 누군지나 알아?"

내가 속삭였다. "저 사람들의 신 아냐?"

"그리고 천사들의 우두머리야. 저게 예수라니까!"

이건 우리 탐험의 클라이맥스였다. 예수그리스도, 저들이 생각하기에 세상의 모든 것이고 내가 생각하기에 세상의 모든 것을 망쳐버린 존재. 그리스도가 없다면 기독교도도 없을 테고, 기독교도가 없다면 반유대주의도 없을 테고, 반유대주의가 없다면 히틀러도 없을 테고, 히틀러가 없다면 린드버그가 대통령이 되지 않았을 테고, 린드버그가 대통령이 되지 않았다면……

그때 우리가 미행하던 남자가 쇼핑백을 들고 집안으로 들어가려다 말고 갑자기 돌아서더니, 마치 담배 연기로 동그란 고리를 만들어 내뿜을 때처럼 부드럽게 우리를 불렀다. "얘들아."

우리는 들키고 말았다는 생각에 소스라치게 놀랐다. 그 순간 나는 좁은 길을 따라 그 남자에게 다가가서는, 두 달 전의 모범적인 아이로 돌아간 양 양심에 부끄럽지 않게 그에게 내 이름을 말해야 할 것 같은 충동을 느꼈다. 그러나 얼의 팔이 나를 가로막았다.

"얘들아, 숨지 마라. 숨을 필요 없다." 그 남자가 말했다.

"어떻게 하지?" 내가 얼에게 속삭였다.

"쉬이이." 얼이 속삭였다.

"얘들아, 거기 있는 거 다 안다. 얘들아, 날이 어두워지고 있어." 남자가 친절한 목소리로 경고했다. "춥지 않니? 따뜻한 코코아 한 잔 마시지 않으련? 자, 들어와라, 얘들아, 눈이 오기 전에 빨리 들어와. 뜨거운 코코아도 있고, 스파이스케이크도 있고, 시드케이크도 있고, 사람 모양의 생강쿠키도 있고, 알록달록하게 설탕을 입힌 동물 크래커도 있고, 마시멜로도 있다. 찬장에 있는 마시멜로를 불에 구워 먹으면 아주 맛있지."

내가 어떻게 해야 할지를 판단하기 위해 다시 얼을 보았을 때, 얼은 이미 뉴어크로 내빼고 있었다. "도망쳐." 얼이 어깨 너머로 소리쳤다. "필, 빨리 도망쳐. 호모야!"

4

토막난 다리

    앨빈 형은 1942년 1월 제대했다. 형은 먼저 휠체어를, 그다음에는 목발을 포기하고 오랜 재활을 거쳤다. 캐나다 간호병들에게서 아무 도움 없이 의족으로 걷는 훈련을 받았다. 형은 캐나다 정부로부터 장애인 연금으로 매달 125달러, 그러니까 아버지가 메트로폴리탄에서 매달 버는 수입의 절반보다 조금 많은 돈과 추가로 300달러의 퇴역수당을 받을 예정이었다. 상이용사 자격으로 캐나다에 남겠다고 선택하면 더 많은 혜택을 누릴 수 있었다. 외국인이 캐나다군에 자원입대할 경우 본인이 원하면 제대하자마자 캐나다 시민권을 얻을 수 있었다. 그렇다면 캐나다 사람이 되는 게 어떠냐는 게 몬티 삼촌의 주장이었다. 어쨌든 미국이 그렇게 싫다면 그냥 거기에 남아 돈이라도 챙기는 게 어떠냐?

    몬티 삼촌은 우리 삼촌들 가운데 가장 고압적이었고, 어쩌면 그래서 제일 잘사는 것 같았다. 삼촌은 철로 근처 밀러 스트리트의 시장에서 청과물 도매로 큰돈을 벌었다. 앨빈 형의 아버지, 잭 삼촌이 그 사업을 시작한 뒤 몬티 삼촌을 끌어들였고, 잭 삼촌이 돌아가시자 몬티 삼촌은 막냇동생인 허비 삼촌을 끌어들였다. 몬티 삼촌은 우리 아버지도 끌어들이려 했고 그때 우리 부모님은 무일푼의 신혼부부였지만 아버지는 자라면서 이미 몬티 삼촌에게 당할 만큼 당했기에 싫다고 대답했다. 아버지는 몬티 삼촌 못지않게 정력이 왕성했고 모든 종류의 고난을 이겨내는 능력도 뒤지지 않았지만, 어린 시절 삼촌과 충돌한 경험으로부터 자신은 혁신을 좋아하는 삼촌과 어울리는 짝이 아님을 알았다. 삼촌은 뉴어크에서는 처음으로 겨울에 완숙 토마토를 파는 도박을 감행했다. 먼저 쿠바에서 파란 토마토를 차떼기로 들여와 밀러 스트리트에 소유한 창고의 삐걱거리는 이층에서 실내 온도를 특별히 높여 토마토를 숙성시킨 다음 네 개씩 박스에 담아 최고 가격으로 팔았다. 그후 그는 토마토 왕으로 불렸다.

우리는 뉴어크의 방이 다섯 개인 공동주택 이층에 살았지만 도매업을 하는 삼촌들은 교외 지역인 메이플우드의 유대인 구역에 살았다. 둘 다 푸른 잔디밭이 깔리고 차고에 반짝반짝한 캐딜락을 주차해놓은 크고 하얗고 덧창문이 달린 식민지시대풍의 저택을 소유하고 있었다. 좋든 나쁘든 간에 에이브 스타인하임이나 몬티 삼촌이나 랍비 벵겔스도르프 같은 사람들—갓 들어온 이민자의 후손이라는 궁벽한 지위 때문에 미국 국민으로서 최대한 나라에 봉사해야 한다는 생각에 급급한, 눈에 띄게 정열적인 유대인들—의 강한 자기중심주의는 아버지의 기질과 거리가 멀었다. 또한 아버지에겐 최고가 되겠다는 욕심도 없었다. 그래서 비록 개인적인 자부심은 아버지의 추진력이었고 그들과 마찬가지로 카이크*라는 경멸적인 이름을 달고 다니던 유년의 어두운 기억에서 용기와 투쟁심이 강하게 솟아나고 있었지만, 아버지는 (아주 대단한 성공이 아니라) 어느 정도 성공하고 그 과정에서 주변 사람들에게 큰 신세를 지지 않을 수 있다면 그것으로 만족했다. 아버지는 선천적으로 경쟁 기질뿐 아니라 보호자 기질도 함께 타고났고, (잔인한 거물 사업가들은 물론이고) 그의 형처럼 적에게 해를 입히면 기분이 하늘로 치솟는 인물이 아니었다. 세상에 고용자와 피고용자가 있다면, 고용자가 고용자인 데에는 보통 어떤 이유가 있었다. 건설이든 농산물 거래든 랍비직이든 부정한 돈벌이든 간에 자기 사업을 운영하는 사람에겐 그렇게 될 만한 이유가 있었다. 그들은 기껏해야 지금처럼 방해받지 않으면 된다는 생각뿐이었고, 특히 유대인의 99퍼센트가 지배적인 기업에서 불평 없이 자기 자리를 지키며 일하고 있는 상황에서 혹시라도 기독교도들의 제도적 차별이 그들의 사업을 방해하지 않을까, 그것만 걱정했다. 그들 눈에는 그것이 굴욕이었다.

몬티 삼촌이 말했다. "잭 형이 살아 있었다면 그 아인 제 발로 나가지 않았을 거다. 허면, 넌 그 아이를 붙잡아야 했어. 전쟁 영웅이 되겠다고 캐나다로 가서는 그런 일을 당하고 평생 병신으로 살게 되다니." 앨빈 형이 돌아오기로 되어 있는 토요일을 앞둔 일요일, 몬티 삼촌은 평소 시장에서 입고 다니는 때에 찌든 바람막이 점퍼, 흙탕물이 얼룩덜룩하게 묻은 낡은 바지, 더러운 직물 모자

---

* 유대인을 경멸적으로 일컫는 말.

대신 깨끗한 옷을 입은 채 우리집 주방 싱크대에 기대서서 입에 문 담배를 건들거렸다. 어머니는 그 자리에 없었다. 어머니는 몬티 삼촌이 나타나면 언제나 그렇듯 양해를 구한 후 자리를 피했고 삼촌의 상스러운 태도에 참았던 분노가 터지면 남몰래 그를 고릴라라고 불렀지만, 작은 아이였던 나는 그에게 홀려 있었다.

"앨빈이 캐나다로 간 건," 아버지가 말했다. "형의 대통령을 싫어해서야. 얼마 전에는 형도 그를 싫어했지. 하지만 이제 그 반유대주의자하고 친구가 됐어. 형 같은 부자 유대인들은 대공황은 끝났다고, 그건 루스벨트가 아니라 린드버그 덕분이라고 말하지. 주가가 오르고, 이익이 늘고, 경기가 급격히 살아나는 건 왜냐? 루스벨트의 전쟁 대신 린드버그의 평화가 찾아왔기 때문이라고 말이지. 그 밖에 뭐가 중요해? 형 같은 사람들한테 돈 말고 뭐가 중요하지?" "허먼, 넌 앨빈처럼 말하는구나. 어린애처럼 말하고 있어. 돈 말고 뭐가 중요하겠냐? 너의 두 아들이 중요하지. 넌 샌디가 어느 날 앨빈처럼 돼서 돌아오길 바라냐? 넌 필이," 삼촌은 식탁 앞에 앉아 귀를 기울이고 있는 나를 힐끗 보며 말했다. "어느 날 앨빈처럼 돼서 돌아오기를 바라냐? 우린 전쟁에서 벗어났고, 평화롭게 살고 있어. 린드버그는 나한테 아무런 피해도 입히지 않았다." 나는 아버지가 "그건 두고 볼 일이지"라고 응수할 거라 예상했지만, 내가 옆에 있고 또 이미 충분히 겁을 먹었다고 생각해서인지 입을 다물었다.

몬티 삼촌이 떠난 직후 아버지가 내게 말했다. "네 삼촌은 돌대가리야. 앨빈처럼 돼서 돌아오다니. 절대 그렇지 않아." "하지만 루스벨트가 다시 대통령이 되었다면요? 그럼 전쟁이 일어났을 거예요." "그럴 수도 있고 아닐 수도 있지." 아버지가 말했다. "그건 아무도 예측할 수 없어." "하지만 전쟁이 일어나면, 그리고 샌디 형이 나이가 많으면, 형은 전쟁에 끌려갈 거예요. 그리고 형이 전쟁에 나가서 싸우면 앨빈 형하고 똑같은 일이 일어날 수 있잖아요." "필립, 사고는 누구에게나 일어날 수 있지만 그건 아주 드물단다." 나는 '그래도 일어날 수 있잖아요'라고 생각했지만 아버지는 이미 내 질문에 기분이 상했고 내가 질문을 계속하면 대답할 말이 없을 것 같아 입이 떨어지지 않았다. 몬티 삼촌이 린드버그에 대해 했던 말은 랍비 벤겔스도르프가 했던 말과 똑같았기에, 그리고 샌디 형이 비밀리에 내게 하는 말과 똑같았기에 나는 과연 아버지의 말이 옳은지 의심이 들기 시작했다.

앨빈 형이 떠날 때 멀쩡했던 두 다리 중 하나의 절반을 잃어버린 채 캐나다적십자 간호사와 함께 몬트리올에서 야간열차를 타고 뉴어크로 돌아온 것은 린드버그가 집권한 지 일 년이 다 되어갈 무렵이었다. 우리는 지난여름 샌디 형을 마중할 때처럼 시내의 펜역으로 차를 몰고 갔고, 다른 게 있다면 이번에는 샌디 형이 우리와 함께 간 것이었다. 몇 주 전 가족의 화합을 위해 나는 부모님의 허락으로 이블린 이모와 샌디 형을 따라 뉴어크 남쪽으로 약 40마일 떨어진 뉴브룬스위크의 한 회당에 가서 형이 켄터키주에서 겪은 모험담을 들려주고 그림을 전시해 청중에게 자녀를 '소박한 사람들'에 등록시키라고 권장하는 행사에 참석한 적이 있었다. 부모님은 내게 샌디 형이 '소박한 사람들'에서 일하는 걸 앨빈 형에게 언급할 필요는 없다고 단단히 일렀다. 부모님이 직접 설명할 테지만,

그 시점은 앨빈 형이 우리와 함께 지내는 것에 익숙해지고 캐나다로 떠난 후 미국이 어떻게 변했는지를 이해한 다음이라고 했다. 앨빈 형에게 그 문제를 감추거나 거짓말을 하려는 게 아니라, 그의 회복에 방해가 될 일을 방지하기 위해서였다.

그날 아침 기차는 연착했고, 그래서 아버지는 시간을 때우기 위해—그리고 이제 하루종일 정치적 상황에 민감했기 때문에—〈데일리 뉴스〉 한 부를 샀다. 아버지는 펜역의 벤치에 앉아 자신이 항상 '쓰레기'라 부른 우익 성향의 뉴욕 타블로이드판 신문을 훑어보았고, 그동안 우리는 플랫폼에서 우리의 새로운 삶이 다음 단계로 진입하기를 초조하게 기다렸다. 몬트리올발 기차가 더 늦게 도착할 거라는 안내 방송이 나오자, 어머니는 샌디 형과 내 팔을 끼고 벤치로 돌아와 아버지와 함께 기다렸다. 그사이 아버지는 〈데일리 뉴스〉를 인내심이 허락하는 데까지 읽은 뒤 쓰레기통에 던져넣었다. 우리는 동전 한 닢이 아쉬운 형편이었기에 나는 처음에 아버지가 그 신문을 읽는 것을 봤을 때와 마찬가지로 신문을 산 후 몇 분 만에 버리는 것을 보고 어리둥절했다. "못 믿을 사람들이야." 아버지가 말했다. "그 파시스트 놈을 아직도 영웅으로 떠받들다니." 아버지의 입에서 차마 나오지 못한 말은 그 파시스트 놈이 미국을 세계대전에 끌어들이지 않겠다는 선거공약을 지켜 이미 〈피엠〉을 제외한 미국 내 거의 모든 신문의 영웅이 되었다는 것이었다.

"저길 보렴," 기차가 마침내 역에 들어와 멈추기 시작하자 어머니가 말했다. "너희 사촌형이 오는구나."

"우린 어떻게 해야 해요?" 어머니가 우리를 일으켜세운 뒤 다함께 플랫폼 가장자리로 걸어갈 때 내가 물었다.

"인사를 해야지. 앨빈 형이잖아. 집에 온 걸 환영해야지."

"다리 때문에." 내가 속삭였다.

"그게 어때서 그러니?"

나는 어깨를 으쓱했다.

그때 아버지가 나의 양어깨를 잡았다. "무서워하지 마라. 앨빈 형도 형의 다리도 무서워하지 마. 네가 얼마나 컸는지 형한테 보여줘야지."

그때 샌디 형이 갑자기 앞으로 튀어나가더니 철로를 따라 200피트 정도 앞에 멈춰 선 차량을 향해 달려갔다. 앨빈 형이 앉은 휠체어를 적십자 옷을 입은 여자가 밀고 있었다. 그 모습을 보고 앨빈 형의 이름을 부르며 달려가는 사람은 우리 가족 중 유일하게 정반대 진영에서 승리를 거머쥔 사람이었다. 나는 샌디 형의 행동을 어떻게 이해해야 할지 몰랐지만, 나 자신이 어떻게 해야 할지도 몰랐다. 나는 다른 사람들의 비밀을 절대 누설하지 말아야 했고, 나의 두려움을 억눌러야 했으며, 아버지는 물론이고 민주당과 FDR에 대한 믿음을 지켜야 했고, 더 나아가 내가 린드버그 대통령을 숭배하는 편이 되는 것에 반대하는 모든 사람에 대한 믿음을 저버리지 않아야 했기에 머리가 터질 지경이었다.

"형, 돌아왔구나!" 샌디 형이 외쳤다. "반가워, 형!" 불과 얼마 전 열네 살이 되었지만 이미 스무 살의 젊은이처럼 튼튼해진 샌디 형은 두 팔로 앨빈 형의 목을 더 잘 끌어안으려고 플랫폼 콘크리트 바닥에 무릎을 꿇었다. 어머니는 울기 시작했고, 아버지는 내가 격앙되거나 혹은 아버지 본인이 혼란스러운 감정에 빠지는 것을 막기 위해 재빨리 내 손을 끌어당겼다.

샌디 형의 뒤를 이어 앨빈 형에게 달려가는 것이 내 임무라 확신한 나는 부모님을 뒤에 두고 휠체어로 달려가 샌디 형과 똑같이 두 팔로 앨빈 형을 끌어안았지만, 사촌형에게선 썩은 냄새가 진동했다. 나는 처음에 그 냄새가 분명 형의 토막난 다리에서 나는 거라고 생각했으나 사실은 형의 입에서 나고 있었다. 나는 숨을 참고 눈을 감은 채 앨빈 형을 안았고, 형이 아버지와 악수하기 위해 몸을 앞으로 내미는 것이 느껴질 때 포옹을 풀었다. 그런 뒤 나는 형의 목발이 휠체어 옆에 묶여 있는 것을 보았다. 그리고 처음으로 용기를 내 형을 똑바로 쳐다보았다. 그렇게 해골처럼 말랐거나 기가 죽은 사람은 한 번도 본 적이 없었지만 앨빈 형의 눈에 두려움이나 눈물이 흐른 흔적은 보이지 않았다. 형의 눈은 마치 그를 불구로 만든 그 용서할 수 없는 행위를 저지른 이가 다름 아닌 그의 보호자라는 듯 매섭게 아버지를 노려보았다.

"삼촌." 형은 그렇게만 말하고 입을 다물었다.

"돌아왔구나." 아버지가 말했다. "어서 와라. 우리와 함께 집에 가자."

어머니가 허리를 굽혀 형의 뺨에 입을 맞췄다.

"베스 숙모." 앨빈 형이 말했다.

왼쪽 바짓가랑이가 무릎 아래로 축 처진 모습은 어른들에겐 익숙할지 몰라도 내겐 놀라웠다. 나는 두 다리를 완전히 잃고 몸이 엉덩이부터 시작해 반토막이나 마찬가지인 사람을 알고 있었다. 일전에 그 남자가 아버지의 사무실 밖 인도에서 구걸하는 것을 봤고 그 모습이 너무 괴이해 잠시 숨이 막히긴 했지만 그 사람이 우리집에 들어와 살 가능성은 전혀 없었기에 그에 대해 오래 생각할 필요는 없었다. 그는 특히 야구 시즌에 최선을 다해 구걸을 했다. 사람들이 하루일을 마치고 건물을 떠날 때 그는 어울리지 않게 낮고 굵은 웅변조의 목소리로 그날 저녁의 최종 스코어를 줄줄 불러댔고, 지나가는 사람들은 저마다 그가 적선함으로 사용하는 찌그러진 빨래통에 동전을 두어 개씩 던져주었다. 그는 밑면에 롤러스케이트를 붙인 작은 합판을 타고 돌아다녔는데 실은 그 위에 살고 있는 것 같았다. 그가 자신의 이동 수단인 두 손을 보호하기 위해 일 년 내내 끼고 다니는 두껍고 너덜너덜한 작업용 장갑은 기억났지만 나머지 차림새를 묘사할 수 없는 이유는 일단 그에게 시선을 주면 내가 멍청하게 입을 벌리고 보게 될지 모른다는 두려움과 그를 보고 공포에 사로잡힐지 모른다는 두려움이 뒤섞여 그가 뭘 입고 있는지를 기억할 정도로 오래 쳐다보지 못해서였다. 그가 옷을 입고 있다는 사실은 그가 야구 스코어를 기억하는 건 물론이고 어떻게든 대소변을 본다는 사실만큼이나 기적적으로 여겨졌다. 토요일 아침마다 아버지를 따라 빈 사무실에 가면—아버지가 그 주에 온 우편물을 확인하는 동안 아버지의 의자에 앉아 빙빙 도는 놀이를 하는 것이 주목적이었다—그때마다 아버지와 그 나무토막 같은 남자는 친근한 고갯짓으로 인사를 주고받았다. 그때 나는 몸이 반토막밖에 안 되는 기괴한 불평등이 실제로 일어났을 뿐 아니라 내 이름처럼 여섯 철자로 된 로버트라는 아주 평범한 남자 이름을 가진 사람에게 일어났다는 사실도 깨달았다. 우리 둘이 건물 안으로 들어갈 때 아버지가 "안녕하시오, 리틀 로버트?"라고 말하면 리틀 로버트는 "안녕하시오, 허먼 씨?"라고 대답했다. 나는 결국 참다못해 아버지에게 물었다. "저 아저씨한테 성이 있을까요?"

"넌 있니?" 아버지가 물었다. "네, 있어요." "그럼 저 아저씨한테도 있겠지." "그럼 성이 뭐죠? 리틀 로버트 뭐예요?" 아버지는 잠시 생각하더니 웃음을 터뜨렸다. "실은 말이다, 애야, 나도 모르겠구나."

앨빈 형이 뉴어크로 돌아와 우리집에서 건강을 회복하리라는 것을 안 순간부터 나는 어둠 속에서 뻣뻣하게 누워 억지로 잠을 청할 때마다 나도 모르게 로버트가 작업용 장갑을 낀 채 합판 위에 앉아 있는 모습이 그려졌다. 처음에는 내 우표들 위에 하켄크로이츠가 새겨진 모습이 떠올랐고, 다음으로는 살아 있는 반토막, 리틀 로버트가 떠올랐다.

"나는 네가 병원에서 준 의족을 차고 걸어올 거라 생각했다. 그렇지 않으면 병원에서 너를 퇴원시키지 않을 거라 생각했어." 아버지가 앨빈 형에게 말했다. "어찌된 일이냐?"

앨빈 형은 귀찮다는 듯 아버지를 쳐다보지도 않고 쌀쌀맞게 말했다. "토막난 다리가 망가졌어요."

"그게 무슨 말이냐?" 아버지가 물었다.

"아무것도 아니에요. 신경쓰지 마세요."

"짐이 있습니까?" 아버지가 간호사에게 물었다.

그러나 간호사가 대답하기 전에 앨빈 형이 말했다. "당연히 있죠. 짐이 없으면 내 의족을 어디에 넣어서 오겠어요?"

샌디 형과 나는 앨빈 형과 그의 간호사와 함께 중앙홀에 있는 수하물 창구로 갔고 그동안 아버지는 차를 가져오기 위해 레이먼드대로의 주차장으로 서둘러 갔다. 어머니는 마지막 순간에 아버지를 따라갔는데, 앨빈 형의 정신 상태에 대해 미처 예상하지 못한 문제를 논의하려는 게 분명했다. 플랫폼에서 간호사는 짐꾼을 불러 그와 함께 앨빈 형을 휠체어에서 일으켰고, 그런 뒤 짐꾼에게 휠체어를 맡기고 앨빈 형을 부축해 에스컬레이터 앞까지 데려갔다. 그곳에서 그녀가 먼저 인간 방패처럼 자리를 잡자 앨빈 형은 그녀 뒤에서 움직이는 난간을 붙잡고 깡충 뛰어 에스컬레이터에 몸을 실었다. 샌디 형과 나는 앨빈 형 뒤에 선 덕분에 마침내 고약한 입냄새가 나는 범위를 벗어나게 되었지만, 샌디 형은 앨빈 형이 혹시라도 균형을 잃으면 붙잡아주기 위해 본능적으로 준비를 했다. 짐꾼은 옆면에 목발이 묶여 있는 휠체어를 거꾸로 번쩍 들고 에스컬레이터와 나란히 나 있는 계단으로 내려가, 앨빈 형이 에스컬레이터에서 폴짝 뛰어내리고 우리가 그의 뒤를 따라 내려설 쯤엔 이미 중앙홀에서 우리를 기다리고 있었다. 짐꾼은 홀 바닥에 휠체어를 똑바로 내려놓은 뒤 앨빈 형이 다시 앉을 수 있도록 위치를 잡아주었지만, 앨빈 형은 한 다리로 휙 돌아서더니 그를 지켜보는 간호사에게 고맙다거나 잘 가라는 말도 없이 사람들이 붐비는 대리석 바닥을 빠르게 가로질러 수하물 창구 쪽으로 뛰어갔다.

"넘어지지 않을까요?" 샌디 형이 간호사에게 물었다. "저렇게 빨리 뛰다가 미끄러져서 넘어지면 어떻게 하죠?"

"저 청년은 어디든 한 발로 뛰어다닐 수 있어. 아주 멀리까지 다닐 수 있지. 절대 넘어지지 않아. 외발뛰기 세계 챔피언이란다. 기차를 타고 내 도움을 받으면서 오는 것보다 몬트리올에서 한 발로 뛰어왔다면 더 좋아했을 거야." 그런 뒤 간호사는 상실이 얼마나 괴로운지를 전혀 모르는 우리 두 어린 피보호자에게 비밀을 털어놓았다. "난 저런 사람들이 화내는 걸 많이 봤단다. 팔다리가 없는 사람들이 화내는 걸 많이 봤지만, 저렇게 화내는 사람은 처음이야."

"무엇 때문에 화를 내나요?" 샌디 형이 걱정스럽게 물었다.

간호사는 회색 눈에서 단호함이 엿보이는 건장한 여자였고 군인다운 짧은 머리에 회색 적십자 모자를 쓰고 있었지만, 그날 경험한 다른 일들처럼 아주 놀라운, 모성애가 느껴지는 목소리로 마치 샌디 형이 자신의 환자들 중 한 명인 것처럼 친절하게 설명했다. "보통 사람들이 화를 내는 이유와 똑같아. 어쩌다가 이렇게 되었는지 이해하지 못해서지."

어머니와 나는 우리의 스튜드베이커에 탈 자리가 없었기 때문에 버스를 타고 가야 했다. 앨빈 형의 휠체어는 접히지 않는 커다란 구식이라 트렁크에 들어가긴 했지만 뚜껑을 두꺼운 줄로 붙들어 매야 했다. 앨빈 형의 군용 캔버스 배낭에는(그 안의 어딘가에 의족이 들어 있었다) 물건이 가득 들어 있었다. 내가 옆에서 거들어도 샌디 형이 들 수 없어서 우리는 중앙홀 바닥에서 문을 지나 거리까지 배낭을 질질 끌어야 했다. 아버지는 배낭을 넘겨받은 뒤 샌디 형과 함께 배낭을 자동차 뒷좌석에 옆으로 눕혀놓았다. 샌디 형은 배낭 위에 앉은 뒤 몸을 거의 반으로 접고 목발을 무릎 위에 걸쳐놓았다. 목발 끝에 고무가 씌워진 부분이 뒷좌석의 창밖으로 삐죽 튀어나오고 말았다. 아버지는 다른 운전자들에게 주의를 주려 튀어나온 부분에 손수건을 묶었다. 아버지와 앨빈 형이 앞좌석에 탔고 슬프게도 내가 그 두 사람 사이로 끼어들어가 기어 오른쪽에 앉으려는데, 어머니가 나와 함께 버스를 타고 싶다고 말했다. 사실

어머니는 내가 더이상 그 불행을 목격하지 않기를 바란 것이다.

"괜찮아." 길모퉁이를 돌아 14번 버스를 기다리는 사람들이 줄서 있는 지하도로 걸어갈 때 어머니가 말했다. "속상한 건 아주 당연해. 우리 모두 말이야."

나는 전혀 속상하지 않다고 했지만 나도 모르게 버스정류장을 두리번거리며 미행하기에 적당한 사람을 찾았다. 펜역의 버스정류장은 십여 개의 노선이 시작되는 곳이었다. 어머니와 내가 14번 버스를 타기 위해 지하도에 도착해 보도 가장자리에 섰을 때, 멀리 노스뉴어크까지 가는 베일스버그발 버스가 승객들을 태우고 있었다. 나는 즉시 미행하기에 적당한 남자로 서류 가방을 든 회사원을 점찍었다. 얼이라면 노련하게 파악했을 특징들이 내 눈에는 그저 불분명하게 보였지만, 어쨌든 그는 유대인이 아닌 것 같았다. 하지만 나는 그 남자 뒤에서 버스 문이 닫히고, 그가 내게 근처의 좌석에서 염탐할 기회를 주지 않고 눈앞에서 사라지는 것을 안타깝게 바라볼 수밖에 없었다.

버스에 오르자 어머니가 말했다. "걱정이 있으면 말해보렴."

내가 대답하지 않자 어머니는 기차역에서 앨빈 형이 보인 행동을 설명하기 시작했다. "앨빈은 부끄러워서 그래. 휠체어에 탄 걸 우리한테 보여주는 게 부끄러운 거야. 여기를 떠날 땐 강하고 독립적이었는데, 이젠 숨고, 소리지르고, 욕을 하려고 하는구나. 모든게 끔찍할 거야. 그리고 너 같은 어린아이가 다 큰 사촌형이 저러는 걸 보는 것도 끔찍할 거야. 하지만 시간이 지나면 다 변할 거야. 앨빈이 자신의 외모나 자신에게 일어난 일이 부끄러워할 문제가 아니라는 걸 이해하면 그때부터는 줄었던 몸무게도 돌아올 테고,

의족을 끼고 어디든 돌아다닐 테고, 네가 기억하는, 캐나다로 떠나기 전의 모습으로 돌아올 거야…… 이제 좀 마음이 놓이니? 내 말을 듣고 안심이 되니?"

"날 안심시킬 필요는 없어요." 하지만 나는 이렇게 묻고 싶었다. "형의 토막난 다리 말예요, 망가졌다고 했는데 그게 무슨 뜻이에요? 그걸 봐야 하나요? 손으로 만져야 해요? 고칠 수 있어요?"

이 주 전 토요일 나는 어머니를 도와 지하실에서 앨빈 형의 짐 상자들을 정리했다. 마분지 상자에는 형이 캐나다군에 입대하러 갈 때 아버지가 라이트 스트리트에서 챙겨온 물건이 가득 들어 있었다. 어머니는 빨 수 있는 모든 옷을 두 칸짜리 지하실 싱크대에 넣고 빨래판에 비벼 빨았다. 어머니가 한쪽 칸에서 비누질을 하고 다른 칸에서 물에 헹군 뒤 하나씩 탈수기에 넣는 동안 나는 탈수기의 손잡이를 돌려 물을 짜냈다. 나는 그 탈수기가 싫었다. 두 롤러 사이로 들어간 빨래가 납작하게 눌려 나오는 게 마치 트럭이 밟고 지나간 것처럼 보여서 어떤 이유로든 지하실에 내려가면 항상 그 기계가 무서워 등을 돌리고 말았다. 하지만 이번엔 마음을 단단히 먹고 탈수기에서 나온 흉측해진 젖은 빨래를 하나씩 빨래 바구니에 넣었다. 그러고 나서 어머니가 뒷마당에 걸린 빨랫줄에 널 수 있도록 바구니를 이층으로 날랐다. 어머니가 창밖으로 몸을 내밀고 빨래를 너는 동안 나는 빨래집게를 하나씩 집어주었고,* 그날 저녁식사 후 어머니가 주방에 서서 방금 전 내 도움을 받아 걷은

---

* 이층의 주방 쪽 창문 밖에 빨랫줄이 매여 있으며, 빨래집게로 빨래를 집은 후 빨랫줄을 당겨 다음 빨래를 너는 방식이다.

셔츠와 파자마를 다림질하는 동안 나는 식탁 앞에 앉아 앨빈 형의 속옷을 개고 양말의 짝을 맞춰 둥글게 말았다. 나는 상상할 수 있는 가장 훌륭한 어린이, 샌디 형보다 훨씬 더 훌륭하고 심지어 나 자신보다 더 훌륭한 어린이가 되어 모든 문제가 술술 풀리도록 도우리라 결심하고 있었다.

이튿날 방과후 나는 앨빈 형의 좋은 옷들을 남성복점에 드라이클리닝을 맡기러 집에서 길모퉁이를 돌아 남성복점까지 두 번 왕복했다. 그주 평일에는 세탁물을 집으로 가져와 탑코트, 정장, 스포츠 재킷, 바지 두 벌을 나무 옷걸이에 걸어 앨빈 형과 함께 쓰기로 한 내 벽장의 절반에 넣었고, 나머지 옷들은 샌디 형이 쓰던 맨 위쪽 서랍 두 칸에 차곡차곡 넣었다. 앨빈 형은 우리 방에서 자기로 했다. 그래야 욕실에 쉽게 드나들 수 있기 때문이었다. 샌디 형은 벌써 공동주택 전면에 있는 전실로 옮길 준비를 하고서 식당 찬장에 쌓아둔 리넨 식탁보와 냅킨 옆에 자기 물건을 가지런히 배열했다. 앨빈 형이 돌아오기 며칠 전날 저녁 나는 네 짝 모두 닦을 필요가 있을까 하는 미심쩍은 마음을 최대한 억누르고서 형의 갈색 구두와 검은색 구두를 깨끗이 닦았다. 구두의 광을 내고, 그의 좋은 옷들을 세탁하고, 깨끗하게 세탁한 옷들을 옷장 서랍에 가지런히 넣은 그 모든 행위는 일종의 기도, 다시 말해 일가의 수호신에게 우리의 소박한 공동주택과 그 안에 거주하는 모든 사람을 사라진 다리의 맹렬한 복수로부터 지켜달라고 애원하는 즉흥적인 기도였다.

버스 안에서 나는 창밖의 풍경을 보면서, 서밋 애비뉴에 도착해 내 운명을 되돌리기에 너무 늦어버리기 전까지 시간이 얼마나 남았는지를 가늠해보았다. 우리는 볼 때마다 어머니와 아버지가 그곳에서 결혼 첫날밤을 보냈다는 말이 떠오르는 리비에라호텔을 조금 전에 지났고, 지금은 클린턴 애비뉴를 지나고 있었다. 버스는 도심을 벗어났고, 집까지 절반가량 남아 있었다. 정면에는 도시의 부유한 유대인을 위해 지어졌고 내겐 바티칸궁전 못지않게 낯설기만 한 거대한 타원형 요새, 브네이아브라함회당이 서 있었다.

어머니가 말했다. "네가 힘들다면, 내가 네 침대에서 잘 수도 있어. 모두가 서로에게 다시 익숙해질 때까지 내가 앨빈과 함께 네 방에서 자고 넌 아빠와 함께 우리 침대에서 자면 된단다. 어떠니, 그게 낫겠어?"

나는 그냥 내 침대에서 혼자 자는 게 좋다고 대답했다.

어머니가 다시 제안했다. "샌디가 전실에서 자기 침대로 다시 옮기고, 앨빈이 네 침대에서 자고, 네가 샌디가 쓰기로 한 전실의 소파 겸용 침대에서 자는 건 어떠니? 그러면 전실에서 혼자 자야 할 텐데, 그래도 좋겠니?"

그러면 좋겠느냐고? 물론 날듯이 좋았다. 하지만 린드버그를 위해 봉사중인 샌디 형이 어떻게 린드버그의 친구인 나치와 싸우러 가서 다리를 잃어버린 사람과 한 방을 쓸 수 있을까?

버스는 클린턴 애비뉴 정류장을 지나 클린턴 플레이스로 접어들고 있었다. 낯익은 주택가 길모퉁이는 샌디 형이 나를 버리고 이블린 이모한테 가기 전 토요일 오후, 형과 내가 루스벨트극장의 동시상영 영화를 보기 위해 버스에서 내린 곳이었다. 여기서 한 블록만 걸어가면 극장 출입구가 나왔고, 출입구 위에 쳐진 차양에는 검은색 글자가 새겨져 있었다. 이제 곧 버스는 좁은 골목길로 접어들어

클린턴플레이스를 따라 줄지어 선 2.5가구용 주택들을 미끄러지듯 지나갔다. 거리의 풍경은 우리 동네와 매우 비슷했지만 박공지붕 아래 붉은 벽돌로 쌓은 현관 입구의 계단들은 우리 동네에서 느끼는 것과 같은 유년기의 기본적인 감정을 솟구치게 하진 않았다. 잠시 후 버스는 마지막으로 방향을 크게 틀었고 마침내 챈슬러 애비뉴에 들어서자 힘겨운 언덕길이 시작되었다. 버스는 창 사이의 벽마다 우아하게 세로 홈이 들어간 멋진 새 고등학교 건물을 지나고 우리 학교 정면에 서 있는 튼튼한 깃대를 지나 언덕 꼭대기에 이르렀다. 3학년 때 담임선생님의 말에 따르면 이 언덕에서 레니레나피 부족 원주민이 뜨거운 돌 위에 음식을 요리하고 질그릇에 문양을 그려넣으며 작은 부락을 이루고 살았다고 한다. 결국 우리는 목적지인 서밋 애비뉴 정류장에 도착했다. 대각선으로 건너편에는 아메리카 원주민들의 원추형 천막이 있던 자리에 들어선 과자점 애나메이스가 있었다. 레이스로 장식된 진열창 안에는 새로 만든 초콜릿을 낭비처럼 보일 정도로 양껏 담은 접시들이 전시되어 있었고, 가게에서 흘러나오는 감칠나는 향기는 우리집에서 채 이 분도 걸어나오기 전부터 코끝을 달콤하게 파고들었다.

다시 말해 전실로 옮기겠다고 말할 수 있는 시간은 버스가 극장을 하나씩 지나고, 과자점을 하나씩 지나고, 주택가 계단을 하나씩 지나는 동안으로 무한하지 않았고 계속 소진되고 있었지만, 내가 할 수 있는 말은 "아니에요, 아니에요, 괜찮아요"뿐이었다. 결국 어머니는 나를 달랠 수 있는 제안이 다 떨어졌고, 나처럼 아침의 파란만장한 분위기에 압도당해 본의 아니게 아주 불길하고 누가 봐도 알아챌 수 있는 우울한 침묵으로 빠져들었다. 한편 나는 앨빈 형의 사라진 다리와 헐렁한 바짓가랑이와 지독한 냄새와 휠체어와 목발과 말을 할 때 우리를 쳐다보지 않는 태도 때문에 형이 끔찍하게 느껴진다는 사실을 언제까지 숨길 수 있을지 몰랐기에, 내가 지금 이 버스를 타고 유대인처럼 생기지 않은 누군가를 따라가고 있다고 상상하기 시작했다. 바로 그때 나는 얼에게 전수받은 모든 기준을 적용해볼 때 어머니가 유대인처럼 생겼다는 사실을 깨달았다. 머리, 코, 눈을 보니 어머니는 영락없는 유대인이었다. 하지만 나 역시 어머니를 빼닮았으니 그렇게 생긴 게 분명했다. 지금껏 몰랐던 사실이었다.

앨빈 형에게서 나는 지독한 냄새의 원인은 입안 가득 퍼진 충치였다. "문제가 생기면 이가 망가지는 법이라네." 리버파브 선생님은 작은 거울로 입안을 구석구석 살피면서 "이런"을 열아홉 번이나 내뱉은 뒤 그렇게 설명했고, 그날 오후부터 드릴로 구멍을 뚫기 시작했다. 선생님이 그 모든 치료를 무료로 해주겠다고 한 것은 앨빈 형이 파시스트와 싸우기 위해 제 발로 군대에 들어갔기 때문이고, 또 린드버그의 미국에서 안전하다고 상상해 아버지를 놀라게 한 "부자 유대인들"과 달리 선생님은 "이 세계의 수많은 히틀러들"이 우리에게 어떤 악의를 품고 있는지에 대해 경계심을 풀지 않았기 때문이다. 금 인레이를 열아홉 개나 하려면 큰돈이 들었지만, 리버파브 선생님은 몬티 삼촌, 이블린 이모, 샌디 형, 현재 국민의 사랑을 받고 있는 공화당에 맞서 아버지, 어머니, 나, 민주당과 연대하고 있음을 그렇게 보여주었다. 열아홉 개의 인레이는 시간도 오래 걸렸고, 특히 평일 낮에 뉴어크항에서 화물 상자를 포장하고 밤에 의술을 익힌 탓에 손놀림이 가볍지 않은 치과의사에겐 쉬운 치료가 아니었다. 드릴링은 몇 달이 걸렸지만 시작한 지 몇 주 안에 썩은 부분이 충분히 제거되어 앨빈 형의 입을 옆에 두고 잠을 자도 괴롭지 않았다. 토막난 다리는 문제가 달랐다. "망가졌다"는 건 토막난 다리의 끝 부분이 벌어지고 갈라지고 감염되었다는 뜻이었다. 종기, 염증, 부종이 생겨 의족을 차고서 걸을 수가 없고 그래서 다리가 나아 다시 압력을 받아도 망가지지 않을 때까지 목발에 의존해야 했다. 결함은 의족의 접합부에 있었다. 의사들은 앨빈 형에게 "의족과 다리의 맞음새가 틀어졌다"고 말했지만 앨빈 형은 맞음새가 틀어진 게 아니라 의족을 만든 사람이 처음에 치수를 정확히 재지 않은 탓에 맞음새는 애초부터 없었다고 말했다.

"언제쯤 나아?" 나는 형이 마침내 "망가졌다"라는 게 무슨 뜻인지를 알려준 날 밤에 그에게 물었다. 샌디 형은 전실에 있었고 부모님은 몇 시간 전 안방으로 들어가 잠이 들었으며 앨빈 형과 나도 잠들어 있을 때였다. 갑자기 앨빈 형이 "춤을 춰! 춤을!"이라고 소리치더니 겁이 더럭 날 정도로 숨을 헐떡이면서 잠에서 깨어나 똑바로 앉았다. 야간등을 켜고 보니 형의 몸은 땀으로 흥건히 젖어 있었다. 나는 침대에서 일어나 문을 열었다. 갑자기 나도 온몸에 땀이 났지만 발소리를 죽이고 복도 안쪽을 가로질러 부모님 방으로 가서 무슨 일이 있었는지 알리는 대신 욕실에서 타월을 가져다 형에게 주었다. 앨빈 형은 타월로 얼굴과 목을 닦은 뒤 가슴과 겨드랑이를 닦기 위해 파자마 상의를 벗었고, 그 바람에 나는 마침내 하체가 날아가면 상체가 어떻게 되는지를 보았다. 상처, 꿰맨 자국, 보기 싫은 흉터는 하나도 없었지만 강인함이 전혀 없었고 이리

저리 튀어나온 뼈마디에 들러붙은 병약한 젊은이의 창백한 피부가 전부였다.

　이날은 우리의 네번째 밤이었다. 첫 사흘 동안 앨빈 형은 조심스럽게 욕실에서 파자마로 갈아입고 한 발로 뛰어와 옷을 벽장에 걸었고 아침이면 다시 욕실에서 옷을 입었기 때문에 나는 토막난 다리를 보지 않아도 되었다. 그래서 형에게 토막난 다리가 있다는 걸 모른 척할 수 있었다. 밤에 나는 벽을 보고 돌아누웠고 하루종일 온갖 걱정에 시달려 피곤했기에 이른아침 앨빈 형이 침대에서 일어나 욕실로 뛰어갔다 침대로 돌아올 때까지 내처 잤다. 앨빈 형이 불을 켜지 않고 그 모든 일을 하는 동안 나는 침대에 누워 형이 어딘가 부딪히거나 바닥에 넘어지지 않을까 걱정했다. 그 네번째 날 밤 앨빈 형은 타월로 몸을 다 닦고 나서 파자마 바지만 입고 누워 있던 중 토막난 다리를 살펴보기 위해 파자마의 왼쪽 가랑이를 걷어올렸다. 나는 그게 희망적인 징조이고 적어도 나와 있을 때에는 형의 광기어린 흥분이 가라앉기 시작했다고 생각하면서도 여전히 형 쪽을 바라보고 싶지 않았지만…… 적어도 여긴 내 침대이니 한 번쯤 군인처럼 용감해져야겠다고 다짐하고서 그쪽을 바라보았다. 내 눈에 들어온 건 형의 무릎 관절 아래로 5~6인치가량 튀어나온 뭉툭한 물체로, 특징 없는 동물의 가늘고 긴 머리를 닮아 샌디 형이 적당한 위치에 크레용을 몇 번만 문지르면 눈, 코, 입, 이빨, 귀를 가진 쥐와 흡사해질 것 같았다. 내 눈에 들어온 건 '토막'이라는 단어가 묘사하는 대상, 즉 한때 거기 속해 있던 부분과 현재 속해 있는 부분을 합치면 전체가 되는 어떤 물체의 짧고 굵은 잔존물이었다. 만일 다리가 어떻게 생겼는지 모른다면, 축소된 말단부의 매끈한 피부가 일련의 고된 절단 수술의 결과가 아니라 자연의 수공품인 양 부드럽게 봉합된 덕에 지금의 상태가 정상으로 보일 수도 있었다.

"다 나은 거야?" 내가 물었다.

"아니, 아직."

"언제쯤 나아?"

"죽을 때까지 안 나아." 형이 대답했다.

나는 정신이 아득해졌다. 죽을 때까지 이렇다니!

"암담해." 앨빈 형이 말했다. "병원에서 만들어준 의족을 착용하면 토막난 다리가 망가지고, 목발을 짚으면 다리가 부어오르니 말이야. 뭘 해도 다리가 나빠지는구나. 옷장에서 붕대 좀 갖다줄래?"

나는 형이 시키는 대로 했다. 나는 형이 의족을 떼고 지낼 때 토막난 다리가 부어오르지 않게 감아주는 베이지색 압박붕대를 관리하기로 되어 있었다. 압박붕대는 둥글게 말린 채 서랍 구석 형의 양말 옆에 있었다. 각각의 붕대는 너비가 약 3인치였고 풀어지지 않도록 끄트머리에 커다란 안전핀이 꽂혀 있었다. 나는 서랍에 손을 집어넣기가 지하실에 내려가 손을 탈수기에 넣는 것만큼이나 싫었지만, 꾹 참고 붕대를 한 손에 하나씩 들고 침대로 갔다. 앨빈 형은 "착한 아이야"라고 말하며 내 머리를 강아지처럼 쓰다듬어 나를 웃게 만들었다.

나는 다음에 벌어질 일이 두려워 내 침대로 돌아가 지켜보았다.

"이 붕대를 감는 건," 형이 설명했다. "다리가 붓는 걸 막기 위해서야." 형은 한 손으로 토막난 다리를 잡고 다른 손으로 안전핀을 푼 다음 붕대 하나를 거꾸로 굴려가며 토막난 다리에 지그재그로 감았다. 그리고 계속해서 무릎 관절까지 감은 뒤 무릎 위로 몇 인치 더 올려 감았다. "이 붕대를 감는 건 다리가 붓는 걸 막기 위해서야." 형은 피곤한 어조로 짐짓 참을성 있게 같은 말을 되풀이했다. "하지만 상처가 있을 땐 감고 싶지 않아. 붕대 때문에 상처가 낫지 않거든. 그러니 이렇게도 못하고 저렇게도 못하겠다. 정말 돌아버리겠어." 붕대를 다 감고 안전핀을 꽂아 끝을 고정시킨 후 형은 결과를 내게 보여주었다. "이렇게 단단히 잡아당겨야 해, 보이지?" 형은 두번째 붕대로 비슷한 과정을 되풀이했다. 붕대를 다 감았을 때 토막난 다리는 또다시 작은 동물을 연상시켰지만, 이번에는 포획한 사람의 손이 날카로운 이빨에 찔리지 않도록 주둥이에 입마개를 씌운 동물 같았다.

"어떻게 배워야 해?" 내가 물었다.

"배울 필요 없어. 그냥 감으면 돼. 다만." 갑자기 형의 목소리가 높아졌다. "빌어먹을, 너무 꽉 조였네. 어쩌면 감는 법을 배워야 할지 모르겠다. 제기랄! 너무 헐렁하거나 너무 꽉 조일 수 있어. 그러면 사람 환장하지. 빌어먹을, 이 모든 게 그렇지만 말이야." 형은 두번째 붕대를 고정시킨 안전핀을 푼 뒤 처음부터 다시 감기 위해 두 붕대를 모두 풀었다. 앨빈 형은 이제 자포자기의 심정으로 모든 것에 대한 혐오감을 억누르면서 "네가 이걸 얼마나 잘할 수 있는지 봐야겠어"라고 말하며 붕대를 다시 감기 시작했고, 낫지 않는 상처와 함께 붕대 감기도 우리 방에서 영원히 계속될 운명처럼 보였다.

이튿날 나는 집이 텅 비어 있는 걸 알면서도 방과후 곧장 집으로 달려왔다. 앨빈 형은 치과에 갔고, 샌디 형은 이블린 이모와 함께 어디선가 린드버그의 성공을 돕는 이해할 수 없는 행동을 하고 있었으며, 부모님은 저녁식사 때가 돼서야 집에 올 예정이었다. 앨빈 형은 낮시간에는 상처가 아물도록 붕대를 풀어두고 밤에는 토막난 다리가 붓지 않도록 붕대를 감기로 결정했기 때문에 나는 형이 그날 아침 동그랗게 말아둔 두 개의 붕대를 맨 위 서랍 구석에서 쉽게 찾을 수 있었다. 내 침대에 걸터앉아 왼쪽 바짓가랑이를 걷어올린 순간 나는 앨빈 형의 남은 다리가 내 다리보다 별로 굵지 않다는 사실을 깨닫고 깜짝 놀랐지만 마음을 가다듬고 다리에 붕대를 감기 시작했다. 나는 하루종일 학교에서 전날 밤 지켜본 형의 동작을 마음속으로 따라 해봤고, 세시 이십분, 집에 돌아와 내 다리를 토막난 다리로 가정하고 무릎 아래쪽에 첫번째 붕대를 감기 시작했다. 그때 살갗에 까칠까칠한 감각이 느껴졌다. 자세히 보니 앨빈 형의 토막난 다리 밑면 상처에서 떨어져나온 거무스름한 딱지였다. 전날 밤 상처에서 떨어졌지만 앨빈 형이 무시하거나 알아차리지 못한 그 딱지가 내 다리에 들러붙어 있는 것을 본 순간 내 인내심은 한계를 넘어서고 말았다. 메스꺼움은 방에서부터 시작되었지만 재빨리 뒷문으로 달려가 지하실 계단으로 내려간 덕에 나는 진짜 구토가 시작되기 몇 초 전에 머리를 두 칸짜리 싱크대 위에 들이밀 수 있었다.

　동굴같이 축축한 지하실에 혼자 있다는 건 어떤 상황에서도 호된 시련이었다. 탈수기 때문만이 아니었다. 여기저기 갈라진 회반죽을 칠한 벽 위에 얼룩덜룩하게 자리잡은 곰팡이 자국, 배설물에서 나올 법한 형형색색의 빛깔과 시체에서 새어나온 듯한 침출수의 흔적은 이 공간을 귀신들이 출몰하는 저세상의 영역으로 만들었다. 건물 전체의 아래에 뻗어 있는 지하실에는 좁고 기다랗고 희뿌

연 창이 여섯 개 나 있었는데, 골목길의 시멘트와 잡초가 무성한 앞마당만 보일 뿐 빛은 한줄기도 들어오지 않았다. 받침 접시만한 몇 개의 배수구가 콘크리트 바닥 중앙에 있는 경사진 구덩이로 물을 흘려보냈다. 각 배수구의 입구에는 묵직한 검은색 원반이 덮여 있고 그 한가운데에 10센트 동전만한 구멍이 뚫려 있어 나는 안개 같은 형태의 사악한 존재들이 지하세계에서 그 구멍으로 새어나와 내 삶에 스며드는 장면을 조금도 어렵지 않게 상상할 수 있었다. 지하실은 해가 비치는 창문뿐 아니라 사람을 안심시키는 그 무엇도 없는 공간이었기에, 내가 고등학교에 들어가 그리스로마신화를 공부하면서 하데스, 케르베로스, 스틱스강에 대해 읽게 되었을 때 항상 떠오른 건 우리집 지하실이었다. 내가 구토한 싱크대 위에 30와트짜리 전구가 하나 달려 있고, 세 몸체가 한몸을 이루고서 지하세계를 지배하는 명계의 신 플루토처럼 뜨거운 불길을 활활 내뿜는 석탄 화덕들 근처에 또하나, 각각의 수납함에서 뻗어나온 전기코드에 세번째 전구가 매달려 있었고 세번째는 거의 항상 나가 있었다.

먼저 아침에 우리집 화덕에 삽으로 석탄을 퍼넣고, 잠자리에 들기 전 불을 둥글게 모으고, 하루에 한 번씩 식은 재를 모아 뒷마당의 통으로 운반하는 겨울철의 임무가 내게 떨어지리라는 사실을 나는 절대로 받아들일 수 없었다. 지금은 샌디 형이 충분히 강해져서 아버지에게서 그 임무를 물려받았지만, 몇 년 후 형이 미국의 모든 열여덟 살 청년들처럼 린드버그 대통령의 새로운 시민군으로 이십사 개월 동안 훈련을 받으러 떠나면 그 일은 내 몫이 될 수밖에 없었고, 나 역시 군에 징집될 때에야 그 일을 그만둘 수 있었다. 나 혼자 지하실에서 화덕을 관리하고 있는 미래를 상상하면 아홉 살 나이에도 매일 밤 침대에서 나를 괴롭히기 시작한 죽음의 필연성을 생각할 때처럼 마음이 심란했다.

하지만 내가 지하실을 무서워한 이유는 주로 이미 죽은 사람들, 다시 말해 두 할아버지, 외할머니, 그리고 앨빈 형의 가족이었던 큰어머니와 큰아버지 때문이었다. 그들의 몸은 뉴어크에서 엘리자베스로 가는 1번 국도 부근에 묻혀 있지만, 그들의 영혼은 우리의 대소사를 감독하고 행동을 감시하기 위해 우리집에서 두 개 층 아래에 거주하고 있었다. 내가 여섯 살 때 돌아가신 할머니 외에 다른 이들은 거의 또는 전혀 기억나지 않았지만, 혼자 지하실에 내려갈 때마다 그들 각각에게 내가 지금 내려가고 있다고 알렸고, 나와 거리를 유지해주고 내가 그들의 한가운데로 들어가더라도 나를 둘러싸고 괴롭히지 말아달라고 애원했다. 샌디 형은 내 나이 때 자신의 두려움을 이기려 지하실 계단을 달려내려가면서 "나쁜 사람들, 거기 있다는 거 알고 있어. 난 총을 갖고 있다"라고 소리치곤 했지만 나는 소심하게도 "내가 잘못한 일이 있다면 용서해주세요"라고 속삭였다.

그곳엔 탈수기와 배수구와 죽은 사람들, 즉 내가 어머니와 함께 앨빈 형의 옷을 빨던 두 칸짜리 싱크대에서 구토를 하는 동안 나를 지켜보며 비난하고 꾸짖는 죽은 사람들의 영혼이 있었고, 지하실 뒷문이 조금 열려 있으면 안으로 몰래 들어와 어둠 속에 웅크리고 앉아서는 길고 슬프게 우짖는 길고양이들이 있었으며, 일층에 사는 위시노우 씨의 고통스러운 기침소리, 지하실에서 듣고 있자면 마치 2인용 톱날에 온몸이 갈기갈기 찢기는 것처럼 들리는 기침소리가 있었다. 위시노우 씨는 아버지처럼 메트로폴리탄보험사의 외판원이었지만 입과 목에 퍼진 암 때문에 일 년 넘게 병가 급료로 살면서 다른 것은 전혀 못하고 집에 머물렀다. 그리고 잠이 들거나 걷잡을 수 없이 기침을 하지 않을 때는 낮시간대에 하는 라디오 연속극을 들었다. 위시노우 씨의 아내는 본사의 배려로 그의 일을 넘겨받아 뉴어크 지구 최초의 여성 보험 외판원이 되었다. 우리 아버지와 마찬가지로 많은 시간을 일했다. 저녁을 먹은 후 수금을 하러 다시 나가고, 거의 모든 토요일이나 일요일에도 집에서 쉬는 시간이 주말밖에 없는 가장, 잠재 고객을 만나 영업을 했다. 어머니는 하네스에서 판매원으로 일하기 전에는 하루에 두어 번씩 아래층에 들러 위시노우 씨가 어떤지 살펴보았고, 요즘도 위시노우 부인이 전화를 걸어 제때 집에 도착해 저녁을 준비하지 못하겠다고 말하면 우리가 먹을 음식을 조금 더 만들었다. 샌디 형과 나는 식탁에 앉아 밥을 먹기 전에 각자 위시노우 씨와 그 집의 외아들인 셀던이 먹을 따뜻한 음식이 가득 담긴 접시를 쟁반에 받쳐들고 아래층으로 내려갔다. 셀던이 문을 열어주면 우리는 음식을 조금이라도 흘리지 않기 위해 교묘한 동작으로 복도를 지나 주방에 들어간 뒤 쟁반을 식탁 위에 놓았다. 위시노우 씨는 이미 파자마 윗도리에 종이 냅킨을 끼운 채 음식을 기다리고 있었지만 아무리 영양 섭취가 절실해도 스스로 음식을 떠먹기는 어려울 듯 보였다. "애들아, 잘 있었냐?" 아저씨는 조금밖에 남지 않은 갈기갈기 찢어진 목소리로 우리에게 물었다. "내게 농담을 하나 해주렴, 필리. 재미있는 농담을 듣고 싶구나." 아저씨는 힘겹게 말했지만 괴롭거나 슬픈 기색은 전혀 없었고 별다른 이유 없이 생명줄을 붙잡고 있는 듯 보이는 사람답게 부드럽고 방어적인 쾌활함을 풍겼다. 아저씨는 셀던으로부터 내가 학교에서 아이들을 잘 웃긴다는 얘기를 들은 게 분명했고, 그래서 내가 단지 아저씨 근처에 있는 것만으로 말문이 막혀버릴 때면 내게 농담을 해보라고 짓궂게 요구했다. 내가 할 수 있는 최선의 대응은 내가 보기에 분명 죽어가고 있고 더 나아가 죽음 앞에서 자포자기하고 있는 어떤 사람을 외면하지 않으면서 그가 우리의 지하실에서 다른 모든 죽은 사람과 함께 유령으로 사는 단계로 들어서기 위해 겪고 있는 육체적 고통의 증거에 눈길을 주지 않는 것뿐이었다. 때때로 위시노우 씨의 약을 약국에서 받아와야 하는 날 셸던은 계단을 올라와 내게 같이 가겠느냐고 물었고, 나는 셸던의 아버지가 곧 죽을 거라고 부모님에게서 들었기 때문에, 그리고 정작 셸던은 아무것도 모르는 것처럼 행동했기 때문에, 그렇게 노골적으로 친해지기를 바라는 아이와 함께 다니기가 못내 싫었지만 그의 요청을 도저히 거절할 수가 없었다. 셸던은 누가 봐도 외로움에 찌든 아이였고, 까닭 없이 자주 슬픔에 잠기면서도 미소를 잃지 않으려고 너무 열심히 노력했으며, 삐쩍 마른 몸에 창백하고 온순한 얼굴로 계집아이처럼 공을 던져 모두를 당혹스럽게 만드는 아이 중 하나였지만, 우리 반에서 제일 똑똑했고 산수는 전교에서 도사로 통했다. 체육시간에 체육관의 높은 천장에 매달린 밧줄을 타고 오르내리기를 할 때 이상하게도 셸던은 다른 아이들보다 뛰어났는데, 한 선생님에 따르면 그의 민첩한 공중 동작은 수를 다루는 남다른 솜씨와 불가분의 관계가 있다고 했다. 그는 이미 아버지에게서 배워 체스에 통달했고, 그래서 나는 그와 함께 약국에 다녀오고 나면 어김없이 그 집의 어둑어둑한 거실—전기를 아끼기 위해 불을 꺼두기도 했고 병적으로 호기심이 많은 동네 사람들이 점차 아버지를 잃어가는 셸던의 집안을 엿볼 수 없도록 이 무렵엔 항상 커튼을 쳐놓았기에 —에 앉아 체스를 둘 수밖에 없다는 걸 알았다. 나의 심한 저항에도 불구하고 고독한 셸던(얼 액스먼은 이런 별명을 붙였지만, 얼의 어머니가 밤새 보인 정신병 증상도 종류는 다를지언정 부모가 자식을 놀라게 할 수 있는 충격적인 비극이었다)은 내게 말을 움직이고 게임을 하는 방법을 수만 번 가르쳐주었고, 그동안 안쪽 침실 문 뒤에서 그의 아버지는 아주 센 기침을 자주 해댔기 때문에 그곳에서 기침을 하며 죽어가는 아버지가 한 명이 아니라 넷, 다섯, 여섯 명쯤은 되는 것 같았다.

일주일도 지나지 않아 토막난 다리에 붕대를 감는 사람은 앨빈 형이 아닌 내가 되었다. 나는 이미 혼자서 충분히 연습했고 다시는 토하지 않을 정도로 익숙해졌기 때문에 앨빈 형은 붕대가 너무 헐렁하거나 조인다고 단 한 번도 불평하지 않았다. 나는 절단 부위가 다 나아 앨빈 형이 의족을 차고 걷게 된 후에도 다리가 부풀어오르지 않도록 매일 밤 붕대를 감았다. 토막난 다리가 낫는 동안 의족은 줄곧 옷장 안에 있었고 바닥에 놓인 신발과 봉에 걸린 바지에 가려 거의 보이지 않았다. 그래도 거기에 시선을 돌리지 않으려고 얼마간 노력했지만, 나는 마음을 단단히 먹었고 앨빈 형이 의족을 꺼내 착용하는 날 드디어 그것이 어떻게 생겼는지를 보게 되었다. 진짜 다리의 하단부를 기가 막히게 똑같이 모방한 점을 제외하고는 모든 게 오싹했지만 다른 한편으로는 앨빈 형이 마구라 부른 것부터 시작해 이것저것이 경이로움을 자아냈다. 마구는 짙은 색 가죽으로 만든 일종의 허벅지 코르셋으로 궁둥이 밑에서 종지뼈 상단까지 붙이고 앞에서 끈으로 고정했고, 무릎 양쪽의 강철 죔쇠로 의족과 연결했다. 토막난 다리에 길고 하얀 울 양말을 씌우면 상단부의 쿠션을 댄 구멍에 꼭 들어맞았고, 의족은 내가 상상했던 것처럼 만화 속 곤봉을 닮은 검은색 고무 막대가 아니라 속이 빈 나무였고 공기구멍들이 뚫려 있었다. 다리 끝에 달린 인공 발은 고작 몇 도밖에 구부러지지 않았고 바닥에는 스펀지가 붙어 있었다. 그 발은 특별한 장비 없이 나사를 돌려 의족에 딱 맞게 끼울 수 있었고 다섯 발가락이 달린 살아 있는 발보다는 나무로 된 구두 골처럼 보였지만 양말과 구두—어머니가 빤 양말과 내가 닦은 구두—를 신으면 양쪽 다 앨빈 형의 발처럼 보였다.

의족을 다시 낀 첫날 앨빈 형은 골목길로 나가 차고에서부터 작은 앞마당을 둘러싼 앙상한 산울타리 끝까지 걷는 연습을 했지만 거리를 지나가는 사람에게 보일 수 있는 곳으로는 한 발짝도 더 나아가지 않았다. 둘째 날 아침 앨빈 형은 혼자 다시 연습했지만 내가 학교를 마치고 돌아오자 나를 밖으로 데리고 나가 또 한번 연습했고 이번엔 단지 걷기에 집중하는 게 아니라 그의 토막난 다리가 온전하고 의족이 잘 맞아 부담을 느끼지 않는 것처럼, 앞으로의 인생을 외다리로 살아가는 것이 걱정되지 않는 것처럼 보이려 했다. 다음주 앨빈 형은 집 주위에서 하루종일 의족을 차고 돌아다녔고, 그다음주에는 내게 "가서 풋볼공을 가져와"라고 말했다. 풋볼공이 있다는 건 스파이크 운동화나 어깨보호대가 있는 것만큼이나 엄청난 일이었다. 물론 우리에겐 풋볼공이 없었고, '부잣집' 아이가 아니면 누구도 풋볼공을 갖고 있지 않았다. 학교 운동장으로 가 이름을 적고 빌려도 바로 그곳에서만 사용해야 했기 때문에, 부모님의 호주머니에서 잔돈을 조금 훔친 것 말고는 그 무엇도 훔친 적이 없던 내가 일 초도 망설이지 않고 한 일은 앞마당과 뒷마당에 잔디가 깔린 주택들이 있는 키어 애비뉴를 따라 어슬렁어슬렁 걸어가 모든 마당의 진입로를 훑어보는 것이었다. 곧 내가 찾는 것이 보였다. 훔칠 만한 풋볼공, 진짜 가죽으로 만든 윌슨 풋볼공, 도로 때문에 긁힌 자국이 있고 가죽끈은 닳았으며, 공기를 불어넣을 수 있는 공기주머니가 있고, 돈 많은 어떤 아이가 버린 공. 나는 그런 공을 겨드랑이에 낀 채 마치 노트르담*을 위해 킥오프된 공을 받아 터치다운 존을 향해 달리듯 내달렸다.

그날 오후 우리는 골목에서 한 시간 가까이 패스 연습을 했고, 앨빈 형이 왼발을 축으로 패스할 때마다 사실상 모든 체중이 의족에 실렸지만, 그날 밤 방문을 닫아놓고 마주앉아 토막난 다리를 들여다봤을 때 문제가 발생한 흔적은 전혀 없었다. "어쩔 수 없었습니다"가 그날 키어 애비뉴에서 공을 훔치다 붙잡히면 하려고 했던 변명이었다. 사촌인 앨빈 형에게 풋볼공이 필요했습니다, 재판장님. 사촌형은 히틀러와 싸우다 다리를 잃었고 지금 집에서 쉬고 있는데 풋볼공이 필요했습니다. 제가 어떻게 해야 합니까?

이제 앨빈 형이 펜역에 돌아온 그 끔찍한 날로부터 한 달이 지났고, 나는 반드시 즐겁지는 않아도 아침에 일어나 신발을 신으러 가는 김에 벽장 안쪽에 손을 뻗어 앨빈 형의 의족을 집어든 다음 속옷 바람으로 침대에 앉아 욕실에 들어갈 차례를 기다리는 형에게 건네줘도 별다른 혐오감을 느끼지 않았다. 역겨움은 점차 줄어들

---

* 노트르담대학교. 미식축구 팀이 유명하다.

었다. 형은 식사와 식사 중간에 냉장고에 있는 음식을 닥치는 대로 한 움큼씩 먹어치우면서 살이 붙기 시작했고, 두 눈은 다소 작아졌고, 웨이브진 검은 머리는 다시 무성하게 자랐고 왁스를 바른 것처럼 반짝였으며, 매일 아침 토막난 다리를 드러낸 채 다소 무기력하게 앉아 있어도 그를 숭배하는 소년이 보기에는 숭배할 것이 더 많았고, 불쌍한 것을 참고 넘기기가 조금 더 수월해졌다.

곧 앨빈 형은 더이상 골목길에만 머물지 않고 목발을 짚거나 남들 앞에서 사용하기를 부끄러워하는 지팡이에 의존하지 않은 채 의족을 착용하고 온 동네를 돌아다니기 시작했다. 형은 어머니를 대신해 정육점, 빵집, 야채가게에 들러 물건을 사고, 길모퉁이까지 가서 핫도그를 사 먹고, 버스를 타고 클린턴 애비뉴에 있는 치과뿐 아니라 라키스에서 새 셔츠를 사기 위해 마켓 스트리트까지 나갔으며, 나는 아직 몰랐지만 오는 길에 퇴역 수당을 주머니에 넣은 채 고등학교 운동장 뒤에 있는 놀이터에 들러 포커를 치거나 주사위 노름을 하고 싶어하는 사람이 있는지 둘러보곤 했다. 어느 날 방과후 우리는 지하실에 있는 우리집 전용 창고에 휠체어를 놓을 공간을 만들었다. 그날 밤 저녁을 먹은 후 나는 어머니에게 그날 학교에서 문득 떠오른 생각을 말했다. 나는 내가 어디에 있든 그리고 무슨 과제를 수행하고 있든 간에 나도 모르게 어떻게 하면 형이 자신의 의족을 잊게 할 수 있을지를 생각하곤 했다. 나는 어머니에게 이렇게 말했다. "앨빈 형의 바짓가랑이에 지퍼가 달려 있으면 형이 의족을 차고 있을 때 바지를 입거나 벗기가 더 쉽지 않을까요?" 이튿날 출근길에 어머니는 앨빈 형의 군복 바지 하나를 동네의 자택에서 일하는 여자 재봉사에게 맡겼고, 재봉사는 왼쪽 바짓가랑이의 솔기를 뜯은 뒤 밑단에서 위로 6인치가량 올라오는 지퍼를 달았다. 그날 밤 앨빈 형이 지퍼를 연 상태로 바지를 입었을 때 왼쪽 바짓가랑이는 형이 단지 바지를 입는다는 이유로 세상의 모든 사람에게 욕설을 퍼붓던 때와는 달리 쉽게 의족을 통과했다. 형이 지퍼를 잠그자 의족은 감쪽같이 사라졌다. "의족이 있는지도 모르겠어." 내가 소리쳤다. 다음날 아침 우리는 형의 모든 바지를 꺼내 어머니가 그 재봉사에게 갖고 갈 수 있도록 종이봉투에 넣었다. 그날 밤 잠자리에 들 때 앨빈 형은 "난 너 없이 못 살 거야"라고 말했고, 형이 "특별한 상황에서 세운 공로"로 받은 캐나다 훈장을 내게 영원히 간직하라며 주었다. 은으로 된 둥근 메달의 한 면에는 조지 6세 국왕의 옆모습이 새겨져 있고 다른 한 면에는 용의 몸뚱이를 딛고 당당하게 선 사자가 새겨져 있었다. 나는 당연히 그 메달을 보물처럼 간직했고 자주 목에 걸고 다녔지만, 메달에 달린 좁은 초록색 리본을 속옷에 핀으로 꽂은 탓에 그 누구도 메달을 보고서 미국에 대한 나의 충성심을 의심하지 않았다. 나는 운동을 위해 셔츠를 벗어야 하는 체육 수업을 받는 날에만 메달을 벗어 내 옷장 서랍에 넣어두었다.

그동안 샌디 형은 어떻게 되었을까? 샌디 형은 나름대로 바빴기 때문에 처음에는 캐나다에서 훈장을 받고 돌아온 전쟁 영웅이 이제 샌디보다 더 중요해졌으며 내가 그 영웅에게서 훈장을 받았고 그의 시종으로 완전히 돌변했음을 알아채지 못하는 것 같았다. 그리고 그 사실을 알아채고 초라함을 느꼈을 땐—처음에는 새로운 잠자리 배치의 필연적인 결과로 형성된 앨빈 형과 나의 관계 때문이라기보다 앨빈 형이 그에게 노골적으로 드러낸 적대적인 무관심 때문에—비록 처음엔 사실상 억지로 떠맡겨졌지만 그의 동생으로 지내온 나의 오랜 경력이 해를 넘기며 서서히 끝나가던 중 샌디 형도 놀랄 만큼 내게 엄청난 인정을 안겨준 (메스꺼운 임무들이 딸린) 그 위대한 보조 역할로부터 나를 내쫓기에는 너무 늦고 말았다.

그리고 이 모든 변화는 이블린 이모와 랍비 벤겔스도르프를 통해 샌디 형이 현재 우리가 증오하는 정부와 결탁했다는 사실이 내 입에서 한 번도 나오지 않은 상태에서 이루어졌다. 샌디 형은 물론이고 모든 사람이 앨빈 형 근처에서는 동화청과 '소박한 사람들'에 관한 언급을 피했다. 왜냐하면 린드버그의 고립주의 정책이 어떻게 해서 엄청난 인기를 끌게 되었고 심지어 많은 유대인의 지지를 받게 되었는지, 그리고 샌디 형처럼 어린 유대인 소년이 '소박한 사람들' 체험 프로그램에 이끌려간 것이 겉으로 보이는 만큼 그렇게 비겁한 배신 행위가 아님을 앨빈 형이 이해하기 전에는 우리 중 가장 희생적이고 비타협적으로 린드버그를 증오하는 그의 분노를 누그러뜨릴 방법이 전무하다는 게 우리 모두의 확고한 생각이었기 때문이다. 그러나 앨빈 형은 이미 샌디 형이 실망스러운 행동을 했다고 감지한 듯했고 앨빈 형답게 구태여 자기의 감정을 감추지 않았다. 나는 아무 말 하지 않았고, 부모님도 아무 말 하지 않았고, 분명 샌디 형도 앨빈 형의 눈 밖에 날 만한 말을 하지 않았을 테지만, 앨빈 형은 기차역에서 자신을 가장 먼저 맞아준 사람이 파시스트들과도 가장 먼저 손잡은 사람임을 알거나 아는 것처럼 행동했다.

앨빈 형이 앞으로 뭘 하게 될지 아무도 확실히 알지 못했다. 장애자, 배신자, 또는 장애가 있는 배신자로 여겨지는 이를 고용할 사람은 많지 않을 터였으므로, 직업을 구하는 데는 문제가 있을 듯했다. 그러나 앨빈 형이 아무것도 안 하고 자기연민에 빠져 시무룩하게 지내면서 평생 동안 연금에 의지해 초라하게 살려는 기미가 보인다면 애초부터 그 싹을 잘라야만 한다는 게 부모님의 말이었다. 어머니는 형이 매달 받는 장애인 연금으로 대학에 들어가 공부하기를 바랐다. 어머니는 주위에 수소문한 끝에 앨빈 형이 일 년 동안 뉴어크아카데미를 다니며 위퀘이크고등학교에서 D학점과 F학점을 받은 과목들을 B학점으로 끌어올리면 이듬해 충분히 뉴어크 대학교에 들어갈 수 있다는 말을 들었다. 그러나 아버지는 아무리 시내의 사립학교라 해도 앨빈 형이 자발적으로 12학년으로 돌아가리라고는 상상할 수 없었고, 스물두 살의 나이에다 그 모든 일을 겪은 후이니 가능한 한 빨리 장래가 있는 직업을 얻을 필요가 있다는 생각에 빌리 스타인하임에게 연락해보라고 제안했다. 빌리는 앨빈 형이 에이브의 운전수로 일할 때 형에게 가장 친근하게 대해주던 아들이었다. 만일 빌리가 자기 아버지를 설득해 앨빈 형에게 두번째 기회를 주도록 만든다면 그들은 앨빈 형에게 당장에는 보잘것없지만 다시 에이브 스타인하임의 눈에 들 수 있는 자리를 내줄지도 몰랐다. 만일 필요하다면, 정 어쩔 수 없다면, 몬티 삼촌이 이미 조카를 찾아와 청과물 시장에서 일하라고 말했으니 앨빈 형은 삼촌 밑에서 새 출발을 할 수도 있었다. 삼촌이 찾아온 것은 앨빈 형의 토막난 다리가 심하게 망가진 탓에 형이 거의 하루종일 침대에서만 지내고 한때 그에게 온 세상이던 작은 동네의 모습이 힐끗 보이는 것조차 두려워 좀체 블라인드를 올리려 하지 않았던 그 힘든 시기였다. 펜역에서 아버지와 샌디 형과 함께 차를 타고 올 때에도 앨빈 형은 고등학교가 시야에 나타나자, 하루가 끝났을 때 신체적 고통에 시달리지 않고 원하는 것이 나타나면 무엇이든 붙잡을 채비를 하고서 그 건물에서 달려나오던 수많은 날을 회상하는 대신 두 눈을 감아버렸다.

몬티 삼촌이 우리집에 들르기 바로 전날 오후 나는 칠판 당번이라 약간 늦게 귀가했는데 어디서도 앨빈 형을 찾을 수 없었다. 형은 침대나 욕실 또는 공동주택 안 어디에도 없었고 그래서 밖으로 달려나가 뒷마당에서 형을 찾아본 다음 고개를 갸웃거리며 다시 집안으로 들어가려는 순간 지하실 입구의 계단통을 타고 희미한 신음소리가 들려왔다. 유령이다! 고통스러워하는, 앨빈 형의 어머니와 아버지 유령! 소리만 들리는 게 아니라 눈에도 보이는지를 확인하기 위해 지하실 계단을 조금씩 내려가자 보이는 건 유령이 아니라 서밋 애비뉴 노면 높이에 수평으로 난 작은 창으로 밖을 내다보고 있는 앨빈 형이었다. 형은 목욕 가운 차림이었고 한 손은 균형을 잡기 위해 좁은 창턱을 붙잡고 있었다. 다른 한 손은 보이지 않았다. 그 손은 내가 너무 어려 자세히 알지 못하는 어떤 일에 쓰이고 있었다. 유리에 낀 먼지를 닦아낸 작은 원을 통해 형은 위퀘이크고등학교에서 우리 동네를 지나 키어 애비뉴의 집으로 돌아가는 여학생들을 훔쳐보고 있었다. 형이 볼 수 있는 거라곤 산울타리 곁으로 바삐 지나가는 여학생들의 다리뿐이었지만, 내가 이해하는 한에서 형은 그 광경을 원 없이 보는 것만으로도 충분했으며 이젠 자신에게 걸어다닐 수 있는 두 다리가 없다는 사실이 괴로워 신음하고 있었다. 나는 조용히 계단 위로 물러나 뒷문으로 나간 다음 차고 가장 안쪽 구석에 쭈그리고 앉아, 뉴욕으로 달아나 얼 액스먼과 살 수 있는 방법을 궁리했다. 땅거미가 내려오기 시작했고 해야 할 숙제가 있었기에 나는 별수없이 집으로 돌아갔고, 가는 길에 앨빈 형이 아직 있는지를 확인하기 위해 지하실을 슬쩍 들여다보았다. 형은 없었고, 그래서 나는 용기를 내어 계단을 내려가 탈수기와 배수구들 주변을 재빨리 지나친 다음 창문 앞에 도달해 단지 앨빈 형이 했던 것처럼 거리를 내다보기 위해 발끝으로 섰다. 그때 나는 창문 아래 회반죽 벽에 시럽처럼 찐득거리는 액체가 반질반질하게 묻어 있는 것을 발견했다. 나는 자위라는 걸 몰랐기 때문에 당연히 사정이라는 것도 몰랐다. 고름 같기도 하고 가래 같기도 했다. 끔찍하긴 한데 그 밖에는 도무지 알 수 없었다. 내겐 아직 불가사의하기만 한 특별한 배설물을 보면서 나는 그것이 인간의 몸이 곪았을 때 생겼다가 그 사람이 완전히 슬픔에 사로잡힐 때 입에서 뿜어져나오는 어떤 물질이라고 상상했다.

다음날 오후 몬티 삼촌은 시내에 있는 밀러 스트리트로 가는 길에 우리집에 들러 앨빈 형을 만났다. 삼촌은 열네 살 이후 매일 오후 다섯시경 밀러 스트리트에 도착해 밤새 시장에서 일했고 이튿날 아침 아홉시가 돼서야 집으로 돌아가 거나하게 식사한 후 잠을 잤다. 그게 우리 가족 중 가장 부유한 사람이 사는 모습이었다. 두 자식의 삶은 비교적 나았다. 샌디 형보다 나이가 조금 많은 린다와 아넷은 안쓰러울 정도로 소심해 폭군 같은 아버지 주위를 살금살금 걸어다녔지만 입을 옷이 많았고 교외 지역인 메이플우드의 컬럼비아고등학교에 다녔다. 그 학교에는 입을 옷이 많고 아버지가 몬티 삼촌처럼 캐딜락을 몰고 다니고 아내와 다 큰 자식들이 쓰는 또 한 대의 차가 주차장에 있는 유대인 아이들이 더 있었다. 메이플우드의 큰 집에서 그 가족과 함께 사는 할머니도 옷이 많았고 모두 가장 성공한 아들이 사준 옷이었지만 대제일과 몬티 삼촌의 가족과 함께 일요일 외식을 하러 갈 때 삼촌의 강요에 못 이겨 입는 경우를 제외하고는 전혀 입지 않았다. 식당들은 유대교 율법을 충분히 준수하지 않아 할머니의 기준에 맞지 않았기 때문에 할머니는 항상 포로들이 먹을 법한 빵과 물을 주문했다. 게다가 식당에서 어떻게 행동해야 하는지도 몰랐다. 언젠가 할머니는 종업원의 조수가 접시를 잔뜩 들고 비틀거리며 주방으로 들어가는 것을 보자 그쪽으로 다가가 조수를 도왔다. 몬티 삼촌은 "엄마! 그러지 말아요! 로츠 임 추 루! 그냥 놔둬요!"라고 외쳤고, 할머니가 삼촌의 손을 뿌리치자 삼촌은 금속 장식이 우스꽝스러울 정도로 많이 달린 드레스의 소매를 붙잡아 할머니를 식탁으로 끌고 왔다. "아주머니"라 불리는 흑인 여자가 일주일에 두 번씩 뉴어크에서 버스를 타고 집에 찾아왔지만, 그래도 할머니는 아무도 없을 때 무릎을 꿇고 엎드려 주방과 욕실의 바닥을 솔로 문질렀고 몬티 삼촌이 새로 만든 지하실에 99달러짜리 최신형 벤딕스홈세탁기가 있었지만 빨래를 손수 빨래판에 비벼 빨았다. 몬티 삼촌의 아내, 틸리 백모는 남편이 하루종일 잠만 자고 매일 밤 집을 비운다며 끝없이 불평했지만, 다른 가족들은 모두 그것이 그녀의 행운—그녀의 새 차인 올즈모빌보다 훨씬 더 큰 행운—이라고 생각했다.

1월의 그날 오후 네시, 앨빈 형은 아직도 파자마 바람으로 침대에 누워 있었다. 조카를 보기 위해 처음으로 우리집에 들른 몬티 삼촌은 아무도 정확히 모르는 문제를 서슴없이 물었다. "대체 어쩌다가 다리를 잃게 된 거냐?" 내가 학교에서 돌아왔을 때 앨빈 형은 아주 무뚝뚝했고 내가 형의 기운을 북돋워주려 해도 정떨어지게 투덜거렸기 때문에 나는 우리의 가장 사랑스럽지 않은 친척이 그에게서 어떤 반응을 이끌어내리라고는 거의 기대하지 않았다.

그러나 항상 입꼬리에 담배를 물고 다니는 몬티 삼촌의 존재감은 꽤나 위협적이어서 그 초기 상태인 앨빈 형도 삼촌에게 입 다물고 눈앞에서 꺼지라고 말하지 못했다. 그날 오후에 앨빈 형은 절단 환자가 되어 고향에 돌아왔을 때 펜역의 중앙홀을 통통거리며 뛰어가던 그 자신만만한 반항심을 내비칠 생각조차 못했다.

"프랑스요." 그 중요한 질문에 앨빈 형은 공허하게 대답했다.

"세상에서 제일 쓰레기 같은 나라지." 몬티 삼촌이 확신 가득한 어조로 말했다. 1918년 여름 스물한 살의 나이에 몬티 삼촌은 프랑스에서 피비린내나는 마른전투에 참가해 독일군과 싸웠고 그다음 연합군이 독일군의 서부전선을 무너뜨릴 때 아르곤숲에서 싸웠기 때문에 당연히 프랑스에 대해 아주 잘 안다고 생각했다.

"어딘지를 물은 게 아냐." 몬티 삼촌이 말했다. "어떻게 다친 거냐, 어떻게?"

"어떻게요?" 앨빈 형이 되풀이했다.

"말을 해봐라. 그게 너한테 도움이 될 거다."

삼촌은 앨빈에게 도움이 되는 게 뭔지도 아주 잘 안다고 생각했다.

몬티 삼촌이 물었다. "어디에 있었냐? 언제 당한 거야? '엉뚱한 곳'에 있었다고는 말하지 마라. 넌 평생 엉뚱한 길로만 샜으니까."

"우릴 태우고 나갈 보트를 기다리고 있었어요."

여기에서 앨빈 형은 눈을 감았고 마치 다시는 그 눈을 뜨고 싶지 않은 것 같았다. 하지만 내가 간절히 바라는 것처럼 거기서 멈추지 않고 불쑥 입을 열었다. "독일군 한 놈을 쐈는데."

"그런데?" 몬티 삼촌이 말했다.

"밤새 비명을 지르더군요."

"그래서? 그래서? 계속해봐. 그놈이 비명을 질렀다. 그래서 어떻게 했냐?"

"동이 틀 무렵 보트가 도착하기 전에 그놈이 있는 곳으로 기어갔어요. 한 50야드쯤 됐을 거예요. 그놈은 이미 죽어 있었죠. 하지만 난 그놈의 머리까지 기어가 거기에 총알을 두 방 먹였어요. 그러고 나서 그 개자식한테 침을 뱉었죠. 바로 그때 수류탄이 날아왔어요. 내 가랑이 사이로 떨어지더군요. 한쪽 발이 돌아갔어요. 뼈가 부러지고 뒤틀어졌죠. 그 발은 고칠 수 있었어요. 수술을 하고 뼈를 맞췄어요. 그리고 깁스를 해주더군요. 그래서 회복됐죠. 하지만 다른 다리는 사라져버렸어요. 밑을 보니 한 발은 거꾸로 돌아가 있고 한 다리는 대롱대롱 매달려 있더군요. 그때 벌써 왼쪽 다리는 거의 잘려 있었어요."

그게 사실이라면 내가 막연히 상상했던 영웅의 모습과는 완전히 딴판이었다.

"무인 지대에 고립돼 있었다면," 몬티 삼촌이 말했다. "너희 중한 놈이 던졌을지도 모른다. 아직 날이 밝지 않아 희끄무레했겠지. 그때 총소릴 들으면 공황에 빠져. 바로 그거야, 그중 한 놈이 핀을 뽑은 거야."

삼촌의 가정에 앨빈 형은 아무 말도 하지 않았다.

어느 누구라도 앨빈 형의 이마에서 뚝뚝 떨어지는 땀과 목구멍에 고인 침 그리고 형이 아직도 눈을 뜨지 않고 있다는 사실만으로도 상황을 이해하고 누그러졌을 것이다. 그러나 몬티 삼촌은 아니었다. 삼촌은 상황을 이해하고도 누그러지지 않았다. "그러면 어떻게 거기에 남겨지지 않은 거냐? 그렇게 멍청한 짓을 한 놈들이 어떻게 해서 널 죽게 내버려두지 않았지?"

"온통 진흙밭이고 진창이었어요." 앨빈 형이 공허한 목소리로 대답했다. "기억나는 건 진흙뿐이에요."

"그래서 누가 널 구한 거냐? 너 같은 사회의 낙오자를?"

"동료들이 구했어요. 난 정신을 잃은 것 같아요. 동료들이 와서 날 데려갔어요."

"앨빈, 도대체 너의 뇌는 어떻게 생겨먹은 거냐? 난 도저히 이해할 수가 없다. 침을 뱉는다. 그래 침을 뱉을 순 있지. 그런데 고작 그 때문에 다리를 잃었단 말이냐?"

"어떤 것들은 이유도 모르고 그냥 하잖아요." 이렇게 말한 사람은 나였다. 내가 뭘 알겠는가? 하지만 난 삼촌에게 이렇게 말하고 있었다. "그냥 하게 돼요, 몬티 삼촌. 안 할 수가 없어서요."

"필리, 정말 한심한 낙오자라면 그렇겠지." 그런 뒤 삼촌은 앨빈 형에게 말했다. "그래, 이제 뭘 할 테냐? 거기 누워서 장애인 연금으로 살아갈 거냐? 운이나 바라면서 도박꾼처럼 살 거냐? 아니면 우리 평범한 인간들처럼 군소리 않고 일하면서 자기 밥값을 벌어보는 건 어떠냐? 침대에서 나오면 시장에서 네가 할 일이 있다. 밑바닥부터 시작해. 물청소를 하고 토마토를 선별하고 손수레를 끌고 짐 나르는 사람들과 함께 밑바닥부터 시작하는 거야. 하지만 삼촌 밑에서 일하는 거고, 매주 봉급이 나온다. 에소주유소에서 매상의 절반을 슬쩍 했지만 네가 잭 형의 아들이니 어찌됐든 나는 널 포기할 수가 없다. 난 형을 위해 뭐든 할 수 있다. 잭 형이 아니었으면 난 이렇게 되지 못했을 거다. 잭 형은 세상을 뜨기 전 내게 청과물 장사를 가르쳤어. 스타인하임이 네게 건설업을 가르치려 했던 것처럼 말이다. 하지만 너 같은 낙오자를 가르칠 수 있는 사람은 아무도 없을 거다. 스타인하임의 면전에다 열쇠를 던지다니. 에이브 스타인하임보다 잘났다 이거지. 앨빈 로스가 너무 잘나서 히틀러만 대적하겠다 이거지."

주방에 가면 냄비집게와 오븐용 온도계를 넣어두는 서랍 안에 추수감사절 칠면조를 요리할 때 속을 채운 뒤 몸통을 묶을 때 쓰는 길고 단단한 바늘과 두꺼운 실이 있었다. 그 바늘과 실은 탈수기를 제외하고 우리집에 있는 물건 중 내 머리에 떠오른 유일한 고문 도구였고 그래서 나는 당장 주방으로 달려가 그 바늘과 실로 삼촌의 입을 꿰매버리고 싶었다.

몬티 삼촌은 시장으로 가기 위해 방문을 나서다 말고 확 돌아서더니 지금까지 한 말을 요약했다. 약자를 못살게 구는 사람들은 요약하길 좋아한다. 질책하듯 쏟아내는 장황한 요약, 여기에 견줄 건 구시대의 매질밖에 없다. "네 동료들은 널 구하려고 모든 걸 걸었다. 위험한 곳에 들어가 널 끌고 나왔어. 안 그러냐? 뭘 위해서 그랬겠냐? 그런데 넌 평생 마굴리스와 주사위나 굴리면서 빈둥거릴 참이냐? 운동장 구석에서 세븐카드 스터드나 칠 참이야? 주유소로 돌아가 기름을 넣으면서 심코위츠의 뒤통수를 칠 거냐? 넌 실수란 실수를 다 저질렀어. 네가 한 행동은 모두 잘못됐어. 독일군에게 총을 쏘는 것도 잘못이야. 왜 그래야 하지? 왜 사람한테 열쇠를 던져? 왜 침을 뱉어? 이미 죽은 사람한테 왜 침을 뱉어? 무엇하러? 로스 집안의 다른 사람들처럼 부유하게 태어나지 않아서냐? 앨빈, 잭 형이 아니었다면 난 여기서 이렇게 시간을 낭비하지 않을 거다. 지금까지 네가 노력해서 얻은 건 하나도 없어. 그건 분명히 하자. 아무것도 없어. 스물두 살이 됐어도 넌 여전히 큰 골칫거리야. 내가 이러는 건 너 때문이 아니라 네 아버지 때문이다. 이놈아. 네 할머니 때문이야. 할머니가 '그 아이를 도와줘라'라고 말하서서 널 도와주려는 거야. 일단 어떻게 돈을 벌 건지를 곰곰이 생각한 다음 그 나무 의족을 차고 건너와라. 그때 얘기하자."

앨빈 형은 울지도, 욕을 하지도, 투덜대지도 않았다. 몬티 삼촌이 뒷문으로 나가 차를 탄 후에도 자신의 사악한 생각을 하나도 분출하지 않았다. 으르렁거리기에는 그날 정신이 너무 아득했다. 심지어 쓰러질 힘도 없었다. 쓰러진 건 나였다. 내가 아무리 애원을 해도 앨빈 형은 끝내 눈을 뜨고 나를 보지 않았고, 잠시 후 나는 집 안에서 살아 있는 것들과 그들이 안 할 수 없어서 하는 그 모든 일로부터 벗어나 혼자 있을 수 있는 내가 아는 유일한 장소를 찾아가 쓰러졌다.

5
1942년 3월~1942년 6월
처음 겪는 일들

　앨빈 형이 샌디 형에게 앙심을 품게 된 경위는 이랬다.

　앨빈 형이 집에 돌아와 처음 맞는 월요일 아침 어머니는 형을 혼자 놔두고 집을 나서기 전 그에게 우리 가족 중 한 명이 집에 남아 그의 심부름을 하기 전까지는 목발을 짚고 돌아다니겠다는 약속을 받아냈다. 하지만 앨빈 형은 목발 짚기를 아주 싫어해서 혼자 다닐 때 목발을 짚으면 안정적이라는 사실조차 인정하길 거부했다. 밤에 불을 끄고 침대에 누웠을 때 앨빈 형은 목발이 왜 어머니가 생각하는 것처럼 단순하지 않은지를 설명해 나를 웃겼다. 그가 말했다. "욕실에 가면 말이야, 목발이 항상 기우뚱거려. 그리고 항상 덜커덕거리지. 항상 그 염병할 소리가 난단 말이야. 욕실에 가서 목발을 짚고 소변을 보려고 하면, 목발이 방해를 하는 통에 고추를 꺼낼 수가 없어. 목발을 치워버려야 해. 그리고 한 발로 서야 하지. 그것도 쉽지 않아. 이쪽이나 저쪽으로 몸을 기대야 하는데 그러면 오줌이 사방으로 튀어. 네 아버지는 앉아서 오줌을 싸라고 하더라. 내가 뭐라고 했는지 아나? '삼촌이 앉아서 싸면 나도 앉아서 쌀게요'라고 했어. 빌어먹을 목발. 그냥 한 발로 서, 고추를 잡아서 꺼내. 젠장. 오줌 싸는 것도 그렇게 어렵다니까." 나는 배꼽을 잡고 웃었다. 불 꺼진 방에서 그가 반쯤 속삭이는 목소리로 들려준 그 이야기가 특별히 웃기기도 했지만 지금까지 어떤 사람도 이런 식으로 금지된 말들을 자유롭게 노골적으로 써가며 지저분한 농담을 한 적이 없어서였다. 앨빈 형이 말했다. "자, 꼬맹이, 너도 인정하지? 오줌 싸는 건 생각보다 쉬운 일이 아니야."

그 첫번째 월요일, 아직 잃어버린 다리가 엄청난 손실로 남아 그를 영원히 방해하고 괴롭힐 거라고 생각하던 그때, 우연한 사고로 앨빈 형은 크게 넘어졌고 우리 가족 중 나 말고는 아무도 그 사실을 몰랐다. 형은 주방 싱크대에 몸을 단단히 기대고 있었는데, 목발을 짚지 않고 물을 마시러 간 참이었다. 방으로 돌아오려고 몸을 돌린 순간 그는 (수만 가지 이유로) 다리가 하나뿐이라는 걸 깜박 잊었다. 그래서 한 발로 깡충거리는 대신 우리 집안의 다른 사람들처럼 정상적으로 걸음을 내디뎠고, 당연히 앞으로 푹 고꾸라졌다. 토막 난 다리의 끝에서 순식간에 올라온 통증은 다리의 사라진 부분에서 느껴지는 통증보다 더 심했다. 앨빈 형이 침대에서 통증으로 고생하는 것을 내가 처음 본 날 형은 다리는 사라졌지만 "통증이 온몸을 움켜잡고 놔주질 않아"라고 설명했다. "몸뚱이가 있으면 통증이 오지." 우스운 말로 나를 안심시킬 시간이 되자 앨빈 형은 이렇게 말했다. "그런데 몸뚱이가 없는 곳에도 통증이 온다니까. 사람은 없는데 통증은 있는 거야. 누가 그런 걸 생각해냈을까?"

영국의 병원에서는 통증을 억제하기 위해 절단 환자들에게 모르핀을 놔주었다. "환자들이 항상 찾아." 앨빈 형이 말했다. "그리고 환자들이 찾을 때마다 모르핀을 놔줘. 벨을 눌러 간호사를 부르고 여자 간호사가 달려오면 '모르핀, 모르핀'이라고 말하지. 그런데 그쯤이면 벌써 기절하기 직전이야." "병원에 있을 때 얼마나 아팠어?" 내가 물었다. "말로 할 수가 없어, 꼬맹아." "형이 당해본 것 중 제일 아팠어?" "제일 아팠던 건," 형이 대답했다. "내가 여섯 살 때 아버지가 닫은 자동차 문에 손가락이 끼었을 때였어." 형은 웃었고, 나도 따라 웃었다. "난 숨이 넘어갈 것처럼 울었지. 그런데 아버지는 말이야, 조그만 골칫덩어리가 목이 터져라 우는 걸 보고는 이렇게 말했어. '그만 울어라, 울어봤자 아무 소용이 없어.'" 앨빈 형이 다시 빙그레 웃으며 말했다. "그게 그 통증보다 더 심했던 것 같아. 그리고 그게 아버지에 대한 마지막 기억이야. 그 이후에 아버지는 그대로 쓰러져서 세상을 떠났거든."

앨빈 형이 주방 리놀륨 바닥에서 몸부림치는 동안 집에는 모르핀 주사는 고사하고 도움을 청할 사람조차 없었다. 모두 학교에 갔거나 일하러 갔기 때문에 잠시 후 앨빈 형은 하는 수 없이 주방과 복도를 기어서 침대로 돌아갔다. 형이 바닥에 손을 대고 몸을 일으키려는 순간 샌디 형의 그림 가방이 눈에 띄었다. 샌디 형은 여전히 그 안에 연필과 목탄으로 그린 큰 그림들을 투사지 사이에 끼워 보관했고, 그림들을 전시하기 위해 어디론가 가져갈 때에도 그 가방에 넣어 갔다. 가방은 전실에 놓기에 너무 컸기 때문에 우리 방에 그대로 두었다. 단순한 호기심이 인 앨빈 형은 가방을 침대 밑에서 꺼내 보고 싶었지만 반드시 그래야 할 이유가 즉시 떠오르지 않아서, 그리고 다시 이불 속으로 들어가고 싶은 마음이 굴뚝같아서 그림 가방 따위는 잊어버리기로 마음먹었다. 바로 그때 양쪽 판을 고정하는 리본이 눈에 들어왔다. 존재는 하잘것없고, 삶은 참을 수 없고, 싱크대 앞에서 일어난 부주의한 사고로 아직도 다리가 아프고 가슴이 떨렸다. 그래서 조금이라도 더 힘든 동작을 수행하기에는 아직 힘이 없다고 느낀 것 외에는 아무런 이유 없이 앨빈 형은 리본을 만지작거리다 나비매듭을 풀고 말았다.

앨빈 형이 가방에서 발견한 것은 이 년 전 샌디 형이 부모님에게 찢어버렸다고 말한 비행사 찰스 A. 린드버그의 초상화 석 장과, 린드버그가 대통령이 된 후 샌디 형이 이블린 이모의 끈질긴 요청에 못 이겨 그린 몇 장의 초상화였다. 나조차도 그 새 그림을 보게 된 것은 샌디 형이 뉴브룬스위크의 회당 지하실에서 '소박한 사람들'의 홍보 연설을 하는 날 이모가 나를 데려갔기 때문이었다. "이 그림은 린드버그 대통령이 국민개병법안에 서명해 법안을 승인하는 장면입니다. 국민개병법령은 미국의 평화를 지키기 위해 우리 청소년들에게 이 나라를 수호하는 데 필요한 능력을 가르칠 목적으로 제정되었습니다. 이 그림은 대통령이 제도판 앞에서 비행기를 도안하는 모습입니다. 미국의 최신 전투기를 만드는 설계에 대통령의 아이디어를 제안하기 위해서입니다. 다음 그림에서 린드버그 대통령은 반려견과 함께 백악관에서 휴식을 즐기고 있습니다."

샌디 형이 뉴브룬스위크에서 연설하기 전 일종의 전주곡으로 전시했던 새 린드버그 초상화들을 앨빈 형은 방바닥에 펼쳐놓고 하나하나 살펴보았다. 그런 뒤 이 아름다운 초상화들에 무척이나 세심한 기술이 들어갔음을 알아보고는 찢어버리고 싶은 충동에 사로

잡혔지만, 형은 다시 그림들을 투사지 사이에 끼워넣은 뒤 그림 가방을 침대 밑으로 밀어넣었다.

집밖으로 나가 동네를 돌아다니기 시작한 후로 앨빈 형은 굳이 샌디 형의 린드버그 초상화를 떠올리지 않고도, 자신이 프랑스에서 탄약 창고를 습격할 동안 유대인들이 루스벨트의 뒤를 이은 공화당 출신 대통령이 완전히 신뢰할 정도는 아니어도 당분간 참을 만하다고 인정하게 되었음을, 심지어 처음에는 우리 아버지처럼 린드버그를 강하게 미워하던 이웃들까지도 그런 생각에 동조하고 있음을 깨달았다. 월터 윈첼은 자신의 일요일 밤 라디오 프로그램에서 끈질기게 대통령을 공격했다. 우리 블록에 사는 사람들은 모두 한마음으로 그의 방송에 주파수를 맞추었고 그의 목소리를 듣는 동안에는 대통령의 정책에 대한 그의 불안스러운 해석에 신뢰를 보냈지만, 취임식 이후 사람들이 두려워하는 일은 하나도 일어나지 않았기에 이웃들의 믿음은 서서히 윈첼의 음산한 예언보다는 랍비 벤겔스도르프의 낙관적인 확신 쪽으로 기울기 시작했다. 그리고 우리 이웃뿐 아니라 국내의 유대인 지도자들도 뉴어크의 라이오넬 벤겔스도르프가 1940년 선거에서 린디를 승인했을 때 결코 그들을 배신한 게 아니었으며 그가 미국동화청의 청장 그리고 유대인 문제에 관한 정부 최고 자문위원으로 올라간 것은 초기부터 린드버그를 지지해 그의 신뢰를 획득한 영리함의 직접적인 결실이라고 공개적으로 인정하기 시작했다. 만일 대통령의 반유대주의적 성향이 어떻게든 중화되었다면(혹은 더욱 놀랍게도 근절되었다면) 유대인들은 기꺼이 그 기적의 원인을 곧 샌디 형과 나의 이

모부가 될 존경스러운 랍비의 영향으로 돌리고자 했다.

3월 초의 어느 날 나는 앨빈 형의 허락도 없이 학교 운동장과 길게 맞닿은 막다른 거리로 하릴없이 어슬렁거리며 걸어갔다. 형이 얼마 전부터 오후에 날씨가 따뜻하거나 비가 오지 않으면 주사위 노름과 스터드 포커를 치는 곳이었다. 이제 학교를 마치고 집에 가도 앨빈 형은 항상 없었고, 대개 저녁을 먹으러 다섯시 반 전에 돌아왔지만 후식을 먹은 뒤 다시 나가 집에서 한 블록 떨어진 핫도그 집에서 옛 고등학교 친구들을 만났다. 친구들 중 몇 명은 심코위츠 씨가 소유한 에소주유소에서 기름 넣는 일을 하다 앨빈 형과 함께 돈을 훔치고 해고된 사람들이었다. 나는 밤에 형이 들어오기 전에 잠이 들었고, 형이 의족을 떼고 깡충거리며 욕실을 오가기 시작할 때 눈을 뜨고 형의 이름을 중얼거린 후 다시 잠이 들었다. 형이 옆 침대에서 자기 시작하고 약 칠 주가 흘렀을 즈음 나는 더이상 없어서는 안 될 사람이 아니었고, 샌디 형이 내 곁을 떠나 이블린 이모의 지휘하에 스타의 자리에 오른 뒤 그 자리를 대신해주던 매력적인 존재를 끝내 잃어버렸다고 느꼈다. 앨빈 형은 아버지를 포함해 내가 아는 어떤 사람보다 내게 큰 존재로 보였고 나는 선생님의 말에 귀를 기울여야 할 수업시간에도 그의 미래를 초조하게 걱정하곤 했다. 그러나 고통받고 불구가 된, 미국이 버린 그자는 열여섯 살 때 그를 좀도둑으로 만드는 데 일조했던 변변치 못한 인간들과 다시 어울리기 시작했다. 그가 전투에서 한쪽 다리와 함께 잃어버린 것은, 우리 부모님의 감독 아래 몸에 익혔던 그 모든 점잖은 습관이었다. 그리고 이 년 전 누구의 만류도 뿌리치고 전쟁에 뛰어들었던 그가 이제는 파시즘과의 싸움에 전혀 관심을 보이지 않았다. 사실 그가 매일 밤 의족을 차고 서둘러 나가는 이유는, 어쨌든 처음에는, 아버지가 신문에 난 전쟁 기사를 큰 소리로 읽는 동안 거실에 앉아 있지 않기 위해서였다.

추축국과의 전투 소식을 접하면 아버지는 어김없이 괴로워했고, 특히 상황이 소련과 영국에게 불리해지고 그들에게 린드버그와 공화당 일색의 국회가 금지해버린 미국 병력이 얼마나 절실히 필요한지가 분명할 때는 더욱 그랬다. 이 무렵 동남아시아를 휩쓸며 이미 잔인한 인종적 우월성을 노골적으로 드러낸 일본이 서쪽으로 인도, 남쪽으로 뉴질랜드와 호주로 진격하려 하는데 영국, 호주, 네덜란드가 이를 막아야 한다고 상세히 설명할 때 아버지는 마치 군사 전략가처럼 전문용어를 아주 능숙하게 사용했다. 1942년 처음 몇 달 동안 아버지가 우리에게 읽어준 태평양전쟁에 관한 기사는 한결같이 나쁜 뉴스였다. 일본군은 성공적으로 버마를 침략하고 말레이반도를 점령하고 뉴기니를 폭격했으며, 바다와 공중에서 가공할 공격을 퍼붓고 지상에서 수만 명의 영국군과 네덜란드군을 생포한 뒤 싱가포르, 보르네오, 수마트라, 자바를 함락했다. 그러나 아버지를 가장 괴롭힌 것은 러시아 원정의 추이였다. 일 년 전 독일군이 소련의 서쪽 절반에 있는 대도시들을 전부 괴멸시킬 듯 보였을 땐(키예프도 그중 하나였는데 나의 외할아버지와 외할머니는 1890년대에 키예프 근교에서 미국으로 이주했다), 페트로자보츠크, 노브고로드, 드네프로페트롭스크, 타간로크 같은 훨씬 작은 러시아 도시명들이 마흔여덟 개 미국 주도만큼 내 귀에 익숙해졌다. 1941년에서 1942년으로 넘어가는 겨울 러시아군은 놀라운 반격을 펼쳐 레닌그라드, 모스크바, 스탈린그라드의 포위망을 뚫었지만, 3월이 되자 독일군은 겨울의 대실패를 딛고 재결집했고, 〈뉴어크 뉴스〉에 실린 작전 지도가 보여주듯 봄 공세로 캅카스를 점령하기 위해 병력을 증강하고 있었다. 아버지는 러시아가 붕괴하리라는 예상이 그렇게 끔찍한 이유는 독일군의 전력이 무적임을 상징적으로 보여줄 수 있기 때문이라고 말했다. 소련의 방대한 천연자원이 독일의 수중에 떨어지고 러시아 국민이 제3제국의 강압적인 통치를 받을 수 있었다. "우리 입장에서" 최악의 사태는 독일군의 동진으로 수백만의 러시아 유대인들이 점령군의 지배 아래 놓이는 상황이었다. 그 점령군은 인류를 유대인의 마수로부터 해방시키겠다는 히틀러의 메시아적 계획을 실행할 온갖 수단을 구비하고 있었다.

아버지는 거의 모든 곳에서 반민주적 군국주의가 야만적인 승리를 눈앞에 두고 있고 우리 어머니의 친척들을 포함한 러시아 유대인의 대학살이 임박했다고 강조했지만, 앨빈 형은 전혀 걱정하지 않았다. 형은 더이상 자신이 아닌 어느 누구의 고통도 짊어지려 하지 않았다.

앨빈 형은 진짜 다리의 성한 무릎을 땅바닥에 꿇은 채 주사위를 들고 있었다. 한쪽 옆에는 수북이 쌓인 지폐와 그 지폐를 눌러놓은 깔쭉깔쭉한 시멘트 덩어리가 눈에 띄었다. 형은 의족을 앞으로 쭉 내밀고 있어 러시아 사람이 쭈그리고 앉아 열광적으로 슬라브족의 지그춤을 추는 것처럼 보였다. 여섯 명의 다른 노름꾼이 형을 바짝 에워싸고 있었는데 세 명은 남은 돈을 움켜쥔 채 노름에 열중했고 두 명은 빈털터리가 되어 구경만 했다. 나는 그들이 이제 이십대가 된 위퀘이크고등학교 낙제생들임을 어렴풋이 알아보았다. 위에서 앨빈 형을 굽어보고 있는 다리 긴 남자는 가만 보니 앨빈 형의 '파트너' 셔시 마굴리스였다. 마른 근육질 몸매에 주트 수트*를 즐겨 입고 미끄러지는 듯한 발걸음의 셔시는 앨빈 형의 주유소 시절부터 함께한, 아버지가 제일 싫어하는 친구였다. 셔시는 우리 꼬마들 사이에 핀볼의 왕으로 통했다. 그가 자랑하고 다니는 조직폭력배 삼촌이 실제로 핀볼의 왕일 뿐 아니라 필라델피아 내 모든 불법 슬롯머신의 왕이었고, 조카인 그도 시간만 나면 동네 과자점들에 있는 핀볼 게임기 앞에서 기계를 탕탕 치고, 밀고, 욕하고, 좌우로 거칠게 흔들면서 높은 점수를 올렸으며, 색색의 전구들이 번쩍하며 "틸트"**라고 알리거나 가게 주인이 쫓아낼 때까지 쉬지 않고 게임을 해서였다. 셔시는 그의 팬들에게 웃음을 주는 인기 있는 코미디언이었다. 그는 학교 건너편에 있는 커다란 초록색 우체통 안에 재미로 불붙은 성냥을 던져넣었고, 한번은 내기를 한답시고 살아 있는 사마귀를 먹었으며, 잠시 학교에 다니는 동안에는 핫도그 집 밖에서 아픈 데가 전혀 없는데도 한 손을 높이 들고 다리를 심하게, 아주 처량하게 절뚝거리면서 챈슬러 애비뉴로 걸어들어가 질주하는 자동차들을 멈춰 세우고 길을 건너 관중을 웃기곤 했다. 그는 이미 삼십 줄에 들어섰지만 아직도 웨인라이트 스트리트의 회당

---

* 어깨가 유난히 넓은 오버핏 재킷과 발목으로 갈수록 통이 좁아지는 바지로 구성된 정장.
** 사용자가 기계를 너무 세게 밀어 기계가 기울어지면 'Tilt'라고 알리고 게임을 중단시킨다.

옆, 2.5가구 공동주택의 비좁은 꼭대기 층에서 재봉사 어머니와 살고 있었다. 우리 어머니가 앨빈 형의 바지에 지퍼를 달아달라고 맡긴 사람이 바로, 모든 사람이 "불쌍한 마굴리스 부인"이라 부르며 동정하는 셔시의 어머니였다. 사람들이 그렇게 부르는 것은 그녀가 다운넥의 한 드레스 공장에서 임금 노예처럼 삯일을 하며 힘겹게 살아온 과부여서만이 아니라, 노름하는 사기꾼 아들이 착실하게 일할 생각은 하지 않고 집 앞 길모퉁이를 돌아 라이언스 애비뉴의 가톨릭 고아원 길목 저편 당구장에서 일하는 마권업자를 위해 마권 밀매원 노릇을 해서였다.

고아원은 울타리로 둘러싸인 세인트피터성당 구내에 있었다. 이상하게도 이 교구 성당은 구원받을 수 없는 우리 주택 지구의 한복판에 정사각형 블록 세 개만한 땅을 독차지했다. 성당 지붕 위로 높은 종탑과 그 위로 훨씬 높은 뾰족탑 하나가 서 있었고, 뾰족탑 꼭대기에는 성스러운 십자가가 전화선 위로 솟아 있었다. 이 지역에서 그보다 높은 건물은 찾아볼 수 없었고, 라이언스 애비뉴의 언덕길로 거의 1마일 정도 걸어가야 내가 태어난 곳, 아니 나뿐 아니라 내가 아는 모든 남자아이가 태어났고 생후 팔 일째에 신성한 장소에서 할례 의식을 치른 베스이스라엘병원의 높다란 건물이 나왔다. 성당의 종탑 양쪽에는 종탑보다 작은 두 개의 뾰족탑이 붙어 있었다. 나는 기독교 성인들의 얼굴이 그 석벽에 새겨져 있다고 들었고 성당의 높고 좁다란 스테인드글라스에도 내가 알고 싶지 않은 이야기가 담겨 있어서 그 탑들을 눈여겨볼 생각은 한 번도 해본 적이 없었다. 성당 근처에는 작은 사제관이 있었다. 검은 쇠 울타리에 둘러싸인 이 이질적인 세계의 거의 모든 건물처럼 이 사제관이 세워진 것도 지난 세기의 후반부, 즉 우리 유대인의 집들이 처음 올라가고 위퀘이크 지구의 서쪽 경계가 뉴어크 유대인에게 허락된 변경으로 확정되기 수십 년 전이었다. 성당 뒤에는 약 백 명의 고아들과 그보다 적은 이 지역의 가톨릭 아이들이 공부하는 초등학교가 있었다. 학교와 고아원은 수녀회가 운영했으며 수녀들은 독일 사람들이라고 들은 기억이 있었다. 우리처럼 관용적인 가정에서 자란 유대인 아이들도 어쩌다 수녀들이 마녀 같은 복장을 하고 우리 쪽으로 조용히 걸어오는 걸 보면 길을 건너 몸을 피했고, 우리 집안에서 구전되는 이야기에 따르면 어린 시절 샌디 형은 어느 날 오후 현관 입구 계단에 혼자 앉아 있다 챈슬러 애비뉴에서 두 명의 수녀가 다가오는 걸 보고는 흥분해서 어머니에게 이렇게 말했다 한다. "엄마, 봐, 저 미친 사람들."

고아원 건물 옆에 수녀원이 서 있었고 이 수녀원도 붉은 벽돌로 지은 소박한 건물이었다. 여름의 하루가 저물 때 가끔씩 고아들이 언뜻 보였는데, 대략 여섯 살에서 열네 살쯤 되는 백인 남자아이들과 여자아이들이 집밖에 나와 비상계단에 앉아 있었다. 다른 곳에서는 고아들이 모여 있는 것을 본 기억이 없고, 우리처럼 거리를 자유롭게 뛰어다니는 걸 본 기억도 거의 없다. 기본적으로 그들은 고아인데다 '방치'된 '빈곤'한 아이들이라고 들은 탓에 그들이 떼지어 있다면 수녀들이 출현했을 때처럼 불안을 느꼈을 것이다.

고아원 건물 뒤편에는 우리 동네는 물론이고 거의 오십만 명이 모여 사는 이런 공업도시에서는 찾아볼 수 없는 채소 농원이 있었다. 뉴저지를 '정원의 주'로 만든 이런 유의 농원은 가족 단위로 운영되며 작은 수익을 내는 소규모 채소 농장들이 뉴저지의 미개발된 농촌 지역에 점점이 생겨나던 시절의 산물이었다. 세인트피터 성당에서 재배하고 수확하는 식품은 고아들, 열두 명가량 되는 수녀, 성당을 책임지고 있는 늙은 몬시뇨르*, 그를 보좌하는 젊은 사제를 먹여 살렸다. 만일 내 기억이 정확하고, 팀스가 세인트피터성당을 여러 해 동안 운영하던 몬시뇨르의 이름이 아니라면, 팀스라는 이름의 독일인 농부가 그곳에 거주하며 고아들과 함께 땅을 경작했다.

1마일도 채 떨어져 있지 않은 우리 공립 초등학교에서는 고아들을 가르치는 수녀들이 수업중 일상적으로 가장 멍청한 학생의 손바닥을 나무 자로 때린다거나, 남자아이가 용납할 수 없을 정도로 큰 잘못을 저지르면 몬시뇨르를 보좌하는 사제를 불러 농부가 봄에 밭을 가는 한 쌍의 느린 곰배말을 부릴 때 사용하는 채찍으로 엉덩이를 때린다는 소문이 돌았다. 우리 모두 그 말들을 알았다. 말들은 가끔씩 농원을 가로질러 세인트피터성당 영지의 남쪽 경계에 나무가 우거진 작은 풀밭까지 내려와서는 골드스미스 애비뉴로 난 문 위로 머리를 내밀고 주위를 두리번거렸다. 바로 그곳에서 내가 마주친 주사위 노름판이 벌어지고 있었다.

나를 기준으로 골드스미스 애비뉴 쪽에는 철조망 울타리가 운동장 테두리를 따라 약 7피트 높이로 서 있었고, 반대쪽에는 나무가 우거진 농원의 테두리를 따라 말뚝이 나란히 박혀 있고 그 위에 철망이 쳐져 있었다. 그리고 그 일대에는 아직 집이 들어서지 않았

---

* 고위 성직자에 대한 경칭.

고 행인이나 자동차가 없다시피 했기 때문에 몇 안 되는 동네 낙오자들이 방해받지 않고 쾌락을 좇을 수 있는, 거의 숲속처럼 격리된 공간이었다. 그전에 내가 이 불길한 비밀 모임에 가장 가까이 다가간 것은 운동장에서 어떤 놀이를 하던 중 멀리 굴러간 공을 주우려고 달려갔을 때였다. 그들은 울타리 바로 뒤에 옹기종기 모여 있었고 서로에게 욕설을 퍼부으면서 주사위에게는 달콤한 말을 속삭이고 있었다.

자, 나는 절대 주사위 노름에 반대하는 정의로운 어린이가 아니었다. 어느 날 오후에는 앨빈 형에게 가르쳐달라고 조르기도 했다. 앨빈 형이 아직 목발을 짚고 다닐 무렵 어머니가 내게 치과에 가는 형을 따라가 형의 차비를 요금통에 넣어주고 형이 버스 뒷문에서 거리로 한 발로 뛰어내리는 동안 목발을 들어주라고 시킨 날이었다. 그날 밤 다른 식구들은 모두 잠자리에 들고 우리는 탁상 위의 램프를 끈 뒤 각자의 침대에 있었다. 앨빈 형이 미소를 지으며 지켜보는 가운데 나는 내 손전등을 켜고 "주사위야 내게 행운을 다오"라고 속삭인 뒤 소리 나지 않게 이불 위에 주사위를 던졌고 7이 연속 세 번 나오는 행운까지 맛보았다. 그러나 지금 앨빈 형이 자기보다 못한 한심한 사람들에게 붙잡혀 있는 것이 눈에 보이고, 형이 셔시의 복사판이 되는 것을 막기 위해 우리 가족이 희생한 그 모든 것이 떠오르자, 형과 한방을 쓰면서 배운 그 모든 욕들이 마음속에서 부글부글 끓어올랐다. 나는 아버지와 어머니 그리고 특히 따돌림을 당한 샌디 형을 대신해 사촌형을 저주했다. 우리 모두가 앨빈 형이 샌디 형에게 부당한 행동을 해도 참기로 동의한 게 고작 이 때문이었는가? 형이 집에서 멀리 달아나 전쟁에 뛰어든

게 고작 이 때문이었는가? 나는 '이 빌어먹을 메달 도로 가져가, 이 절름발이야. 그리고 노름은 때려치워!'라고 생각했다. 형이 장애인 연금을 몽땅 날리고 뭔가를 깨달으면 참 좋겠지만, 오히려 형은 누군가의 영웅이 되겠다는 욕망을 어쩔 수 없이 포기한 것과 마찬가지로 어쩔 수 없이 노름에서 이기고 있었다. 그는 이미 커다란 지폐 다발이 쌓일 때까지 돈을 긁어모았음에도 주사위를 내 입술에 대고서 친구들을 웃기려고 사뭇 진지한 목소리로 이렇게 명령했다. "주사위를 후 불어, 꼬마야." 나는 바람을 불어넣었다. 형은 주사위를 굴렸고 또다시 이겼다. "6하고 1이면…… 몇이지?" 형이 물었다. "7." 나는 고분고분 대답했다. "어려운 7."

셔시는 손을 뻗어 내 머리를 흐트러뜨리고 나서 나를 앨빈의 마스코트라 부르기 시작했다. 마치 '마스코트'라는 단어가 앨빈 형이 집에 온 뒤로 내가 형을 위해 되기로 한 존재의 의미를 포함할 수 있다는 듯이, 그렇게 공허하고 유치한 단어가 내 속옷에 앨빈 형의 조지 6세 메달이 핀으로 꽂혀 있는 이유가 될 수 있다는 듯이. 셔시는 초콜릿색 개버딘 더블정장, 발목이 좁은 페그드팬츠, 패드를 댄 넓은 어깨, 화려한 옷깃 등 그가 손가락으로 딱딱 소리를 내고 건들건들 춤을 추면서—우리 어머니의 말로 "인생을 허비하면서"—동네를 돌아다닐 때마다 즐겨 입는 차림이었다. 그러는 동안 비좁은 다락방 집에서 그의 어머니는 생계비를 벌기 위해 하루에 백 벌의 옷을 수선했다.

앨빈 형이 포인트 넘버를 놓치고 그날 딴 돈을 모두 끌어모았다. 고등학교 뒤에서 친구들을 파산시킨 형은 여봐란듯 돈다발을 호주머니에 쑤셔넣었고, 그런 뒤 철망 울타리를 움켜잡고 몸을 일으켰다. 나는 형이 걸어다닐 때 절뚝거리며 괴로워하는 모습을 이미 본 데다 전날 밤 그의 토막난 다리에 큰 종기가 생겼고 그날 형의 몸 상태가 최상이 아님을 알고 있었다. 하지만 형은 더이상 목발에 기 댄 모습을 가족이 아닌 누구에게도 보이지 않으려 했고 허접한 셔 시와 어울리려고, 다시 말해 자신을 절름발이로 만든 그 모든 이상 을 노골적으로 거부하면서 또 하루를 보내려고 집을 나설 땐 토막 난 다리가 아무리 아파도 의족을 찼다.

"빌어먹을 의족회사." 형이 내 어깨에 손을 얹으며 내뱉은 불평 은 이게 전부였다.

"나 이제 집에 가도 돼?" 내가 속삭였다.

"그래, 빨리 들어가라." 그런 뒤 형은 10달러짜리 지폐 두 장을 꺼내더니 내 손바닥에 꼭 눌러주었다. 아버지가 받는 주급의 거의 절반이나 되는 돈이었다. 살면서 처음으로 돈이 살아 있는 것처럼 느껴졌다.

나는 운동장을 가로질러 되돌아가는 대신 고아원 말들을 가까이 서 보려고 우회해서 골드스미스 애비뉴를 따라 홉슨 스트리트 쪽 으로 걸어갔다. 나는 한 번도 감히 손을 내밀어 그 말들을 만져보 지 못했고, 다른 아이들처럼 말을 걸어본 적도 없었다. 아이들은 진흙이 덕지덕지 붙어 있고 끈적끈적한 침을 질질 흘리는 이 짐승 들을 조롱하는 의미로 당시 켄터키더비에서 우승한 가장 훌륭한 두 말의 이름인 '오마하'와 '휠러웨이'라고 불렀다.

나는 안전한 거리를 두고 걸음을 멈췄다. 고아원 울타리 위로 어 둡게 반짝이는 툭 튀어나온 눈이 긴 속눈썹 사이로 세인트피터성당의 성채와 유대인 지구를 갈라놓은 이 무인 지대를 무표정하게 내다보고 있었다. 문을 잠그고 있던 사슬은 풀어져 밑으로 처져 있었다. 빗장을 들어올리고 문을 빙그르르 열기만 하면 말들이 자유롭게 뛰어나올 것 같았다. 유혹은 강렬했고 원한도 강렬했다.

"망할 놈의 린드버그." 내가 말들에게 말했다. "망할 놈의 나치 개자식 린드버그!" 그런 뒤 나는 그 문을 활짝 열면 말들이 자유롭게 달아나는 게 아니라 그 큰 이빨로 나를 물어 고아원 안으로 끌고 들어가지 않을까 두려워졌다. 나는 쏜살같이 달아나기 시작했다. 모퉁이에서 홉슨 스트리트로 접어든 뒤 4가구용 주택들이 늘어선 블록을 지나 챈슬러 애비뉴 모퉁이에 이르자, 내가 아는 아주머니들이 식료품점과 빵집과 정육점을 드나들고 있었고, 내가 이름을 아는 형들이 자전거를 타고 있었고, 남성복점 주인 아들이 방금 다린 옷을 양어깨에 들쳐 멘 채 배달하고 있었고, 주인이 라디오를 항상 WEVD 채널(EVD는 박해를 당한 영웅적인 사회주의자 유진 V. 뎁스에게 경의를 표하는 이름이었다)에 맞춰놓는 구두점 출입구에서 이탈리아 노래가 흘러나오고 있었다. 이제야 앨빈 형, 셔시, 말, 고아, 신부, 수녀, 교구학교의 채찍으로부터 안전해진 것 같았다.

집을 향해 언덕길을 오르는데 말끔한 신사복을 입은 한 남자가 내 곁으로 다가왔다. 시내에서 일하는 사람이 저녁을 먹으러 퇴근하기에는 시간이 일렀기 때문에 나는 즉시 의심이 들었다.

"필립 군?" 그가 활짝 웃으며 물었다. "라디오에서 〈강력계 형사〉를 들어본 적 있니? J. 에드거 후버와 FBI, 들어본 적 있어?"

"네."

"그래, 난 후버 씨 밑에서 일하는 사람이란다. 후버 씨가 내 상사야. 난 FBI 요원이지." 그는 코트 안주머니에서 반지갑을 꺼낸 뒤 양쪽으로 펼쳐 배지를 보여주었다. "네가 괜찮다면, 간단히 질문을 좀 하고 싶구나."

"괜찮긴 한데, 전 집에 가는 중이에요. 집에 가야 해요."

나는 순간적으로 10달러짜리 지폐 두 장이 생각났다. 그가 내몸을 뒤진다면, 나를 수색할 영장이 그에게 있다면, 그래서 그 돈을 찾아낸다면, 훔친 돈이라고 생각하지 않을까? 누가 안 그러겠는가? 불과 십 분 전에는 태어나서 지금까지 어디를 돌아다녀도 내주머니는 텅 비어 있었고, 어느 거리에서나 내 수중엔 동전 한 닢없었다! 일주일에 5센트씩 받는 용돈은 샌디 형이 보이스카우트나이프의 깡통따개로 뚜껑에 길게 구멍을 내준 젤리병 속에 저금했다. 그런데 지금 나는 은행을 턴 사람처럼 걸어가고 있었다.

"무서워하지 말고 진정해라, 필립 군. 너도 〈강력계 형사〉를 들어봤구나. 우린 네 편이야. 널 지켜주는 사람들이지. 아저씨는 그저 네 사촌형 앨빈에 대해 몇 가지 물어볼 거란다. 사촌형은 잘 지내니?"

"네, 잘 지내요."

"다리는 좀 어떠냐?"

"좋아요."

"잘 걸어다니냐?"

"네."

"조금 전에 같이 있던 사람이 사촌형 아니냐? 운동장 뒤에 있지 않았어? 인도 쪽에 있던 사람, 셔시 마굴리스와 함께 있던 사람이 앨빈 아니야?"

내가 대답하지 않자 그가 말했다. "주사위 노름을 하고 있었다면 괜찮아. 그건 죄가 아니란다. 단지 어른이 되는 과정의 일부지. 앨빈은 분명 몬트리올의 육군병원에서도 주사위 노름을 많이 했을 거야."

그래도 내가 입을 열지 않자 그가 물었다. "그 형들이 무슨 이야기를 하던?"

"아무 얘기도 안 했어요."

"오후 내내 거기에 모여 있었는데, 아무 얘기도 안 했다고?"

"그냥 돈을 얼마 잃었는지 얘기하던데요."

"그것 말고는? 대통령에 대해서는 아무 얘기도 안 했니? 대통령이 누구인지 너도 알고 있겠지?"

"찰스 A. 린드버그요."

"린드버그 대통령에 대해선 아무 얘기도 안 하던, 필립 군?"

"그런 말은 못 들었어요." 나는 정직하게 대답했다.

혹시 내가 고아원의 말들에게 내뱉은 말을 엿들은 건 아닐까? 그건 불가능했다. 하지만 나는 앨빈 형이 전쟁에서 돌아와 내게 메달을 준 이후부터 지금까지 그 아저씨가 나의 모든 행적을 훤히 꿰뚫고 있다고 확신했다. 그는 분명 내가 그 메달을 걸고 있다는 걸 알았다. 그렇지 않으면 왜 나를 머리끝에서 발끝까지 훑어보겠는가?

"형들이 캐나다 얘기를 하지 않았어? 캐나다로 간다는 얘기?"

"못 들어봤어요, 선생님."

"그냥 아저씨라고 부르면 좋겠구나. 난 너를 필이라 부를게. 파시스트가 뭔지는 알고 있겠지, 필?"

"대충요."

"형들이 누굴 파시스트라고 부르는 걸 들어본 적이 있니?"

"없어요."

"서두르지 말거라. 급하게 대답하지 마. 시간은 충분하니 잘 생각해보렴. 이건 중요한 문제야. 형들이 누굴 파시스트라고 부르지 않았니? 히틀러에 대해 얘기하지 않았어? 히틀러가 누군지는 알고 있지?"

"누구나 다 알아요."

"나쁜 사람이지, 그렇지?"

"네." 내가 대답했다.

"유대인의 적이야, 안 그러니?"

"네."

"그럼 히틀러 말고 또 누가 유대인의 적이지?"

"동맹이오."

"그리고 또?" 그가 물었다.

나는 린드버그는 물론이고 헨리 포드, 미국우선위원회, 남부의 민주당원, 공화당 고립주의자를 입 밖에 내지 않을 정도로 충분히 영리했다. 지난 몇 년 동안 내가 집에서 들은 유대인을 증오하는 유명한 미국인들의 목록은 그보다 훨씬 길었고, 그들뿐 아니라 맥주를 마시며 우리가 유니언에서 살고 싶지 않게 만든 사람들, 워싱턴에서 잠시 들른 호텔의 주인, 워싱턴유니언역 근처의 간이식당에서 우리를 모욕한 콧수염을 기른 남자 같은 평범한 미국인의 목록은 수만 명, 어쩌면 수백만 명에 달할지도 몰랐다. '말하면 안 돼.' 나는 마치 아홉 살의 보호받는 아이가 범죄자들과 어울리다 숨겨야 할 비밀이 생겨버린 것처럼 속으로 다짐했다. 하지만 나는 분명 이미 나 자신을 어린 범죄자라 생각하고 있었다. 내가 유대인 이라는 이유로.

"또 누가 있지?" 그가 다시 물었다. "후버 씨가 알고 싶어하는 거야. 자, 솔직히 말해보렴, 필."

"솔직히 얘기하고 있어요." 나는 고집을 꺾지 않았다.

"이블린 이모는 어떻게 지내시니?"

"잘 지내요."

"이모는 결혼할 거야, 그렇지 않니? 이모는 곧 결혼하지? 최소 한 이 질문에는 대답할 수 있을 거다."

"네."

"누구와 결혼하는지는 알고 있니?"

"네."

"넌 참 영리한 아이구나. 내가 보기에 넌 다 알고 있어. 아주 많 이 알고 있지. 하지만 너무 영리해서 말을 안 하는 거야, 그렇지?"

"이모는 랍비 벤겔스도르프와 결혼해요." 내가 말했다. "그 사 람은 동화청장이에요."

내 말에 그가 웃었다. "좋아. 이제 집으로 가거라. 집에 가서 무 교병을 먹으렴. 그것 때문에 그렇게 영리해진 거냐? 무교병을 먹어 서?"

우리는 챈슬러 애비뉴와 서밋 애비뉴가 만나는 지점에 이르렀 다. 블록 끝에 우리집 현관 계단이 보였다. "안녕히 가세요!" 나는 큰 소리로 그렇게 말한 뒤, 신호가 바뀌기 전에, 그의 덫에 걸려들 기 전에, 아직 내가 그의 덫에 걸려들지 않았기를 바라면서 집으로 달려갔다.

집 앞 도로에 경찰차 세 대가 서 있었고, 옆 골목은 구급차에 가로막혀 있었다. 경찰관 두 명이 입구의 계단에 서서 이야기하고 있었고, 다른 한 명은 뒷문 옆에 서 있었다. 우리 블록에 사는 대부분의 여자들이 앞치마를 두른 채 현관 입구에 나와 무슨 일이 벌어졌는지를 살펴보고 있었고, 모든 아이가 길 건너의 인도에 옹기종기 모여 주차된 차들 사이로 경찰관들과 구급차를 훔쳐보고 있었다. 나는 아이들이 모여 있을 때 그렇게 걱정스러운 표정으로 쥐죽은 듯 가만히 있는 모습을 본 적이 없었다.

아래층에 사는 이웃이 죽었다. 위시노우 씨가 자살했다. 그 때문에 내가 꿈에도 예상하지 못했던 일들이 우리집 문 밖에서 벌어지고 있었다. 위시노우 씨는 체중이 36킬로그램밖에 안 되었기 때문에, 거실에서 커튼 줄을 떼어내 복도 안쪽 코트를 보관하는 벽장 안의 나무 봉에 걸고 그 줄을 목에 감은 뒤 자신이 앉아 식사를 하던 의자에서 앞으로 뛰어내려 생을 마감할 수 있었다. 수업을 마치고 돌아온 셸던이 코트를 넣으러 갔다가 아버지가 파자마 차림으로 온 가족의 레인코트와 고무 덧신에 둘러싸여 벽장 바닥을 향해 고개를 떨어뜨린 채 매달려 있는 것을 보았다. 그 소식을 듣자 가장 먼저 떠오른 생각은 이제 지하실에 혼자 있을 때나, 이층의 내 침대에서 눈을 감고 잠을 청할 때 일층에서 죽어가는 남자가 까무러치듯 토해내는 기침소리를 듣고 무서워할 일이 없겠다는 것이었다. 그러나 그 직후 나는 위시노우 씨의 유령이 이미 지하실에 거주하고 있는 유령들과 합류할 테고, 방금 그가 죽었다고 안도했는 이유만으로도 평생 나를 따라다니며 괴롭힐지 모른다는 생각이 들었다.

나는 달리 어떻게 해야 할지 몰랐기 때문에, 처음에는 다른 아이들과 함께 주차된 차들 뒤에 무릎을 꿇고 숨어 구경했다. 위시노우 씨에게 닥친 운명에 대해 어떤 아이도 나보다 더 잘 알지 못했지만, 나는 아이들이 속삭이며 주고받는 말을 통해 위시노우 씨가 어떻게 죽고 어떻게 발견되었는지를 머릿속으로 짜맞춰보았고, 셀던과 그의 어머니가 경찰관, 의료진과 함께 집안에 있다는 걸 알게 되었다. 시체도 거기에 있었다. 아이들은 그 시체가 나오기를 학수고대하고 있었다. 위시노우 씨가 계단 아래로 실려나올 때까지 나는 집안으로 들어가지 않고 아이들과 함께 기다릴 작정이었다. 그리고 집안에 들어가 어머니, 아버지, 또는 샌디 형이 나타날 때까지 혼자 앉아 있기도 싫었다. 앨빈 형으로 말하자면 이제는 보기도 싫었고 누군가 형에 관해 질문을 하는 것도 싫었다.

구급대원들과 함께 집에서 나온 여자는 위시노우 부인이 아니라 우리 어머니였다. 나는 어머니가 왜 벌써 퇴근했는지 잠시 어리둥절했지만 문득 지금 실려나오는 죽은 아버지가 우리 아버지라는 생각이 들었다. 그래, 틀림없이 우리 아버지가 자살한 거야. 아버지는 린드버그와, 나치가 그의 동의를 얻어 러시아 유대인들에게 저지르고 있는 짓들과, 린드버그가 이 나라에서 우리 가족에게 벌인 짓들을 더이상 참을 수 없어서 스스로 목을 맨 거야, 우리집 벽장에서.

아직 내겐 아버지에 대한 추억이 많지 않았고, 단 하나 있긴 했지만 그마저도 꼭 기억해야 할 정도로 중요하진 않은 듯했다. 아버지에 대한 앨빈 형의 마지막 기억은 어렸을 때 아버지가 닫은 자동차 문에 손가락이 낀 것이었고, 우리 아버지에 대한 나의 마지막 기억은 아버지가 매일 사무실 건물 밖에서 구걸하는 반토막짜리 남자에게 인사하는 모습이었다. "안녕하시오, 리틀 로버트." 아버지가 인사하면 반토막짜리 남자는 "안녕하시오, 허먼 씨"라고 대답했다.

나는 더이상 참지 못하고 주차된 차들 사이에서 빠져나와 쏜살같이 길을 건넜다.

아버지의 몸과 얼굴에 시트가 덮인 것을 본 순간 나는 아버지가 그 시트 때문에 숨을 못 쉴 거라 생각하고 통곡하기 시작했다.

"쉬, 울지 마라, 애야." 어머니가 말했다. "무서워할 거 없어." 어머니는 두 팔로 내 머리를 감싸안고 같은 말을 반복했다. "무서워할 거 없어. 병들고 아파서 돌아가신 거야. 이젠 더이상 아프지 않으실 거야."

"벽장에 있었잖아요." 내가 말했다.

"아니, 그렇지 않아. 침대에 계셨어. 침대에서 돌아가셨단다. 아주 많이 아팠어. 너도 알잖니? 그래서 항상 기침을 하셨지."

이미 들것을 싣기 위해 구급차의 문이 활짝 열려 있었다. 구급대원들이 조심스럽게 들것을 밀어넣고 나서 문을 닫았다. 어머니는 거리에 서서 내 손을 잡고 있었다. 깜짝 놀랄 정도로 완전히 침착한 표정이었다. 내가 어머니를 뿌리치고 구급차 뒤를 쫓아가기 위해 몸을 움직이면서 "숨을 못 쉬잖아요!"라고 소리칠 때에야 비로소 어머니는 내가 무엇 때문에 괴로워하고 있는지를 깨달았다.

"저분은 위시노우 씨야. 죽은 사람은 위시노우 씨란다." 어머니는 내 마음을 진정시키기 위해 나를 앞뒤로 부드럽게 흔들었다.

"저분은 셸던의 아버지란다, 얘야. 오늘 오후 병으로 돌아가셨어."

어머니가 나의 히스테리를 진정시키기 위해 거짓말을 하고 있는 것인지 아니면 다행히도 진실을 말하고 있는 것인지 좀처럼 분간이 되지 않았다.

"셸던이 벽장에서 발견했어요?"

"아냐, 방금 말했잖니. 그렇지 않아. 셸던의 아버지는 침대에서 발견됐어. 셸던의 어머니가 집에 안 계셔서 셸던이 경찰에 전화했단다. 내가 온 건 위시노우 부인이 내가 일하는 가게로 전화해서 내게 도움을 요청했기 때문이야. 알겠니? 아빠는 직장에 계셔. 아빠는 일하고 계셔. 얘야, 도대체 무슨 생각을 한 거니? 아빠는 곧 저녁을 먹으러 집에 오실 거야. 샌디 형도 곧 올 거야. 무서워하지 마라. 모두 집에 올 거야. 지금 오고 있어. 조금 있으면 다 함께 저녁을 먹을 거야." 어머니는 계속 나를 안심시켰다. "모든 게 잘될 거야."

하지만 아무것도 잘되지 않았다. 챈슬러 애비뉴에서 앨빈 형에 대해 캐물었던 FBI 요원은 그전에 하네스백화점에 들러 어머니를 심문했고, 그런 뒤 메트로폴리탄 뉴어크 지사에 들러 아버지를 심문했으며, 샌디 형이 이블린 이모의 사무실에서 나와 집으로 향한 직후 형과 함께 버스에 올라타 형의 옆자리에서 또 한번 심문을 했다. 앨빈 형은 저녁을 먹는 자리에 없어 아무것도 듣지 못했다. 우리가 저녁을 먹으려고 막 자리에 앉았을 때 앨빈 형은 전화를 걸었고 어머니에게 자신의 음식은 남기지 않아도 된다고 알렸다. 그는 포커나 주사위 노름으로 큰돈을 딸 때마다 셔시를 데리고 시내로 나가 히코리그릴에서 숯불 스테이크를 먹었다. 아버지는 셔시를 가리켜 "앨빈의 범죄 파트너"라 불렀다. 그날 저녁 아버지가 앨빈 형에게 붙인 말은 배은망덕한, 멍청한, 무모한, 무식한, 구제할 수 없는 등이었다.

"견디기 어려울 거예요." 어머니가 구슬프게 말했다. "다리 때문에 괴로울 거라고요."

"그럴까? 난 녀석의 다리가 지긋지긋해." 아버지가 말했다. "녀석은 전쟁에 나갔어. 누가 보냈지? 내가 보냈나? 당신이 보냈나? 에이브 스타인하임이 보냈나? 에이브 스타인하임은 녀석을 대학에 보내려 했소. 녀석은 제 발로 전쟁에 뛰어들었지. 그리고 운이 좋아서 목숨을 건졌어. 그게 다요, 여보. 난 녀석한테 할 만큼 했어. FBI가 우리 아이들을 심문했지? 당신과 나를 괴롭힌 것도 모자라서 말이오. 그것도 내 사무실에서, 보스가 있는 자리에서! 이건 말도 안 돼. 여기서 끝내야 해요. 여긴 가정이오. 우린 한 가족이고. 그런데 셔시하고 시내에서 저녁을 먹어? 나가서 셔시하고 살라고 해요."

"학교에 다니면 좋을 텐데." 어머니가 말했다. "직업이 있다면 좋을 텐데."

"벌써 직업이 있어요." 아버지가 말했다. "놀고먹는 거."

모두 식사를 마친 후 어머니는 셸던과 위시노우 부인을 위해 음식을 챙겼고 아버지와 어머니가 쟁반을 들고 아래층으로 내려간 사이 샌디 형과 나는 집에 남아 설거지를 했다. 우리는 거의 매일 밤 그러듯이 싱크대 앞에 서서 설거지를 했지만 이날 나는 입을 다물지 못했다. 나는 샌디 형에게 주사위 노름과 FBI 요원과 위시노우 씨에 대해 얘기했다. "아저씨는 침대에서 죽지 않았어." 내가 말했다. "엄마가 사실대로 얘기를 안 해. 아저씨는 자살했는데 엄마는 그렇게 얘기하기가 싫은 거야. 셸던이 수업 끝나고 집에 왔을 때 아저씨는 벽장에 있었어. 목을 맨 거야. 그래서 경찰이 온 거라니까."

"안색이 변했니?" 형이 물었다.

"시트가 덮인 것만 봤어. 어쩌면 그 색깔이었는지도 몰라. 잘 모르겠어. 알고 싶지도 않아. 사람들이 들것에 싣고 나올 때 꼭 살아 있는 것처럼 흔들렸어." 처음에 시트에 덮인 사람이 아버지인 줄 알았다는 말을 입 밖에 꺼낼 수 없었던 건 말을 하면 그게 사실이 돼버릴지 모른다는 두려움 때문이었다. 아버지가 건강하게, 앨빈 형 때문에 화를 내고 앨빈 형을 쫓아내겠다고 큰소리칠 정도로 팔팔하게 살아 있었지만, 그 엄연한 사실은 내 두려움에 털끝만큼도 영향을 미치지 못했다.

"아저씨가 벽장에 있었다는 걸 넌 어떻게 아니?" 샌디 형이 물었다.

"아이들이 다 그렇게 말했어."

"그래서 넌 그 아이들을 믿는 거야?" 샌디 형은 유명세 때문에 이제는 바늘로 찔러도 피 한 방울 안 나올 것 같은 소년이 되었고, 나에 대해서나 내 친구들에 대해 얘기할 때는 갈수록 오만한 군주처럼 말했다.

"그렇지 않으면 왜 경찰이 왔겠어? 그냥 아저씨가 죽었다고 왔겠어? 사람들은 항상 죽잖아." 나는 이렇게 말했지만 속으로는 내 말을 믿지 않으려고 애썼다. "아저씨는 자살했어. 틀림없다니까."

"그러면 그게 법을 어기는 거니? 자살하는 게?" 형이 물었다. "경찰이 뭘 했어? 자살했다고 아저씨를 감옥에 집어넣었어?"

도무지 알 수 없었다. 더이상 법이 뭔지 알 수 없었고, 뭐가 법을 어기는 것이고 무엇이 아닌지 알 수가 없었다. 우리 아버지, 그러니까 방금 어머니와 함께 아래층에 내려간 아버지가 정말로 살아 있는지, 살아 있는 척하는 건지, 거의 죽은 채 구급차 뒤에 실려가고 있는 건지 알 수 없었다. 나는 아는 게 아무 것도 없었다. 왜 앨빈 형이 좋은 사람에서 이제 나쁜 사람으로 변한 건지 알 수 없었다. FBI 요원이 챈슬러 애비뉴에서 나를 심문한 게 꿈인지 생시인지 알 수 없었다. 그건 반드시 꿈이어야 했지만, 다른 사람들도 모두 심문을 받았다면 꿈일 리가 없었다. 혹시 그것도 꿈이 아니었을까? 순간 머리가 멍해졌고 곧 기절할 것 같은 느낌이 들었다. 나는 지금껏 단 한 번도 영화가 아닌 현실에서 사람이 기절하는 걸 본 적이 없었다. 나도 단 한 번도 기절한 적이 없었다. 나는 지금까지 단 한 번도 길 건너편에 숨어 우리집을 본 적이 없었고, 그 집이 다른 사람의 집이기를 빌어본 적도 없었다.

내 호주머니 안에 20달러가 있었던 적도 단 한 번도 없었다. 자신의 아버지가 벽장에 매달려 있는 것을 본 누군가를 안 적도 단 한 번도 없었다. 이런 속도로 성장해야 했던 적도 단 한 번도 없었다.

단 한 번도 없었다. 1942년의 위대한 후렴구.

"엄마를 불러줘." 내가 형에게 말했다. "엄마를, 빨리 엄마를 오시라고 해." 하지만 샌디 형이 위시노우 씨 집으로 달려가려고 뒷문에 도달하기도 전에 나는 들고 있던 행주에 입을 대고 토하기 시작했다. 내가 맥없이 쓰러진 건 한쪽 다리가 수류탄에 날아가고 내

피가 사방으로 튀어서였다.

나는 고열로 육 일 동안 침대에 누워 있었다. 내가 너무 쇠약하고 생기가 없어서 가정의가 매일 저녁 집에 들러 나를 진료했다. 내 병은 유년기에 드물지 않은, '왜 예전과 다른 거야'라는 병이었다.

내게 찾아온 다음날은 일요일이었다. 늦은 오후에 몬티 삼촌이 찾아왔다. 앨빈 형도 집에 있었다. 나는 침대에 누운 채 주방에서 오가는 얘기를 엿들었다. 금요일 위시노우 씨가 자살한 이래 앨빈 형은 종적을 감추었고, 주사위 노름이 끝나면 5달러, 10달러, 20달러짜리 지폐 뭉치를 챙겨 어디론가 사라졌다는 것을 알 수 있었다. 금요일 저녁 이후 나도 지구 끝까지 쫓아오는 고아원의 노역마들과 그 발굽에 시달리는 만화경 같은 환각 속에 빠져 있었다.

오늘 몬티 삼촌이 말했다. 어머니가 있을 땐 집안에서 절대 들을 수 없을 법한 말로 다시 앨빈 형을 몰아세우고 있었다. 몬티 삼촌은 앨빈 형을 굴복시키는 법을 알고 있었다. 우리 아버지는 절대 사용할 수 없는 방법이었다.

밤이 늦을 무렵 그 모든 고함이 돌아가신 잭 삼촌에 대한 비탄으로 잦아들고 몬티 삼촌의 벼락같은 호령이 쉰 목소리로 변한 후, 앨빈 형은 몬티 삼촌이 처음 제안했을 때 귓등으로도 듣지 않았던 청과물 시장 일자리를 수락했다. 뚱뚱한 캐나다 간호사의 보호를 받으며 펜역에 도착한 그날 아침엔 절단된 다리 때문에 모두를 멀리했고, 패배감에 찌들어 휠체어에 앉아 우리 중 누구와도 눈을 마주치지 않으려 했던 앨빈 형이 마침내 셔시와 그만 어울리고 더이상 동네 골목에서 도박을 하지 않기로 동의한 것이다. 남에게 고개를 숙이기를 우는 것만큼이나 싫어했지만 그는 모두의 예상을 깨고 참회의 눈물을 흘리며 용서를 구했고, 앞으로 다시는 샌디 형에게 매몰차게 굴지 않고, 우리 부모님에게 배은망덕하게 굴지 않고, 내게 나쁜 걸 가르치지 않고, 우리에게 감사하는 마음을 잊지 않겠다고 약속했다. 몬티 삼촌은 만일 그 약속을 지키지 않고 허먼네 가정을 고의로 망가뜨리는 짓을 계속한다면 로스 일가와의 관계는 영원히 끝이라고 으름장을 놓았다.

앨빈 형은 첫 직업으로 잡은 비천하고 고된 잡일을 잘해보려 열심히 노력하는 듯했지만, 시장에서 청소하고 심부름하는 일에서 고작 한 단계 상승할 만큼조차 오래 버티지 못했다. 일주일이 채 되지 않은 어느 날 FBI가 찾아와 앨빈 형에 대해 조사했고, 우리 가족과 내게 위협적으로 던진 그 악의 없는 질문들을 다른 시장 사람들에게 던졌다. 그들은 이번에는 앨빈 형이 자칭 반역자이며 그 자신처럼 반미국적인 반항심을 가진 자들과 함께 린드버그 대통령을 암살하려고 음모를 꾸미고 있다는 암시를 던지고 떠났다. 말도 안 되는 혐의였고, 그주 내내 앨빈 형은 식구들 앞에서 맹세한 대로 착실하게 붙어 있으려고 최선을 다해 일했지만, 시장을 담당하면서도 시장 근처에 얼씬도 하지 않는 폭력배 가운데 한 명의 지시로 즉석에서 해고되어 쫓겨났다. 아버지가 큰삼촌에게 전화를 걸어 어찌된 영문인지를 묻자 몬티 삼촌은 론지 똘마니들의 명령 때문에 어쩔 수 없이 조카를 해고했다고 대답했다. 뉴어크의 론지 즈월먼은 우리 아버지, 삼촌들과 함께 유대인 슬럼가에서 자란 이민자의 아들로, 이미 그때부터 저지에서 불법 사업들을 벌였고, 마권 판매에서부터 파업 진압, 화물 운송, 배송업에 이르기까지 모든 사업에 진출한 무자비한 권력자였다. 연방 수사관은 론지가 손잡기 위해 호시탐탐 기회를 노리고 있는 마지막 사람들이었기 때문에, 앨빈 형은 일자리를 잃고 우리집에서 나가더니 이십사 시간 안에 도시를 떠났다. 이번에는 국경을 넘어 몬트리올의 캐나다 특공대로 들어가는 대신, 간단히 델라웨어주를 넘어 필라델피아로 가서는 슬롯머신의 왕이자 협잡꾼인, 노스저지의 무정한 삼촌보다 반역자에게 더 관대한 듯 보이는 셔시의 삼촌 밑으로 들어갔다.

1942년 봄 아이슬란드협약의 성공을 경축하기 위해 대통령과 영부인은 백악관에서 국빈 만찬회를 계획하고 독일 외무장관 요아힘 폰 리벤트로프를 초대했다. 폰 리벤트로프는 공화당이 1940년 전당대회에서 린드버그를 대통령 후보로 지명하기 한참 전 다른 나치들에게 린드버그를 미국의 이상적인 대통령 후보로 언급하며 극구 칭찬했다고 알려진 사람이었다. 폰 리벤트로프는 아이슬란드에서의 회담에서 줄곧 히틀러 옆에 앉은 협상가였고, 거의 십 년 전 파시스트가 권력을 잡은 이래 나치 지도자 가운데 미국 공무원이나 기관이 미국으로 초대한 최초의 인물이었다. 폰 리벤트로프를 위한 만찬 계획이 발표되자마자 자유주의 언론은 강한 목소리로 비판했고 백악관의 결정에 항의하는 집회와 시위가 온 나라를 휩쓸었다. 전임 대통령 루스벨트는 공직에서 물러난 후 처음으로 국민 앞에 모습을 드러내고는 하이드파크에서 짤막한 연설을 했다. 이 자리에서 루스벨트는 린드버그 대통령에게 "자유를 사랑하는 모든 미국인을 위해, 특히 나치가 잔인하게 지배하고 있는 나라들에 조상을 두고 온 수천만에 이르는 유럽계 미국인을 위해" 초대를 취소하라고 촉구했다.

휠러 부통령은 즉시 현직 대통령의 외교 활동에 대한 "정치 공세"를 중단하라며 루스벨트를 공격했다. 루스벨트의 주장은 냉소적일 뿐 아니라 완전히 무책임하며, 민주당이 뉴딜 정책을 통해 미국을 운영할 때 이 나라를 피비린내나는 유럽 전쟁에 끌고 들어갈 뻔했던 바로 그 위험한 정책을 루스벨트는 그대로 되풀이하고 있다고 부통령은 주장했다. 휠러는 원래 민주당원이었고, 몬태나주 상원의원을 세 번 지냈으며, 1864년 링컨이 두번째 임기에 러닝메이트로 앤드루 존슨을 선택한 이래 처음이자 유일하게 부통령으로 선임된 야당 인사였다. 정계에 발을 들인 초기에 좌파에 경도된 휠러는 몬태나주 뷰트의 급진적인 노동 지도자들을 대변하며 몬태나주를 마치 구내매점처럼 쥐고 흔들던 아나콘다구리회사와 맞서 싸웠고, FDR를 초기부터 지지한 정치가로 1932년에는 부통령 후보로 나서라는 제안을 받았다. 그는 1924년 진보당 전당대회에서 노조의 지지를 받는 위스콘신주의 개혁주의자 상원의원 로버트 라폴레트의 러닝메이트가 되기 위해 처음으로 민주당을 떠났고, 라폴레트와 비공산주의 계열의 미국 좌파 중 그를 지지하는 사람들에게 등을 돌린 후에는 린드버그와 우파 고립주의자들에 합류해 미국우선위원회를 창립하는 데 일조하고 반전 분위기에 편승해 루스벨트를 공격했다. 휠러의 과격한 공격에 루스벨트는 그의 억지 비판에 "우리 세대에 공적 영역에서 언급된 말 중 가장 거짓되고, 비겁하고, 비애국적인 주장"이라는 딱지를 붙였다. 공화당이 휠러를 린드버그의 러닝메이트로 선택한 것은 그가 몬태나주에 소유한 지구당 조직이 1930년대 말 공화당 후보들을 국회로 진출시키는

데 일조했다는 이유도 있었지만, 주된 이유는 국민들에게 당파를 초월해 고립주의를 지지해달라고 설득하고, 린드버그와 성향이 다른 호전적인 저격수를 끌어들여 기회가 있을 때마다 그의 출신 당을 헐뜯게 하려는 것이었다. 이번에도 휠러는 부통령 집무실에서 기자회견을 열고는, 만일 루스벨트가 하이드파크에서 공표한 메시지의 무모하고 '호전적인' 표현이 다가오는 국회의원 선거를 위해 민주당이 계획하고 있는 전략을 조금이라도 암시한다면 민주당은 공화당의 압도적인 승리로 끝난 1940년 대통령 선거보다 훨씬 더 큰 패배를 맛보리라 예언했다.

바로 다음 주말 독일계미국인동맹은 매디슨스퀘어가든에 약 이만 오천 명의 관중을 거의 가득 채우고서 독일 외무장관을 초청한 린드버그 대통령의 결정을 지지하는 한편, 또다시 민주당의 '주전론'을 비난했다. 루스벨트의 두번째 임기 동안 동맹의 활동을 조사했던 FBI와 국회위원회는 동맹을 나치의 한 전선으로 규정해 해산시키고 동맹의 고위 지도자들을 검찰에 고발했다. 그러나 린드버그의 집권하에서 동맹 지도자들을 저지하거나 위협하려는 정부의 노력은 좌초되었고, 동맹은 그들 자신이야말로 미국이 해외 전쟁에 개입하는 것에 반대하는 독일계 애국 시민이자 소련의 철두철미한 적이라고 규정하면서 힘을 회복했다. 동맹에 깊이 스며든 파시즘적 성격은 이제 전 세계적인 공산 혁명의 위험을 경고하는 요란한 연설에 파묻히고 말았다.

친나치 단체가 아니라 반공 단체라는 것을 내세우면서도 동맹은 전과 마찬가지로 반유대주의를 고수했다. 그들은 허위선전 책자에서 공개적으로 볼셰비즘을 유대주의와 동일시했고, 루스벨트의 막

역한 친구인 재무장관 모겐소와 은행가인 버나드 바루크 같은 '호전적인' 유대인들이 점점 늘어난다고 끊임없이 비난했으며, 1936년 처음 조직할 때 공식적으로 선언한 "모스크바의 지령을 받는 공산 세계의 광기어린 위협과 그 병균을 퍼뜨리는 유대인에 맞서 투쟁"하고 "기독교도가 지배하는 자유로운 미합중국"을 발전시키겠다는 목표를 계속 고수했다. 그러나 1942년 매디슨스퀘어가든 집회에는 1939년 2월 20일 동맹이 '조지 워싱턴 탄신일 행사'라는 이름을 내걸고 거행한 최초의 집회와는 달리 나치 깃발, 하켄크로이츠 완장, 팔을 앞으로 쭉 뻗는 히틀러식 경례, 나치 돌격대원 군복, 총통의 거대한 초상화는 등장하지 않았다. "일어나라 미국이여. 유대인 공산주의자들을 박멸하자!"라고 외치는 현수막, 프랭클린 D. 루스벨트를 "프랭클린 D. 로젠펠트*"로 왜곡하는 연사들, 동맹 회원들에게 옷깃에 꽂으라고 배포된, 아래와 같은 검은 글씨를 새긴 커다란 흰색 배지는 등장하지 않았다.

**유대인의 전쟁에서
미국을 보호하라**

그사이 월터 윈첼은 계속해서 동맹원을 가리키는 분디스트를 "분디트**"라 불렀고, 소설가인 싱클레어 루이스의 아내이자 유명한 저널리스트인 도러시 톰프슨도 삼 년 전인 1939년 그녀의 표현

---

* '루스벨트'의 독일식 발음. 마치 유대인 이름처럼 들린다.
** 'bandit(노상강도)'와 발음이 비슷하다.

을 빌리자면 "공공장소에서 나온 우스꽝스러운 발언을 비웃을 권리"를 행사했다는 이유로 동맹의 집회에서 쫓겨나면서 삼 년 전 집회에서 "허풍, 허풍, 허풍! 『나의 투쟁』*은 완전히 허풍이다!"라고 외치던 그 정신으로 동맹의 허위선전을 계속 비난했다. 동맹의 집회가 열린 후 일요일 밤 프로그램에서 윈첼은 평소처럼 확신에 찬 어조로, 린드버그는 폰 리벤트로프를 국빈으로 대접하려 하지만 점증하는 국민의 반감은 미국과 찰스 A. 린드버그의 밀월이 끝났음을 알리는 신호탄이라고 외쳤다. 윈첼은 국빈 만찬을 "대통령의 세기적인 대실수"라 칭하면서 "파시스트를 사랑하는 우리 대통령의 보수적인 공화당 심복들이 11월 선거에서 정치 생명을 내놓게 될 실수 중의 대실수"라고 말했다.

린드버그를 만인의 영웅으로 신격화하는 분위기에 젖어 있던 백악관은 야당이 불러일으킨 아주 신속하고 강력한 반대 기류에 부딪혀 당황했고, 행정부는 동맹의 뉴욕 집회와 거리를 두려 애썼지만 민주당은 린드버그를 동맹의 굴욕적인 평판과 연계시키기로 작정하고서 매디슨스퀘어가든에서 집회를 열었다. 차례로 등장한 연사마다 "린드버그의 동맹원들"을 통렬히 비난했고 마지막으로 FDR가 직접 연단에 나서자 장내는 기쁨과 놀라움에 들썩였다. 그의 출현이 이끌어낸 십 분 동안의 기립박수는 전임 대통령이 강한 목소리로 군중의 환호를 뚫고 "친애하는 국민 여러분"이라 외치지 않았다면 훨씬 더 오래 계속되었을 것이다. "친애하는 국민 여러분, 친애하는 국민 여러분. 오늘 나는 린드버그 씨와 히틀러 씨에

---

* 히틀러의 자서전.

게 메시지를 전하고자 합니다. 현재의 위기 상황에서 나는 그들이 분명히 알아들을 수 있도록 허심탄회하게 미국의 운명을 지배하는 주인은 그들이 아니라 우리라는 점을 강조하지 않을 수 없습니다." 더할 나위 없이 감동적이고 강렬한 그의 말에 청중석에(그리고 우리집 거실과 우리 동네의 모든 거실에) 앉은 모든 사람이 미국의 구원이 목전에 임박한 듯 즐거운 착각에 빠져들었다.

"우리가 두려워해야 할 것은 단 하나," FDR의 이 말은 그가 최초의 취임 연설에서 사용한 가장 유명한 일곱 단어의 첫 문장을 떠올리게 했다. "찰스 A. 린드버그가 자신의 친구인 나치에게 비굴하게 고개를 숙이는 것, 수많은 범죄 행위와 만행을 저지른 폭군, 인간의 악행만을 모아놓은 연대기들 중에서도 견줄 데가 없는 잔인하고 야만적인 독재자에게 세계에서 가장 위대한 민주국가의 대통령이 부끄러움을 모르고 구애를 하는 것입니다. 그러나 우리 미국인은 히틀러가 지배하는 미국을 인정할 수 없습니다. 우리 미국인은 히틀러가 지배하는 세계를 인정할 수 없습니다. 오늘날 전 세계는 인간의 예속과 인간의 자유로 양분되었습니다. 우리의 선택은 자유입니다! 우리는 자유에 봉헌된 미국만을 인정합니다! 여기 우리의 조국에서 반민주 세력이 파시즘 미국을 위해 크비슬링*의 청사진을 감추고서 음모를 꾸미고 있다면, 그리고 미합중국의 권리장전에 보장된 인간 자유의 위대한 비상을 억누르려는 음모, 미국의 민주주의를 파괴하고 유럽의 피정복 민족들을 노예로 전락시키는 그런 독재정권의 절대권력으로 대체하려는 음모를 꾸미고 있다

---

* 독일의 침략에 협력한 노르웨이 정치가.

면, 우리의 자유를 억누르기 위해 은밀히 손을 잡은 그자들에게 미국은 어떤 위협에 직면하거나 어떤 위험에 부딪혀도 우리 선조들이 우리를 위해 미합중국 헌법에 새겨놓은 자유의 보증을 결코 포기하지 않으리라는 점을 분명히 이해시켜야 합니다."

린드버그의 응수는 며칠 후에 나왔다. 그는 국민들을 직접 만나 자신이 내린 모든 결정은 단지 국민의 안전을 지키고 국민의 행복을 보장하기 위한 것이었다고 안심시키기 위해, 이른아침 자신의 외로운 독수리 비행모를 꺼내 쓴 뒤 두 개의 엔진을 장착한 록히드 인터셉터를 몰고 워싱턴DC를 떠났다. 눈앞에 작은 위기라도 닥치면 그는 그렇게 비행기를 몰고 모든 지역의 도시를 돌았고 이번에는 인터셉터의 경이적인 속도 덕분에 하루에 무려 네다섯 도시를 방문했다. 비행기가 내려앉는 곳마다 라디오방송국의 마이크 다발이 그를 기다리고 있었고, 지역의 거물들, 통신사 특파원들, 도시의 기자들 그리고 수천 명의 시민들이 유명한 비행사 점퍼와 가죽 모자를 쓴 젊은 대통령을 보기 위해 모여들었다. 활주로에 착륙할 때마다 그는 자신이 비밀경호국이나 공군의 호위를 받지 않은 채 미국을 비행하고 있다고 강조했다. 이는 그의 행정부가 일 년이 조금 넘는 동안 모든 전쟁의 위협을 몰아낸 덕에 미국 영공과 이 나라가 그 정도로 안전하다는 뜻에서였다. 그는 청중에게 자신이 집권한 후 단 한 명의 미국 젊은이도 목숨을 빼앗기지 않았음을 상기시키고 자신이 집권하는 동안 그 누구도 위험에 빠지지 않을 거라고 장담했다. 국민은 그의 지도력에 신뢰를 보냈고, 그는 국민에게 한 모든 약속을 지켰다.

그는 단지 그렇게 말했으며 그 이상은 필요하지 않았다. 그는 결코 폰 리벤트로프나 FDR의 이름을 언급하거나 독일계미국인동맹이나 아이슬란드협약을 거론하지 않았다. 그는 나치를 지지하는 발언은 물론이고 심지어 독일군이 겨울철의 실패에서 회복했다거나 러시아의 모든 전선에서 소련 공산군이 최종적인 패배를 향해 동쪽으로 밀리고 있음을 인정하는 발언을 하지 않았다. 그러나 미국의 모든 국민은 공산주의가 유럽 전역에 번지고 아시아와 중동으로 침투한 뒤 태평양을 건너 우리가 사는 반구에까지 침투하는 것을 막으려면 제3제국의 군사력을 빌려 스탈린의 소련을 철저히 파괴해야 한다는 것이 대통령의 확고부동한 신념이고 그가 이끄는 우파 여당의 신념이라는 것을 알고 있었다.

차분하고 과묵하고 당당한 말투로 린드버그는 비행장에 모인 군중과 라디오 청취자들에게 자신이 누구이고 무엇을 하고 있는지를 말했고, 다시 비행기에 올라 다음 기착지를 향해 이륙할 즈음에는, 폰 리벤트로프를 위한 백악관 만찬이 끝난 후에는, 영부인이 공휴일이 낀 주말인 7월 4일 아돌프 히틀러와 그의 애인을 초대해 심지어 백악관의 링컨 침실을 내주리라 발표해도 국민들은 개의치 않고 그가 민주주의의 구세주인 양 환호를 보낼 것만 같았다.

아버지의 어릴 적 친구인 셉시 터슈웰 씨는 브로드 스트리트에 있는 뉴스릴극장이 1935년 시내의 유일한 뉴스영화 극장으로 문을 연 후부터 지금까지 영사기사 겸 편집자로 일했다. 뉴스릴극장의 한 시간짜리 영화는 뉴스 영상과 단신 그리고 '시대의 행진'으로 구성되어 있었고 매일 이른아침부터 자정까지 상영되었다. 매주 목요일 터슈웰 씨와 다른 세 명의 편집자는 파테, 파라마운트

같은 회사들이 공급하는 수천 피트 분량의 뉴스 영상에서 이런저런 이야기를 고르고 이어붙여 최신 뉴스영화를 만들었고, 그 덕분에 우리 아버지 같은 단골들은—극장은 아버지의 사무실이 있는 클린턴 스트리트에서 고작 몇 블록 거리에 있었다—아득히 먼 라디오의 시대에 극장이 아니면 어디에서도 영상으로 볼 수 없는 국내 뉴스, 전 세계의 중요한 사건들, 챔피언 결정전의 짜릿한 순간들을 놓치지 않고 볼 수 있었다. 아버지는 매주 한 시간씩 짬을 내최신 뉴스를 보았고, 뉴스영화를 보고 난 뒤에는 저녁식사 자리에서 무엇을 보고 누구를 보았는지 자세히 들려주었다. 토조. 페탱. 바티스타. 데 발레라. 아리아스. 케손. 카마초. 리트비노프. 주코프. 헐. 웰스. 해리먼. 다이스. 하이드리히. 블룸. 크비슬링. 간디. 로멜. 마운트배튼. 조지왕. 라과디아. 프랑코. 비오 교황. 이건 아버지가 들려준 엄청나게 많은 사건 가운데 우리가 꼭 기억하고 있다가 훗날 자식이 생기면 그들에게 전해줄 가치가 있는 사건들 속주요 인물을 간단히 축약한 목록이었다.

"왜냐하면 말이다, 역사란 무엇이냐?" 느긋한 저녁, 교육적인 분위기가 무르익자 아버지가 수사법을 구사하며 물었다. "역사란 모든 곳에서 일어나는 모든 일이야. 여기 뉴어크에서도 일어나고, 서밋 애비뉴에서도 일어나지. 심지어 평범한 집안에서 일어나는 일도 언젠가는 역사가 된단다."

터슈웰 씨가 근무하는 주말에 아버지는 샌디 형과 나를 뉴스릴 극장에 데리고 가 심화 교육을 시켰다. 터슈웰 씨는 우리를 위해 매표소에 공짜 표를 남겨두었다. 영화가 끝난 후 아버지가 우리를 이층 영사실로 데리고 가면 터슈웰 씨는 매번 똑같은 시민학 강의를 펼치곤 했다. 그는 민주국가에서는 시사 문제를 따라잡는 것이 시민의 가장 중요한 의무이며 시민이라면 당대의 뉴스를 최대한 어릴 때부터 알아야 한다고 말했다. 우리는 영사기 주위에 모여 터슈웰 씨가 알려주는 부품들의 이름을 들었고, 그런 뒤에는 극장이 개장한 날 밤의 사진들을 구경했다. 검은색 나비넥타이를 매고 연회에 참석한 사람들의 모습을 담은 사진들이 벽에 걸려 있었다. 터슈웰 씨는 사진을 가리키며 설명했다. 뉴어크 최초이자 유일한 유대인 시장 마이어 엘렌스타인이 로비 입구에서 리본을 자르고 유명 인사 손님들을 맞이했는데, 그들 가운데는 주 스페인 대사를 지낸 인물과 뱀버거백화점 창업자도 있다고 했다.

뉴스릴극장에서 가장 마음에 든 건 좌석이 큼지막해서 다른 사람이 앞으로 지나갈 때 성인도 일어날 필요가 없다는 점, 영사실 방음이 잘되어 있는 점, 로비 카펫에 영화 필름의 릴 그림이 들어가 있어 들어오고 나갈 때 그 문양을 밟을 수 있다는 점이었다. 1942년 연달아 보낸 그 두 번의 토요일, 즉 열네 살인 샌디 형과 아홉 살인 내가 아버지를 따라 특별히 첫 주에는 동맹의 집회가 나오는 뉴스를 보고 그다음주에는 FDR가 가든에서 리벤트로프에 반대하는 연설을 한 뉴스를 보기 위해 극장에 갔던 시절을 회상하자면, 대부분의 정치 뉴스를 소개하던 로웰 토머스와 스포츠 뉴스를 열광적으로 보도하던 빌 스턴의 목소리 외에도 많은 것이 여전히 떠오른다. 그러나 동맹의 집회를 잊을 수 없었던 이유는 마치 폰 리벤트로프가 현 미국 대통령이나 되는 것처럼 동맹원들이 자리에서 일어나 그의 이름을 연호하는 장면이 내 마음에 심은 증오 때문이고, FDR의 연설을 잊을 수 없었던 이유는 FDR가 리벤트로프에 반대하는 집회에서 "우리가 두려워해야 할 것은 단 하나, 찰스 A. 린드버그가 자신의 친구인 나치에게 비굴하게 고개를 숙이는 것"이라고 외칠 때 절반은 너끈히 되는 관객이 우우 하고 야유를 보내는 동시에 아버지를 포함한 나머지 관객은 있는 힘껏 박수를 치는 통에 나는 그날 한낮 바로 여기 브로드 스트리트에서 전쟁이 일어나지는 않을까, 그리고 어두운 극장을 나섰을 때 뉴어크 시내가 온통 무너진 잔해 더미에서 피어오르는 연기와 타오르는 불꽃으로 가득하지는 않을까 하는 생각이 들었기 때문이다.

샌디 형에겐 이 주 연속 토요일 오후 뉴스릴극장에 앉아 있기가 쉽지 않았고, 그전에 이미 그러기가 쉽지 않으리라 미루어 짐작했기 때문에 처음에는 아버지의 권유를 뿌리쳤고, 다음엔 아버지가 꼭 가야 한다고 명령할 때에만 함께 가기로 했다. 1942년 봄 샌디 형은 고등학교 입학을 몇 달 앞둔 깡마르고 키 크고 잘생긴 소년으로 옷차림새가 항상 단정했고, 머리를 말쑥하게 빗어 넘겼으며, 앉으나 서나 자세가 웨스트포인트육군사관학교 생도처럼 완벽했다. 게다가 '소박한 사람들'의 주도적인 학생 연설가로 일한 경험 덕분에 그 나이의 소년에게서 흔히 볼 수 없는 권위적인 분위기마저 감돌았다. 샌디 형이 어른들에게 영향을 미치는 능력이 있음을 입증했다는 사실 그리고 그보다 어린 동네 아이들 중 형을 본받으려 하고 미국동화청의 여름 농촌 프로그램에 뽑히기를 간절히 바라는 공손한 추종자들이 생겼다는 사실에 우리 부모님은 크게 놀랐고, 그로 인해 그들의 장남은 한때 주위 사람을 똑같이 그리는 재능을 가진 아주 평범하고 사근사근한 아이로 여겨지던 시절보다 집안에서 더 함부로 할 수 없는 존재가 되었다. 형은 나의 손위였기에 내겐 항상 강자였지만 이제는 그 어느 때보다 더 강해 보였다. 사촌 형이 기회주의라고 묘사한 행동들 때문에 샌디 형에게서 등을 돌리고 멀어지긴 했지만 나는 걸핏하면 형에 대한 경탄을 쏟아내곤 했다. 게다가 그 기회주의마저도(앨빈 형이 옳다면, 그리고 그 단어가 옳다면) 또하나의 주목할 만한 재능으로, 즉 세상의 이치를 현명하게 따르는 침착하고 자기를 아는 성숙함의 징표로 보였다.

물론 아홉 살인 내게 기회주의란 개념은 아주 생소했지만, 앨빈 형은 샌디 형의 죄를 선고하며 드러낸 혐오와 내뱉은 말을 통해 그 단어의 도덕적 지위를 명확히 전달했다. 그때 앨빈 형은 병원에서 갓 돌아와 자제심을 보여주기엔 너무 비참한 상태였다.

"네 형은 쓰레기야." 그날 밤 앨빈 형이 침대에 누워 내게 말했다. "아니, 쓰레기보다 못해." 그리고 그때 앨빈 형은 샌디 형에게 기회주의자라는 이름을 붙였다.

"샌디 형이? 왜?"

"사람들이 원래 그래. 자기한테 이익이 되는 것만 찾고, 다른 건 어떻게 되든 상관 안 하지. 샌디도 우라질 놈의 기회주의자야. 가슴만 불룩 튀어나온 너의 그 빌어먹을 이모도 마찬가지고, 그 잘난 랍비도 마찬가지야. 베스 숙모와 허먼 삼촌은 정직한 사람이지. 하지만 샌디는…… 그 개자식들한테 그렇게 쉽게 자신을 팔아넘겨? 그 나이에? 그런 재능을 갖고? 진짜 빌어먹을 등신이야, 네 형이란 놈은."

팔아넘긴다. 이 말도 처음 들었지만, '기회주의자'만큼 어렵지 않게 이해되었다.

"샌디 형은 그림을 몇 장 그렸을 뿐이야." 내가 설명했다.

하지만 앨빈 형은 그 그림의 존재를 가볍게 넘기려는 나의 노력을 받아줄 기분이 아니었고, 더구나 어떻게 알았는지 몰라도 샌디 형이 린드버그의 '소박한 사람들'에 가입한 사실을 알고 있었다. 나는 내가 절대 발설하지 않기로 결심한 일을 어떻게 알았느냐고 물어볼 용기가 나지 않았지만, 내 짐작으로 앨빈 형은 우연히 침대 밑에서 그림을 발견한 뒤 샌디 형이 공책과 필기용 종이를 넣어둔 식당 찬장 서랍을 모두 뒤져 샌디 형을 영원히 미워할 수밖에 없게 만든 그 모든 증거를 찾아낸 게 분명했다.

"형이 생각하는 그런 게 아냐." 나는 이렇게 말했지만 곧 그게 아니면 도대체 뭘 위해 그럴 수 있는지를 생각해내야 했다. "샌디 형은 우릴 보호하려고 그러는 거야." 나는 큰 소리로 말했다. "우리가 곤란해지지 않게 하려고 그러는 거야."

"나 때문이겠지." 앨빈 형이 말했다.

"아니!" 나는 항의했다.

"샌디는 그렇게 말했겠지. 나 때문에 우리 가족이 곤란해지는 걸 막기 위해서라고. 그런 구실로 지금 하고 있는 그 짓거리를 정당화하겠지."

"그게 아니면 왜 그런 일을 하겠어?" 나는 어린아이의 교활함과 순진함을 총동원해 되물었지만, 샌디 형을 변호하기 위해 던진 멍청한 거짓말로 커져버린 갈등에서 어떻게 빠져나와야 할지 막막하기만 했다. "샌디 형이 우릴 도우려고 그런다면 그게 뭐가 잘못이야?"

앨빈 형이 짧게 대답했다. "그래도 네 말을 못 믿겠다, 필." 나는 절대 앨빈 형의 상대가 되지 않았기 때문에 이쯤에서 나 자신을 믿으려고 애쓰기를 포기했다. 샌디 형이 자기는 이중생활을 하고 있다고 말이라도 해주면 얼마나 좋을까! 우리를 보호하기 위해 끔찍한 상황을 어떻게든 참아내고 있고 린드버그에게 충성하는 것처럼 가면을 쓰고 있는 거라면 얼마나 좋을까! 하지만 나는 형이 뉴브룬스위크의 회당 지하실에서 유대인 성인들에게 강의하는 모습을 본 후로 형이 얼마나 확신하며 말하는지 그리고 그런 말을 할 때 얼마나 집중하는지를 알고 있었다. 샌디 형은 대단한 사람으로 돌변하는 진귀한 재능을 찾아냈고 그래서 린드버그 대통령을 찬양하는 연설을 하는 동안, 그의 초상화를 전시하는 동안, 이교도의 심장부에 있는 농장에서 팔 주 동안 유대인으로 일하면서 얻은 정신적 이득을 남들 앞에서 격찬하는(이블린 이모의 표현에 따르면) 동안, 그리고 미국 전역에서 그것을 정상적이고 애국적으로 여기는데 단지 우리집에서만 기이한 일탈로 본다면 솔직히 말해 나라도 거리낌없을 것 같은 그 짓을 하는 동안, 샌디 형은 인생 최고의 시간을 보내고 있었다.

그때 역사의 거대한 손길이 또다시 우리를 침범했다. 찰스 A. 린드버그 대통령과 영부인이 1942년 4월 4일 토요일 저녁 독일 외무장관에게 경의를 표하는 국빈 만찬에 랍비 라이오넬 벤겔스도르프와 이블린 핀클 양을 모시고자 한다는 초대장이 날아온 것이다. 린드버그가 단독 비행으로 전국을 돌며 서른 개 도시를 방문한 후, 그는 매우 상식적인 현실주의자이자 서민처럼 소박하게 말하는 사람이라는 명성이 하늘을 찔렀다. 윈첼이 폰 리벤트로프를 위한 만찬에 "금세기의 정치적 대실수"라는 낙인을 찍기 전보다 오히려 명성이 높아진 것이다. 즉시 공화당계 신문을 중심으로 수많은 논설이 백악관은 외국의 고관을 위한 진심어린 만찬을 준비할 뿐인데 이를 사악한 공모로 왜곡한 것이야말로 FDR와 민주당의 대실수라고 떠들어댔다.

우리 부모님은 백악관의 초대에 대해 알고 큰 충격에 빠졌지만 딱히 할 수 있는 일은 없었다. 몇 달 전 부모님은 이블린 이모가 얼마 안 되는 어리석은 유대인 무리에 합류해 당시 권력자들의 졸개 노릇을 한다는 사실에 실망을 감추지 못했다. 이모와 미합중국 대통령의 정치적 관계는 아주 멀었기 때문에 또다시 그 문제를 걸고 넘어지는 건 무의미했고, 더구나 이모를 움직이는 힘이 예전에 노조활동을 할 때와 같은 이데올로기적 신념도 아니고 비겁한 정치적 야망도 아닌, 듀이 스트리트의 공동주택 다락방에서 살며 대체교사로 일하다 랍비 벤겔스도르프에게 구출되어 신데렐라처럼 기적적으로 궁전에서 살게 되었다는 데서 오는 들뜬 기분이라는 걸 부모님은 알고 있었다. 그러나 어느 날 저녁 이모가 예기치 않게 전화를 걸어 어머니에게 그녀와 랍비는 폰 리벤트로프를 위한 만찬에 샌디 형을 데려가기로 했다고 알려왔을 때…… 처음에는 아무도 선뜻 이모의 말을 믿지 못했다. 이 조그만 지역사회의 이모가 하룻밤 사이에 '시대의 행진'에 나오는 유명인의 세계로 올라간다는 것도 좀처럼 받아들이기 어려웠지만, 이제 샌디 형까지? 형이 회당 지하실을 돌면서 린드버그를 위해 설교하는 것만 해도 충분히 비현실적이지 않던가? 아버지는 이건 말도 안 된다고 주장했다. 그 말은 절대 그럴 수 없고, 신빙성을 떠나 너무 혐오스럽다는 뜻이었다. "이건 정말," 아버지가 형에게 말했다. "네 이모가 미쳤다는 증거다."

어쩌면 그럴 수도 있었다. 난생처음 유력한 지위를 발견했다고 들떠 순간적으로 미쳤을지 몰랐다. 그렇지 않고서야 어떻게 열네 살밖에 안 된 조카를 그렇게 큰 행사에 초대하겠다는 대담무쌍한 생각을 할 수 있을까? 출세가도에서 자아도취에 빠진 미치광이처럼 끈덕지게 설득하지 않고서야 어떻게 랍비 벤겔스도르프로 하여금 백악관에 그렇게 해괴한 요구를 하게 만들까? 아버지는 전화기에 대고 최대한 침착하게 말했다. "이제 이 바보 같은 일은 그만해, 처제. 우린 유명 인사가 아냐. 우릴 그만 내버려둬. 부탁이야. 사실 평범한 사람이 감당하기에는 너무 큰 일이야." 하지만 비범한 조카를 무식한 형부의 초라한 울타리에서 해방시키고야 말겠다는(그래서 자기처럼 중요한 일을 할 수 있게 만들겠다는) 이모의 집념은 어느덧 그 누구도 꺾을 수 없는 지경에 이르러 있었다. 샌디는 '소박한 사람들'이 성공했다는 증거로 만찬에 참석할 테고, 그야말로 '소박한 사람들'의 전국 대표인 거고, 빈민가의 아버지 따위가 절대 그를 또는 그녀를 막을 순 없을 것이다. 이모는 차를 탔고 십오 분 후 최후의 결전이 시작되었다.

전화를 끊은 뒤 아버지는 끓어오르는 분노를 감추려 하지 않았고, 몬티 삼촌처럼 갈수록 목소리를 높였다. "독일의 히틀러도 나치의 파티에 유대인을 끌어들일 만큼 추악하진 않아. 완장을 차고 강제수용소를 짓지만 적어도 더러운 유대인은 환영받지 못한다고 분명히 못을 박아. 하지만 이곳의 나치들은 유대인을 초대하는 척하는군. 왜 그럴까? 유대인을 어르고 달래서 잠재우려는 거야. 유대인을 달래서 미국은 더할 나위 없이 안전하다고 헛된 꿈을 꾸게 하려는 거지. 대체 이게 무슨 짓이야?" 아버지는 큰 소리로 외쳤다. "이게 무슨 짓이냐고! 유대인들을 초대해 나치 전범의 피 묻은 손을 잡게 한다고? 어처구니가 없어! 저들의 거짓말과 음모는 단 일 분도 멈추지 않아! 저들은 가장 훌륭한 소년, 가장 재능 있는 소년, 가장 열심히 일하고, 가장 어른스러운 소년을 찾아…… 안 돼! 저들이 그동안 샌디에게 한 짓만으로도 우릴 충분히 조롱했어! 샌디는 아무데도 못 가! 저들은 이미 내 나라를 훔쳤어. 하지만 내 아들은 훔치지 못해!"

"하지만," 샌디 형이 소리쳤다. "조롱하거나 조롱당하는 사람은 아무도 없어요. 이건 좋은 기회예요." '기회주의자에겐.' 나는 이렇게 생각했지만 입을 꾹 다물었다.

"잠자코 있거라." 아버지는 말을 끊었고, 형은 아버지의 기분이 일생 최악의 지경에 이르렀음을 이해했다. 분노보다 단호한 침묵이 더 효과적이었다.

이블린 이모가 문을 두드리자 어머니가 뒷문을 열기 위해 일어났다. "이 여자가 지금 뭐하는 거지?" 아버지가 어머니를 따라 일어났다. "우릴 내버려두라고 말했는데 여길 찾아오다니, 미쳐도 단단히 미쳤군!"

어머니는 아버지의 단호함에 추호도 대항하지 않았지만, 샌디 형의 열정을 이용한 이블린 이모의 무모하고 어리석은 행동이 아무리 괘씸해도 아버지가 조금이나마 자비를 베풀기를 바랐다. 그녀는 애원하는 눈빛으로 아버지를 바라본 후 주방을 나갔다.

샌디 형처럼 어린 소년이 백악관에 초대받는 것이 얼마나 큰일인지, 백악관 만찬에 손님으로 초대받는 것이 아이의 미래에 얼마나 중요한지를 우리 부모님이 전혀 이해하지 못하자 이블린 이모는 화들짝 놀랐다(혹은 놀라는 척했다)…… "나한테 중요한 건 백악관이 아냐!" 이모의 입에서 '백악관'이 열다섯번째 나왔을 때 아버지는 식탁을 탕탕 치며 이모의 말을 가로막고는 이렇게 소리쳤다. "거기에 누가 사느냐가 중요해. 그런데 거기에 나치가 산단 말이지." "그는 나치가 아니에요!" 이모가 주장했다. "그렇다면 처제는 폰 리벤트로프 씨도 나치가 아니라고 말할 참인가?" 그러자 이모는 대답 대신 아버지를 겁쟁이, 촌뜨기, 미개인, 편협한 사람이라 칭했고, 아버지는 이모를 경솔하고 잘 속고 출세에 눈이 먼 사람이라 칭했으며, 식탁 위로 격한 말다툼이 오가고 비난의 화살이 날아다니며 서로의 분노를 점점 더 자극했다. 그러던 중 이블린 이모의 어떤 말, 랍비 벤겔스도르프가 샌디 형을 위해 애를 썼다는 식의 말이 아버지에게 너무 터무니없이 들린 모양이었다. 생각해보면 별거 아닌 말이었지만 아버지는 자리에서 일어나 이모에게 나가라고 말했다. 아버지는 주방을 나서 복도로 걸어가서는 계단으로 통하는 문을 열고 이모에게 말했다. "여기서 나가. 다시는 오지 마. 이 집에서 다시는 처제를 보고 싶지 않아."

이모뿐 아니라 우리 모두 이 상황을 믿을 수 없었다. 아버지의 말은 내 귀에 농담처럼, 애벗과 코스텔로* 영화에서 갑자기 튀어나오는 가벼운 대사처럼 들렸다. 꺼져버려, 코스텔로. 계속 그딴 식으로 할 거면 당장 이 집에서 나가 다시는 돌아오지 말게.

어른 세 명이 둘러앉아 차를 마시던 자리에서 어머니가 일어나

---

* '홀쭉이와 뚱뚱이'로 유명한 미국 코미디 콤비.

아버지를 따라 복도로 나갔다.

"저 여자는 멍청이요." 아버지가 어머니에게 말했다. "아무것도 이해하지 못하는 어린애 같은 멍청이, 위험한 멍청이라고."

"문을 닫아요, 제발." 어머니가 말했다.

"처제," 아버지가 불렀다. "당장, 이 집에서 나가."

"이러지 말아요." 어머니가 속삭였다.

"난 당신의 동생이 내 집에서 나가기를 기다리고 있소."

"우리집이에요." 어머니는 이렇게 말한 뒤 주방으로 돌아왔다. "이브, 돌아가렴." 어머니가 부드럽게 말했다. "그럼 흥분이 가라앉을 거야." 이모는 두 손으로 얼굴을 감싼 채 식탁에 엎드려 있었다. 어머니가 이모의 팔을 붙잡고 일으켜세운 뒤 뒷문을 통해 밖으로 데려가는 동안, 우리의 독단적이고 열정적인 이모는 마치 총을 맞고 실려가다 죽을 사람처럼 보였다. 아버지가 문을 쾅 닫는 소리가 들렸다.

"저 여자는 그게 파티인 줄 알아." 형과 내가 전투의 여파를 살펴보려 복도로 나오자 아버지가 우리에게 말했다. "그걸 게임이라고 생각해. 너희들도 뉴스릴극장에 가봤지. 내가 데려다줬잖아. 거기서 뭘 봤는지 기억하지?"

"네." 내가 말했다. 샌디 형은 입을 꼭 다물고 있었기에 나라도 무슨 말을 해야 할 것 같았다. 샌디 형은 앨빈 형의 무자비한 따돌림과 뉴스릴극장을 꿋꿋이 참아냈고, 이제는 좋아하는 이모의 추방을 꿋꿋이 참아내고 있었다. 열네 살에 벌써 로스 일가의 고집센 남자들 중 하나가 되어 어떤 일이든 참고 견디겠다고 굳게 결심한 것이다.

"하지만," 아버지가 말했다. "그건 게임이 아니다. 그건 투쟁이야. 절대 잊지 마라. 투쟁이야!"

나는 다시 '네' 하고 대답했다.

"이 세상에는⋯⋯" 아버지가 갑자기 말을 멈췄다. 어머니가 여태 돌아오지 않았다. 아홉 살인 나는 불현듯 어머니가 영영 돌아오지 않으리라는 생각이 들었다. 그리고 마흔한 살의 아버지도 나와 똑같이 생각하는 듯했다. 아버지는 숱한 세월의 고난에 단련되어 있었지만 소중한 아내를 잃어버린다는 두려움에는 단련되지 않았다. 누가 봐도 파국은 가까운 곳에 있었다. 아버지는 우리가 갑자기 액스먼 부인을 신경쇠약으로 잃은 얼 액스먼과 똑같은 처지가 되기라도 한 것처럼 우리를 바라보았다. 아버지는 전면 창으로 밖을 내다보려 거실로 갔고 샌디 형과 나는 그 뒤를 바짝 따라갔다. 이블린 이모의 차는 더이상 길모퉁이에 있지 않았다. 어머니는 인도에도, 현관의 계단에도, 골목에도, 심지어 길 건너에도 서 있지 않았고, 아버지가 어머니의 이름을 부르며 지하실 계단을 내려갔을 때 그곳에도 없었다. 셸던의 집에도 없었다. 아버지가 노크를 하고 우리 세 사람이 셸던의 집에 들어갔을 때 셸던과 그의 어머니는 주방에서 식사중이었다.

아버지가 위시노우 부인에게 물었다. "베스를 보셨나요?"

위시노우 부인은 양 주먹을 꼭 쥐고 걸어다니는 키 크고 볼품없는 뚱뚱한 여자였지만, 놀랍게도 세계대전이 일어나기 전 아버지가 제3구 슬럼가에서 그녀와 그녀의 가족을 알고 지내던 시절에는 웃음기 많은 명랑한 아가씨였다고 했다. 그녀가 어머니이자 한 가족의 가장이 된 지금 우리 부모님은 셸던을 위한 그녀의 무한한 헌신을 입이 닳도록 칭찬했다. 부인의 삶이 투쟁이라는 건 논란의 여지가 없었다. 그녀의 양 주먹만 봐도 알 수 있었다.

"무슨 일이에요?" 부인이 물었다.

"베스가 여기에 있나요?"

셸던이 주방에서 식사를 중단하고 나와 우리에게 인사했다. 위시노우 씨가 자살한 후 셸던에 대한 나의 반감은 더욱 커졌다. 수업이 끝나고 셸던이 학교 앞에서 기다리고 있으면 나는 학교 뒤로 숨어버렸다. 그리고 우리집이 학교에서 짧은 한 블록 거리에 있었음에도 아침에 집 앞에서 셸던과 마주치지 않으려고 십오 분이나 일찍 살금살금 계단을 내려와 학교로 향했다. 하지만 늦은 오후가 되면 챈슬러 애비뉴 언덕길 반대편에서도 항상 셸던과 마주쳤다. 심부름을 할 때는 셸던이 어김없이 따라붙었다. 그는 마치 우연히 나를 만난 것처럼 행동했다. 셸던이 체스를 가르쳐주려고 찾아올 때마다 나는 집에 없는 척하고 문을 열어주지 않았다. 어머니가 집에 있을 땐 내가 잊고 싶어하는 바로 그 일을 상기시키며 셸던과 체스를 두라고 나를 설득하곤 했다. "셸던의 아빠는 체스를 아주 잘 두셨단다. 몇 년 전 유대교청년회 챔피언이었어. 셸던은 아빠에게 체스를 배웠는데, 이제는 함께 둘 사람이 없어서 너와 두고 싶어하는 거야." 나는 어머니에게 체스가 싫다거나 게임을 이해할 수 없다거나 두는 법을 모르겠다고 말했지만, 결국에는 어머니의 말에 따라야 했다. 셸던이 체스판과 말을 들고 나타나면 나는 주방 식탁에 셸던과 마주앉았다. 셸던은 즉시 그의 아버지가 어떻게 체스판을 만들었고 말을 구했는지를 설명하기 시작했다. "아빠는 뉴욕에 갔는데, 어디로 가야 하는지 정확히 알았어. 그래서 아주 좋은 말을 구한 거야. 멋있지 않니? 다 특별한 나무로 만든 거야. 그리고 이 체스판은 아빠가 직접 만들었어. 나무를 구해서 칼로 깎았어. 보이지? 여기저기 색깔이 달라." 셸던이 끔찍하게 죽은 아버지에 대해 끊임없이 주절거리는 걸 막기 위해서는 내가 학교에서 가장 최근에 들은 지저분한 농담을 마구 퍼붓는 수밖에 없었다.

다시 이층으로 올라갈 때 나는 아버지가 조만간 위시노우 부인과 결혼할 테고, 어느 날 저녁 우리 세 사람이 그녀와 셸던의 집으로 이사하기 위해 뒤쪽 계단으로 짐을 옮길 테고, 이제 아침에 등교할 때에도 하교할 때처럼 셸던을 피할 수 없을 테고, 셸던이 끊임없이 내게 기대더라도 피할 수 없게 되었다고 생각했다. 그리고 일단 그 집에 들어가면 셸던의 아버지가 목을 맸던 그 벽장에 벗은 코트를 걸어야 할 터였다. 샌디 형은 앨빈 형이 우리집에서 살 때처럼 그 집의 전실에서 자야 할 테고, 나는 안쪽 방에서 셸던과 자야 할 테고, 아버지는 셸던의 아버지가 자던 방에서 셸던의 어머니와 그녀의 움켜쥔 주먹을 옆에 두고 나란히 누워 자야 할 터였다.

나는 길모퉁이로 가서 버스를 타고 사라져버리고 싶었다. 나는 앨빈 형이 준 20달러를 신발 콧등에 밀어넣어 벽장 바닥에 숨겨놓고 있었다. 그 돈을 꺼내 버스를 타고 펜역으로 가서 필라델피아행 편도 표를 사고 싶었다. 거기 가서 앨빈 형을 찾으면 다시는 우리 가족과 살지 않아도 되었다. 앨빈 형과 살면서 형의 토막난 다리를 돌봐주고 싶었다.

이블린 이모가 잠이 들자 어머니가 집으로 전화했다. 워싱턴DC에 있는 랍비 벤겔스도르프는 먼저 이블린 이모와 통화를 했고 그런 뒤 우리 어머니와 통화했다. 그는 무엇이 유대인에게 유익하고 무엇이 유익하지 않은지를 어머니의 저능한 남편보다 자기가 더 잘 안다고 말했다. 특히 그가 이블린의 요청으로 조카를 위해 직접 힘을 써준 마당에 허먼이 이블린을 그렇게 대했다니 절대 잊지 못할 거라고 말했다. 랍비는 마지막으로 어머니에게 때가 되면 적절한 조처를 취하겠다고 한 뒤 전화를 끊었다.

열시경 아버지는 어머니를 데리러 차를 몰고 갔고 잠시 후 어머니와 함께 돌아왔다. 어머니가 우리 방에 들어왔을 때 샌디 형과 나는 이미 잠옷 차림이었다. 어머니는 내 침대에 앉아 내 손을 잡았다. 어머니가 그렇게 지쳐 있는 것을 나는 한 번도 본 적이 없었다. 위시노우 부인처럼 완전히 녹초가 된 건 아니었지만, 걱정거리라고는 50달러도 채 안 되는 남편의 주급으로 생계를 꾸리면서 부딪히는 문제들밖에 없는, 충분히 만족하고 내면에서 에너지가 자연스럽게 흘러넘치고 지칠 줄 모르는 어머니가 결코 아니었다. 직장에서 일하고, 집에서 살림하고, 광포한 여동생과 단호한 남편과 고집 센 열네 살 아들과 겁 많은 아홉 살 아들을 돌봐야 했지만, 그들의 가혹한 요구 때문에 온갖 근심걱정이 한꺼번에 밀어닥쳐도 그토록 지략이 뛰어난 어머니에겐, 린드버그만 없었다면 결코 무거운 짐이 아니었을 것이다.

"샌디." 어머니가 말했다. "우리 어떻게 하면 좋을까? 아빠가 왜 못 가게 하는지 설명해줄까? 우리 조용히 얘기할 수 있겠지? 조만간 솔직하게 모든 걸 얘기해보자. 너하고 나, 둘이서 말이야. 아빠는 가끔 냉정을 잃어. 하지만 난 안 그래. 너도 알지? 네 얘기를 다 들어준다고 약속할게. 하지만 지금 벌어지고 있는 이 일은 조금 냉정하게 볼 필요가 있어. 이런 일에 네가 더이상 말려들지 않는 게 좋을 것 같아. 이블린 이모가 실수를 한 것 같구나. 샌디, 이모는 흥분을 잘해. 평생 그랬단다. 뭔가 특별한 일이 일어나면 냉정을 잃어. 아빠 생각은…… 계속 할까, 샌디, 그만 자고 싶니?"

"마음대로 하세요." 샌디 형이 퉁명스럽게 말했다.

"계속하세요." 내가 말했다.

어머니가 나를 보며 미소를 지었다. "왜? 뭘 알고 싶으니?"

"사람들이 무엇 때문에 소리를 지르는지요."

"사람마다 보는 눈이 다르기 때문이란다." 어머니가 내게 입을 맞추며 말했다. "다들 걱정이 많아서 그래." 하지만 어머니가 샌디 형에게 입을 맞추기 위해 반대편 침대로 몸을 기울이자 형은 얼굴을 베개에 파묻어버렸다.

아버지는 보통 샌디 형과 내가 기상하기 전에 출근했고, 어머니는 아버지와 함께 이른 아침식사를 하고 나서 우리가 점심에 먹을 샌드위치를 만들어 종이에 싸서 냉장고에 넣어둔 다음 우리가 학교 갈 준비가 되었는지를 확인한 후 출근했다. 그러나 이튿날 아버지는 출근을 늦추고서 샌디 형이 백악관에 가서는 안 되는 이유와 앞으로 미국동화청이 후원하는 모든 프로그램에 참가할 수 없는 이유를 분명히 했다.

"폰 리벤트로프의 친구들은," 아버지가 샌디 형에게 설명했다. "절대 우리의 친구가 아니다. 히틀러가 유럽에서 벌인 그 모든 더러운 음모, 그가 다른 나라들에게 저지른 그 모든 추악한 거짓말은 폰 리벤트로프 씨의 입에서 나온 거란다. 언젠가 너도 뮌헨에서 일어난 일을 공부하게 될 거다. 독일이 체임벌린 수상을 속여 휴짓조각보다 못한 조약에 서명하게 할 때 폰 리벤트로프 씨가 어떤 역할을 했는지 배우게 될 거야. 〈피엠〉에서 이 사람에 관한 기사를 읽어봐라. 또 윈첼의 방송을 들어봐라. 윈첼은 리벤트로프를 신사인 척하는 사기꾼이라 불러. 그가 전쟁 전에 뭘 했는지 아니? 샴페인을 팔았어. 술을 파는 장사꾼이었단다. 샌디. 그는 사기꾼이야. 재벌 정치인에 도둑에 사기꾼이지. 심지어 그의 이름에 붙은 '폰'도 가짜야. 하지만 넌 이런 것들을 전혀 모르고 있어. 넌 폰 리벤트로프에 대해 아무것도 모르고, 괴링에 대해 아무것도 모르고, 괴벨스와 힘러와 헤스에 대해 아무것도 몰라. 하지만 난 알고 있다. 폰 리벤트로프 씨가 다른 나치 전범들과 호화 만찬을 즐기는 오스트리아의 성이 어떤 곳인지 들어봤니? 어떻게 그의 것이 됐는지 알아? 빼앗았어. 성주城主인 귀족을 힘러가 강제수용소에 집어넣었고, 그래서 술 장사꾼의 소유가 된 거야! 샌디, 단치히가 어디인지, 거기가 어떻게 됐는지 아니? 베르사유협약이 뭔지 알아? 『나의 투쟁』에 대해 들어봤니? 폰 리벤트로프에게 물어봐라. 그가 대답해줄 거다. 그리고 나치의 관점은 아니지만, 나도 대답해줄 수 있어. 나는 오랫동안 지켜봤고, 글을 읽었기 때문에 그 범죄자들이 누구인지 알아. 그래서 너를 그놈들 근처에 못 가게 하려는 거야."

"아버지를 두고두고 원망할 거예요." 샌디 형이 말했다.

"아니, 그렇지 않을 거야." 어머니가 형에게 말했다. "언젠가는 너도, 아빠 말대로 하는 게 가장 좋다는 걸 이해하게 될 거야. 샌디, 아빠가 옳아, 날 믿으렴. 그런 사람들과 어울려선 안 돼. 그들은 단지 널 도구로 이용하고 있어."

"이블린 이모는요?" 샌디 형이 물었다. "이블린 이모도 날 '도구'로 이용하나요? 백악관으로 나를 초대하게 했는데, 그게 날 '도구'로 이용하는 거예요?"

"그래." 어머니가 슬프게 말했다.

"아니에요! 그렇지 않아요. 죄송하지만 난 이블린 이모를 실망시킬 수 없어요."

"이블린 이모가," 아버지가 말했다. "우릴 실망시킨 거야. '소박한 사람들'," 아버지가 경멸적으로 말했다. "그 해괴한 단체의 목적은 단 하나, 유대인 아이들을 제5열로 만들고 부모에게서 등을 돌리게 만드는 거다."

"헛소리 집어치워요!" 샌디 형이 소리쳤다.

"그만해라!" 어머니가 말했다. "당장 그만해. 이 동네에서 이런 난리를 피우는 가족은 우리뿐이란 걸 넌 모르겠니? 이 주택 지구에서 우리뿐이야. 이제 다른 사람들은 대통령이 누구인지 잊어버리고 선거 전과 똑같이 살아가고 있어. 우리도 마찬가지야. 그동안 힘든 일들이 있었지만, 이제 다 끝났어. 앨빈은 떠났고, 이블린 이모도 떠났어. 이제 모든 게 정상으로 돌아올 거야."

"그러면 우린 언제 캐나다로 이사가죠?" 샌디 형이 어머니에게 물었다. "엄마의 피해망상 때문에?"

아버지가 손가락으로 형을 가리키며 말했다. "너의 멍청한 이모를 흉내내지 마라. 다시는 그런 식으로 말대꾸하지 마."

"아빠는 독재자예요." 샌디 형이 말했다. "히틀러보다 더 나쁜 독재자."

고국의 강압적인 관습에 따라 필요하면 망설이지 않고 자식을 엄하게 훈육하는 이민자 아버지 밑에서 자란 부모님은 샌디 형이

나 내게 손을 댄 적이 없었고 그 누구에 대한 체벌도 인정하지 않았다. 그 결과 자식에게 히틀러보다 더 나쁘다는 말을 들은 아버지의 반응은 단지 싫은 내색을 비치고 돌아서서 일하러 가는 것이었다. 하지만 아버지가 뒷문을 나서자마자 어머니가 손을 들어 샌디 형의 얼굴을 후려쳤다. 나는 깜짝 놀랐다. "아버지가 널 위해 얼마나 고생하는지 아니?" 어머니가 형에게 소리쳤다. "지금 네가 고집을 부리면서 하려는 게 뭔지 아직도 이해를 못해? 아침을 다 먹고 학교에 가거라. 그리고 학교가 끝나면 집으로 와. 네 아버지가 정한 법이야. 그러니 잘 지키는 게 좋을 거다."

형은 어머니한테 맞을 때 움찔하지 않았고, 이제 진짜 영웅이 되기로 작정한 듯 완강히 버티면서 태연하게 말했다. "난 이블린 이모와 백악관에 갈 거예요. 당신들 같은 빈민가 유대인이 좋아하든 싫어하든 상관없어요."

아침의 험악한 분위기도 부족한 듯, 절대 가라앉지 않을 것 같은 이 믿을 수 없는 혼란도 부족한 듯, 어머니는 형의 불효막심한 반항에 단단히 본때를 보여주기 위해 다시 형을 후려쳤다. 이번에 형은 눈물을 터뜨렸다. 그러지 않았다면 우리의 신중한 어머니는 그 부드럽고 따뜻하고 애정어린 손을 들어 세 번, 네 번, 다섯 번 뺨을 후려쳤을 것이다. '어머니는 지금 제정신이 아냐.' 나는 이렇게 생각했다. '다른 사람이 된 거야. 모두 다 다른 사람이 된 거야.' 나는 교과서를 집어들고 뒤쪽 계단으로 달려가 골목길로 내려간 뒤 거리로 나섰다. 마치 그날의 악몽이 끝나지 않은 듯 셀던이 나와 함께 등교하려고 현관 입구에서 기다리고 있었다.

이 주 후 아버지는 퇴근길에 뉴스릴극장에 들러 백악관 만찬을 전하는 뉴스영화를 보았다. 영화가 끝난 후 영사실에 들른 아버지는 어릴 적 친구인 터슈웰 씨로부터 그가 6월 1일 아내, 세 자녀, 어머니, 연로한 장인 장모를 데리고 위니펙으로 떠나려 한다는 얘기를 들었다. 위니펙에 있는 작은 유대인 마을의 대표자들이 터슈웰 씨를 시내 영화관에 영사기사로 취직시키고 우리 동네와 아주 비슷한 적당한 유대인 동네에 온 가족이 살 수 있는 아파트를 알아봐주었다고 했다. 캐나다인들은 또한 터슈웰 가족이 미국을 뜨는데 드는 비용과 터슈웰 부인이 위니펙에서 부모를 먹여 살릴 수 있는 일자리를 구할 때까지 터슈웰 씨가 처가 식구를 부양하는 데 드는 돈을 저리로 빌릴 수 있도록 준비해놓았다. 터슈웰 씨는 아버지에게 정든 고향과 오랜 친구들을 떠나기가 못내 아쉽고 뉴어크에서 가장 중요한 극장에서 일하는 이 특별한 직업을 그만두는 게 아쉽다고 말했다. 두고 갈 것도 많고 잃을 것도 많았지만 그는 지난 칠 년 동안 전 세계의 뉴스 제작자들이 만든 미편집 영상들을 봐온 끝에 이렇게 확신했다. 1941년 린드버그와 히틀러가 아이슬란드에서 맺은 협약의 비밀스러운 조항을 미루어 봤을 때 히틀러는 먼저 소련을 짓밟은 다음 영국을 침략해 정복할 것이며, 그후(그리고 일본이 중국, 인도, 호주를 점령해 그들이 꿈꾸는 "대동아의 신질서"를 완성하면) 미국 대통령은 히틀러의 체제를 모델로 삼은 전체주의적 독재체제인 "미국의 파시즘적 신질서"를 수립할 것이고, 그 체제는 독일이 남아메리카를 침략하고, 정복하고, 나치화하기 위해 마지막으로 벌일 대륙 간 전쟁의 발판이 될 것이었다. 그런 추세로 이 년이 지나 런던의 국회의사당에 히틀러의 하켄크로

이츠 문양이 휘날리고 시드니, 뉴델리, 베이징의 상공에 욱일승천기가 휘날리고, 린드버그가 재선되어 다시 사 년 동안 미국을 지배하고, 미국과 캐나다의 국경이 폐쇄되고 양국의 외교관계가 단절되면, 헌법적 권리를 축소시켜야만 하는 심각한 내부 위험에 국민의 이목을 집중시킬 목적으로 사백오십만의 미국 유대인을 집단적으로 공격하기 시작할 것이라고 했다.

폰 리벤트로프가 워싱턴DC를 방문한 영향으로, 그리고 그 방문이 린드버그를 지지하는 미국인 가운데 가장 위험한 계층에게 안겨준 승리감의 여파로 그리 되리라는 것이라는 게 터슈웰 씨의 예측이었다. 아버지가 예상하는 그 어떤 시나리오보다 훨씬 더 비관적이었던 탓에 그날 늦은 오후 뉴스릴극장에서 돌아온 아버지는 그 소식을 우리에게 되풀이하거나 터슈웰 씨의 임박한 이사에 대해 아무 말도 하지 않기로 결심했다. 그 뉴스를 들으면 나는 겁에 질리고, 샌디 형은 짜증을 내고, 어머니는 즉시 이민을 가자고 졸라댈 게 분명하다고 확신했기 때문이다. 린드버그가 취임한 이래 일 년 반 동안 안전한 캐나다로 영구 이주한 유대인은 고작 이백에서 삼백 가구로 추산되었고, 터슈웰 가족은 아버지가 개인적으로 아는 최초의 탈주자 가족이었기에 그들의 결정을 알고부터 아버지는 크게 동요했다.

나치인 폰 리벤트로프와 그의 아내가 백악관 주랑 현관에서 린드버그 대통령 부부의 따뜻한 환영을 받는 장면도 충격적이었다. 그리고 유명한 손님들이 리무진에서 내린 뒤 폰 리벤트로프가 참석한 자리에서 만찬을 즐기고 춤을 출 생각에 젖어 환하게 미소 지으며 걸어가는 장면과, 랍비 라이오넬 벤겔스도르프와 이블린 핀클 양이 그 혐오스러운 행사에 참석한 어느 누구보다 감격하는 장면도 충격적이었다. "믿을 수가 없었어." 아버지가 말했다. "입이 귀에 걸려 있더군. 그리고 남편이 될 작자는 어떤지 알아? 자기가 만찬의 주인공이라고 착각하는 것 같았어. 당신 눈으로 직접 봐야 하는데. 마치 자신이 주인공인 것처럼 사람들을 향해 일일이 고개를 끄덕이더군." "하지만 왜," 어머니가 물었다. "그렇게 불쾌할 줄 알면서 거기에 갔어요?" "왜냐하면," 아버지가 말했다. "나는 매일 스스로에게 똑같은 질문을 던져. 어떻게 이 나라에서 이런 일이 일어날 수 있을까? 어떻게 이런 사람들이 이 나라를 맡게 되었을까? 내 눈으로 직접 보지 않으면 내가 환각을 일으켰다고 생각할 거야."

이제 막 식사를 시작한 참이었지만 샌디 형은 은식기를 내려놓더니 "하지만 미국에선 아무 일도 안 일어날 거예요, 아무 일도"라고 중얼거리며 식탁을 떠났다. 어머니가 형의 뺨을 후려친 이후로 처음은 아니었다. 이제 식사를 할 때 뉴스 이야기가 조금이라도 나오면 샌디 형은 아무 설명이나 변명도 없이 자리에서 일어나 문을 닫고 방으로 사라졌다. 처음 몇 번은 어머니가 형과 대화로 설득해 다시 식탁에 앉히려고 따라 들어갔지만, 형은 어머니가 포기하고 내버려둘 때까지 책상 앞에서 목탄 연필을 깎거나 스케치북에 멋대로 낙서를 했다. 단지 외로움에 내가 형에게 언제까지 이럴 거냐고 물을 때에도 형은 전혀 대꾸하지 않았다. 나는 형이 짐을 싸서 이블린 이모가 아니라 켄터키 농장의 마휘니 가족과 살기 위해 가출하지 않을까 하는 걱정이 들기 시작했다. 형은 이름을 샌디 마휘니로 바꿔버리고, 우리는 앞으로 영원히 앨빈 형을 못 볼 것처럼 샌디 형도 다시는 못 볼 것 같았다. 그리고 아무도 그를 꾀어낼 필요가 없었다. 형은 유대인과의 모든 인연을 끊기 위해 자진해서 기독교도들에게 넘어갈 테니. 아무도 그를 꾀어낼 필요가 없었다. 이미 다른 모든 사람과 마찬가지로 린드버그가 샌디 형을 성공적으로 꾀어냈으니!

나는 샌디 형의 행동이 너무 불안한 나머지 저녁마다 형의 시야에서 벗어나 주방 식탁에서 숙제를 했다. 아버지의 말을 엿듣게 된 건 그 때문이었다. 샌디 형이 공동주택 한구석에서 온 가족을 비웃으며 은둔해 있는 동안 아버지는 거실에서 석간신문을 읽었고 어머니에게 우리 집안의 소란이야말로 린드버그의 반유대주의자들이 '소박한 사람들' 같은 프로그램으로 유대인 부모와 자식 간에 불러일으키려고 한 바로 그런 불화임을 상기시켰다. 그러나 이 사실을 이해한 뒤 아버지는 셉시 터슈웰의 뒤를 따르지 않겠다는 결심을 더욱 굳혔다.

"무슨 이야기예요?" 어머니가 물었다. "터슈웰 가족이 캐나다로 간다는 말이에요?" "그렇소, 6월에." 아버지가 대답했다. "왜요? 왜 6월이죠? 6월에 무슨 일이 있나요? 당신은 언제 알았어요? 왜 나한테 아무 얘기도 안 했죠?" "당신이 걱정할까 그랬소." "그래요, 걱정스러워요. 왜 안 그러겠어요?" 어머니가 따져 물었다. "여보, 왜 6월에 떠난대요?" "떠날 때가 되었다고 판단했기 때문이오. 그 얘긴 그만합시다." 아버지가 부드럽게 말했다. "작은 아이가 주방에 있어요. 그 아인 겁을 먹을 만큼 먹었소. 셉시는 하루종일 앉아서 최신 뉴스를 봐요. 그게 셉시의 삶인데, 끔찍한 뉴스들이 그의 생각에 나쁜 영향을 미쳤고 그래서 그런 결정을 내린 거요."

"그런 결정을 내린 건," 어머니가 말했다. "그가 많은 걸 알기 때문이에요." "나도 많은 걸 알고 있소." 아버지가 날카롭게 반응했다. "나도 그에 못지않게 많이 알고 있지만 단지 다른 결론에 도달했을 뿐이오. 반유대주의자 놈들이 우리가 도망치길 바란다는 걸 모르겠소? 그놈들은 유대인들이 모든 것에 신물이 나서 영원히 떠나길 바라지. 그러면 이 훌륭한 나라를 독차지하게 되니 말이오. 하지만 내게 좋은 생각이 있어요. 그놈들이 떠나는 건 어떻소? 그 일당이 전부 나치 독일로 가서 그들의 총통 밑에서 사는 건 어떻소? 그런 다음 우리가 이 훌륭한 나라를 차지하는 거요! 여보, 셉시는 자기가 옳다고 생각하는 대로 살 수 있어요. 하지만 우리는 여기에 그대로 있을 거요. 이 나라에는 대법원이 있소. 프랭클린 루스벨트 덕분에 우리의 대법원은 우리의 자유와 권리를 보호하기 위해 존재해요. 더글러스 대법관이 있고, 프랭크퍼터 대법관이 있고, 머피 대법관과 블랙 대법관이 있지 않소? 그들은 법을 유지하기 위해 그곳에 있어요. 이 나라엔 아직 좋은 사람들이 많아요. 루스벨트가 있고, 이키즈가 있고, 라과디아 시장이 있소. 11월에 국회의원 선거가 있어요. 아직은 비밀투표가 보장되니 사람들은 누구의 간섭도 받지 않고 투표를 할 수 있어요." "사람들이 어느 쪽에 투표를 할까요?" 어머니는 이렇게 물은 뒤 즉시 스스로 대답했다. "사람들은 투표를 하겠죠. 그리고 공화당이 더욱 강해지겠죠." "조용히. 목소리를 낮춰요, 제발. 11월이 되면," 아버지가 말했다. "결과를 지켜봅시다. 그때에도 결정할 시간이 있을 거요." "시간이 없다면요?" "있을 거요. 제발, 여보." 아버지가 말했다. "매일 밤 이럴 순 없잖소?" 그게 아버지의 마지막 말이었고, 어머니가 애써 입을 다물고 더이상 말하지 않은 건 내가 숙제를 하고 있었기 때문일 것이다.

이튿날 학교가 끝나자마자 나는 챈슬러 애비뉴를 지나 클린턴플레이스의 모퉁이를 돈 뒤 고등학교를 벗어나 나를 알아보는 사람과 마주칠 확률이 낮다고 생각되는 곳에서 시내의 뉴스릴극장으로 가는 버스를 기다렸다. 나는 전날 밤 신문에서 시간표를 확인했다. 한 시간짜리 뉴스영화가 네시 오 분 전에 시작되므로 다섯시에 극장 맞은편의 브로드 스트리트 정류장에서 14번 버스를 타면 무사히 저녁시간에 맞춰 집에 갈 수 있었고, 폰 리벤트로프가 언제 나오느냐에 따라 더 빨리 돌아올 수도 있었다. 나는 어떻게 해서든 백악관에 간 이블린 이모를 봐야 했다. 우리 부모님처럼 이모가 그곳에서 한 행동이 소름 끼치고 화가 나서가 아니라 이모가 백악관에 간 것이 내게는 앨빈 형에게 일어난 일을 제외하고 우리 가족 중 누군가에게 일어날 수 있는 그 어떤 일보다 놀라웠기 때문이다.

나치의 거물, 백악관에 초대되다. 극장 앞 삼각형 차양의 양쪽 면에 검은색 글자로 큰 표제가 적혀 있었다. 게다가 샌디 형이나 얼 액스먼이나 우리 부모님과 상관없이 혼자 시내에 왔다는 사실 때문에 나는 매표소 창구 앞에 서서 표를 달라고 말할 때 마치 비행을 저지르는 것 같은 강한 느낌에 사로잡혔다.

"아이는 혼자 못 들어가." 표를 파는 여자가 내게 말했다. "난 고아예요." 내가 말했다. "난 라이언스 애비뉴에 있는 고아원에 살아요. 수녀님이 린드버그 대통령에 대해 알아오라고 보냈어요." "수녀님의 허가증을 갖고 있니?" 나는 버스에서 공책을 한 장 뜯어내 정성스럽게 쓴 허가증을 창구 안으로 밀어넣었다. 나는 수학여행에 갈 때 어머니가 적곤 하는 동의서를 흉내내어 작성한 뒤,

사인만 "메리 캐서린 수녀, 세인트피터고아원"이라고 적었다. 여자는 그 종이를 본 뒤 읽지도 않고 내게 돈을 내라고 손짓했다. 나는 앨빈 형이 준 10달러짜리 지폐 중 한 장—세인트피터성당의 고아에겐 물론이고 나처럼 작은 아이에게 엄청난 돈—을 내밀었지만, 바쁜 여자는 더이상 개의치 않고 잔돈으로 9달러 50센트를 거슬러주고 표를 한 장 내밀었다. 하지만 여자는 허가증을 돌려주지 않았다. "그거 다시 주세요." 그러자 그녀는 신경질적으로 "얘, 빨리 비켜"라고 말하면서 영화를 보기 위해 줄 서서 기다리는 사람들에게 자리를 내달라는 몸짓을 했다.

내가 들어가자마자 곧바로 불이 꺼지더니 군악이 나오고 필름이 돌아가기 시작했다. 뉴어크에 사는 남자라면 누구나(이 극장에 오는 여자는 매우 적었다) 그 믿을 수 없는 백악관 손님을 보고 싶어했기 때문에, 실내는 금요일 늦은 오후의 상영을 보러 온 사람들로 거의 만원이었다. 빈자리는 이층 발코니 맨 끝자리뿐이었기 때문에 이제 들어오는 사람들은 아래층 마지막 줄 뒤에 서서 영화를 봐야 했다. 그때 강한 흥분이 몰려왔다. 그것은 단지 해서는 안 되는 행동을 하고 있기 때문이 아니라 수백 개비의 담배에서 피어오르는 연기와 5센트짜리 시가의 값비싼 향기가 나를 둘러싼 탓이었다. 나는 남자들 사이에서 남자인 척하는 한 명의 소년이 느낄 법한 남성적인 마법에 흠뻑 빠져들었다.

영국군, 마다가스카르에 상륙해 프랑스 해군 기지를 점거하다.

프랑스 비시 정부의 장관 피에르 라발, 영국군의 조처를 "공격행위"라고 비난하다.

영국 공군, 사흘 밤 연속 슈투트가르트에 폭격을 퍼붓다.

몰타 상공에서 치열한 공중전을 벌이는 영국 전투기.

독일군, 케르치반도에서 소련군과의 백병전을 재개하다.

버마의 만달레이, 일본군에게 함락되다.

일본군, 뉴기니 정글에서 새로운 공격을 시작하다.

일본군, 버마에서 중국 윈난성으로 진격하다.

중국 게릴라, 광둥시를 습격해 일본군 오백 명을 사살하다.

수많은 철모, 군복, 무기, 건물, 항구, 해변, 식물, 동물—온갖 인종의 얼굴들—그러나 그 외에는 모두 똑같은 지옥의 풍경들, 큰 나라 중 미국만이 유일하게 면하고 있는, 그 무엇도 능가할 수 없는 불쾌하고 무서운 광경들이 끝없이 되풀이되었다. 터지는 박격포, 낮게 수그린 채 달리는 보병들, 소총을 머리 위로 든 채 뒤뚱거리며 상륙하는 해병대, 폭탄을 투하하는 비행기, 연기를 내뿜으며 나선형으로 추락하는 비행기, 공동묘지, 무릎을 꿇고 기도하는 군목, 임시로 만들어 세운 십자가, 침몰하는 배, 허우적거리는 수병들, 화염에 휩싸인 바다, 부서진 다리, 전차 포격, 표적 공격으로 두 동강이 난 병원, 폭격당한 유조선에서 치솟아오르는 불기둥, 진흙탕 속에 모여 있는 포로들, 들것에 운반되는 살아 있는 상반신, 총검에 찔린 민간인, 죽은 아기, 목이 잘린 시체에서 부글부글 흘러나오는 피……

그런 뒤 백악관이 나왔다. 황혼에 물든 봄날 저녁. 잔디밭 위로 길게 뻗은 그림자. 꽃이 만발한 관목숲. 꽃봉오리를 터뜨린 나무들. 제복을 입은 운전사들이 모는 리무진들과 정장 차림으로 리무진에서 나오는 사람들. 활짝 열린 주랑 현관의 문 뒤에서 바그너의 〈트리스탄과 이졸데〉의 주제를 대중적으로 편곡해 지난해 가장 인기 있는 노래로 부상한 〈인터메조〉를 연주하는 현악합주단. 우아한 미소. 조용한 웃음. 호리호리하고 사랑스럽고 잘생긴 미국 대통령. 그의 옆에는 재능 있는 시인이자 용감한 비행사이며 살해된 아이의 어머니이자 단정한 사교계의 명사. 은빛 머리의 말 많은 오늘의 주빈. 긴 새틴 드레스를 우아하게 입은 나치의 배우자. 환영사와 재담이 끝나자 구세계의 멋쟁이는 눈이 부실 정도로 멋진 예복을 입은 모습으로 왕실의 연극적인 예법에 심취한 채 영부인의 손에 멋들어지게 입을 맞췄다.

그의 총통이 외무장관에게 수여한, 가슴 주머니에 완벽하게 꽂혀 있는 실크 손수건으로부터 불과 몇 인치 밑에 달린 철십자훈장이 아니었다면, 인간의 교활함이 고안해낼 수 있는 가장 설득력 있고 가장 세련된 사기극이었다.

그리고 드디어 나타났다! 이블린 이모, 랍비 벤겔스도르프가 해군 호위병들을 지나 문간에 나타났다 사라졌다!

두 사람이 스크린에 나타난 시간은 대략 삼 초밖에 되지 않았지만, 나머지 국내 뉴스와 마지막의 스포츠 단신들은 내가 잘 이해할 수 없는 것들이었기 때문에, 나는 계속해서 랍비의 죽은 아내가 소유했던 보석들로 치장한 이모가 나오는 장면으로 필름이 되감기기를 바랐다. 수많은 비현실적인 사건을 카메라가 반박할 수 없는 사실로 입증했지만, 이블린 이모의 수치스러운 승리야말로 내겐 가장 비현실적이었다.

영화가 끝나고 불이 켜지자 제복을 입은 수위가 통로에 서서 손전등으로 나를 가리켰다. "너," 그가 말했다. "날 따라오너라."

수위는 로비로 빠져나가는 군중 사이로 나를 끌고 가서는 열쇠로 어떤 문을 연 뒤 좁은 계단을 올라갔다. 샌디 형과 내가 매디슨 스퀘어가든 집회 뉴스를 보러 온 날 올라간 그 계단이었다. "몇 살이냐?" 수위가 물었다.

"열여섯이요."

"아주 영리한 대답이야. 계속 그렇게 우겨봐라, 꼬마야. 크게 경을 칠 테니."

"빨리 집에 가야 해요." 내가 말했다. "버스를 놓치겠어요."

"버스를 놓치는 걸로 끝나지 않을 게다."

그는 뉴스릴 영사실의 그 유명한 방음문을 두드렸고 터슈웰 씨가 우리를 들어오게 했다.

그의 손에는 메리 캐서린 수녀의 허가증이 들려 있었다.

"이걸 네 부모님에게 안 보여드릴 수가 없겠다." 그가 말했다.

"그건 그냥 장난이에요." 내가 말했다.

"네 아버지가 너를 태우러 오고 있어. 사무실에 전화를 걸어 네가 여기 있다고 말했다."

"감사합니다." 나는 내가 배운 말씨로는 최대한 정중하게 말했다.

"거기 앉거라."

"하지만 그건 장난이었어요." 내가 다시 말했다.

터슈웰 씨는 다음 상영을 위해 필름을 준비중이었다. 주위를 둘러봤을 때 나는 극장의 유명한 후원자들이 사인을 한 사진들이 벽에서 사라진 걸 알았고, 터슈웰 씨가 이미 위니펙으로 가져갈 기념물을 챙기기 시작했음을 깨달았다. 또한 그렇게 심각한 이주를 앞둔 것만으로도 나를 엄격히 대하는 충분한 이유가 될 수 있음을 깨달았다. 그러나 또한 터슈웰 씨는 자신과 아무 상관이 없는 일에까지 종종 책임감을 발휘하는 엄한 성격의 어른이라는 인상을 풍겼다. 그의 외모나 말투로는 그가 우리 아버지와 함께 뉴어크의 서민 주택에서 자랐다고 생각하기 어려웠다. 그는 말수가 적었고, 아버지처럼 이민자 부모가 물려준 가난에서 벗어나기 위해 부단히 경계하고 계획을 세우고 부지런히 일한 덕에 지금 이 자리까지 올라왔지만 아버지보다 눈에 띄게 더 세련되고 자부심이 강해 보였다. 이런 사람들이 계속 유지해야 할 건 바로 열정이었다. 그들보다 높은 자리에 있는 기독교도들이 주제넘은 진취성이라 부르는 건 대개 이 열정이었다. 그들에겐 열정이 전부였다.

"지금 나가면," 내가 말했다. "아직 버스를 타고 집에 가서 저녁을 먹을 수 있어요."

"가만히 있거라."

"하지만 내가 뭘 잘못했나요? 난 이모를 보고 싶었어요. 이건 너무해요." 나는 거의 울먹이며 말했다. "난 이모가 백악관에 있는 걸 보고 싶었어요. 그게 다예요."

"네 이모는." 그는 이렇게 말한 뒤 더이상 말하지 않으려고 이를 악물었다.

다른 무엇보다 그가 이블린 이모를 경멸하는 게 서러워 눈물이 터지고 말았다. 그러자 터슈웰 씨도 인내심이 바닥났다. "괴로우냐?" 그가 냉소적으로 물었다. "그런데 뭐가 괴로운 거냐? 전 세계 사람들이 무슨 일을 당하고 있는지 전혀 모른단 말이냐? 네가 방금 본 것들을 하나도 이해를 못해? 앞으로는 진짜 울 이유가 있을 때에만 울거라. 앞으로 네 가족이 겪을……" 그는 돌연 입을 다물었다. 나처럼 하찮은 아이를 다루는 일에 품위 없이 감정을 분출하는 것에 익숙하지 않은 게 분명했다. 심지어 나도 그의 주장이 내 문제가 아닌 다른 문제와 관련이 있음을 이해할 수 있었지만, 그렇다고 해서 내가 견뎌야 하는 충격이 줄어들진 않았다.

"6월에 무슨 일이 일어나요?" 내가 물었다. 그건 전날 밤 어머니가 아버지에게 물었지만 아버지의 대답을 듣지 못한 질문이었다.

터슈웰 씨는 내 지능이 얼마나 낮은지를 확인하려는 듯 내 얼굴을 찬찬히 뜯어보았다. "이제 정신 차려라." 마침내 그가 말했다. 그리고 손수건을 건네주었다. "자, 눈물을 닦아."

나는 그가 하라는 대로 했다. 그러나 내가 또다시 "무슨 일이 일어나요? 왜 캐나다로 이사해요?"라고 묻자, 갑자기 그의 목소리에서 분노가 사라지고 그보다 더 강하고 더 부드러운 어떤 것, 다시 말해 그의 지성이 고개를 들었다.

"거기에 새 직장을 잡았단다." 그가 대답했다.

그가 끝내 진실을 감추고 있다는 생각에 나는 다시 겁을 먹고 눈물을 터뜨렸다.

약 이십 분 후 아버지가 도착했다. 터슈웰 씨는 내가 혼자 극장에 들어가기 위해 쓴 허가증을 아버지에게 건넸지만, 아버지는 종이를 펼쳐보지 않았고 즉시 내 팔을 붙잡고 극장을 빠져나와 거리로 나왔다. 그리고 나를 때렸다. 일전에 어머니는 형을 때렸고, 오늘 아버지는 메리 캐서린 수녀의 서류를 읽고 나서 처음으로 내 얼굴을 힘껏 후려쳤다. 이미 잔뜩 긴장해 있던—그리고 절대 샌디 형처럼 극기심이 강하지 않던—나는 무사태평한 봄날의 주말, 두 대양을 끼고 세계의 전쟁터에서 멀찍이 떨어진 독립된 성채, 우리를 제외하고 그 누구도 위험에 처하지 않은 린드버그의 평화로운 미국에서, 사무실이 밀집한 도심 지역에서 집으로 바삐 돌아가고 있는 그 모든 이교도의 눈앞에서, 매표소 옆에서 대성통곡하기 시작했다.

6

1942년 5월~1942년 6월

그들의 나라

1942년 5월 22일

친애하는 로스 씨에게

미국 내무부 산하의 동화청이 추진하는 '홈스테드 42'의 요청에 따라 우리 회사는 귀하를 비롯한 상급 직원들이 동화청이 새롭게 주도하는 과감한 국가정책에 포함될 자격이 있다고 판단해 재배치 기회를 드리고자 합니다.

미국 국회가 1862년 홈스테드 법을 통과시킨 지 정확히 팔십 년이 되었습니다. 미국 고유의 이 유명한 법은 새로운 미국 서부에 울타리를 세우고 정착하기를 원하는 농부들에게 사람이 살지 않는 공유지 160에이커를 사실상 무료로 제공한 바 있습니다. 그러나 그후 지금까지 모험적인 미국인들에게 그들의 지평을 넓히고 조국을 부강하게 할 새롭고 유익한 기회를 제공하는 그와 비슷한 정책은 전무했습니다.

메트로폴리탄라이프는 미국의 대기업과 금융기관들 중 새로운 홈스테드 정책에 참여하도록 선정된 최초의 그룹에 속하게 되었음을 자랑스럽게 여기고 있습니다. 이 새로운 정책은 미국의 젊은 가족들에게 정부가 지원하는 비용으로 그들이 지금껏 접근할 수 없었던 미국의 아름다운 지역에 뿌리를 내릴 수 있는 일생일대의 기회를 제공할 목적으로 수립되었습니다. '홈스테드 42'는 이 나라의 가장 오래된 전통에 따라 부모와 자녀가 세대를 이어가며 미국의 정신을 풍요롭게 가꿔나갈 수 있는 도전적인 환경을 제공할 것입니다.

이 통지서를 받은 즉시 귀하는 매디슨 애비뉴 지부의 '홈스테드 42' 담당자, 윌프레드 커스 씨와 연락하시기 바랍니다. 커스 씨는 당신의 모든 질문에 직접 답해드릴 것이고, 그의 직원들은 모든 면에서 최선을 다해 성심성의껏 당신을 지원해드릴 것입니다.

이 프로그램에 참여할 자격이 있는 수많은 메트로폴리탄라이프의 직원들 가운데 우리 회사가 선정한 최초의 1942 '홈스테드 정착민'이 되신 것에 대해 귀하와 귀하의 가정에 진심으로 축하드리는 바입니다.

호머 L. 카슨

인사관리 담당 부사장

며칠이 지나서야 아버지는 평정을 되찾고서 어머니에게 회사의 편지를 보여준 뒤 1942년 9월 1일까지 메트로폴리탄의 뉴어크 지부에서 켄터키주 댄빌에 새로 문을 여는 지부로 옮겨야 한다고 알렸다. 아버지는 커스 씨가 보낸 '홈스테드 42' 서류에 포함된 켄터키주 지도를 펼쳐놓고 우리에게 댄빌의 위치를 보여주었다. 그런 뒤 '푸른 초원의 주'라는 제목의 상공회의소 책자에서 한 페이지를 큰 소리로 읽었다. "'댄빌은 농촌 지역인 보일 카운티 청사 소재지로, 주에서 루이빌 다음으로 큰 도시인 렉싱턴 남쪽 약 60마일 거리에 있는 아름다운 켄터키의 전원 지역에 있다.'" 아버지는 더 흥미로운 사실들을 찾아 큰 소리로 읽으면 이 어처구니없는 상황이 어떻게든 진정될까 하는 생각에 책자를 후루룩 넘기기 시작했다. "'대니얼 분은 '황야의 길'을 개척해 켄터키 정착의 서막을 열었다…… 1792년 켄터키주는 애팔래치아산맥 서쪽에서 최초로 연방에 합류했다…… 1940년 켄터키주의 인구는 284만 5627명이었다.' 댄빌의 인구는, 어디 보자, 댄빌의 인구는 6700명이었군."

"그러면 댄빌에 유대인은," 어머니가 물었다. "6700명 중 몇이나 될까요? 주 전체에서는 얼마나 될까요?"

"당신도 이미 알잖소, 여보. 거의 없어요. 내가 말할 수 있는 건 그나마 다행이라는 거요. 몬태나주로 갈 수도 있었는데 겔러 가족이 가게 됐소. 캔자스주로 갈 수도 있었는데 거긴 슈워츠 가족이 갈 거고, 오클라호마주로 갈 수도 있었는데 거긴 브로디 가족이 갈 거요. 우리 사무실에서 일곱 명이 떠나는데 내가 제일 운이 좋소, 정말이오. 켄터키는 아름답고 기후도 좋은 곳이에요. 세상이 끝난 게 아니란 말이오. 우린 거기에서도 여기서 살던 대로 살 수 있어요. 어쩌면 더 나을 수도 있어. 모든 게 더 싸고 기후도 좋으니 말이오. 아이들이 다닐 학교도 있을 테고, 내가 다닐 직장도 있을 테고, 당신을 위한 집도 있을 거요. 어쩌면 아이들이 각방을 쓰고 뒷마당에서 놀 수 있는 집을 살 수도 있을 거요."

"도대체 어떻게 이런 뻔뻔한 짓을 하는 걸까요?" 어머니가 물었다. "어이가 없어 말이 안 나와요, 여보. 우리 가족은 여기에 있어요. 평생을 함께한 친구들도 여기에 있고, 아이들의 친구들도 여기에 있어요. 우린 태어나서 지금까지 여기에서 평화롭고 사이좋게 살았어요. 뉴어크에서 제일 좋은 초등학교가 한 블록 거리에 있고, 뉴저지에서 제일 좋은 고등학교가 한 블록 거리에 있어요. 우리 애들은 유대인들 사이에서 컸어요. 그리고 다른 유대인 아이들과 함께 학교에 다녀요. 아이들 사이에 마찰 같은 건 전혀 없어요. 욕을 하지도 않고, 싸움도 하지 않아요. 아이들은 내가 어렸을 때처럼 따돌림을 당하고 외로움을 느낄 필요가 전혀 없어요. 회사가 당신에게 이런 짓을 하다니 정말 믿을 수 없군요. 당신이 회사를 위해 밤낮으로 얼마나 열심히 일했는데," 어머니가 화를 내며 말했다. "그에 대한 보상이 고작 이거라니."

"얘들아," 아버지가 말했다. "궁금한 게 있으면 물어봐라. 어머니가 옳아. 이건 우리 모두에게 큰 충격이다. 다들 어안이 벙벙해서 말이 안 나올 거다. 그러니 생각나는 대로 뭐든 물어봐라. 누구든 당황하는 걸 아버지는 바라지 않으니까."

하지만 샌디 형은 당황하지 않았고 어안이 벙벙한 것 같지도 않았다. 샌디 형은 몸이 부르르 떨릴 정도로 감격했고 기쁨을 감추지 못했다. 지도에서 켄터키주 댄빌이 어디인지 정확히 알고 있었기 때문인데, 댄빌은 마휘니 씨의 담배 농장에서 14마일 거리에 있었다. 형은 또한 우리가 그곳으로 이사하게 된다는 것을 우리 중 누구보다도 훨씬 오래전부터 알았는지 모른다. 아버지와 어머니는 거기까지 얘기할 순 없었겠지만, 아무도 말하지 않고 있는 바로 그 사실 때문에 나마저 아버지가 그의 지부에서 '홈스테드 정착민'으로 뽑힌 일곱 명의 유대인에 포함된 것도 아버지가 회사의 새로운 댄빌 지부에 배정된 것도 너무나 우연한 일이 아님을 이해할 수 있었다. 아버지가 우리 공동주택의 뒷문을 열고 이블린 이모에게 집에서 나가 다시는 오지 말라고 말했을 때 우리의 운명은 벌써 그렇게 정해졌는지 모른다.

저녁을 먹은 후 우리는 거실에 모였다. 차분하고 평온한 분위기에서 샌디 형은 물어볼 게 전혀 없다는 듯 그림에 몰두하고, 나 역시 물어볼 게 없어 열린 창문의 방충망에 얼굴을 대고서 밖을 내다보고 있었다. 굳은 표정으로 생각에 잠긴 아버지는 자신이 패배했음을 알고서 거실을 천천히 왔다갔다하기 시작했으며, 어머니는 소파에 앉아 우리를 기다리고 있는 미래에 몸을 맡기기 싫다는 듯 작은 목소리로 연신 중얼거렸다. 이 대결의 드라마에서, 우리가 알지 못하는 그 무엇과의 싸움에서 부모님은 각자 워싱턴의 호텔 로비에서 상대방이 했던 역할을 바꿔 맡고 있었다. 나는 상황이 얼마나 악화되었는지, 현재 모든 것이 얼마나 혼란스러운지, 그리고 재난이 닥칠 때 얼마나 급격히 닥치는지를 실감했다.

세시경부터 쉬지 않고 돌풍이 불어대다 바람을 동반한 폭우가 갑자기 멈추더니, 마치 시계가 앞으로 훌쩍 건너뛰고 오늘 오후 여섯시에 내일 아침이 시작되려는 듯 눈부신 태양이 서쪽 하늘에 모습을 드러냈다. 우리 동네에 있는 이런 거리가 단지 비에 젖어 반짝인다는 이유로 어떻게 그런 황홀감을 불러일으킬 수 있을까? 나뭇잎에 덮여 발을 디딜 수 없게 된 인도 위 구덩이들과, 작은 마당에서 세로 홈통으로 쏟아진 빗물에 흥건히 잠긴 무성한 풀에서 풍기는 냄새가 마치 내가 열대우림에서 태어나기라도 한 것처럼 내 마음에 기쁨을 불러일으키다니 어찌된 일일까? 폭풍이 물러간 후 밝은 햇살에 물든 서밋 애비뉴는 빗물에 깨끗이 여러 겹 씻기고 난 지금 따사로운 환희에 몸을 녹이려 최대한 기지개를 폈고, 마치 한 마리의 반려동물처럼, 보드랍고 맥박이 뛰는 나만의 반려동물처럼 반짝이는 생명력으로 가득했다.

어떤 이유로도 나는 이곳을 떠날 수 없었다.

"그럼 아이들은 누구하고 놀죠?" 어머니가 물었다.

"켄터키에도 같이 놀 아이들이 많아요." 아버지는 어머니를 안심시켰다.

"나는 누구하고 얘기하죠?" 어머니가 물었다. "내가 평생 알고 지낸 여기 친구들과 똑같은 사람들이 있겠어요?"

"거기에도 여자들이 있어요."

"이교도 여자들." 보통 어머니는 경멸에서 힘을 얻는 사람이 아니었지만 지금은 경멸적으로 말했고, 그 정도로 당혹하고 위기감에 사로잡혀 있었다. "착하고 훌륭한 기독교도 여자들이," 어머니가 말했다. "나를 편안하게 해주려고 안간힘을 쓰겠죠. 그들은 이럴 권리가 없어요!" 어머니가 분명히 선언했다.

"여보, 제발, 큰 회사에서 일하다보면 이럴 수 있어요. 큰 회사는 항상 사람들을 이동시켜요. 그리고 그럴 땐 사람을 골라서 보내요."

"정부가 그렇다는 얘기예요. 정부가 이래서는 안 되죠. 사람들을 강제로 붙잡아 보낼 순 없어요. 난 그런 헌법을 들어본 적이 없어요."

"우릴 강제로 보내는 게 아니에요."

"그렇다면 왜 가야 하죠?" 어머니가 물었다. "그들은 우리에게 강요하고 있어요. 이건 불법이에요. 유대인이라는 이유로 유대인을 붙잡아서 그 사람들이 정한 곳에서 살라고 강요할 순 없어요. 한 도시를 점령해서 그들 멋대로 할 수도 없어요. 유대인들이 다른 사람들과 똑같이 살고 있는 이 뉴어크를 다른 도시로 바꾸겠다는 건가요? 이건 법에 어긋나요. 이게 법에 어긋난다는 걸 모르는 사람은 없어요."

"그러면," 샌디 형은 고개를 드는 것도 귀찮다는 듯 스케치하던 그림에서 눈을 떼지 않고 말했다. "미합중국을 고소할까요?"

"고소할 수 있어," 내가 형에게 말했다. "대법원에."

"형 말은 무시해라." 어머니가 내게 말했다. "네 형이 예절을 배울 때까지 계속 무시해라."

그러자 샌디 형은 자리에서 일어나 그림 도구들을 챙겨들고 방으로 들어갔다. 나는 아버지의 무방비 상태와 어머니의 고뇌를 더 이상 지켜볼 수 없어 앞쪽 현관을 열고 계단을 달려내려간 뒤 거리로 나섰다. 저녁식사를 마친 아이들이 벌써 거리에 나와 아이스캔디 막대기를 하수도에 버리고 나서 태풍이 아카시아나무에서 떨어뜨린 천연 퇴적물과 사탕 봉지, 딱정벌레, 병뚜껑, 지렁이, 담배꽁초, 그리고 용도를 알 수 없고 설명할 수 없지만 예상대로 꼭 하나씩 눈에 띄는 점액질로 뒤덮인 고무풍선이 그 나무 막대기와 함께 소용돌이치며 쇠살대를 넘어 꾸르륵거리는 하수구로 쏠려들어가는 광경을 지켜보고 있었다. 모든 아이가 잠자리에 들기 전 마지막으로 좋은 시간을 보내고 있었다. 그 아이들이 좋은 시간을 보낼 수 있는 것은 어떤 아이의 부모도 '홈스테드 42'에 협조하는 회사에서 일하고 있지 않아서였다. 그들의 아버지는 독립해서 일하거나, 형제나 인척과 동업을 하기 때문에 어디로도 이사할 필요가 없었다. 하지만 나 역시 아무데도 가지 않을 작정이었다. 미합중국 정부가 강요한다고 해서 하수도에서 생명의 특효약이 세차게 흘러넘치는 거리를 떠나지는 않을 작정이었다.

앨빈 형은 필라델피아 도박판에서 일하고 있었고, 샌디 형은 우리집에서 귀양살이를 하고 있었으며, 우리의 보호자인 아버지의 권위는 완전히 무너지진 않았지만 크게 위축되고 말았다. 이 년 전 아버지는 우리가 선택한 삶을 지키기 위해 본사로 차를 몰고 가서 사장을 직접 만나 자신의 경력을 발전시키고 수입을 높여줄 수 있지만 그 대가로 동맹원들이 득실거리는 도시에서 살라고 요구하는 승진 제안을 거절할 용기가 있었다. 이제 아버지는 대항해봤자 소용이 없고 우리의 운명이 자신의 손에서 벗어났다고 결론짓고서, 그때의 제안 못지않게 위험할 수 있는 이주 명령에 맞서 싸울 힘을 끌어모으지 않았다. 회사가 순순히 국가에 협력하자 아버지는 완전히 무기력해지고 말았다. 충격이었다. 이제 나 말고는 우리를 지킬 사람이 아무도 없었다.

이튿날 학교를 마친 후 나는 또다시 몰래 시내행 버스를 타기 위해 길을 나섰다. 이번에는 7번 버스를 탈 계획이었다. 이 버스는 서밋 애비뉴에서 약 4분의 3마일 정도를 가서 고아원 경작지의 반대쪽으로 달려 라이언스 애비뉴 거리에 접한 세인트피터성당 앞에서 꺾은 뒤 십자가가 높이 솟아 있는 첨탑 그늘 아래에 정차하기 때문에, 고등학교 앞을 지나고 클린턴플레이스까지 걸어가 14번 버스

를 타는 경우보다 이웃이나 학교 친구나 가족의 친구 눈에 띌 확률
이 훨씬 낮았다.

나는 성당 밖에서 거칠고 두툼한 천으로 된 낙낙한 검은색 수녀
복에 똑같이 파묻힌 두 명의 수녀 옆에서 버스를 기다렸다. 그때까
지 한 번도 자세히 볼 기회가 없었던 수녀복을 그날 처음으로 자세
히 뜯어보았다. 그 시절의 수녀복은 신발까지 내려왔고, 눈이 부시
게 하얗고 풀을 먹여 빳빳한 천으로 얼굴 윤곽을 둥글게 감싸 옆얼
굴을 완전히 가린 탓에 ― 그 빳빳한 두건은 머리, 귀, 뺨, 목을 가
렸고, 넓은 흰색 천이 두건을 감싸고 있었다 ― 전통에 따라 옷을
입은 가톨릭 수녀의 모습은 다른 누구보다 고풍스러웠고, 동네에
서 마주치면 장의사처럼 보여 오싹한 느낌을 주는 신부들보다 훨
씬 더 사람을 깜짝 놀라게 했다. 단추나 호주머니는 보이지 않았
고, 그래서 굵은 주름이 진 커튼처럼 머리끝에서 발끝까지 내려온
그 덮개를 어떻게 입고 어떻게 벗는지 도무지 짐작할 수 없었다.
혹은 긴 줄에 매달린 커다란 금속 십자가, 끈으로 꿴 묵주, 검은 가
죽벨트 전면에서 몇 피트 아래까지 내려와 대롱거리는 크고 반들
반들한 대리석 '왕구슬', 머리에 쓴 흰색 천에 고정되어 뒤로 넓게
펼쳐지다 허리까지 곧장 내려오는 검은색 베일 등에 뒤덮여 있는
것을 보아 과연 그 옷을 벗기나 하는 건지도 짐작할 수 없었다. 두
건으로 둘러싸인 채 맨살을 드러낸 작고 수수한 얼굴을 제외하고
온몸에서 보풀이나 폭신함이나 풀어진 흔적은 전혀 보이지 않았다.

나는 이들이 고아들의 생활을 감독하고 교구학교에서 아이들을
가르치는 수녀들일 거라고 추측했다. 둘 다 내 쪽을 보지 않았고,
나 역시 비록 영리한 아이라면 가져야 할 자기검열 능력이 점점 바

닥을 드러내며 자꾸 미스터리에 직면했고, 여자인 그들의 몸과 그 저급한 기능들에 관한 질문, 자칫 타락으로 빠질 수 있는 그 모든 의문 속으로 빠져들었지만, 얼 액스먼 같은 재치 있는 짝이 곁에 없는 탓에 가끔씩 힐끗거리며 훔쳐보기만 할 뿐 감히 똑바로 쳐다보진 못했다. 그날 오후의 비밀스러운 임무와 그 성과에 달린 모든 일이 이루 말할 수 없이 심각했지만, 나는 두 수녀 모두에게는 물론이고 어느 한 수녀 근처에 있기만 해도 너무나 순수하지 않은 어린 유대인의 상상에 젖어들었다.

수녀들은 운전사 뒤의 두 자리에 앉았고, 나는 뒤쪽 좌석들이 거의 다 비어 있었음에도 좁은 통로를 사이에 두고 그 반대편에 있는, 회전식 문과 요금통 바로 뒷좌석에 앉았다. 나는 거기에 앉을 마음이 전혀 없었고 내가 그러는 이유를 이해하지 못했지만, 고삐 풀린 호기심의 마수를 뿌리치고 먼 좌석으로 옮겨 앉는 대신 공책을 펼쳐들고 숙제를 하는 척했고 그러면서 그들이 가톨릭의 언어로 주고받는 말이 들려오기를 기대 반 두려움 반으로 기다렸다. 실망스럽게도 수녀들은 기도를 하는 건지 아니면 버스에서 주문을 외우며 그 짓을 하는 건지 아무 말이 없었다.

도심에서 오 분 거리도 안 되는 곳에 이르러 하이 스트리트와 클린턴 애비뉴의 넓은 교차로가 나오자 두 수녀는 자리에서 일어났고 로사리오 묵주에서 딸깍 하는 음악적인 소리가 울려나왔다. 교차로 한 모퉁이에 자동차 대리점이 있고 그 반대편에 리비에라호텔이 있었다. 내 곁을 지나갈 때 키가 더 큰 수녀가 통로에서 나를 내려다보며 막연히 슬픈 조용한 목소리로―메시아가 다녀간 사실을 내가 몰라서였을까―옆에 있는 동료에게 말했다. "어린애가 세수를 참 깔끔하게도 했어. 어쩜 이리 귀여울까."

내가 무슨 생각을 하고 있는지 알면 놀랄 텐데. 아니, 벌써 알고 있는지도 몰라.

몇 분 후 나도 버스에서 내렸다. 이제 버스는 브로드 스트리트에서 마지막으로 크게 돌고 레이먼드대로로 들어선 뒤 펜역 앞 마지막 정류장에 도착할 것이다. 나는 이블린 이모의 사무실이 있는 워싱턴 스트리트의 정부 청사를 향해 달리기 시작했다. 로비의 엘리베이터 안내원이 동화청은 맨 위층이라고 말해주었고, 나는 그곳으로 올라가 이블린 핀클을 찾았다. "샌디의 동생 아니니?" 접수원이 큰 소리로 말하더니 호감을 보이며 한마디 덧붙였다. "형을 쏙 빼닮았구나." "샌디 형이 다섯 살 많아요." 내가 말했다. "샌디는 정말 멋진 아이야." 그녀가 말했다. "다들 샌디와 있고 싶어한단다." 그녀는 버저를 눌러 이블린 이모의 사무실과 통화했다. "조카인 필립이 와 있습니다, 핀클 양." 몇 초 안에 이블린 이모는 내 손을 잡고 예닐곱 명의 남자와 여자가 타자기 앞에서 일하고 있는 책상들을 지나 시립도서관과 뉴어크박물관이 내려다보이는 사무실로 달려들어갔다. 이모는 내 볼에 입을 맞추고, 나를 껴안고, 그동안 얼마나 보고 싶었는지 얘기했고, 물론 우리 가족과 등을 돌린 이모를 만났다는 사실을 부모님이 알면 어떡하나 하는 두려움에 온갖 근심이 피어올랐지만 나는 사전에 계획한 대로 진행하기 위해 먼저 내가 혼자 몰래 뉴스릴극장에 가서 이블린 이모가 백악관에 있는 장면을 봤다고 털어놓았다. 나는 클린턴 스트리트의 사무실에 있는 아버지 책상의 족히 두 배는 돼 보이는 이모의 책상 옆에 앉아 이모에게 대통령 부부와 저녁을 먹을 때 어땠느냐고 물었다. 이모가 성심성의껏 자세히, 그리고 이모의 엄청난 배신에 이미 질려버린 아이에겐 잘 납득되진 않았지만 어쨌든 내게 감동을 전해주려고 열심히 대답하기 시작할 때, 나는 이모가 그렇게 쉽게 속아넘어가 단지 그것이 내가 여기 온 이유라고 생각하고 있다는 사실이 믿어지지 않았다.

사무실 안쪽 벽에 걸린 거대한 코르크 게시판에 두 장의 커다란 지도가 붙어 있었고, 지도 위에는 색색의 핀들이 군데군데 무리 지어 꽂혀 있었다. 큰 지도에는 마흔여덟 개 주가 모두 나와 있었고 작은 지도에는 뉴저지만 나와 있었다. 펜실베이니아주의 내륙 쪽 경계를 이루는 강은 학교에서 배운 것처럼 아메리카 원주민 추장의 무시무시한 옆얼굴처럼 보였는데, 이마는 필립스버그, 콧구멍은 스탁턴이었고, 턱은 밑으로 갈수록 좁아지다가 트렌턴 근처에서 목으로 변했다. 주에서 인구밀도가 높은 동쪽 귀퉁이에는 저지시티, 뉴어크, 퍼세이익, 패터슨을 포함했는데 북쪽으로 뉴욕주 최남단 카운티들과 자를 대고 그린 듯 반듯한 경계를 이루는 지역은 아메리카 원주민 깃털 관 뒤쪽 윗부분을 연상시켰다. 그때 내 눈에는 그렇게 보였고 지금도 그렇게 보이지만, 그 당시 나와 같은 배경을 가진 아이에겐 오감과 더불어 여섯번째 감각인 지리적 감각, 자신이 어디에 사는 누구이며 무엇에 둘러싸여 있는지를 감지하는 날카로운 감각이 있었다.

이블린 이모의 널찍한 책상 위에는 돌아가신 외할머니와 랍비 벤겔스도르프의 사진이 따로따로 액자에 끼워져 있었고 그 옆에 대통령과 영부인이 대통령 집무실에 나란히 서 있고 자필 서명이 들어간 큰 사진과 이브닝드레스 차림으로 대통령과 악수하는 이블린 이모의 작은 사진이 놓여 있었다. "리셉션 라인을 지날 때 찍은 거야." 이모가 설명했다. "만찬회장에 들어갈 때 한 명씩 대통령과 영부인 그리고 그날의 귀빈과 악수를 한단다. 손님 이름이 소개되고 기념사진을 찍으면 백악관에서 사진을 보내주지."

"대통령이 무슨 말을 했어?"

"'백악관에 잘 오셨소.' 이러시더라."

"손님이 대통령에게 대답을 해도 돼?"

"나는, '영광입니다, 대통령 각하'라고 말했지." 이모는 그 대화가 자신에게 대단히 중요했고, 어쩌면 미국 대통령에게도 중요했을지 모른다는 생각을 노골적으로 드러냈다. 언제나처럼 이블린 이모의 열정에는 사람을 잡아끄는 힘이 있었지만 우리 집안에 들이닥친 혼란을 생각할 때 나는 그 열정에 도사린 악마적인 면을 지나칠 수 없었다. 나는 살면서 단 한 번도 부모님이든 앨빈 형이든 몬티 삼촌이든 어른을 그렇게 가혹하게 비난한 적이 없었고, 완전한 바보의 파렴치한 허영심이 다른 사람의 운명을 그렇게 결정적으로 뒤바꿔놓을 수 있다는 점도 처음으로 깨달았다.

"폰 리벤트로프 씨도 만났어?"

이모는 마치 어린 소녀처럼 수줍어하며 대답했다. "폰 리벤트로프 씨와 춤을 췄단다."

"어디에서?"

"저녁을 먹은 후 백악관 마당에 나와 큰 장막 아래서 춤을 췄어. 아름다운 밤이었지. 오케스트라 연주가 흐르는 무도회. 라이오넬과 나는 외무장관과 그의 아내에게 소개되었어. 우린 잠시 대화를 나눴지. 그런데 그때 장관이 허리를 굽히고 인사를 하더니 나에게 춤을 청하는 거야. 춤을 아주 잘 춘다는 얘기를 듣긴 했는데 정말 잘 추더라. 그날 무도회에서 가장 완벽하고 가장 매력적이었어. 그리고 그의 영어는 흠잡을 데가 없어. 런던대학교에서 공부했고 그후 캐나다에서 사 년 동안 살았대. 본인 말로, 젊은 시절의 멋진 모험이었다고 하더라. 내가 보기에 그는 아주 매력적인 신사에다 대단히 지적이었어."

"그 사람이 무슨 말을 했어?" 내가 물었다.

"아, 대통령에 관한 얘기, 동화청에 관한 얘기, 그냥 살아가는 얘기, 우린 모든 것에 대해 얘기했어. 그는 바이올린 연주도 해. 대단하지 않니? 그는 라이오넬과 똑같아. 세상의 모든 것에 대해 지적인 얘기를 할 줄 아는 진정한 남자야. 필립, 여길 좀 봐. 내가 뭘 착용하고 있는지 보렴. 내가 들고 있는 가방이 보이니? 이 그물처럼 보이는 부분은 금이야. 이거 보이니? 스카라베 보여? 금, 법랑, 터키석으로 만든 스카라베야."

"스카라베가 뭐야?"

"풍뎅이란다. 풍뎅이처럼 깎은 보석이지. 그리고 그건 여기 뉴어크에서, 라이오넬의 첫번째 부인의 가문에서 만든 거야. 그들의 작업장은 세계적으로 유명했단다. 유럽의 왕들과 왕비들, 미국 최고의 부자들을 위해 보석을 만들었지. 내 약혼반지를 보렴." 이모는 향수 냄새가 풍기는 작은 손을 내 얼굴에 바짝 갖다댔다. 나는 갑자기 강아지가 된 것처럼 그 손을 핥고 싶어졌다. "돌이 보이니? 에메랄드란다, 사랑하는 나의 조카."

"진짜 에메랄드?"

이모가 내게 입을 맞췄다. "진짜야! 그리고 여기, 사진 속, 이건 고리 팔찌야. 금에 사파이어와 진주를 박은 거지. 전부 다 진짜야!"
이모는 다시 내게 입을 맞췄다. "외무장관이 그렇게 아름다운 팔찌
는 어디에서도 못 봤다고 했어. 그리고 내 목에 걸린 건 어떤 거 같
니?"

"목걸이?"

"페스툰 목걸이야."

"페스툰이 뭐야?"

"꽃줄, 꽃이 사슬처럼 이어졌단 뜻이야. '페스티벌'이라는 말 알
지? '페스티버티festivity'도 알고, '피스트feast'도 알지? 다 관련이
있는 말들이야. 그리고 이걸 보렴. 브로치 두 개, 보이지? 사파이어
란다. 필립. 금에 몬태나 사파이어를 박은 거야. 그런데 이 모든 걸
차고 있는 사람이 누군지 알겠니? 누구지? 이게 누구야? 이블린
이모야! 듀이 스트리트의 이블린 핀클! 이모가 백악관에 간 거야!
정말 믿을 수 없는 일 아니니?"

"응, 그런 거 같아." 내가 말했다.

"아, 필립." 이모는 나를 바짝 끌어당겨 온 얼굴에 입을 맞췄다.
"나도 그런 것 같아. 네가 날 보러 와서 정말 기쁘구나. 네가 정말
보고 싶었단다." 그때 이모는 마치 내 주머니에 훔친 물건이 들어
있는 것을 알아낸 양 나를 쓰다듬었다. 몇 년 후에야 나는 이모의
능숙하게 더듬는 손재주가 아마도 라이오넬 벤겔스도르프 같은 고
매한 인물에 의해 이블린 이모의 삶이 급격히 바뀐 원인이었으리
라 이해하게 되었다. 랍비는 머리가 뛰어나고 박학다식했으며 심
지어 이기적인 면에서도 타의 추종을 불허했지만, 이블린 이모는
그 남자 앞에서 조금도 주저하지 않았을 게 분명했다.

그후 계속된 포옹이 왜 천국 같았는지 그 당시엔 몰랐다. 내가
두 손을 어디에 놓든 이모의 부드러운 살결이 만져졌다. 내가 얼굴
을 어디로 움직이든 이모의 강렬한 냄새가 진동했다. 내가 눈을 어
디로 돌리든 이모의 옷, 너무 얇고 가벼워 눈이 부시게 화사한 슬
립을 가리지 못하는 새로 산 봄옷이 보였다. 그리고 내가 지금까지
본 것과 아주 다른, 다른 사람의 눈이 있었다. 나는 아직 욕망을 알
나이가 아니었고 당연히 '이모'라는 단어에 사로잡혀 다른 면은 보
지 못했지만, 그래도 도토리만한 음경이 제멋대로 딱딱해져 항상
그렇듯 성가시기만 하고 당황스러웠으며, 그래서 어머니의 서른한
살 된 여동생, 소심한 면이라고는 찾아볼 수 없고 언덕과 사과의
곡선을 본떠 만든 것 같은 작고 활기찬 엄지공주의 굴곡진 몸속에
파묻혀 있는 순간의 기쁨은 생동감이라곤 전혀 없는 그저 격앙된
느낌이었다. 그건 마치 우체부가 우리의 서밋 애비뉴 우편함에 넣
은 평범한 편지를 뒤집었을 때 내가 대단히 귀하다고 알고 있는 불
완전하게 인쇄된 희귀 우표가 붙어 있는 걸 봤을 때와 같았을 뿐,
그 이상은 결코 아니었다.

"이블린 이모?"

"우리 조카."

"우리 켄터키로 이사하는 거 이모도 알고 있어?"

"응, 그런데 왜?"

"난 가기 싫어, 이모. 난 우리 학교에 계속 다니고 싶어."

이모는 급히 한 발 물러났고, 이제 결코 애인 같지 않은 태도로
내게 물었다. "누가 널 보냈지, 필립?"

"누가 나를 보내? 아무도 안 보냈어."

"사실대로 말해. 누가 널 여기로 보냈지?"

"정말이야. 아무도 안 보냈어."

이모는 책상 뒤 의자로 돌아갔고, 이모의 눈빛을 본 나는 자리에서 일어나 도망치기 위해서라면 무엇이든 해야 할 것 같은 생각이 들었다. 하지만 나는 지금 포기하고 도망치기에는 너무 큰 것을 원하고 있었다.

"켄터키에 가도 두려워할 건 전혀 없어." 이모가 말했다.

"두려운 게 아냐. 그냥 가고 싶지 않은 거야."

이모는 침묵했지만 그마저도 위압적이라 만일 내가 정말 거짓말을 하고 있었다면 하는 수 없이 이모가 원하는 대로 자백을 했을 것이다. 가엾은 여자. 이모의 삶은 숨 돌릴 새조차 없는 긴장의 연속이었다.

"셀던과 그애 엄마가 우리 대신 가면 안 돼?" 내가 물었다.

"셀던이 누군데?"

"우리집 아래층에 사는데 아버지가 죽었어. 지금 그애 엄마는 메트로폴리탄에 다녀. 왜 우리는 가야 하는데 그 집은 안 가도 돼?"

"네 아빠가 이러라고 시켰니, 필립?"

"아냐, 절대 아냐. 내가 여기에 온 거 아무도 몰라."

하지만 아직도 나를 믿지 못하는 게 눈에 보였다. 아버지에 대한 반감은 명백한 진실에도 꿈쩍하지 않을 정도로 지독했다.

"셀던이 너와 함께 켄터키로 가는 걸 좋아할까?" 이모가 물었다.

"셀던에게 물어보지 않았어. 잘 모르겠어. 난 그냥 걔네가 대신 갈 수 있는지 궁금했어."

"사랑하는 필립, 뉴저지 지도를 한번 볼래? 지도에 꽂힌 핀들이 보이지? 핀 하나하나가 재배치에 선정된 가족을 나타내는 거야. 이제 전국 지도를 보렴. 여기에도 핀이 많지? 그건 뉴저지의 가족에게 배정된 위치를 나타내는 거란다. 이 모든 위치는 이 사무실과 워싱턴DC 본부, 그리고 각 가족이 이사할 주에서 일하는 아주 많은 사람이 힘을 합쳐서 배정한 거야. 뉴저지에서 가장 크고 가장 중요한 회사들이 '홈스테드 42'와 협력해서 직원들을 재배치하고 있어. 네가 상상하는 것보다 훨씬 크고, 훨씬 중요한 계획에 따라 모든 일이 진행되고 있단다. 그리고 당연한 얘기지만 어떤 결정도 어느 한 사람이 내리지 않아. 하지만 설령 그래도, 내가 결정을 내리는 사람이고, 그래서 네가 친구들과 함께 그 학교를 계속 다닐 수 있도록 무언가를 할 수 있다고 해도 말이야, 네가 적어도 부모 때문에 겁을 집어먹고 빈민가를 떠나기 싫어하는 유대인 아이보다 더 훌륭한 아이가 되는 게 너한테 굉장히 유익할 거라는 내 생각에는 변함이 없을 듯하구나. 너의 가족이 샌디에게 무슨 짓을 했는지 생각해보렴. 그날 밤 너도 뉴브룬스위크에서 네 형을 봤지? 네 형이 그 모든 사람 앞에서 담배 농장에서 겪은 모험담을 얘기하는 걸 봤지? 그날 밤 기억나지?" 이모가 물었다. "넌 형이 자랑스럽지 않았니?"

"자랑스러웠어."

"그런데 켄터키에서 사는 게 무섭다고 하던? 샌디가 조금이라도 무서워하는 것 같았어?"

"아니."

그러자 이모는 책상 안에 손을 넣어 뭔가를 꺼내더니 자리에서 일어나 다시 내가 앉아 있는 곳으로 돌아왔다. 이모의 예쁜 얼굴,

이목구비가 큼직하고 짙게 화장을 한 얼굴이 갑자기 아주 다르게 보였다. 감정적인 여동생을 쉽게 집어삼킨다고 어머니가 지목한, 그 탐욕스러운 충동이 물씬 풍기는 육감적인 얼굴이었다. 물론 루이 14세의 궁정에서 자란 아이라면 그런 친척의 야망과 만족을 보더라도 이블린 이모가 내게 내뿜는 것과 같은 의미심장하고 위협적인 기운은 느끼지 않았을 것이다. 또한 우리 부모님이 궁정에서 후작과 후작부인으로 자랐다면 랍비 벤겔스도르프 같은 성직자의 세속적인 진출을 조금도 추하게 여기지 않았을 것이다. 사람들이 지위를 이용해 아주 작은 이익까지 거머쥐려고 다툼을 벌이는 곳이면 항상 곰팡이처럼 번지는 비열한 부패 행위를 한껏 즐기는 사람보다는 차라리 라이언스 애비뉴의 버스에서 만난 두 수녀에게서 위안을 구하는 게 어쩌면 내겐 더 해롭지 않고, 어쩌면 훨씬 더 이로웠을지 몰랐다.

"용기를 내렴, 필립. 용감한 아이가 되렴. 죽을 때까지 서밋 애비뉴 현관 계단에 쭈그리고 앉아 있을래, 아니면 샌디처럼 넓은 세상으로 나가 남들이 우러러보는 훌륭한 사람이 될래? 네 아빠 같은 사람들이 대통령을 싫어하고 욕한다는 이유로 내가 백악관에 가서 대통령을 만나는 걸 두려워했다면 어땠겠니? 그 사람들이 외무장관을 욕한다고 해서 내가 그 사람을 만나기를 두려워했다고 생각해 봐. 익숙하지 않은 것에 부딪힐 때마다 움츠려선 안 돼. 네 부모처럼 겁쟁이로 자라서는 안 돼. 그러지 않겠다고 약속하렴."

"약속할게."

"자," 이모가 말했다. "이걸 받아." 이모는 손에 쥐고 있던 두 개의 작은 종이갑 중 하나를 내 손에 건넸다. "널 주려고 백악관에서 가져왔어. 사랑한다, 우리 조카. 맛있게 먹으렴."

"이게 뭔데?"

"후식 초콜릿이야. 금박지에 싸여 있어. 초콜릿 표면에 뭐가 새겨져 있는지 알아? 대통령 인장이야. 하나는 네 것이고, 자, 샌디 걸 너한테 줄 테니, 전해주겠니?"

"알았어."

"백악관에서 식사를 하면 마지막에 이 초콜릿이 나와. 은접시에 담겨 나오지. 이걸 본 순간 너희 생각이 났어. 내가 세상에서 제일 행복하게 해주고 싶은 아이들이니까."

나는 초콜릿을 꼭 쥔 채 자리에서 일어났고, 이블린 이모는 한 팔로 내 어깨를 감싸고 이모 밑에서 일하는 그 모든 이를 지나 복도로 나온 뒤 엘리베이터 버튼을 눌렀다.

"셸던의 성이 뭐니?" 이모가 물었다.

"위시노우."

"그애하고 제일 친하니?"

내가 그애를 싫어한다고 어떻게 설명할 수 있을까? 그래서 결국 나는 거짓말을 하고 말았다. "응, 친해." 이모는 진심으로 나를 사랑했고, 나를 행복하게 해주고 싶다는 말은 절대 거짓말이 아니었다. 그래서 며칠 후 내가 고아원 옆에서 주위에 아무도 없을 때까지 기다렸다가 마침내 담장 너머로 초콜릿을 처리해버린 바로 그 날, 위시노우 부인은 메트로폴리탄으로부터 그녀의 가족이 켄터키 주로 이사할 수 있는 행운을 잡게 되었다고 알리는 편지를 받았다.

5월의 마지막날 일요일 오후, 우리 아버지를 비롯해 '홈스테드

42'의 후원 아래 메트로폴리탄 뉴어크 지부에서 다른 곳으로 재배치된 유대인 보험 외판원들은 우리집 거실에 모여 비밀회의를 열기로 했다. 모두 아이들은 집에 남겨두는 게 좋겠다고 동의하고서 아내와 단둘이 왔다. 이른 오후 샌디 형과 나는 셸던 위시노우와 함께 회의에 필요한 의자들을 준비했고, 위시노우 씨 집에 있는 접이식 의자 세트도 이층으로 옮겼다. 일이 끝나자 위시노우 부인은 우리 셋을 차에 태워 힐사이드의 메이페어극장에 데려다주었고, 우리는 극장에서 동시 상영 영화를 본 다음 회의가 끝나면 아버지의 차를 타고 돌아오기로 했다.

다른 손님들은 며칠만 있으면 위니펙으로 이사할 셉시 터슈웰과 에스텔 터슈웰, 그리고 최근에 어빙턴에서 아버지의 둘째 형 레니 삼촌이 소유한 남성복점 바로 위에다 법률사무소를 차린 친척 먼로 실버먼이었다. 레니 삼촌은 샌디 형과 내가 학교에 입고 갈 새 옷들을 '원가로' 갖다주곤 했다. 어머니는 존중하라고 배운 모든 것을 참을성 있게 존중하는 성품 탓에 우리 지역의 랍비인 하이먼 레스닉을 회의에 초대하자고 제안했지만, 일주일 전 우리집 주방에 모인 다른 주최자들은 어머니의 생각에 시큰둥했고, 제안자를 존중하는 뜻에서 몇 분 동안 논의한 뒤(그때 아버지는 랍비 레스닉에 대해 항상 외교적으로 해오던 말을 외교적으로 되풀이했다. "난 그 사람을 좋아하고, 그의 아내도 좋아하고, 정말 진심으로 그가 직무를 훌륭히 수행한다고 생각하지만, 사실 그는 머리가 뛰어나진 않아요, 안 그래요?") 어머니의 제안을 묵살했다. 우리 가족과 친밀한 이 사람들은 어린아이인 내가 들어도 즐거울 정도로 〈프레드 앨런 쇼〉의 주인공들처럼 다양하고 유쾌한 목소리를 냈고 석

간신문의 만화 캐릭터들처럼 제각기 다르게 생겼지만—그 당시는 진화의 심술궂은 재치가 과격하게 두드러져 보일 때였고, 얼굴과 몸의 개조된 젊음이 성인의 열망으로 자리잡기 한참 전이었다— 핵심은 아주 비슷한 사람들이었다. 그들은 모두 가족을 부양하고, 가계를 꾸리고, 연로한 부모를 보살피고, 자신의 소박한 가정을 돌보고, 거의 모든 사회 문제에 대해 똑같이 생각하고, 선거일에 똑같이 투표했다. 랍비 레스닉은 주택 지구 변두리의 노란색 벽돌로 지은 변변치 않은 회당을 관장했다. 모든 사람은 대제일에 속하는 신년제와 속죄일에 예배를 드리기 위해 매년 최대 사흘씩 회당을 찾았지만, 그 외에는 사람이 죽었을 때 정해진 기간 동안 매일 의무적으로 기도문을 암송할 때를 제외하고는 거의 어떤 일로도 회당을 찾지 않았다. 랍비는 결혼식과 장례식을 집전하고, 성년식을 거행하고, 병원에 입원한 환자를 문안하고, 장례 후 시바* 기간에 유족을 위로했지만, 그때를 제외하고는 사람들의 일상에서 어떤 중요한 역할도 하지 않았고, 그를 존경하는 우리 어머니를 포함해 그 누구도 그에게 그런 역할을 기대하지 않았다. 이는 레스닉이 머리가 뛰어나지 않아서만은 아니었다. 비록 오랜 세월 우리 가족을 포함해 몇몇 가족은 일주일에 한 번씩 살아 있는 부모를 찾아뵙고 식사를 할 때 주로 연로한 부모들을 위해 코셔 율법을 지켰지만, 유대인 신분은 이미 랍비의 지위나 회당, 또는 형식적으로 치르는 몇몇 종교적 관습에서 나오는 게 아니었다. 심지어 유대인 신분은 높은 곳에서 나오는 것도 아니었다. 물론 금요일마다 해질 무렵 어

---

* 유대교에서 직계 가족의 장례식 후 고인을 애도하는 칠 일간의 의식.

머니는 관습에 따라(그리고 어렸을 때 외할머니를 보고 배운 대로 비장하고 경건하고 섬세하게) 안식일 초에 불을 붙일 때 히브리어 이름으로 신을 불렀지만, 그 외에는 어느 누구도 '아도노이'*를 언급하지 않았다. 이들은 유대인으로 살기 위해 어떤 큰 조직에 가입하거나, 어떤 신앙이나 교의를 고백할 필요가 없는 유대인이었고, 다른 어떤 언어도 필요로 하지 않았다. 그들에겐 하나의 언어, 모국어가 있었고 그 모국어의 표현 가능성을 자유자재로 활용했으며 카드를 칠 때든 판매 상담을 할 때든 토박이로서 조금도 부족함 없이 그 언어를 구사했다. 그들이 유대인이라는 것은 재난이나 불행이 아니었고 '자랑할' 업적도 아니었다. 유대인 신분은 그들이 제거할 수 있는 대상이 아니었다. 그들이 유대인인 것은 그들이 미국인인 것처럼 그들 자신에게서 우러나왔다. 그들이 유대인인 것은 사실 그 자체이고, 본질적 사태이고, 몸속에 동맥과 정맥이 있는 것처럼 근본적이었다. 그래서 어떤 결과가 닥치든 간에 그들은 그 사실을 바꾸거나 부인하고 싶은 욕구를 털끝만큼도 드러내지 않았다.

나는 이 사람들을 평생 알고 지냈다. 여자들은 속내를 털어놓고 요리법을 교환하고, 전화로 서로의 불행을 동정하고 때가 되면 서로의 생일을 축하하기 위해 20마일 거리의 맨해튼으로 가 브로드웨이 공연을 보곤 하는 가깝고 의지 되는 친구 사이였다. 남자들은 한 지부에서 여러 해 동안 일하고 있을 뿐 아니라 한 달에 두 번씩 저녁에 만나 여자들이 마작을 하는 동안 피노클 카드놀이를 했고, 때때로 일요일 아침에 무리 지어 아들들을 데리고 머서 스트리트

---

* 히브리어로 '나의 주'.

의 사우나에 갔는데, 그 자녀들의 나이는 모두 샌디 형과 내 나이 사이였다. 현충일, 독립기념일, 노동절에 이 가족들은 보통 우리의 주택 지구에서 서쪽으로 10마일 정도 떨어진 목가적인 사우스마운틴자연보호구역으로 소풍을 갔다. 그곳에서 아버지들과 아들들은 편자 던지기를 하고, 편을 갈라 소프트볼을 하고, 누군가 켜놓은 잡음 섞인 휴대용 라디오, 우리의 세계에서 가장 매혹적인 신기술로 야구 중계를 들었다. 남자아이들은 굳이 친한 사이가 아니어도 아버지들 간의 유대를 통해 서로 연대의식을 느꼈다. 모든 아이 중 셸던이 가장 약하고, 가장 자신감이 없고, 누구보다 본인에게 더 고통스러운 일이었지만 가장 운이 없었고, 나는 하필 그런 셸던과 유년기가 끝날 때까지, 어쩌면 그 이후까지 함께 보내기로 계약을 맺고 말았다. 가족이 재배치 통보를 받은 후 셸던은 더 집요하게 나를 따라다녔고, 댄빌의 초등학교에 가면 우리 두 사람이 유일한 유대인 학생이 될 게 분명했기 때문에 나는 우리 부모님뿐 아니라 댄빌의 이교도들에 떠밀려 셸던의 자연스러운 동맹자이자 단짝이 되어야 하는 운명을 앞두고 있었다. 셸던과 붙어 지내야 하는 것이 켄터키주에서 나를 기다리고 있는 최악의 시련은 아닐지 몰랐지만, 아홉 살 소년이 상상해볼 때 그건 참을 수 없는 고통이었고 그래서 반항적인 충동을 강하게 부채질했다.

어떻게? 그건 아직 몰랐다. 나는 그저 반항의 소용돌이에 휩쓸리기 직전에 있는 느낌이었다. 그 충동에 이끌려 지하실 창고에 쌓인 쓸 만한 짐 밑에서 물자국이 배어 있는 판지 여행 가방을 찾아내 안팎으로 곰팡이를 닦아낸 뒤, 어머니의 성화에 떠밀려 일층으로 내려가 언짢은 기분으로 체스를 배울 때마다 셸던의 방에서 몰래 옷을 하나씩 훔쳐 그 가방에 숨겼다. 나는 어머니가 옷이 사라진 걸 발견하고 조만간 내게 그 이유를 물을 거라고 확신하지 않았다면 그 가방에 내 옷을 채워넣었을 것이다. 어머니는 여전히 주말마다 빨래를 하고 세탁한 옷들을 다림질하고 정리했을 뿐 아니라 토요일마다 내게 드라이클리닝을 한 옷들을 남성복점에서 가져오라고 시켰고, 그래서 어머니의 머릿속엔 양말 하나하나의 위치까지 완벽하게 기입된 우리 모두의 옷장 목록이 들어 있었다. 반면에 셸던에게서 옷을 훔치기는 식은 죽 먹기였고, 한편으로는 나를 자신의 반쪽 자아로 여기고 집착하는 것에 대한 짜릿한 복수 같았다. 속옷과 양말은 속옷 밑에 감추고 팔을 움츠리면 감쪽같았기 때문에 위시노우의 집에서 훔쳐 가방이 있는 지하실로 갖고 내려가기가 쉬웠다. 셸던의 바지, 스포츠 셔츠, 신발은 몰래 감추고 나오기 더 어려웠지만, 도둑질에 성공하고 나서 한참 동안 들키지 않았을 정도로 셸던은 주의가 산만한 아이였다.

나는 일단 셸던에게서 필요한 물건을 모두 훔쳐 모았지만 다음에 뭘 해야 할지 알 수 없었다. 셸던과 나는 키가 거의 같았고, 그래서 오후에 나는 용기를 내어 몰래 창고에 들어가 내 옷을 벗고 셸던의 옷으로 갈아입은 뒤 그 자리에 서서 "안녕하세요, 제 이름은 셸던 위시노우입니다"라고 속삭여보았다. 순간 괴물이 된 듯한 느낌이 들었다. 그건 단지 셸던이 내게 그런 괴물이 된 지금 상황에서 내가 셸던인 척하고 있기 때문이 아니라, 부모님을 속이고 뉴어크를 몰래 쏘다니더니 이제 어두운 지하실에서 이런 변장 파티까지 벌이고 있는 걸 보면 내가 셸던보다 훨씬 더 큰 괴물이 된 게 분명했기 때문이다. 난 혼수까지 갖춘 괴물이었다.

앨빈 형이 준 20달러 중 남은 19달러 50센트도 가방 안 옷 밑에 쑤셔넣었다. 나는 서둘러 내 옷으로 갈아입고 여행 가방을 다른 짐 밑에 밀어넣은 뒤, 셸던의 성난 아버지 유령이 교수형에 쓰는 밧줄로 내 목을 감아 죽이기 전에 계단을 한달음에 뛰어올라 골목으로 나왔다. 다음 며칠 동안 나는 지하실에 감춰놓은 물건과 그 물건을 감춰놓은 나만의 은밀한 목적을 잊고 지낼 수 있었다. 심지어 나는 최근에 시작한 이 무모한 장난을 결코 심각한 탈선으로 생각하지 않았고 얼과 함께 기독교도를 미행한 장난처럼 무해하다고 여겼다. 그러나 며칠 후 저녁 우리 어머니가 아래층으로 급히 내려가 위시노우 부인의 손을 붙잡고 부인을 위해 차를 한 잔 끓이고 그녀를 침대로 데려갔을 때, 과로에 지친 셸던의 어머니는 애처로운 표정으로 괴로워하며 그녀의 아들이 "옷을 잃어버리는" 납득할 수 없는 행동을 보인다고 호소했다.

그동안 셸던은 그의 어머니가 시키는 대로 숙제를 하러 우리집에 올라와 있었다. 셸던은 굉장히 괴로워했고 눈물을 흘리며 말했다. "난 잃어버리지 않았어. 어떻게 내 신발을 잃어버릴 수 있겠어? 어떻게 내 바지를 잃어버릴 수 있겠어?"

"네 어머닌 곧 잊어버리실 거야." 내가 말했다.

"아니, 절대 안 그래. 엄마는 절대 잊어먹지 않아. 엄마는 '우린 구빈원으로 가게 될 거다'라고 말했어. 엄마한텐 모든 게 '최후의 결정타'야."

"체육시간에 두고 온 거 아냐?" 나는 넌지시 물었다.

"말도 안 돼. 체육시간에 어떻게 옷을 놔두고 와?"

"셸던, 어딘가 놔두고 왔을 거야. 잘 생각해봐."

이튿날 어머니는 출근하기 전, 학교 갈 준비를 하고 있는 내게 셸던이 사라진 옷을 대신해 입을 수 있도록 내 옷을 몇 벌 선물하면 어떻겠냐고 제안했다. "네가 안 입는 옷이 있어. 레니 삼촌이 가져온 옷 중 네가 너무 초록색이라고 말한 그 셔츠, 그리고 샌디의 코르덴 바지, 너한테 전혀 안 맞는 그 갈색 바지 말이야, 셸던에겐 잘 맞을 것 같구나. 위시노우 부인은 지금 무척 힘들단다. 네가 마음을 써드린다면 큰 위로가 될 거야."

　"속옷은요? 셸던한테 내 속옷도 갖다줄까요? 지금 속옷을 벗을까요?"

　"그렇게까지 할 필요는 없어." 어머니는 나의 짜증을 달래기 위해 미소 지었다. "초록색 셔츠와 갈색 코르덴 바지, 그리고 네가 안 매는 오래된 벨트 하나면 충분할 거야. 네가 결정하렴. 하지만 네가 그렇게 하면 위시노우 부인에게 큰 힘이 될 거고, 셸던에게 정말 큰 힘이 될 거야. 셸던은 널 무척 좋아해. 너도 알지?"

　즉시 이런 생각이 들었다. '엄마는 알아. 내가 무슨 짓을 했는지 알아. 엄마는 모든 걸 알아.'

　"하지만 셸던이 내 옷을 입고 돌아다니는 게 싫어요." 내가 말했다. "셸던이 켄터키에서 이 사람 저 사람한테, '이걸 봐, 난 로스의 옷을 입고 있어'라고 말하는 게 싫어요."

　"켄터키는 우리가 거기에 가게 되면 그때 걱정하렴."

　"셸던은 여기에서도 그 옷을 입고 학교에 갈 거예요, 엄마."

　"도대체 왜 그러는 거니?" 어머니가 나무랐다. "뭐가 문제니? 이상하게 변하고 있구나!"

　"엄마도 그래요!" 나는 책을 들고 집을 뛰쳐나와 학교로 향했다.

그리고 정오에 점심을 먹으러 집에 왔을 때 내 방 옷장에서 내가 싫어하는 초록색 셔츠와 전혀 안 맞는 코르덴 바지를 꺼내 아래층으로 갖고 갔다. 셸던은 주방에서 그의 어머니가 만들어놓은 샌드위치를 먹으면서 혼자 체스를 두고 있었다.

"자," 나는 옷을 식탁 위에 던졌다. "너한테 주는 거야." 그런 다음 우리의 삶이 각자 다른 방향으로 나아가는 데 조금이나마 효과가 있기를 바라면서 이렇게 말했다. "이제 날 그만 따라다녀!"

샌디 형, 셸던, 내가 영화를 보고 돌아왔을 때 먹다 남은 조제식품점 샌드위치가 우리의 저녁으로 차려져 있었다. 어른들은 거실에서 회의를 할 때 먼저 식사를 했고 이젠 다들 집으로 돌아갔지만, 위시노우 부인은 그녀 자신과 아버지를 잃은 그녀의 아들을 짓밟기로 작정한 그 모든 것과 밤이든 낮이든 맞붙어 싸울 태세로 주먹을 움켜쥔 채 우리집 주방에 앉아 있었다. 부인은 우리 셋과 함께 일요일 밤의 코미디 프로그램을 들었고, 우리가 저녁을 먹는 동안 바람결에 몰래 다가오는 맹수의 냄새를 맡은 동물이 갓 태어난 새끼를 지켜보듯 셸던을 바라보았다. 위시노우 부인은 우리가 오기 전 설거지를 하고 마른행주로 그릇을 닦아 찬장에 넣었고, 어머니는 지금 거실에서 카펫 청소기로 카펫을 청소하고 있었으며, 아버지는 쓰레기를 모아 버리고 셸던의 집에서 가져온 접이식 의자들을 다시 아래층으로 가져가 위시노우 씨가 자살한 벽장 안쪽에 넣었다. 모든 창문을 활짝 열고 담뱃재와 꽁초를 변기에 버린 뒤 물을 내렸고, 유리 재떨이를 깨끗이 씻어 술병을 보관하는 찬장 선반에 다시 갖다놓았지만 고약한 담배 냄새는 집안 곳곳에 배어 가실 줄 몰랐다(그날 오후 술은 한 병도 찬장에서 나오지 않았고, 미국에서 태어난 근면한 1세대 가정에서 흔히 실천하는 엄격한 금주 습관에 따라 단 한 명의 손님도 술 한 방울 청하지 않았다).

당분간 우리의 삶은 예전과 똑같이 흘러갔고, 가족들은 제자리를 지켰으며, 습관적 의례가 주는 위안 덕분에 지금과 같은 상태가 무엇에도 쫓기지 않고 영원히 계속되리라는 어린아이의 평화로운 환상은 그럭저럭 유지되었다. 우리는 좋아하는 라디오 프로그램에 주파수를 맞췄고, 저녁에 옥수수가 뚝뚝 떨어지는 소고기샌드위치를 먹고 후식으로 커피케이크를 먹었으며, 주중에는 열심히 학교에 다니고 주말에는 동시 상영하는 영화를 실컷 관람하는 일상으로 되돌아갔다. 그러나 우리는 부모님이 미래에 대해 어떤 결정을 내렸는지, 다시 말해 셉시 터슈웰 씨가 사람들에게 캐나다로 이민을 가라고 설득했는지, 법이 허락하는 범위에서 아무도 해고되지 않고 재배치 정책에 이의를 신청할 수 있는 방안이 사촌형 먼로의 머리에서 나왔는지, 아니면 그날 모인 사람들이 정부가 아무런 감정 없이 내린 이주 명령의 이모저모를 따져본 뒤 어떤 대안도 찾지 못하고서 결국 더이상 시민권을 충분히 누릴 수 없는 현실을 인정했는지 전혀 몰랐다. 그래서 완전한 일상을 살아가는 중에도 평소처럼 흐드러지게 하루하루를 즐길 수는 없었다.

셸던은 샌드위치를 허겁지겁 먹는 바람에 얼굴이 머스터드소스 범벅이 되었다. 나는 셸던의 어머니가 팔을 뻗어 종이 냅킨으로 셸던의 얼굴을 닦아주는 걸 보고 놀랐고, 셸던이 자신의 어머니가 그렇게 하도록 놔두는 걸 보고 더욱 놀랐다. 나는 '아버지가 없으니까'라고 생각했고, 이즈음 셸던의 모든 면이 그 때문이라고 믿고 있었지만, 이번에는 정말 그런 것 같았다. 그때 문득 '켄터키에서도 계속 이럴 거야'라는 생각이 들었다. 로스 가족은 세상을 등지고, 셸던과 그의 어머니는 저녁마다 찾아온다.

전투적인 목소리로 우리를 대변하는 월터 윈첼은 아홉시에 나왔다. 모든 사람이 일요일 저녁마다 귀를 기울이며 윈첼이 '홈스테드 42'를 마구 공격하기를 기다렸지만 끝내 아무 말이 없자 아버지는 흥분을 가라앉히고 책상 앞에 앉아 루스벨트를 제외하고 미국의 마지막 희망이라 생각되는 사람에게 보낼 편지를 썼다. "윈첼 씨, 이건 실험입니다. 이건 히틀러가 했던 짓입니다. 나치 범죄자들은 작은 일로 시작하고, 그래도 별 문제가 없으면, 당신과 같은 사람이 아무도 경계의 목소리를 높이지 않으면……" 하지만 어머니가 그 편지는 결국 FBI의 손에 들어갈 거라고 확신하는 바람에 아버지는 그후 일어나리라 짐작되는 소름 끼치는 일들을 나열할 수 없었다. 어머니는 그 편지를 월터 윈첼에게 부쳐봤자 절대 그에게 당도하지 않을 거라고 판단했다. 우체국에서 편지를 빼돌려 FBI로 보내면 FBI는 그 편지를 '로스, 허먼'이라는 이름표가 붙은 서류철에 꽂아넣을 것이고, 그 서류철 옆에는 이미 '로스, 앨빈'이라는 이름표가 붙은 서류철이 있으리라는 게 어머니의 추론이었다.

아버지는 "천만에. 미국의 우편제도는 절대 그렇지 않아요"라고 주장했지만, 어머니의 상식적인 응수는 바닥에 남아 있던 그의 확신을 즉석에서 증발시켜버렸다. 어머니가 말했다. "당신은 거기 앉아 윈첼에게 편지를 쓰고 있어요. 당신은 윈첼에게 그들이 그런 짓을 해도 괜찮다는 걸 알고 나면 뭐든 할 거라고 경고하고 있어요. 그런데 지금 당신은 그 사람들이 우편제도를 그들 마음대로 할 수

314

없다고 말하는 건가요? 우리 아이들은 벌써 FBI한테 심문을 받았어요. 앨빈이 한 일 때문에 FBI는 벌써 우리를 독수리처럼 감시하고 있어요." "하지만 그래서 윈첼에게 편지를 쓰는 거예요. 내가 달리 뭘 해야 하겠소? 내가 그 이상 뭘 할 수 있겠소? 당신이 안다면, 나에게 충고를 해줘요. 그냥 여기 앉아서 최악의 순간을 맞아야 하겠소?"

아버지의 무기력한 혼란 속에서 어머니는 기회를 보았고, 무정해서가 아니라 필사적이었기 때문에 그녀는 그 기회를 움켜잡고 아버지를 몰아붙였다. "셉시는 가만히 앉아 편지를 쓰면서 최악의 순간을 기다리지 않잖아요?" "두 번 다시," 아버지가 말했다. "캐나다 얘긴 꺼내지 말아요!" 마치 캐나다가 모르는 사이에 우리 모두를 시름시름 앓게 하고 있는 질병의 이름 같았다. "듣고 싶지 않아요. 캐나다는," 아버지의 목소리는 확고했다. "해결책이 아니에요." "해결책은 그것뿐이에요." 어머니가 애원했다. "난 도망치지 않을 거요!" 아버지가 소리치자 모두 깜짝 놀랐다. "여긴 우리 나라요!" "아니에요," 어머니가 슬프게 말했다. "이젠 아니에요. 여긴 린드버그의 나라예요. 이교도의 나라, 그들의 나라예요." 어머니의 격한 목소리와 충격적인 말들 그리고 눈앞에 닥친 악몽 같은 현실은 여느 마흔한 살 남자보다 더 건강하고 집중력이 뛰어나고 낙심할 줄 모르는 인생의 절정기에 있는 아버지로 하여금 자신의 굴욕적인 모습을 똑똑히 보게 만들었다. 거인 같은 힘을 가진 헌신적인 아버지가 더이상 가족을 보호할 수 없는 무능력자가 되어 옷장에서 목을 매고 죽은 위시노우 씨와 똑같은 신세로 전락한 것이다.

샌디 형은 조숙한 생각을 가진 중요한 존재로 인정받지 못한 것이 못내 부당하다는 생각에 속으로 분노를 삭이고 있었다. 그에게 부모님의 말은 늘 어리석게만 들렸다. 나와 단둘이 있을 때 형은 이블린 이모에게서 주워들은 단어들을 거리낌없이 내뱉었다. "게토 유대인들." 샌디 형이 말했다. "겁에 질린, 편집증에 빠진 게토 유대인들." 집에 있을 때 형은 부모님이 어떤 주제에 관해 어떤 얘기를 하든 부모님을 비웃었고, 내가 그의 혹독한 비난을 의심하는 것 같으면 나를 비웃었다. 형은 이미 비웃음을 진지하게 즐기기 시작한 듯했고, 어쩌면 부모님은 평상시에도 들떠 있는 사춘기 소년의 경멸 섞인 조롱을 최대한 참고 넘기는 듯했지만, 1942년 그때 형의 행동이 단지 불쾌한 수준에 그치지 않았던 이유는 우리에 대한 위협이 안개에 싸여 명확히 보이지 않는 곤란한 상황임에도 형이 계속 면전에서 부모님을 헐뜯고 비난해서였다.

"편집증이 뭐야?" 내가 물었다.

"자기 그림자를 무서워하는 사람. 전 세계가 자신을 공격한다고 생각하는 사람. 켄터키가 독일에 있고 미국 대통령이 나치 돌격대원이라고 생각하는 사람." 형은 흠잡기를 좋아하는 이모가 자신을 천한 유대인과 구별할 때마다 피우는 그 거드름을 똑같이 따라 하며 말했다. "정부에서 이사 비용을 대주고, 자식들에게 출셋길을 열어주는데…… 편집증 환자가 어떤지 아니? 미친 사람이야. 머리가 돈 사람. 엄마 아빠는 미쳤어. 그런데 뭐 때문에 미쳤는지 알아?"

나의 대답은 린드버그였지만, 형한테 감히 그 말을 하진 못했다. "뭐 때문이야?"

"더러운 게토에서 얼간이들처럼 살기 때문이야. 이블린 이모한 테 들은 건데, 랍비 벤겔스도르프가 이런 사람들을 뭐라고 부르는

지 알아?"

"뭐라고 부르는데?"

"랍비는 이 사람들을 '고난을 당하리라 끝끝내 확신하는 유대인'이라고 부른대."

"그게 무슨 뜻이야. 이해를 못하겠어. 쉽게 얘기해봐. '고난'이 뭐야?"

"고난? 너희 유대인들은 그걸 추어리스*라고 부르지."

위시노우 가족은 아래층으로 내려갔고, 샌디 형은 숙제를 끝내기 위해 주방에 있었고, 부모님은 앞쪽 거실에서 월터 윈첼의 방송을 들었다. 나는 불을 끄고 침대에 누워 있었다. 더이상 린드버그, 폰 리벤트로프, 켄터키주 댄빌에 대해 누구로부터든 공포스러운 말을 듣고 싶지 않았고, 셸던과 보내야 할 나의 미래에 대해서도 생각하고 싶지 않았다. 나는 단지 아주 깊은 잠 속으로 사라졌다가 아침에 다른 곳에서 깨어나고 싶었다. 하지만 무더운 밤이었고 창문들을 활짝 열어둔 탓에 아홉시 정각이 되자 거의 모든 방향에서 윈첼의 방송을 알리는 유명한 시그널 음악이 몰려들었다. 먼저 수신기로 모스부호가 들어올 때 발생하는 소란스러운 단음과 장음이 들려왔다(샌디 형은 그 신호는 아무 의미가 없다고 가르쳐주었다). 그다음 수신기 소리가 어느 정도 희미해졌을 때 윈첼의 열광적인 목소리가 온 동네의 모든 집에서 울려나왔다. "안녕하십니까, 미국의 신사 숙녀 여러분……" 그뒤를 이어 사람들이 목을 빼

---

* 히브리어로 '문제, 고민, 도발'.

고 기다리던 스타카토 음절의 일제사격, 모든 것을 뒤집어놓을 속이 뻥 뚫리는 윈첼의 응징이 시작되었다. 평소 어머니와 아버지에게 상황을 정리하고 미지의 사건들을 합리적으로 보이도록 설명할 힘이 있을 땐 분위기가 절대 이렇지 않았지만, 상황이 미쳐 돌아가고 있는 지금 이곳에서 윈첼은 이미 내게도 완전한 신이었고 아도노이보다 훨씬 중요했다.

"안녕하십니까, 미국의 신사 숙녀 여러분, 그리고 바다에서 항해하는 모든 선원 여러분. 전 국민에게 알립니다! 속보입니다! 쥐새끼 같은 얼굴을 한 조 괴벨스와 그의 상관인 베를린 백정 놈을 기쁘게 하려는 듯, 린드버그의 파시스트들은 미국의 유대인을 공식적으로 겨냥하기 시작했습니다. 자유의 땅에서 유대인을 조직적으로 박해하려는 1단계 계획의 가증스러운 명칭은 '홈스테드 42' 입니다. '홈스테드 42'는 미국의 날강도 같은 재벌 가운데서도 가장 존경할 만한 작자가 지원하고 선동하고 있습니다. 하지만 고마워할 필요는 없습니다. 인간의 탐욕을 지지하는 차기 국회에서 린드버그의 공화당 똘마니들이 엄청난 세금 감면으로 보상해줄 테니까요.

뉴스를 전해드립니다. '홈스테드 42'를 시작으로 히틀러의 부헨발트수용소처럼 지은 강제수용소에 유대인들을 몰아넣을지 말지, 린드버그의 두 나치 괴수인 휠러 부통령과 헨리 포드 내무장관은 아직 결정을 못하고 있습니다. 제가 '몰아넣을지 말지'라고 했나요? 저의 형편없는 독일어를 용서하십시오. 그건 '언제 몰아넣을지'라는 뜻이었습니다.

계속 뉴스를 전해드립니다. 미국 북동부에 사는 이백스물다섯 가구의 유대인 가족에게 친척과 친구들로부터 수천 마일 떨어진 낯선 곳으로 퇴거하라는 명령이 이미 내려졌습니다. 정부는 국민의 관심을 피하기 위해 이 일차 퇴거 명령을 전략적으로 축소하고 있습니다. 왜일까요? 그것은 사백오십만에 달하는 유대계 미국 시민을 말살하려는 정책의 서곡이기 때문입니다. 유대인은 히틀러를 따르는 미국우선주의자들이 번성하고 있는 모든 지역으로 널리 흩어질 것입니다. 그렇게 되면 민주주의를 파괴하는 우익 분자들, 애국자와 기독교도라 불리는 자들은 정부의 장단에 맞춰 하룻밤 사이에 이 고립된 유대인 가족들을 벼랑 끝으로 내몰 겁니다.

미국의 신사 숙녀 여러분, 권리장전이 휴짓조각이 되고 인종혐오에 물든 자들이 국가를 운영하는 지금, 다음 희생자는 누구일까요? 휠러와 포드가 정부 자금으로 추진하고 있는 박해와 학살 계획의 다음 희생자는 누구일까요? 오랜 고통에 시달리고 있는 흑인들일까요? 열심히 일하는 이탈리아인들일까요? 최후의 모히칸족일까요? 우리 중 어느 민족이 아돌프 린드버그의 이 아리안 아메리카에서 더이상 환영받지 못하는 민족으로 전락하게 될까요?

최신 정보가 있습니다! 여러분의 특파원 월터 윈첼은 '홈스테드 42'가 일찍이 1941년 1월 20일에도 준비중이었음을 알게 되었습니다. 미국 파시즘의 신질서 아래 파시스트 무리가 백악관에 입성하고 미국 총통과 그의 나치 공범이 아이슬란드에서 은밀히 협약을 맺은 날입니다.

최신 정보가 또 있습니다! 여러분의 특파원 월터 윈첼이 최근에 알게 된 바에 따르면, 린드버그의 아리아인들이 미국 유대인을 점진적으로 재배치하고 결국 대량 수감하는 대가로, 히틀러는 영국

해협 너머에 있는 영국제도에 대규모 군사 침략을 감행하지 않기로 동의했다고 합니다. 아이슬란드에서 우리의 사랑하는 두 총통은 명백한 이유가 없는 한 푸른 눈과 금발을 가진 진정한 아리아인을 몰살시키는 것은 말이 되지 않는다고 동의했습니다. 그런데 오스월드 모슬리가 이끄는 영국 파시스트당이 1944년이 되기 전 다우닝가 10번지를 차지하고 독재를 시작하지 않는다면 마침내 히틀러에겐 아주 명백한 이유가 생기리라는 것은 불 보듯 빤한 일입니다. 1944년은 삼억의 러시아 국민을 나치의 노예로 삼고 모스크바의 크렘린궁 위에 하켄크로이츠 깃발을 휘날리려는 인종주의 계획이 완료되는 해가 될 것입니다.

미국 국민은 그들이 선출한 대통령이 저지르고 있는 이 반역 행위를 언제까지 두고 볼까요? 미국인들은 파시즘 제5열인 공화당 우익이 나치의 십자가와 깃발 아래 우리의 소중한 헌법을 휴짓조각처럼 찢어발기는 것을 언제까지 두고 볼까요? 여러분의 뉴욕 특파원, 월터 윈첼과 계속 함께하시기 바랍니다. 곧이어 린드버그의 음험한 거짓말을 시원스럽게 폭로하겠습니다.

잠시 후 최신 뉴스와 함께 돌아오겠습니다!"

그때 세 가지 일이 동시에 일어났다. 아나운서 벤 그로어가 차분한 목소리로 프로그램을 후원하는 기업을 위해 핸드로션을 광고하기 시작했고, 저녁 아홉시에는 절대 울리지 않는 전화가 내 방과 면해 있는 복도에서 울리기 시작했고, 샌디 형이 폭발했다. 단지 라디오 때문에(하지만 아버지가 즉시 거실 의자에서 벌떡 일어날 정도로 격렬하게) 샌디 형은 소리를 치기 시작했다. "이 더러운 거짓말쟁이! 거짓말만 늘어놓는 비열한 자식!"

"조용히 해라." 아버지가 주방으로 달려들어가며 말했다. "이 집에서는 절대 그런 말을 쓰지 마라. 그만해."

"하지만 어떻게 저런 쓰레기 같은 말을 듣고 있을 수 있어요? 강제수용소라니요? 강제수용소 같은 건 없어요! 전부 다 거짓말이에요. 갈수록 야비한 거짓말로 한심한 족속을 꼬드기고 있어요! 윈첼이 허풍쟁이라는 건 온 나라가 다 알아요. 모르는 사람은 한심한 족속들뿐이에요."

"그게 정확히 누굴 말하는 거냐?" 아버지의 말이 들려왔다.

"난 켄터키에서 살아봤어요! 켄터키는 미국의 마흔여덟 개 주 중 하나예요! 켄터키 사람들도 다른 사람들과 똑같이 살아요! 강제수용소가 아니라고요! 그자는 그 빌어먹을 핸드로션을 팔아 수백만 달러를 버는데, 한심한 족속들은 그 작자를 믿고 있어요!"

"불결한 단어를 쓰지 말라고 이미 말했다. 그리고 그 '한심한 족속'에 대해 잘 들어라. 한 번만 더 '한심한 족속'이라는 말을 입에 담으면, 이 집에서 쫓아낼 거야. 여기 대신 켄터키에 가서 살고 싶다면, 펜역까지 태워줄 테니 다음 기차를 타고 가거라. 나도 '한심한 족속'이 무슨 뜻인지 잘 안다. 너도 잘 알고, 모든 사람이 알아. 이 집에서는 두 번 다시 그 두 단어를 사용하지 마라."

"어쨌든, 내 생각에 월터 윈첼은 거짓말쟁이예요."

"좋아," 아버지가 말했다. "그건 네 생각이고 넌 자유로이 생각할 권리가 있다. 하지만 다른 미국인들은 다르게 생각해. 수백만의 대중이 일요일 밤마다 빼놓지 않고 월터 윈첼의 방송을 듣는단다. 그리고 그 사람들은 절대 너와 네 똑똑한 이모가 말하는 그 '한심한 족속'이 아니야. 윈첼의 방송은 아직도 청취율이 가장 높은 뉴스 프로그램이야. 프랭클린 루스벨트는 다른 신문 기자들에겐 절대 말하지 않는 것들을 월터 윈첼에게 털어놓는다. 그리고 내 말을 진지하게 새겨들어라. 그것들은 모두 사실이야."

"난 아버지의 말을 진지하게 들을 수가 없어요. 아버지가 대중 운운하는데 어떻게 진지하게 듣겠어요? 대중은 완전히 멍청해요!"

그사이 어머니는 복도에서 전화를 받았고 나는 침대에서 어머니의 말소리도 들을 수 있었다. 네, 그럼요. 윈첼의 방송을 듣고 있어요. 그래요, 정말 소름 끼쳐요. 생각했던 것보다 더 심하네요. 그래도 이젠 세상에 알려지게 됐잖아요. 네, 윈첼 쇼가 끝나는 대로 전화하라고 할게요.

어머니는 네 번 연속 이렇게 통화했고, 다섯번째 전화벨이 울렸을 땐 어느덧 광고가 끝난 터라 전화를 받기 위해 급히 일어나지 않았다. 전화를 건 사람은 틀림없이 윈첼의 속사포 같은 폭로에 두려움을 느낀 또다른 친구였겠지만 말이다. 어머니와 아버지는 거실로 돌아와 라디오 앞에 앉았고 샌디 형은 방으로 들어왔다. 샌디 형이 야간등을 켜고 잠자리에 들 준비를 하는 동안 나는 잠이 든 척했다. 펌프 스위치가 달린 그 작은 등은 뛰어난 손재주로 멋진 물건들을 만들어내던 형이 기술시간에 완전히 잡동사니로 만든 발명품이었다. 그 축복받은 시절 형은 아직 이데올로기 투쟁에 물들지 않은 예술적인 소년이었다.

우리가 그렇게 늦은 시간에 그렇게 쉴새없이 전화기를 사용한 것은 이 년 전 할아버지가 돌아가신 이후로 처음이었다. 열한시가 다 되도록 아버지는 모든 사람에게 회신 전화를 했고, 그뒤로도 부

모님은 한 시간가량 주방에 남아 조용히 대화를 나눈 뒤 잠자리에
들었다. 그리고 다시 두 시간이 흘렀을 때 나는 부모님이 깊이 잠
들고 내 옆 침대에 누워 있는 형도 더이상 천장을 노려보지 않고
잠이 들었다고, 그래서 아무에게도 들키지 않고 침대에서 일어나
뒷문 자물쇠를 열고 공동주택을 조용히 빠져나간 뒤 지하실 계단
을 내려가 어둠 속에서 맨발로 축축한 바닥을 더듬더듬 가로질러
창고로 갈 수 있다고 확신했다.

어떤 충동이나 히스테리가 나를 조종하는 건 분명 아니었고, 내
결정이 멜로드라마 같거나 무모하다는 느낌도 전혀 없었다. 후에
사람들은 말 잘 듣고 예의바른 4학년 모범생인 내가 알고 보니 그
렇게 놀랄 정도로 책임감이 없는 몽상에 빠진 아이일 거라고는 생
각도 못했다고 말했다. 하지만 그건 절대 얄팍한 몽상이 아니었다.
나는 연기를 하는 게 아니었고 재미로 장난을 하는 것도 아니었다.
어쨌든 얼 액스먼과 했던 장난은 훈련으로 유익했지만 목적은 완
전히 달랐다. 나는 분명 정신병자 같은 상태로 곤두박질친다고 느
끼지 않았다. 위시노우 씨의 유령을 정신력으로 격퇴하고 앨빈 형
의 빈 휠체어를 봐도 겁을 먹지 않겠다고 다짐하곤 창고에 들어가
잠옷을 벗고 셀던의 바지를 입을 때에도 내가 아주 멀쩡하다고 느
꼈다. 내 마음에는 온통 우리 가족과 우리의 친구들이 더이상 피할
수 없고 어쩌면 끝내 헤어나지 못할 수도 있는 재난에 저항하겠다
는 결심뿐이었다. 나중에 부모님은, "이 아이는 자기가 뭘 하고 있
는지 몰랐다"고 말했고, 그래서 공식적인 이유는 '몽유병'이 되었
다. 하지만 나는 절대 혼미하지 않았고 나의 동기는 뚜렷했다. 혼
미했던 건 내가 과연 성공할 수 있느냐였다. 한 선생님은 내가 수

업시간에 배운, 남북전쟁 전 흑인 노예를 북부로 탈출시킨 비밀 조
직인 지하철도조직에 자극을 받아 '과대망상'에 빠졌다는 이론을
내놓았다. 절대 그렇지 않았다. 나는 샌디 형과 달랐다. 샌디 형에
겐 기회가 오면 즉시 역사의 흐름에 올라타 큰 사람이 되겠다는 욕
심이 있었다. 나는 절대 역사에 발을 담그고 싶지 않았다. 나는 가
급적 작은 사람이 되고 싶었다. 나는 고아가 되고 싶었다.

　놔두고 갈 수 없는 게 딱 하나 있었다. 내 우표첩이었다. 만일 내
가 사라진 후에도 내 우표첩이 온전히 남아 있을 거라고 믿을 수
있었다면, 나는 마지막 순간 방을 나가기 전 옷장 서랍을 열고 최
대한 조용히 양말과 속옷 밑의 우표첩을 꺼내지 않았을 것이다. 그
러나 우표첩이 찢어지거나 버려지거나 최악의 경우 통째로 다른
아이한테 넘어갈지 모른다고 생각하니 도저히 견딜 수 없었고, 그
래서 나는 우표첩을 겨드랑이에 단단히 끼고 우표첩과 함께 마운
트버넌에서 구입한 구식 소총 모양의 편지봉투 칼도 함께 챙겼다.
나는 생일카드 외에 내 앞으로 오는 유일한 우편물—'세계에서 가
장 큰 우표회사'인 H.E.해리스사가 매사추세츠주 보스턴 17번지에
서 내게 정기적으로 보내주는 '어프루블'*을 열 때 그 칼의 총검 부
위를 이용해 깔끔하게 개봉하곤 했다.

　집을 몰래 빠져나와 텅 빈 거리를 나서 고아원으로 향하던 순간
부터 이튿날 잠에서 깨어 침대 맡에 서 있는 부모님의 엄한 얼굴

---

* 상품을 먼저 보내주면 고객이 희망하는 물품만 구입하고 나머지는 되돌려보내는
통신판매의 일종.

을 본 순간까지 아무것도 기억나지 않았다. 내 코에서 부지런히 튜브를 빼내던 의사가 말하길, 내가 지금 베스이스라엘병원에 입원해 있으며 두통이 심할 테지만 조만간 괜찮아질 거라고 했다. 머리가 깨질 듯 아팠지만 그건 혈전이 뇌에 압력을 더해서가 아니었다. 부모님은 정신을 잃은 채 피를 흘리고 있는 나를 발견했을 때 그럴 가능성이 있다고 생각했다. 뇌 손상 때문도 아니었다. 엑스레이를 찍어보니 두개골 골절은 없었고, 뇌신경 검사를 해본 결과 신경이 손상된 것도 아니었다. 3인치가량 찢어져 열여덟 바늘을 꿰매고 다음주 실밥을 제거한 것과 무엇에 어떻게 얻어맞았는지 기억이 없다는 것 외에 심각한 문제는 전혀 없었다. 흔히 발생하는 뇌진탕이고 그 때문에 기억상실과 통증이 온 거라고 의사가 말했다. 말에게 차인 것이나 그 사고로 이어지는 일련의 사건들은 전혀 기억나지 않았지만, 의사는 그것도 흔한 일이라고 말했다. 그것을 제외하면 내 기억은 정상이다. 다행이다. 의사는 다행이라는 말을 몇번이나 되풀이했고 그 말은 머리가 깨질 듯 아픈 나를 놀리는 것처럼 들렸다.

　사람들은 하루종일 그리고 밤새도록 나를 관찰했고, 한 시간마다 나를 깨우며 내가 다시 의식을 잃지 않았는지 확인했다. 이튿날 의사는 일이 주 동안 가벼운 활동만 하라고 지시한 후 나를 퇴원시켰다. 어머니는 일을 쉬고 병원에서 나를 간호했고 퇴원하는 날에도 나와 함께 버스를 타고 집으로 왔다. 나는 약 열흘 내내 머리가 아팠고 머리가 아파도 어쩔 도리가 없었기 때문에 학교에 가지 않고 집안에 머물렀지만, 사람들은 내가 무사하다고 했고 내가 무사한 것은 멀리서 내가 기억하지 못하는 거의 모든 일을 목격한 셸던의 덕이 크다고들 했다. 만일 셸던이 내가 뒤쪽 계단으로 내려가는 소리를 듣고 침대에서 살금살금 빠져나오지 않았다면, 그리고 어둠에 잠긴 서밋 애비뉴를 지나 고등학교 운동장을 가로지르고 골드스미스 애비뉴를 건너 고아원 쪽으로 가서는 빗장 풀린 문을 지나 고아원 숲으로 들어가지 않았다면, 나는 아마 셸던의 옷을 입은 채 의식을 잃은 상태에서 피를 흘리며 죽었을 것이다. 셸던은 온 길을 되돌아 우리집까지 달린 후 우리 부모님을 깨웠고, 부모님이 즉시 교환원에게 전화를 걸어 도움을 요청할 때까지 기다렸다가 그들과 함께 차를 타고 내가 쓰러져 있는 현장으로 안내했다. 새벽 세시가 다 되었고 칠흑같이 어두웠다. 어머니는 축축한 땅에 무릎을 꿇고 집에서 가져온 타월로 내 머리를 눌러 지혈을 했고, 아버지는 차 트렁크에 있던 낡은 소풍용 담요로 내 몸을 감싸 구급차가 올 때까지 체온을 유지시켰다. 나를 구조한 건 부모님이었지만 내 목숨을 살린 건 셸던 위시노우였다.

숲이 끝나고 밭이 펼쳐지는 곳에서 방향을 잃고 비틀거리기 시작하며 말 두 마리를 놀라게 한 게 분명했다. 내가 말들에게서 도망쳐 다시 숲을 지나 거리로 나오려고 뒤돌아설 때 그중 한 마리가 뒷발로 일어섰고, 나는 발을 헛디뎌 넘어졌고, 다른 한 마리가 달아나는 중에 발굽으로 내 뒤통수를 걷어찼다. 몇 주 동안 셸던은 흥분한 채 내게(그리고 물론 전교생에게), 내가 한밤중에 집에서 도망친 뒤 수녀들에게 고아로 인정받으려 했던 일을 하나도 빼놓지 않고 자세히 설명했고, 특히 노역마와의 작은 사고는 물론이고 자신이 한밤중에 맨발과 잠옷 바람으로 고아원 숲과 우리집 사이의 1마일이나 되는 거친 길을 두 번이나 횡단했다는 사실을 양념처럼 곁들이며 재미를 더했다.

셸던의 어머니와 우리 부모님과는 달리 셸던은 자신이 옷을 '잃어버리는' 이해할 수 없는 행동을 한 게 아니라 내가 가출할 때 입으려고 그 옷들을 훔쳤다는 게 얼마나 짜릿한 발견인지를 절대 못 잊는 듯했다. 이 거짓말 같은 사실은 셸던에게 지금까지 생각해본 적도 없는 자신의 존재 가치를 일깨웠다. 구조자 겸 공모자로서의 명성을 한껏 내세워 그 이야기를 할 때마다 셸던은 난생처음 사람들에게 주목받을 가치가 있는 용감무쌍한 어린 영웅으로 부상했고 급기야 스스로를 대단한 사람으로 보기 시작했다. 반면 나는 그 모든 일이 부끄러웠다. 그 부끄러움은 두통보다 더 참을 수 없었고 더 오래갔으며, 게다가 나의 가장 큰 기쁨이자 목숨과도 같은 우표첩이 사라진 탓에 나는 오랫동안 비탄에 잠겼다. 병원에서 집으로 돌아온 다음날 아침 나는 옷을 갈아입은 후 내 양말과 속옷 밑에 우표첩이 없는 걸 보고서야 내가 우표첩을 갖고 나간 걸 기억했다. 애초에 우표첩을 거기에 보관한 이유는 매일 아침 학교에 가려고 옷을 입을 때마다 가장 먼저 우표첩을 보기 위해서였다. 그런데 집에 돌아와 맞이한 첫번째 아침에 처음으로 본 게 내가 가장 아끼는 보물이 사라진 빈자리였다. 그 자리는 무엇으로도 대신할 수 없었다. 다리 하나를, 아니 그보다 더한 것을 잃어버린 느낌이었다.

"엄마!" 나는 큰 소리로 엄마를 불렀다. "엄마! 큰일났어요!"

"왜 그러니?" 엄마가 주방에서 내 방으로 달려오며 소리쳤다. "무슨 일이야?"

당연히 어머니는 바늘로 꿰맨 자리에서 피가 나거나, 내가 막 실신을 하려 하거나, 두통이 참을 수 없는 지경에 이르렀다고 생각했다.

"내 우표첩!" 나는 그 말밖에 할 수 없었지만 나머지는 어머니가 알아서 이해했다.

어머니는 내 우표를 찾기 시작했다. 어머니는 혼자 고아원 숲까지 가서 내가 발견된 곳을 샅샅이 뒤졌지만, 우표첩은 고사하고 우표 한 장도 나오지 않았다.

"정말 우표첩을 갖고 있었니?" 어머니가 집에 돌아와 물었다.

"네! 그래요! 갖고 있었어요! 거기 있을 거예요! 그 우표첩을 잃어버리면 안 돼요!"

"하지만 다 찾아봤단다. 한 군데도 빼놓지 않고 다 찾아봤어."

"누가 그걸 갖고 갔을까요? 누가 거기에 왔을까요? 그건 내 거예요! 그걸 찾아야 해요! 그건 내 우표예요!"

나는 슬픔에 잠겼다. 고아들이 떼 지어 몰려와 숲속에서 내 우표첩을 발견하고는 더러운 손으로 갈기갈기 찢는 모습이 그려졌다. 고아들이 우표를 뜯어내고, 우물우물 먹고, 발로 짓밟고, 소름 끼치는 욕실로 가져가 한 움큼씩 변기에 넣고 물을 내리는 광경이 보였다. 그애들은 우표첩을 싫어했다. 우표첩이 자신들 것이 아니라서 싫어했고, 그 어느 것도 자신들 것이 아니어서 싫어했다.

내 부탁으로 어머니는 내 우표첩에 대해서나 셀던의 바지에 들어 있던 돈에 대해 아버지와 형에게 말하지 않았다. "너를 발견했을 때 호주머니에 19달러 50센트가 있었어. 엄만 그 돈이 어디서 났는지 모르겠고, 알고 싶지도 않구나. 이미 다 지나간 일이야. 하워드세이빙스은행에 네 이름으로 계좌를 만들었어. 네 장래를 위해 네 앞으로 예금해두었다." 어머니는 내 이름과 함께 '19달러 50센트'라고 적힌 작은 통장을 건네주었다. 검은 인주가 찍힌 생애 첫 통장이었다. 나는 "감사합니다"라고 말했다. 그러자 어머니는 돌아가실 때까지 틀림없이 아무에게도 얘기하지 않을 작은아들에 대한 평가를 짧게 내렸다. "넌 참 이상한 아이야." 어머니가 내게 말했다. "난 전혀 몰랐단다. 까맣게 모르고 있었어." 그런 뒤 어머니는 마운트버넌에서 사온 구식 소총 모양의 주석 편지봉투 칼을 건네주었다. 칼은 여기저기 긁히고 흙이 묻어 있었고 총검 부분이 약간 구부러져 있었다. 그날 오후 어머니는 내겐 얘기하지 않고 점심시간에 고아원 숲으로 달려가 다시 한번 바닥을 샅샅이 뒤지며 허공으로 증발해버린 우표첩의 흔적을 찾았다.

7

1942년 6월~1942년 10월

윈첼 폭동

우표첩이 사라진 걸 발견하기 전날 나는 아버지가 직장을 그만
둔 것을 알았다. 화요일 아침 내가 병원에서 집으로 돌아온 후 몇
분도 안 되어 아버지는 양옆에 판자를 댄 몬티 삼촌의 트럭을 몰고
돌아왔고 골목 안 위시노우 부인의 차 뒤에 트럭을 주차했다. 밀러
스트리트의 시장에서 최초의 밤일을 끝내고 돌아오는 참이었다.
그후 일요일 밤부터 금요일 아침까지 아버지는 오전 아홉시 십분
에 귀가해 몸을 씻고 양껏 식사를 한 뒤 열한시쯤 잠이 들었다. 나
는 학교에서 돌아왔을 때 아버지가 깨지 않도록 뒷문을 조심스럽
게 닫아야 했다. 여섯시나 일곱시가 되면 벌써 농부들이 물건을 싣
고 시장에 도착하기 때문에 아버지는 오후 다섯시가 되기 조금 전
에 일어나 집을 나섰다. 밤 열시부터 새벽 네시 사이에는 소매상들
이 물건을 사러 왔고, 레스토랑 주인들, 호텔 지배인들, 마차를 몰
고 시내를 돌아다니는 행상인들도 그 시간에 물건을 사러 왔다. 아

버지는 어머니가 일하러 갈 때 챙겨가라고 준비한 커피 보온병과 샌드위치 두 개로 긴 밤을 버텼다. 일요일 아침이면 아버지가 몬티 삼촌의 집으로 가 할머니를 보거나 몬티 삼촌이 할머니를 모시고 우리집에 왔다. 그 외에 아버지는 잠을 잤고 우리는 다시 아버지를 깨우지 않기 위해 조용히 해야 했다. 고된 삶이었다. 특히 아버지가 동트기 한참 전에 혼자 퍼세이익 카운티와 유니언 카운티로 차를 몰고 나가 농산물을 실어왔는데 알고 보니 몬티 삼촌은 그보다 싼 가격에 사올 수 있었을 땐 더욱 힘들었다.

아버지의 삶이 고되다는 건 아침에 집에 돌아온 아버지가 술을 한 잔씩 하는 걸 보고 알 수 있었다. 보통 우리집에서 포어로제스 한 병이 비려면 몇 년이 걸렸다. 절대금주를 유난히 강조하는 어머니는 스트레이트 위스키의 냄새는 물론이고 거품이 이는 맥주잔을 보기만 해도 치를 떨었다. 그리고 아버지 역시 두 분의 기념일이나 저녁식사에 초대한 보스에게 얼음을 넣은 포어로제스를 대접할 때가 아니면 언제 술을 마셨던가? 하지만 이제 아버지는 시장에서 집으로 돌아오면 더러워진 옷을 갈아입고 샤워하기도 전에 작은 유리잔에 위스키를 따른 후 머리를 뒤로 젖히며 벌컥벌컥 마셨고 그런 뒤에는 즉시 백열전구를 집어삼킨 듯한 얼굴로 변했다. "좋아!" 아버지는 큰 소리로 말했다. "아주 좋아!" 그런 뒤에야 아버지는 긴장을 풀고 양껏 음식을 먹었고 단 한 번도 소화불량에 걸리지 않았다.

나는 아연실색했다. 물론 아버지의 사회적 지위가 갑자기 하락해서이기도 했다. 얼마 전까지 정장에 넥타이를 매고 반짝거리는 검은 구두를 신고 출근하던 남자가 두꺼운 밑창을 댄 장화를 신고서 골목에 트럭을 대고, 아침 열시에 위스키 한 잔을 들이켜고 혼자 식사를 하다니. 하지만 샌디 형 때문이기도 했다. 눈에 안 보이는 그의 변화 때문에.

샌디 형은 더이상 화를 내지 않았다. 업신여기지도 않았다. 더이상 어떤 식으로든 거만하게 행동하지 않았다. 마치 형도 머리를 크게 얻어맞은 듯했지만, 그로 인해 기억상실증에 걸린 게 아니라 다시 조용하고 성실한 소년으로 돌아간 듯했다. 사사건건 반대 의견을 내놓는 조숙한 거물 행세를 하면서 만족하는 대신 아침부터 밤까지 확고하고 평온한 내면세계를 유지하면서 만족을 얻는 것 같았다. 내가 보기에 항상 형을 또래 아이들보다 뛰어나 보이게 만든 그 태도로 돌아온 것 같았다. 혹은 반항할 수 있는 폭이 제한되자 스타가 되고 싶은 열정이 소진되었는지도 몰랐다. 다시 말해 형은 애초부터 스타에게 필요한 자기중심적인 성향이 없었고, 그래서 대중적으로 엄청난 인물이 되지 않아도 된다는 안도감에 휩싸였는지도 모른다. 혹은 단지 자신이 선전하던 말들을 더이상 믿지 않게 되었는지 몰랐다. 혹은 내가 머리에 생명을 위협하는 혈종이 생겼을지 모르는 상태로 의식을 잃고 병원에 누워 있을 때, 아버지가 대화로 형을 효과적으로 설득했는지 몰랐다. 혹은 어쩌면 나 때문에 벌어진 위기에 편승해 단지 과거의 모습 뒤에 그 거대한 자아를 감추고 위장하고 머리를 굴리면서, 다음에 우리에게 닥칠 사건이 모습을 드러낼 때까지 영리하게 숨어 있는지도 몰랐다. 어쨌든 충격적인 상황은 형을 다시 가족의 품으로 끌어당겼다.

그리고 어머니는 이제 일하러 가지 않았다. 어머니가 몬트리올의 은행에 적립하고 싶어한 액수에는 미치지 못했지만, 우리가 당

장 피신해야 할 때 국경을 넘어 캐나다에서 새 삶을 시작할 정도
는 되었다. 아버지가 윈첼의 견해에 따라 반유대주의 정책에 불과
하다고 생각한 '홈스테드 42'를 따돌리고, 우리를 켄터키주로 이주
시키려는 정부의 정책으로부터 우리를 보호하기 위해 십이 년이나
다닌 안정적인 메트로폴리탄을 미련 없이 그만둔 것처럼, 어머니
도 하네스를 즉시 그만두었다. 어머니는 다시 전업주부로 돌아와
우리가 점심을 먹으러 집에 오거나 학교를 마친 후 돌아오면 반드
시 집에 있었고, 여름방학 중에도 샌디 형과 내가 부모님의 감독이
부족해 다시 빗나가는 일이 없도록 우리를 보살피고 주시했다.

아버지는 직업을 바꾸었고, 형은 예전 모습을 되찾았고, 어머니
는 원위치로 돌아왔고, 내 머리에는 검은색 비단실이 열여덟 바늘
꿰매져 있었고, 나의 가장 큰 보물은 되찾을 길이 없었고, 그사이
세월은 신기한 동화처럼 빠르게 흘러갔다. 하룻밤 사이에 사회적
지위가 하락하고 새로운 위치에 뿌리내리게 된 우리 가족은 망명
도 추방도 당하지 않고 서밋 애비뉴에 계속 눌러살았지만, 셀던은
멀리 쫓겨가고 말았다. 그동안 셀던이 자신의 옷으로 변장하고 피
를 흘리다 죽을 뻔한 나를 살렸다며 온 동네에 떠들고 다녔기 때문
에 나는 꼼짝없이 그의 고삐에 매인 신세였다. 그러던 그가 9월 1일
어머니와 함께 살던 곳을 떠나 켄터키주 댄빌의 유일한 유대인 아
이가 되었다.

나의 '몽유병'이 우리 동네 인근에서 더이상 물의를 일으키지 않
고 그 정도로 끝난 데에는 내가 가출을 한 일요일 밤 뉴스 프로그
램이 끝나고 몇 시간 만에 저겐스로션이 광고를 끊어버린 탓이 컸

다. 누구도 믿지 못할, 또 윈첼이 온 국민에게 잊어버리도록 놔두지 않을 충격적인 뉴스였다. 무려 십 년 동안 미국에서 제일가는 라디오 뉴스 진행자로 명성을 누려온 그의 방송이 다음주 일요일 밤 아홉시부터 맨해튼 외곽에 있는 한 호텔 테라스에서 열리는 고급 서퍼클럽의 댄스음악 밴드 방송으로 대체되었다. 저겐스가 내놓은 첫번째 사유는 이천오백만 명이 넘는 청취자를 대상으로 주말에 전국 방송을 진행하는 방송인이 기본적으로 "붐비는 극장에서 불이 났다고 외치는" 행위를 했다는 것이었고, 두번째 사유는 "폭도들의 감정을 자극하기 위해 대단히 극악무도한 선동가만이 지어낼 수 있는" 악의적인 비난으로 미국 대통령의 명예를 훼손했다는 것이었다.

심지어 유대인이 창간하고 소유해 아버지가 대단히 좋게 평가하고, 나치 독일에 대한 린드버그의 정책을 심심치 않게 비판하는 중도 신문 〈뉴욕 타임스〉도 '한 언론인의 굴욕'이라는 사설을 통해 저겐스로션의 조처를 무턱대고 지지하는 견해를 내놓았다.

한동안 린드버그에 반대하는 기업가들은 린드버그 정부의 저의를 가장 터무니없이 설명하는 사람이 누구인지를 두고 경쟁을 벌였다. 단 한 방의 폭발적인 걸음으로 선두주자는 단연 월터 윈첼이 되었다. 윈첼 씨의 아슬아슬한 도덕관념과 미심적은 취향은 비윤리적인 동시에 용서할 수 없는 독설을 분출하는 창구로 전락했다. 윈첼은 평생 민주당을 지지해온 사람마저도 대통령에게 의외의 동정심을 느낄 정도로 아주 무리한 비난을 쏟아내 돌이킬 수 없는 굴욕을 자초했다. 윈첼 씨를 신속히 방송에서 퇴출시킨 데 대해 저겐스로션은 대중의 공감을 얻을 것으로 보인다. 이 나라에서 월터 윈첼이 주도하는 저급한 언론은 진보한 시민의식을 훼손할 뿐 아니라 정확함, 공정성, 책임감이라는 언론의 규범을 모욕하고 있다. 윈첼 씨를 비롯해 그의 냉소적이고 선정적인 동료 언론인들과 돈에 굶주린 신문사들은 항상 언론의 규범을 극도로 경멸해왔다.

린드버그 행정부를 대변하는 후속타로 위의 사설에 자극을 받은 많은 사람들이 〈타임스〉에 편지를 보냈다. 그중 가장 장황하고 가장 먼저 발표된 편지는 어느 저명한 인사가 보낸 것이었는데, 그는 위의 사설을 호의적으로 언급하고 그 논조에 힘을 실은 뒤 수정헌법 제1조*를 여봐란듯이 모욕한 윈첼의 사례를 더 나열해가며 다음과 같이 결론지었다. "당신의 신문이 그토록 강하게 비난하는 도덕적 일탈도 혐오스럽지만, 같은 유대인 동포를 선동하고 두려움에 빠뜨리려는 시도도 그에 못지않게 혐오스럽습니다. 박해받은 민족의 역사적 두려움에 편승하는 행위는, 특히 현정부가 동화청의 노력을 통해 유대인 집단을 억압이 없는 자유로운 사회에 충분히 참여시켜 그들의 이익을 도모하기 위해 노력하는 상황에서 분명 그 어떤 행위보다 가증스럽다고 할 수 있습니다. 미국의 자랑스러운 유대인들이 국가활동에 참여할 수 있는 길을 넓히고 다양화하기 위해 마련된 '홈스테드 42' 정책을 유대인을 고립시키고 국가활동에서 배제하기 위한 파시즘 전략으로 매도하는 윈첼의 행위는

---

* 종교, 언론 및 출판, 집회, 청원의 자유를 보장하는 조항.

무분별한 언론의 정점이자 오늘날 모든 곳에서 자유민주주의를 가장 위협하는 거짓 선동*의 대표적인 사례입니다."

이 편지에는 다음과 같은 서명이 적혀 있었다. "내무부 산하 동화청장, 랍비 라이오넬 벤겔스도르프, 워싱턴DC."

윈첼은 〈데일리 미러〉에 자신의 응답을 실었다. 이 뉴욕 신문의 소유주이자 미국에서 가장 부유한 신문사주인 윌리엄 랜돌프 허스트는 약 서른 개의 우파 신문과 여섯 개의 대중잡지뿐 아니라 윈첼의 글을 수백만 독자에게 배급하는 킹피처스통신사를 소유하고 있었다. 허스트는 윈첼의 정치적 성향을 경멸했고 특히 FDR를 찬양하는 태도를 싫어했지만, 〈데일리 뉴스〉와 경쟁하는 〈데일리 미러〉를 5센트에 구입하는 뉴욕 시민들이 추문을 폭로하고 맹목적인 애국주의에 바람내는 이 칼럼니스트의 저속한 이야기를 못 견디게 매혹적으로 느끼지 않았다면 오래전에 그를 해고했을 것이다. 윈첼에 따르면 허스트가 결국 그를 해고한 이유는 칼럼니스트와 신문사주 간의 해묵은 적대감이라기보다 허스트 같은 막강한 재벌조차 후환이 두려워 감히 저항할 수 없는 백악관의 압력 때문이었다고 했다.

라디오에서 하차하고 며칠 후 윈첼은 특유의 뻔뻔하고 고집스러운 어조로 칼럼을 발표했다. "린드버그 파시스트들은 표현의 자유를 억누르기 위한 나치식 공격을 공개적으로 시작했다. 오늘 입을 틀어막아야 할 적은…… '전쟁광' '거짓말쟁이' '선동자' '빨갱이'

---

* 히틀러와 괴벨스를 비롯한 나치들은 "거짓말할 때 최대한 크게 하는 것"이 유대인의 허위선전 및 거짓 선동 방법이라며 비판했다.

'유대 놈'인 윈첼이다. 오늘은 그렇지만 내일은 미국의 민주주의를 파괴하려는 파시즘의 음모를 용기 있게 폭로하는 모든 기자와 아나운서가 표적이 될 것이다. 광견병 걸린 입으로 거짓말을 일삼는 랍비 라이오넬 B와 파크 애비뉴에 살면서 〈뉴욕 타임스〉를 운영하는 겁쟁이들, 교양이 너무 높아 윈첼처럼 불의에 맞서 싸우기는커녕, 반유대주의의 칼을 휘두르는 주인의 발 앞에 넙죽 엎드리는 그 명예 아리아인들은 최초의 유대인 반역자도 아니고…… 최후의 반역자도 아닐 것이다. 또한 저겐스의 멍청이들은 미국 기업들 중 거짓말로 이 나라를 운영하는 독재자 무리에게 순순히 협조하는 최초의 겁쟁이도 아니고…… 최후의 겁쟁이도 아닐 것이다."

그후 계속해서 열다섯 명 정도의 개인적인 적들을 미국의 주요 파시즘 협력자로 규정한 그 칼럼이야말로 그의 마지막 칼럼이 되었다.

사흘 후 윈첼은 하이드파크를 방문해 FDR가 정계에 나와 세번째 대통령 임기에 도전할 의사가 없다는 것을 확인한 뒤, 그 자신이 차기 미국 대통령 선거에 출마하겠다고 선언했다. 그때까지 대통령 후보로 거론되던 사람은 루스벨트의 국무장관이었던 코델헐, 전 농업장관이자 1940년 선거에서 부통령 후보였던 헨리 월리스, 루스벨트의 우정국장이자 민주당 의장인 제임스 팔리, 대법원 판사인 윌리엄 O. 더글러스, 민주당의 중도파이자 둘 다 뉴딜 정책에 찬성하지 않는 전 인디애나주 주지사 폴 V. 맥너트와 일리노이주 상원의원 스코트 W. 루카스였다. 또한 (윈첼이 다양한 미확인 보도를 퍼뜨리며 일 년에 80만 달러를 벌어들일 때 그가 유포했고 어쩌면 최초로 지어냈을지도 모르는) 출처를 알 수 없는 어느 보도에 따르면 후보자 명부에 오른 이름들이 흥미롭지 않을 때 흔히 그러듯 만일 전당대회에서 후보를 지명하지 못하고 교착상태에 빠진다면, 1940년 공화당 전당대회장에 린드버그가 나타나 만장의 갈채로 지명권을 따낸 것처럼 엘리너 루스벨트 여사가 민주당 전당대회장에 모습을 드러낼 것이라고 전했다. 그녀는 남편이 두 번의 임기를 수행하는 동안 정치적, 외교적으로 강한 존재감을 과시했고 지금도 솔직함과 고매한 자제심을 겸비한 인물로 민주당 유권자들뿐 아니라 우파 언론의 수많은 적들 사이에서도 막대한 인기와 지지를 확보하고 있었기 때문이다. 그러나 이제 월터 윈첼이 최초의 민주당 대통령 후보로 경쟁에 뛰어들었고, 그것도 1944년 선거를 거의 삼십 개월이나 앞두고, 심지어 국회의원을 뽑는 중간선거보다 앞선 시점에, 그리고 그가 "백악관을 점거한 파시스트 무리의 강압적인 술책 때문에" 방송인의 자리에서 "숙청"당하고 시끄러운 소동이 벌어진 직후에 그런 결단을 발표하자, 얼마 전까지 가십 칼럼니스트였던 그는 이제 쓰러뜨려야 할 대상, 다시 말해 인지도가 매우 높을 뿐 아니라 린디처럼 사랑스러운 현직 대통령을 맹렬히 공격할 정도로 대담무쌍한 단 한 명의 민주당 대선 후보가 되었다.

공화당 지도자들은 윈첼을 아예 무시해버렸다. 그들은 이 정력적인 연예인이 민주당 내의 몇 안 되는 부유한 골수당원들에게서 자금을 뜯어내려고 자화자찬하며 촌극을 벌이고 있거나, FDR(또는 루스벨트의 야심만만한 아내)를 위해 현란한 앞잡이 노릇을 하는 허수아비 후보자라고 판단했으며, 여론조사에서는 유대인을 제

외하고 모든 계층과 모든 부류의 유권자 중 80 내지 90퍼센트가
린드버그를 계속 지지하고 있다는 점을 알면서도 행여 은밀한 곳
에 남아 있을지 모르는 반린드버그 정서를 가늠하고 선동하려는
속셈이라고 짐작했다. 간단히 말해 윈첼은 유대인의 후보자였고,
게다가 루스벨트의 부자 친구인 버나드 바루크나 은행가이자 뉴욕
주지사인 허버트 리먼이나 최근에 대법관 자리에서 은퇴한 루이스
브랜다이스처럼 민주당의 핵심 권력에 속하는 교양 있고 품위 있
는 유대인들과 닮은 데가 하나도 없는 태생이 가장 천박한 부류의
유대인이었다. 미국 사교계와 경제계의 상류층에서 환영받지 못하
는 유대인의 비열한 속성을 거의 다 가진, 경력조차 없는 유대인이
라는 사실만 해도 유대인 밀집도가 높은 뉴욕시라는 선거구가 아
니면 어디에서도 정계에 발을 들이기에 부적합한 사유였지만, 그
것도 부족하다는 듯 그가 늘씬한 코러스걸들을 유혹하고 유부녀와
놀아나길 좋아하는 바람둥이인데다 무절제한 생활에 빠진 할리우
드와 브로드웨이 유명인들과 어울려 뉴욕의 스토크클럽*에서 밤늦
게까지 술을 마신다는 평판 때문에 예의범절을 따지는 다수 대중
은 그라면 질색하곤 했다. 그의 입후보는 장난이었고 공화당원들
은 결코 그 이상으로 취급하지 않았다.

그러나 그주 우리 동네의 거리에서, 윈첼의 퇴출과 그가 즉시 대
통령 후보로 부활했다는 놀라운 사실의 여파로 동네 사람들은 두
사건의 중요성 외에는 거의 어떤 이야기도 주고받지 않았다. 거의
이 년 동안 최악의 가능성을 믿어야 할지 말아야 할지 모른 채, 하

---

* 1929~1965년 뉴욕 맨해튼에서 제일 유명했던 나이트클럽.

루하루 살아가는 데 필요한 일들에 애써 정신을 집중하면서, 정부가 우리를 어떻게 하려 한다는 온갖 소문을 무기력하게 삼키면서, 마음속 불안도 정당화하지 못하고 엄연한 사실 앞에서 마음의 평정을 유지하는 것도 정당화하지 못한 채 당혹과 혼란 속에서 살아온 터라 동네 사람들은 여차하면 망상에 빠질 상태였다. 그래서 집집마다 밤에 해변용 의자를 골목길에 펼쳐놓고 잡담을 나눌 때 어김없이 시작되는 어른들의 추측 놀이는 몇 시간 동안 멈추지 않고 계속되었다. 누가 윈쳌의 부통령으로 공천될까? 윈쳌은 누구를 내각에 임명할까? 윈쳌은 누구를 대법관으로 임명할까? 후에 FDR와 월터 윈쳌 중 누가 더 위대한 지도자로 남을까? 동네 사람들은 온갖 엉뚱한 환상에 빠져들었고, 아주 어린 아이들도 분위기에 휩쓸려 깡충깡충 뛰어다니고 춤을 추면서 "대통령에 윈쉴드!* 대통령에 윈쉴드!"라고 노래를 불렀다. 물론 유대인은 대통령에 당선된 적이 없다는 사실, 특히 윈쳌처럼 쉴새없이 입을 놀리는 유대인은 어림도 없다는 사실은 마치 미국 헌법에 금지 조항이 자세히 명시되기라도 한 것처럼 나 같은 어린아이도 이미 인정하고 있는 명약관화한 사실이었다. 그러나 그 엄연한 확실성 앞에서도 어른들은 상식을 접고 하룻밤이나 이틀 밤 동안 그들 자신과 그들의 아이들이 아름다운 낙원의 토박이 시민이라고 상상하는 행복한 착각에서 깨어나지 못했다.

랍비 벤겔스도르프와 이블린 이모는 6월의 어느 일요일 결혼식

---

* 'Winchell(윈쳌)'을 'Windshield(바람막이)'로 재밌게 바꿔서 부름.

을 올렸다. 우리 부모님은 초대받지 못했고 초대받기를 기대하거나 원하지 않았지만 그 무엇도 어머니의 비통함을 달래지 못했다. 나는 전에 어머니가 방문을 닫고 우는 소리를 엿들은 적이 있었지만 어머니가 그렇게 깊이 슬퍼할 줄은 차마 몰랐다. 우리 부모님이 린드버그 행정부가 가한 위협을 진단하고 유대인 가족이 취할 수 있는 합리적인 대응이 무엇인지를 판단하기 위해 힘들게 고심한 그 몇 달 동안에도 그건 흔한 일이 아니었고 내가 좋아하는 일도 아니었다. "왜 이런 일이 일어나야 하죠?" 어머니가 아버지에게 물었다. "그저 결혼을 하는 거요," 아버지가 말했다. "지구의 멸망이 아니라." "하지만 자꾸 아버지 생각이 나요." 어머니가 말했다. "장인어른은 돌아가셨소. 우리 아버지도 돌아가셨어요. 나이가 들고 병이 들어 돌아가신 거요." 이보다 더 따뜻한 목소리를 상상하기는 어려웠지만 어머니의 괴로움은 너무 깊어 아버지의 목소리가 부드러우면 부드러울수록 어머니는 더욱 슬퍼했다. "그리고 어머니 생각이 나요. 어머니도 뭐가 어떻게 돌아가는지 전혀 이해하지 못하셨을 거예요." "여보, 앞으로 더 힘든 일이 닥칠 수도 있어요. 당신도 알잖소?" "그렇게 되겠죠." 어머니가 말했다. "어쩌면 그렇게 안 될 수도 있소. 어쩌면 모든 게 변할 수도 있어요. 윈첼이……" "아, 하지만 월터 윈첼은 결코……" "쉬, 쉬." 아버지가 말했다. "작은 애가 들어요."

나는 월터 윈첼은 사실 유대인의 후보가 아니라는 사실을 깨달았다. 윈첼은 유대인 어린이의 후보였다. 그는 우리가 매달릴 수 있는 실낱같은 희망이었고, 불과 몇 년 전까지 우리에게 단지 수유를 위해서가 아니라 유아기의 두려움을 달래라고 주어지던 가슴과 같았다.

결혼식은 랍비의 회당에서 열렸고 피로연은 뉴어크에서 가장 호화로운 호텔인 에식스하우스의 댄스홀에서 열렸다. 이날 참석한 명사들은 저마다 아내나 남편을 동반했고, 〈뉴어크 선데이 콜〉에는 그 명단이 결혼 기사와 별도로 독립된 박스 기사로 신랑 신부의 사진 바로 옆에 실렸다. 명단은 아주 길고 감동적이었는데, 내가 여기에 그 명단을 소개하는 이유는 그걸 보면 우리 부모님과 그 메트로폴리탄의 친구들이 랍비 벤겔스도르프 같은 고매한 지도자가 시행하는 정책 때문에 자신들에게 피해가 올 수 있다고 생각하는 것이 너무 현실감이 없는 상상은 아닌지 의심이 들어서다.

우선 많은 유대인이 결혼식에 참석했고, 가족과 친구 외에도 랍비 벤겔스도르프의 신도들, 뉴저지 인근에서 온 찬미자들과 동료들, 그리고 결혼식에 참석하기 위해 전국 방방곡곡에서 먼길을 달려온 유대인들이 있었다. 기독교도들도 많이 참석했다. 그리고 그날 사회면 두 면 중 한 면 반을 할애한 〈선데이 콜〉의 기사에 따르면 초대를 받았지만 사정상 참석하지 못하고 대신 웨스턴유니언*을 통해 축하의 마음을 전한 몇몇 손님들 가운데 대통령의 아내, 앤 모로 린드버그가 있었다고 한다. 영부인은 랍비의 친한 친구이자 그와 함께 "문화적, 지적 관심사"를 공유하고 종종 "오후에 백악관에서 단둘이 마주앉아 철학, 문학, 종교, 윤리에 대해 이야기를 나누는 같은 뉴저지 사람이자 동료 시인"이라고 했다.

---

* 미국 전신회사.

뉴어크를 대표한 사람으로는 뉴어크 정부에서 지금까지 가장 높은 자리에 오른 두 명의 유대인, 즉 시장을 두 번 역임한 마이어 엘렌스타인과 시청 사무직원인 해리 S. 라이헨스타인, 현재 시에서 가장 지위가 높은 다섯 명의 아일랜드인인 치안국장, 세무재정국장, 공원공공재산국장, 시의 기사장과 최고법률책임자가 참석했다. 뉴어크 우정국장도 참석했고, 뉴어크공립도서관의 이사장뿐 아니라 사서장도 참석했다. 저명한 교육자 가운데는 뉴어크대학교 총장, 뉴어크공과대학교 총장, 뉴어크 교육감, 세인트베네딕트예비학교장이 결혼식에 참석했다. 또한 신교, 가톨릭, 유대교를 망라한 저명한 성직자들도 참석했다. 시에서 흑인 신도가 가장 많은 페디메모리얼제일침례교회의 조지 E. 도킨스 목사, 트리니티대성당의 아서 덤퍼 신부, 그레이스성공회교회의 찰스 L. 곰프 신부, 하이스트리트에 있는 세인트니콜라스그리스정교회의 조지 E. 스피리다키스 신부, 세인트패트릭대성당의 바로 그 존 델라니 수석사제가 참석했다.

　랍비 벤겔스도르프의 적수이자 뉴어크 랍비들 중 최고인 브네이아브라함회당의 랍비 요아힘 프린츠는 불참했고, 신문 기사에 그의 불참은 단 한마디도 언급되지 않았지만 우리 부모님 눈에는 번쩍 띄었다. 랍비 벤겔스도르프가 전국적으로 유명세를 타기 전까지 뉴어크 안팎의 유대인들, 그리고 모든 종교의 학자들과 신학자들 사이에서 랍비 프린츠의 권위는 그보다 나이 많은 동료보다 월등히 높았고, 시에서 가장 부유한 세 회중을 이끄는 보수적인 랍비들 중 그만이 조금도 위축되지 않고 린드버그에 반대했다. 그러나 다른 두 랍비인 오헵샬롬의 찰스 I. 호프먼과 브네이예슈룬의 솔로

몬 포스터는 결혼식에 참석했고, 랍비 포스터는 주례를 보았다.

또한 뉴어크의 네 개 주요 은행의 행장들, 가장 큰 두 보험회사의 사장들, 가장 큰 건축회사의 사장, 가장 명성 있는 법률회사의 두 공동 창업자, 뉴어크애슬레틱클럽의 사장, 도심에 위치한 세 개의 대형 영화관의 소유주, 상공회의소장, 벨전화사 뉴저지 지부의 사장, 두 일간지의 편집장, 뉴어크에서 가장 유명한 양조장인 P.발렌타인의 사장이 참석했다. 에식스 카운티 정부에서는 카운티 의회의 행정집행관과 세 명의 의원이 왔고, 뉴저지주 사법부에서는 형평법 법원의 부법원장이 왔으며, 뉴저지대법원에서는 대법원 판사 한 명이 왔다. 주 의회에서는 다수당 의장과 에식스 카운티 출신인 네 명의 의원 중 세 명이 왔으며, 주 상원에서는 에식스 카운티의 상원의원 한 명이 왔다. 주 정부의 고위 관리로는 브루노 하웁트만을 성공적으로 기소한 유대인 검찰총장 데이비드 T. 윌렌츠가 참석했지만, 내가 보기에 공무원 중 가장 인상적인 참석자는 유대인이면서 뉴저지주 복싱위원장이라는 중요한 직책을 맡고 있는 에이브 J. 그린이었다. 저지의 두 미국 상원의원 중 한 명인 W. 워런 바버 공화당 의원이 참석했고, 민주당 하원의원인 로버트 W. 킨도 참석했다. 뉴저지연방법원에서는 한 명의 순회재판 판사, 두 명의 지방법원 판사, 그리고 지방 검사인 존 J. 퀸(나는 라디오에서 〈갱버스터스〉*를 듣고 이 이름을 알게 되었다)이 왔다.

미국동화청 본부에서 일하는 랍비의 여러 측근들과 내무부를 대표하는 공무원 몇 명이 워싱턴DC에서 왔고, 중앙정부 고위층은

* 1936~1957년 방송된 라디오 경찰 드라마.

아무도 참석하지 않았지만 대통령 못지않게 중요한 인사를 대표하는 감동적인 대용물이 당도했다. 랍비 포스터가 피로연장에서 영부인의 축전을 큰 소리로 읽자 하객들은 자발적으로 일어나 영부인의 축하에 갈채를 보냈고 그런 뒤 신랑의 요청으로 자리에서 일어나 신혼부부와 함께 국가를 불렀다.

〈선데이 콜〉은 축전의 긴 전문을 그대로 실었다.

친애하는 랍비 벤겔스도르프와 이블린 양에게

남편과 저는 두 분의 결혼을 진심으로 축하드리며, 모든 하객과 함께 두 분에게 진정한 기쁨과 행복이 깃들기를 기원하는 바입니다.

우리는 독일 외무장관을 위한 백악관 국빈 만찬장에서 이블린 양을 만나 대단히 기뻤습니다. 이블린 양은 매력적이고 정열적인 젊은 여성이자 분명 대단히 훌륭하고 정직한 분으로, 저는 그녀와 대화를 나눈 지 몇 분 만에 그녀가 라이오넬 벤겔스도르프와 같은 특별한 남성의 헌신적인 사랑에 어울리는 훌륭한 성격과 지성의 소유자임을 알아보았습니다.

지금 이블린 양을 만난 그날 저녁에 떠오른 아주 짤막한 시가 생각납니다. 엘리자베스 배럿 브라우닝의 시입니다. 그녀가 〈포르투갈인의 소네트〉 열네번째 노래 첫머리에 쓴 구절은 이블린 양의 놀라울 정도로 검고 아름다운 눈에서 나오던 바로 그 여성적인 지혜를 표현하고 있습니다. 브라우닝 부인은 이렇게 썼습니다. "그대가 나를 사랑한다면, 그 무엇을 위해서가 아니라 오직 사랑을 위해 사랑해주오……"

랍비 벤겔스도르프, 우리가 동화청 개소식이 끝난 후 이곳 백악관에서 만난 이후로 당신은 친구 이상이었고, 동화청장이 되어 워싱턴DC에 온 이후로 당신은 매우 귀중한 조언자였습니다. 우리가 나눈 깊이 있는 대화, 그리고 당신이 내게 읽으라고 준 계몽적인 책들을 통해 나는 유대인의 종교에 대해 그리고 유대민족이 겪은 고난과 삼천 년 동안 유대인의 생존을 가능하게 한 위대한 정신력의 원천에 대해 많은 것을 배웠습니다. 당신을 통해 나 자신의 종교적 유산이 당신의 종교적 유산 속에 얼마나 깊이 뿌리내리고 있는지 발견함으로써 나의 정신은 한층 풍요로워졌습니다.

우리 미국인의 가장 큰 사명은 조화와 우애 속에 하나의 통일된 국민으로 사는 것입니다. 나는 동화청의 훌륭한 업무 수행에 대해 익히 알고 있으며 이를 통해 두 분이 이 소중한 목표를 달성하는 일에 얼마나 헌신적으로 기여하고 있는지 잘 알고 있습니다. 신이 이 나라에 내린 많은 축복 가운데 두 분과 같은 시민이 있다는 것보다 더 귀중한 축복은 없을 것입니다. 1776년 이래 우리 미국의 민주주의는 어느 불굴의 민족이 탄생시킨 고대의 정의와 자유 개념을 토대로 굳게 서 있으며, 두 분은 그 민족이 낳은 자랑스럽고 힘센 투사입니다.

두 분의 행복을 빌며,
앤 모로 린드버그

FBI가 두번째로 우리의 삶을 침범했을 때 그들의 감시 대상은 우리 아버지였다. 위시노우 씨가 목을 맨 날 내게 다가와 앨빈 형에 대해 물었던(그리고 버스에서 샌디 형에게, 백화점에서 어머니에게, 사무실에서 아버지에게 물었던) 그 요원이 청과물 시장에 나타나 사람들이 한밤중에 식사를 하고 커피를 마시러 가는 간이식당 주위를 어슬렁거리면서, 앨빈 형이 몬티 삼촌 밑에서 일을 시작할 때 그랬던 것처럼 이 사람 저 사람에게 이번에는 앨빈의 삼촌 허먼이 어떤 사람이며 그가 사람들에게 미국과 우리 대통령에 대해 무슨 말을 하는지 묻고 다니기 시작했다. 이 말은 론지 즈월먼의 부하를 통해 몬티 삼촌에게 들어갔고, 론지의 부하는 맥코클 요원이 한 말, 즉 다른 나라를 위해 싸운 반역자를 먹여주고 재워준 우리 아버지가 이제는 국민을 통합하고 강화하기 위해 시행하는 정부의 정책에 참여하지 않으려고 메트로폴리탄라이프라는 좋은 직장을 그만두었다는 말도 몬티 삼촌에게 전했다. 몬티 삼촌은 론지의 부하에게 자신의 동생은 두 아이와 아내를 먹여 살려야 하는 교육도 못 받은 얼간이이고 일주일에 육 일 밤 무거운 야채 상자를 지고 나르느라 미국에 해를 끼칠 여력이 전혀 없다고 말했다. 이 말을 론지의 부하는 안됐다는 표정으로 들었다. 몬티 삼촌의 말에 의하면 그랬다. 평소 우리집에서 예절 같은 건 차리지 않는 몬티 삼촌은 토요일 오후 우리집 주방에서 모든 얘기를 늘어놓았다. "그래도 그놈은 이렇게 말하더군. '네 동생은 나가야 해.' 그래서 내가 말했지. '이건 말도 안 돼. 론지한테 가서 말해. 이건 유대인을 엿 먹이는 짓이라고.' 그놈도 이름이 니기 아펠바움이라는 유대인인데 내 말이 씨도 안 먹히더군. 어쨌든 니기는 론지한테 가서 로스는 그의 말을 듣지 않을 거라고 말했지. 그런 다음 어떻게 됐는지 궁금하냐? 그 키다리 놈이 직접 찾아왔어. 악취나는 비좁은 내 사무실에 실크 맞춤 정장을 입고 나타난 거야. 그놈은 키가 크고, 말투도 상냥하고, 옷도 끝내주게 잘 입지. 여배우들이 어떻게 그놈한테 넘어가는지 너도 알 거다. 내가 말했지. '론지, 초등학교 때의 네가 기억난다. 그때부터 네가 성공할 놈이란 걸 알아봤지.' 그러자 론지가 이러더군. '나도 널 기억한다. 그때부터 네가 성공하지 못할 놈이란 걸 알아봤다.' 우린 한바탕 웃었고 내가 말했지. '내 동생은 일자리가 필요해, 론지. 형이 동생한테 일자리를 줄 수도 없는 거냐?' 그러자 론지가 대꾸하더군. '그럼 나는 FBI가 기웃거리고 다니는 걸 막을 수도 없는 거냐?' 나는 이렇게 말했다. '나도 잘 안다. 그래서 FBI 때문에 내 조카 앨빈을 쫓아내지 않았느냐? 하지만 이건 내 동생이라 문제가 다르다, 안 그러냐? 이봐, 내게 이십사 시간만 줘. 그동안 다 해결할 테니까. 내가 해결 안 하거나 못하면 그때 허먼을 내보내지.' 그래서 나는 다음날 아침 시장이 파할 때까지 기다린 후 새미이글스로 걸어가 그 술집에서 FBI 요원이라는 그 아일랜드 뺑쟁이 놈을 만났지. '내가 아침을 사겠소.' 나는 이렇게 말하고 그에게 보일러메이커*를 주문해줬어. 그리고 그 놈 옆자리에 앉아 말했지. '왜 유대인을 싫어하는 거요, 맥코클?' 그러자 이렇게 대답하더군. '그렇지 않소.' '그러면 왜 이렇게 내 동생을 캐고 다니는 거요? 내 동생이 무슨 짓을 했다고?' '이봐요, 내가 유대인을 싫어한다면 여기 이글스에 앉아 있겠소? 새미 이글을 내 친구로 두겠소?' 그러더니 바 뒤에 있던 이글을 불러 묻더군. '말해보게, 내가 유대인을 싫어하나?' '안 그런 것 같은데?' '자네 아들이 성년식을 할 때 내가 찾아가 넥타이핀을 주지 않았나?' 이 글이 나를 보고 이렇게 말했어. '우리 아들은 지금도 그걸 차고 다

---

* 위스키에 맥주를 섞은 칵테일.

닌다네.' 그러자 맥코클이 말했지. '난 내 일을 하고 있는 거요. 새미가 술을 팔고 당신이 야채를 파는 것과 똑같은 거요.' '내 동생도 마찬가지요.' 내가 말했어. '좋소. 이해했소. 그러니 내가 유대인을 싫어한다고 말하지 마시오.' '그건 내 실수요.' 내가 말했다. '사과하리다.' 그리고 나서 나는 그놈한테 봉투를 슬쩍 내밀었지. 작은 갈색 봉투. 그걸로 끝이었어."

여기에서 삼촌은 나를 돌아보더니 이렇게 말했다. "네가 그 말도둑이구나. 네가 성당에서 말을 훔쳤다고? 영리한 녀석. 어디 보자." 나는 머리를 숙여 말굽에 차인 자리를 삼촌에게 보여주었다. 삼촌은 길게 난 상처와 밀었던 머리가 이제 막 자라고 있는 부위를 손가락으로 가볍게 더듬으며 웃었다. "그래, 앞으로 더 많이 다칠 거다." 삼촌은 이렇게 말한 뒤 내가 기억하는 한 항상 그렇듯이 나를 번쩍 들어 한쪽 무릎에 올려놓았고, 나는 마치 말을 탄 것처럼 그 위에 걸터앉았다. "너도 할례를 받았겠지?" 삼촌은 내가 말을 탄 것 같은 기분이 들게 허벅지를 위아래로 들썩거리기 시작했다. "아기들한테 할례를 할 때 어떻게 하는지 아니?" "포피를 잘라요." 내가 대답했다. "그러면 그 작은 포피를 어떻게 하는지 아니? 자른 다음에 그걸로 뭘 하는지 알아?" "아니요." 그러자 몬티 삼촌이 말했다. "잘 모아두지. 충분히 모았다가 FBI로 보내면 그걸로 요원을 만든단다." 나는 참을 수가 없었고, 그래선 안 된다는 걸 알고 있었지만 결국 웃음을 터뜨렸다. 지난번에 삼촌이 "그걸 아일랜드로 보내 신부를 만든단다"라고 농담을 했을 때도 마찬가지였다. "봉투에 뭐가 들어 있었어요?" 내가 물었다. "어디 한번 맞춰봐라." 삼촌이 말했다. "모르겠어요, 돈?" "그래, 돈이지. 아주 영리한 꼬맹이 말 도둑이구나. 돈이면 어떤 문제라도 깨끗이 해결되지."

나는 나중에 부모님이 침실에서 나눈 얘기를 엿들은 형에게서, 맥코클에게 건넨 뇌물 전액을 아버지가 이미 얄팍해질 대로 얄팍해진 봉급에서 매주 10달러씩 몬티 삼촌에게 갚아야 한다는 사실을 알게 되었다. 그래도 아버지는 어쩔 도리가 없었다. 고된 노동에 대해, 친형 밑에서 일하는 굴욕에 대해 아버지가 한 말은 "형은 열 살 때부터 이랬어. 그리고 죽을 때까지 이럴 거야"뿐이었다.

그해 여름 토요일과 일요일 오전을 제외하고 우리는 아버지의 얼굴을 거의 볼 수 없었다. 반면에 어머니는 이제 하루종일 주위에 있었다. 샌디 형과 나는 점심을 먹으러 집에 와야 했고, 이른 오후 다시 집에 들러 어머니에게 눈도장을 찍고 확인시켜줘야 했기에 멀리 갈 수 없었으며, 저녁에는 집에서 한 블록 떨어진 학교 운동장을 넘어가는 것조차 허락되지 않았다. 어머니는 스스로의 말과 행동을 엄중히 검열하고 있거나, 아니면 일시적으로 유감스러운 마음을 완전히 접은 듯 보였다. 왜냐하면 아버지의 봉급이 터무니없이 줄어들어 가계 예산을 빠듯이 운용해야 했지만 지난 일 년 동안 겪어야 했던 어처구니없는 일들에 대해 무기력한 기색을 전혀 보이지 않았기 때문이다. 어머니의 회복은 옷을 파는 일보다 어머니에게 더 중요한 보상을 주는 일로 되돌아온 것과 관계가 깊었다. 어머니는 그 일에서 꽁무니를 뺀 게 아니었다. 어머니의 정상적인 일들과 비교했을 때 무의미하게 느껴져서 그만둔 거였다. 아직도 어머니의 근심이 얼마나 깊은지는 에스텔 터슈웰 부인이 위니펙에 정착한 가족의 근황을 적어 보낸 편지가 당도할 때에만 내 눈에 보였다. 점심을 먹으러 올 때마다 나는 현관 입구의 우편함에서 우편물을 꺼내 이층으로 올라갔다. 그중 캐나다에서 온 편지가 있으면 어머니는 즉시 식탁 앞에 앉았고 샌디 형과 내가 샌드위치를 먹는 동안 속으로 두 번 편지를 읽은 뒤 아버지가 시장에 나가기 위해 일어나면 편지를 건네주었다. 아버지에게는 편지를 주었고, 내겐 우표 수집을 새로 시작하라고 소인이 찍힌 캐나다 우표를 주었다.

샌디 형에게 갑자기 또래 여학생 친구들, 형이 학교에서 알고 지냈지만 지금까지 한 번도 주의깊게 살펴본 적 없는 십대 소녀 친구들이 생겼다. 형은 방학 프로그램이 한낮을 지나 초저녁까지 계속되는 운동장으로 소녀들을 보러 갔다. 나도 거기에 갔고, 이제 내 곁에 셸던이 붙어 있는 경우는 흔했다. 나는 불안과 기쁨 사이에서 오락가락하며 샌디 형이 마치 소매치기나 전문 야바위꾼이라도 된 양 형의 모습을 지켜보았다. 형은 소녀들이 잘 모이는 탁구대 근처 벤치에 자리를 잡고 앉아 스케치북을 펼치고는 주변에서 가장 귀여운 여학생을 연필로 그렸고 여학생들은 항상 그림을 보고 싶어했기 때문에 하루가 끝나기 전 샌디 형은 십중팔구 그중 한 명과 손을 잡고 꿈을 꾸듯 운동장에서 걸어나왔다. 무언가에 깊이 심취하는 샌디 형의 성향은 이제 '소박한 사람들'을 위한 선전활동이나 마휘니 농장에서의 담배 순지르기 대신 이 여학생들의 손에 의해 불이 붙었다. 켄터키가 그랬던 것처럼 새로운 욕망의 짜릿함이 형의 존재를 순식간에 변화시켜 열네 살 반의 나이에 단 한 번의 호르몬 분출로 새롭게 개조했거나, 아니면 형이 전지전능하다는 관념에 물든 나의 추측에 따르면, 소녀들을 주위에 끌어들이는 이유는 재미있는 계략을 세우고 그에 따라 적당한 때를 기다리기 위해서인지 몰랐다. 때가 되면 형은 본색을…… 항상 샌디 형에게는 내가 이해할 수 없는 무언가가 더 있을 것만 같았다. 사실 형은 잘생긴 소년의 자신만만함이 흘러넘치긴 했어도 자신이 왜 그 미끼에 넘어갔는지 누구보다 잘 모르고 있었다. 하지만 형과 함께 있을 때 나는 항상 내가 이해할 수 없는 아주 큰 일이 진행되고 있다고 확신했다. 린드버그를 숭배하던 유대인 담배 노동자는 가슴을 발견하자 갑자기 평범한 또 한 명의 십대 소년으로 돌변해버렸다.

부모님은 형이 여자애들한테 열중하는 이유가 고집, '반항의식', 린드버그의 대의에서 강제로 물러난 것을 보상하려는 독립심의 표현이라고 생각했고, 그래서 형의 그런 행동이 상대적으로 무해하다고 흔쾌히 여기는 것 같았다. 그러나 소녀들의 한 어머니는 그렇게 여기지 않았고, 전화를 걸어 자신의 생각을 밝혔다. 아버지가 일을 마치고 돌아온 후 부모님은 방문을 닫고 긴 대화를 나누었고, 그런 뒤에는 형과 아버지가 방문을 닫고 다시 긴 대화를 나누었다. 그주가 끝날 때까지 샌디 형은 집 근처를 벗어나는 것이 허락되지 않았다. 하지만 당연히 부모님은 형을 여름 내내 서밋 애비뉴에 가둬놓을 수 없었고, 형은 이내 운동장으로 돌아가 자신만만하게 예쁜 소녀들을 그렸으며, 둘이 어디론가 사라졌을 때 그림을 그리던 손으로 여자애들이 허락하는 무슨 짓을 하든—사실 그들도 그 시절 8학년 정도의 다른 아이들처럼 섹스에 무지했기 때문에 큰일은 아니었겠지만—여자애들은 집으로 달려가 일러바치지 않았고, 더이상 우리 부모님에게 흥분한 전화가 걸려와 가뜩이나 골치 아픈 상황에 문제를 보태는 일은 일어나지 않았다.

셸던. 나의 여름은 셸던이었다. 개처럼 내 얼굴 바로 앞에 들이미는 셸던의 주둥아리, 나를 잠보라 부르며 놀려대는 어렸을 때부터 알고 지내던 아이들. 잠에 취해 비틀거리며 고아원으로 걸어가는 내 모습을 흉내낸답시고 아이들은 두 팔을 앞으로 뻣뻣이 든 채 좀비처럼 느리고 꼴사납게 걸어다녔고, 야구를 할 때 내가 타석에 들어서기만 하면 필드에 나간 팀은 한 목소리로 "이랴, 실버!"*라고 외쳐댔다.

메트로폴리탄에서 일하는 모든 부모님 친구들이 새 학기가 시작하는 9월 이전 새로운 곳에 정착하기 위해 아이들을 데리고 뉴어크를 떠났기 때문에, 여름이 끝나는 노동절**마다 사우스마운틴자연보호구역으로 가서 즐기던 큰 소풍을 그해 여름에는 기대할 수 없었다. 여름 내내 그 가족들은 차례로 토요일에 차를 몰고 찾아와 작별인사를 했다. 부모님에겐 두려운 일이었다. 메트로폴리탄 지부에서 '홈스테드 42'가 재배치를 지정한 가족들 중 유일하게 우리 부모님만 뉴어크에 남기로 결정했다. 모두 부모님의 더없이 소중한 친구들이었기에 어른들이 거리에서 눈물을 흘리며 포옹하고 아이들이 쓸쓸히 그 모습을 지켜보던 뜨거운 토요일 오후의 기억들, 결국 우리 넷만 남아 길가에서 손을 흔들고 어머니는 떠나는 차를 좇아가며 "잊지 말고 편지해요!"라고 외치던 오후의 기억들은 그때까지의 가장 괴로운 순간들이었다. 무방비 상태에 놓인 우리의 처지가 우려가 아닌 현실이고 우리의 세계가 무너지기 시작한다

---

* 대공황 시절 라디오 드라마 시리즈의 영웅이 자신의 애마에게 외치던 말이다.
** 9월 첫째 월요일.

는 느낌이 들던 때였다. 그리고 내가 그것을 깨달았을 때 우리 아버지는 그 모든 남자 중 가장 완고했고 남들보다 착한 자신의 천성과 그 천성의 과도한 요구에 무기력하게 매여 있었다. 그때에야 나는 아버지가 직장을 그만둔 것이 단지 우리가 다른 사람들처럼 재배치에 동의했을 때 닥칠 미래가 두려워서가 아니라 아버지의 눈에 타락한 것처럼 보이는 어떤 불가항력이 아버지를 짓누르고 위협하면 결과가 좋든 나쁘든 절대 굴복하지 않는 것—이 경우 캐나다로 달아나자는 어머니의 주장 혹은 명백히 부당한 정부의 명령에 따르기를 거부하는 것—이 아버지의 천성이기 때문이라는 사실을 이해하게 되었다. 강한 남자에는 두 종류가 있었다. 몬티 삼촌과 에이브 스타인하임처럼 냉혹하게 돈을 버는 부류와 우리 아버지처럼 만사가 공정해야 한다는 생각에 무자비하게 순종하는 부류였다.

"이리 와라." 재배치 명령을 받은 여섯 가족 중 마지막 가족이 지구상에서 영원히 사라지듯 떠나버린 토요일, 아버지는 우리의 기분을 살리기 위해 이렇게 말했다. "자, 얘들아. 아이스크림 먹으러 가자." 우리 넷은 챈슬러 애비뉴를 따라 드러그스토어로 갔다. 우리 아버지의 가장 오래된 고객 중 한 명인 약사가 운영하는 그곳은 판유리를 뚫고 들어오는 햇빛을 막는 차양이 쳐져 있는데다 노처럼 길쭉한 날이 셋 달린 천장 선풍기가 작게 삐걱 소리를 내며 머리 위에서 돌아가고 있어서 여름이면 언제나 길거리보다 더 쾌적했다. 우리는 가게 안으로 들어가 부스 좌석에 앉아 아이스크림선디를 주문했고, 어머니는 아버지가 아무리 권해도 끝까지 사양했지만 결국 뺨으로 쉴새없이 타고 흐르는 눈물을 멈출 수는 있

었다. 어쨌든 추방당한 친구들 못지않게 우리도 알 수 없는 미래
에 구속되어 있었고, 그래서 우리는 차양이 쳐진 시원한 드러그스
토어의 반그늘에 앉아 모두 녹초가 된 채 아무 말 없이 아이스크림
을 떠먹었다. 마침내 어머니는 반듯하게 조각조각 찢던 종이 냅킨
에서 눈길을 떼고 위를 보았고, 울음이 완전히 멈춘 사람에게 찾아
오는 씁쓸하고 일그러진 미소를 지으며 아버지에게 말했다. "그래
요, 좋든 싫든 린드버그는 우리에게 유대인이 뭔지를 가르쳐주는
군요." 그리고 이렇게 덧붙였다. "우리가 미국인이라고 생각하는
건 우리뿐이에요." "바보 같은 소리. 절대 그렇지 않소!" 아버지
가 말했다. "우리만 그렇게 생각한다는 건 그자들 생각이에요. 이
건 옳고 그름을 따질 문제가 아니오, 여보. 이건 절충할 문제가 아
니란 말이오. 나는 미국인이고 그걸 당연히 여기는데 그자들은 그
걸 이해하지 못해요. 빌어먹을 놈들! 다르다고? 감히 우리가 다르
다고 해? 다른 건 그 사람이오. 가장 미국적으로 보이는 작자. 하지
만 그는 가장 미국적이지 않은 사람이에요! 그 사람은 적임자가 아
냐. 그 자리에 있으면 안 될 사람이지, 아주 단순한 문제요!"
　내게 가장 힘든 이별 상대는 셸던이었다. 물론 셸던이 가게 되
어 기뻤고, 여름 내내 그날을 손꼽아 기다렸다. 하지만 8월 마지막
주 이른아침 위시노우 가족이 매트리스 두 장을 자동차 지붕에 묶
고(전날 밤 아버지와 샌디 형이 지붕 위에 얹고 방수포를 씌웠다),
낡은 플리머스 뒷좌석 꼭대기까지 옷을 쑤셔넣은 채(어머니와 내
가 내 옷 몇 점이 포함된 그 옷들을 집에서 자동차로 날라주었다)
눈앞에서 사라질 때, 정말 기이하게도 울음을 멈추지 못한 사람은
다름 아닌 나였다. 나는 셸던과 내가 여섯 살 때, 그리고 위시노우

씨가 살아 있고 외관상 건강한 모습으로 매일 메트로폴리탄에 출근하고, 위시노우 부인이 우리 어머니처럼 매일 가족을 위해 열심히 살림을 하고 때때로 우리 어머니가 사친회 일을 보느라 집을 비우면 나를 돌봐주던 시절의 어느 날 오후가 자꾸만 생각났다. 나는 우리 어머니와 부인에게서 똑같이 느껴지던 포괄적인 모성애, 내가 긴급할 때마다 당연하다 여기고서 실컷 탐닉해온 따뜻함, 즉 내가 셸던 집 욕실에서 나오지 못하고 갇혀버린 그날 오후에 분명히 느꼈던 애정이 자꾸만 떠올랐다. 내가 아무리 욕실 문을 열려고 해도 문이 열리지 않았을 때, 생김새와 성격과 직접적인 환경이 달라도 우리 넷, 셸던과 셀마, 필립과 베스가 한 가족 한몸인 양 부인이 내게 기꺼이 마음을 쓰며 얼마나 친절하게 해주었는지가 자꾸만 떠올랐다. 부인에게 가장 중요한 것이 곧 우리 어머니에게 가장 중요한 것이던 시절, 다시 말해 다음 세대를 위해 가정을 꾸리고 안정시키는 것이 최우선 과제인 모계 공동체의 세심한 일원이던 시절의 위시노우 부인이 자꾸만 떠올랐다. 주먹을 꽉 쥐지 않고 얼굴에 고통이 가득하지 않은 평온한 위시노우 부인이 자꾸만 떠올랐다.

그 집 욕실은 우리집 욕실과 판박이로 작고 아주 답답했으며, 문 옆에 변기가 있고 변기 옆에 세면대가 있고 세면대와 벽 사이에 욕조가 끼어 있었다. 문을 당겼지만 열리지 않았다. 우리집이었다면 그냥 문을 닫았겠지만 남의 집이라 문을 잠갔고, 그런 적은 난생처음이었다. 나는 문을 잠그고 소변을 보고 물을 내린 뒤 손을 씻었고, 그 집 수건을 만지고 싶지 않아 코르덴 바지 가랑이에 손을 쓱쓱 닦았다. 거기까진 좋았다. 그런 뒤 욕실을 나오려 했는데 손잡이 위에 달린 잠금 고리가 열리지 않았다. 고리를 돌리자 조금 돌아가는가 싶더니 무언가에 걸려 더이상 돌아가지 않았다. 나는 문을 두드리거나 손잡이를 잡고 덜걱대지 않고, 최대한 조용히 계속 고리를 돌려보려 했다. 하지만 아무 소용이 없었고, 그래서 나는 변기에 걸터앉아 어쩌면 고리가 저절로 고쳐질지 모른다고 생각했다. 나는 한참 동안 그대로 앉아 있었지만 문득 쓸쓸해지는 기분이 들어 다시 일어나 문을 열어보았다. 고리는 여전히 풀리지 않았다. 나는 문을 가볍게 두드리기 시작했다. 그러자 위시노우 부인이 와서 말했다. "아, 문에 달린 잠금장치가 가끔씩 그런단다. 이렇게 돌려보렴." 부인은 방법을 설명했지만 고리는 여전히 열리지 않았다. 그러자 부인이 아주 차분하게 말했다. "아냐, 필립. 뒤로 잡아당기며 돌려야 해." 나는 부인이 일러준 대로 해보았지만 그래도 소용이 없었다. "얘야," 부인이 말했다. "당기면서 돌려보렴. 뒤로 당기면서 돌려봐." "뒤가 어느 쪽이에요?" 내가 물었다. "안쪽, 벽이 있는 쪽이야." "아, 벽 쪽이요, 알았어요." 하지만 어떻게 해도 잠금 고리는 열리지 않았다. "못하겠어요." 나는 이렇게 말했고 땀이 나기 시작했다. 그때 셀던의 목소리가 들렸다. "필립? 나 셀던이야. 왜 문을 잠갔어? 우린 안 들어갈 텐데." "누가 들어온대?" 내가 말했다. "그러면 왜 잠갔어?" "나도 몰라." "엄마, 소방서에 전화해야 하나요? 소방관 아저씨들이 사다리로 필립을 꺼내줄 거예요." "아니, 아니." 위시노우 부인이 말했다. "잘해봐, 필립" 셀던이 말했다. "그렇게 어렵지 않아." "하지만 안 돼. 움직이질 않아." "엄마, 필립이 어떻게 나올 수 있어요?" "셀던, 조용히 하거라. 필립?" "네." "괜찮니?" "아니요, 더워요. 점점 더워지고 있어요." "물을 한 잔 마시거라, 얘야. 약품 선반에 컵이 있어. 물을 한 잔 따라서 천천히 마셔. 그럼 괜찮아질 거야." "알았어요." 하지만 그 컵은 바닥이 미끈미끈했고 그래서 나는 컵을 꺼내긴 했지만 그걸로 마시는 척만 하고 양손을 오므려 물을 마셨다. "엄마," 셸던이 말했다. "엄마, 필립이 뭘 잘못하고 있는 거예요? 필립, 뭘 잘못하고 있는 거야?" "내가 어떻게 알아?" 내가 말했다. "위시노우 아줌마? 위시노우 아줌마?" "그래, 여기 있다." "여기 너무 더워요. 땀이 줄줄 나요." "그러면 창문을 열거라. 샤워기 위에 작은 창문이 있지? 네 키로 거기에 닿겠니?" "닿을 것 같아요." 나는 신발을 벗고 양말만 신은 채 샤워실 안으로 들어갔다. 발돋움을 하니 손이 창문에 닿았다. 골목 쪽으로 난 작은 창에는 도돌도돌한 유리가 끼워져 있었다. 나는 창문을 열려고 해보았지만, 창문도 꼼짝하지 않았다. "안 열려요." 내가 말했다. "애야, 살짝 쳐보렴. 아래쪽 창틀을 탕 쳐봐, 너무 세게 치진 말고. 그럼 분명히 열릴 거야." 나는 부인이 하라는 대로 했지만 창문은 꼼짝도 하지 않았다. 이제 내 셔츠는 땀으로 흠뻑 젖었다. 나는 몸을 돌리면 창문을 위로 세게 밀 수 있을 거라 생각했지만, 몸을 돌리던 중 팔꿈치로 샤워기 핸들을 건드렸는지 갑자기 물이 쏟아지기 시작했다. "앗 차가!" 얼음처럼 차가운 물이 머리 위로 쏟아져 셔츠 등 쪽을 타고 흘러내렸다. 나는 샤워실에서 뛰어나와 타일 바닥으로 돌아왔다. "왜 그러니, 아가?" "샤워기가 켜졌어요." "어떻게?" 셸던이 말했다. "샤워기가 왜 켜졌어?" "나도 몰라!" "많이 젖었니?" 부인이 물었다. "조금 젖었어요." "타월로 닦아라. 벽장에서 타월을 꺼내렴. 벽장 안에 타월이 있어." 부인이 말했다. 바로 위층의 우리집 욕실에도 이 집 벽장과 똑같이 좁고 작은 벽장이 있었고 우리도 거기에 타월을 보관했지만, 벽장으로 가서 문을 열자 그 문도 꼼짝하지 않았다. 나는 문을 확 잡아당겼지만 문은 열리지 않았다. "방금 그건 무슨 소리니, 필립?" "아무것도 아니에요." 나는 말할 수가 없었다. "타월을 꺼냈니?" "네." "그럼 잘 닦아. 그리고 차분하게 기다리렴. 걱정하지 말고, 알겠니?" 나는 흠뻑 젖고 있었고, 이젠 바닥도 흥건해지고 있었다. 나는 변기에 앉았다. 바로 그때 욕실이란 게 무엇인지를 알게 되었다. 욕실은 하수구의 입구였다. 그러자 눈물이 솟구치기 시작했다. "걱정하지 마." 셸던이 문틈에 대고 말했다. "네 엄마 아빠가 곧 오실 거야." "하지만 어떻게 나가지?" 그때 갑자기 문이 열렸고 셸던과 그 뒤로 그의 어머니가 보였다. "어떻게 한 거야?" 내가 물었다. "내가 열었어." "어떻게 연 거야?" 셸던이 어깨를 으쓱했다. "내가 밀었어. 그냥 밀었어. 문은 계속 열려 있었어." 그때부터 나는 엉엉 울기 시작했다. 위시노우 부인은 나를 두 팔로 끌어안고 달랬다. "쉬, 괜찮아." 그런 뒤 부인은 욕실로 들어와 아직도 욕조로 쏟아져내리고 있는 찬물을 잠그고, 아무 문제 없이 벽장문을 열더니 마른 수건을 꺼내 내 머리와 얼굴과 목을 닦아주었고, 그러면서 내내 부드러운 목소리로 괜찮다고 하면서 그런 일은 항상 누구에게나 일어날 수 있다고 말해주었다.

하지만 그건 다른 모든 것이 엉망이 되어버리기 오래전의 일이었다.

국회의원 유세는 노동절 이후 화요일 오전 여덟시에 시작되었다. 월터 윈첼은 브로드웨이와 42번가, 즉 자신이 대통령에 입후보하겠다고 발표한 그 유명한 교차로에서, 그때 사용한 진짜 나무로 만든 약식 연단에 올라서서, NBC 스튜디오에서 일요일 밤 아홉 시 방송 홍보용으로 찍은 사진에서와 똑같이 재킷을 벗은 와이셔츠 바람으로, 소매를 말아올리고, 넥타이를 잡아내리고, 냉철한 기자의 중절모를 이마가 보이게 뒤로 눌러쓰고 모습을 드러냈다. 출근하다 말고 그를 직접 보고 듣기 위해 불과 몇 분 만에 거리로 돌진한 열렬한 군중 때문에 차량의 흐름을 다른 데로 돌리기 위해 대여섯 명의 뉴욕 기마경찰이 출동해야 했다. 그리고 확성기를 든 그 연사가 성경을 치켜들고 죄악으로 가득찬 미국의 종말을 예언하는 또 한 명의 따분한 예수쟁이가 아니라 원래 스토크클럽의 단골이었다가 얼마 전 미국에서 가장 영향력 높은 라디오 방송인이자 뉴욕에서 가장 못된 타블로이드판 언론인으로 부상한 사람이라는 말이 퍼지자, 구경꾼의 수는 수백에서 수천으로 늘었고 신문에 따르면 지하철에서 올라오고 버스에서 내린 사람까지 합치면 이 반골과 그의 극단적 행동에 이끌린 구경꾼이 만 명에 이르렀다고 했다.

윈첼은 군중에게 이렇게 말했다. "방송가의 겁쟁이들, 그리고 백악관의 린드버그 집단이 통제하는 방송가의 억만장자 깡패들은 윈첼이 붐비는 극장에서 '불이야!'라고 외쳐서 목이 잘렸다고 말합니다. 뉴욕 시민 여러분, 그 단어는 '불'이 아니었습니다. 윈첼은 '파시즘'이라고 외쳤고 지금도 그렇게 외칩니다. 파시즘! 파시즘입니다! 그리고 나는 헤르* 린드버그가 이끄는 반미국적 친나치 무리가 선거일에 국회에서 쫓겨나갈 때까지 내가 만나는 모든 미국 군중에게 계속 '파시즘'을 외칠 것입니다. 히틀러주의자들은 나의 라

---

* 독일어 남성 경칭.

디오 마이크를 빼앗아갈 힘이 있고, 여러분도 알다시피 이미 그렇게 했습니다. 그들은 나의 신문 칼럼을 빼앗아갈 힘이 있고, 여러분도 알다시피 이미 그렇게 했습니다. 그리고 당치 않은 얘기지만 미국이 파시즘국가가 되면, 린드버그의 돌격대원들은 나를 강제수용소에 집어넣어 가둘 수 있고, 여러분도 알다시피 분명 그렇게 할 것입니다. 그들은 여러분도 강제수용소에 집어넣어 가둘 수 있습니다. 나는 지금쯤이면 여러분도 이 점을 충분히 알고 있을 거라 생각합니다. 하지만 미국산 히틀러주의자들이 빼앗아갈 수 없는 것은 미국에 대한 나의 사랑과 미국에 대한 여러분의 사랑입니다. 그들이 빼앗아갈 수 없는 것은 선거의 힘입니다. 잘 속는 사람들, 순진한 사람들, 겁 많은 사람들이 봉이 되어 그들을 다시 워싱턴DC에 들여보내주지 않는다면 말입니다. 히틀러주의자들의 미국을 노린 음모는 반드시 멈춰야 하고, 그 음모를 멈출 사람은 여러분입니다. 바로 뉴욕 시민 여러분입니다! 1942년 11월 3일 화요일, 자유를 사랑하는 이 위대한 도시의 시민인 여러분의 투표권입니다!"

1942년 9월 8일, 그날 하루종일도 모자라 저녁까지 윈첼은 맨해튼의 모든 구역을 찾아가 연단에 올랐는데, 월스트리트에서는 대체로 무시당하고, 리틀이탈리아에서는 야유를 받고, 그리니치빌리지에서는 조롱당하고, 가먼트 지구에서는 드문드문 갈채를 받고, 어퍼웨스트사이드에서는 루스벨트를 지지하는 유대인들에게 구세주로 환영받았다. 그리고 마지막으로 북쪽의 할렘에서는 해질녘 레녹스 애비뉴와 125번가 모퉁이로 그의 연설을 듣기 위해 모인 수백 명의 흑인 군중 앞에 섰다. 몇 명은 웃고 몇 명은 박수를 쳤지만 대부분의 흑인은 윈첼이 자신들의 사회적 반감에 와닿으려면 아주 다른 이야기를 내놓아야 한다는 듯 불만족스럽게 경청했다.

　윈첼이 그날 유권자들의 표심에 미친 영향을 확인하긴 어려웠다. 윈첼이 일했던 신문, 허스트의 〈데일리 미러〉가 볼 때 전 국민의 대표자들로 이루어진 국회에서 공화당을 몰아내려고 지역 대중을 끌어모으는 과시 행위는 누가 보아도 요란한 선전에 불과했고, 특히 민주당 소속으로 맨해튼에서 출마한 국회의원 후보 가운데 단 한 명도 윈첼의 확성기 소리가 들리는 곳에 나타나지 않았다는 사실이 그 점을 더욱 분명히 했다. 행여 어떤 후보가 밖에서 유세를 한다 해도, 윈첼이 반복해서 아돌프 히틀러의 이름과 온 세계가 아직도 위대한 영웅으로 우상화하고 있고 심지어 총통마저 그의 업적을 높이 사고 있으며 자국민의 압도적 다수가 여전히 그들의 나라를 평화롭고 부강한 나라로 변모시킬 신과 같은 존재로 숭배하고 있는 미국 대통령의 이름을 연결지으며 정치적으로 치명적인 실수를 범하는 곳으로부터 멀리 떨어져 있으려 했다. 〈뉴욕 타임스〉는 '또 그 짓을'이라는 제목의 짧고 냉소적인 사설에서 윈첼의 마지막 '허튼소리'에 대해 단 하나의 결론밖에 내릴 수 없다고 강조했다. "월터 윈첼의 가장 큰 재능은 유아적 착각에 있다."

　윈첼은 도시의 다른 네 구에서도 꼬박 하루씩 보냈고, 다음주에는 코네티컷주가 있는 북쪽으로 향했다. 아직은 풋내기 수준의 국회의원 유세를 그의 열광적인 언변과 결합시켜줄 민주당 후보가 필요했다. 그러나 윈첼은 브리지포트의 공장 정문과 뉴런던의 조선소 입구를 찾아다니며 자신의 약식 연단을 놓고는 중절모를 뒤로 눌러쓰고 넥타이를 잡아내린 채 군중을 똑바로 보면서 "파시즘! 파시즘!"이라고 외쳤다. 코네티컷 해안의 공업 지대에서 그는 더 북쪽으로 올라가 프로비던스의 노동자 지구들을 돌았고, 그런 뒤 로드아일랜드주를 가로질러 매사추세츠주 남동부의 공업도시들을 차례로 방문했으며 폴리버, 브록턴, 퀸시의 길모퉁이에 모인 작은 군중 앞에서도 타임스퀘어에서 첫 연설을 할 때처럼 열정적으로 연설했다. 퀸시에서 보스턴으로 건너간 그는 보스턴에서 사흘간 머물며 아일랜드계 주민들이 모여 사는 도체스터와 사우스보스턴을 지나 이탈리아계 주민들이 모여 사는 노스엔드를 방문하려고 계획했다. 그러나 첫날 오후 사우스보스턴의 혼잡한 퍼킨스광장에서 그는 고향인 뉴욕, 그리고 린드버그에 반대하는 피오렐로 라과디아 뉴욕 시장이 든든하게 제공해주던 경찰의 방패막이를 떠난 후 처음으로 유대인 운운하며 그에게 조롱과 야유를 던지는 몇몇 사람을 만났다. 그리고 잠시 후 몇 명의 반대자는 군중으로 늘어나 손으로 만든 플래카드를 흔들어댔고 그 모습은 매디슨스퀘어 가든에서 열린 동맹의 집회들을 화려하게 수놓던 깃발과 현수막을 연상시켰다. 그리고 윈첼이 연설을 하기 위해 입을 여는 순간 어떤 사람이 불타는 십자가를 휘두르며 그에게 불을 붙이려 연단으로 달려왔고 주최자측이 폭도들에게 보내는 신호인지, 어느 폭도가 '주욕'*에서 온 유명인에게 보내는 경고인지, 아니면 둘 다인지는 알 수 없지만 허공에 총성이 두 방 울려퍼졌다. 가족이 운영하는 작은 가게, 전차, 가로수, 작은 집들이 뒤섞여 있고, 아직 TV가 없던 시절 지붕마다 높은 굴뚝만 덩그러니 솟아 있는 벽돌 일색의 낡은 도시, 대공황이 결코 끝나지 않는 보스턴이었다. 이 미국 도

---

* Jew York. 'Jew(유대인)'와 'New York(뉴욕)'을 합친 말이다.

시의 중심가에 늘어선 점포들—아이스크림가게, 이발소, 약국—사이에서, 어둡고 뾰족한 세인트어거스틴성당의 윤곽이 똑바로 올려다보이는 그곳에서 곤봉을 든 폭력배들이 "저 놈 죽여라!"라고 외치며 몰려나왔다. 뉴욕의 다섯 자치구에서 출발한 윈첼의 선거운동은 시작한 지 이 주 후인 지금 윈첼이 상상했던 대로 진행되고 있었다. 마침내 린드버그의 기괴한 정체, 상냥하고 온화한 모습 속에 감춰져 있는 본색을 적나라하게 까발리는 데 성공한 것이다.

보스턴 경찰은 폭도를 제지하는 어떤 조처도 취하지 않았다. 사실 총성이 울리고 족히 한 시간이 지나서야 순찰차가 출동해 현장을 조사했다. 유세 내내 사복 차림에 무장을 하고 윈첼의 곁을 지키던 전문 경호팀이 물을 부어 그의 한쪽 바짓가랑이를 거의 다 태우고 있던 불을 껐고, 파도처럼 몰려드는 군중으로부터 처음 몇 차례만 가격을 허용한 후 그를 들쳐 메고 연단에서 불과 몇 야드 떨어진 곳에 주차해놓은 차에 실었다. 윈첼은 텔레그래프힐에 있는 카니병원으로 실려가 얼굴 부상과 경미한 화상을 치료받았다.

병문안을 한 첫번째 사람은 시장인 모리스 토빈이 아니었고, 시장 선거에서 토빈에게 패한 전 주지사 제임스 M. 컬리(FDR를 지지하는 민주당원인 그도 민주당원인 토빈처럼 월터 윈첼의 일에 관여하기를 원하지 않았다)도 아니었다. 또한 보스턴 지역 국회의원 존 W. 맥코맥도 아니었다. 맥코맥의 난폭한 동생은 노코라는 이름의 바텐더로, 유명한 민주당 국회의원인 형과 똑같은 권력을 휘두르며 인근을 장악하고 있었다. 윈첼 본인을 비롯해 모든 사람이 놀랄 정도로, 그를 찾아온 첫번째 방문자는 뉴잉글랜드의 명문가 출신으로 매사추세츠 주지사를 두번째로 역임중인 귀족적인 공화당원, 레버릿 솔턴스톨이었다. 솔턴스톨 주지사는 윈첼이 입원했다는 소식을 듣자마자 자신의 주 의회 의사당에서 출발해 (개인적으로는 싫어할 수도 있지만) 윈첼에게 유감의 뜻을 전하러 찾아왔고, 천만다행으로 사상자는 나지 않았지만 대단히 계획적이고 악의적으로 자행된 그 사건을 철저히 조사하겠다고 약속했다. 그는 또한 매사추세츠주에서 유세하는 동안 주 경찰을 동원해 그를 보호하겠으며, 필요하다면 주 방위군을 동원하겠다며 윈첼을 안심시켰다. 마지막으로 주지사는 병원을 떠나기 전 윈첼의 침대와 불과 몇 피트 떨어진 문 앞에 두 명의 무장 경관을 배치하도록 조처했다.

〈보스턴 헤럴드〉는 솔턴스톨의 개입을 두고 이런 해석을 내놓았다. 용기 있고 명예롭고 공정한 보수주의자로 인정받아 이를 바탕으로 이 년 뒤인 1944년 민주당 출신의 부통령 버턴 K. 휠러의 자리를 당당히 꿰차고 공화당에 기여하려는 그의 정치적 행보라는 것이었다. 휠러는 1940년 선거에서 중요한 역할을 했지만, 이제 많은 공화당원은 그의 경솔한 입놀림이 차기 선거에서 그들의 대통령에게 누가 되리라 믿었다. 병원에서 열린 기자회견에 윈첼은 헐렁한 환자복 차림에 얼굴의 절반을 붕대로 감고 왼발에도 두텁게 붕대를 감은 채 나타나, 그의 병실에 모인 스물네 명의 라디오 기자와 신문 기자에게 사전에 배포한 (공격의 표적이 된 상황에서 예전처럼 열띤 수다가 아니라 보다 정치가다운 언어로 작성한) 발표문에서 말한 것처럼 솔턴스톨 주지사의 제안은 환영하지만 도움은 거절한다고 밝혔다. 그의 성명은 이렇게 시작했다. "미국 대통령에 출마한 후보가 표현의 자유를 보호받기 위해 무장 경찰과 주 방위군에 의지하는 날이 온다면, 이 위대한 나라는 이미 야만적인 파시즘으로 추락한 후일 것입니다. 나는 백악관에서 퍼져나오는 종교적 불관용이 이미 평범한 시민들을 타락시킬 대로 타락시켜 이제 일반 시민들도 다른 신조나 종교를 가진 시민을 조금도 존중하지 않게 되었다고는 절대 인정할 수 없습니다. 나는 아돌프 히틀러와 찰스 A. 린드버그 두 사람이 품은 나의 종교에 대한 혐오가 이미 이 나라에 깊이 스며들었다고는 절대 인정할 수 없습니다……"

그때부터 반유대주의 선동자들은 모든 길목에서 윈첼을 노렸다. 보스턴에서의 사냥이 실패한 것은 솔턴스톨이 윈첼의 과신에 찬 발언을 무시하고 자신의 병력에게 필요하면 무력을 써서라도 질서를 유지하고 폭력범들을 구속하라고 지시했고 그들은 아무리 싫어도 그 명령을 수행해야만 했기 때문이다. 그사이 윈첼은 화상을 입은 발 때문에 지팡이를 짚고 턱과 이마에 반창고를 붙인 채 사우스보스턴의 게이트오브헤븐교회에서부터 브라이턴의 세인트게이브리얼수도원에 이르기까지 모든 교구를 빠짐없이 돌면서 신자들에게 자신의 성흔을 자랑스럽게 내보였고, 가는 곳마다 "유대인 놈은 고향으로!"라고 연호하는 성난 군중을 끌어들였다. 매사추세츠주를 벗어나 뉴욕주 북부, 펜실베이니아주, 그리고 이미 편협한 신앙으로 악명이 높은, 그리고 윈첼의 전략이 만들어내는 폭발적인 효과 때문에 어김없이 그를 표적으로 삼는 중서부 도시들에서 사복경호원의 수를 두 배로 늘렸음에도 대통령 후보는 연단에 올라 "백악관의 파시스트"를 비난하고, "미국의 거리에서 역사상 유례없는 나치의 야만적 행위가 횡행하는" 직접적인 이유는 대통령의 "종교적 증오"에 있다고 외칠 때마다 거의 몰매를 맞을 뻔하곤 했다. 대부분의 권력자들이 사회불안을 용인하지 않으려는 솔턴스톨과 같은 의지를 보이지 않은 탓이었다.

가장 심하고 가장 광범위한 폭력은 디트로이트에서 일어났다. 중서부의 디트로이트는 '라디오 성직자'라 불리는 코글린 신부와 그가 이끄는 반유대주의 성향의 기독교 전선, 그리고 '반유대주의자들의 장로'로 불리며 세간의 관심을 한몸에 받고 있는 제럴드 L.K. 스미스 목사의 본부였다. 스미스 목사는 "기독교 정신이야말로 진실한 미국주의의 진정한 기초"라고 설교하곤 했다. 그리고 두말할 필요 없이 디트로이트는 미국 자동차 산업의 고향이자 린드버그의 연로한 내무장관 헨리 포드의 고향이었다. 포드는 반유대주의를 공언하며 1920년대에 창간된 후 '유대인 문제에 대한 조사보고'에 본격적으로 착수한 신문 〈디어본 인디펜던트〉의 소유주였다. 그는 조사 보고가 완료되자 거의 천 페이지에 달하는 네 권의 책으로 엮고 '국제 유대인'이라는 제목을 붙여 발표했으며, 그 표지에 미국을 청소할 때가 오면 "국제 유대인과 그 종자從者들은 앵글로색슨족이 문명이라 여기는 모든 것에 의도적으로 반대하는 족속이므로 결코 용서받지 못할 것"이라고 썼다.

미국시민자유연맹을 비롯한 시민단체들 그리고 존 건서와 도러시 톰프슨 같은 저명한 자유주의 언론인들이 디트로이트 폭동에 분개하고 즉시 공개적으로 혐오감을 표현하리라는 것은 충분히 예상되었지만, 월터 윈첼과 그의 말투를 불쾌히 여기고 그가 "사서 고생한다"고 생각하는 평범한 중산층 국민들까지도 윈첼의 첫 번째 유세지인 햄트래믹(주로 자동차 산업에 종사하는 노동자들과 그 가족들이 살고, 바르샤바를 제외하고 폴란드인이 세계에서 가장 많이 산다고 알려진 거주 지역)에서 시작한 폭동이 의심스럽

게도 단 몇 분 만에 12번가와 린우드를 거쳐 덱스터대로까지 번지
는 상황을 생생한 보도로 접하고 섬뜩함을 느끼지 않을 수 없었다.
도시에서 가장 큰 유대인 동네들이 모인 덱스터대로에서 폭도들은
가게를 약탈하고, 창문을 부수고, 안으로 피신하지 못한 유대인을
덮치고 폭행했으며 시카고대로를 따라 늘어선 고급 주택들의 잔디
밭과 페인트공, 연관공, 정육점 주인, 빵집 주인, 고물상 주인, 식
료품점 주인 등이 모여 사는 웹과 턱시도의 소박한 2가구용 주택
들의 앞마당, 그리고 가장 가난한 유대인들이 모여 사는 핀그리와
유클리드의 작고 더러운 마당에 들어가 등유에 적신 십자가를 세
우고 불을 붙였다. 이른 오후, 수업이 끝나기 직전 전교생의 절반
이 유대인 학생인 윈터홀터초등학교의 일층 로비에 누군가 소이탄
을 투척했고, 전교생의 95퍼센트가 유대인인 센트럴고등학교의 로
비에도 같은 일이 벌어졌으며, 공산주의를 추종한다고 코글린이
비아냥거리던 문화단체 숄렘알라이헴회관의 창문으로도 소이탄이
날아들었고, 코글린이 겨냥하는 또다른 '공산주의' 단체인 유대인
노동자동맹의 건물 밖에서 네번째 소이탄이 터졌다. 다음 표적은
예배당이었다. 시내에 위치한 삼십여 개의 정통 유대교 회당 가운
데 약 절반이 유리가 깨지고 벽이 손상되었고, 시카고대로의 저명
한 샤레이제데크회당에서 저녁 예배를 시작하기로 예정된 시각에
폭발이 발생했다. 이 폭발로 건축가 앨버트 칸이 무어인 양식으로
설계한 이국풍의 중앙 장식물, 즉 노동자계급의 서민들에게 전혀
미국적이지 않은 양식을 보여주던 세 개의 거대한 아치형 출입구
가 큰 손상을 입었다. 건물 정면에서 떨어진 파편에 다섯 명의 행
인이 부상을 입었고 다섯 명 중 유대인은 한 명도 없었으며, 그 밖

의 사상자는 한 명도 보도되지 않았다.

해질 무렵 디트로이트의 유대인 삼만 명 중 수백 명이 디트로이트강을 건너 온타리오주 윈저로 피신함에 따라 미국 역사에 최초의 대규모 포그롬이 기록되었다. 이 사건은 크리스탈나흐트, 즉 '수정의 밤'이라 불리는 독일 유대인을 겨냥한 '자연발생적 시위'를 본뜬 것이 분명했다. 크리스탈나흐트는 사 년 전 나치가 계획하고 수행한 잔학 행위로 당시 코글린 신부는 주간 타블로이드판 신문인 〈사회 정의〉에 그 사건은 "유대인이 퍼뜨리는 공산주의"가 촉발한 독일인의 반응이었다고 변호했다. 그와 유사하게 〈디트로이트 타임스〉의 사설도 디트로이트의 크리스탈나흐트는 툭 하면 주제넘게 나서고 간섭하는 윈첼의 행동이 불러일으킨 불행하지만 불가피하고 완전히 납득할 수 있는 반발이며 그 말썽꾼은 "애초부터 반역적인 대중 선동으로 애국적인 국민들의 분노를 유발하는 것이 목표였던 유대인 선동자"라고 규정했다.

미시간주 주지사와 디트로이트 시장은 디트로이트 폭동에 신속히 대응하지 않았고, 이 9월 공격이 일어난 다음주에 클리블랜드, 신시내티, 인디애나폴리스, 세인트루이스의 유대인 동네에서 새로운 폭력이 발생해 가정과 가게, 회당을 파괴했다. 윈첼의 적들은 윈첼이 디트로이트에서 대재앙을 촉발한 후 조심하기는커녕 일부러 도전적인 모습으로 그 도시들에 나타난 탓에 그런 폭력이 일어났다고 주장했다. 인디애나폴리스에서 윈첼은 어느 집 지붕에서 날아온 보도블록에 짓이겨질 뻔했는데, 그의 옆에 배치되어 있던 경호원이 그것에 맞아 목이 부러지자 윈첼은 이 모든 폭력이 백악관에서 퍼져나오는 "증오의 분위기" 때문이라고 주장했다.

뉴어크의 우리 동네는 디트로이트의 텍스터대로에서 수백 마일 떨어져 있었고 우리 주변에는 디트로이트에 가본 사람이 한 사람도 없었기 때문에 1942년 9월 이전까지 동네 아이들이 디트로이트에 대해 아는 것이라곤 정규 리그의 유일한 유대인 선수가 타이거스의 인기 있는 1루수 행크 그린버그라는 것뿐이었다. 그러나 윈첼 폭동이 일어나자 갑자기 아이들의 입에서도 폭력에 휩쓸린 디트로이트의 동네 이름들이 나오기 시작했다. 아이들은 부모에게서 들은 말을 똑같이 따라 하면서 월터 윈첼이 용감한지 어리석은지, 희생적인지 이기적인지, 린드버그의 손에 놀아나더니 결국 이교도들에게 유대인은 스스로 화를 자초했다고 말할 빌미를 제공한 것인지 아닌지를 두고 설전을 벌였다. 아이들은 윈첼이 전국적인 포그롬에 불이 붙기 전에 유세를 중단하고 유대인과 다른 미국인들의 '정상적인' 관계를 회복하는 것이 나은지, 미국의 한쪽 끝에서부터 반대편 끝까지 반유대주의의 위협을 노출시켜 자족에 빠진 미국의 유대인들에게 계속 경각심을 불러일으키고 기독교도들의 양심을 자극하는 게 나은지를 두고 말다툼을 벌였다. 학교 가는 길에, 방과후 운동장에서, 쉬는 시간에 복도에서, 가장 똑똑한 아이들, 샌디 형 또래의 아이들은 물론이고 나보다 결코 나이가 많지 않은 몇몇 아이들까지도 서로 마주보고 서서 월터 윈첼이 나무 연단을 가지고 전국을 돌면서 독일계미국인동맹, 코글린주의자, KKK단*, 실버셔츠단**, 미국우선주의자, 블랙리전단***, 미국나치

---

* 백인우월주의 단체.

** 히틀러의 '브라운셔츠'를 본뜬 미국의 파시스트 단체.

*** 1930년대 KKK단에서 파생한 정치단체.

당을 노골적으로 자극하는 것과, 이 반유대주의 단체들과 수천의 보이지 않는 동조자들로 하여금 스스로 정체를 드러내게 하고, 최고 행정관이자 최고 지휘관이면서도 아직 연방군에게 폭동의 확산을 막으라고 명령하기는커녕 긴급 사태의 조짐이 있다는 것조차 인정하지 않고 있는 미 대통령으로 하여금 스스로 정체를 드러내게 하는 것이 과연 유대인에게 유리한지 불리한지를 두고 열띤 토론을 벌였다.

디트로이트 폭동 이후 뉴어크의 유대인, 즉 인구 오십만이 넘는 도시에서 약 오만 명에 불과한 유대인 주민은 그들이 사는 거리에서 터질 심각한 폭력에 대비하기 시작했다. 윈첼이 동부로 돌아와 뉴저지주를 방문할 때가 임박해서이기도 했고 뉴어크처럼 유대인 밀집 지역과 아일랜드계, 이탈리아계, 독일계, 슬라브계 노동자들의 대규모 지역사회들이 서로 인접해 있는 도시들로 폭동의 물결이 흘러넘치고 있어서이기도 했다. 그 지역들은 이미 심한 편견에 물들어 있었다. 유대인들의 대비에는 그 사람들은 기름을 조금만 부어도 디트로이트 폭동을 성공적으로 조종한 친나치 공모에 동조해 무분별하고 파괴적인 폭도로 돌변할 수 있다는 가정이 깔려 있었다.

거의 하룻밤 사이에 랍비 요아힘 프린츠는 마이어 엘렌스타인을 포함한 다섯 명의 다른 저명한 유대인과 함께 뉴어크유대인비상시민위원회를 결성했다. 곧이어 이 단체를 본보기로 삼아 다른 대도시들에도 그와 비슷한 시민단체들이 생겨났고, 지역사회의 안전을 지키기 위해 행정 당국의 도움을 얻어 최악의 가능성에 대비하는 긴급 대책을 세우기로 결의했다. 뉴어크의 위원회는 먼저 뉴어크 경찰서장, 소방서장, 치안국장과 함께 시청에서 회의를 열었고 팔 년 동안 재임한 엘렌스타인의 뒤를 이어 시장으로 당선된 머피 시장이 회의를 주재했다. 이튿날 위원회는 트렌턴의 주 의회 의사당에서 민주당 주지사 찰스 에디슨, 뉴저지주 경찰 본부장, 뉴저지주 방위군 부대장을 만났다. 여섯 명의 모든 위원과 안면이 있는 주 검찰총장 윌렌츠도 이 자리에 참석했고, 뉴어크의 위원회가 뉴저지의 모든 신문에 발표한 공보에는 검찰총장이 랍비 프린츠에게 뉴어크의 유대인에게 공격을 시도하는 자는 지위 고하를 막론하고 법정 최고형으로 처벌하겠다고 약속한 내용이 보도되었다. 다음으로 위원회는 랍비 벤겔스도르프에게 전보를 보내 워싱턴DC에서 회의를 열자고 요청했지만, 그들이 제기한 현안은 연방의 문제가 아닌 지역의 문제라는 회신과 함께, 지금처럼 주 당국과 시 당국을 통해 대응하라는 충고가 돌아왔다.

랍비 벤겔스도르프의 열성적 지지자들은 랍비가 백악관에서 린드버그 부인을 만나 조용히 사적인 대화로, 월터 윈첼이라는 반역적인 대통령 입후보자가 피해의식을 느낄 필요가 전혀 없는 미국 시민들을 냉소적으로 선동해 그들의 가장 오래되고 뼈에 사무치는 불안을 일깨우는 간악한 짓을 벌이는데 그 대가로 전국의 무고한 유대인들이 희생되고 있으니 도와달라고 촉구하면서도 한편으로는 천박한 월터 윈첼의 일과 거리를 유지하고 있는 점을 높이 찬양했다. 벤겔스도르프의 지지자들은 미국 사회에 대단히 잘 동화한 독일계 유대인 사회 상류층에 속하는 영향력 있는 사람들로 이루어져 있었다. 그들 중 상당수는 부유한 집안에서 태어나 엘리트 중등학교와 아이비리그 대학에 들어간 최초의 유대인 세대였으며,

학교에서 그들의 수가 미약했기 때문에 비유대인들과 긴밀히 어울렸고 졸업 후 그들과 함께 공공, 정치 및 사업 활동을 벌이는 과정에서 때때로 겉으로는 동등한 것처럼 인정받았다. 이 유대인 특권층이 보기에 랍비 벤겔스도르프의 동화청이 구상하는 정책은 가난하고 무지몽매한 유대인들에게 미국의 기독교도들과 더 조화롭게 사는 법을 가르쳐주기 위한 것이므로 전혀 의심스러울 게 없었다. 그들이 보기에 진짜 불행은 우리 같은 유대인들이 더이상 존재하지 않는 역사적 강요와 그로 인한 이방인 혐오증 때문에 계속 뉴어크 같은 도시로 모여드는 현실이었다. 부와 직업상의 이점에서 오는 높은 신분의 영향으로 그들은 자신들처럼 특권을 부여받지 못한 자들이 더 큰 사회에서 퇴짜를 맞는 이유는 다수 기독교도들의 명백한 독점과 지배 때문이 아니라 유대인의 편협한 배타성 때문이라고 믿었고, 우리 동네 같은 유대인 지구는 차별의 결과라기보다 차별의 온상에 더 가깝다고 믿었다. 물론 그들도 미국에는 후진적인 사람들이 사는 고립된 지역들이 있고 그 지역에는 여전히 유대인에 대한 악감정이 가장 강하고 가장 강박적인 형태로 남아 있다는 사실을 인정하긴 했다. 그러나 그것은 단지 동화청장이 고립된 삶의 한계 때문에 불이익을 감수하며 살아가는 유대인들을 격려해 적어도 그들의 자식만큼은 미국의 주류사회에 진입하고 그 안에서 우리의 적들이 퍼뜨리는 희화화된 유대인과 완전히 다른 모습을 보이게 만들어야 하는 또하나의 이유로만 보였다. 자신들이 주류사회의 동료들과 친구들에게 모범적인 행동을 보이며 적대감을 누그러뜨렸다고 상상하는 마당에 윈첼이 자기 자신을 희화화하면서 적대감을 그리 고의적으로 조장하고 있으니, 이 부유하고 자신감에 찬 도시 유대인들의 입장에서는 그가 밉고도 싫을 수밖에 없었다.

랍비 프린츠와 전 시장 엘렌스타인을 제외한 위원회의 다른 네 위원은, 이민자의 자녀들을 뉴어크 교육제도에 적응시키는 미국화 프로그램을 성공적으로 이끈 연로한 민간 지도자이자 베스이스라엘병원의 수석 외과의사의 아내인 제니 댄지스, 에스플롯백화점의 간부이자 에스플롯 창업자의 아들이고 브로드스트리트연합의 회장을 열번째 역임하고 있는 모지스 플롯, 저명한 지주이자 뉴어크유대인자선사업회 회장을 역임한 적이 있는 지역사회 지도자 마이클 스타비트스키, 그리고 베스이스라엘병원의 의사인 유진 파소네트 박사였다. 뉴어크의 이름난 갱 두목인 론지 즈월먼은 영향력이 엄청나게 큰 부자인데다, 월터 윈첼이 도발하고 있다는 구실로 반유대주의자들이 '유대인 문제'에 대한 헨리 포드의 1단계 해결책을 펼치는 상황에서 랍비 프린츠 못지않게 그들의 위협에 고민하고 있었지만, 결국 갱에 불과한 그가 이렇게 유명한 지역 유대인의 모임에 포함되지 않은 것을 의외로 여기는 사람은 아무도 없었다.

여러 행정 당국자들이 랍비 프린츠에게 최대한 협조하겠다고 약속했지만, 론지는 뉴어크 경찰과 뉴저지주 기동경찰이 보스턴과 디트로이트의 경찰처럼 무질서에 적극적으로 대응하지 않을 경우를 대비해 뉴어크의 유대인들을 무방비 상태에 남겨두지 않을 방책을 독립적으로 강구했다. 온 도시에 론지의 행동대장으로 알려진 심복이자 니기 아펠바움의 형인 불릿 아펠바움에게 론지는 뉴어크유대인비상시민위원회의 공익활동을 보조하는 차원에서, 임시유대인경찰이라는 이름의 의용대를 급조할 계획이니 고등학교를 졸업하지 못하고 떠도는 구제불능의 유대인 아이들을 모집해 의용대 기간요원으로 훈련시키라고 지시했다. 그 아이들은 평범한 아이들의 마음에 깊이 새겨진 규범 따위는 아랑곳하지 않았고, 일찍이 5학년 시절부터 무법자 같은 분위기를 풍기면서 학교 화장실에서 콘돔을 불고, 14번 버스에서 주먹다툼을 벌이고, 극장 밖에서 콘크리트 보도 위에 피를 흘릴 때까지 맞붙어 싸우곤 했다. 그 아이들이 학교에 다니는 동안 학부모들은 자식들에게 그들과 절대 어울리지 말라고 엄하게 가르쳤다. 이제 이십대가 된 그들은 숫자 도박*이나 내기 당구 사업을 벌이거나 주택 지구 내의 조제식품 식당들에서 설거지를 했다. 우리 대부분은 원래 이름에 강렬한 의미를 덧붙여 마술처럼 불량스럽게 바뀐 별명들, 즉 레오 '라이언' 나스바움, '돌주먹' 키멜먼, '덩치' 제리 슈워츠, '앞잡이' 브레이트바트, 듀크 '끝판' 글리크 등으로만, 그리고 두 자리 수 아이큐로만 그들을 기억했다.

이제 우리 동네에 한 줌밖에 안 되는 한심한 그들이 한 블록 건너 모든 모퉁이에 배치되었고, 앞니 사이로 노련하게 하수구에 침을 뱉거나 입안 깊숙이 손가락을 찔러넣고 휘파람을 불어 신호를 주고받았다. 바로 우리가 사는 동네에 그 냉담하고 둔감하고 멍청한 사람들, 유대인 사이에서도 일탈자라 불리는 자들이 들어와 상륙 허가를 기다리며 싸움거리를 찾아다니는 뱃사람들처럼 거리를 어슬렁거렸다. 바로 우리가 사는 동네에 우리가 자라면서 불쌍히 여기고 두려워하라고 배운 그 소수의 멍청이들, 구석기시대의 저

---

* 신문에 난 각종 통계숫자의 끝 세 자리로 하는 불법 도박.

능아들과 툭하면 화를 내는 말라깽이들과 험악하게 으스대는 거한들이 들어와 챈슬러 애비뷰에서 나 같은 아이들을 붙잡고서 긴 이야기를 늘어놓고, 밤에 가두시위를 할 때를 대비해서 우리에게 야구방망이를 준비해두라고 시키고, 저녁에 유대교청년회에 드나들고 일요일에 야구장에 드나들고 주중에 동네 가게들에 드나들었으며, 비상시에 도움을 받기 위해 동네의 성인들 중 신체 건강한 사람을 골라 각 블록당 세 명씩 대기조를 만들었다. 그들은 우리 부모님이 어린 시절의 극심한 가난과 함께 제3구 슬럼가에 영원히 묻어버리고 싶어한 그 모든 유치함과 비열함의 상징이었다. 저마다 허벅지에 탄약을 장전해둔 연발권총을 끈으로 묶은 악마들이 마치 수호자처럼 우리 동네에 나타났다. 그들에게 그 총을 빌려준 불릿 아펠바움은 자기보다 분명 14킬로그램 정도 더 날씬하고 키가 30센티미터 정도 더 큰 두목 론지를 흉내내려고 언제 어디서나 스리피스 정장을 입고 앞주머니에 실크 손수건을 깔끔하게 접어 꽂고, 인간 본성을 극도로 가혹하게 판단하는 인색한 눈초리를 가리려 값비싼 보르살리노 모자를 눈에서 불과 몇 인치 위에 멋지게 빗겨 쓰고 다녔지만, 그가 일생 동안 론지에게 충성을 바치면서 서민들을 협박하고, 위협하고, 때리고, 고문하고, 두목이 원하면 목숨까지 빼앗는 자라는 걸 모르는 사람은 없었다.

월터 윈첼의 죽음이 전국에 즉시 보도될 수 있었던 것은 그의 이단적인 선거운동이 나치 독일 밖에서 금세기 최악의 반유대주의 폭동을 촉발해서가 아니라, 일개 대통령 입후보자가 살해된 사건이 미국에서 전례 없는 일이었기 때문이다. 19세기 후반부에 링컨 대통령과 가필드 대통령이 저격당해 죽었고, 20세기 초 매킨리 대통령이 죽었으며, 1933년 FDR가 암살을 모면하고 그를 지지하는 민주당원이자 시카고 시장인 서맥이 대신 죽었지만, 대통령 후보가 암살당한 것은 윈첼이 처음이었다. 두번째 후보는 그로부터 이십육 년이 지난 후 총에 맞아 쓰러졌다. 1968년 6월 4일 화요일 뉴욕주의 민주당 상원의원 로버트 케네디가 민주당의 캘리포니아주 예비선거에서 승리한 후 머리에 총을 맞고 사망한 사건이었다.

1942년 10월 5일 월요일 나는 학교를 마친 후 혼자 우리집 거실에서 라디오 중계로 카디널스와 양키스의 월드시리즈 5차전의 마지막 이닝을 듣고 있었다. 월드시리즈에서 3 대 1로 앞서던 카디널스가 9회 초 2 대 2에서 점수를 올리려는 순간 갑자기 중계방송이 끊기더니 라디오밖에 없던 그 시절 세련된 발음에 희미하게 섞인 영국식 어법으로 호평받은 뉴스 아나운서의 목소리가 흘러나왔다. "중계방송을 중단하고 잠시 중요한 속보를 알려드립니다. 대통령 입후보자 월터 윈첼이 저격당해 사망했습니다. 다시 말씀드립니다. 월터 윈첼이 사망했습니다. 윈첼은 켄터키주 루이빌의 야외에서 집회를 열고 연설을 하던 중 암살당했습니다. 민주당 대통령 입후보자 월터 윈첼이 루이빌에서 암살당한 사건에 대해 지금까지 알려진 소식은 여기까지입니다. 다시 정규방송을 시작하겠습니다."

다섯시가 조금 안 된 그 시각에 아버지는 방금 몬티 삼촌의 트럭을 몰고 시장에 갔고, 어머니는 몇 분 전 저녁거리를 사기 위해 챈슬러 애비뉴로 나갔다. 무슨 일이든 외곬으로 파고드는 형은 다시 방과후 소녀들을 만나 가슴을 허락해달라고 조르기 시작한 터라 어느 소녀와 밀회 장소를 찾아다닐 게 분명했다. 거리에서 고함이 들렸고 곧이어 근처의 한 집에서 비명소리가 났지만, 경기는 계속되었고 긴장은 극에 달했다. 레드 러핑이 카디널스의 루키 3루수 휘트니 커로우스키를 상대로 피칭을 하고 있었고, 카디널스의 포수 워커 쿠퍼가 다섯 게임 동안 여섯번째 안타를 치고 1루에 나가 있었고, 카디널스는 이 게임만 이기면 월드시리즈에서 우승할 수 있었다. 양키스에서는 리주토가 홈런을 쳤고 카디널스에서는 무시무시한 성을 가진 에노스 슬로터*가 홈런을 쳤으며, 히스테리에 빠진 어린 팬들이 서로 주고받는 말처럼 나는 러핑이 제1구를 던지기 전부터 커로우스키가 카디널스의 두번째 홈런을 날려 팀에게 개막전 패배 이후 네번째 승리를 안겨주리라는 걸 "이미 알고 있었다". 나는 "그럴 줄 알았어! 내가 맞혔어! 커로우스키가 해낼 줄 알았어!"라고 소리치며 달려나갈 수 있기만을 기다리고 있었다. 하지만 커로우스키가 홈런을 치고 잠시 후 게임이 끝나 내가 문밖으로 나가 전력을 다해 우리의 골목으로 달려내려갈 때, 두 명의 유대인 경찰, 덩치 제리와 끝판 글리크가 거리의 한쪽에서 반대쪽으로 달려가는 것이 보였다. 그들은 집집마다 문을 두드리며 현관에 대고 이렇게 소리쳤다. "윈첼이 총에 맞았다! 윈첼이 죽었다!"

그사이 더 많은 아이가 월드시리즈의 흥분에 흠뻑 취해 집밖으로 몰려나오고 있었다. 하지만 아이들이 커로우스키의 이름을 외치며 거리로 달려나오는 순간 덩치 제리가 아이들을 향해 고함을 치기 시작했다. "가서 야구방망이를 가져와! 전쟁이 일어났어!" 하지만 그건 독일과의 전쟁이 아니었다.

---

*Slaughter. 도살, 살인.

저녁이 되었을 때 우리 동네에 이중으로 잠근 문 뒤에 바리케이드를 쌓지 않은 유대인 가정은 하나도 없었고, 모든 집이 최신 속보를 듣기 위해 라디오를 계속 틀어놓았으며, 모든 사람이 다른 모든 사람에게 전화를 걸어 윈첼이 루이빌의 군중에게 선동적인 이야기를 전혀 하지 않았고 사실은 단지 시민의 자긍심에 호소하려는 말로 연설을 시작했을 뿐이라고 말했다. "루이빌 시민 여러분, 여러분은 특별한 도시의 자랑스러운 시민입니다. 여러분의 도시는 세계에서 가장 큰 경마대회가 열리는 고장이자 미국 대법관으로 임명된 최초의 유대인이 태어난 곳입니다." 그러나 그의 입에서 루이스 D. 브랜다이스의 이름이 나오기 전 그는 뒤통수에 세 발의 총탄을 맞고 쓰러졌다. 잠시 후 발표된 두번째 보도는 살인이 일어난 현장이 켄터키주 전체에서 그리스부흥양식으로 건축된 가장 아름다운 공공건물 중 한 곳이며, 거리 쪽으로 토머스 제퍼슨의 동상이 위풍당당하게 서 있고 길고 널찍한 계단 위로 웅장한 열주와 주랑 현관이 펼쳐진 제퍼슨 카운티 청사로부터 불과 몇 야드 떨어진 곳이라고 확인해주었다. 윈첼을 죽인 총알은 카운티 청사의 크고 간소하고 아름다운 균형미를 갖춘 전면 창들 가운데 하나에서 발사된 것으로 보였다.

장을 보러 갔던 어머니는 집에 돌아오자마자 전화를 걸기 시작했다. 나는 어머니가 오는 즉시 월터 윈첼의 소식을 전하려고 문 앞에서 기다리고 있었지만, 정육점 주인이 어머니가 주문한 고기를 포장하고 있을 때 그의 아내가 가게로 전화를 걸어 남편에게 그 소식을 전했고 그런 뒤 거리에 나온 사람들이 이미 당황한 낯빛으로 가정을 지키기 위해 종종걸음을 치고 있었기 때문에 어머니는 몇 줄 안 되는 그 뉴스를 알고 있었다. 아직 트럭을 몰고 시장으로 가는 중인 아버지와 연락이 닿지 않자 어머니는 당연히 형을 걱정하기 시작했다. 형은 오늘도 저녁시간을 아슬아슬하게 몇 초 남겨 두고 뒤쪽 계단으로 달려올라와 손에 묻은 그날의 먼지와 얼굴에 묻은 립스틱자국을 씻은 뒤 식탁에 앉을 게 분명했다. 하필 이럴 때 두 사람이 밖에 있고 정확한 소재를 알 수 없다는 건 상상할 수 있는 최악의 순간이었지만, 어머니는 잠시 시간을 내 밖에서 사 온 식료품을 풀거나 불안한 모습을 보이지도 않고 즉시 내게 말했다. "지도를 가져오너라. 미국 지도를 가져와."

내가 학교에 들어가던 해 방문 판매원에게서 구입한 백과사전 세트의 1권 안에는 반듯하게 접힌 북미 대륙의 지도가 포켓에 담겨 있었다. 나는 전실로 달려갔고, 전실의 선반 위에는 아버지가 마운트버넌에서 산 청동제 조지 워싱턴 북엔드들 사이에 우리집의 모든 책—여섯 권짜리 백과사전, 메트로폴리탄라이프에서 상으로 준 가죽 장정의 미합중국헌법, 이블린 이모가 샌디 형의 열번째 생일에 선물한 웹스터대사전—이 꽂혀 있었다. 내가 주방으로 달려와 식탁보 위에 지도를 펼치자 어머니는 나의 일곱번째 생일에 부모님이 무엇으로도 대신할 수 없고 절대 잊을 수 없는 나의 우표첩과 함께 생일선물로 준 확대경을 이용해 켄터키주 중북부에 작은 점으로 표시된 댄빌을 찾았다.

몇 초 뒤 우리 두 사람은 복도로 나와 전화 테이블 앞에 앉았다. 테이블 위에는 아버지가 좋은 판매 실적을 올려 받은 또다른 상품, 즉 네모난 동판에 독립선언문을 음각으로 새긴 액자가 걸려 있었다. 에식스 카운티에 시내전화가 개통된 지 고작 십 년밖에 되지 않았고 뉴어크에서도 최소 3분의 1이 아직 전화기를 사용하지 않았으며 전화기가 있는 집도 대부분 우리처럼 공동전화를 쓰던 시절이었다. 그래서 장거리전화는 우리 정도 수입의 가족에겐 결코 일상적인 경험이 아니었을 뿐 아니라 기초적인 기술이라고는 하나 어떤 설명을 들어도 마법의 테두리 안에 머물러 있는 경이로운 현상이었다.

어머니는 문제가 발생해 실수로 추가 요금이 부과되는 일이 일어나지 않도록 교환원에게 또박또박 말했다. "교환원님, 지명 통화로 장거리전화를 하려고 해요. 켄터키주 댄빌이고 지명자는 셀마 위시노우 부인이에요. 그리고 교환원님, 삼 분이 되면 잊지 말고 얘기해주세요."

교환원이 전화번호부 담당자로부터 번호를 받는 동안 오랜 침묵이 흘렀다. 마침내 전화가 연결되었다는 말이 들리자 어머니는 내게 귀를 가까이 갖다대고 말은 하지 말라고 손짓으로 신호했다.

"여보세요!" 셸던이 씩씩하게 전화를 받는다.

교환원: "장거리전화입니다. 셀마 위스트풀 부인을 찾는 지명 통화입니다."

"어 이런." 셸던이 중얼거린다.

"위스트풀 부인이세요?"

"여보세요? 엄마는 지금 집에 없어요."

교환원: "셀마 위스트풀 부인을 바꿔주세요."

"위시노우예요," 어머니가 소리친다. "위시-노우."

"거기 누구예요?" 셸던이 말한다. "누가 전화하고 있어요?"

교환원: "꼬마 아가씨, 엄마 집에 계시니?"

"난 남자아이예요." 셸던이 말한다. 당황스러움. 또 한번의 충격. 충격은 끊일 줄 모른다. 하지만 셸던의 목소리는 여자애처럼 들리고, 일층에 살 때보다 목소리가 더 높아졌다. "엄마는 아직 퇴근하지 않았어요." 셸던이 말한다.

교환원: "위시노우 부인은 집에 안 계시다 합니다, 부인."

어머니가 나를 쳐다보며 말한다. "무슨 일일까? 애 혼자 집에 있구나. 어디 갔을까? 셸던 혼자 있다니. 교환원님, 아무나 괜찮아요. 통화할게요."

교환원: "통화하십시오."

"누구세요?" 셸던이 묻는다.

"셸던, 로스 아줌마야. 여긴 뉴어크란다."

"로스 아줌마?"

"그래. 네 어머니와 통화하려고 장거리전화를 걸었어."

"뉴어크에서요?"

"내가 누군지 알잖니."

"하지만 꼭 길 건너에 계신 것처럼 들려요."

"아니 그렇지 않아. 이건 장거리전화야. 셸던, 어머니는 어디 계시니?"

"저는 지금 과자를 먹고 있어요. 엄마가 퇴근하기를 기다리고 있어요. 전 피그뉴턴*을 먹고 있어요. 우유하고요."

"셸던."

"저는 엄마가 퇴근하기를 기다리고 있어요. 엄마는 늦게까지 일

---

* 무화과잼이 들어 있는 쿠키 상품명.

해요. 항상 늦게까지 일해요. 전 그냥 앉아서 기다려요. 가끔 과자를 먹고요."

"셸던, 잠깐 조용히 하고 내 말을 들으렴."

"그러고 있으면 엄마가 와서 저녁을 만들어요. 하지만 매일 늦게 와요."

그러자 어머니는 내게 몸을 돌리고 전화기를 건네주며 말한다. "네가 얘기해봐. 내 얘기는 통 듣질 않는구나."

"무슨 얘기를 해요?" 나는 손을 흔들며 전화기를 피한다.

"거기 필립 있어요?" 셸던이 묻는다.

"잠깐만 기다려라, 셸던." 어머니가 말한다.

"거기 필립 있어요?" 셸던이 다시 묻는다.

어머니가 내게 말한다. "전화 받아, 얼른."

"하지만 무슨 말을 해요?" 내가 묻는다.

"그냥 전화 받아." 어머니는 수화기를 나의 한 손에 쥐여주고 다른 손으로 송화기를 잡으라고 앞으로 들어올린다.

"여보세요, 셸던?" 내가 말한다.

셸던은 믿을 수 없다는 듯 약간 머뭇거리며 대답한다. "필립?"

"응. 안녕, 셸던."

"아아, 필립, 난 학교에 친구가 한 명도 없어."

내가 말한다. "우린 너희 엄마와 통화하려고 걸었어."

"엄마는 일하고 있어. 매일 밤늦게까지 일해. 난 과자를 먹고 있어. 피그뉴턴이랑 우유를 먹고 있어. 일주일쯤 지나면 내 생일인데, 엄마가 파티를 해도 된다고……"

"셸던, 잠깐만."

"하지만 난 친구가 없어."

"셸던, 우리 엄마한테 물어볼 게 있어. 잠깐 기다려." 나는 송화기 주둥이를 손으로 막고 어머니에게 속삭인다. "셸던한테 무슨 말을 해야 하죠?"

어머니가 속삭인다. "오늘 루이빌에서 무슨 일이 있었는지 아느냐고 물어봐."

"셸던, 오늘 루이빌에서 무슨 일이 있었는지 아느냐고 우리 엄마가 물어보래."

"여긴 댄빌이야. 난 켄터키주 댄빌에 살아. 난 지금 집에서 우리 엄마를 기다리고 있어. 난 과자를 먹어. 루이빌에서 무슨 일이 일어났어?"

"잠깐만, 셸던." 나는 어머니에게 다시 속삭인다. "이제 뭐라고 해요?"

"그냥 얘기해. 계속 얘기하렴. 그리고 교환원이 삼 분이 됐다고 하면 나한테 말해."

"왜 전화했어?" 셸던이 묻는다. "여기 올 거야?"

"아니."

"내가 네 목숨을 구해준 거 기억해?" 셸던이 묻는다.

"그래, 기억해."

"필립, 지금 몇시야? 거기 뉴어크야? 서밋 애비뉴야?"

"그렇다고 말했잖아. 그래."

"정말 잘 들려, 안 그러니? 네가 한 동네에 있는 것처럼 들려. 네가 놀러와서 나랑 같이 과자를 먹으면 좋을 텐데. 그리고 다음주 내 생일파티에 네가 오면 좋을 텐데. 여긴 생일파티에 초대할 친구도 없어. 체스를 같이 둘 사람도 없어. 지금 나 혼자 앉아서 초반 수를 연습하고 있어. 내 초반 수 기억나? 먼저 킹 바로 앞에 있는 폰을 앞으로 움직여. 예전에 너한테 가르쳐줬는데 기억나? 킹의 폰을 움직인다, 기억나? 그다음 비숍을 움직이고, 그다음 나이트를 움직이고, 그다음 다른 나이트를 움직여. 그리고 킹과 루크 사이에 아무 말도 없을 때 어떻게 돼야 하는지 기억나? 킹을 보호하기 위해 두 칸 움직이는 거?"

"셸던."

어머니가 속삭인다. "셸던한테 보고 싶다고 말해."

"엄마!" 내가 말한다.

"그렇게 말하렴, 필립."

"보고 싶어, 셸던."

"그럼 우리집에 와서 같이 과자 먹을래? 정말로 네 목소리가 아주 가깝게 들려. 너 우리 동네에 있는 거 맞지?"

"아냐, 이건 장거리전화야."

"거기 몇시야?"

"지금, 그러니까…… 여섯시 십 분 전이야."

"아, 여기도 여섯시 십 분 전이야. 엄마는 벌써 다섯시쯤에 와야 하는데. 늦어도 다섯시 삼십분에는 와야 하는데. 전에는 아홉시에 온 적이 있어."

"셸던," 내가 말한다. "월터 윈첼이 죽었는데 알고 있니?"

"그게 누구야?" 셸던이 묻는다.

"내 말을 끝까지 들어봐. 월터 윈첼이 켄터키주 루이빌에서 죽었어. 네가 사는 주에서. 오늘."

"참 안됐구나. 그게 누구야?"

교환원: "삼 분이 지났습니다, 손님."

"네 삼촌이니?" 셸던이 묻는다. "너를 보러 왔던 삼촌? 그 삼촌이 죽었어?"

"아니, 아니," 나는 이렇게 말하면서, 셸던이 켄터키에서 혼자 살더니 머리를 한 방 맞은 게 꼭 자기인 것처럼 말하고 있다고 생각한다. 셸던은 정신이 나간 것처럼 말하고 있다. 더이상 그가 아닌 것처럼 말하고 있다. 하지만 셸던은 우리 반에서 제일 똑똑한 아이였다.

어머니가 전화기를 넘겨받는다. "셸던, 로스 아줌마야. 내가 불러주는 대로 받아적을 수 있겠니?"

"네, 알았어요. 그런데 종이를 가져와야 해요. 연필하고요."

기다리고 또 기다린다. "셸던?" 어머니가 말한다.

더 기다린다.

"됐어요." 셸던이 말한다.

"셸던, 이렇게 적어라. 지금 전화비가 많이 나오고 있어."

"죄송해요, 로스 부인. 연필을 찾을 수가 없었어요. 난 주방에 있었어요. 난 과자를 먹고 있었어요."

"셸던, 이제부터 받아적으렴."

"네, 알았어요."

"로스 부인이 뉴어크에서 전화를 걸었습니다."

"전화를 걸었습니다. 아이고. 지금 뉴어크에, 거기 일층에 있으면 참 좋을 텐데. 난 필립의 목숨을 구했어요."

"로스 부인이 뉴어크에서 전화를 걸었습니다. 로스 부인은······"

"잠깐만요. 지금 적고 있어요."

"로스 부인은 모두 잘 지내고 있는지 확인하려고 전화했습니다."

"무슨 일이 있는 건 아니죠? 필립은 잘 있고, 아줌마도 잘 있어요. 로스 아저씨는 잘 있어요?"

"그래, 잘 계신단다. 물어봐줘서 고맙구나, 셀던. 그래서 전화한 거라고 어머니한테 말씀드리렴. 여긴 아무 일 없다고."

"내가 걱정 안 해도 되죠?"

"그럼. 이제 과자 먹으렴."

"피그뉴턴을 너무 많이 먹은 거 같아요, 어쨌든 감사합니다."

"잘 있거라, 셀던."

"하지만 피그뉴턴은 참 맛있어요."

"잘 있거라, 셀던."

"로스 아줌마?"

"응?"

"필립이 여기 올 수 없나요? 다음주에 내 생일인데 생일파티에 초대할 친구가 없어요. 댄빌에는 친구가 한 명도 없어요. 여기 아이들은 나를 '답답이'라고 불러요. 난 여섯 살짜리 아이와 체스를 둬요. 옆집에 사는데 체스를 둘 사람이 그애밖에 없어요. 딱 한 명이에요. 그애한테 체스를 가르쳐줬어요. 가끔 그애는 말을 멋대로 움직여요. 어떤 때에는 퀸을 움직여요. 그러면 내가 안 된다고 말해줘요. 내가 항상 이기지만 아무 재미가 없어요. 하지만 같이 둘 사람이 아무도 없는걸요."

"셀던, 모두 힘들단다. 요즘 모두 힘들어. 잘 있으렴, 셀던." 어머니는 전화를 끊은 뒤 흐느끼기 시작했다.

9월 '1942년의 홈스테드'로 우리집 아래층과 길 건너 세번째 집이 비게 되었고, 며칠 전인 10월 1일 빈집이 된 서밋 애비뉴의 두 공동주택에 제1구에 살던 이탈리아 가족들이 입주했다. 기본적으로 그들에게 새 거처가 배정된 것은 정부의 단호한 정책 때문이었다. 정부는 오 년 동안 집세의 15퍼센트(42.5달러의 월세 중 6.37달러)를 깎아준다는 달콤한 유인책을 제시했고, 그 돈은 최초 삼 년과 계약을 갱신한 후 첫 이 년 동안 내무부가 집주인에게 직접 지불하기로 되어 있었다. 이 보조 정책은 그간 공표되지 않았지만 유대인이 밀집한 주택 지구에 비유대인 거주자를 꾸준히 늘리고 그렇게 해서 모든 관련자의 "미국적 성격"을 "풍부하게" 할 목적으로 수립된 '좋은 이웃 프로젝트'라는 재정착 계획의 일부였다. 그러나 집에서나 때때로 학교에서 선생님들에게 듣는 말에 따르면, '소박한 사람들'과 마찬가지로 '좋은 이웃 프로젝트'의 진짜 목표는 유대인사회의 결속을 약화하고 유대인 지역사회가 지방 선거와 국회의원 선거에서 행사하는 영향력을 감소시키는 것이라 했다. 만일 유대인 가족을 퇴거시키고 그 자리에 이교도 가족을 이주시키는 정책이 동화청의 마스터플랜에 따라 순조롭게 진행된다면, 린드버그의 두번째 임기가 시작될 무렵에는 미국에서 스무 개에 달하는 유대인 밀집 지역 가운데 최소한 절반에서 기독교도가 다수집단으로 올라서고, 미국의 유대인 문제는 어느 정도 해결될 수 있었다.

동화청에 선발되어 우리집 아래층에 들어온 가족은 어머니, 아버지, 아들, 할머니로 이루어진 쿠쿠차 가족이었다. 아버지는 여러 해 동안 제1구를 돌아다니며 보험을 팔았고 그곳에서 매달 소액의 보험료를 내는 고객들은 대개 이탈리아인이었기 때문에 아버지는 이미 새 입주자들을 알고 있었다. 그래서 야간 경비원인 쿠쿠차 씨가 홀리서펄커공동묘지에서 멀지 않은 골목의 찬물만 나오는 서민용 주택에서 트럭에 짐을 가득 싣고 이사온 다음날 아침 아버지는 일을 마치고 돌아와 먼저 아래층에 들렀다. 비록 아버지가 코트와 넥타이 차림이 아니라 작업복에 더러운 손을 하고 있었음에도 늙은 할머니는 아버지를 알아보았다. 그녀의 남편이 아버지에게 보험을 든 덕분에 그 보험금으로 남편의 장례를 치른 것을 기억한 것이다.

'다른' 쿠쿠차 가족(제1구의 찬물만 나오는 서민용 주택에서 세 집 건너에 있는 공동주택으로 이사온, '우리' 쿠쿠차 가족의 친척)은 아들 셋과 딸 하나, 부모와 할머니로 이루어져 있었기 때문에 더 시끄럽고 소란스러울 가능성이 높았다. 그들은 할아버지와 아버지를 통해 뉴어크의 이탈리아 구역을 지배하는 리치 '부트' 보이아르도와 연결되어 있었는데, 보이아르도는 론지와 뉴어크에서 지하세계의 독점권을 놓고 경쟁하는 유일한 적수였다. 물론 아버지인 토미는 단지 그의 졸개 중 한 명이었고, 자신의 은퇴한 아버지처럼 제3구 슬럼가의 술집, 이발소, 갈봇집, 학교 운동장, 과자점을 돌면서 매일 진지하게 숫자 도박에 돈을 거는 흑인들로부터 푼돈을 우려내거나 그 외의 시간에는 보이아르도의 유명 레스토랑인 비토리오캐슬에서 종업원으로 일했다. 종교와 무관하게 다른 쿠쿠차 가족은 우리 부모님이 감수성이 예민한 어린 두 아들 근처에 두고 싶어하는 부류의 이웃이 결코 아니었고, 그래서 부모님은 일요일 아침식사 시간에 우리를 안심시키기 위해 아래층에 숫자 도박

꾼과 세 아들이 아니라 야간 경비원과 최근 세인트피터스에 입학했고 청각 장애가 있지만 아버지의 보고에 따르면 막돼먹은 사촌들과 닮은 데가 거의 없는 착한 아이라는 열한 살 된 아들 조이가 들어온 게 얼마나 다행인지 설명했다. 토미 쿠쿠차의 네 아이는 제1구에서 모두 공립학교에 다녔지만, 이곳으로 이사와서는 영리한 유대인 아이들이 차고 넘치는 우리의 공립학교가 아니라 조이와 함께 세인트피터스학교에 등록했다.

윈첼이 암살당한 후 몇 시간 만에 아버지는 몬티 삼촌의 불같은 반대에도 시장 일을 내팽개치고 아내와 자식들과 긴장된 저녁시간을 보내기 위해 집으로 돌아왔다. 우리 넷이 주방 식탁에 둘러앉아 라디오에서 새로운 뉴스가 나오기를 기다리고 있을 때 쿠쿠차 씨와 조이가 뒤쪽 계단으로 올라와 우리를 방문했다. 그들은 문을 두드린 후 아버지가 누구인지를 확인할 때까지 층계참에서 기다려야 했다.

쿠쿠차 씨는 머리가 벗어지고 몸집이 크고 키가 198센티미터이며 몸무게가 113킬로그램이나 나가는 남자였다. 그는 야간 경비원으로 일할 때 입는 감색 셔츠와 방금 다린 감색 바지를 입고 있었는데, 바지에 맨 넓은 검은색 벨트에는 무게가 몇 파운드나 되고 내가 손을 뻗어 만질 수 있을 정도로 가까이에서 본 장비 중 가장 특이하게 생긴 물건들이 줄줄이 매달려 있었다. 양 주머니 옆에는 수류탄 크기의 열쇠 꾸러미가 매달려 있었고, 진짜 수갑도 있었고, 반짝거리는 버클에 붙은 끈에는 야간 경비원용 시간기록계가 든 검은 케이스가 달려 있었다. 처음 봤을 때 나는 그 시계를 폭탄으로 착각했지만 허리춤의 가죽 케이스에 꽂힌 권총은 다른 것으로 착각할 수가 없었다. 그의 뒷주머니에는 곤봉으로도 쓸 수 있는 기다란 회중전등이 램프가 위로 향하게 꽂혀 있었고, 풀을 먹인 작업복 셔츠 팔뚝에 붙은 하얀 천의 삼각형 배지 위에는 '특수 경비'라는 파란색 글자가 박혀 있었다.

조이도 덩치가 컸다. 나보다 고작 두 살 많았지만 체중이 벌써 내 두 배였고, 조이가 사용하는 장비도 내겐 그의 아버지가 차고 있는 것 못지않게 흥미로웠다. 조이의 오른쪽 귓구멍에는 풍선껌 덩어리처럼 보이는 보청기가 꽂혀 있었고 셔츠 앞주머니에는 전면에 다이얼이 달린 둥글고 검은 케이스가 클립으로 꽂혀 있었으며 그 둘은 가는 전선으로 연결되어 있었다. 그리고 또다른 전선이 바지 주머니 근처에 매달린, 큰 담배 라이터 정도의 배터리에 연결되어 있었다. 조이의 손에는 그의 어머니가 우리 어머니에게 보낸 케이크가 들려 있었다.

조이의 선물은 케이크였고 쿠쿠차 씨의 선물은 권총이었다. 쿠쿠차 씨에겐 두 자루가 있었다. 하나는 일할 때 차는 총이고 다른 하나는 비상용으로 집에 숨겨둔 총이었다. 쿠쿠차 씨가 올라온 것은 아버지에게 여분의 총을 빌려주기 위해서였다.

"매우 친절하시군요." 아버지가 말했다. "하지만 난 총 쏘는 법을 모릅니다."

"방아쇠를 당기면 돼요." 쿠쿠차 씨의 목소리는 그렇게 덩치 큰 사람치고는 놀라울 정도로 부드러웠지만, 오랜 시간 순찰을 도는 동안 날씨에 너무 오래 노출된 탓인지 쉰 소리가 섞여 있었다. 그의 어투는 아주 듣기 좋아서 나는 혼자 있을 때 가끔씩 그의 어투를 따라 하곤 했다. 나는 얼마나 여러 번 혼자 소리를 내어 "방아쇠를 당기면 돼요"라고 말하며 좋아했던가? 미국에서 태어난 조이의 어머니는 예외였지만, 우리의 쿠쿠차 가족은 모두 목소리가 이상야릇했다. 구레나룻이 있는 할머니의 목소리가 가장 이상했다. 조이의 목소리보다 훨씬 이상했는데, 목소리라기보다는 억양 없이 반사되어 되돌아오는 메아리처럼 들렸다. 할머니가 계단을 청소할 때나 손바닥만한 뒷마당에서 무릎을 꿇고 채소를 심을 때, 어두운 현관에 앉아 있을 때 (나를 포함해) 남들에게나 자신에게 항상 이탈리아어로 말을 해서가 아니었다. 할머니의 목소리가 이상했던 가장 큰 이유는 남자 같아서였다. 할머니는 긴 검은색 드레스를 입은 작고 늙은 남자 같았고, 특히 고함을 치며 명령과 포고와 훈령을 내려 조이를 꼼짝 못하게 할 때는 더욱 그랬다. 조이의 짓궂은 반쪽, 수녀나 신부가 본다면 절대 구원받지 못하리라 여길 만한 영혼은 우리 둘만 있을 때 드러났고 그게 거의 전부였다. 조이의 청각 장애가 별로 안쓰럽지 않았던 것은 그가 자신만의 화통한 웃음을 지닌 아주 쾌활하고 장난스러운 소년인데다 수다스럽고 호기심이 많고 마음이 예측할 수 없이 빠르게 변하며 아주 잘 속아넘어가는 아이였기 때문이다. 조이는 별로 안쓰럽지 않았지만 가족들 사이에서 너무 착하고 성실하게 행동하는 탓에 나는 조이의 그런 모습을 볼 때마다 셔시 마굴리스의 완전히 망나니 같은 행동을 볼 때처럼 깜짝깜짝 놀라곤 했다. 뉴어크의 이탈리아 가정을 통틀어 그보다 더 착한 아이는 있을 수 없었고, 그래서 우리 어머니는 곧 조이를 끔찍이 아끼기 시작했다. 조이의 흠잡을 데 없는 효심, 길고 검은 속눈썹, 애원하듯 어른들을 바라보는 눈빛, 명령이 떨어질 때까지 기다리는 태도는 어머니의 마음속에 쌓여 있던 이교도에 대한 방어 본능과 불편한 무관심을 효과적으로 허물었다. 하지만 구세계에 머물러 있는 할머니는 어머니뿐 아니라 내게도 오싹함을 불러일으켰다.

"겨냥하시오." 쿠쿠차 씨는 검지와 엄지를 이용해 시범을 보이며 아버지에게 설명했다. "그리고 빵 쏘시오. 겨냥하고, 빵 쏘고, 그럼 돼요."

"난 총이 필요 없습니다." 아버지가 말했다.

"하지만 그들이 몰려오면 어쩌려고?" 쿠쿠차 씨가 말했다. "어떻게 막으려고?"

"쿠쿠차 씨, 난 1901년 뉴어크에서 태어났습니다." 아버지가 말했다. "나는 평생 집세를 제 날짜에 냈고, 세금을 제 날짜에 냈고, 모든 청구서를 제 날짜에 지불했어요. 난 고용주를 속여 동전 한 푼 취해본 적이 없고, 미국 정부를 단 한 번도 속인 적이 없습니다. 난 이 나라를 믿어요. 난 이 나라를 사랑합니다."

"나도 그래요." 아래층에 이사온 거구의 이웃이 말했다. 그의 넓은 검은색 벨트는 마치 말라비틀어진 해골들이 매달려 있기라도 하듯 마법 같은 힘으로 계속 나를 홀렸다. "난 열 살 때 여기 왔소. 여긴 최고의 나라요. 이런 덴 어디에도 없어요. 여기엔 무솔리니가 없어요."

"그렇게 생각하시다니 기쁘군요, 쿠쿠차 씨. 이탈리아는 정말 안됐습니다. 당신 같은 사람에겐 인간적인 비극이죠."

"무솔리니, 히틀러, 정말 구역질이 나요."

"내가 뭘 고대하는지 아시오, 쿠쿠차 씨? 바로 선거일이에요."

아버지가 말했다. "난 투표하는 게 정말 좋습니다. 나이가 든 후 한 번도 선거를 빼먹지 않았어요. 1924년에는 쿨리지에 반대하고 데이비스를 찍었는데 쿨리지가 이겼어요. 그런데 쿨리지가 이 나라 서민들에게 무슨 짓을 했는지 우린 다 알고 있습니다. 1928년에는 후버에 반대하고 스미스를 찍었는데 후버가 이겼죠. 그가 또 이 나라 서민들에게 무슨 짓을 했는지 우린 다 알고 있습니다. 1932년에는 두번째로 후버에 반대하고 처음으로 루스벨트를 찍었는데, 다행히 루스벨트가 이겼지요. 루스벨트 대통령이 이 나라를 똑바로 돌려놨어요. 그는 이 나라를 대공황에서 구해냈고 사람들에게 약속한 대로 뉴딜 정책을 펼쳤지요. 1936년 나는 랜던에 반대하고 루스벨트를 찍었는데 다시 루스벨트 대통령이 당선됐어요. 랜던은 메인주와 버몬트주, 단 두 곳에서 이겼지요. 심지어 캔자스주에서도 이기지 못했습니다. 루스벨트는 역대 대통령 선거에서 가장 큰 표차로 압승을 거뒀지요. 이번에도 루스벨트는 유세에서 노동자에게 했던 약속을 모두 지켰어요. 그런데 유권자들은 1940년에 무슨 짓을 했소? 루스벨트가 아닌 파시스트를 뽑았어요. 그는 쿨리지 같은 백치도, 후버 같은 멍청이도 아니고 철저한 파시스트이고 그걸 증명하는 훈장도 있어요. 사람들은 파시스트를 뽑고 그의 짝으로 파시스트 선동가인 휠러를 뽑았어요. 그리고 포드를 내각에 불러들였어요. 포드는 히틀러하고 똑같은 반유대주의자일 뿐 아니라 노동자를 일하는 기계로 만들어 노예처럼 굴리는 무자비한 고용주요. 그렇게 해서 오늘밤 당신이 나의 집에 찾아와서 내게 권총을 주게 된 겁니다. 1942년 미국에서 새로 이사온 이웃, 잘 알지도 못하는 남자가 내 집에 찾아와 린드버그의 반유대주 폭도들로부터 내 가족을 지키라고 내게 권총을 주고 있단 말입니다. 내가 고맙게 여기지 않는다고 생각하지 않으셨으면 좋겠군요. 당신의 친절은 절대 잊지 않겠소. 하지만 난 미국 시민입니다. 내 아내도 마찬가지고 내 아이들도 마찬가지예요. 그리고," 아버지가 잠시 말을 멈췄다. "그리고 월터 윈첼 씨도 미국 시민입니다."

그때 갑자기 라디오에서 월터 윈첼에 관한 속보가 흘러나왔다. "쉿! 조용히!" 마치 주방에서 아버지 말고 다른 사람이 웅변을 늘어놓고 있었던 것처럼 아버지가 말했다. 철새가 이주를 위해 날개를 퍼덕이고 물고기가 떼를 지어 헤엄치듯, 우리는 일제히 라디오에 귀를 기울였고 심지어 조이도 귀를 기울이는 것 같았다.

오늘 켄터키주 루이빌의 집회에서 KKK단과 손을 잡은 미국나치당의 암살 용의자에게 살해당한 월터 윈첼의 시신은 밤사이 기차로 루이빌에서 뉴욕시 펜실베이니아역으로 옮겨질 예정입니다. 윈첼의 시신이 뉴욕에 도착하면 피오렐로 라과디아 시장의 명령과 뉴욕시 경찰의 보호로 오전 동안 역사 중앙홀에 안치될 것입니다. 유대인 관습에 따라 장례식은 당일 오후 두시 뉴욕에서 가장 큰 유대인 회당인 에마누엘회당에서 거행될 예정입니다. 회당 밖에서 확성기로 장례 절차를 공표할 것이며 5번가에는 수만 명의 추모 인파가 운집할 것으로 예상됩니다. 라과디아 시장과 함께 추모 연설을 할 연사는 민주당 상원의원 제임스 미드, 뉴욕주의 유대인 주지사 허버트 리먼, 그리고 전 미국 대통령 프랭클린 D. 루스벨트입니다.

"바로 이거야!" 아버지가 소리쳤다. "그가 돌아왔어! FDR가 돌아왔어!"

"우리에게 꼭 필요한 사람이지요." 쿠쿠차 씨가 말했다.

"얘들아," 그가 물었다. "무슨 일이 벌어지고 있는지 알겠니?" 아버지는 샌디 형과 나를 두 팔로 얼싸안았다. "미국에서 파시즘이 망하기 시작했다! 이제 무솔리니는 없소, 쿠쿠차 씨. 이제 무솔리니는 사라질 거요!"

8

1942년 10월

힘든 시절

　이튿날 밤 앨빈 형이 새로 뽑은 초록색 뷰익을 몰고 미나 샤프라는 약혼녀와 함께 나타났다. 어린 시절 '약혼녀'라는 단어는 들을 때마다 내 마음을 사로잡았고, 그게 누구든 항상 특별하게 들렸다. 그때 그 여자가 나타났고 그녀는 우리 가족 앞에서 말실수를 할까 걱정하는 평범한 여자였다. 어쨌든 특별한 존재는 미래의 아내가 아니라 미래의 장인이었다. 앨빈 형은 화물을 싣거나 악당을 쫓기 위해 두 명의 건장한 폭력배를 데리고 다니며 불법 게임기를 트럭으로 운반하고 설치하는 일을 하고 있었는데, 능수능란한 사업가인 미래의 장인은 앨빈 형을 게임기 사업에서 빼내 홍콩 실크로 만든 맞춤 정장과 흰색 바탕에 흰색 모노그램이 들어간 셔츠를 입은 애틀랜틱시티의 레스토랑 주인으로 삼을 준비를 하고 있었다. 샤프 씨는 사우스필리*의 암흑가 중에서도 가장 폭력적인 거리이자 가장 허름한 빈민굴에서 가장 사악한 동네 친구들—그중 셔시 마굴리스의 삼촌이 있었다―과 손을 잡고 이십대에 '핀볼' 빌리 샤피로란 이름의 하찮은 노름꾼으로 출발했지만, 1942년 핀볼과 슬롯머신 사업으로 올린 수익은 미신고 액수로 매주 1만 5000달러를 상회했고, 그 덕에 핀볼 빌리는 그린밸리컨트리클럽, 유대인 사교클럽인 브리스아힘(이곳에서 그는 토요일 밤마다 엄청나게 큰 보석을 주렁주렁 단 정력적인 아내와 재키 제이콥스가 이끄는 졸리재저스의 음악에 맞춰 춤을 추었다), 하르자이온회당(회당의 장례조합을 통해 그는 회당 내 공동묘지 중에서 전망이 아름다운 모퉁이에 가족의 장지를 매입했다)의 대단히 존경받는 회원에다가, 교외 지역인 메리언에 있는 방이 열여덟 개나 되는 저택의 군주이자 해마다 겨울이면 가난한 소년의 꿈인 마이애미비치에덴락호텔의 펜트하우스를 이용하는 VIP 고객, 윌리엄 F. 샤프 2세로 다시 태어났다.

앨빈 형보다 여덟 살 많은 서른한 살의 미나는 버터를 바른 듯한 안색과 겁을 잔뜩 집어먹은 표정을 지닌 여자로, 아기 같은 목소리로 말할 때조차 용기가 필요해 보였고 마치 시계 읽는 법을 방금 배운 아이처럼 모든 단어를 또박또박 발음했다. 미나는 어느 면으로나 위압적인 부모 밑에서 자란 티가 역력했다. 그녀의 아버지는 게임기 사업의 공식 얼굴인 인터시티카팅사 외에도 주말이면 식사를 하기 위해 기다리는 사람들의 줄이 블록을 두 바퀴나 두르는 스틸피어 건너편의 반 에이커나 되는 랍스터 레스토랑의 소유주였다. 또한 1930년대 초 금주법이 폐지됨에 따라 주 경계를 넘나들

---

* 필라델피아를 줄여서 '필리'라고 부른다.

며 주류를 밀매하던 왓시 고던의 범죄조직의 관심이 부수적인 돈벌이에서 멀어지자, 필라델피아의 유대인 마피아라 불리는 사람들 사이에서 인기가 매우 높은 스테이크 레스토랑인 오리지널샤프스를 세운 핀볼 빌리는 앨빈이 미나의 보호자로 딱 맞는다고 생각했다. "우리 계약을 맺는 거야." 샤프는 딸의 약혼반지를 살 돈을 앨빈 형에게 쥐여주며 이렇게 말했다. "미나가 자네의 다리를 보살피고, 자네가 미나를 보살피고, 내가 자네를 보살피는 걸세."

그렇게 해서 나의 사촌형은 맞춤 정장을 걸치고 우리 앞에 나타나 식당에서 거물급 손님들을 안내하는 멋진 임무를 맡고 있다고 떠벌렸다. 앨빈 형은 저지시티의 타락한 시장 프랭크 헤이그, 뉴저지주의 라이트헤비급 챔피언 거스 레스네비치를 들먹였고, 암흑가의 회합을 위해 거물들이 시내에 모일 때에는 클리블랜드의 모 댈리츠, 보스턴의 킹 솔로몬, LA의 미키 코헨은 물론 심지어 '우두머리' 격인 마이어 랜스키도 온다고 말했다. 그리고 매년 9월 새로 선발된 미스아메리카가 대회를 마친 후 어리벙벙한 표정의 친척들을 줄줄이 달고 오면 그들을 맞이했다. 앨빈 형은 일단 모두에게 돌아가면서 칭찬을 듬뿍 해주고 모든 손님이 멍청하게 보이는 랍스터가 그려진 턱받이를 가슴에 꽂은 것을 확인하고 나면 자신의 재량으로 손가락으로 딱 소리를 내 종업원에게 음식값은 레스토랑에서 낼 거라고 알렸다.

핀볼 빌리가 사윗감으로 찍은 외다리는 곧 '번쩍번쩍'이라는 별명을 얻었고, 그 외다리는 라이트급 세계챔피언 도전자인 알리 스톨츠가 그 별명을 지어줬다고 모두에게 자랑했다. 앨빈 형은 거스 레스네비치와 마찬가지로 뉴어크 출신인 스톨츠를 만나 한담을 나누기 위해 필리에서 건너왔고, 그날 미나와 함께 저녁을 먹으러 우리집에 왔다. 스톨츠는 지난 5월 매디슨스퀘어가든에서 라이트급 챔피언과 15라운드 대전을 벌여 판정패한 후 11월 뷰 잭과의 일전을 앞두고 그해 가을 마켓 스트리트의 마실로스라는 체육관에서 훈련중이었고, 뷰와의 대전에서 이기면 티피 라킨과 일전을 벌일 수 있었다. 앨빈 형이 말했다. "알리가 뷰 잭을 누르면, 알리와 챔피언 타이틀 사이에는 라킨밖에 없는데, 라킨은 유리 턱으로 유명하지."

유리 턱. 허튼수작. 두드려패기. 거친 녀석. 뭐 때문에 열받았어? 내가 처리해주지. 고물 자동차 같은 놈. 앨빈 형은 새로운 어휘와 화려하기 이를 데 없는 화법을 마음껏 구사해 우리 부모님을 괴롭혔다. 하지만 스톨츠가 돈을 잘 쓴다며 마치 신을 숭배하듯 "알리는 달러를 총알처럼 쏘는 녀석이야"라고 말할 때, 나는 이 놀라운 표현과 함께 앨빈 형이 '돈' 대신 사용하는 다양한 은어들을 흉내내며 학교에서 거친 녀석 말투를 쓰고 싶어 좀이 쑤셨다.

어머니는 미나의 입을 열게 하려고 애를 썼지만 식사하는 동안 미나는 침묵을 지켰고, 나는 수줍음을 이기지 못했고, 아버지는 전날 밤 신시내티의 한 회당에서 일어난 폭파 사건과 두 시간대에 흩어져 있는 여러 도시에서 유대인 가게들이 약탈당한 사건에만 골몰했다. 아버지가 서밋 애비뉴에 가족을 남겨두지 않으려고 몬티 삼촌의 일터를 박차고 나온 것은 이번이 두번째 밤이었다. 아버지는 이런 때에 몬티 삼촌의 격노 따윈 아랑곳하지 않았고 저녁을 먹은 뒤 거실로 건너가 라디오를 켜고 윈첼의 장례식이 끝난 후 어떤 뉴스가 나오는지 귀를 기울였다. 그사이 앨빈 형은 마치 뉴어크 출신의 라이트급 도전자가 인류의 가장 심오한 정신을 구현이라도 하듯 연신 알리와 그의 세계 타이틀 도전에 대해 떠들어댔다. 한쪽 다리를 바친 도덕적 이상을 포기한 것으로는 성에 차지 않은 것일까? 앨빈 형은 한때 셔시 마굴리스 같은 천박한 사람들의 야망에 물들지 않도록 자신을 보호해주던 장벽을 말끔히 걷어치웠다. 앨빈 형은 우리를 말끔히 걷어치웠다.

미나를 만나고 나는 앨빈 형이 미나에게 절단 수술을 받았다는 얘기를 했을지 궁금했다. 앨빈 형이 미나의 순종적인 성격만 보고 오직 그녀에게만 처음으로 진실을 말할 수 있었을 거란 생각은 들지 않았고, 미나가 앨빈 형이 여자들에게 무능력하다는 증거라는 생각도 들지 않았다. 사실 형의 토막난 다리는 그가 미나의 마음을 얻게 된 가장 큰 요인이었고, 특히 1960년 샤프가 죽고 나서 미나의 하잘것없는 오빠가 슬롯머신 사업을 물려받은 반면 앨빈 형은 식당들을 얻는 것에 만족하고 두 주에서 가장 예쁜 매춘부들과 놀아나기 시작한 후엔 더욱 그랬다. 앨빈 형의 여러 어리석은 행동 때문에 토막난 다리가 짓무르고 욱신거리고 피가 나고 감염될 때마다 미나는 즉시 나서서 의족을 차지 못하게 했다. 앨빈 형은 미나에게 "젠장, 걱정하지 마, 곧 나을 테니까"라고 말했지만 미나는 이 문제에서만큼은 물러서지 않았다. "그 다리에 부담을 주면 안 돼." 미나는 말했다. "그걸 고쳐야 해." 그건 의족을 의미했고, 내가 아홉 살도 채 되지 않은 나이에 미나처럼 형의 어머니 역할을 할 때 형이 내게 가르쳐준 의족회사의 표현을 빌리자면 그 의족은 항상 "맞음새가 틀어져 있었다". 나이가 들어 늘어난 몸무게 때문에 형의 다리는 항상 망가져 있었고, 다리가 나을 때까지 몇 주 내

내 의족을 차지 못하는 여름이면 미나는 형을 차에 태워 해변에 데려가 옷을 모두 입은 채 커다란 우산을 쓰고 몇 시간 동안 형을 지켜보았고, 그사이 앨빈 형은 상처를 치유해주는 파도에 몸을 맡기고 뒤로 누워 둥둥 뜬 채 짠물을 공중으로 내뿜고, 잠시 후 물에서 첨벙거리고 나오면서 자신의 토막난 다리를 가리키며 "상어다! 상어다!"라고 비명을 질러 북적이는 관광객들을 놀라게 했다.

미나와 함께 나타나기 전 앨빈 형은 아침에 어머니에게 전화를 걸어 오늘 노스저지에 갈 예정인데 집에 들러 숙모와 삼촌에게, 그가 특공대에서 돌아와 모두에게 힘든 짐이 되었을 때 그에게 베풀어준 모든 것에 감사드리고 싶다고 말했다. 형은 감사할 일이 아주 많으며 우리 부모님과 화해하고 두 사촌을 보고 약혼녀를 소개하고 싶다고 말했다. 형은 그렇게 말했고, 우리 아버지의 얼굴과 잘못된 것을 바로잡아야 직성이 풀리는 아버지의 본능, 그리고 두 사람은 선천적인 반감을 갖고 있으며 그 반감은 처음부터 마음속에 존재해온 타고난 성향이라는 사실을 대면하기 전까지는 그럴 생각이었다. 형은 그렇게 말했기 때문에 나는 학교에서 돌아와 그 소식을 들었을 때 서랍 속 깊이 감춰둔 형의 메달을 꺼내 형이 필리로 떠난 후 처음으로 다시 메달을 걸고 속옷에 핀으로 꽂았다.

물론 집안의 말썽꾸러기가 화해하겠다고 찾아오기에 썩 좋은 날은 아니었다. 그날 밤 뉴어크를 비롯한 뉴저지주의 도시들에서 유대인을 겨냥한 폭력은 발생하지 않았지만, 루이빌에서 오하이오강을 따라 북쪽으로 수백 마일 떨어진 신시내티에서 회당이 폭파되고 전소된 사건과 여덟 개의 다른 도시(크기순으로 세 도시를 나열하자면 세인트루이스, 버펄로, 피츠버그)에서 유대인이 소유한 가게들을 무차별로 공격해 유리를 깨고 물건을 약탈한 사건이 있었다. 그래서 허드슨강 건너편의 뉴욕에서 성대하게 치러진 월터 윈첼의 유대식 장례식—엄숙한 예식과 내내 충돌한 시위와 반대시위—으로 우리집에서 훨씬 더 가까운 곳에 쉽게 폭력을 촉발할 수 있다는 두려움이 좀처럼 가라앉지 않았다. 그날 아침 학교에서는 먼저 4학년부터 8학년까지의 학생들을 대상으로 삼십 분 동안 특별 조회를 열었다. 교육위원회에서 온 대표, 버피 시장의 대리인, 현 사친회장과 함께 교장 선생님은 그날 우리의 안전을 보장하기 위해 취해야 할 방책을 명확히 밝히고 우리가 등하굣길에 지켜야 할 열 개 규칙을 하달했다. 불릿 아펠바움의 유대인 경찰은 밤새 거리를 지켰고 아침에 샌디 형과 내가 등교할 때에도 보온병에서 커피를 따라 마시고 레어호프 빵집에서 나눠준 설탕가루를 바른 도넛을 먹으며 그 자리를 지키고 있었지만 그들에 대해서는 아무 언급이 없었다. 대신 시장 대리인은 우리에게 "정상적인 상황이 회복될 때까지" 임시 경찰 병력이 주택 지구를 순찰할 예정이며 학교의 모든 출입문에 배치된 제복 경찰을 보거나 복도를 지나는 경찰을 보더라도 놀라지 말라고 일러주었다. 그런 뒤 모든 학생에게 두 장의 등사 인쇄물이 배포되었다. 한 장에는 거리에서 지켜야 할 규칙들이 열거되어 있었는데 우리가 교실로 돌아왔을 때 선생님들은 우리와 함께 그 내용을 자세히 검토했다. 다른 한 장은 부모님에게 전달할 종이로, 학부모들에게 알리는 새로운 안전 규칙이 적혀 있었다. 학부모들은 궁금한 점이 있으면 우리 어머니의 후임으로 사친회장을 맡고 있는 시셸먼 부인에게 문의할 수 있었다.

우리는 식당에서 저녁을 먹었고, 식당에서 식사한 것은 이블린 이모가 랍비 벤겔스도르프를 데리고 온 후 처음이었다. 앨빈 형의 전화를 받은 뒤 어머니는(앨빈 형은 전화로 어머니의 목소리를 듣는 순간 개인적으로 원한을 품지 못하는 어머니의 성품이 여전하다는 것을 알아챘을 것이다) 잠근 문을 열고 거리로 나갈 때마다 엄습하는 불안을 애써 누르고 앨빈 형이 특별히 좋아하는 음식을 사러 나갔다. 이제 무장한 뉴어크 경찰들이 순찰을 돌고 순찰차가 거리를 돌아다니긴 했지만 힐끗힐끗 보이는 불릿 아펠바움의 유대인 경찰과 더불어 어머니를 크게 안심시키지는 못했기에, 포위된 도시에서 장을 보는 사람은 누구나 그렇듯 챈슬러 애비뉴를 뛰어다니다시피 하며 필요한 물건을 샀다. 주방에서 어머니는 앨빈 형이 좋아하던 초콜릿을 입히고 얇게 썬 호두를 뿌린 레이어케이크를 굽기 시작했고, 앨빈 형이 무더기로 먹는 라트케*를 만들기 위해 감자 껍질을 벗기고 양파를 다졌다. 어느덧 앨빈 형이 새 뷰익을 몰고 골목에 들어섰을 땐 예기치 않은 귀향이 유발한 굽고 튀기고 끓이는 냄새가 아직 집안에 가득했다. 앨빈 형은 내가 훔쳐온 축구공으로 나와 함께 패스 연습을 하던 그 골목으로 들어와 쿠쿠차 씨가 부업으로 사람들의 가구를 운반할 때 모는 작은 포드 픽업트럭 뒤에 뷰익을 주차했다. 때마침 쿠쿠차 씨는 야간 경비를 쉬었고 그런 날이면 하루종일 잠을 잤기 때문에 픽업트럭은 차고 안에 주차되어 있었다.

앨빈 형은 어깨에 큰 패드를 댄 회진주색 샤크스킨 정장에다, 줄

---

* 유대인 전통 음식의 일종.

줄이 구멍 장식이 있고 발끝에 징을 댄 투톤 윙팁슈즈*를 신고서 모두에게 줄 선물을 들고 도착했다. 베스 숙모의 선물은 빨간 장미 꽃들을 수놓은 하얀 앞치마, 샌디의 선물은 스케치북, 내 선물은 필리스 야구모자, 허먼 삼촌의 선물은 애틀랜틱시티의 레스토랑에서 4인 가족이 랍스터를 먹을 수 있는 무료 쿠폰이었다. 우리 모두에게 선물을 준 것으로 보아 나는 형이 필라델피아로 달아났지만 다리를 잃어버리기 전 우리와 함께 나눈 모든 좋은 추억을 잊지 않았다고 여기고 안심했다. 그때 그곳에서 우리는 마치 헤어진 가족처럼 보이지 않았고, 식사가 끝나고 미나가 주방에서 어머니로부터 라트케 만드는 법을 배우고 있을 때 아버지와 앨빈 형 사이에 엄청난 논전이 일어날 것처럼 보이지도 않았다. 어쩌면 앨빈 형이 체육관 마실로스의 세속적인 욕망을 노골적으로 풍기며 손쉽게 얻은 엄청난 부를 마음껏 과시하는 번쩍거리는 옷을 걸치고 멋들어진 차를 몰고 나타나지 않았다면…… 어쩌면 윈첼이 이십사 시간 전에 암살당하고 린드버그가 취임 당시 두려워하던 최악의 사태가 그 어느 때보다 더 가까이 우리에게 닥치고 있는 듯 보이지 않았다면…… 그랬더라면 유년 시절 내게 가장 중요했던 두 어른이 서로를 죽일 뻔한 사태까지 가지 않았을지도 모른다.

그날 밤 전까지 나는 아버지가 그렇게 폭력적인 행위에 능숙한 사람인지, 한순간에 이성을 잃고 광기어린 사람으로 돌변해 난폭한 파괴 충동을 분출하는 사람인지 꿈에도 알지 못했다. 몬티 삼촌

* 발등에 W자로 된 날개 모양이 있는 구두. 대개 두 가지 다른 색의 가죽으로 만들어진다.

과는 달리 아버지는 1차대전이 일어나기 전 러니언 스트리트에서
아일랜드인들이 몽둥이와 돌과 쇠파이프로 무장한 채 유대인 제3구
에 사는 그리스도 살해자들에게 복수할 핑계를 찾으며 아이언바운
드 구역의 고가 차도 아랫길들을 정기적으로 몰려다니던 시절 셋
집에 살던 유대인 꼬마가 당한 호된 시련들을 단 한 번도 입 밖에
꺼내지 않았고, 볼만한 시합의 티켓이 들어왔을 때 샌디 형과 나를
데리고 스프링필드 애비뉴의 로렐가든에 갔을 때에도 링 밖에서 남
자들이 싸움을 벌이면 몹시 불쾌해했다. 가족사진 앨범을 펼치면
아버지의 어릴 적 모습을 보여주는 단 한 장의 사진은 아버지가 여
섯 살 때 아버지보다 세 살이 많고 키가 45센티미터 정도 더 큰 몬
티 삼촌 옆에 서서 찍은 사진, 즉 아주 낡은 멜빵바지와 더러운 셔
츠를 입은 채 무자비할 정도로 짧게 깎은 머리가 다 드러나도록 모
자를 뒤로 눌러쓴 초라한 두 아이의 사진이었다. 어머니는 그 옆에
아버지가 열여덟 살 때 찍은 스냅사진을 나란히 꽂아두었는데, 그
사진을 보고 나는 아버지의 몸이 항상 근육질이었다는 걸 알았다.
그 열여덟 살 때 찍은 세피아톤 사진 속 아버지는 이미 유년기에서
멀찍이 벗어나 있었고, 뉴저지주 스프링레이크의 화창한 해변에
서 수영복 차림으로 여섯 명의 건달 같은 호텔 종업원이 근무가 없
는 오후 백사장에서 쌓아올린 인간 피라미드 중 맨 아랫줄에 팔짱
을 끼고 선 채 물이 오른 남성미를 과시하고 있었다. 그 1919년의
사진이 증명하듯 아버지는 애초부터 가슴이 튼튼했고, 여러 해 동
안 메트로폴리탄 직원으로 집집마다 문을 두드리며 일하는 중에도
황소 같은 어깨와 억센 팔을 그대로 유지했으며, 그래서 마흔한 살
인 지금 9월 내내 일주일에 육 일 밤 동안 무거운 나무상자를 끌고

100파운드나 되는 자루를 들어올린 후라 아버지의 몸에는 그 어느 때보다 더 폭발적인 힘이 쌓여 있는 것 같았다.

그날 밤 이전까지 나는 아버지가 어머니를 지배하거나 누군가를 때리는 것을, 더구나 사랑하는 형의 아버지 없는 아들을 피가 나도록 때리는 것을 전혀 상상하지 못했다. 특히 우리처럼 유럽에서 건너와 가난하지만 미국적 야망을 고집스럽게 품고 사는 유대인 사이에는 논쟁을 힘으로 해결하는 것을 금지하는 포괄적인 불문율보다 더 강한 금기는 없었다. 그 시절 일반적인 유대인의 성향은 대체로 알코올과 함께 폭력을 멀리하는 것이었지만, 이 미덕의 단점은 우리 같은 어린 세대에게 때때로 폭력을 피하기 위해 협상을 하거나 달아날 수 없을 때에는 호전적인 공격이 분명히 실질적으로 큰 가치가 있다는 점을 가르쳐주지 못한다는 점이었다. 예를 들어 우리 학교의 다섯 살부터 열네 살 사이 아이들 중 알리 스톨츠 같은 최고의 라이트급 권투선수나 론지 즈월먼처럼 성공적인 모리배가 되는 유전자를 타고나지 않은 수백 명의 아이들은 공업도시인 뉴어크의 다른 어느 학교보다 주먹싸움을 벌이는 빈도가 확연히 낮았다. 다른 학교들에서 통용되는 아이들의 도덕적 의무는 우리의 것과 사뭇 달랐고, 그곳 학생들은 우리가 쉽게 이용할 수 없는 수단으로 그들의 호전성을 과시했다.

따라서 상상할 수 있는 모든 이유로 괴롭고 곤혹스러운 밤이었다. 1942년 내겐 아직 얽히고설킨 그 모든 관계를 해독할 능력이 없었지만 이해는 고사하고 아버지와 앨빈 형의 피를 본 것만으로도 정신이 아득했다. 오리엔탈 모조 카펫 전체에 피가 튀었고, 부서진 커피 테이블의 잔해에서 피가 뚝뚝 떨어졌으며, 아버지의 이

마에 저주의 징표처럼 피가 묻어 있었고, 사촌형의 코에서 피가 터졌다. 두 사람은 주먹싸움이나 씨름을 한다기보다 소싸움을 했는데, 이마에 가지진 뿔이 돋친 짐승처럼 뒤로 물러났다 정면으로 돌진해 뼈와 뼈를 세게 부딪쳤고 마치 여러 종이 섞인 생물체가 신화에서 우리집 거실로 튀어나와 뭉툭하게 튀어나온 거대한 뿔로 서로의 살을 짓이기고 있는 것 같았다. 사람들은 집안에서 대개 동작의 크기를 줄이고 속도를 줄이는데, 지금 우리집 거실에서는 그 배율이 완전히 거꾸로 역전되어 지켜보기가 두려웠다. 사우스보스턴 폭동, 디트로이트 폭동, 루이빌 암살, 신시내티 폭파, 세인트루이스, 피츠버그, 버펄로, 애크런, 영스타운, 피오리아, 스크랜턴, 시러큐스의 폭행…… 그리고 지금 이 싸움. 예로부터 평범한 가정의 거실은 적대적인 세상의 침입을 막고 안정을 유지하기 위해 다 함께 노력하는 집결지였다. 하지만 지금 이곳에서 우리는 반자발적으로 곤봉을 집어들고 반광란 상태로 우리 편을 죽이려 하고 있었고, 그렇게 해서 반유대주의자들은 미국 최악의 문제에 대해 그들에게 유쾌한 방식으로 목적을 달성하려 하고 있었다.

잔혹한 상황을 끝낸 사람은 긴 잠옷에 나이트캡을 쓰고(코미디 영화를 제외하고 어른이든 아이든 그 누구도 보여준 적 없는 차림으로) 권총을 꺼내 든 채 우리 아파트로 뛰어들어온 쿠쿠차 씨였다. 조이의 구세계 할머니는 우리집 층계참에서 칼라브리아기期에서 온 저승의 여왕처럼 온몸을 천으로 감싼 채 미친듯이 울부짖었고, 부서진 뒷문이 활짝 열리고 어머니가 잠옷 바람의 침입자가 권총을 들고 뛰어들어오는 것을 본 순간 우리집에서도 머리칼을 쭈뼛하게 하는 소리가 울려퍼졌다. 미나는 저녁에 삼킨 음식을 남김없이 자신의 손에 게워내기 시작했고, 나는 나도 모르게 오줌을 지렸다. 우리 중 샌디 형만이 정상적인 단어와 적절한 성량으로 외칠 수 있었다. "쏘지 말아요! 앨빈 형이에요!" 쿠쿠차 씨는 먼저 행동하고 나중에 확인하는 습관이 몸에 밴 전문적인 사설 경비원인 탓에, 주춤하고 "앨빈이 누구냐?"라고 물어보는 대신 아버지를 공격하는 자의 목을 뒤에서 한 팔로 제압하고 다른 손으로 머리에 총을 겨누었다.

앨빈 형의 의족은 둘로 쪼개지고 토막난 다리는 갈기갈기 찢어지고 한쪽 손목은 부러졌다. 아버지는 앞니 세 개가 박살나고 갈빗대 두 개에 금이 가고 오른쪽 광대뼈를 따라 깊은 상처가 나는 바람에 내가 고아원 말에게 차여 꿰맨 바늘 수의 거의 두 배가량을 꿰매야 했고, 목이 심하게 삐어 그후 몇 달 동안 강철 목 보호대를 차고 다녀야 했다. 어머니가 몇 년 동안 저축한 돈으로 뱀스에서 구입한 유리를 씌운 커피 테이블은 짙은 마호가니 뼈대와 함께 산산조각나 거실 전체에 흩어졌고(어머니는 저녁마다 한 시간 동안 독서의 즐거움을 누린 뒤 동네 약국에 딸린 작은 대여점에서 빌려온 펄 벅이나 파니 허스트나 에드나 퍼버의 새 소설에 리본 달린 책갈피를 꽂아 커피 테이블 위에 놓아두곤 했다), 아버지의 손에는 미세한 유리 파편들이 박히고 말았다. 카펫, 벽, 가구에는 두 사람이 거실에 앉아 이야기를 나누며 먹고 있던 레이어케이크 조각에서 튄 초콜릿과 함께 그들의 피가 얼룩덜룩 묻었고, 잠시 후 그 냄새, 답답하고 메스꺼운 도살장의 냄새가 코끝에 스며들었다.

가슴이 찢어질 듯 아픈 그런 폭력이 집안에서 일어나는 것은 폭탄이 터진 후 나무에 옷 쪼가리가 걸려 있는 것과 같다. 죽음을 보는 것은 준비된 일일지 몰라도 나무에 걸린 옷은 아니다.

그 모든 것은 앨빈 형의 천성이 그 어떤 훈계와 윽박지르기 스타일의 사랑으로 절대 개조될 수 없다는 걸 아버지가 이해하지 못한 결과였다. 그 모든 것은 앨빈 형을 제 갈 길로 가게 놔두지 않고 어떻게든 구해보려고 집안에 끌어들인 결과였다. 그 모든 것은 아버지가 앨빈 형의 잘못을 눈감아주고 앨빈 형의 죽은 아버지가 남긴 비참하리만치 덧없는 삶을 기억하고 절망에 빠져 슬픈 목소리로 고개를 흔들며, "뷰익 자동차에 멋쟁이 정장이라. 결국 네 친구들과 똑같은 세상의 쓰레기가 됐구나. 오늘밤 이 나라에 무슨 일이 일어났는지 아냐? 앨빈, 그런 일에 신경이나 쓰냐? 그건 옛날 얘기지, 빌어먹을. 내 기억으로는 그랬던 시절이 분명히 있었어. 하지만 지금은 아니야. 지금은 커다란 시가와 자동차밖엔 모르겠지. 우리가 여기 앉아 있는 지금도 유대인들에게 무슨 일이 일어나고 있는지 너는 조금이라도 알고 있는 거냐?"라고 말한 결과였다.

앨빈 형은 어둡던 운명에 마침내 서광이 비쳐 그 어느 때보다 희망적인 미래를 꿈꾸고 있었다. 아버지는 한때 의지할 데 없는 그를 키워준 보호자, 그가 세상에 혼자 남았을 때 두 번이나 그를 위퀘이크의 작고 아늑한 공동주택에 들여 인정 많은 가족과 함께 살게 해주고 관심을 기울여준 친척이었지만 앨빈 형은 그에게서 자신이 쓸모없는 인간이 되었다는 소리를 듣는 것을 견디지 못했다. 피해자의 불만이 가득 밴 목소리, 짧고 날카롭게 내뱉는 말투, 한순간도 멈추지 않고 쏟아내는 앙심 가득한 말들, 완전한 비방, 완전한 혹평, 완전한 강요, 멍청한 허세를 동원해 앨빈 형은 아버지에게 소리를 질렀다. "유대인? 난 유대인 때문에 인생을 망쳤어요! 유대인 때문에 빌어먹을 다리를 잃어버렸어요! 당신 때문에 빌어먹을 다리를 잃어버린 거예요! 당신이 린드버그한테 찬성하든 반대하든 나하고 무슨 상관이 있어요? 가서 린드버그와 싸우라고요? 우라질 난 멍청한 어린애니까 당연히 가서 싸워야죠. 그런데, 보세요. 이걸 보라고요, 염병할 삼촌. 난 빌어먹을 다리가 없다고요!"

여기서 그는 번들거리는 회진주색 바지의 천을 한 움큼 잡아올려 무릎 밑에 더이상 살과 피와 근육과 뼈가 없다는 것을 훤히 드러내 보였다. 그리고 모욕당하고 부정당하고 어른 자격을 박탈당한 채 다시 마음속 부랑자 아이로 돌아가 최후의 영웅적인 마무리로 아버지의 얼굴에 침을 뱉었다. 가족이란 평화이자 전쟁이라고 아버지는 즐겨 말했지만, 이건 내가 상상조차 할 수 없는 집안싸움이었다. 죽은 독일군 병사의 얼굴에 침을 뱉듯 아버지의 얼굴에 침을 뱉다니!

앨빈 형이 그 자신의 추악한 궤도에 따라 망나니처럼 살게 놔두었다면 차라리 좋았을 텐데, 하지만 아버지는 그것을 허락하지 않았고 그래서 지금 이렇게 큰 위협이 우리를 파괴하고 혐오스러운 폭력이 우리 집안을 더럽히고 말았다. 나는 원한이 어떻게 인간의 눈을 멀게 하고 얼마나 추악한 상황을 만들어내는지를 보았다.

그렇다면 애초에 왜, 도대체 왜 그는 싸우러 갔던 걸까? 그는 왜 싸웠고 왜 쓰러졌을까? 전쟁이 벌어지고 있었기에 그는 싸우기로 결정했다. 격노한 반항적 본능이 역사의 올가미에 걸려든 것이다! 시대가 달랐다면, 그가 더 영리했다면…… 하지만 그는 싸우기를 원한다. 자신의 손으로 없애버리고 싶어하는 바로 그 아버지들과 똑같다. 그것이 이 문제의 포학함이다. 자신이 제거하고자 하는 것을 충실히 따르는 것. 자신이 충실히 따르고 있는 것을 충실히 따르면서 그와 동시에 제거하고자 하는 것. 그래서 애초에 그는 싸우러 갔고, 나는 그렇게밖에 이해할 수 없었다.

그날 밤 늦게 앨빈 형의 두 동료가 펜실베이니아주 번호판이 달린 캐딜락을 몰고 왔다. 한 명은 앨빈 형과 미나를 태우고 엘리자베스 애비뉴에 있는 알리 스톨츠의 의사에게 갔고, 다른 한 명은 앨빈 형의 뷰익을 몰고 필리로 돌아갔다. 아버지는 베스이스라엘의 응급실에서 손에 박힌 유리를 빼고, 얼굴을 꿰매고, 목을 엑스레이로 찍고, 흉부에 붕대를 감고, 나오는 길에 통증을 완화해줄 코데인정을 받았다. 그리고 아버지를 픽업트럭에 태워 병원으로 데려간 쿠쿠차 씨가 아수라장이 된 우리집으로 아버지를 무사히 데려온 후, 챈슬러 애비뉴에서 총성이 울렸다. 총성, 비명, 고함, 사이렌…… 포그롬이 시작되었다. 불과 몇 초 후 쿠쿠차 씨가 방금 내려갔던 뒤쪽 계단으로 달려올라와 부서진 뒷문을 쾅 열고 황급히 들어왔다.

억지로 잠을 청하던 나는 침대에서 형에게 끌려나왔지만 주체할 수 없는 두려움에 다리가 말을 듣지 않아 자꾸 주저앉았고, 그러자 아버지가 두 팔로 나를 안아올렸다. 어머니, 지나치게 세심한 우리 어머니는 침대에 누워 잠을 청하는 대신 앞치마를 두르고 고무장갑을 끼고서 양동이와 빗자루와 자루걸레를 꺼내 집안의 오물을 청소하려던 참이었는데, 잠시 거실의 잔해 가운데에 서서 눈물을 흘리고 있던 차에 쿠쿠차 씨에게 이끌려 문을 나섰다. 우리 넷은 계단을 내려가 위시노우 가족이 살던 낡은 공동주택에 몸을 숨졌다.

쿠쿠차 씨가 권총을 건네자 이번에는 아버지가 말없이 받았다. 아버지의 불쌍한 몸은 거의 모든 곳이 멍들고 붕대에 감겨 있었으며, 입을 열면 부러진 이가 가득했다. 아버지는 쿠쿠차 씨 집의 창문 없는 복도 안쪽에 우리와 함께 가만히 바닥에 앉아, 마치 손에 든 총이 무기가 아니라 맨 처음 두 손으로 아기를 안아본 이후로 그에게 맡겨진 가장 중요한 물건인 양 모든 정신을 집중해 총을 주시했다. 어머니는 억지로 냉철함을 유지중인 샌디 형과 넋을 잃고 얼어붙은 나 사이에 똑바로 앉아 두 팔로 우리를 최대한 가까이 끌어안고서 얄팍한 용기로 자신의 공포를 자식들에게 드러내지 않으려고 최선을 다했다. 그사이 내가 본 사람 중 가장 덩치가 큰 쿠쿠차 씨는 권총을 들고 노련한 야간 경비원의 독수리 같은 눈과 완벽한 동작으로 은밀히 온 집안의 창문을 살피며 행여 도끼, 총, 밧줄, 등유 통을 소지하고 근처에 숨은 사람이 있는지를 확인했다.

쿠쿠차 씨는 조이와 그의 어머니와 그의 할머니에게 침대에 남아 있으라고 지시했지만, 노부인은 그 모든 소란과 우리 넷이 곤경에 떠는 모습에 자석처럼 이끌려 침대에 머물러 있지 못했다. 습관적으로 난로 옆 간이침대에서 옷을 입은 채 잠을 자는 할머니는 어두운 주방의 문간에 서서 손님들을 우대해주는 말이라고는 결코 생각할 수 없는 짧고 생소한 이탈리아 말들을 버럭버럭 내뱉으며 (할머니는 미쳤기 때문에) 마치 자신이 반유대주의의 수호성인이며 자신의 은 십자가가 모든 것을 야기한 것처럼 광기의 십자선을 정확히 조준하고서 우리를 노려보았다.

총격은 한 시간 이내에 끝났지만 우리는 동이 틀 때까지 뒤쪽 계단으로 나가지 못했고, 쿠쿠차 씨가 용감하게 챈슬러 애비뉴의 비상선까지 정찰을 다녀온 후에야 총싸움은 시 경찰과 반유대주의자 간에 벌어진 것이 아니라 시 경찰과 유대인 경찰 사이에 벌어진 것임을 알게 되었다. 그날 밤 뉴어크에 일어난 사건은 포그롬이 아니라 총격전이었고, 우리집에서 들릴 정도로 가까운 곳에서 일어났다는 점에서 특별했지만 어두워진 후 어느 대도시에서나 일어날 수 있는 소란과 별반 다르지 않았다. 그리고 세 명의 유대인, 듀크 글리크, 덩치 제리, 그리고 대장인 불릿이 죽긴 했지만, 그건 반드시 그들이 유대인이라서가 아니라(몬티 삼촌의 말로는 "아쉬울 것도 없지만") 새 시장이 거리에서 몰아내고 싶어한 그런 부류의 흉악범들이었고, 기본적으로 론지에게 그가 더이상 행정위원회의 명예 회원이 아니라는 점을 알리기 위해서였다(마이어 엘렌스타인의 적들이 퍼뜨린 소문에 따르면, 머피가 시장으로 부임하기 전 론지는 유대인 시장인 엘렌스타인 밑에서 그 자리를 꿰차고 있었다고 했다). 시 경찰국장이 〈뉴어크 뉴스〉와의 인터뷰에서 자정 직전 "총 쏘기를 좋아하는 자경단원들"이 도보 순찰을 돌던 두 경찰에게 이유 없이 사격을 개시했다고 설명했을 때는 아무도 그 보도를 심각하게 받아들이지 않았다. 그 세 명은 제정신이 있는 주민이라면 절대 그들의 보호를 요청하겠다고 꿈도 꾸지 않을 정도로 위험한 자들이었기에 이웃들은 그들이 갑자기 사라졌다고 해서 결코 애도의 마음을 표하지 않았다. 물론 동네 아이들이 매일 등교하는 보도가 폭력배들의 피로 얼룩졌다는 사실은 끔찍했지만 적어도 KKK단이나 실버셔츠나 동맹과의 충돌에서 흘러나온 피는 아니었다.

포그롬은 아니었지만 아버지는 아침 일곱시에 위니펙에 장거리

전화를 걸어 섭시 터슈웰 씨에게 유대인들은 두려움에 떨고 반유대주의자들은 갈수록 대담해지는 바람에 이제 뉴어크에서는, 다행히 랍비 프린츠의 명성이 계속 행정기관에 영향을 미치는 덕에 어느 유대인 가정도 재배치보다 더 나쁜 정책을 강요당하지 않았지만, 그래도 정상적으로 살기가 힘들다고 인정했다. 정부가 허가한 노골적인 박해를 피할 수 있을지 없을지 아무도 확신하지 못했지만, 박해에 대한 두려움이 너무 큰 나머지 일상생활에 뿌리를 둔 현실주의자들, 불확실과 불안과 분노를 억누르고 이성의 명령에 따르려 최선을 다하는 사람들은 더이상 마음의 평정을 유지할 수 없었다.

그렇다, 자신은 계속 틀렸고 베스와 터슈웰의 생각이 옳았다고 아버지는 인정했다. 그런 뒤 아버지는 우리의 커피 테이블과 함께 아버지의 가혹한 성장 배경과 성숙한 이상을 평생 단단히 가로막고 서 있던 청렴함을 산산이 박살내버린 그 믿을 수 없는 폭력을 포함해 자신이 실수하고 오판한 모든 것에 대한 부끄러움을 최대한 떨쳐내고 이렇게 말했다. "맞아, 더이상 내일 무슨 일이 일어날지 모르는 채 살 수는 없어." 그런 뒤 두 사람의 통화는 이민과 그에 필요한 조처들과 준비해야 할 것들로 넘어갔고, 그래서 샌디 형과 내가 집을 나설 쯤에는 정말 믿을 수 없게도 유대인을 향한 폭력에 압도되어 이제 곧 다른 곳으로 도피해 외국인이 될 거란 사실이 불을 보듯 분명해졌다. 나는 학교 가는 내내 울었다. 미국에서 보낸 그 무엇과도 비교할 수 없는 우리의 유년기는 끝이 났다. 곧 나의 조국은 내가 태어난 곳과 아무 상관이 없는 나라가 되겠지. 차라리 켄터키의 셀던이 더 나았다.

그런데 그때 상황이 끝났다. 악몽이 끝난 것이다. 린드버그가 사라졌고 우리는 안전해졌다. 하지만 크고 든든한 공화국과 지독할 정도로 책임감이 강한 부모를 통해 어린 소년의 마음에 처음 싹을 틔웠던 그 흔들리지 않는 안정감은 다시는 되살아나지 않았다.

뉴어크 뉴스릴극장의 보존 기록에서 발췌함

1942년 10월 6일 화요일

삼만 명의 조객이 성조기가 덮인 월터 윈첼의 관을 보기 위해 펜실베이니아역의 중앙홀을 지나갔다. 조객의 수는 피오렐로 라과디아 뉴욕 시장의 예상을 크게 뛰어넘었으며, 시장의 결정에 따라 윈첼의 암살은 시 차원에서 "나치의 폭력에 희생된 미국 시민들"을 애도하는 행사로 변했고, 애도 행사는 FDR의 추도사로 절정에 달했다. (도시 전역의 수많은 곳에서와 마찬가지로) 역 밖에는 어두운색 옷차림을 한 사람들이 침묵 속에서 "린드버그는 어디에?"라는 흰색 글씨가 새겨진 50센트 동전 크기의 검은색 배지를 나눠주었다. 정오가 되기 전 라과디아 시장은 라디오방송국 스튜디오에 도착해 테가 넓은 검은색 카우보이모자(애리조나에서 군악대 악장의 아들로 성장한 소년기를 기리는 기념물)를 벗고 주기도문을 암송했고, 그런 뒤 다시 모자를 쓰고 히브리어로 죽은 자를 위한 유대교 기도문을 읽었다. 정오가 되자 시의회의 포고에 따라 다섯 독립구에서 일 분 동안 묵념이 진행되었다. 뉴욕 경찰이 모든 곳을 지켰으며, 특히 맨해튼의 어퍼이스트사이드 북부와 미국 나치운동의 본부인 할렘 남부의 저먼요크빌에 집중 배치되어 대통령과 그의 정책을 호전적으로 찬성하는 우파 집단들의 시위를 감시하는 데 총력을 기울였다. 오후 한시 검은색 완장을 차고 오토바이를 탄 의장경들이 편역 밖에 줄을 선 장례 행렬과 나란히 도열했고, 사이드카에 탄 시장이 인도하는 가운데 8번가를 따라 북쪽으로 올라가다 5번가와 65번가를 지나 에마누엘회당까지 천천히 이동하며 행렬을 호위했다. 라과디아 시장이 회당의 모든 자리를 채우기 위해 호출한 고위 인사 가운데는 루스벨트의 1940년 내각을 구성했던 열 명의 장관, 루스벨트가 임명한 네 명의 대법관, 산업별노동조합회의의 회장 필립 머리, 미국노동총동맹의 회장 윌리엄 그린, 광산노동자조합의 회장 존 L. 루이스, 미국시민자유연맹의 로저 볼드윈, 그리고 뉴욕주, 뉴저지주, 펜실베이니아주, 코네티컷주의 전직과 현직 민주당 주지사, 상원과 하원 의원이 있었고, 그중 1928년 민주당 대통령 후보였으나 선거에서 패했던 전 뉴욕 주지사 앨 스미스도 포함되어 있었다. 시 공무원들이 간밤에 도시 전역의 전신주와 이발소 기둥과 높은 문틀에 설치한 확성기를 통해 (요크빌을 제외하고) 맨해튼의 모든 거리에 몰려나온 뉴욕 시민과 그들과 나란히 선 수천 명의 외지인들에게 장례식 상황이 전달되었다. 그 미국의 신사 숙녀는 월터 윈첼의 방송을 매주 들었고, 조의를 표하기 위해 윈첼의 고향으로 달려온 사람들이었다. 남녀노소를 막론하고 거의 모든 사람이 이제 모든 곳으로 퍼져나간 반항의 연대를 나타내려 "린드버그는 어디에?"라는 흑백 배지를 달고 있었다.

피오렐로 H. 라과디아는 뉴욕 노동자들의 실질적 우상으로, 무려 다섯 번의 임기에 걸쳐 가난한 이탈리아인들과 유대인들이 밀집해 사는 이스트할렘을 대표해 열정적으로 일했고, 이미 1933년에 히틀러를 "변태적인 미치광이"라 칭하고 독일제 물건을 불매하자고 주장한 전 국회의원이었다. 그는 대공황의 암울한 첫 해에 후버의 무기력한 공화당과 국회에 맞서 거의 단독으로 투쟁하고 "부자 증세"를 외친 노동조합, 빈민, 실업자의 강력한 대변인이 되어 자신이 속한 공화당을 당황케 했고, 미국에서 가장 인구가 많은 도시이자 반구에서 유대인이 가장 밀집해 있는 메트로폴리스에서 퓨전보수주의* 성향의 시장을 세번째 역임하고 있었으며, 태머니파** 에 반대하고 자유주의를 옹호하는 개혁파 공화당원이었다. 그의 당에서 라과디아만이 아리아인의 우수성이라는 나치의 교리와 린드버그를 대놓고 경멸했으며(그 자신이 오스트리아 치하의 트리에스테 출신이자 독실하지 않은 유대인 어머니와 자유사상가이자 유람선 음악가로 미국에 건너온 이탈리아인 아버지 사이에서 태어났다), 그 교리야말로 린드버그의 신조와 이 대통령을 숭배하는 거대한 사이비 종교의 핵심 개념이라고 규정해왔다.

라과디아는 관 옆에 서서 그가 뉴욕 신문이 파업하는 동안 일요일 아침마다 라디오방송으로 뉴욕의 어린이들에게 인내심 많은 최고의 삼촌이 된 것처럼 〈딕트레이시〉에서부터 〈고아 애니〉에 이르기까지 모든 일요 연재만화를 한 컷씩 묘사하고 모든 말풍선을 낭독해주던 때와 똑같은 그 격하고 높은 목소리로 고위 인사들에게 연설했다.

"위선적인 말은 처음부터 집어치우겠습니다." 시장이 말했다.

---

* 사회주의운동에 가담했다 전향한 경력의 보수주의자.
** 뉴욕시의 태머니홀을 본거지로 1789년 조직된 민주당 일파. 종종 정치적 부패와 추문을 암시한다.

"모두 알고 있듯이 월터는 인품이 고상한 사람은 아니었습니다. 월터는 모든 것을 숨기는 강하고 말이 없는 유형의 인간이 아니라 숨겨진 모든 것을 증오하는 폭로자였습니다. 그의 칼럼을 들춰본 사람이라면 누구나 알겠지만 월터는 기자로서 항상 정확하진 않았습니다. 그는 조심성이 없었고 겸손하지 않았으며 예의바르거나 신중하거나 상냥하지도 않았습니다. 나의 친구들이여, 만일 내가 이 자리에서 월터 윈첼의 부족한 점을 모두 나열한다면, 우리는 돌아오는 속죄일까지 이곳에 있어야 할 것입니다. 유감스러운 말이지만 고故 월터 윈첼은 불완전한 인간을 대표하는 조금 더 특별한 표본이었습니다. 그가 미국 대통령에 입후보하겠다고 선언했을 때 그의 동기는 아이보리 비누처럼 순수했을까요? 월터 윈첼의 동기는 어땠을까요? 그의 터무니없는 입후보는 허황된 자아에 오염되어 있지 않았을까요? 나의 친구 여러분, 오로지 찰스 A. 린드버그 같은 사람만이 대통령에 출마할 때 아이보리 비누처럼 순수한 동기를 가집니다. 찰스 A. 린드버그 같은 사람만이 예의바르고 신중하고 상냥하고, 아, 그리고 또한 정확합니다. 몇 달에 한 번씩 사교성을 발휘해 국민들에게 자신이 좋아하는 열 개의 진부하고 공허한 이야기를 늘어놓을 땐 항상 정확합니다. 찰스 A. 린드버그 같은 사람만이 사심 없는 지도자이며 강하고 말이 없는 성인입니다. 반면에 월터는 가십 칼럼니스트였습니다. 월터는 브로드웨이 출신이었고, 술을 좋아했고, 심야를 즐겼고, 셔먼 빌링슬리*를 좋아했고, 누군가에게 들은 말로는 심지어 여자를 좋아한다고 했습니다. 그

---

* 주류 밀매업자 출신이며 스토크클럽의 창업자.

리고 허버트 후버 씨가 '고상한 실험'이라고 말한 조항의 폐지, 위선적이고, 비싸고, 어리석고, 시행 불가능한 수정헌법 제18조*의 폐지는 이곳 뉴욕에서 우리 모두에게 고상하지 않은 일이 아니었던 것처럼 월터 윈첼에게도 고상하지 않은 일이 아니었습니다. 간단히 말해, 월터는 백악관에서 유유자적하는 고고한 시험 비행사가 매일 과시하는 빛나는 미덕을 하나도 갖지 못한 사람이었습니다.

아, 그뿐이 아닙니다. 불완전한 월터와 완벽한 린디 사이에 주목할 만한 차이가 몇 개 더 있습니다. 우리의 대통령은 파시즘에 동조하고 어쩌면 그 자신이 철저한 파시스트일 수 있지만, 월터 윈첼은 파시스트의 적이었습니다. 우리의 대통령은 유대인을 좋아하지 않고 어쩌면 양의 탈을 쓴 반유대주의자일 가능성이 다분하지만, 월터 윈첼은 유대인이었고 반유대주의를 줄기차게 목소리 높여 반대했습니다. 우리의 대통령은 아돌프 히틀러를 찬양하고 어쩌면 그 자신이 나치당원일 수 있지만, 월터 윈첼은 히틀러에게 가장 먼저, 가장 강하게 반대한 최초의 미국인이었습니다. 이 점에서 우리의 불완전한 월터는 부패하지 않았습니다. 정말 중요한 점에서 말입니다. 월터는 목소리가 너무 크고 말이 너무 빠르고 너무 많았지만, 비교해보면 월터의 저속함은 위대하고 린드버그의 점잖음은 가증스럽습니다. 나의 친구 여러분, 월터 윈첼은 모든 곳에 퍼져 있는 나치의 적이었습니다. 윈첼은 미합중국 국회에서 그들의 총통에게 봉사하는 다이스와 빌보와 파넬 토머스 같은 자들에게 반대했고, 〈뉴욕 저널아메리칸〉과 〈뉴욕 데일리 뉴스〉에 글을 쓰는 히

---

* 금주법.

틀러주의자들에게 반대했으며, 국민의 세금으로 우리 미국의 백악관에서 나치 살인자들을 왕족처럼 환대한 자들에게 반대했습니다. 그리고 어제 월터 윈첼이 우아하고 오래된 도시 루이빌의 가장 유서 깊고 가장 아름다운 광장에서, 게다가 토머스 제퍼슨 동상의 그늘에서 총에 맞아 쓰러진 것은 바로 윈첼이 히틀러의 적이었기 때문이고 바로 윈첼이 나치의 적이었기 때문입니다. 켄터키주에서 자신의 생각을 표현했다는 이유로 월터 윈첼은 미국의 나치들에게 암살당했고, 우리의 강하고 말이 없고 사심 없는 대통령 덕분에 그 나치들은 현재 이 위대한 나라에서 광포하게 날뛰고 있습니다. 그런 일이 이 나라에서는 일어날 수 없을까요? 나의 친구 여러분, 그런 일이 지금 이 나라에서 일어나고 있습니다. 그런데 린드버그는 어디에 있습니까? 린드버그는 어디에?"

거리의 확성기 주위에 모여 귀를 기울이던 사람들은 시장의 외침을 이어받았고, 곧이어 군중의 함성이 도시 전체로 거대한 물결처럼 섬뜩하게 퍼져나갔다. "린드버그는 어디에? 린드버그는 어디에?" 그러는 동안 회당 안에서 시장은 어떤 요점을 극적으로 강조하는 웅변가가 아니라 진실을 요구하는 분노한 시민처럼 설교단을 주먹으로 쾅쾅 치면서 그 네 음절의 성난 구호를 계속 외쳤다. 얼굴이 벌겋게 상기된 라과디아는 이 구호로 거리에 운집한 조객들에게 장례식의 절정을 이룰 프랭클린 D. 루스벨트의 등장을 예고했다. 루스벨트는 가장 가까운 정치적 동지들마저 깜짝 놀랄 정도로(홉킨스, 모겐소, 팔리, 버얼, 바루크는 모두 모자를 쓴 채 순교한 입후보자의 관에서 불과 몇 피트 떨어진 곳에 앉아 있었지만, 죽은 입후보자의 정치적 과대망상은 그들의 상관에게는 유용한 마우스피스가 될 수 있어도 백악관의 핵심 세력인 그들의 취향에는 절대 어울리지 않았다) 꾀 많고, 오만하고, 성미가 급하고, 고집이 세고, 토실토실 살이 쪘는데다 키가 158센티미터밖에 안 되고, 그를 믿고 따르는 뉴욕 유권자들이 애칭으로 '작은 꽃'이라고 부르는 이 정치인을 윈첼의 후계자로 임명했다. 에마누엘회당의 설교단에서 민주당의 명목상 수장인 루스벨트는 공화당원인 뉴욕 시장을 1944년에 있을 린드버그의 두번째 출마에 대항하는 '국민 대통합'의 후보로 밀겠다고 선언했다.

1942년 10월 7일 수요일

오늘 아침 린드버그 대통령은 1927년 5월 20일 대서양 단독 비행을 할 때 출발점으로 삼은 롱아일랜드의 활주로에서 스피릿 오브 세인트루이스호를 이륙시켰다. 비행기는 호위대 없이 화창한 가을 하늘을 가르며 뉴저지주, 펜실베이니아주, 오하이오주를 지나 켄터키주로 날아갔다. 대통령이 백악관에 목적지를 알린 것은 그가 한낮의 햇살 속에서 루이빌의 민항기 전용 공항에 착륙하기 불과 한 시간 전이었다. 루이빌 시장 윌슨 와이어트와 온 도시와 시민이 대통령의 방문을 알고 간신히 준비할 수 있는 시간이었다. 정비사 한 명이 비행기의 상태를 점검하고 안전한 회항을 위해 통신을 조율하고 장비를 갖추기 위해 지상에 대기했다.

경찰 추산으로 삼십이만의 루이빌 시민 중 최소한 삼분의 일이 도시에서 5마일 거리의 공항으로 나와 보먼필드에 인접한 도로와 들판에 모여들었다. 대통령은 안전하게 착륙한 뒤 구름같이 모인 군중에게 연설할 수 있도록 마이크가 준비된 연단으로 비행기를 부드럽게 몰았다. 마침내 귀가 멍멍할 정도로 엄청난 환호 소리가 잦아들고 자신의 목소리가 들리기 시작할 때 대통령은 월터 윈첼이나 이틀 전에 발생한 암살이나 전날 거행된 장례식이나 장례식이 열린 뉴욕의 회당에서 프랭클린 루스벨트가 라과디아 시장을 윈첼의 후계자로 임명한 사실에 대해서도 일언반구조차 하지 않았다. 그럴 필요가 없었다. 휠러 부통령은 전날 저녁 재향군인회 모임이 열리기 전 워싱턴DC에서 즉석 연설을 통해, 앞선 윈첼처럼 라과디아도 FDR가 역사상 전무한 3선 대통령이 되기 위해 독단적으로 임명한 허수아비 입후보자에 불과하고, "미국 대통령에 대한 사악한 라과디아의 비방" 뒤에 숨은 사람들은 1940년 미국을 전쟁으로 끌고 가려 했던 바로 그들이라고 화려한 언변으로 강조했기 때문이다.

대통령이 군중에게 한 말은 다음이 전부였다. "이 나라는 평화롭습니다. 우리 국민은 열심히 일하고 있습니다. 우리 아이들은 열심히 공부하고 있습니다. 나는 여러분에게 그 점을 상기시키기 위해 이곳에 날아왔습니다. 이제 나는 이 모든 평화를 지키기 위해 워싱턴DC로 돌아가고자 합니다." 아주 무덤덤한 몇 개의 문장이었지만 꼬박 이틀 동안 전 국민의 관심을 받던 켄터키주 주민 수만에겐 마치 대통령이 지구상의 모든 고난이 끝났다고 발표한 것처럼 들렸다. 다시 한번 열광적인 갈채와 환호가 쏟아지는 가운데, 대통령은 언제나처럼 간결하게 연설을 끝내고 단 한 번의 손짓으로 작별을 고한 뒤 호리호리한 몸을 조종실에 반듯이 집어넣었다. 활주로에서 정비사가 미소를 지으며 손에 든 렌치를 흔들어 비행기는 이상이 없고 이륙할 준비가 되었다고 신호했다. 엔진이 돌자 외로운

독수리는 손을 흔들어 마지막 작별을 고했고, 스피릿 오브 세인트
루이스호는 천둥소리를 쏟아내며 대니얼 분의 멋진 황야의 주에
서 1인치씩, 1피트씩 떠올랐고(지방 유세를 하던 시절 스카이다이
빙을 하고 날개 위를 걷는 젊은 스턴트 비행사 시절처럼 서부의 농
촌마을들 위로 낮게 날자 흥분한 군중들은 기뻐서 어쩔 줄 몰랐다)
린디는 58번 국도에 늘어선 전신주의 전화선을 스치듯 날아갔다.
그런 뒤 항공 역사상 가장 유명한—콜럼버스의 산타마리아호와
필그림의 메이플라워호에 필적하는—소형 비행기는 온화하고 부
드러운 뒷바람을 타고 천천히 상승하며 동쪽으로 사라졌고, 그후
다시는 나타나지 않았다.

1942년 10월 8일 목요일
지상에서 루이빌과 워싱턴DC의 정규 비행로를 샅샅이 수색했
지만 잔해는 발견되지 않았다. 청명한 가을 날씨 속에 현지 수색대
는 웨스트버지니아주의 울퉁불퉁한 산맥을 구석구석 살피고, 추수
가 끝난 메릴랜드주의 농장 지대를 광범위하게 수색하고, 주 당국
이 파견한 해경선들은 메릴랜드주와 델라웨어주의 해안선을 남김
없이 조사했다. 오후에는 육군, 연안경비대, 해군이 합동으로 수색
작전을 폈고, 미시시피강 동쪽에 있는 모든 주의 모든 카운티에서
주지사들의 요청에 따라 각각 수백 명의 남자들과 소년들이 자원
해 주 방위군을 도왔다. 그러나 워싱턴DC에서 저녁식사를 할 즈
음에도 비행기나 잔해가 발견되었다는 보도는 나오지 않았고, 그
래서 오후 여덟시 부통령의 집에서 비상 내각회의가 열렸다. 버턴
K. 휠러는 영부인과 상하원의 여당 지도자들과 대법원장을 면담

한 후 비상 회의 자리에서, 미국 헌법 2조 1항에 따라 그가 대통령 권한대행을 수행하는 것이 국가를 위해 최선의 방책으로 보인다고 발표했다.

수십 개의 석간신문에서 1929년 주식시장의 붕괴를 다룬 이후 가장 굵고 가장 짙은 활자체로(그리고 피오렐로 라과디아에게 망신을 줄 의도로) 1면에 우울한 헤드라인을 실었다. **린드버그는 어디에?**

1942년 10월 9일 금요일

미국 국민이 잠에서 깨어 하루를 시작할 무렵 미합중국 대륙과 자치령과 속령 전체에 계엄령이 선포되었다. 정오에 휠러 대통령 권한대행은 군대의 호위를 받으며 국회의사당에 도착했고, 비공개로 열린 비상 국회에서 대통령은 미확인 집단에게 납치되어 북미의 어느 장소에 감금되어 있다는 정보를 FBI가 입수했다고 발표했다. 대통령 권한대행은 국회의원들에게 대통령 구출을 위해 그리고 범죄자들을 심판하기 위해 모든 조처를 취하고 있다고 강조했다. 또한 이미 캐나다 및 멕시코와의 국경을 봉쇄하고 모든 공항과 항구를 폐쇄했으며 컬럼비아특별구는 군대가 법과 질서를 유지하고 그 밖의 지역은 주 방위군이 FBI와 지방 경찰의 협조하에 법과 질서를 유지할 것이라고 말했다.

또다시!

이 나라에서 발행되는 허스트 제국의 모든 신문에 한 단어로 된

헤드라인이 대문짝만하게 실리고 그 아래에는 린드버그의 어린 아기 사진들이 실렸다. 1932년 생후 이십 개월에 납치되어 세상을 떠나기 며칠 전 마지막으로 찍은 사진들이었다.

1942년 10월 10일 토요일

독일 국영 라디오방송국은 미합중국 33대 대통령이자 미국과 제3제국의 역사적인 아이슬란드협약의 조인자인 찰스 A. 린드버그의 납치는 '유대인의 이익'을 위한 공모 세력에 의해 자행되었음이 밝혀졌다고 발표했다. 국가안전부의 초기 보도를 확인하기 위해 인용된 독일군 1급 정보에 따르면, 그 음모는 전쟁광 루스벨트가 주도하고 그의 유대인 재무장관인 모겐소, 그의 유대인 대법관인 프랭크퍼터, 유대인 은행가인 바루크가 공모했으며, 국제적인 유대인 고리대금업자인 워버그와 워스차일드가 돈을 대고 있고, 루스벨트의 혼혈 심복으로 유대인 피가 섞인 강도이자 유대인이 득실거리는 뉴욕의 시장인 라과디아, 뉴욕주의 강력한 유대인 주지사이자 금융업자인 리먼이 함께 음모를 실행중이며, 루스벨트를 백악관에 들이고 다시 비유대인 세계를 향해 유대인의 전면전을 개시하는 것이 그들의 목적이라는 것이었다. 워싱턴DC 주재 독일 대사가 FBI에 넘긴 그 정보는 월터 윈첼의 암살도 루스벨트의 유대인 도당이 계획하고 실행한 것이며 범죄의 책임을 독일계 미국인에게 떠넘기고 '린드버그는 어디에?'라는 사악한 운동을 조장해 결국 대통령으로 하여금 유대인의 조직적인 보복을 두려워할 수밖에 없는 켄터키주 루이빌 시민들을 안심시키기 위해 암살 현장으로 날아가게 한 것이라고 주장했다. 그러나 독일군 보고서에 따르면 그곳에서 대통령이 군중에게 연설하는 동안 유대인 공모자에게 뇌물을 받은 항공기 정비사(그는 자취를 감췄으며 라과디아의 명령에 따라 살해된 것이 분명하다)가 비행기의 통신장치를 고장냈다는 것이었다. 워싱턴DC를 향해 이륙하는 순간부터 대통령은 지상이나 다른 항공기와 교신할 수 없었고, 스피릿 오브 세인트루이스호가 높은 고도로 비행하는 영국 전투기들에 포위되자 항복할 수밖에 없었으며, 영국 편대의 강요로 경로를 이탈해 몇 시간 후 국제 유대인 집단이 리먼 지사의 뉴욕주와 접한 캐나다 국경 지역에 은밀히 유지중인 임시 활주로에 착륙할 수밖에 없었다.

독일의 발표에 화가 난 라과디아 시장은 시청에 기자들을 불러 모은 뒤 "나치의 해괴망측한 거짓말을 믿는 미국인이 있다면 사고력이 밑바닥까지 떨어진 사람일 것"이라고 말했다. 그러나 정통한 소식통에 따르면 FBI 요원들이 시장과 주지사를 만나 오랫동안 면담했고, 포드 내무장관은 캐나다 수상인 매킨지 킹에게 캐나다 영토를 철저히 수색해 린드버그 대통령과 납치범들을 찾아보라고 요구했다고 한다. 휠러 대통령 권한대행은 백악관 보좌관들과 함께 독일 문서를 조사하고 있지만 대통령의 비행기에 대한 수색이 완료되기 전에는 그 주장들에 대해 논평하지 않을 예정이라는 보도가 나왔다. 해군 구축함들이 연안 경비대의 쾌속 초계정들과 함께 북쪽으로 뉴저지주 케이프메이와 남쪽으로 노스캐롤라이나주의 케이프해터러스까지 항공기 추락 흔적을 찾고 있었고, 그와 동시에 육군, 해병대, 주 방위군의 지상 병력은 스무 개 주에서 실종된 비행기의 행방을 보여주는 단서를 계속 수색하고 있었다.

전국적인 통행금지를 시행하는 주 방위군 부대들은 대통령의 실종으로 인한 폭력 사건은 전무하다고 보고했다. 계엄령하에서 미국은 평온했지만, KKK단의 수장 그랜드 위저드와 미국나치당의 당수는 공동으로 대통령 권한대행에게 "유대인 쿠데타로부터 미국을 보호하기 위해 극단의 조치를 시행하라"고 요청했다.

그사이 뉴욕의 랍비 스티븐 와이즈가 이끄는 미국유대교성직자위원회는 영부인에게 가족의 힘든 시련에 대해 깊은 동정을 표했다. 랍비 라이오넬 벤겔스도르프가 이른 저녁 백악관에 들어가는 모습이 포착되었는데, 린드버그 여사가 사흘째로 접어드는 철야기도를 위해 가족에게 영적인 지도를 해달라고 요청했다는 소문이 있었다. 랍비 벤겔스도르프를 백악관에 초대한 것은 넓게 보면 영부인이 '유대인의 이익'이 남편의 실종과 무관하다고 인정했음을 가리키는 것으로 해석할 수 있었다.

1942년 10월 11일 일요일

전국의 교회에서 모든 신도가 린드버그 가족을 위해 기도했다. 세 개의 주요 라디오방송국은 정규방송을 취소하고 영부인과 그 자녀들이 참석한 워싱턴국립성당 미사를 중계했고, 그날 오후와 저녁까지도 감성에 호소하는 음악으로 모든 프로그램을 대신했다. 오후 여덟시 휠러 대통령 권한대행은 대국민 연설을 통해 자신은 수색을 포기할 계획이 전혀 없다며 국민을 안심시켰다. 그는 캐나다 수상이 미국 경찰 정예부대를 초대했으며 그들이 캐나다 기마경찰대와 함께 미국-캐나다 국경의 동쪽 절반과 캐나다 동부의 최남단 카운티들을 철저히 수색할 것이라고 발표했다.

영부인의 공식 대변인으로 나선 랍비 라이오넬 벤겔스도르프는 백악관의 주랑현관에서 기다리는 수많은 기자에게 린드버그 여사는 미국 국민에게 남편의 실종 상황과 관련해 외국 정부가 퍼뜨리는 어떤 추측도 귀담아듣지 말라고 촉구했음을 알렸다. 영부인은 국민에게 대통령이 1926년 항공우편 비행사로 세인트루이스와 시카고 사이를 비행할 때 비행기가 부서지는 추락 사고가 두 번 일어났지만 부상당하지 않고 살아남았음을 상기시켰고, 이번에도 행여 추락 사고가 일어났다 해도 대통령은 반드시 살아서 돌아오리라 믿는다고 랍비는 전했다. 영부인은 대통령 권한대행이 그녀에게 제시한 납치의 증거를 여전히 믿지 않았다. 왜 린드버그 여사가 직접 말하지 않고 왜 기자들이 영부인에게 직접 질문할 수 없느냐는 질문에 랍비 벤겔스도르프는 이렇게 대답했다. "영부인께서 살아온 삼십육 년 동안 그녀의 가족이 중대한 위기에 처했을 때 기자들의 질문에 답을 해야 하는 상황이 이번이 처음은 아니라는 걸 기억해주시기 바랍니다. 영부인이 어떤 결정을 내리든 그것은 기약 없는 수색이 계속되는 동안 영부인과 자녀들의 사생활을 보호하려는 최선의 방책임을 미국 국민은 모두 한마음으로 기꺼이 이해하리라 생각합니다." 린드버그 여사가 비탄에 젖은 나머지 스스로 결정을 내리지 못하고 있으며 라이오넬 벤겔스도르프가 영부인의 결정에 영향을 미치고 있다는 소문은 과연 진실이냐는 질문에 랍비는 이렇게 대답했다. "오늘 아침 성당에서 영부인의 모습을 본 사람이라면 영부인이 지적으로 완전하고, 모든 정신적 기능이 온전하며, 이성과 판단력이 조금도 흐트러지지 않았음을 확실히 보았을 것입니다."

랍비는 그렇게 장담했지만 몇몇 통신사는 어느 '고위 정부 관리'(포드 장관이 유력했다)의 입에서 나온 의혹들을 보도했고, 영부인이 "랍비 라스푸틴"의 포로가 되었으며, 이 유대인 대변인이 대통령의 아내를 쥐고 흔드는 힘이 러시아혁명이 임박한 시기에 황제와 황후의 마음을 교활하게 지배하다가 애국적인 러시아 귀족들의 공모로 살해되고 나서야 광란의 지배를 멈춘 시베리아 농부 출신의 미친 수도승에 비견된다는 이야기까지 흘러나왔다.

1942년 10월 12일 월요일
런던의 조간신문들은 린드버그 대통령이 살아 있으며 현재 베를린에 있다는 사실을 명백히 입증하는 독일어 암호 통신이 영국 정보부에서 FBI로 전달되었다고 일제히 보도했다. 영국 정보부는 독일 공군 사령관 헤르만 괴링이 꾸민 장기 계획에 따라 10월 7일 미합중국 대통령이 탄 스피릿 오브 세인트루이스호가 워싱턴DC 동쪽으로 약 300마일 떨어진 대서양의 예정된 좌표에 성공적으로 불시착했음을 알아냈다. 그곳에서 대통령은 기다리던 독일군 U보트와 접선했고, U보트를 타고 포르투갈 연안에 대기하고 있던 독일 해군 함정으로 이동한 뒤 아드리아해에 인접해 있고 이탈리아가 점령중인 몬테네그로의 코토르에 도착했다. 비행기의 잔해는 독일군 화물선이 수거해 배에 실은 뒤 분해하고 나무상자에 넣어 브레멘에 있는 비밀경찰 창고로 운반했다. 대통령은 공군 사령관 괴링과 함께 코토르 활주로에서 위장한 독일 공군기를 타고 독일로 날아갔고, 독일 공군기지에 도착하자마자 총통과 담화를 나누기 위해 차를 타고 히틀러의 베르히테스가덴 은신처로 이동했다.
유고슬라비아의 세르비아 저항군은 독일이 세운 밀란 네디치 장군의 베오그라드 정부 내부에서 나온 정보, 즉 베오그라드 정부의 내무부가 코토르항의 해군 작전을 지휘했다는 정보에 기초해 영국 정보부의 보고가 옳음을 증명했다.

뉴욕의 라과디아 시장은 기자들에게 이렇게 말했다. "만일 우리 대통령이 자진해서 나치 독일로 날아간 게 사실이라면, 만일 그가 취임 선서를 한 이후 백악관에서 나치의 스파이로 일한 게 사실이라면, 만일 우리의 국내 정책과 해외 정책이 현재 유럽대륙 전체를 압제하고 있는 나치 정권으로부터 우리 대통령에게 하달된 것이 사실이라면, 나는 인류 역사상 비할 데 없는 이 사악한 반역 행위를 무슨 말로 설명해야 할지 모르겠습니다."

정부가 계엄령과 전국적인 통행금지를 시행중이었고 중무장한 주 방위군이 미국의 모든 주요 도시의 거리를 순찰하고 있었지만 앨라배마주, 일리노이주, 인디애나주, 아이오와주, 켄터키주, 미주리주, 오하이오주, 사우스캐롤라이나주, 테네시주, 노스캐롤라이나주, 버지니아주에서는 해가 넘어간 직후 반유대주의 폭동이 시작되었고, 폭동은 밤을 지나 이른아침까지 계속되었다. 오전 여덟시가 다 돼서야 대통령 권한대행이 주 방위군을 지원하기 위해 급파한 연방군이 소동을 가라앉히고 폭도들이 일으킨 최악의 화재를 진압할 수 있었다. 그러나 122명의 미국 시민이 목숨을 잃은 후였다.

1942년 10월 13일 화요일

정오에 라디오 연설에서 휠러 대통령 권한대행은 폭동의 책임을 "영국 정부와 전쟁에 미친 미국인 지지자들"에게 돌렸다.

"찰스 A. 린드버그와 같은 고매한 애국자에게 퍼부을 수 있는 가장 야비하고 부당한 비난을 퍼뜨리고서, 그자들은 사랑하는 지도자를 잃고 슬픔에 잠긴 국민에게 무엇을 기대했을까요? 자신의 경제적, 인종적 이익을 도모하기 위해 슬픔에 잠긴 국민의 도덕심을 극한까지 시험하기로 결정하고서, 어떤 일이 일어나기를 기대하고 있을까요? 남부와 중서부 전역에서 우리의 황폐해진 도시들을 복구했다고 보고드릴 순 있지만, 이 나라의 평온을 되찾기 위해 어떤 대가를 치러야 했습니까?"

뒤이어 랍비 라이오넬 벵겔스도르프가 영부인의 성명을 발표했다. 다시 한번 영부인은 국민에게 남편의 실종에 관해 외국의 수도들에서 흘러나오고 있는 모든 근거 없는 억측을 무시하라고 권고했고, 일주일째 진행중인 남편의 비행기에 대한 수색을 즉시 종료하라고 미국 정부에 요청했다. 영부인은 가장 위대한 여성 비행사인 어밀리아 에어하트가 린드버그 대통령의 뒤를 이어 1932년 단독으로 대서양을 횡단했지만 1937년 단독으로 태평양 횡단을 시도하던 중 흔적도 없이 사라졌음을 상기시켰다. "경험이 많은 비행사로서," 랍비 벵겔스도르프가 기자들에게 말했다. "어밀리아 에어하트에게 일어났던 일과 매우 유사한 일이 대통령에게 닥친 것으로 결론지었습니다. 인생에는 위험이 없을 수 없습니다. 물론 비행에도 위험이 없을 수 없습니다. 특히 어밀리아 에어하트와 찰스 A. 린드버그처럼 우리가 지금 살아가는 항공의 시대를 개척한 대담하고 용감한 단독 비행사들에겐 더욱 그렇습니다."

기자들은 영부인을 직접 만나게 해달라고 요청했지만 그녀의 공식 대변인은 다시 한번 정중히 거절했고, 이에 분노한 포드 장관은 랍비 라스푸틴을 체포할 것을 요구했다.

1942년 10월 14일 수요일

이른 오후 라과디아 시장은 기자회견을 요청해 "국민의 이성을 위협하고 있는 순전한 유언비어"의 세 사례를 폭로했다.

첫째, 〈시카고 트리뷴〉의 1면 기사는 베를린의 보도를 인용해 대통령과 영부인의 열두 살 된 아들—1932년 뉴저지주에서 납치되어 살해되었다고 알려진 아들—이 폴란드 크라쿠프의 지하 감옥에서 나치에 의해 구출된 후 베르히테스가덴에서 아버지와 재회했으며, 실종된 후 지금까지 크라쿠프의 유대인 게토에 붙잡혀 있었고 유대인들이 매년 유월절 무교병을 만들 때 이 소년의 피를 뽑아 사용했다고 전했다.

둘째, 공화당 하원의원들은 만일 캐나다의 킹 수상이 사십팔 시간 내에 실종된 미국 대통령의 소재를 밝히지 못하면 캐나다 연방에 전쟁을 선포하자는 법안을 제출했다.

셋째, 남부와 중서부의 법률 집행 기관들은 10월 12일의 "이른바 반유대주의 폭동"은 "이 나라의 사기를 무너뜨리려는 광범위한 유대인 공모"에 가담해 활동중인 "현지 유대인 분자들"이 부추긴 것이라고 보도했다. 폭동에서 사망한 122명 중 97명이 "유대인 선동가"이며 소란을 일으킨 자신들에게 쏟아지는 의혹을 다른 곳으로 돌리고 중앙정부를 지배하기 위해 음모를 꾸미려 한 것으로 확인되었다.

라과디아 시장은 이렇게 말했다. "그렇습니다. 음모가 있습니다. 나는 기꺼이 그 음모의 배후에 숨은 힘을 열거하겠습니다. 히스테리, 무지, 악의, 어리석음, 증오, 두려움이 그것입니다. 현재 이 나라는 참으로 비참한 꼴이 되었습니다! 거짓, 잔인함, 광기가 모든 곳에 가득하고, 우리를 끝장내려는 잔인한 세력이 은밀히 대기하고 있습니다. 현재 〈시카고 트리뷴〉을 펼치면 지금까지 오랫동안 폴란드에서 영리한 유대인 제빵사들이 유월절 무교병을 만들기 위해 납치된 린드버그의 아이 피를 이용해왔다는 기사를 볼 수 있습니다. 오백 년 전 반유대주의 미치광이들이 처음 조작해낸 이 이야기는 그때나 지금이나 완전히 미친 이야기입니다. 이 사악한 헛소리가 이 나라를 오염시키고 있다니 총통이 얼마나 기뻐할 일입니까? 유대인의 이익. 유대인 분자. 유대인 고리대금업자. 유대인의 보복. 유대인의 공모. 세계를 향한 유대인의 전쟁. 미국은 이 주술 같은 헛소리의 노예가 되었습니다! 진실이라고는 한 마디도 찾아볼 수 없는 새빨간 거짓말로 세계에서 가장 위대한 나라의 정신을 빼앗아버렸습니다! 아, 우리는 지구상에서 가장 악한 자에게 기쁨을 안겨주고 있습니다!"

1942년 10월 15일 목요일

동트기 직전 랍비 라이오넬 벤겔스도르프는 "미국을 노린 유대인 공모의 주모자 중 한 명"이라는 혐의로 FBI에 체포되어 수감되었다. 그와 동시에 영부인은 "극도의 신경쇠약"으로 고생하고 있다는 소문 속에 구급차에 실려 백악관에서 월터리드육군병원으로 이동했다. 이른아침 일제 검거로 붙잡힌 그 밖의 사람들은 리먼 주지사, 버나드 바루크, 프랭크퍼터 대법관, 프랭크퍼터의 후배이자 루스벨트의 사무관인 데이비드 릴리엔솔, 뉴딜 정책의 고문인 애돌프 버얼과 샘 로젠먼, 노동계 지도자인 데이비드 더빈스키와 시드니 힐먼, 경제학자 이사도어 루빈, 좌파 저널리스트인 I.F. 스톤과 제임스 웩슬러, 사회주의자 루이스 월드먼이었다. 곧 다른 사람들도 체포될 거란 말이 있었지만, FBI는 대통령 납치 공모를 꾸민 혐의자들 중 누구를 몇 명이나 기소할지 밝히지 않았다.

육군 전차 부대와 보병 부대가 주 방위군을 지원하기 위해 뉴욕으로 들어와 거리에서 산발적으로 일어나는 반정부 폭력 사태를 진압했다. 시카고, 필라델피아, 보스턴에서 발생한 FBI에 대한 저항 시위—계엄령에 반대하는 시위—시도에서는, 경찰의 보고에 따르면, 수백 명이 체포되었고 부상자는 소수에 불과했다.

국회에서 유력 공화당원들은 음모자들의 계획을 좌절시킨 FBI를 칭찬했다. 뉴욕에서 라과디아 시장은 엘리너 루스벨트와 미국자유인권협회의 로저 볼드윈과 합동으로 기자회견을 열었다. 그들은 리먼 주지사와 그의 공동 모의자로 추정되는 사람들을 즉시 석방하라고 요구했다. 그후 라과디아도 시장 공관에서 체포되었다.

뉴욕의 한 시민 위원회가 주도한 비상시국 집회에서 연설하기 위해 루스벨트 전 대통령이 고향인 하이드파크에서 뉴욕으로 건너왔지만, "신변 보호를 위해" 즉시 경찰에 의해 구금되었다. 육군은 뉴욕의 모든 신문사와 라디오방송국을 폐쇄했고, 추가 공지가 있을 때까지 뉴욕에서 야간 통행금지를 이십사 시간 내내 시행한다고 발표했다.

버펄로 시장은 모든 시민에게 방독면을 배포할 뜻이 있다고 발표했고, 인근의 로체스터 시장은 "캐나다가 기습 공격을 해올 경우 주민을 보호하기 위해" 지하 대피 프로그램을 시작했다. 캐나다방송사는 미국의 메인주와 캐나다의 뉴브런즈윅주 경계에서 소규모 교전이 일어났다고 보도했으며, 교전이 일어난 위치는 펀디만의 캠포벨로섬에 있는 루스벨트의 여름 별장에서 멀지 않았다. 런던에서 처칠 수상은 독일군의 멕시코 침공이 임박했다고 경고했는데, 미국이 영국으로부터 캐나다에 대한 지배권을 빼앗으려 하는 동안에도 그의 경고에서는 미국의 남쪽 경계를 지켜주려는 의도가 엿보였다. 처칠은 이렇게 말했다. "미국의 위대한 민주주의가 직면한 문제는 더이상 우리를 구하기 위해 군사적 행동을 취하는 것이 아닙니다. 지금 미국 국민은 그들 자신을 구하기 위해 내부에서 항전해야 합니다. 미국과 영국에는 별개의 역사적 드라마가 존재하지 않았고, 지금도 존재하지 않습니다. 단 하나의 시련이 있을 뿐이며, 과거에 공동으로 직면했던 것처럼 지금도 우리는 하나의 시련에 직면해 있습니다."

1942년 10월 16일 금요일

오전 아홉시부터 미국 수도 어딘가 깊이 숨겨진 라디오 송신기로부터 영부인의 목소리가 퍼져나갔다. 영부인은 린드버그에게 충성하는 비밀경호국 요원들의 도움으로 월터리드를 탈출했다. 정부 관계자들의 말로는 영부인이 육군병원 정신과에서 치료를 받고 있다고 했지만 사실은 구속복을 입은 채 거의 이십사 시간 동안 인질로 잡혀 있었다. 영부인은 부드럽고 호소력 넘치는 목소리로 말했고, 귀에 거슬리거나 당연히 나올 법한 경멸의 말은 한 마디도 꺼내지 않았으며, 한순간도 자제심을 잃지 않고 차분하고 고른 목소리를 유지해 슬픔과 실망을 견뎌낼 줄 아는 대단히 존경스러운 사람임을 느끼게 했다. 영부인은 완전히 평온했고 엄청난 일을 수행하는 중에도 전혀 두려워하지 않았다.

"사랑하는 국민 여러분, 저는 미국의 법률 집행 기관이 자행하는 불법 행위를 더이상 용납할 수 없고 용납하지 않을 것입니다. 남편의 이름으로 저는 모든 주 방위군에게 무기를 내려놓고 해산할 것을 요청하며 우리의 방위군 병사들에게 민간인의 삶으로 돌아갈 것을 요청하는 바입니다. 나는 미국의 모든 무장 병력에게 우리의 도시들에서 철수해 책임 있는 상관의 지휘 아래 자대로 돌아갈 것을 요구합니다. 나는 FBI에게 나의 남편을 해하려는 공모 혐의로 체포된 사람들을 전원 석방하고 즉시 그들의 모든 시민권을 복원할 것을 요청합니다. 나는 전국의 법률 집행 기관에게 지방과 주 교도소에 구금된 사람들도 똑같이 처리할 것을 요청합니다. 그 모든 억류자 중 단 한 사람도 1942년 10월 7일 수요일이나 그후 내 남편과 비행기에 일어난 일에 책임이 있다는 증거는 단 하나도 없습니다. 나는 뉴욕시 경찰에게, 현재 정부가 불법으로 점거하고 격리중인 신문사, 잡지사, 라디오방송국에서 철수할 것을 요청하며, 이 기관들이 수정헌법 제1조에 보장된 바에 따라 정상적인 활동을 재개할 수 있게 하기를 요청합니다. 나는 미국 국회에 현재의 미국 대통령 권한대행을 직위에서 물러나게 하고 1886년 대통령직 계승법에 따라 새로운 대통령을 임명할 것을 요청합니다. 이 법은 부통령직이 공석일 때 서열에 따라 국무장관을 대통령직에 임명하도록 명시하고 있습니다. 또한 국회는 대통령 보궐선거를 실시할 것인지를 결정해야 한다고 명시하고 있으므로, 나는 국회에게 그 의무를 수행해 11월 첫번째 월요일 이후 첫번째 화요일로 예정된 국회의원 선거와 동일한 날에 대통령 선거를 시행할 것을 요청합니다."

영부인은 대통령 권한대행의 이름을 적시하면서 휠러가 그녀를 불법으로 유괴하고 감금했다고 비난했으며, 이 아침 방송을 삼십 분마다 되풀이한 후 정오 무렵 대통령 권한대행을 무시하고 자녀들과 함께 백악관으로 돌아갈 것이라고 발표했다. 영부인은 미국 민주주의의 역사에서 가장 존경받는 글*을 의도적으로 인용하면서 다음과 같이 결론지었다. "나는 선동적인 행정부의 불법적인 대표자들이 어떤 위협을 가해도 그에 굴복하지 않을 것입니다. 나는 미국 국민들에게 나와 함께 부당한 정부의 행위를 용인하거나 지지하기를 거부하자고 요청합니다. 현정부의 역사는 만행과 침해를 되풀이한 역사이며, 그 목적은 이 땅에 직접 절대적인 독재 권력을 세우려는 데 있습니다. 현정부는 정의의 목소리를 듣지 않았으며, 우리에게 부당한 사법권을 적용했습니다. 그러므로 1776년 7월 버지니아주의 제퍼슨, 펜실베이니아주의 프랭클린, 매사추세츠만의 애덤스가 선언한 그 양도할 수 없는 권리를 위해, 이 주 연합의 훌륭한 사람들의 권위로, 그리고 우리의 공정한 의도를 세계의 최고 심판에 호소하면서, 뉴저지주 태생이자 컬럼비아특별구의 주민이고 미합중국 33대 대통령의 배우자인 나, 앤 모로 린드버그는 부당한 위법의 역사를 끝내야 한다고 선언합니다. 적들의 음모는 실패했고 자유와 정의는 회복되었으며 미합중국의 헌법을 위반한 자들은 이제 이 나라의 법에 따라 사법부의 엄격한 심판을 받아야 할 것입니다."

해럴드 이키즈가 린드버그 여사에게 마지못해 붙인 이름을 빌리

---

* 미국 독립선언문.

자면 "백악관의 여주인"은 이른 오후 대통령의 거처로 돌아갔고, 그곳에서 순교당한 아기의 비통한 어머니이자 사라져버린 신적 존재의 결연한 미망인으로서의 신비한 능력을 모두 동원해 위헌적인 휠러 행정부를 신속히 해체하도록 국회와 법원을 조종했다. 휠러의 재임은 불과 팔 일이었지만 그의 범죄 행위는 이십 년 전 워런 하딩의 공화당 정부가 저지른 것을 훨씬 뛰어넘었다.

린드버그 여사가 주도한 민주적 절차의 질서정연한 회복은 십팔 일이 지난 1942년 11월 3일 화요일, 민주당이 상하원 의석을 휩쓸고 프랭클린 델러노 루스벨트가 압도적인 승리를 거두어 세번째 대통령 임기를 맞이하게 된 것으로 절정에 달했다.

다음달 일본군이 진주만을 기습적으로 공격해 폐허로 만들고 나흘 후 독일과 이탈리아가 미합중국에 전쟁을 선포함에 따라 미국은 삼 년 전 독일군이 폴란드를 침공하고 그후 세력을 넓혀 세계 인구의 3분의 2를 예속시킨 세계 전쟁에 발을 들였다. 국회에 남은 소수의 공화당 의원들은 대통령 권한대행과의 공모 때문에 망신을 당하고 대패한 선거에 사기가 꺾인 탓에, 민주당 대통령을 지지하고 추축국 세력과 끝까지 싸우기로 한 대통령의 결정에 동참하기로 맹세했다. 상원과 하원은 양쪽 모두에서 단 하나의 반대표도 없이 미국의 참전을 승인했고, 루스벨트 대통령은 취임 연설을 한 다음날 2568번 선언문, '버턴 휠러에 대한 사면'을 발포했다. 그 일부는 아래와 같다.

버턴 K. 휠러는 대통령 권한대행직에서 해임되기 전 행한 몇몇 행위의 결과로 미합중국의 법을 위반했으므로 기소와 재판을 면할 수 없게 되었다. 미합중국의 전 권한대행에 대한 형사소추는 국가의 시련이고 전시에 그런 분열과 혼란의 모습을 보이는 것은 바람직하지 않다고 판단하며, 미합중국 대통령인 나, 프랭클린 델러노 루스벨트는 헌법 2조 2항에 의거해 본인에게 부여된 사면권에 준해 그리고 본 서류에 의해, 버턴 휠러가 1942년 10월 8일부터 1942년 10월 16일까지 범했거나 가담했다고 추정되는 모든 반국가적 범죄에 대해 조건 없는 완전 사면을 부여하는 바이다.

모두가 알고 있듯이 린드버그 대통령은 연기처럼 사라졌지만 전쟁중에 그리고 전후 십 년까지도 여러 이야기가 돌아다녔다. 그 광포한 시대에 종적을 감춘 유명인은 린드버그뿐이 아니었다. 예를 들어 히틀러의 개인 비서인 마르틴 보르만은 연합군을 피해 후안 페론의 아르헨티나로 탈출했다는 소문이 있었고—그러나 나치의 패망과 함께 베를린에서 죽었을 가능성이 더 높다—이만 명의 헝가리 유대인에게 스웨덴 비자를 발급해 나치의 학살로부터 목숨을 구해준 스웨덴 외교관 라울 발렌베리도 종적이 묘연했지만 1945년 러시아군의 부다페스트 점령 당시 소련으로 끌려가 투옥된 것이 분명했다. 린드버그 공모론을 연구하는 학자의 수는 점점 줄어들었지만 미국 33대 대통령의 불가사의한 운명을 전문적으로 다루는 회보가 간헐적으로 발행되었고 다양한 단서와 목격담에 관한 보고가 지속적으로 올라왔다.

가장 정교한 이야기, 가장 거짓말 같은 이야기—가장 신빙성이 떨어지는 이야기는 아니지만—는 랍비 벤겔스도르프가 체포된 후 이블린 이모를 통해 우리 가족에게 처음으로 누출되었다. 이야기의 출처는 다름 아닌 앤 모로 린드버그였는데, 백악관에서 강제로 끌려나와 월터리드의 정신병동에 감금되기 며칠 전 랍비에게 자세한 내막을 털어놓았다.

랍비 벤젤스도르프의 이야기에 따르면 린드버그 여사는 1932년 그녀의 갓난 아들 찰스가 유괴된 사건을 끝까지 추적한 끝에 히틀러가 권력을 잡기 직전 나치당이 비밀리에 유괴를 계획하고 자금을 지원했다는 사실을 밝혀냈다는 것이다. 랍비가 전한 영부인의 이야기는 이러했다. 브루노 하웁트만은 아기를 가까운 브롱크스에 사는 친구에게 맡겼는데, 독일인 이민자인 그 친구는 실은 독일의 비밀 정보원이었고, 그래서 뉴저지주 호프웰의 침대에서 유괴된 찰스 주니어는 하웁트만의 팔에 안겨 임시 사다리로 내려온 지 한 시간 후 이미 미국을 벗어나 독일로 향하고 있었다. 이 주 후 발견되어 린드버그의 아기로 밝혀진 시체는 나치가 린드버그와 닮은 다른 아기를 골라 살해한 뒤 이미 부패중일 때 린드버그의 집 근처 숲에 묻은 것이었다. 그렇게 해서 하웁트만은 꼼짝없이 유죄판결을 받고 처형되었으며, 유괴에 관한 진실은 온 세상에 비밀로 묻히게 되었다. 단 린드버그 부부는 예외였다. 외국 신문사 특파원으로 뉴욕에 배속된 나치 스파이를 통해 부부는 사건 초기에 찰스가 무사히 건강하게 독일 땅에 도착했다는 소식과 함께, 나치당원 중 특별히 선발한 의사, 간호사, 교사, 군 인사 팀이 아기를 정성껏 보살피고 세계 최고 비행사의 장남이라는 지위에 걸맞게 최고의 대우를 해주겠다는 약속을 들었다. 단 린드버그 부부가 베를린에 충실히 협조해야 한다는 조건이 붙었다.

이 협박 때문에 그후 십 년 동안 린드버그 부부와 납치된 아이의 운명, 그리고 미합중국의 운명은 점차 아돌프 히틀러의 손에 좌우되었다. 나치는 뉴욕과 워싱턴DC에서 활동하는 비밀 요원들의 뛰어난 능력을 이용해, 그리고 유명한 부부가 히틀러의 명령에 따라 조국을 버리고 유럽으로 '피신'한 뒤 린드버그가 나치 독일을 수시로 방문하면서 히틀러의 훌륭한 군사력을 격찬한 후로는 런던과 파리의 비밀 요원들까지 동원해, 린드버그의 명성을 제3제국에는 유리하게 그리고 미국에는 불리하게 이용하기 시작했다. 나치는 부부에게 어디에서 거주할지, 누구와 친하게 지낼지, 그리고 무엇보다 공식적인 발언과 출판물에서 어떤 견해를 지지할지를 지시했다. 1938년 린드버그가 자신을 위해 열린 베를린의 만찬에서 헤르만 괴링으로부터 정중하게 훈장을 받자 그에 대한 보상으로, 그리고 앤 모로 린드버그가 비밀 경로로 수많은 애원의 편지를 총통 앞으로 보낸 덕에 린드버그 부부는 마침내 자신들의 아이를 만날 수 있었다. 그 무렵 아이는 여덟 살이 다 되어가는 금발의 잘생긴 소년으로 성장해 있었고, 독일에 도착한 날부터 히틀러 소년단의 본보기로 자라 있었다. 독일어를 쓰는 이 사관생도는 자신의 엘리트 군사학교에서 열병식을 참관한 뒤 자신과 급우들에게 소개된 이 유명한 미국인 부부가 친어머니와 친아버지라는 사실을 알지도 듣지도 못했고, 린드버그 부부도 아이에게 말을 걸거나 함께 사진을 찍을 수 없었다. 그 방문이 이루어진 때는 앤 모로 린드버그가 나치의 납치설이 잔인하기 이를 데 없는 조작이라 판단하고 부부가 아돌프 히틀러의 속박에서 벗어날 때가 충분히 지났다고 결론지은 순간이었다. 그러나 1932년 찰스가 사라진 후 처음으로 살아 있는 모습을 본 부부는 조국을 위협하는 가장 사악한 적국에 꼼짝없이 속박된 신세가 되어 독일을 떠났다.

부부에게 국외 생활을 청산하고 미국으로 돌아가라는 지시가 떨어졌고, 미국에 돌아온 린드버그 대령은 미국우선위원회의 활동에 뛰어들어야 했다. 영어로 적힌 연설문이 주어졌고 그에 따라 영국, 루스벨트, 유대인을 비난하고 유럽 전쟁에서 미국의 중립을 지지해야 했다. 언제 어디에서 연설을 하라는 구체적인 지시는 물론이고 심지어 대중 앞에 설 때 어떤 스타일의 옷을 입으라는 지시도 있었다. 린드버그는 비행사 복장으로 공화당 전당대회에 도착해 나치의 선전장관 요제프 괴벨스가 작성한 연설문으로 대통령 후보 지명을 수락한 그날 밤까지 베를린에서 하달하는 모든 정치 전략을 최고의 비행술을 발휘할 때처럼 정교하고 완벽하게 수행했다. 나치는 이후에도 모든 선거운동을 조종했고, 린드버그가 FDR를 이긴 후에는 히틀러가 직접 지휘권을 쥐고서, 그의 공식 후계자이자 독일 경제의 수장인 괴링, 그리고 독일의 국내 정책을 좌지우지하고 찰스 린드버그 주니어의 보호 감독을 담당하는 경찰기관인 게슈타포의 우두머리 하인리히 힘러와 매주 회의를 하면서 독일의 전시 계획과 자신의 원대한 제국주의 계획에 가장 유리한 방향으로 대미 외교정책을 주도했다.

곧 힘러는 린드버그 대통령에게 압박을 가해 미국의 국내 문제에 직접 간섭하기 시작했다. 이 게슈타포의 우두머리는 메모를 할 때마다 미국 대통령을 "우리의 미국 지방장관"이라고 유머러스하게 비하하면서 사백오십만에 달하는 미국 유대인 억압 정책을 만들었고, 린드버그 여사의 말에 따르면 대통령은 처음에는 그저 수

동적이었지만 그래도 나름의 저항을 시도했다고 했다. 우선 대통령은 기본적으로 유대인들에게 피해를 입히지 않는 동시에 '소박한 사람들'과 '홈스테드 42' 같은 이름뿐인 프로그램으로 힘러의 지시—"가까운 미래에 유대인의 모든 부를 몰수하고 유대인 주민, 그들의 모든 부속물과 재산을 완전히 소멸할 체계적인 주변화 정책을 시작하라"—를 따르는 것처럼 보이도록 명목상의 기관인 미국동화청을 설립하게 했다.

하인리히 힘러는 그런 속이 들여다보이는 연기에 넘어가거나 자신의 실망감을 감출 위인이 아니었다. 겉으로 보기엔 의례적인 국빈 방문이었지만 힘러는 반유대인 정책을 더 강하게 몰아붙이기 위해 폰 리벤트로프를 보냈고, 린드버그는 히틀러의 강제수용소를 총괄하는 이 최고 지휘관에게, 미국 헌법에 명시된 인권보호 조항들이 미국에 오래전부터 뿌리내린 민주주의 전통과 굳게 결합한 탓에, 대중 사이에 반유대주의의 역사가 천 년 동안 깊이 스며들어 있고 나치의 지배가 완성된 유럽대륙과는 달리 미국에서는 빠르고 신속하게 유대인 문제에 최종 해결책*을 시행하기가 불가능하다는 대담한 변명을 내놓았다. 폰 리벤트로프를 위한 국빈 만찬에서 대통령은 존경하는 손님에게 한쪽으로 불려가 독일 대사관에서 방금 전 해독한 독일발 전보를 건네받았다. 전보에는 힘러의 대답이 한 글자도 빠짐없이 적혀 있었다. "다시 그런 허튼소리를 늘어놓기 전에 아이를 생각하시오. 찰스는 이미 열두 살짜리 용감한 소년이자 뛰어난 독일 사관생도가 되었고, 자신의 유명한 친아버지보다는

---

* 홀로코스트를 말한다.

우리의 총통 각하께서 기생충 같은 민족의 권리를 보호하는 나라의 헌법적 권리와 민주주의 전통을 어떻게 평가하는지를 더 잘 알고 있다는 사실을 명심하시오."

힘러가 "새가슴을 지닌 외로운 독수리"(그는 개인 메모에 린드버그를 이렇게 묘사했다)를 채찍질한 것을 계기로 린드버그는 제3제국의 앞잡이 노릇을 거부하기 시작했다. 린드버그가 반나치와 참전을 주장하는 루스벨트와 민주당을 이긴 결과, 독일군은 소련군의 지속적이고 예상치 못한 저항을 진압할 시간을 벌었고 그와 동시에 미합중국의 막강한 산업과 군사력에 직면할 위험을 피할 수 있게 되었다. 그러나 이보다 훨씬 더 중요한 측면이 있었다. 독일의 산업과 과학은 이미 핵분열을 이용한 가공할 만한 파괴력의 폭탄과 더불어 이 무기를 대서양 건너편으로 실어나를 수 있는 로켓엔진을 비밀리에 개발하고 있었지만, 린드버그의 재임 덕분에 히틀러의 복안대로 미국과 최후의 결전을 벌이고 그럼으로써 다음 밀레니엄에 서양 문명과 인류의 진보를 결정할 계획을 완수하기까지 이 년의 추가 시간을 번 것이었다. 만일 힘러가 첩보를 통해 린드버그에게서 한심하게도 "디너파티나 여는 반유대주의자"의 모습이 아니라 독일의 통수권자들이 기대하는 확실한 성향을 보았다면, 린드버그는 임기를 다하고 차기 대통령으로 사 년 더 재임한 후 은퇴하면서 비록 나이는 많지만 히틀러가 린드버그의 후임으로 점찍어둔 헨리 포드에게 정권을 물려주게 될지 몰랐다. 만일 힘러가 미국에서 유대인 문제에 대해 최종 해결책을 시행하고도 탄핵을 당하지 않을 대통령이 나오리라고 믿을 수 있었다면, 당연히 차후에는 독일의 자원과 인력을 직접 동원해 북아메리카에서 그 임무를 수행하는 편을 택했을 테고, 린드버그의 비행기는 1942년 10월 7일 베를린의 필요에 따라 허공에서 증발할 필요가 없었을 터였다. 그리고 다음날 휠러 대통령 권한대행이 대통령직을 승계하고 며칠 동안, 폰 리벤트로프가 린드버그에게 제안했지만 힘러가 확신하기에 철없는 아내의 도덕적인 반대 때문에 미국의 영웅이 시행하지 못한 것으로 보이는 바로 그 정책을 휠러가 자발적으로 시행해 그때까지 그를 그저 어릿광대로 여기던 자들에게 놀라움과 기쁨을 안겨주는 일도 없었을 터였다.

린드버그가 사라진 지 한 시간도 안 되어 린드버그 여사는 독일 대사관으로부터 이제 아이의 안전은 오직 그녀의 손에 달려 있으며 행여 그녀가 백악관을 비우고 대중의 눈앞에서 사라지기라도 한다면 찰스 주니어는 즉시 군사학교에서 나와 11월 스탈린그라드 공세를 준비중인 러시아 전선으로 파견될 것이고 독일 민족의 더 큰 영광을 위해 전장에서 영웅적으로 산화할 때까지 제3제국의 가장 어린 전투 보병으로 복무할 것이라고 통보받았다.

이상이 랍비 벤겔스도르프가 워싱턴DC의 호텔에서 FBI 요원들에게 수갑을 찬 채 끌려간 지 몇 시간 후 이블린 이모가 우리집에 나타나 어머니에게 들려준 이야기의 골자였다. 더 자세한 이야기는 전쟁이 끝난 직후 랍비 벤겔스도르프가 내부자의 일기 형식으로 발표한 오백오십 페이지에 달하는 해명서 『린드버그 밑에서 보낸 나의 삶』에 적혀 있지만, 린드버그 가족의 대변인은 공식 성명을 통해 랍비의 책은 "완전히 사실무근이고, 복수심과 탐욕에서 비롯되었으며, 병적으로 자기중심적인 망상에 젖어 있고, 순전히 경제적 이익에 눈이 멀어 조작해낸 괘씸하기 이를 데 없는 중상모략이며, 린드버그 여사가 더이상 대응할 가치조차 없는 허황된 이야기"라고 비난했다. 우리 어머니가 그 이야기를 처음 들었을 때 어머니에겐 랍비 벤겔스도르프가 체포되는 것을 직접 본 여동생이 일시적으로 이성을 잃고 충격에 빠진 것이 결정적인 증거로 보였다.

이블린 이모가 예고 없이 방문한 다음날인 1942년 10월 16일은 린드버그 여사가 백악관으로 돌아가기 전 워싱턴DC의 은밀한 장소에서 방송으로 오로지 "미합중국 33대 대통령의 배우자"의 권위에 기초해 대통령 권한대행의 행정부가 범하고 있는 "부당한 위법의 역사를 끝내야 한다"고 선언한 날이었다. 영부인의 용감한 행위로 인해 그녀의 납치된 아이가 어떤 피해를 입었는지, 찰스 주니어가 여전히 독일제국의 피보호자이자 소중한 인질로 특권층 대우를 받으며 잘살고 있는지는 말할 것도 없고 힘러가 약속한 끔찍한 운명에 부딪혀 유년기를 넘기고 목숨이라도 부지했을지, 린드버그가 미국우선주의자로 나서 정치적 명성을 얻고 대통령으로 재임한 이십이 개월 동안 미국의 정책을 구상하고 연기처럼 허공으로 사라져버린 과정에 힘러, 괴링, 히틀러가 어떤 중요한 역할을 했는지는 오십 년 넘게 지난 지금까지 열기와 관심은 많이 줄어들었을지언정 여전히 논쟁거리로 남아 있다. 그러나 1946년 『린드버그 밑에서 보낸 나의 삶』은 (루스벨트를 증오하는 우파 언론인들의 대장 격인 웨스트브룩 페글러가 "당치도 않은 허언증 환자의 괴상한 일기"라고 종종 규정했음에도) 미국의 여러 베스트셀러 목록에서 약 삼십여 주 동안 최상위에 머물며 지금과는 비교할 수 없이 뜨겁고 광범위한 논쟁을 불러일으켰다. 그 책과 더불어 목록의 최상위

를 차지한 두 전기의 주인공 FDR는 그 전해인 1945년 나치 독일
이 연합군에 무조건 항복을 선언해 유럽에서 2차대전이 끝나기 불
과 몇 주 앞두고 재임중 사망했다.

9
1942년 10월
가시지 않는 두려움

어머니, 샌디 형, 내가 이미 잠자리에 들었을 때 셸던에게서 전화가 걸려왔다. 10월 12일 월요일 우리는 저녁을 먹던 중 라디오에서 중서부와 남부에서 일어난 폭동에 관한 뉴스를 들었다. 린드버그 대통령이 고의로 비행기를 300마일 해상에 불시착시켰고 나치 독일의 해군과 공군에게 구조된 뒤 히틀러와 은밀히 만났다는 영국 정보부의 발표가 나온 뒤 일어난 폭동이었다. 이튿날이 돼서야 조간신문들은 이 급보로 인해 촉발된 폭동들을 자세히 전할 수 있었지만, 우리집 주방 식탁에서 뉴스를 들은 지 몇 분 만에 어머니는 폭도들이 누구를 왜 겨냥하는지 정확히 알아맞혔다. 캐나다와의 국경은 이미 사흘 전에 폐쇄되었기 때문에, 나조차도 더이상 미국에 살기 힘들다고 느꼈을 뿐 아니라 몇 달 전 우리를 데리고 미국을 떠나자는 어머니의 말을 거부한 아버지의 결정이 일생일대의 치명적인 실수였음을 확신하고 있었다. 아버지는 밤마다 시장으로 일하러 갔고, 어머니는 매일 거리에 나가 식료품을 샀으며 어느 날 오후에는 갑자기 정의감에 사로잡혀 11월 선거 투표 참관인에 지원하기 위해 학교에서 열린 모임에 참석했고, 샌디 형과 나는 매일 아침 친구들과 함께 학교에 갔지만, 대통령 권한대행이 행정부를 구성하고 두번째 주에 접어들 무렵 온 세상은 두려움으로 가득했다. 비록 린드버그 여사는 국민들에게 대통령의 행방에 대해 외국에서 어떤 보도가 나오든 신경쓰지 말라고 당부했고, 랍비 벤겔스도르프처럼 뉴스에 나오는 대단한 인물이 이제 결혼을 통해 우리 가족의 일원이 되었고 우리집에서 저녁을 먹기도 했지만, 랍비는 우리를 돕기 위해 아무것도 할 수 없었고 설령 도울 수 있다고 해도 그와 우리 아버지 사이에 오간 경멸과 모욕 때문에 도움을 기대하기 힘들었다. 온 세상에 두려움이 가득했고, 두려움의 빛이 가득했으며, 특히 우리 보호자들의 눈에는 문을 잠그고 나서 열쇠를 갖고 나오지 않았다는 사실을 깨달은 후에 떠오르는 그 망연한 빛이 짙게 배어 있었다. 우리는 지금까지 어른들이 모두 똑같은 생각을 하며 무기력하게 지내는 것을 한 번도 본 적이 없었다. 정신력이 강한 어른들은 침착함과 용기를 잃지 않기 위해 최선을 다했고 우리에게 걱정은 곧 사라지고 정상적인 삶이 돌아올 거라고 말할 때 현실적인 목소리를 유지하려고 애썼지만, 그들도 뉴스를 틀었을 때에는, 두렵기만 한 이 모든 일이 예상보다 훨씬 빠르게 진행되고 있다는 사실에 망연자실했다.

그러던 중 12일 밤 우리 가족이 각자 잠자리에 들었지만 잠을 이루지 못하고 있을 때 전화벨이 울렸다. 셸던이 켄터키주에서 수신자 부담으로 전화를 걸었다. 밤 열시까지 어머니가 집에 돌아오

지 않자, 우리집 전화번호를 기억하고 있던(그리고 다른 누구에게
전화를 걸어야 할지 몰랐던) 셀던은 수화기를 들고 교환원이 연결
되자 속도의 힘을 빌려 필요한 말을 까먹지 않고 말하기 위해 단숨
에 교환원에게 말했다. "수신자 부담이요. 뉴저지주 뉴어크 서밋
애비뉴 81번지. 웨이벌리 3-4827. 제 이름은 셀던 위시노우고요,
로스 씨나 로스 부인과 지명 통화를 하고 싶어요. 아니면 필립이나
샌디 형하고요. 교환원님. 우리 엄마가 집에 안 와요. 저는 열 살이
에요. 저녁을 못 먹었는데 엄마가 안 와요. 교환원님, 제발, 웨이벌
리 3-4827! 아무나 연결해주세요!"

그날 아침 위시노우 부인은 회사의 요구에 따라 지역 감독관에
게 보고하러 루이빌에 있는 메트로폴리탄 지사로 차를 몰고 갔다.
루이빌은 댄빌에서 100마일 이상 떨어져 있었고, 도로는 아주 엉
망인 탓에 갔다 되돌아오려면 꼬박 하루가 걸렸다. 왜 지역 감독
관은 위시노우 부인에게 할말이 있으면 편지를 쓰거나 전화를 걸
지 않았는지, 또는 왜 회사가 감독관에게 직접 설명을 요구하지 않
았는지 알 수 없는 노릇이었다. 아버지는 회사가 그날 위시노우 부
인을 해고시키려 했을 거라고 추측했다. 부인에게 그동안의 수금
내역이 기입된 원장을 반납하게 하고 그런 뒤 고작 육 주의 시간
을 주고 빈손으로 돌려보내 고향에서 700마일 떨어진 곳에서 부인
을 실업자로 만들려 했다는 것이다. 보일 카운티라는 농촌 지역에
서 부인은 처음 몇 주 동안 이렇다 할 실적을 올리지 못했고, 그것
은 영업을 열심히 하지 않아서가 아니라 애당초 영업을 할 만한 지
역이 아니었기 때문이다. 실제로 '홈스테드 42'의 후원을 받아 메
트로폴리탄이 시행한 모든 이주가 뉴어크 지사에서 전국으로 발령

받은 외판원들에게 참변으로 끝나고 있었다. 가족을 데리고 들어간 머나먼 주의 한적한 귀퉁이에서 그들은 단 한 사람도 메트로폴리탄의 노스저지 지부에서 벌던 수수료의 4분의 1도 벌지 못했다. 아버지는 직장을 그만두고 몬티 삼촌 밑에서 일을 시작했으니 단지 그 점에서는 훌륭한 선견지명을 보인 셈이었다. 하지만 캐나다 국경이 폐쇄되고 계엄령이 선포되기 전 우리를 데리고 국경을 넘지 못한 점에서는 그리 뛰어나지 않았다.

"엄마가 살아 있으면⋯⋯" 어머니가 요금 청구를 수락하고 전화를 받자 셸던이 말했다. "엄마가 살아 있으면⋯⋯" 처음에는 우느라 그 말밖에 하지 못했고, 그 네 마디도 간신히 알아들을 수 있었다.

"셸던, 그만 울어라. 너 혼자 괜히 걱정하는 거야. 너 혼자 괜히 무서워하는 거야. 물론 네 어머니는 살아 계셔. 단지 늦게 오시는 것뿐이야. 다른 날도 그러실 때가 있지 않니?"

"하지만 엄마가 살아 있으면 전화를 했을 거예요!"

"셸던, 엄마가 집에 오다 길이 막혔으면 어쩌겠니? 차가 고장나서 길가에 차를 세워놓고 고치고 있으면 어쩌겠어? 전에도 그런 일이 있었잖아? 여기 뉴어크에서도 그랬잖아? 비 오는 날 밤 엄마 차에 펑크가 나서 네가 우리집에 올라와 기다린 적이 있었지? 아마 타이어가 펑크나서 그럴 거야. 그러니 셸던, 진정하렴. 이제 그만 울어야 해. 어머니는 괜찮을 거야. 자꾸 그런 생각을 하면 더 무서워지는 법이야. 걱정하지 마라. 그런 일은 없을 테니, 이제 안심하고 마음을 진정시키렴."

"하지만 엄마는 죽었어요, 로스 아줌마! 우리 아버지처럼요! 이젠 엄마 아빠 둘 다 죽었어요!" 사실은 셸던의 말이 옳았다. 셸던은 루이빌에서 폭동이 일어난 것을 전혀 몰랐고 미국의 다른 곳에서 일어나고 있는 일도 거의 알지 못했다. 위시노우 부인의 삶에는 자식과 일 외에 다른 것이 끼어들 겨를이 없었다. 댄빌의 집에는 읽을 신문이 하나도 없었고 모자가 마주앉아 저녁을 먹을 때에는 뉴어크의 우리 가족처럼 뉴스를 듣지도 않았다. 분명 부인은 댄빌의 삶에 너무 지쳐 뉴스를 들을 여유가 없었고 그 무렵에는 자신의 불행을 생각하느라 그 어떤 불행도 귀에 들어오지 않았을 것이다.

하지만 셸던은 완전히 옳았다. 이튿날까지 아무도 몰랐지만 위시노우 부인은 죽었고, 부인의 유해가 들어 있는 불타버린 차는 루이빌 바로 남쪽에 펼쳐진 평탄한 시골 지역 감자밭 옆을 흐르는 도랑 속에 박혀 연기를 모락모락 피우는 상태로 발견되었다. 부인은 폭행과 강도를 당했고, 차는 그날 저녁 폭력이 일어난 지 몇 분 안에 화염에 휩싸인 것으로 보였다. 루이빌에서 일어난 그날의 폭력은 유대인이 소유한 가게들이 모여 있는 시내의 거리나 소수의 유대인 시민이 거주하는 동네에 국한되지 않았다. KKK단원들은 일단 햇불에 불을 붙이고 십자가를 태우면 벌레들이 빠져나가려 한다는 것을 알았고, 그래서 오하이오주로 가는 북쪽의 주도로뿐 아니라 남쪽으로 내려가는 좁은 시골길에서도 준비를 하고 있었다. 바로 그곳에서 그들은 처음에는 고 월터 윈첼이 그리고 지금은 처칠 수상과 조지 6세가 이끌고 유대인이 뒤에서 조종하는 영국 선전부가 린드버그의 명예를 더럽혔다는 이유로 부인의 생명을 앗아갔다.

어머니가 말했다. "셸던, 뭘 좀 먹어야지. 그러면 좀 안정이 될 거다. 냉장고로 가서 먹을 걸 찾아보렴."

"피그뉴턴을 먹었어요. 이제 하나도 안 남았어요."

"셸던, 내 말은 식사를 해야 한다는 거야. 곧 어머니가 오실 거야. 하지만 어머니가 저녁을 차려줄 때까지 기다릴 순 없잖니? 네가 차려 먹어야지. 과자는 안 돼. 전화기를 내려놓고 냉장고를 열어서 살펴본 다음에 네가 먹을 만한 게 뭐가 있는지 말해보렴."

"하지만 냉장고가 멀리 있어요."

"셸던, 시키는 대로 하렴."

어머니는 복도로 나와 양옆에 바짝 붙어 있는 샌디 형과 내게 말했다. "부인이 아직 안 와서 셸던이 저녁을 못 먹었다는구나. 아이 혼자 있는데 아직 어머니한테서 전화가 안 왔대. 불쌍한 아이가 넋이 나간 채 굶어죽어가고 있구나."

"로스 아줌마?"

"그래, 셸던."

"하얀 치즈가 있어요. 하지만 오래됐어요. 안 좋아 보여요."

"다른 건 뭐가 있니?"

"비트가 있어요. 그릇에요. 먹다 남은 거예요. 차가워요."

"그리고 다른 건?"

"다시 찾아볼게요. 잠깐만요."

이번에 셸던이 전화기를 내려놓을 때 어머니는 샌디 형에게 이렇게 물었다. "댄빌에서 마휘니 씨 집까지 얼마나 머니?"

"트럭으로 한 이십 분 거리예요."

"내 옷장에," 어머니가 형에게 말했다. "맨 위 서랍을 열면 동전 지갑이 있어. 거기에 전화번호가 있다. 작은 갈색 동전 지갑 속 종이에 적혀 있어. 그걸 좀 가져오겠니?"

"로스 아줌마?" 셸던이 말했다.

"그래, 여기 있다."

"버터가 있어요."

"그게 다야? 우유나 주스는 없니?"

"하지만 그건 아침이에요. 저녁이 아니에요."

"셸던, 그럼 라이스크리스피 있니? 콘플레이크 있어?"

"그럼요." 셸던이 말했다.

"그럼 네가 제일 좋아하는 시리얼을 골라보렴."

"라이스크리스피요."

"라이스크리스피를 꺼내고, 우유와 주스를 꺼내렴. 이제부터 네가 직접 아침을 만드는 거야."

"지금이요?"

"그래, 내가 시키는 대로 하렴. 자, 이제 아침을 만드는 거야."

"거기 필립 있어요?"

"그래, 여기 있단다. 하지만 필립하고 얘기할 수는 없어. 넌 먼저 음식을 먹어야 하니까. 앞으로 삼십 분 후에 네가 음식을 다 먹으면 아줌마가 다시 전화를 할게. 셸던, 지금 열시 십분이야."

"뉴어크는 열시 십분이에요?"

"뉴어크하고 댄빌하고 똑같아. 시간이 똑같단다. 열한시 십오 분 전에 다시 전화할게." 어머니가 말했다.

"그럼 그때 필립하고 얘기할 수 있어요?"

"그래, 하지만 먼저 주방 식탁에 앉아 필요한 걸 다 갖추고 식사를 하렴. 숟가락과 포크와 냅킨과 나이프를 꼭 사용하면 좋겠구나.

천천히 먹고, 그릇에 담아 먹으렴. 빵도 있니?"

"곰팡내가 나요. 두 쪽밖에 없어요."

"토스터기는 있니?"

"그럼요. 차에 싣고 가져왔어요. 그날 아침 우리 모두 차에 짐을 실을 때요. 기억나세요?"

"잘 들어라, 셸던. 집중해서 들어. 시리얼과 함께 토스트를 먹어라. 그리고 버터를 사용해. 버터를 발라. 그리고 큰 잔에 우유를 따라. 아침을 맛있게 먹으렴. 그리고 어머니가 오시면, 우리에게 즉시 전화하라고 전해야 한다. 수신자 부담으로 전화해도 된다고 말씀드려. 요금은 걱정하지 말라고. 우린 네 어머니가 집에 오신 걸 꼭 확인하고 싶구나. 하지만 어쨌든 삼십 분 후에 내가 다시 전화하마. 그러니 아무데도 가선 안 된다. 알겠지?"

"지금 밖이 어두운데, 제가 어딜 가겠어요?"

"셸던, 아침을 먹으렴."

"네, 알았어요."

"잘 있어라," 어머니가 말했다. "우선은, 잘 있어. 열한시 십오 분전에 다시 전화할게. 기다리고 있으렴."

다음으로 어머니는 마휘니 씨 집에 전화를 걸었다. 샌디 형은 전화번호가 적힌 종이를 어머니에게 건네주었고, 어머니는 교환원에게 전화를 연결해달라고 요청했다. 반대편에서 누군가 전화를 받자 어머니가 말했다. "마휘니 씨 댁이세요? 저는 로스 부인입니다. 샌디 로스의 어머니예요. 마휘니 부인, 여긴 뉴저지주 뉴어크랍니다. 잠을 깨워 죄송합니다만, 댄빌에 어린아이가 혼자 있는데 좀 도와주셨으면 합니다. 네? 네, 물론이죠, 네."

어머니가 우리에게 말했다. "남편을 부르러 갔어."

"아, 이런." 샌디 형이 신음했다.

"샌퍼드, 지금은 그럴 때가 아냐. 나도 이러고 싶지 않아. 나도 이 사람들이 생면부지라는 거 알고 있어. 농부들은 일찍 자고 일찍 일어나는 것도 알고, 그들이 아주 힘들게 일한다는 것도 알고 있어. 하지만 지금 다른 방도가 없잖니? 그 작은 아이가 계속 그렇게 혼자 있으면 미치고 말 거야. 지금 엄마가 어디에 있는지도 모르잖니. 누군가 돌봐줘야 해. 셸던은 그 나이에 너무 많은 충격을 받았어. 아버지를 잃었고, 이젠 어머니가 실종됐어. 그 상황을 이해 못하겠니?"

"알았어요." 형이 성을 내며 말했다. "충분히 이해해요."

"그래. 그렇다면 누군가 셸던한테 가야 하는 것도 이해하겠지? 누군가……" 그때 마휘니 씨가 전화를 받았고, 어머니가 마휘니 씨에게 전화를 건 이유를 설명하자 그는 즉시 어머니의 부탁을 들어주기로 약속했다. 전화를 끊고 나서 어머니가 말했다. "그래도 이 나라에 좋은 사람들이 남아 있구나. 적어도 어디엔가 훌륭한 사람들이 남아 있어."

"내가 그랬잖아요." 샌디 형이 나지막이 중얼거렸다.

내게 그날 밤보다 어머니가 더 훌륭하게 보인 적은 없었다. 단지 어머니가 아무것도 따지지 않고 켄터키주에서 온 전화를 받고 또 그곳으로 전화를 걸어서가 아니었다. 그보다 더 큰, 훨씬 더 큰 이유가 있었다. 우선 지난주 앨빈 형이 아버지를 공격했다. 아버지는 폭발적으로 대응했다. 우리집 거실은 난파된 배처럼 부서졌다. 아버지는 이와 갈빗대가 부러졌고 얼굴을 꿰매고 목에 받침대를 했다. 챈슬러 애비뉴에서는 총격전이 벌어졌다. 우리는 포그롬이 일어났다고 확신했다. 밤새 사이렌이 울렸다. 우리는 쿠쿠차 씨의 복도에 숨었고 아버지는 장전된 총을 무릎 위에 올려놓았고 쿠쿠차 씨는 장전된 권총을 손에 들고 있었다. 이 모든 일이 바로 지난주에 일어났다. 그뿐만 아니라 지난달, 지난해, 그 전해에도 그 모든 폭행, 모욕, 놀라운 일이 일어나 유대인을 깔아뭉개고 을러댔지만 그래도 우리 어머니의 정신력을 결딴내지는 못했다. 어머니가 700마일 이상 떨어진 곳에서 셸던을 진정시킨 후 직접 음식을 만들고 침착하게 앉아 식사를 하라고 지시하는 것을 듣기 전까지, 어머니가 한 번도 본 적이 없는 교회에 다니는 이교도인 마휘니 씨의 집에 전화를 걸어 셸던이 미치기 전에 도와달라고 청하는 것을 듣기 까지, 어머니가 마휘니 씨에게 만일 위시노우 부인에게 심각한 일이 생겼다 해도 마휘니 씨 가족은 셸던을 계속 돌봐야 할지 걱정할 필요가 없고, 우리 아버지가 차를 몰고 켄터키주로 가서 셸던을 뉴어크로 데려올 예정이라고 말하는 것을(그리고 휠러와 포드의 무리가 미국의 폭도들에게 얼마나 심한 짓까지 허용할 작정인지 아무도 모르는 상황에서 마휘니 씨에게 그렇게 약속하는 것을) 듣기 전까지 나는 그 오랜 세월 동안 어머니가 어떻게 살아왔는지를 조금도 이해하지 못했다. 셸던이 켄터키주에서 미친듯이 전화를 걸 때까지 나는 단 한 번도 린드버그 정부가 우리 어머니와 아버지에게 어떤 희생을 강요하는지를 따져보지 않았다. 그 순간까지 나는 그 엄청난 대가를 헤아려보지 못했다.

어머니는 열한시 십오 분 전 셸던에게 전화를 걸어 마휘니 씨와 세운 계획을 설명했다. 어머니는 셸던에게 칫솔, 잠옷, 속옷, 깨끗한 양말 두 켤레를 종이가방에 담고, 두꺼운 스웨터와 따뜻한 코트를 입고 플란넬 모자를 쓴 다음 마휘니 씨가 트럭을 타고 데리러 올 때까지 집안에서 기다리라고 일렀다. 그리고 마휘니 씨는 매우 친절하고 관대한 사람이고 매우 인정 많은 부인과 네 자녀가 있으며 샌디 형이 작년 여름 마휘니 농장에서 지냈기 때문에 잘 아는 사이라고 덧붙였다.

"그럼 우리 엄마는 죽은 거잖아요!" 셀던이 비명을 질렀다.

"아냐, 아냐, 절대 그렇지 않아. 엄마는 내일 아침 차를 몰고 마휘니 씨 집으로 가서 널 태우고 학교에 데려다줄 거야. 마휘니 씨 부부가 다 알아서 해줄 테니 넌 아무것도 걱정할 필요가 없어. 하지만 지금은 해야 할 일이 있단다. 셀던, 제일 좋은 글씨체로 어머니한테 메모를 써서 주방 식탁에 남겨두어라. 어머니한테 네가 오늘밤 마휘니 씨 집에 있을 거라고 적고 마휘니 씨의 전화번호도 적어야 한다. 그리고 어머니한테 집에 오자마자 뉴어크의 로스 부인에게 수신자 부담으로 전화를 걸라고 적어. 그리고 거실에 앉아 기다렸다가 마휘니 씨가 밖에서 경적을 울리면 집안의 불을 전부 _끄고_……"

어머니는 셀던이 출발하기 전에 해야 할 모든 일을 차근차근 설명했고, 내가 차마 계산할 수 없는 금전적 부담도 아랑곳하지 않은 채 셀던이 시키는 대로 하고 다시 전화기로 돌아와 다 했다고 보고할 때까지 전화를 끊지 않았다. 그리고 마침내 셀던이 "왔어요, 로스 아줌마! 밖에서 빵빵거려요!"라고 외치자 어머니는 "그래, 이제 됐다, 하지만 서두르지 마라, 셀던, 서두르지 마. 종이가방을 들고, 불을 끄고, 나갈 때 잊지 말고 문을 잠가야 한다. 그리고 내일 아침 날이 밝는 대로 엄마를 보게 될 거야. 자, 잘 있어라, 얘야. 급하게 뛰어가지 마, 그리고…… 셸던? 셸던, 전화를 끊어야지!" 하지만 이건 시키는 대로 하지 않았다. 셸던은 어머니가 없는 무섭고 외로운 집에서 한시라도 빨리 벗어나고 싶은 마음에 전화기를 대롱대롱 매달리게 놔두고 밖으로 뛰쳐나갔지만, 그래도 문제될 건 없었다. 그 집은 불에 타 흔적도 없이 사라진다 해도 상관없었다. 셸던이 그후 그 집에 한 발자국도 들여놓지 않게 되었으니까.

10월 18일 일요일 셸던은 서밋 애비뉴로 돌아왔다. 아버지가 샌디 형과 함께 차를 몰고 켄터키로 가서 셸던을 데려왔다. 위시노우 부인의 유해가 담긴 관은 아버지가 돌아온 후 기차로 도착했다. 나는 부인이 차 안에서 알아볼 수 없을 정도로 불에 탔다는 사실을 알고 있었지만, 관 속에서도 여전히 양 주먹을 꽉 쥐고 있는 부인의 모습이 계속 떠올랐다. 그리고 그 모습과 함께 내가 아래층 욕실에 갇혔을 때 위시노우 부인이 밖에서 내게 문을 여는 법을 일러주던 기억이 교대로 떠올랐다. 얼마나 인내심이 강한 분이었던가! 얼마나 우리 어머니와 똑같은가! 그런데 이제 부인은 관 속에 들어가 있었고, 나는 부인을 그 안에 집어넣은 장본인이었다.

어머니가 전투 지휘관처럼 셸던에게 저녁을 준비하고, 집을 떠날 준비를 하고, 마휘니 씨의 집으로 안전하게 피신하라고 지시한 그날 밤 나는 온통 그 생각에 사로잡혀 있었다. 나 때문이었다. 그날 밤 나는 온통 그 생각뿐이었고 지금도 온통 그 생각뿐이다. 셸던이 그렇게 되고 부인이 그렇게 된 건 나 때문이었다. 랍비 벤겔스도르프도 한몫했고, 이블린 이모도 한몫했지만, 그걸 시작한 건 나였다. 이 엄청난 재난은 나 때문에 벌어졌다.

10월 15일 목요일, 휠러의 불법적인 반란이 극에 달한 날 아침

여섯시 십오 분 전 전화벨이 울렸다. 어머니는 아버지와 샌디 형이 켄터키에서 일어난 나쁜 소식을 전하기 위해 걸었거나, 아니면 누군가 둘에 관한 더 나쁜 소식을 전하기 위해 전화를 걸었다고 생각했지만, 이번에 나쁜 소식을 전한 사람은 이블린 이모였다. 몇 분 전 FBI 요원들이 랍비 벤겔스도르프가 사는 호텔 방문을 두드렸다. 이블린 이모는 바로 전날 뉴어크에서 워싱턴DC로 갔기 때문에 마침 그날 밤 그 호텔에 있었고, 그렇지 않았다면 그가 사라진 상황을 알지 못했을 것이다. 요원들은 안에서 누군가 문을 열어주기를 기다리지 않았고, 호텔 지배인을 시켜 마스터키로 문을 열게 했으며, 랍비 벤겔스도르프에게 체포 영장을 보여주고 그가 옷을 입을 동안 조용히 기다린 후 수갑을 채워 방에서 데리고 나갔고 이블린 이모에게는 한마디 설명도 하지 않았다. 이모는 그들이 랍비를 공무 표시가 없는 차에 태우고 사라지는 것을 본 직후 어머니에게 전화를 걸어 도움을 청했다. 하지만 이번에는 어머니가 다른 사람을 보살피기 위해, 더구나 이미 몇 달 동안 사이가 틀어진 여동생을 돕기 위해 나를 혼자 남겨두고 다섯 시간 동안 기차를 타고 갈 수 있는 형편이 아니었다. 사흘 전 122명의 유대인이 살해되었고, 그 안에 위시노우 부인도 포함되어 있다는 걸 방금 알게 되었으며, 아버지와 샌디 형이 셀던을 구하기 위해 위험한 여행을 떠났고, 서밋 애비뉴의 집에 남아 있는 우리에게도 무슨 일이 닥칠지 아무도 알 수 없었다. 시 경찰과의 총격전으로 세 명의 이 지역 폭력배가 죽은 것이 지금까지 뉴어크에서 일어난 최악의 사건이었지만, 챈슬러 애비뉴의 모퉁이에서 그 사건이 일어나자 거리 주위에 사는 모든 사람은 마치 이전에 그들의 가족을 보호해주던 벽이 허물어져내린 듯한 느낌에 사로잡혔다. 허물어진 것은 (분명 공포나 배척에 대한 병적인 두려움으로부터 어느 누구도 보호해주지 못하는) 게토의 벽, 그들을 외부로부터 차단하거나 밀폐하기 위해 쌓은 벽이 아니라, 그 가족들을 게토의 혼란으로부터 지켜주는 법으로 보장된 보호벽이었다.

그날 오후 다섯시 이블린 이모가 랍비 벤겔스도르프가 체포되는 것을 보고 전화를 걸었을 때보다 더 미친 상태로 우리집에 나타났다. 워싱턴DC에는 이모의 남편이 어디로 끌려갔는지, 심지어 살아 있는지를 알려주려고 하거나 알려줄 수 있는 사람이 한 명도 없었고, 라과디아 시장, 리먼 주지사, 프랭크퍼터 대법관처럼 난공불락으로 보이던 인사들이 체포된 소식을 듣자 그녀는 공황에 빠져 기차를 타고 워싱턴DC를 떠났다. 이모는 엘리자베스 애비뉴에 있는 랍비의 저택으로 혼자 돌아가기가 두려웠고, 또한 먼저 전화를 걸면 어머니에게서 곧 볼일이 있어 밖으로 나가야 한다는 핑계를 들을지 몰라 두려웠기 때문에, 무조건 집으로 들여보내달라고 애원할 작정으로 펜역에서 택시를 잡아타고 곧바로 서밋 애비뉴로 달려왔다. 불과 두 시간 전 라디오에서 충격적인 속보가 흘러나왔다. 루스벨트 대통령이 그날 저녁 매디슨스퀘어가든에서 열릴 항의 집회에 참석하기 위해 뉴욕에 들어온 순간 뉴욕 경찰이 그를 '구금'했다는 뉴스였다. 이 뉴스 때문에 어머니는 내가 1938년 유치원에 다니기 시작한 후 처음으로 수업이 끝나는 시간에 나를 데리러 차를 몰고 왔다. 그때까지 어머니는 우리 동네의 다른 사람들처럼 랍비 프린츠의 지시에 따라 안전 문제는 랍비의 위원회에 맡기고 평소처럼 사회생활을 지속했지만, 그날 오후에는 상황이 급기야 랍비의 지혜를 초과했다고 판단했고, 수백 명의 다른 어머니들과 똑같은 결론에 도달해 마지막 수업종이 울리고 아이들이 학교 밖으로 몰려나오는 시간에 맞춰 학교 앞에 나타나 자식을 안전하게 데려오기 위해 두리번거렸다.

"언니, 그들이 날 쫓고 있어! 숨어야 해. 언니가 날 좀 숨겨줘!"
우리 가족의 삶이 불과 일주일 만에 완전히 뒤집힌 것도 모자라 이제 나의 활기차고 오만한 이모, 우리가 두 눈으로 본 어느 누구보다 더 중요한 인물의 아내(이젠 어쩌면 미망인)가 우리 앞에 나타났다. 작은 몸집의 이블린 이모가 화장도 안 하고 산발을 한 귀신처럼, 코앞에 닥친 재앙에다 본래의 연극적인 과장을 더해 금방이라도 쓰러질 것 같은 추한 모습으로 나타났다. 그리고 어머니는 문을 가로막고 서서 내가 상상조차 할 수 없는 분노한 표정으로 이모를 바라보았다. 나는 어머니가 그렇게 격노한 모습을 본 적이 없었고 어머니의 입에서 악담이 나오는 것을 한 번도 들은 적이 없었다. 어머니가 그럴 수 있는 사람이라고는 생각조차 해본 적이 없었다.
"폰 리벤트로프한테 가서 숨지 그러니?" 어머니가 말했다. "네 친구인 헤르 폰 리벤트로프한테 가서 숨겨달라고 부탁하는 게 어때? 멍청한 계집애! 내 가족은 어떻게 되겠어? 우리는 두렵지 않을 것 같아? 우리는 위험하지 않다고 생각해? 이기적인 계집애! 우리도 무서워 죽을 지경이야!"
"날 체포할 거야! 날 고문할 거야. 언니, 왜냐하면 난 진실을 알고 있거든!"
"당장 꺼져! 여긴 어림도 없어!" 어머니가 말했다. "넌 집도, 돈도, 하인들도 있잖아. 그게 널 보호해주겠지. 우린 그런 게 전혀 없어. 우리에겐 아무것도 없어. 가, 이블린! 꺼져! 이 집에서 당장 나가!"

그러자 놀랍게도 이모는 나를 향해 구원을 간청했다. "오, 필립, 사랑하는 나의 조카……"

"어딜 감히!" 어머니는 호통을 치며 문을 세게 닫았고 그 바람에 나를 향해 가련하게 뻗은 이블린 이모의 손이 문에 낄 뻔했다.

곧이어 어머니는 두 팔로 나를 꼭 끌어안았다. 나의 이마로 어머니의 심장이 쿵쿵거리는 게 느껴졌다.

"이모는 어떻게 집에 가?" 내가 물었다.

"버스를 타고 가겠지. 우리가 상관할 바 아니다. 다른 사람들처럼 버스를 탈 거야."

"그런데 이모가 진실이라고 말한 게 뭐야, 엄마?"

"아무것도 아냐. 이모의 말은 잊어버려. 네 이모는 더이상 우리와 상관없어."

어머니는 주방으로 돌아와 두 손에 얼굴을 파묻더니 어깨를 들썩이며 흐느끼기 시작했다. 책임감 있는 부모의 견실함은 온데간데없이 사라지고, 그와 함께 자신의 나약함을 감추고 삶을 유지하기 위해 혹독하게 지켜온 강인함도 사라졌다.

"어떻게 셀마 위시노우가 죽을 수 있지?" 어머니가 말했다. "어떻게 루스벨트 대통령을 체포할 수 있지? 어떻게 이런 일이 일어날 수 있을까?"

"린드버그가 사라졌기 때문이에요?" 내가 물었다.

"린드버그가 나타났기 때문이지." 어머니가 대답했다. "애초에 그런 작자, 비행기를 모는 한심한 이교도 멍청이가 나타났기 때문이야! 아, 셸던을 데려오라고 보내지 말았어야 했는데! 네 형은 어디 있을까? 네 아빠는 어디 있을까?" 어머니는 또한 얼마 전까지만 해도 의미로 가득하던 그 질서정연한 삶은 어디에 있고, 우리 네 가족의 멋지고 훌륭한 미래는 어디에 있느냐고 묻고 있는 듯했다. "네 형과 아빠가 지금 어디에 있는지도 모르겠구나." 어머니는 이렇게 말했지만 그 목소리는 마치 어머니 자신이 실종된 것처럼 들렸다. "그런 곳에 보내다니…… 내가 무슨 생각을 한 걸까? 온 나라가 이 지경인데…… 이럴 때 네 아빠와 형을 보내다니……"

여기서 어머니는 의도적으로 말을 끊었지만 어머니의 생각은 아주 분명한 쪽으로 흘러가고 있었다. 지금 이교도들이 거리에서 유대인들을 죽이고 있다.

나는 어머니의 눈에서 눈물이 마를 때까지 지켜볼 도리밖에 없었고, 그사이 어머니에 대한 나의 생각에 놀라운 변화가 찾아왔다. 어머니도 나와 똑같은 인간이구나. 나는 그 사실을 깨닫고 충격에 빠졌고, 아직은 너무 어린 탓에 우리 둘 사이에 그 무엇보다 강한 애착이 존재한다는 사실을 이해하지 못했다.

"어떻게 이블린을 쫓아낼 수 있었을까?" 어머니가 말했다. "아, 필립, 아, 네 할머니는 뭐라고 하실까?"

마치 이렇게 해괴한 경우에 다른 사람의 눈에는 옳은 판단과 틀린 판단이 분명히 보이는 것처럼, 그런 곤경에 처했을 때 다른 누구도 어리석음의 손에 이끌리지 않는 것처럼 어머니의 비통함은 후회로, 자신을 향한 무자비한 채찍질로 표출되었다. 어머니는 단지 직감에 따라 행동했으며 그 직감은 의심할 이유가 전혀 없고 논리적으로 설명할 수도 없었지만, 그녀는 자신이 올바르지 않은 판단을 내렸다며 자책했다. 하지만 정말 가혹하게도 어머니는 설령 본능을 거부하고 행동했다고 해도 어떤 이유를 찾아내 자신의 행동을 개탄했을 정도로 무조건 자신이 파국적인 실수를 저질렀다고 굳게 믿고 있었다. 어머니가 고통스러운 혼란에 빠져 자책하는 것을 지켜보는(그리고 그 자신도 두려움에 떨고 있는) 아이에게 다가온 것은, 사람이란 옳은 일을 하면서 동시에 잘못된 일을 할 수 있고, 가끔은 그것이 너무 잘못된 일이라 혼란이 지배하고 모든 것이 위태로울 때에는 아무것도 하지 않은 채 기다리는 것이 더 나을 수 있으며(아무것도 안 하는 것이 곧 뭔가를 하는 경우일 때를 제외하고…… 그런 상황에서 아무것도 안 하는 것은 아주 큰일을 하는 것이므로) 심지어 감당할 수 없는 삶의 흐름에 매일 체계적으로 저항하는 어머니에게도 그렇게까지 불길한 혼란을 감당할 체계적인 방법은 없구나 하는 깨달음이었다.

유대인 지도자들은 그날 일어난 야만적인 사태를 고려해(심지어 1798년 재류 외국인 및 선동법*의 통과, 즉 제퍼슨이 연방주의에 홀린 "마녀들의 지배"라 칭한 그 사건도 포학한 차별이나 반역적인 면에서 그날의 사건에 근접할 수 없었다) 그날 저녁 뉴어크의 거의 모든 유대인 학생이 다니는 네 학교에서 비상 회의를 열기로 했다. 각 회의는 유대인비상시민위원회 위원들이 한 명씩 맡아 주

---

* 불온한 외국인을 추방하고 대통령과 정부에 반대하는 문서나 개인을 단속할 권한을 대통령에게 부여하는 법.

재하기로 했다. 선전 트럭이 오후 늦게까지 돌면서 다들 회의가 열린다는 말을 이웃들에게 전하라고 광고했다. 집에 아이들을 남겨두고 싶지 않은 사람들은 아이들을 데려와도 좋다고 했으며, 머피 시장은 랍비 프린츠에게 경찰력을 총동원해 동쪽으로 프렐링하이젠 애비뉴, 북쪽으로 스프링필드 애비뉴까지 뉴어크 남구 전 지역을 보호하겠다고 약속했다. 그리고 시 경찰청에 소속된 기마경찰 전원, 즉 열두 필씩 두 개 소대로 나뉘고 네 관할구에서 관리하는 모든 순찰마를 동원해 어빙턴에 인접한 위퀘이크 지구의 서쪽 거리들(어빙턴에서 전날 밤 폭도들이 주요 쇼핑가에 있는 유대인의 주류점을 부수고 약탈한 후 전소시켰다), 유니언 카운티와 힐사이드의 마을들(내가 알기로는 우리가 쓰는 이파나 가루치약을 생산하는 유명한 브리스톨마이어스의 제법 큰 공장이 22번 국도를 따라 늘어서 있는 곳인데 전날 유대교 회당의 창문이 박살났다)과 엘리자베스(20세기 초 우리 어머니의 부모님이 이민와 정착한 곳이고 아홉 살 먹은 소년에게 정말 흥미롭게도 리빙스턴 스트리트에 있는 뉴저지 프레첼 공장에서는 주에서 말을 못하는 벙어리들을 고용해 프레첼을 꼬는 일을 시킨다고 하는데, 위퀘이크파크골프장에서 불과 몇 블록 떨어져 있는 브네이예슈룬의 묘지에서 몇 개의 무덤이 훼손되었다)에 인접한 남쪽 거리들을 집중적으로 순찰하게 했다.

여섯시 삼십분이 되기 직전 어머니는 재빨리 거리를 지나 비상회의가 열릴 챈슬러애비뉴학교로 갔다. 나는 집에 남았고 아버지가 도로에서 전화를 걸면 어머니를 대신해 전화를 받고 요금을 내겠다고 말하기로 했다. 쿠쿠차 가족은 어머니가 집에 돌아올 때까지 나를 보살피겠다고 약속했고, 실제로 어머니가 계단을 내려가는 동안 쿠쿠차 부인이 보낸 조이가 나와 함께 있으려고 한 걸음에 세 칸씩 계단을 올라왔다. 하지만 아버지가 장거리전화를 걸어 둘 다 무사하고 셀던과 함께 곧 집에 도착할 거라는 연락은 오지 않아 아랫집의 호의는 결국 호의로 끝났다. 계엄령 아래서 군대가 벨전화사의 시설을 군사용으로 징발한 탓에 민간인에게 개방된 장거리전화가 마비되었고, 아버지로부터 마지막 소식을 들은 지 사십팔 시간이 지났다.

뉴어크와 힐사이드의 경계선은 우리집에서 남쪽으로 고작 200야드 밖에 있었기에 그날 밤 창문을 모두 닫아놓았지만, 기마경찰이 키어 애비뉴 언덕길을 오르내리며 줄지어 행진할 때 길모퉁이에서 달그락달그락 소리가 들리면 왠지 안심이 되었다. 그리고 내 방 창문을 열고 어두워지는 골목으로 몸을 기울여 귀를 기울이면 희미하게나마 말들이 서밋 애비뉴가 끝나고 힐사이드의 리버티 애비뉴가 시작하는 곳에서 어슬렁거리는 소리가 들렸다. 리버티 애비뉴는 힐사이드를 관통해 22번 국도로 이어졌고, 22번 국도는 서쪽에 있는 유니언으로 들어간 뒤 남쪽으로 휘어져 기독교도들이 사는 광대한 미지의 땅으로 들어가서는 앵글로색슨의 발음이 확실히 느껴지는 케닐워스, 미들섹스, 스카치플레인스 같은 도시들을 지났다.

그곳은 루이빌의 교외가 아니었지만 내가 가본 데보다 훨씬 서쪽이었고 펜실베이니아주의 먼 동쪽 경계까지는 뉴저지주의 또다른 세 개의 카운티를 횡단해야 했지만, 10월 15일 밤 나는 미국의 광포한 반유대주의가 22번 파이프라인을 타고 동쪽으로 밀려와 그 끝에서 리버티 애비뉴로 콸콸 쏟아지고, 뉴어크 경찰의 순찰마들이 반짝이는 적갈색 허리로 견고하게 막아주지 않는다면 리버티 애비뉴에서 우리의 서밋 애비뉴의 골목으로 밀려와 홍수처럼 우리집 뒤쪽 계단 위로 차오를 것만 같은 끔찍한 장면을 상상하며 경계심을 늦추지 않았다. 프린츠라는 귀족적인 이름을 지닌 뉴어크 제일의 랍비 덕분에 그 순찰마들의 힘과 속도와 아름다움이 우리 동네의 어귀에서 현실로 가시화되고 있었다.

예상했던 대로 조이는 밖에서 나는 소리를 거의 듣지 못했고, 그래서 말의 몸뚱이와 제복을 입은 경찰을 어렴풋하게나마 보고 싶어 이 방 저 방을 뛰어다니고 우리집의 양쪽 끝을 오가며 창밖을 내다보았다. 순찰마들은 고아원에서 내 머리를 찼던 쟁기 끄는 말보다 다리가 훨씬 길고, 근육질의 몸통이 훨씬 날씬하고, 머리가 더 길고, 훨씬 멋있게 생긴 혈통의 말들이었으며, 경찰들은 저마다 맨 위에서 아래까지 반짝이는 황동 단추가 두 줄로 달린 몸에 꼭 맞는 더블재킷을 입은 채 케이스에 꽂힌 권총을 한쪽 엉덩이에 차고 있었다.

몇 년 전 일요일 아침 아버지는 샌디 형과 나를 데리고 위퀘이크공원 경기장으로 가서 편자 던지기 놀이를 했다. 그때 기마경찰한 명이 여자의 핸드백을 낚아챈 소매치기를 쫓아 공원을 가로질렀는데, 그 짧은 순간 아서왕의 궁정이 뉴어크에 펼쳐진 것 같았다. 며칠이 지나도록 전율은 가라앉지 않았고 그 의협적인 모습을 생각하면 나도 모르게 가슴이 두근거렸다. 기마경찰대는 경찰 중에서도 가장 몸이 유연하고 운동 능력이 뛰어난 사람을 채용해 훈련시켰고, 나 같은 어린아이는 느린 걸음으로 위풍당당하게 거리를 걷다가 잠시 말을 멈추고 주차 티켓을 끊은 뒤 안장에 앉은 채 몸을 옆으로 기울여 티켓을 자동차 와이퍼에 끼우는 모습을 보기만 해도 마법에 걸린 듯 황홀해지곤 했다. 그것은 기계문명의 시대를 점잖게 받아들이는, 이런 말이 가능할지 모르지만 겸손한 우월감이 배어나오는 동작이었다. 도시의 유명한 포코너스에는 기마경찰대가 나침반의 네 방향을 향한 채 주둔해 있었고, 일요일이면 많은 아이가 시내로 몰려와 근무중인 말을 구경하고 납작한 코를 두드려보고 각설탕을 주고 기마경찰 한 명이 도보로 순찰하는 경찰 네 명의 몫을 한다는 사실을 알게 되고, 당연한 얘기지만 그들에게 "이 말 이름은 뭐예요?"나 "이거 진짜 말이에요?"나 "발은 뭐로 만들어져 있어요?" 같은 시시한 질문을 던지곤 했다. 때로는 시내의 혼잡한 도로변에 순찰마가 매여 있었다. 키가 6피트에 이르고 무게가 1000파운드나 되는 그 거세마에는 NP라는 기장이 표시된 파란색과 흰색이 섞인 안장 방석이 얹혀 있고 옆구리의 벨트에 위협적으로 보이는 긴 야경봉이 묶여 있어 마치 엄청나게 매력적인 영화배우처럼 도도해 보였고, 말이 기다리는 동안 근처에서는 방금 말에서 내린 경찰이 짙푸른 승마 바지와 높은 검은색 장화 차림에 잔뜩 발기한 남자 생식기의 형태를 완벽하게 갖춘 외설스러운 권총용 가죽 케이스를 찬 채로 빵빵거리는 승용차와 트럭과 버스가 뒤얽힌 아수라장의 한복판에서 시내의 원활한 교통 흐름을 회복시키기 위해 양팔로 날렵하게 신호를 보내고 있었다. 이 경찰들에겐 모든 일을 할 수 있는 재능이 있었는데 예를 들어 아버지는 분하게 여겼지만 파업하는 군중 속으로 돌진해 감시 임무를 맡은 노조원들을 나가떨어지게 할 줄도 알았다. 또한 바짝 다가서서 매력 넘치는 영웅적인 모습을 보고 있으면 어떤 재난이 닥쳐도 용기를 잃지 않을 것 같았다.

거실에서 조이는 보청기를 빼더니 무슨 까닭인지 내게 내밀었고
이어피스와 함께 검은색 마이크 케이스, 배터리, 그리고 모든 전선
까지 자꾸 내게 떠밀었다. 나는 왜 조이가 특히 오늘 같은 밤에 내
게 보청기를 건네주는지 알 수 없었지만, 내 두 손바닥 안에 들어
온 그 장치는 전체적으로 조이가 차고 있을 때보다 더 섬뜩해 보였
다. 나는 조이가 내게 기대하는 것이 무엇인지, 즉 보청기에 대해
질문을 하라는 것인지, 감탄하라는 것인지, 분해해서 고쳐달라는
것인지 알 수 없었다. 알고 보니 조이는 내가 보청기를 한번 차보
기를 원한 것이었다.

"끼워봐." 조이가 부실하고 힝힝거리는 목소리로 말했다.

"왜?" 내가 큰 소리로 물었다. "나한테 안 맞을 거야."

"아무한테도 안 맞아." 조이가 말했다. "그냥 끼워봐."

"어떻게 하는지 모르겠어." 내가 최대한 큰 소리로 불평하자 조
이는 마이크 케이스를 내 셔츠에 꽂고, 배터리를 내 바지 주머니에
넣고, 모든 전선을 점검한 후 내가 동그란 이어피스를 귀에 꽂기를
기다렸다. 나는 눈을 감고서 그것이 조개껍데기이고 우리가 바닷
가에 있고 조이가 내게 거친 파도 소리를 들려주려 한다고 생각하
며 보청기를 귀에 꽂았다. 하지만 이어피스를 좌우로 흔들며 억지
로 귀에 꽂을 때 조이의 귀에서 묻어온 끈적끈적한 온기 때문에 메
스꺼움이 올라오는 것을 억지로 참았다.

"됐어, 이제 어떻게 해?"

그러자 조이는 손을 뻗더니 마치 자신이 전기의자에 연결된 스
위치를 작동하고 있고 내가 공공의 적 1호인 것처럼 신이 나서 마

이크 케이스 중앙에 달린 다이얼을 돌렸다.

"아무것도 안 들려." 내가 말했다.

"기다려봐, 소리를 키울 거야."

"이걸 끼고 있으면 귀머거리가 되는 거 아냐?" 나는 내가 귀머거리이자 벙어리가 되어 평생 엘리자베스에 갇혀 뉴저지 프레첼 공장에서 프레첼을 꼬는 모습을 상상했다.

내 말은 농담이 아니었지만 조이는 배꼽을 쥐고 웃었다.

"조이," 내가 말했다. "난 이거 하고 싶지 않아. 지금은 하기 싫어. 밖에서 안 좋은 일이 많이 벌어지고 있어. 너도 알지?"

하지만 조이는 가톨릭교도라 걱정할 게 없어서인지, 단지 하고 싶은 것은 하고야 마는 조이라서 그런지, 안 좋은 일 따윈 안중에도 없었다.

"그걸 파는 사기꾼이 뭐라 그랬는지 알아? 그 사람은 절대 의사가 아냐." 조이가 말했다. "그런데 의사처럼 엉터리 실험을 하더라니까. 자기 회중시계를 꺼내서 내 귀에 바짝 대고는 이렇게 묻는 거야. '똑딱 소리가 들리니, 조이?' 난 그 소리가 조금은 들리거든. 그러면 그 사람은 뒤로 물러나면서 또 물어봐. '이 소리는 들리니, 조이?' 그러면 난 안 들려. 아무 소리도 안 들린다고 대답하면, 그 사람은 종이에 숫자를 적어. 그걸 하고 나면 이번에는 주머니에서 50센트짜리 동전 두 개를 꺼내서 똑같이 해. 내 귀에 바짝 대고 동전을 부딪쳐 짤깍 소리를 내는 거야. 그러면서 '동전 소리가 들리니, 조이?'라고 물어봐. 그런데 뒤로 물러나면, 동전이 보이긴 하는데 소리는 안 들려. 내가 '똑같아요'라고 대답하면 그는 또 종이에 숫자를 적어. 그런 다음 자기가 적은 걸 한참 동안 열심히 들여다보고서 서랍을 열더니 이 한심한 쇳덩이를 꺼내더라고. 그리고 그걸 나한테 끼워주고 모든 부품을 다 채워주고 나서 우리 아버지한테 이렇게 말했어. '댁의 아드님은 풀이 자라는 소리까지 듣게 될 겁니다. 이게 그렇게 좋은 모델입니다.'" 이 말과 함께 조이는 다시 다이얼을 돌리기 시작했고, 물이 욕조에 떨어지는 소리가 들렸다. 말하자면 내가 욕조였다. 그런 뒤 조이는 다이얼을 홱 돌렸고, 내 귀에 천둥치는 소리가 났다.

"그만해!" 내가 소리질렀다. "이제 그만!" 하지만 조이는 신이 나서 펄쩍펄쩍 뛰어다녔다. 나는 손을 들어 귀에서 이어피스를 확 잡아챘고 잠시 멍한 상태에서, 라과디아 시장이 체포되고 루스벨트 대통령이 체포되고 심지어 랍비 벤겔스도르프까지 체포된 것도 모자라 아래층에 새로 이사온 아이가 그전에 있던 아이 못지않게 유쾌한 녀석이 아니라는 걸 알게 되었고, 이번에는 기어코 도망치고야 말겠다고 결심했다. 처음에는 아래층에 사는 셀던이 보기 싫었고, 이제는 아래층에 사는 조이까지 보기 싫어졌다. 그래서 나는 그때 그 자리에서 둘로부터 멀리 도망치기로 결심했다. 셀던이 도착하기 전에 도망치고 싶었다. 반유대주의자들이 들이닥치기 전에 도망치고 싶었고, 위시노우 부인의 시체가 도착해 억지로 장례식에 참석해야 하기 전에 도망치고 싶었다. 기마경찰의 보호를 받으며 당장 그날 밤 나를 따라다니는 모든 것과 나를 미워하고 나를 죽이려는 모든 것으로부터 도망치고 싶었다. 그동안 내가 한 모든 일과 하지 않은 모든 일로부터 멀리 도망쳐서 아무도 알아보지 못하는 소년으로 새롭게 시작하고 싶었다. 그리고 갑자기 어디로 도망쳐야 하는지가 떠올랐다. 엘리자베스, 프레첼 공장이었다. 사람들한테 내가 귀머거리라고 글로 써서 알려줘야지. 그러면 나한테 프레첼 만드는 일자리를 줄 거야. 나는 절대 말을 안 할 테고 무슨 소리가 들려도 못 들은 척할 테고. 그러면 아무도 내가 누구인지 알아내지 못할 것이다.

조이가 말했다. "너 혹시 어떤 애가 말의 피를 마신 거 알아?"

"무슨 말의 피?"

"세인트피터스성당의 말. 밤에 몰래 농장에 들어가서 말의 피를 마셨대. 사람들이 그애를 찾고 있어."

"어떤 사람들?"

"그 형들. 닉. 나이 많은 형들."

"닉이 누구야?"

"고아원에 사는 형인데, 열여덟 살이야. 그 짓을 한 애는 너처럼 유대인이야. 형들이 그러는데 유대인이 확실하대. 형들이 그애를 찾아낼 거야."

"어째서 말의 피를 마셨대?"

"유대인은 피를 마셔."

"무슨 헛소리를 하는 거야? 난 피를 안 마셔. 샌디 형도 피를 안 마시고, 우리 엄마 아빠도 피를 안 마셔. 내가 아는 사람 중에 피를 마시는 사람은 한 명도 없어."

"그애는 마신다니까."

"그래? 그애 이름이 뭐야?"

"닉은 아직 몰라. 하지만 형들이 그애를 찾고 있어. 걱정하지 마, 곧 잡힐 거야."

"그럼 그 형들은 그애를 잡아서 어떻게 할 거래? 그애의 피를 마신대? 유대인은 절대 피를 안 마셔. 그런 말을 하다니 너 미쳤구나."
나는 보청기를 조이에게 돌려주었고, 그러면서 내가 도망쳐야 하는 그 모든 것에 닉이라는 이름을 더해야 할지 모른다고 생각했다. 곧 조이는 말을 보려고 이 창문에서 저 창문으로 뛰어다니기 시작했고, 결국 우리집 앞에 대형 천막이 세워지고 '버펄로 빌의 대서부 쇼'가 벌어지기를 기대했지만 그런 장관이 보이지 않자 더이상 참지 못하고 돌연 문밖으로 튀어나갔고 그날 밤 더이상 보이지 않았다. 뉴어크의 순찰마 가운데는 그 말을 탄 경찰과 똑같이 씹는 담배를 우적우적 씹고, 오른쪽 앞발굽을 두드려 숫자를 더할 줄 아는 말이 있다는 소문이 있었다. 나중에 조이는 자기가 그날 우리 블록에서 그 말을 봤는데 제8관할구에 소속된 네드라는 말이었고 아이들이 꼬리를 잡고 흔들어도 뒷다리로 차지 않았다고 주장했다. 어쩌면 조이는 정말 그 전설적인 네드를 만났을지 모르고, 어쩌면 그럴 만한 가치가 있었을지 몰랐다. 그러나 그날 밤 나를 혼자 버려둔 것 때문에, 다시 돌아오지 않은 것 때문에, 어머니가 시키는 대로 하지 않고 흥밋거리가 있으면 참지 못하는 성미 때문에 조이는 결국 호되게 벌을 받았다. 이튿날 아침 그의 아버지가 집에 돌아왔을 때 그의 망아지 같은 궁둥이는 야간 경비원의 시간기록계가 매달려 있던 검은색 벨트로 사정없이 두들겨 맞았다.

조이가 사라진 후 나는 문을 이중으로 잠갔고, 만일 정규 프로그램이 중단되고 또다른 속보, 그날 하루종일 우리에게 쏟아진 뉴스들보다 훨씬 더 끔찍한 뉴스가 완전히 혼자 있는 내게 전달되지 않을까 두려워하지 않았다면 기분을 전환하기 위해 라디오를 켰을지 몰랐다. 잠시 후 나는 다시 프레첼 공장으로 도망칠 계획을 생각하기 시작했다. 일 년 전쯤 〈선데이 콜〉에 그 공장에 대한 기사가 났고, 내가 학교에서 뉴저지주의 산업에 대해 발표해야 했을 때 그 기사를 오려간 기억이 났다. 그 기사에서 쿠엔즈 씨라는 공장주는 초보자를 프레첼 숙련공으로 가르치는 데 몇 년이 걸린다는 온 세상에 퍼져 있는 고정관념을 뒤집었다고 주장했다. 그는 "배울 수 있는 사람이 있다면 나는 하룻밤 사이에 가르칠 수 있다"고 말했다. 기사의 많은 부분은 프레첼 위에 소금을 뿌릴 필요가 있느냐에 대한 논쟁을 다루고 있었다. 쿠엔즈 씨는 겉에다 소금을 뿌릴 필요가 없고, 자신은 단지 "시장 요구에 맞춰" 소금을 뿌린다고 말했다. 중요한 것은 밀가루 반죽에 소금을 넣는 것이고 뉴저지의 모든 프레첼 공장을 통틀어 그만이 그렇게 한다고 말했다. 쿠엔즈 씨는 백 명의 종업원을 거느리고 있고, 그중 귀머거리도 많지만 "수업을 마친 후 일을 하는 남녀 아이들"도 있다고 기사는 전했다.

나는 어느 버스가 그 프레첼 공장을 지나는지 알고 있었다. 얼과 내가 기독교도를 따라 엘리자베스까지 타고 간 버스였고, 얼이 그의 집 앞에서 아슬아슬한 순간에 그가 동성애자인 걸 알아차리고 도망친 날이었다. 나는 그 남자와 같은 버스에 타지 않게 해달라고 기도할 것이고, 우연히 그가 있으면 즉시 내려 다음 버스를 탈 것이다. 나에겐 쪽지, 이번에는 메리 캐서린 수녀가 아니라 귀머거리가 쓴 쪽지가 필요했다. "존경하는 쿠엔즈 사장님. 저는 〈선데이 콜〉에서 사장님의 기사를 읽었어요. 저는 프레첼 만드는 법을 배우고 싶어요. 분명히 하룻밤 사이에 배울 수 있어요. 저는 귀머거리이고 말도 못해요. 저는 고아입니다. 저에게 일자리를 주세요, 네?" 그리고 "셸던 위시노우"라고 사인을 한다. 아무리 생각해도 다른 이름은 떠오르지 않았다.

쪽지도 필요하고 옷도 필요했다. 쿠엔즈 씨에게 믿을 만한 아이처럼 보여야 하니 옷도 없이 찾아갈 순 없었다. 그리고 이번에는 계획이, 우리 아버지가 말하는 '장기적인 계획'이 필요했다. 즉시 계획이 떠올랐다. 나의 장기적인 계획은 프레첼 공장에서 돈을 충분히 모은 뒤 네브래스카주 오마하로 가는 편도 기차표를 구입해 플래너건 신부가 운영하는 보이스타운으로 가는 것이었다. 미국의 모든 소년처럼 나도 스펜서 트레이시의 영화를 보고 보이스타운과 플래너건 신부를 알게 되었다. 트레이시는 유명한 신부 역할로 아카데미상을 받은 뒤 오스카 트로피를 진짜 보이스타운에 기증했다. 나는 다섯 살이던 어느 토요일 오후 샌디 형과 함께 루스벨트극장에서 그 영화를 보았다. 플래너건 신부는 거리의 아이들을 모았고 몇몇 아이는 이미 도둑질이나 사소한 강도질을 하고 있었지만, 그 아이들을 자신의 농장으로 데려가 먹이고 입히고 교육시켰으며, 그곳에서 아이들은 농구를 하고 성가대에서 노래를 부르고 훌륭한 시민이 되는 법을 배웠다. 플래너건 신부는 인종이나 종교에 상관없이 그 모든 아이의 아버지였다. 아이들의 대부분은 가톨릭교도였고 일부는 신교도였지만 가난한 유대인 아이도 몇 명 있었다. 나는 이 사실을 부모님에게서 들었는데 우리 부모님은 그 영화를 본 다른 수많은 가족처럼 그 영화를 보며 눈물을 흘렸고 종교를 초월해 해마다 보이스타운에 돈을 기부했다. 하지만 오마하에 도착하면 내가 유대인이라고 밝히지 않을 작정이었다. 버틸 때까지 버티다가 정 어쩔 수 없으면 내가 누구이고 어디서 왔는지 모른다고 분명하게 말할 참이었다. 나는 이름도 성도 없고 아무도 아닌 그냥 남자아이이고, 위시노우 부인의 죽음과 부인의 아들이 고아가 된 것에 거의 책임이 없는 사람이었다. 이제부터 우리 가족이 부인의 아들을 친아들처럼 키워도 괜찮았다. 내 침대를 써도 괜찮았다. 샌디 형의 동생이 되어도 괜찮았다. 내 미래를 가져도 괜찮았다. 나는 네브래스카주에서 플래너건 신부와 함께 살 테고, 뉴어크에서 네브래스카주는 켄터키주보다 훨씬 더 멀었다.

갑자기 나는 다른 이름이 떠올라 쪽지를 다시 쓰고 "필립 플래너건"이라고 서명했다. 그런 뒤 처음 가출하기 전 셸던의 옷을 훔쳐 숨겨두었던 판지로 된 여행 가방을 가져오려고 지하실로 향했다. 이번에는 그 가방에 내 옷을 담을 셈이었고, 소총 모양의 주석 칼은 주머니에 넣고 다닐 작정이었다. 마운트버넌에서 산 뒤 내가 본격적으로 우표를 수집하고 우편물을 받던 시절 우표회사에서 보낸 봉투를 열 때마다 사용하던 것 말이다. 그것의 총검 부분은 길이가 1인치밖에 안 됐지만, 집을 영원히 떠나는 마당에 나를 보호할 무언가가 있어야 했고, 내가 가진 건 편지 봉투용 칼이 전부였다.

몇 분 후 손전등을 켜고 계단을 내려갈 때 나는 이번만 지나면 더이상 지하실로 내려가 탈수기나 길고양이나 배수구나 죽은 사람들과 마주칠 일이 없을 거라 생각했다. 그래서 다리가 풀리지 않도록 힘을 낼 수 있었다. 앨빈 형이 슬픔을 뿌려대던, 거리 쪽으로 향한 그 축축하고 더러운 벽도 마찬가지였다.

아직은 석탄을 땔 정도로 춥지 않았기에 지하실 계단 꼭대기에서 불기 없는 잿빛 화로에 손전등을 비추었을 때 그 화로들은 뭐가 좋은지는 몰라도 부자들과 권력자들이 죽어서 들어가는 호사스러운 납골묘처럼 보였다. 나는 층계참에 서서 셸던 아버지의 유령이 죽은 아내를 데려오기 위해 (아마 아버지의 자동차 트렁크에 몰래 숨어) 켄터키주로 떠났기를 바랐지만, 그는 떠나지 않았고 유령이 된 그의 볼일은 여기 내게 있음을, 그 유령의 심장은 저주로 끓어오르고 있고 그 모든 저주가 나를 향해 있음을 십분 이해할 수 있었다. "이사가게 할 생각이 아니었어요." 내가 속삭였다. "그건 실수였어요. 정말 나 때문이 아니에요. 난 셸던한테 나쁘게 할 마음이 없었어요."

물론 나는 무자비한 유령에게 변명하는 나의 말이 끝나면 다시 침묵이 주위를 에워쌀 거라고 예상했지만 뜻밖에도 내 이름을 부르는 소리가 들렸고, 여자 목소리였다! 화로 뒤에서 여자가 신음하듯 내 이름을 부르고 있었다! 몇 시간 전에 죽은 여자가 벌써 돌아와 평생 나를 따라다니려 한다!

"난 진실을 알아." 여자의 목소리가 들렸고 그런 뒤 델포이 신전에서 여사제가 나타나듯 우리집 창고에서 이모가 나타났다. "그들이 날 쫓고 있어, 필립." 이블린 이모가 말했다. "난 진실을 알아. 그들이 날 죽일 거야!"

이모는 화장실을 써야 하고 뭔가를 먹어야 했기에, 그리고 나는 이모에게 필요한 것을 주는 것 외에 달리 뭘 해야 할지 몰랐기에 이모를 데리고 뒤쪽 계단으로 올라올 수밖에 없었다. 나는 저녁을 먹고 남은 반 덩어리의 빵에서 한 조각을 썰어 버터를 바르고 우유 한 잔을 따라주었고, 이모가 욕실로 사라진 뒤 건너편에서 아무도 들여다볼 수 없게 주방 커튼을 쳤다. 주방으로 돌아온 이모는 허겁지겁 음식을 먹어치웠다. 이모는 코트와 핸드백을 무릎에 올려놓고 아직 모자를 쓰고 있었으므로 나는 이모가 음식을 다 먹으면 즉시 일어나 집으로 가주기를 바랐다. 그래야 어머니가 회의에서 돌아오기 전에 다시 지하실로 내려가 가방을 가져오고 짐을 싸서 달아날 수 있었다. 하지만 식사를 마친 이모는 떠듬거리며 말을 하기 시작하더니, 자기는 진실을 알고 있고 그래서 그들이 자기를 죽일 거라는 말을 끊임없이 되풀이했다. 이모는 내게 그들이 기마경찰을 동원한 건 자기가 어디 숨어 있는지 알아내기 위해서라고 말했다.

"그렇지 않아, 이블린 이모." 하지만 내 말은 말하는 내게도 설득력이 없었다. "이모가 여기 있는지 나도 몰랐잖아."

"그럼 왜 나를 찾으러 왔니?"

"그게 아냐. 난 다른 걸 찾고 있었어. 경찰이 돌아다니는 건," 나는 최대한 진실하게 말하고 있었지만 말하는 도중에 마치 내가 일부러 거짓말을 하고 있는 듯한 착각이 들었다. "경찰이 돌아다니는 건 반유대주의 때문이야. 우리를 보호해주려고 순찰을 도는 거야."

이모는 아무것도 의심할 줄 모르는 사람에게 짓는 미소를 지어 보였다. "다른 거짓말도 해줘, 필립."

이제 아무리 쥐어짜도 우리 둘 사이에 주고받을 말이 아무것도 떠오르지 않았다. 나는 이모가 우리집 창고에 숨어 있는 동안, 혹은 어쩌면 그보다 훨씬 전 FBI가 랍비에게 수갑을 채워 끌고 가는 것을 볼 때 이미 실성했다는 것을 이해하지 못했지만 이모에게선 이미 광기의 조짐이 엿보였다. 그게 아니더라도 이모는 백악관에서 폰 리벤트로프와 춤을 춘 그날 밤 이미 돌이킬 수 없는 정신착란에 빠지기 시작했다. 그것이 아버지의 이론이었다. 랍비가 체포되기 오래전, 그러니까 벤겔스도르프가 꼴사납게도 대통령의 신임을 얻어 그렇게 높은 자리에 올라 뉴어크의 모든 유대인을 깜짝 놀라게 했을 때 이모는 온 나라를 정신병원으로 만든 그 경솔한 믿음에 흠뻑 빠지고 말았던 것이다.

"누워서 쉬고 싶어?" 나는 이렇게 물었지만 이모가 그렇다고 말할까 두려웠다. "쉬어야겠어? 아님 의사를 부를까?"

그러자 이모는 내 손을 꼭 쥐었고, 너무 힘을 주는 바람에 손톱이 내 살을 살짝 파고들었다. "필립, 나의 사랑하는 조카. 난 모든 걸 알고 있어."

"린드버그 대통령이 어떻게 됐는지 알아? 그런 뜻이야?"

"네 엄마는 어디 갔니?"

"학교에. 회의가 있어."

"내게 음식과 물을 가져다줄 수 있겠니, 필립?"

"내가? 물론이지. 어디로?"

"지하실로. 싱크대 물은 못 마시겠어. 들킬 거 같아."

"그러지 마." 나는 이렇게 말하는 순간 조이의 할머니와 그 할머니에게서 풍기는 번득이는 광기가 떠올랐다. "내가 다 가져다줄 게." 하지만 그렇게 약속하고 나니 이제 가출하기는 힘들어지고 말았다.

"혹시 사과 있니?" 이블린 이모가 물었다.

나는 냉장고를 열었다. "아니, 없어. 사과는 다 떨어졌어. 요즘 엄마가 장을 많이 못 봐. 하지만 배는 있어. 이모, 배라도 줄까?"

"그래. 그리고 빵도 한 조각만 더 주렴. 빵이 한 조각 있으면 좋겠구나."

이모의 목소리는 계속 변해서 이젠 마치 우리가 소풍을 준비중이고 위퀘이크공원 호숫가에 자리를 잡고 나무 아래에서 먹으려고 집에 있는 음식으로 가장 좋은 도시락을 만들고 있는 것처럼 들렸다. 마치 그날의 모든 사건이 다른 모든 미국인에게 중요하지 않은 것처럼 우리에게도 전혀 중요하지 않을 것 같았다. 그날의 일들은 기독교도들에게는 조금 신경쓰이는 일에 불과했을 것이다. 미국에 기독교도 가족은 삼천만이 넘고 유대인 가족은 고작 백만이니 정말이지 그들이 머리를 썩일 이유가 무엇이겠는가?

나는 이모가 지하실로 갖고 갈 수 있게 빵을 한 조각 더 썰고 버터를 특별히 듬뿍 발랐다. 나중에 어머니가 빵이 왜 줄어들었냐고 물으면, 조이가 먹었다고 말하고 배도 조이가 말을 보러 뛰쳐나가기 전에 가져갔다고 말할 참이었다.

집에 돌아온 어머니는 아버지에게서 전화가 오지 않은 걸 알고 초조함을 감추지 못했다. 쓸쓸하게 주방 시계를 보는 어머니는 지금이 무엇을 하는 시간인지를 생각하고 있는 듯했다. 잘 시간이었다. 아이들이 세수를 하고 이를 닦는 일만 남았고 그러고 나면 빡빡한 하루 일과가 마무리되고 모두 만족감에 취할 수 있었다. 아홉시가 그 시간이었다. 혹은 우리가 꼭 그래야 한다고, 불변의 법칙이라고 믿고 있었지만 그 믿음이 이제 허위로 밝혀진 건지도 몰랐다.

하루하루 반복되는 학교생활, 그것도 합리적 기대로 우리의 저항력을 약화시키고 무의미한 신뢰감을 조장하기 위해 행해진 교활한 사기이고 허위였을까? "왜 수업을 안 해요?" 내일 학교가 문을 닫는다는 어머니의 말에 내가 물었다. "왜냐하면," 어머니는 학부모들에게 전달된, 아이들에게 정직하게 말하면서도 과도하게 겁을 주지 말라는 단조로운 대답에 의존했다. "상황이 조금 더 악화되었기 때문이란다." "무슨 상황이요?" 내가 물었다. "우리 상황." "왜? 무슨 일이 일어났는데요?" "아무 일도 아냐. 그냥 아이들은 내일 집에서 쉬는 게 좋겠다는 거야. 조이는 어디 있니? 네 친구는 어디 있어?" "조이가 빵을 좀 먹었어요. 배도 가져갔어요. 냉장고에서 배를 꺼내더니 밖으로 달려나갔어요. 말을 보러 갔어요." "정말 아무한테서도 전화가 안 왔니?" 어머니는 너무 지친 나머지 이런 때에 조이가 실망스럽게 행동했다고 화를 낼 여력이 없었다. "내일 왜 수업을 안 하는지 알고 싶어요, 엄마." "꼭 오늘밤에 알아야겠니?" "네, 왜 학교에 못 가는 거예요?" "글쎄다…… 그건 캐나다하고 전쟁이 일어날지 모르기 때문이야." "캐나다하고요? 언제요?" "그건 아무도 몰라. 하지만 어떻게 되는지 알 때까지는 모두 집에 있는 게 제일 좋아." "그런데 왜 캐나다하고 전쟁을 해요?" "얘야, 필립. 오늘은 더 할 말이 없구나. 나도 거기까지밖에 몰라. 네가 졸라서 다 말해줬잖니? 이제는 기다려야 해. 남들처럼 기다리면서 지켜봐야지." 그런 뒤 마치 아버지와 형의 무소식이 어머니에게 최악의 상상, 즉 이제 우리 둘만, 위시노우 모자처럼 과부와 아들만 남게 되었다는 상상까지는 불러일으키지 않은 듯 어머니는 (아홉시의 낡은 규약을 완강하게 지키며) 이렇게 말했다. "이제 가서 씻고 침대에 들어라."

침대라니, 어머니는 아직도 침대가 두려움의 배양기가 아니라 따뜻하고 안락한 장소로 존재하는 것처럼 말했다.

캐나다와의 전쟁은 이블린 이모가 밤중에 무엇을 사용해 볼일을 볼까 하는 문제보다는 훨씬 작은 수수께끼였다. 내가 이해하는 한에서 미국은 마침내 세계 전쟁에 뛰어들게 되었지만, FDR가 대통령일 때 모두가 예상하고 지지했던 영국과 영연방의 편이 아니라 히틀러와 그의 동맹국인 이탈리아, 일본과 편을 먹게 된 것이다. 게다가 아버지와 샌디 형에게서 연락이 온 지 만 이틀이 지났으니 아마 아버지와 형은 셸던의 어머니처럼 폭동을 일으킨 반유대주의자들에게 처참하게 살해되었을지 몰랐다. 게다가 내일 학교마저 쉰다고 하니, 어쩌면 휠러 대통령이 나치가 독일에서 유대인 아이들에게 강요했다는 그런 법을 만들어 우리에게 시행하면 학교는 영영 문을 못 열지 몰랐다. 상상할 수 없이 엄청난 정치적 재앙이 일어나 자유사회를 경찰국가로 뒤바꾸고 있었지만 아이는 아이였고, 그래서 침대에 누워 있을 때 내 머릿속은 온통 이블린 이모가 배설을 할 때가 되면 어쩔 수 없이 우리집 창고 바닥에 해야 한다는 생각뿐이었다. 그 생각은 다른 모든 근심을 대신해 내 마음을 짓누르고, 다른 모든 장면처럼 눈앞에 불쑥 떠오르고, 다른 모든 것을 완전히 덮어버리는 통제할 수 없는 심리적 사건이었다. 무시할 수 있는 가장 하찮은 일이었지만 지금은 너무 중대하고 위험한 문제가 된 터라 자정 무렵 나는 발뒤꿈치를 들고 욕실로 들어가 타월을 보관하는 벽장문을 열고 맨 아래 선반 안쪽에서 앨빈 형이 캐나다에서 돌아왔을 때 비상시에 사용하라고 구입해둔 환자용 변기를 꺼냈다. 그리고 이블린 이모에게 그 변기를 갖다주려고 막 뒷문 앞에 다다른 순간 잠옷 차림의 어머니와 마주쳤고, 어머니는 작은 아이가 정신을 잃을 정도로 당황하자 오히려 그 모습에 소스라치게 놀랐다.

몇 분 후 이블린 이모는 어머니를 따라 계단을 올라와 집안으로 들어왔다. 이 때문에 쿠쿠차 씨 집에서 어떤 소란이 일어났는지, 이모의 귀신 같은 몰골을 보고 똑같이 귀신 같은 조이의 할머니가 얼마나 적대적으로 반응했는지는 설명할 필요가 없을 듯하다. 고통과 익살의 경계는 모두에게 익숙하다. 나는 부모님의 침대로 보내졌고, 내 방은 어머니와 이블린 이모가 차지했으며, 다음으로 어머니에게 주어진 중대한 과제는 자신의 여동생이 맏아들의 침대에서 일어나 몰래 주방으로 간 뒤 가스를 켜서 우리 모두를 죽이지 않도록 방지하는 일이었다.

왕복 1500마일의 여행은 샌디 형에게 일생의 모험이었지만 아버지에겐 그보다 더 치명적인 일이었다. 내 짐작에 그것은 아버지의 과달카날해전*이고, 아버지의 벌지전투**였다. 그해 12월 린드 버그의 정책이 의심받고 휠러가 망신을 당하고 루스벨트가 백악관에 돌아와 미국이 마침내 추축국과 전쟁을 하게 되었을 때 마흔한 살의 아버지는 징집되기에는 나이가 너무 많았고, 그래서 아버지에게 이번 여행은 전선에서 싸우는 병사의 두려움, 피로, 신체적 고통에 거의 근접하는 일이었다. 쇠로 된 높은 목 보호대를 차고, 부러진 두 갈빗대와 실로 꿰맨 얼굴 상처를 조심하고, 입안 가득 부러진 이를 드러내면서, 그리고 차를 몰고 향하는 바로 그 지역에서 이미 122명의 유대인을 살해한 사람들로부터 자신과 아들을 보호하기 위해 앞좌석 사물함에 쿠쿠차 씨의 여분의 권총을 넣은 채

---

* 1942년 11월 발발한 미국과 일본 사이의 해상전.
** 제2차세계대전 당시 연합군과 독일군 사이의 전투.

아버지는 휘발유를 넣고 화장실에 갈 때를 제외하고 켄터키주까지 쉬지 않고 750마일을 달렸다. 그리고 마휘니 씨의 집에서 다섯 시간 자고 식사를 한 후, 실로 꿰맨 상처가 감염되어 고통스럽게 부풀어올랐지만 즉시 차를 돌려 집으로 출발했다. 더구나 뒷좌석에서 복통과 고열로 신음하는 셀던은 그 와중에 어머니의 환각에 사로잡혀 어머니를 돌아오게 하려면 무엇이든 하려고 거의 곡예를 하듯 몸부림쳤다.

가는 길은 스물네 시간밖에 안 걸렸지만 오는 길은 세 배가 걸렸다. 셀던이 길가에서 구토를 하거나 도랑에 들어가 바지를 내리고 웅크리고 앉아야 했기에 여러 번 차를 세워야 했고, 웨스트버지니아주의 찰스턴을 중심으로 반경 20마일 이내에서(아버지는 메릴랜드주를 향해 동북쪽으로 빠져나가야 했지만 길을 잃고 빙빙 돌았다) 차가 하루 사이에 각기 다른 문제로 여섯 번이나 멈춰 섰기 때문이었다. 처음에는 일렉트로메탈러지컬사의 공장 건물들 주위에 광석과 실리카가 산더미같이 쌓여 있는 인구 이백 명의 마을, 앨로이에 들어섰을 때 수많은 철길과 동력선과 육중한 컨베이어의 한가운데서 멈춰 섰고, 두번째로 근처의 작은 마을인 부머에서 멈춰 섰을 땐 코크스 제조 가마들에서 화염이 하늘 높이 치솟아올라 아버지는 해가 진 뒤 가로등이 없는 차도에서 그 백열광에 비춰 도로지도를 판독(또는 오판)했고, 세번째로 공업 지대에 널린 작고 지옥 같은 또다른 마을 벨에서는 듀폰의 암모니아 공장에서 나오는 가스 때문에 셋 다 기절할 지경이었지만 자동차에서 나와 후드를 열고 무엇이 고장났는지를 살펴봐야 했다. 다음으로 기차 하역장과 창고와 매연에 찌든 공장의 길고 시커먼 지붕을 화환처럼 둘러싼 증기와 스모그 때문에 셀던이 '괴물'처럼 보인다고 한 도시 사우스찰스턴에서 멈춰 섰고, 주도인 찰스턴의 변두리에서 두 번 더 멈춰 섰다. 그곳에서 자정 무렵 아버지는 공중전화가 있는 술집을 찾아 견인차를 부르기 위해 철둑을 건너고 쓰레기로 뒤덮인 언덕을 내려간 뒤 석탄 바지선들과 토사 운반선들과 예인선들이 줄줄이 매여 있는 강변 지대의 다리까지 걸어갔고, 그동안 두 아이는 강을 낀 도로를 사이에 두고 헛간과 오두막, 철판으로 지은 건물들과 무개탄차, 크레인과 철제 밧줄과 철골로 된 타워, 전기 가마와 펄펄 끓는 용광로, 낮고 둥그스름한 저장 탱크, 높은 철망 담장 등이 끝도 없이 뒤섞인 공장 건너편에 주차해놓은 차 안에서 아버지를 기다렸다. 거대한 광고판에 적힌 대로 믿는다면 그곳은 "도끼, 손도끼, 큰 낫을 생산하는 세계에서 가장 큰 공장"이었다.

그 공장에서 신경을 건드리는 날카로운 날들이 담장 밖으로 흘러넘쳐 한줌밖에 안 남아 있던 셀던의 평정심에 최후의 일격을 가했다. 아침이 되자 셀던은 아메리카 원주민들이 자신의 머릿가죽을 벗기러 온다고 비명을 질러댔다. 정신착란에 빠지지 않았더라도 현재 상황은 달갑지 않은 백인 정착민들이 맨 처음 애팔래치아 장벽을 넘어 델라웨어족과 알곤킨족의 훌륭한 사냥터로 쏟아져들어온 사건에 비유할 수 있었다. 다른 점이 있다면 낯설고 이상하게 생긴 백인들이 현지 주민들을 모욕하고 강탈하는 것이 아니라 낯설고 이상하게 생긴 유대인들이 곁에 있기만 해도 그들의 분노가 촉발된다는 점이었다. 그리고 이번에는 그들의 땅을 지키고 생활방식을 보존하기 위해 폭력으로 대응하는 자들이 위대한 티컴세 추장이 이끄는 아메리카 원주민이 아니라 미국의 대통령 권한대행이 개처럼 풀어놓은 편협한 미국 기독교도들이었다.

10월 15일이 되었다. 라과디아 시장이 뉴욕에서 체포되고, 영부인이 월터리드육군병원에 감금되고, FDR가 아버지 린드버그를 유괴하도록 주도했다는 혐의로 "루스벨트의 유대인들"과 함께 "억류"되고, 랍비 벤겔스도르프가 워싱턴DC에서 체포되고, 이블린 이모가 우리집 창고에 숨어든 바로 그 목요일이었다. 바로 그날 아버지와 샌디 형은 셸던의 정신을 안정시키기 위해 (이미 셸던을 진료한, 면허를 가진 이발사*의 반대를 무릅쓰고) 그 카운티에서 면허를 가진 한 명의 내과의를 찾아 웨스트버지니아주의 산간지방을 헤매고 다녔다. 아버지와 형이 시골의 비포장도로 옆에서 찾아낸 그 사람은 위스키 냄새를 풍기는 칠십이 넘은 노인이었지만 선량하고 친절하고 기운이 넘치는 '의사'였고, 그가 시골 병원으로 사용하는 작은 판잣집 현관에는 차례를 기다리는 환자들이 줄지어 있었는데, 샌디 형이 나중에 묘사한 말에 따르면 형이 지금까지 본 백인들 중 가장 남루해 보였다고 했다. 의사는 셸던의 정신착란이 주로 탈수증 때문이라 진단한 뒤, 셸던을 집 뒤에 있는 샛강 바닥의 우물로 데려가 한 시간 동안 물을 한 국자씩 퍼 마시게 하라고 지시했다. 의사는 또한 패혈증을 방지하기 위해 아버지의 감염된 얼굴에서 고름을 빼냈다. 항생제가 막 개발되어 아직 널리 보급되지 않은 시절이었기에 패혈증이 온몸에 퍼지기 시작하면 아버지는 집에 도착하기 전에 죽을 수도 있었다. 노의사는 초기 패혈증을 진단할 때와는 달리 상처를 다시 봉합할 때에는 기술이 서툴렀고

---

* 당시에는 이발사가 주로 하층민을 대상으로 값싼 외과 의료를 담당했다.

그 결과 아버지는 평생 하이델베르크에서 학생 시절 결투를 하다 생긴 것 같은 상처를 갖게 되었다. 그후 내게 그 상처는 단지 그 여행의 우발적인 사건들이 남긴 흔적이 아니라 아버지의 비정상적인 극기심을 증명하는 날인으로 보였다. 마침내 뉴어크에 도착했을 때 아버지는 고열과 오한, 그리고 위시노우 씨를 방불케 하는 심한 기침으로 탈진했고, 아버지가 식탁 앞에서 실신하자 쿠쿠차 씨는 즉시 아버지를 다시 한번 베스이스라엘병원으로 데려갔으며, 병원에서 아버지는 폐렴으로 거의 죽을 뻔했다. 하지만 셀던이 안전해질 때까지 그 무엇도 아버지를 멈추게 할 수 없었다. 아버지는 구조자였고, 전공 분야는 고아였다. 유니언 카운티로 이사하거나 켄터키주로 떠나는 것보다 훨씬 더 큰 변화는 어머니나 아버지를 잃거나 고아가 되는 것이었다. 아버지는 이렇게 말하는 듯했다. 앨빈이 어떻게 됐는지 봐라. 할머니가 돌아가신 후 이모가 어떻게 됐는지 봐라. 엄마 아빠가 없으면 안 된다. 엄마 아빠가 없으면 남한테 쉽게 조종당하고 휩쓸린다. 이리저리 떠돌고 모든 것에 쉽게 상처 받는다.

그사이 샌디 형은 병원 앞 현관의 난간에 걸터앉아 환자들을 스케치했는데 그중 세실이란 이름의 열세 살 된 여자아이가 있었다. 그때 나의 조숙한 형은 이십사 개월이 흐르는 동안 세 명의 다른 소년으로 보였다. 위기 앞에서 흔들리지 않는 성격은 여전했지만 형은 그 뛰어난 능력으로 부모님이 만족할 만한 일은 전혀 하지 않았다. 샌디 형은 린드버그를 위해 봉사하고 이블린 이모의 뛰어난 학생 연사이자 담배 농업에 관한 뉴저지주의 일류 권위자가 되었지만 부모님은 결코 좋아하지 않았고, 린드버그를 버리고 여학생들을 쫓아다니며 하룻밤 사이에 동네에서 가장 어린 돈 후안이 되었을 때에도 부모님은 좋아하지 않았다. 자진해서 아버지를 모시고 대륙의 4분의 1을 돌아 마휘니 농장에 다녀온 지금 진정한 용기를 보여줌으로써 다시 장남의 명성을 되찾고 서먹했던 가족의 품으로 다시 들어오기를 바랄 즈음 자신의 큰 목적을 사실상 저버리고 자신의 생각으로는 분명 '예술적'이므로 완전히 무해하다고 보이는 즐거움에 빠져 있었다. 성숙함을 풍기는 세실을 그리고 있었던 것이다. 뺨에 새 붕대를 붙인 채 병원에서 나오던 아버지는 샌디 형이 뭘 하고 있는지를 보자마자 형의 벨트를 움켜잡고 형과 스케치북과 형이 들고 있던 모든 것을 질질 끌고 현관에서 벗어난 뒤 도로로 나가 차 안으로 들어갔다. "너 미쳤냐." 아버지가 목 보호대 너머로 형을 노려보며 속삭였다. "저 여자애를 그리다니, 제정신이냐?" "얼굴만 그렸어요." 샌디 형은 가슴에 스케치북을 끌어안은 채 해명했지만 그건 거짓말이었다. "얼굴이든 뭐든! 넌 레오 프랭크 사건을 못 들어봤냐? 그 어린 공장 소녀 때문에 조지아주에서 린치를 당한 유대인 사건을 못 들어봤어? 저 여자애는 그리지 마라, 빌어먹을! 그들은 아무도 그리지 마! 그들은 자기를 그리는 걸 좋아하지 않아. 아직도 모르겠냐? 우리가 왜 켄터키까지 가서 저 아이를 데려왔는지? 그들이 저애의 어머니를 그녀의 차에서 불태워 죽였기 때문이야. 맙소사, 그 그림들은 치워버려라. 그리고 다시는 여자애들을 그리지 마!"

마침내 다시 국도로 들어섰을 때 아버지와 형은 미 육군 부대와 탱크가 필라델피아를 점령한 사실이나(아버지는 17일 새벽녘이면 필라델피아에 도달하기를 바라고 있었다), 자신의 어려움이 아니면 눈썹도 까딱하지 않는 몬티 삼촌이 어머니의 간청을 무시하고 이 주째 일하러 나오지 않은 아버지를 해고했다는 사실을 까맣게 몰랐다. 아버지는 저항을 선택했고, 랍비 벤겔스도르프는 협력을 선택했고, 몬티 삼촌은 자기 자신을 선택했다.

보일 카운티의 마휘니 씨 집에 닿기 위해 아버지와 형은 뉴저지 주를 남쪽으로 비스듬히 가로질러 캠던에 이르고, 캠던에서 델라웨어강을 건너 필라델피아로 들어가고, 거기에서 남쪽으로 내려가 볼티모어에 이르고, 웨스트버지니아주를 길게 관통한 뒤 켄터키주로 들어섰고, 그렇게 100여 마일을 달려 렉싱턴에 도착한 후 버세일즈라는 곳 부근에서 다시 남쪽으로 방향을 돌려 보일 카운티의 굽이치는 구릉지대로 들어섰다. 어머니는 근심에 사로잡힐 때마다 내 백과사전에 끼워진 마흔여덟 개 주와 열 개의 캐나다 주가 그려진 지도를 꺼내 식당 테이블에 펼쳐놓고 아버지와 형의 여정을 추적했다. 그동안 도로 위에서 샌디 형은 날이 저문 후에는 손전등을 이용해 에소정유사가 보급한 도로지도 위에 경로를 표시하고 수상하게 보이는 사람들이 있는지를 감시하고, 특히 지도에 이름이 안 나와 있는 작은 마을에 하나밖에 없는 소름 끼치는 도로를 통과할 때에는 바짝 긴장하고 창밖을 주시했다. 아버지는 찌그러진 트럭이 뒤에서 따라오거나 픽업트럭들이 도로변 술집 옆에 제멋대로 주차되어 있거나 주유소에서 작업용 바지 차림으로 기름을 넣는 아이가 자동차의 앞쪽 끝을 살펴본 뒤 돈을 받을 때 땅바닥에 침을 뱉는 모습을 좋아하지 않았고, 샌디 형은 돌아오는 길에 자동차가 고장난 그 여섯 번을 제외하고 웨스트버지니아주에서 아버지가 형에게 앞좌석 사물함을 열어 쿠쿠차 씨의 여분의 권총을 건네달라고 한 뒤 평생 한 번도 쏴보진 않았지만 마치 필요하다면 망설이지 않고 방아쇠를 당길 것처럼 권총을 무릎 위에 올려놓고 운전한 적이 적어도 여섯 번이었다고 말했다.

샌디 형은 집에 돌아온 후 기억을 끄집어내 아버지와 함께 미국의 거친 대지로 깊숙이 들어간 위대한 여정의 역사를 삽화 형식으로 그렸고, 그 그림들은 형의 유년기의 명작으로 남았다. 형은 거의 항상 겁이 났다고 시인했다. KKK단원들이 무모한 유대인이 통과하다 걸려들기를 기다리며 숨어 있을 것만 같은 도시들을 통과할 때도 겁이 났지만, 불길한 도시를 벗어나고, 색 바랜 광고판들과 작은 주유소들과 실이 드러나 보일 정도로 낡은 옷을 입은 정말 가난한 사람들이 사는 마지막 오두막을 지나 아버지가 '황무지'라 부른 곳에 들어섰을 때에도 겁이 났다고 말했다. 샌디 형이 아주 정교하게 묘사한 그 황폐한 나무 오두막들은 보잘것없는 돌무더기가 네 귀퉁이를 지탱하고 있고, 나무 벽에 구멍을 내 창문을 대신하고, 한쪽 모퉁이에 조잡하게 올린 굴뚝이 허물어질 듯 서 있고, 비바람에 상한 지붕 위에 몇 개의 돌이 흔들리는 지붕널을 누르고 있었다. 샌디 형은 텅 빈 도로에서 소들과 말들, 헛간들과 사일로* 들을 빠른 속도로 지나칠 때에도 겁이 났고, 갓길이나 가드레일이 없는 산길에서 곡예를 하듯 커브를 틀 때에도 겁이 났고, 포장도로가 자갈길로 바뀌거나 루이스와 클라크**처럼 깊은 숲에 둘러싸일 때에도 겁이 났다고 말했다. 그리고 특히 아버지의 차에 라디오

---

* 긴 원형 탑처럼 생긴 곡식 저장고.
** 19세기 초 미국을 탐험한 유명한 탐험가.

가 없고 그래서 유대인 학살이 끝났는지 또는 지금 우리 같은 사람들에게 흉악한 분노를 터뜨리는 지옥의 한복판으로 뛰어들고 있는 것은 아닌지 알 수가 없어 겁이 났다고 말했다.

중간에 딱 한 번 의사의 집 앞에서 형에게 막간처럼 찾아온 평온은 아버지에겐 오히려 더 큰 두려움을 불러일으켰다. 샌디 형이 웨스트버지니아주의 한 산골 소녀에게 완전히 넋이 나가 그 소녀를 그리고 있었다. 알고 보니 그 소녀는 삼십 년 전쯤 애틀랜타에서 자신의 유대인 관리자이자 스물아홉 살의 기혼 직원인 레오 프랭크에게 살해된 "어린 공장 소녀"와 나이가 똑같았다. 1913년에 일어난 메리 페이건 사건은 이 불쌍한 소녀가 사건 당일 봉급을 받기 위해 프랭크의 사무실로 간 뒤 그 연필 공장의 지하실 바닥에서 올가미에 목이 졸려 죽은 채로 발견된 사건으로, 북부와 남부 전역에서 모든 신문의 1면을 장식했다. 그 무렵 아버지는 감수성이 예민한 열두 살 소년이었고, 얼마 전 학교를 졸업하고 가족을 돕기 위해 이스트오렌지의 모자 공장에서 일했고, 그곳에서 그를 그리스도 살해자로 꼼짝없이 얽어매는 비방이 어떤 것인지를 최상급 교육으로 체득하고 있었다. 프랭크에게 (요즘 같으면 거의 아무도 믿지 않을 아주 허술한 정황 증거에 의해) 유죄판결이 내려진 후 감옥의 한 죄수는 그의 목을 칼로 베어 거의 죽일 뻔했고 그로 인해 조지아주의 영웅이 되었다. 한 달 후 훌륭한 시민들이 폭도로 돌변해 프랭크를 감옥에서 유괴한 뒤 조지아주 마리에타(메리 페이건의 고향 마을)의 한 나무에 "그 변태성욕자"를 매달아 집행을 완료했다(아버지의 동료들은 일하던 중 그 소식을 듣고 대단히 기뻐했다). 그것은 다른 "유대인 난봉꾼들"에게 남부와 남부 여자들 근처에 얼씬도 하지 말라는 공개적인 경고였다.

물론 프랭크 사건은 1942년 10월 15일 오후 웨스트버지니아주의 시골에서 우리 아버지에게 두려움을 불러일으킨 역사의 극히 일부분이었다. 그 두려움은 그보다 훨씬 더 오래전으로 거슬러올라간다.

이렇게 해서 셸던은 우리와 함께 살게 되었다. 켄터키에서 뉴어크로 안전하게 돌아온 후 샌디 형은 전실로 옮기고 셸던은 앨빈 형과 이블린 이모가 남기고 간 자리를 차지했다. 린드버그의 미국이 저지른 악의적인 학대로 망가져버린 아이가 나와 트윈 베드를 나눠 쓰게 되었다. 이번에는 내가 보살펴야 할 토막난 다리는 없었다. 그애 자체가 토막난 다리였고, 그애가 결혼한 이모와 함께 살기 위해 열 달 후 브루클린으로 떠날 때까지 나는 그애의 의족이었다.

후기

독자를 위한 주

『미국을 노린 음모』는 허구의 작품이다. 이 후기의 목적은 역사적 사실이 끝나고 역사적 상상이 시작되는 곳을 탐구하고자 하는 독자들에게 참고문헌을 제시하기 위함이다. 뒤에 제시할 사실들은 다음의 출처에서 인용했다.『버턴 K. 휠러 상원의원과 미국의 외교 관계*Senator Burton K. Wheeler and United States Foreign Relations*』(1982), 존 토머스 앤더슨(버지니아대학교, 대학원에 제출된 학위 논문);『헨리 포드와 유대인: 혐오의 대량생산*Henry Ford and the Jews: The Mass Production of Hate*』(2001), 네일 볼드윈;『린드버그*Lindbergh*』(1998), A. 스콧 버그;〈뉴어크 이브닝 뉴스〉와 〈뉴어크 스타리거〉, 전기자원센터;『복싱이 유대인 스포츠였을 때*When Boxing Was a Jewish Sport*』(1997), 앨런 본더;『컬럼비아 백과사전*The Columbia Encyclopedia*』(1963), 윌리엄 브리지워터와 시모어 커츠 편집;『루스벨트: 자유의 전사*Roosevelt: The Soldier of Freedom*』(1970),『루스벨트: 사자와 여우*Roosevelt: The Lion* and the Fox』(1984), 제임스 맥그리드;『미국 제일주의: 개입에 대항한 전투 *America First: The Battle Against Intervention*』(1940~1941, 1953), 웨인 S. 콜;『미국에서의 나치운동 *The Nazi Movement in the United States*』(1924~1941, 1974), 샌더 A. 다이아몬드;『팩트 온 파일 20세기 백과사전 *The Facts on File Encyclopedia of the Twentieth Century*』(1991), 존 드렉셀 편집;『만국의 유대인: 전 세계의 주요 문제 제3권, 미국인의 삶에 대한 유대인의 영향 *The International Jew: The World's Foremost Problem, vol. 3, Jewish Influences in American Life*』(1920~1922), 헨리 포드;『윈첼: 가십, 권력, 그리고 유명 인사 문화 *Winchell: Gossip, Power, and the Culture of Celebrity*』(1994), 닐 게블러;『현대의 작가들 182권 *Contemporary Authors, vol. 182*』(2000), 게일 그룹 퍼블리싱;『미국의 연대기 *American National Biography*』(1999), 존 A. 개러티와 마크 C. 칸즈 편집;『미국사의 대사건: 남북전쟁 후 재건시대부터 오늘날까지, 1864~1981, 제3권 *Great Issues in American History: From Reconstruction to the Present Day, 1864~1981, vol. 3*』(1982), 리처드 호프스태터와 비어트리스 K. 호프스태터 편집;『미국 전기, 보충 자료 사전 3-0 *Dictionary of American Biography, Supplements 3-0*』(1974-1994), 조지프 G. E. 홉킨스 편집; "버턴 K. 휠러의 쇠퇴와 추락 *The Decline and Fall of Burton K. Wheeler*"(〈하퍼스 매거진〉 1947년 3월호), 조지프 K. 하워드;『해럴드 L. 이키즈의 비밀 일기 1939~1941 *The Secret Diary of Harold L. Ickes, 1939~1941*』(1974), 해럴드 L. 이키즈;『피오렐로 H. 라과디아와 현대 뉴욕 만들기 *Fiorello H. La Guardia and the Making of Modern New York*』(1989), 토머스 케스너;『윈첼: 그의 삶

과 시대 *Winchell: His Life and Times*』(1976), 허먼 클러펠드;『미래의 물결: 신념의 고백 *The Wave of the Future: A Confession of Faith*』(1940), 앤 모로 린드버그;『유대인 변호: 세 가지 반셈족 사건(드레퓌스, 베일리스, 프랭크), 1894~1915 *The Jew Accused: Three Anti-Semitic Affairs (Dreyfus, Beilis, Frank), 1894~1915*』(1991), 앨버트 S. 린드먼;『라과디아: 시대에 맞선 싸움꾼 1882~1933 *La Guardia: A Fighter Against His Times, 1882~1933*』(1959), 아서 만;『미국 공화제의 성장 제2권 *The Growth of the American Republic, vol. 2*』(1962), 새뮤얼 엘리엇 모리슨과 헨리 스틸 커머저;『최신 전기 연감 1988 *Current Biography Yearbook 1988*』(1988), 찰스 모리츠 편집;『매버릭스: 몬태나의 전설적인 정치인들의 삶과 전쟁 *Mavericks: The Lives and Battles of Montana's Political Legends*』(1997), 존 모리슨과 캐서린 라이트 모리슨;『랜덤하우스 영어 사전 *Random House Dictionary of the English Language*』(1983); '루스벨트의 시대' 제2권 『뉴딜의 도래 1933~1935 *The Coming of the New Deal, 1933~1935*』(1958), '루스벨트의 시대' 제3권『격변의 정치 1935년~1936년 *The Politics of Upheaval 1935~1936*』(1960), 아서 M. 슐레진저 주니어;『20세기 역사 사전 1914~1990 *A Dictionary of Twentieth-Century History, 1914~1990*』(1992), 피터 티드;『브리태니커 올해의 책 작품집 1937~1942 *Britannica Book of the Year Omnibus, 1937~1942*』,『브리태니커 올해의 책 1943 *Britannica Book of the Year, 1943*』, 월터 유스트 편집;『두려워할 것 없이: 프랭클린 D. 루스벨트 연설문 선집 1932~1945 *Nothing to Fear: The Selected Addresses of Franklin D. Roosevelt, 1932~1945*』(1961), 벤 D. 제빈 편집.

주요 인물들의 실제 연대기

프랭클린 델러노 루스벨트
1882~1945

1920년 11월 윌슨 대통령 시절 해군성 차관보로 복무한 후 오하이오 주 주지사 제임스 M. 콕스와 함께 민주당 부통령 후보로 출마한다. 민주당 후보들은 하딩에게 큰 표 차이로 패한다.

1921년 8월 소아마비에 걸리고 이로 인해 평생 다리를 심하게 절게 된다.

1928년 11월 뉴욕주 주지사로 당선되고 차기 선거에서도 당선되어 두 임기를 연임한다. 전 주지사 앨프리드 E. 스미스가 민주당 대통령 선거 후보로 출마했으나 공화당 허버트 후버에게 패한다. 루스벨트 주지사는 실업보험을 비롯해 대공황 피해자들을 위한 구호 정책을 실시하고 금주법 폐지를 옹호해 진보적 자유주의자로서의 입지를 굳힌다. 1930년 주지사 선거에서 압승을 거둔 후 민주당 대통령 후보의 선두주자로 떠오른다.

1932년 7월~11월 민주당 6월 전당대회에서 대통령 후보로 선출되고, 11월 57.4퍼센트의 지지를 얻어 후버 대통령을 압도한다. 국회도 상하원 모두 민주당 후보들이 휩쓴다.

1933년 3월 3월 4일 대통령으로 취임한다. 전국이 대공황으로 마비되어 있었고, 취임 연설에서 "우리가 두려워해야 할 것은 단 하나, 두려움 그 자체"라고 선언한다. 취임 즉시 농업·공업·노동·경제를 회복시키고 담보대출자와 실업자를 구제하기 위한 뉴딜 입법을 제안한다. 해럴드 L. 이키즈를 내무장관으로, 헨리 A. 월리스를 농업장관으로, 프랜시스 퍼킨스를 노동장관이자 최초의 여성 장관으로, (윌리엄 우딘의 병환으로 인해 1933년 11월 7일) 헨리 모겐소 2세를 재무장관이자 미국 역사상 두번째 유대인 장관으로 임명한다. 백악관에서 라디오로 전국에 노변한담이라 알려진 짧은 방송을 시작하고, 기자들과의 소통과 정보 제공을 위해 기자회견을 개최한다.

1933년 11월~1934년 12월 소련을 승인하고 곧이어 일본의 극동아시아 침략을 비롯한 일련의 사태에 대응해 미국 함대를 재건하기 시작한다. 1934년 무렵 대통령의 소외 계층을 위한 프로그램에 영향을 받아 흑인 유권자들은 이미 링컨의 공화당에서 루스벨트의 민주당으로 정치적 지지를 바꾸었다.

1935년 이른바 '제2의 뉴딜'로 알려진 개혁안이 봇물처럼 제출되어 사회보장법·미국노동관계법 등이 제정되고, 더 나아가 공공산업진흥국이 설립되어 한 달에 이백만 명의 노동자를 고용한다. 유럽의 불안정한 상황에 대응해 최초로 몇몇 중립 법안에 서명한다.

1936년 11월 메인주와 버몬트주를 제외한 모든 주에서 승리를 거두어 캔자스주 공화당 주지사 앨프리드 M. 랜던을 이긴다. 민주당이 국회 주도권을 확대한다. 취임 연설에서 "우리의 민주주의는 도전에 직면해 있습니다…… 국민의 3분의 1이 열악한 의식주로 고통받고 있습니다"라고 역설했다. 1937년 경제는 순조롭게 회복되고 있었지만, 경제 위기가 닥치고 노동 불안이 겹치자 1938년 국회의원 선거에서 공화당이 승리한다.

1938년 9월~11월 유럽에서 감지되는 히틀러의 의도를 염려해 나치 지도자에게 체코슬로바키아 합병에 대한 논쟁을 마무리하고 협상안을 받아들이라고 호소한다. 9월 30일 뮌헨회담에서 영국과 프랑스는 체코의 수데텐 지방을 합병하고 체코슬로바키아를 분할하겠다는 독일의 요구를 받아들인다. 히틀러가 이끄는 독일군은 10월 수데텐에 입성한다 (그리고 오 개월 후 나라 전체를 점령하고 슬로바키아를 독립시켜 독일의 지원을 등에 업은 파시즘 공화국을 만든다). 11월 루스벨트는 전투기 생산량을 크게 늘리라고 명령한다.

1939년 4월 히틀러와 무솔리니에게 향후 십 년간 유럽의 약소국을 공격하지 않겠다고 동의할 것을 요구한다. 히틀러는 독일제국 의회의 연설에서 루스벨트를 마음껏 조롱하고 독일의 군사력을 자랑한다.

1939년 8월~9월 히틀러에게 전보를 보내 폴란드와 영토 분쟁에 대해 협상할 것을 요구한다. 히틀러는 9월 1일 폴란드를 침공하는 것으로 답한다. 영국과 프랑스는 히틀러에 대한 전쟁을 선포하고, 2차대전이 발발한다.

1939년 9월 유럽 전쟁에 자극받은 루스벨트는 영국과 프랑스에 군사 지원을 할 수 있도록 중립법을 개정한다. 1940년 전반부에 히틀러가 덴마크, 노르웨이, 벨기에, 네덜란드, 룩셈부르크, 프랑스를 침략하자 루스벨트는 무기 생산을 크게 확대한다.

1940년 5월 전쟁에 대비해 산업과 군대를 준비하기 위해 국방위원회와 생산관리국을 차례로 신설한다.

1940년 9월 중국과 전쟁을 벌이고 프랑스령 인도차이나를 침공한 (그리고 이미 1910년 한국을 합병하고 1931년 만주를 점령한) 일본이 베를린에서 이탈리아·독일과 삼각동맹을 맺는다. 루스벨트의 주장에 따라 국회는 미국 역사상 최초로 평화시 징병 법안을 통과시킨다. 이 법에 따라 21~35세의 모든 남성이 군에 지원하고 팔십만 명이 입대하게 된다.

1940년 11월 우파 공화당원들이 루스벨트를 '전쟁광'이라 비난하는
가운데, 자신을 히틀러와 파시즘의 적으로 명백히 규정하는 동시에 어
떤 일이 있어도 미국을 유럽 전쟁에 참전시키지 않겠다고 공약해 국방
과 미국의 참전이 중요한 이슈였던 선거에서 공화당 후보 웬델 L. 윌키
를 선거인단 투표에서 449 대 82로 이기고 역사상 처음으로 3선 대통령
으로 당선된다. 윌키는 메인주, 버몬트주, 그리고 고립주의 중서부에서
만 승리를 거둔다.

  1941년 1월~3월 1월 20일에 취임한다. 3월 국회는 그의 무기대여
법을 통과시켜 대통령이 미국의 방위에 반드시 필요하다고 생각하는 국
가들의 방위를 위해 무기·식량·서비스를 '판매, 운송, 대여, 임대'할 수
있는 권한을 부여한다.

  1941년 4월~6월 독일군이 유고슬라비아와 그리스를 차례로 침공한
후 히틀러는 상호 불가침조약을 깨고 러시아를 침공한다. 4월 미국은
그린란드를 보호령으로 삼고, 6월 루스벨트는 미군 병력의 아이슬란드
상륙을 지시하고 무기대여법을 러시아로 확대한다.

  1941년 8월 루스벨트와 처칠이 바다에서 만나 '공통 원칙'을 정한 대
서양헌장을 작성하고 8개조의 평화조항을 선언한다.

  1941년 9월 독일이나 이탈리아 잠수함이 미 해역으로 들어와 미국
의 방위를 위협하면 미 해군이 가차없이 파괴할 것이라고 선포한다. 일
본에 중국과 인도차이나의 병력을 철수하라고 요구하지만 총리인 도조
장군은 그의 요구를 거부한다.

  1941년 10월 미국 상선이 무장하고 전투 지역에 들어갈 수 있도록
중립법을 개정하라고 국회에 요청한다.

  1941년 11월 일본이 미국과 군사 및 경제 문제에 대한 협상을 계속

할 것처럼 외교사절단을 보내 '평화 회담'을 하는 동안 대규모의 일본 타격부대가 비밀리에 태평양에 집결한다.

1941년 12월 일본은 태평양의 미국 속령과 대영제국의 최동단 속령에 기습 공격을 가한다. 대통령이 긴급 시국 연설을 한 다음날 국회는 만장일치로 일본에 전쟁을 선포한다. 12월 11일 독일과 이탈리아는 미국에 전쟁을 선포한다. 이에 대해 미 국회도 독일과 이탈리아에 전쟁을 선포한다. (일본의 진주만공격으로 발생한 미국 사상자는 다음과 같다. 해군, 육군, 해병대원, 민간인을 합쳐 사망자 2403명, 부상자 1178명.)

1942년 전쟁을 지휘하는 데 거의 전념한다. 국회 연두교서에서 그는 전시 생산을 늘려야 한다고 강조하고, "우리의 목표는 분명하다. 군벌들이 국민을 노예로 삼아 강요하고 있는 군국주의를 분쇄하는 것"이라고 선언한다. 전비를 충당하기 위해 589억 2700만 달러의 기록적인 예산을 상정한다. 처칠과 함께 동남아시아에서 군사지휘권을 통합했음을 선언한다. 6월 처칠과 전략 회담을 가졌고 그 결과로 11월 드와이트 D. 아이젠하워 장군이 이끄는 연합군이 프랑스령 북아프리카를 공격한다(칠 개월 후 독일군을 아프리카에서 몰아낸다). 대통령은 프랑스, 포르투갈, 스페인에게 연합군은 그들의 영토에 간섭할 계획이 없다고 분명히 밝힌다. 6월 국회에 추축국과 동맹을 맺은 루마니아, 불가리아, 헝가리의 파시즘 정권들과 교전 상태임을 승인해달라고 요청한다. 7월 적의 잠수함을 타고 미국 해안에 상륙한 뒤 정부 요원들에게 체포된 여덟 명의 나치 공작원을 재판하기 위해 위원회를 임명한다. 비밀재판 이후 두 명은 수감되고 여섯 명은 워싱턴DC에서 처형된다. 9월 대통령의 밀사 웬델 윌키가 모스크바에서 스탈린을 만나 서유럽에 새로운 전선을 형성할 것을 촉구한다. 10월 대통령은 이 주 동안 비밀리에 전시 생산 시설을 둘러본 후 목표량을 달성하고 있다고 발표한다. 국회에 징병 연령을 18세나 19세로 확대해줄 것을 요청한다.

1943년 1월~1945년 8월 유럽 전쟁(그리고 히틀러가 유럽에서 벌인 유대인 대량학살과 그들의 재산 몰수)이 1945년까지 이어진다. 4월 무솔리니가 이탈리아 유격대에게 처형당하고 이탈리아가 항복한다. 루스벨트 대통령은 최초로 4선 대통령에 당선되었지만 갑자기 뇌출혈로 사망하고, 부통령 해리 S. 트루먼이 대통령직을 승계한다. 이후 한 달도 안 되어 독일은 아돌프 히틀러가 베를린의 벙커에서 자살한 후 일주일이 지난 5월 7일 무조건 항복을 선언한다. 8월 14일 일본의 무조건 항복으로 극동아시아의 전쟁이 끝나고 2차대전이 종료된다.

찰스 A. 린드버그
1902~1974

1927년 5월 미네소타주에서 태어난 25세의 스턴트 비행사이자 항공우편 비행사인 찰스 A. 린드버그는 단엽기 스피릿 오브 세인트루이스호를 몰고 뉴욕을 출발해 서른세 시간 삼십 분 후 파리에 착륙한다. 이 최초의 무착륙 단독 대서양 횡단으로 그는 전 세계에서 유명인이 된다. 쿨리지 대통령은 린드버그에게 공군수훈십자훈장을 수여하고 그를 미국 육군 항공단 예비역 대령으로 임명한다.

1929년 5월 린드버그는 주 멕시코 미국 대사의 딸인 스물세 살의 앤 모로와 결혼한다.

1930년 6월 둘 사이에 뉴저지주에서 찰스 A. 린드버그 2세가 태어난다.

1932년 3월~5월 뉴저지주 호프웰의 435에이커의 외진 땅에 마련한 새 집에서 찰스 2세가 유괴된다. 약 십 주 후 인근의 숲에서 부패중인 아기의 시체가 우연히 발견된다.

1934년 9월~1935년 5월 독일에서 이민온 가난한 목수이자 전과자, 브루노 R. 하웁트만이 뉴욕시 브롱크스에서 린드버그의 아기를 유괴 및 살해한 혐의로 체포된다. 언론은 뉴저지주 플레밍턴에서 육 주간 열린 재판을 '세기의 재판'으로 보도한다. 하웁트만은 유죄를 선고받고 1936년 4월 전기의자에서 처형된다.

1935년 4월 앤 모로 린드버그가 최초의 책, 『북으로 가면 동양이 나온다North to the Orient』를 발표한다. 1931년 린드버그와 함께한 모험담이 담긴 이 책은 최고의 베스트셀러가 되고 그해의 가장 뛰어난 논픽션으로 전미도서상을 받는다.

1935년 12월~1936년 12월 사생활을 위해 린드버그 부부는 두 어린 자녀와 함께 미국을 떠나 영국 켄트주의 작은 마을에서 주로 생활하다 1939년 봄 미국으로 돌아온다. 미군의 권유로 린드버그는 독일을 여행하며 나치의 항공기 개발에 대해 보고하고, 그후 삼 년 동안 같은 목적을 위해 독일을 몇 번 더 방문한다. 1936년 베를린올림픽에 참석한다. 그 올림픽에 참석한 히틀러에 대해 린드버그는 나중에 한 친구에게 "그는 의심할 여지 없이 위대한 사람이다. 그는 분명 독일 국민을 위해 큰일을 하고 있다"고 써보낸다. 이때 앤 모로 린드버그도 남편과 함께 독일을 방문하고, 후에 "우리의 신문 만화란에는 히틀러를 어릿광대로 묘사하고, 유대인이 소유한 신문들은 유대인의 입장을 (당연히) 매우 강하게 선전하지만, 독재가 반드시 나쁘고, 사악하고, 불안정하고 득이 될 것이 절대 없다는 국내의 견해는 지나치게 청교도적이다"라고 비판적으로 쓴다.

1938년 10월 베를린 미 대사관에서 열린 만찬에서 공군사령관 헤르만 괴링이 린드버그에게 "총통의 명령에 의해" 제국에 봉사한 외국인에게 수여하는 독일독수리공로훈장—네 개의 작은 하켄크로이츠 장식이 달린 큼직한 금빛 훈장—을 수여한다. 앤 모로 린드버그는 자신의 비행 모험담을 엮어 두번째 저서 『들어라! 바람이여Listen! the Wind』를 발표한다. 남편이 미국의 파시즘 반대자들 사이에서 인기를 잃고 유대인 서적상들이 판매를 거부했음에도 이 책은 논픽션 부문 베스트셀러에 오른다.

1939년 4월 히틀러가 체코슬로바키아를 침공한 후 린드버그는 자신의 일기에 다음과 같이 쓴다. "독일이 저지른 많은 일이 못마땅하긴 하지만, 이 나라는 최근 몇 년 동안 유럽에서 하나의 정책을 꾸준히 추진하고 있다." 항공단장인 '행복한' 아널드 장군의 요청과 루스벨트 대통령의 승인으로(대통령은 그를 싫어하고 불신했다) 린드버그는 미 육군 항공단에서 대령으로서 임무를 맡는다.

1939년 9월 9월 1일 독일이 폴란드를 침공한 후 린드버그는 일지에 "외국 군대의 공격과 외래 민족에 의한 희석…… 그리고 열등한 혈통의 침투로부터 우리 자신을 보호"할 필요가 있다고 적는다. 그리고 항공술은 "황색, 검은색, 갈색의 물결이 밀려들어오는 바다에서 백인종이 살아남을 수 있는 대단히 귀중한 재산"이라고 쓴다. 같은 해 그 이전에 그는 공화당 전국위원회의 고위 인사이자 보수주의 라디오 뉴스 앵커인 풀턴 루이스 2세와 사적인 대화를 나눈 뒤 이렇게 적었다. "유대인이 우리의 신문, 라디오, 영화에 미치는 영향 때문에 우리는 불안감을 느끼고 있다…… 이는 안타까운 일이다. 어느 나라에서나 소수의 훌륭한 유대인은 분명 좋은 자산이기 때문이다." 1939년의 일지에 그는 이렇게 적는다(1970년에 발행된 그의 『전시 일지Wartime Journals』에는 빠져 있다).

"뉴욕 같은 곳에는 이미 유대인이 너무 많다. 소수의 유대인은 나라를 강하고 특색 있게 만들지만, 유대인이 너무 많으면 무질서해진다. 그런데 이 나라에는 유대인이 너무 많아지고 있다." 1940년 4월 CBS 방송에서 그는 이렇게 말한다. "우리가 이 전쟁에 말려들 위험에 처하게 된 유일한 이유는 우리가 참전하기를 바라는 강력한 인사들이 있기 때문입니다. 그들은 미국의 소수집단을 대표하지만, 영향력과 선전 수단의 많은 부분을 지배합니다. 그들은 모든 기회를 동원해 우리를 점점 더 벼랑 끝으로 밀어붙이고 있습니다." 아이다호주 공화당 상원의원 윌리엄 E. 보라가 린드버그에게 대통령에 출마하라고 격려하지만 린드버그는 한 명의 시민으로서 정치에 참여하는 것에 만족한다고 말한다.

1940년 10월 이해 봄 예일대학교 법대에서 발족한 미국우선위원회는 FDR의 간섭주의 정책에 반대하고 고립주의를 주장한다. 10월 린드버그는 예일대에 모인 삼천 명의 청중 앞에서 미국은 "유럽의 신흥 강대국들"을 인정해야 한다고 주장한다. 앤 모로 린드버그는 세번째 저서, 『미래의 물결The Wave of the Future』을 발표한다. '신앙 고백'이라는 부제가 달린 이 책은 간섭주의에 반대하는 짤막한 소론으로, 내무장관 해럴드 이키즈는 "모든 미국 나치의 성경"이라고 비난하지만 이 소론은 엄청난 논쟁을 불러일으키며 논픽션 부문 베스트셀러에 오른다.

1941년 4월~8월 미국우선위원회의 시카고 집회에 모인 만 명의 청중 앞에서 연설하고, 다시 뉴욕 집회에 모인 만 명 앞에서 연설한다. 그로 인해 그를 원수처럼 여기는 이키즈 장관은 그를 "미국 제1의 나치 동반자"라고 공격한다. 이키즈가 자신을 비난하고 특히 독일 훈장을 받은 것을 두고 맹렬히 공격하자 린드버그는 루스벨트 대통령에게 불만 섞인 편지를 보낸다. 이에 대해 이키즈는 "만일 린드버그 씨가 독일 독수리의 기사라고 불릴 때마다 뒤가 켕긴다면 그 불명예스러운 훈장을 반납하고 손을 터는 것이 어떨까?"라고 쓴다. (이전에 린드버그는 독일 지도부를 "불필요하게 모욕할" 필요가 없다는 이유로 반납을 거절했다.) 대통령은 린드버그의 충성심을 공개적으로 의심하고, 이에 자극을 받은 린드버그는 루스벨트의 국방장관에게 육군 대령직을 그만두겠다며 사표를 제출한다. 이키즈는 린드버그가 육군 임관을 포기할 때는 재빠르고 나치 독일로부터 받은 훈장을 반납하는 문제에는 완강하다고 꼬집는다. 5월 매디슨스퀘어가든에서 미국우선위원회의 집회가 열리자 린드버그는 몬태나주 상원의원 버턴 K. 휠러와 앤 모로와 함께 이만 오천 명의 군중 앞에 나타난다. 그가 등장하자 군중은 "미국의 차기 대통령!"이라 외치며 그를 환영하고 연설이 끝나자 사 분간 기립박수를 보낸다. 린드버그는 봄과 여름이 끝날 때까지 전국을 돌며 많은 청중 앞에서 미국의 참전에 반대하는 연설을 한다.

1941년 9월~12월 9월 11일 린드버그는 디모인에서 열린 미국우선위원회의 집회에서 "누가 전쟁을 선동하는가?"라는 라디오 연설을 한다. 그가 "미국에 도움이 되지 않는 이유로" 미국을 떠밀어 전쟁에 몰아넣으려는 가장 유력한 집단 가운데 하나로 "유대민족"을 거론할 때 팔천 명의 청중이 환호를 보낸다. 그는 다음과 같이 연설을 이어간다. "그들이 그들 자신에게 이익이 된다고 생각하는 방향으로 나아간다고 해서 우리는 그들을 비난할 수 없습니다. 그러나 우리는 또한 우리의 이익을 추구해야 합니다. 우리는 다른 민족들의 자연스러운 분노와 편견에 이끌려 이 나라가 파멸에 이르는 것을 용납해서는 안 됩니다." 디모인 연설은 이튿날 민주당과 공화당에서 똑같이 공격받지만, 노스다코타주 공화당 상원의원이자 완고한 미국우선주의자인 제럴드 P. 나이는 다른 지지자들처럼 린드버그를 옹호하고 반유대주의적 발언을 되풀이한다. 린드버그는 12월 10일 미국우선위원회의 보스턴 집회에서 연설할 예정이었지만, 일본이 진주만을 공격하고 미국이 일본, 독일, 이탈리아에 전쟁을 선포하자 연설을 취소한다. 미국우선위원회의 지도부는 활동을 종료하고 조직을 해산한다.

1942년 1월~12월 워싱턴DC로 가 항공단에 복직을 신청하지만 내각의 핵심 각료들이 강하게 반대하고 언론까지 가세하자 루스벨트는 신청을 기각한다. 1920년대 말과 30년대 초 대륙횡단항공운송사와 일하며('린드버그 노선') 높은 수익을 올리고 팬아메리칸항공사에서도 고액을 받고 컨설턴트로 일했지만 항공업계에서도 계속 일자리를 찾지 못한다. 봄이 돼서야 정부의 승인으로 디트로이트 외곽의 윌로런 비행장에서 진행되는 포드의 폭격기 개발 프로그램에 컨설턴트로 참여하고 가족은 디트로이트 교외로 이사한다. (9월 어느 날 오후 루스벨트 대통령이 전시 생산 프로젝트를 시찰하기 위해 윌로런 비행장을 방문하자 린드버그는 알아서 자리를 피한다.) 메이오클리닉 항공의학실험실에서 고공비행의 신체적 위험을 줄이기 위한 실험에 참여하고, 그후 고공비행에 필요한 산소 장비를 실험할 때에도 시험 비행사로 참여한다.

1942년 12월~1943년 7월 유나이티드항공사가 코네티컷주에서 해군 및 해병대의 코세어 전투기를 개발하는 일에 도움을 주고, 전투기 조종사를 훈련하는 일에 적극적으로 참여한다.

1943년 8월 네 아이의 어머니가 된 앤 모로 린드버그가 위험하고 모험적인 비행 이야기를 다룬 중편소설, 『급상승 The Steep Ascent』을 발표하지만 전작들과 달리 실패로 끝난다. 린드버그 일가가 전전에 보여준 정치 행보에 평론가들과 독자들이 적대감을 갖고 있는 것이 주된 이유였다.

1944년 1월~9월 플로리다주에서 한시적으로 보잉사의 새로운 B-29 폭격기를 비롯한 다양한 군용기를 시험한 후, 정부의 허가를 받고 남태평양으로 건너가 코세어 전투기의 성능을 연구한다. 남태평양에 도착한 후 뉴기니 기지에서 일본군 표적을 공격하는 전투와 폭격에 참여한다. 처음에는 참관에 그치지만 곧 열심히 참가해 큰 성공을 거둔다. 비행중 연료를 아껴 전투 범위를 넓히는 방법을 조종사들에게 가르친다. 50회의 비행 임무를 수행하고 일본군 전투기 한 대를 격추시킨 후 9월 미국으로 돌아와 유나이티드항공사의 전투기 프로그램에 다시 합류하고, 가족은 미시간주에서 코네티컷주 웨스트포트로 이사한다.

피오렐로 H. 라과디아
1882~1947

1922년 11월 1차대전 직전과 직후 맨해튼의 로우어이스트사이드에서 국회의원으로 두 번 당선되어 일한 후, 이스트할렘에서 연속 다섯 번 당선되어 이탈리아계와 유대계 유권자들을 위해 일한다. 후버 대통령의 판매세에 반대하고 그의 대공황 정책 실패를 비난하면서 하원을 주도한다. 또한 금주법에 반대한다.

1924년 11월 대통령 선거에서 공화당 후보인 쿨리지 대통령이 아닌 진보당 후보 로버트 M. 라폴레트를 공개적으로 지지한다.

1931년 1월 뉴욕주 주지사 프랭클린 D. 루스벨트가 실업과 관련된 대공황 문제들에 대처하기 위해 주지사 회의를 요청한다. 라과디아는 루스벨트가 국정조사를 추진하고 자신이 후버 대통령에게 관철시키지 못한 노동 및 실업 법안을 위해 노력하는 점에 찬사를 보낸다.

1932년 민주당이 압도적으로 승리한 후 레임덕에 빠진 72대 국회에서 대통령 당선자인 루스벨트는 독립적 입장을 취하는 공화당 의원—그리고 낙선한 후 남은 임기를 채우고 있는—라과디아에게 뉴딜 법안을 제출하게 한다.

1933년 11월 태머니파에 반대하는 공화당 퓨전보수주의자로(후에는 심지어 미국노동당원으로) 뉴욕시 시장에 출마해 세 번 연속 당선된다. 활동가적인 시장의 모습으로 공공 근로 정책을 추진하고 공공 서비스 분야를 신설하고 확대해 대공황에 빠진 뉴욕의 경제에 활기를 불어넣는다. 파시즘과 미국나치당을 비난한다. 나치가 그에게 "뉴욕의 유대인 시장"이라는 이름을 붙이자 "나는 혈통을 자랑하기에는 내 핏줄에 유대인의 피가 부족하다고 생각한다"고 빈정거렸다.

1938년 9월 히틀러가 체코슬로바키아를 분할한 후 라과디아는 공화당 고립주의자들을 공격하며 불거지는 간섭주의 논란에도 불구하고 루스벨트의 편에 선다.

1940년 9월 대통령 후보인 웬델 윌키가 그를 러닝메이트로 여기고 있다는 말이 있었지만, 라과디아는 1924년에 그랬던 것처럼 이번에도 공화당을 떠나 조지 노리스 상원의원과 함께 무소속으로 남아 루스벨트의 3선을 위해 공개적으로 선거운동을 펼친다.

1940년 8월~11월 전쟁이 임박하자 루스벨트는 라과디아를 전쟁장관으로 임명하고 싶어했지만 대신 공화당원인 헨리 스팀슨을 그 자리에 앉히고, 라과디아를 미국-캐나다 국방위원회의 미국측 의장으로 임명한다.

1941년 4월 뉴욕시 시장직을 수행하면서 루스벨트가 제안한 무보수 직책인 민간방공국 국장직을 받아들인다.

1943년 2월~4월 루스벨트에게 자신을 다시 육군 준장으로 복귀시켜 국방의 의무를 적극적으로 수행할 수 있게 해달라고 강하게 요청하지만, 루스벨트는 그에게 내각의 한 자리를 주거나 러닝메이트로 고려하려는 시도가 실패로 돌아갔을 때처럼 이번에도 그가 너무 선동적이라는 측근들의 충고에 따라 그의 요청을 거절한다. 실망한 시장은 다시 "거리 미화원의 작업복"을 입는다.

1943년 8월 예전에 보몬트, 모빌, 로스앤젤레스, 디트로이트에서 일어났던 전시의 인종 분쟁—6월 동안 스물한 차례의 폭동이 일어나 34명이 사망했다—이 뉴욕의 할렘에서 터진다. 거의 사흘 동안 공공 기물 파손, 약탈, 살인이 할렘을 휩쓴 후 흑인 주도자들은 폭동으로 인해 6명의 사망자, 185명의 부상자, 500만 달러의 재산 손실이 발생했지만 그 기간 동안 라과디아가 강력하고 온정적인 지도력을 발휘했다고 찬사를 보낸다.

1945년 5월 FDR 사망 한 달 후 4선에 출마하지 않겠다고 선언한다. 은퇴 전 그는 신문사가 파업하는 동안 라디오에 나와 뉴욕의 어린이들에게 신문의 연재만화를 읽어준 것으로 유명하다. 공직에서 물러난 후 라과디아는 국제연합구호부흥기관 이사장직을 맡는다.

월터 윈첼
1897~1972

1924년 보드빌 배우 출신의 월터 윈첼은 〈뉴욕 이브닝 그래픽〉에 고용된 후 곧 브로드웨이 전담 기자 및 칼럼니스트로 인기를 얻는다.

1929년 6월 윌리엄 랜돌프 허스트의 〈뉴욕 데일리 미러〉에 소속된 칼럼니스트로 일을 시작하고 삼십 년 이상 그 자리를 지킨다. 허스트의 킹피처스는 윈첼의 칼럼을 전국에 배포하고 결국 그의 칼럼은 이천 개이상의 신문에 실린다. 현대적인 가십 칼럼의 창시자로서 자연스럽게 스토크클럽에서 자주 눈에 띄는 뉴욕의 명사가 된다.

1930년 5월 브로드웨이 가십 뉴스 해설자로 라디오에 데뷔하고, 이어 〈러키 스트라이크 댄스 아워〉라는 프로그램으로 큰 인기를 얻는다. 1932년 12월부터 일요일 밤 아홉시마다 NBC 블루네트워크에서 저젠스로션이 후원하는 프로그램을 진행한다. 매주 십오 분씩 은밀한 가십과 잡보를 전하는 윈첼의 프로그램은 곧 가장 높은 청취율을 올리고, "안녕하십니까, 미국의 신사 숙녀 여러분, 그리고 바다에서 항해하는 모든 선원 여러분. 전 국민에게 알립니다!"라는 그의 오프닝 멘트는 미국 특유의 어법 중 하나로 자리잡는다.

1932년 3월 린드버그 유괴 사건을 취재하기 시작하고 FBI 국장인 J. 에드거 후버가 그의 취재를 돕는다. 1934년 브루노 하웁트만이 체포되고 1935년 재판을 받을 때까지 계속 유괴 사건을 취재한다.

1933년 2월 시사 해설자들과 유명한 유대인 가운데 거의 유일하게 히틀러와 미국나치당, 그리고 동맹의 지도자 프리츠 쿤을 공개적으로 공격하기 시작하고, 2차대전이 발발할 때까지 라디오와 칼럼으로 공격을 계속한다. 이때 '래치스'와 '스와스틴커'*라는 새로운 말을 만들어 나치운동을 조롱한다.

1935년 1월~3월 하웁트만 재판을 취재한 노력에 대해 J. 에드거 후버가 극찬한다. 그후 후버와 윈첼은 미국나치당에 대한 정보를 주고받

---

* swastinker. 나치의 하켄크로이츠를 뜻하는 'swastika'와 고약한 냄새를 풍기는 자라는 뜻의 'stinker'를 합친 말이다.

고 그 내용이 윈첼의 칼럼에 실린다.

1937년 칼럼에서 루스벨트와 뉴딜을 지지한 결과로 5월 백악관에 초대되고 대통령과 정기적으로 소식을 주고받는다. 윈첼이 FDR를 공개적으로 지지하자 허스트와 윈첼 사이에 불화가 심해진다. 뉴욕의 이웃에 사는 갱단원 프랭크 코스텔로와 친분을 쌓는다.

1940년 윈첼의 칼럼을 읽고 뉴스 프로그램을 청취하는 사람의 수가 미국 전체 인구의 3분의 1이 넘는 오천만 명으로 추산되고, 80만 달러에 달하는 연수입은 그를 미국 최상위 연봉자 반열에 올려놓는다. 윈첼은 더욱 박차를 가해 자신의 칼럼에 '윈첼 칼럼 대 제5열'과 같은 특집 기사들을 발표한다. 전례가 없는 루스벨트의 3선 출마를 강하게 지지하고, 공화당 후보인 윌키를 비판하는 기사를 〈데일리 미러〉에 발표했을 때 허스트가 이를 검열하자 〈피엠〉에 익명으로 칼럼을 발표한다.

1941년 4월~5월 린드버그의 고립주의와 친독일 발언들을 공격하고, 나치의 외무장관 폰 리벤트로프에게 미국은 싸울 의지가 있다고 경고한다. 그러자 버턴 K. 휠러 상원의원이 "미국 국민을 이 전쟁으로 몰아넣으려는 기습 공격"이라며 윈첼을 공격한다.

1941년 9월 린드버그가 디모인 연설에서 유대인이 미국을 전쟁으로 몰아가고 있다고 비난하자 윈첼은 린드버그의 "후광이 그의 올가미가 되었다"고 쓰고 린드버그를 비롯해 휠러 상원의원, 나이, 랜킨 등을 친나치로 규정하고 공격을 멈추지 않는다.

1941년 12월~1972년 2월 미국이 2차대전에 참가한 후 윈첼의 뉴스 프로그램과 칼럼은 주로 전쟁 뉴스를 다룬다. 해군 예비역 소령이던 윈첼은 FDR를 졸라 1942년 11월 전시 작전에 투입된다. 종전과 함께 극우로 돌변해 소련을 맹렬히 공격하고 조지프 매카시 상원의원을 지지하는

반공주의자가 된다. 1950년대 중반에는 거의 잊힌 존재가 되고 1972년
장례식에는 그의 딸만 참석한다.

버턴 K. 휠러
1882~1975

1920년 11월~1922년 11월   몬태나주 의원으로 강력한 거대기업인
아나콘다구리사에 도전하고 전후 적색공포*가 휩쓰는 기간에 인권침해
에 반대한 후 1920년 주지사 선거에서 크게 패하지만, 1922년을 시작으
로 민주당 후보로 출마해 당선되고, 농민과 노동자 계층의 강력한 지지
를 등에 업고 미 상원에 네 번 입성한다. 임기 동안 몬태나주 주 정부를
초당파적인 사조직으로 전환시킨다.

1924년 2월~11월   티포트돔 스캔들**이 터지자 상원의 국정조사위
원장으로 선출된다. 이 조사로 쿨리지 대통령의 법무장관 해리 M. 도허
티가 사임하고 쿨리지의 법무부가 굴욕을 겪는다. 민주당—그리고 존
W. 데이비스의 민주당 러닝메이트 지명—을 버리고 위스콘신주 상원
의원 로버트 M. 라폴레트와 함께 진보당의 부통령 후보로 출마한다. 쿨
리지는 민주당과 진보당을 압도적으로 이기지만, 진보당은 전국에서
600만 표를 얻고 몬태나주에서는 거의 40퍼센트의 표를 얻는다.

1932~1937년   1932년 민주당 전당대회를 앞두고 열여섯 개 주를
돌며 루스벨트의 지명을 위해 힘쓴다. 전국적인 인물로는 처음으로 민
주당 후보를 승인하고 뉴딜의 사회 개혁에 대체로 공감했지만, 1937년

---

* 1차대전 이후 확산된 공산주의에 대한 두려움.
** 미국 29대 대통령 워런 하딩이 연루된 초대형 권력형 비리 스캔들.

휠러는 대통령이 대법원을 확대해 뉴딜의 지지자들로 '채워넣는' 입법을 제안하자 격렬히 반대한다. 휠러의 주도로 말썽 많은 법안은 패배하고 그와 대통령 사이에 개인적인 불화가 쌓인다.

1938년 휠러의 몬태나 조직은 월터 윈첼이 "국회에서 나치운동의 마우스피스로 활동한다"고 지목한 우파 공화당 의원 제이콥 토컬슨의 당선을 도와 민주당 내의 경쟁자인 제리 오코넬 하원의원을 제거하려 한다. 윈첼이 〈리버티〉의 '미국에 없어도 될 미국인'이라는 시리즈에 토컬슨을 포함시키자 토컬슨은 윈첼을 "비방을 일삼는 유대인"이라 부르고 윈첼을 고소한다. 오코넬 의원은 선거 기간에 휠러의 민주당원들이 벌인 활동에 대해 논평하며 휠러를 "그의 당에겐 베네딕트 아널드이고, 그의 대통령에겐 반역자다"라고 묘사한다.

1940~1941년 유력한 민주당원들이 몬태나주에서 '휠러를 대통령으로'라는 클럽을 결성한다. 루스벨트가 세번째 출마를 선언할 때까지 고향인 몬태나주를 비롯한 여러 주에서 강력한 민주당 후보로 거론된다. 상원에서 휠러는 루스벨트를 중심으로 한 민주당의 자유주의파와 점점 더 멀어지고 공화당 의원들 및 민주당의 남부 의원들과 손을 잡는다. 미국이 유럽 전쟁에 개입하는 것을 극렬히 반대한다. 1940년 6월 "만일 계속 호전파 정당으로 남는다면" 민주당을 탈당하겠다고 협박한다. 그달 "전쟁을 위한 선전과 선동에 반격을 가하는" 계획을 세우기 위해 찰스 A. 린드버그와 고립주의자 상원의원들을 만난다. 상원 회의에서 친나치라는 비난으로부터 린드버그를 변호하고, 몇 달 후 루스벨트가 공식적으로 린드버그를 남북전쟁의 "코퍼헤드"*에 비유하자 대통령

---

* 남북전쟁을 반대하고 남부와의 즉각적인 평화 협상을 주장한 북부인.

의 발언이 "바른 생각을 가진 모든 미국인을 충격에 빠뜨리고 소름 끼치게 한다"고 말한다. NBC 라디오에 나와 히틀러와 협상하기 위한 8개조 평화조항을 제안하고 린드버그로부터 축하 전보를 받는다. 미국우선위원회를 조직하기 위해 계획을 수립중인 예일대 학생들을 만나 비공식 고문 역할을 수락하고, 린드버그와 함께 미국우선위원회의 각종 집회에서 가장 인기 있는 연사로 활동한다. 징병에 반대하는 연설에서 루스벨트의 평화시 징병 법안을 "전체주의로 나아가는 단계"로 규정한다. 상원 회의에서 무기대여 법안에 반대하며 이렇게 말한다. "만일 미국 국민이 독재를 원한다면, 만일 미국 국민이 전체주의 정부를 원하고 전쟁을 원한다면 이 법안은 루스벨트 대통령이 예사로 하는 것처럼 강압적으로 국회를 통과하는 게 맞을 것입니다." 무기대여법이 통과되면 "미국 젊은이는 네 명 중 한 명이 땅속에 묻힐 것"이라고 주장한다. 이 주장에 대해 루스벨트는 휠러의 발언은 "우리 시대에 공식석상에서 행해진 말 중…… 가장 거짓되고…… 가장 비겁하고 매국적인 발언"이라고 규정한다. 휠러는 미국이 아이슬란드에 군대를 보낼 것이라고 공개적으로, 그리고 성급하게 폭로한다. 백악관은 처칠 수상과 함께 휠러가 미국인과 영국인의 생명을 위험에 빠뜨렸다고 비난한다. 1941년 11월 전시에 수행할 미국의 전략을 밝히는 전쟁부 기밀문서를 고립주의에 찬성하는 〈시카고 트리뷴〉에 누출해 다시 한번 군사기밀 누출로 기소된다.

1941년 12월~1946년 12월 진주만공격 이후 전쟁을 지지하지만, 미국과 소련의 동맹은 공산주의 정권의 생존에 도움이 된다고 주장한다. 1944년 "미주리강유역개발공사 뒤에 공산주의자들이 있다"고 주장하면서 자유주의자들과 대립하고 몬태나전력사 및 아나콘다구리사와 한편이 되어 테네시강유역개발공사처럼 미주리강 유역을 개발하려는 계획을 무산시키는 데 일조한다. 그후 몬태나주에서 민주당의 지지를 완전히 잃고 1946년 상원 예비선거에서 몬태나주의 젊은 자유주의자 리프 에릭슨에게 패한다.

1950년대 워싱턴DC에서 변호사업에 종사하고 이념적, 정치적으로 조지프 매카시 상원의원과 동맹한다.

헨리 포드
1863~1947

1903~1905년 1903년 헨리 포드가 설계하고 그가 새로 설립한 포드자동차사에서 제작한 2기통 8마력의 최초의 포드 자동차, 모델 A가 850달러에 선을 보인다. 그후 몇 년에 걸쳐 더 비싼 모델들이 나온다.

1908년 미국의 시골 지역에 맞게 설계한 모델 T가 선을 보이고, 1927년에는 포드사가 생산하는 유일한 모델이 된다. 포드는 미국 최고의 자동차 제조업자가 되고 "다수 대중을 위한 차를 만들겠다"는 포부를 실현한다.

1910~1916년 그의 회사 직원들과 함께 순차적인 생산 공정과 노동 분업을 확립하고 계속해서 이동식 조립라인으로 발전시켜—산업혁명이 도래한 이후 가장 위대한 공업의 혁신으로 여겨진다—모델 T의 대량생산이 가능해진다. 1914년 포드는 하루 여덟 시간 노동에 기본 5달러 임금을 지급하겠다고 선언한다. 이 제안은 실제로는 포드 노동자의 일부에게만 적용된다. 그러나 "일당 5달러"*라는 주장으로 포드는 큰 찬사와 명성을 얻고 깨우친 사업가로 인식된다. 하지만 그는 깨우친 사상가는

---

* 당시 하루 일당은 약 2.38달러였다.

아니었다. 그는 자신을 이렇게 설명한다. "나는 책을 좋아하지 않는다. 책을 읽으면 생각이 뒤죽박죽이 된다." "역사는 어느 정도 허풍이다."

1916~1919년 공화당 전국대회에서 대통령 후보자 명단에 이름이 오르고 1차 투표에서 32표를 얻는다. 회사에서는 승승장구하며 포드사의 모든 사업에 절대권력을 행사한다. 1916년 회사는 차를 하루에 이천 대씩 생산하고, 모델 T의 누적 생산량은 백만 대를 돌파한다. 1차대전이 발발하자 포드는 평화주의를 내세워 전쟁에 반대하고 전쟁을 이용한 부당 이득을 공격한다. 포드 임원들과의 회의에서 다음과 같이 밝힌다. "나는 누가 전쟁을 일으켰는지 안다. 독일계 유대인 은행가들이다. 내겐 증거가 있고, 모두 객관적 사실이다. 독일계 유대인 은행가들이 전쟁을 일으켰다." 미국이 참전하자 정부와 계약을 체결할 때 "1퍼센트의 이윤도 남기지 않고 운영하겠다"고 맹세하지만 약속을 지키지 않는다. 전에는 공화당원이었다가 윌슨 대통령의 강한 권유로 민주당 상원의원에 도전하지만 근소한 차이로 패배한다. 패배의 책임을 월스트리트의 "이익"과 "유대인"에게 돌린다.

1920년 5월 〈디어본 인디펜던트〉—1918년 포드가 매입한 지역 주간지—는 "국제 유대인: 세계의 문제"를 상세히 폭로하는 기사를 처음 발표하고 그후 91회까지 연재한다. 이후의 기사에서 『시온장로의정서』라는 위작의 내용을 계속 폭로하면서 그것—그리고 유대인의 세계 지배 계획—이 진짜라고 주장한다. 발행 이 년째에는 발매부수가 삼십만 부를 돌파한다. 포드의 딜러들은 회사 제품이라는 구실로 구독을 강요당하고, 이 강력한 반유대주의적 기사들은 네 권의 책으로 편집되어 '국제 유대인: 세계 제일의 문제'라는 제목을 달고 세상에 나온다.

1920년대 1921년 자동차 생산 총 오백만 대를 돌파하고, 모델 T는 미국에서 팔린 자동차의 절반 이상을 차지한다. 거대한 리버루지 공장을 세우고 디어본에 공업도시를 건설한다. 회사에 원료를 공급할 목적으로 숲, 철광산, 탄광을 취득한다. 자동차 모델을 다양화한다. 1922년에 펴낸 자서전 『나의 인생과 일My Life and Work』은 논픽션 부문 베스트셀러가 되고, 포드라는 이름과 그의 전설은 전 세계로 퍼져나간다. 여론조사에서 하딩 대통령의 인기를 앞서고, 공화당 대통령 후보감으로 거론되자 1922년 가을 대통령 출마를 고려한다. 아돌프 히틀러는 1923년 인터뷰에서 "우리는 하인리히 포드*가 미국에 파시즘운동을 확산시키는 지도자가 되기를 기대한다"고 말한다. 1920년대 중반 시카고의 유대인 변호사가 그를 명예훼손으로 고소한다. 이 고소는 당사자 간의 합의로 끝나고 1927년 그는 유대인에 대한 공격을 철회하고 반유대주의적인 출판을 중단하기로 합의한다. 이에 따라 적자 사업이던 〈디어본 인디펜던트〉를 폐간하고 500만 달러의 손해를 입는다. 1927년 8월 스피릿 오브 세인트루이스호를 몰고 디트로이트에 온 린드버그는 포드공항에서 포드를 만나 그를 자신의 유명한 비행기에 태우고 최초의 비행 경험을 선사한다. 포드는 린드버그의 항공기 제작에 관심을 보인다. 그후 두 사람은 여러 번 만나고 1940년 포드는 디트로이트에서 인터뷰할 때 "찰스가 오면 우리는 유대인 얘기만 나눈다"고 말한다.

1931~1937년 쉐보레 및 플리머스와 경쟁하고 대공황으로 타격을 입은 탓에 혁신적인 포드 V-8 엔진을 개발하고도 큰 손실을 기록한다. 리버루지 공장에서 노동 강화, 고용 불안정, 노동 감시로 인해 노사관계가 악화된다. 제너럴모터스와 크라이슬러처럼 포드사에도 노조를 설립

---

* 헨리 포드는 아일랜드계이며 '하인리히'는 히틀러가 붙인 독일계 이름이다.

하려는 전미자동차노동조합의 노력에 포드는 폭력과 위협으로 대응하고, 디트로이트의 자경대가 리버루지에서 노조원들을 폭행한다. 포드사의 노사 정책은 전국노동관계위원회의 비난을 받고 자동차 업계 최악의 정책으로 알려진다.

1938년 7월 디트로이트에서 맞이한 일흔다섯번째 생일에 천오백 명의 저명한 시민들을 불러 만찬을 열고 이 자리에서 히틀러의 나치 정부로부터 독일독수리공로훈장을 받는다. (10월 독일에서 열린 수여식에서 린드버그도 똑같은 훈장을 받는다. 이에 대해 이키즈 내무장관은 12월 클리블랜드시오니즘학회 모임에서 다음과 같이 말한다. "헨리 포드와 찰스 A. 린드버그는 인류에게 새로운 범죄를 저지를 수 없으면 그날을 헛되이 보냈다고 아쉬워하는 자로부터 비굴하게도 모욕적인 훈장을 받은, 자유국가에 단 두 명뿐인 자유시민이다.") 두 번의 뇌졸중 중 첫번째가 발병한다.

1939~1940년 2차대전이 발발하자 친구인 린드버그와 함께 고립주의와 미국우선위원회를 지지한다. 포드가 미국우선위원회의 집행위원으로 임명된 직후 시어스로벅앤드사의 유대인 이사인 레싱 J. 로젠월드는 포드의 반유대주의적 평판 때문에 집행위원을 사임한다. 포드는 한동안 라디오에서 반유대주의를 전파하는 코글린 신부를 정기적으로 만난다. 루스벨트와 이키즈는 포드가 코글린 신부의 활동에 자금을 댄다고 믿는다. 반유대주의 선동가 제럴드 L.K. 스미스의 주간 라디오방송을 후원하고 생활비를 지원한다. (몇 년 후 스미스는 포드의 『국제 유대인』을 신판으로 재인쇄하고, 포드가 "유대인에 대한 견해를 결코 바꾸지 않았다"고 1960년대까지 주장한다.)

1941~1947년 두번째 뇌졸중이 찾아온다. 전쟁이 다가옴에 따라 회

사는 방위생산으로 전환한다. 전쟁중 거대한 윌로런 비행장에서 B-24 폭격기를 생산하고 린드버그를 고문으로 고용한다. 1945년 병 때문에 포드는 더이상 회사를 운영하지 못하고 물러난다. 1947년 4월에 숨을 거두자 십만 명의 추모객이 그의 죽음을 애도한다. 회사채인 막대한 재산은 대부분 포드재단이 인수하여 곧 세계에서 가장 부유한 민간 재단이 된다.

소설에 등장하는 그 밖의 역사적 인물들

버나드 바루크(1870~1965) 금융업자, 정부 자문위원. 1차대전 동안 우드로 윌슨 대통령 밑에서 전시산업위원회 위원장을 역임하며 미국의 산업 자원을 전시체제로 전환했다. 루스벨트 행정부에서 백악관의 측근으로 활동했다. 1946년 트루먼 대통령에 의해 유엔핵에너지위원회 미국 대표로 임명되었다.

루제로 '리치 부트' 보이아르도(1890~1984) 뉴어크의 갱단 두목. 같은 폭력배인 론지 즈윌먼의 경쟁자. 뉴어크에서 이탈리아인 거주 지역인 제1구를 지배했고, 그곳에 유명 레스토랑을 소유했다.

루이스 D. 브랜다이스(1856~1941) 켄터키주 루이빌에서 태어나 프라하에서 이민온 유대인 가정에서 자랐다. 보스턴에서 변호사로 일하며 공익과 노동 문제에 헌신했다. 미국에서 시오니즘운동을 처음 조직했다. 윌슨 대통령이 연방 대법원 판사로 임명했지만 상원 법사위원회와

온 나라에서 사 개월 동안 격렬한 논쟁이 일어난 후에야 임명이 승인되었다. 브랜다이스는 그 이유가 자신이 대법원에 임명된 최초의 유대인이었기 때문이라고 생각했다. 1939년까지 23년간 재직했다.

찰스 E. 코글린(1891~1979) 로마가톨릭교회 신부. 미시간주 로열오크에 위치한 리틀플라워성당의 교구장. 루스벨트를 공산주의자로 여기고 린드버그를 열렬히 찬양했다. 1930년대 매주 전국 라디오방송과 그의 정기간행물인 〈사회 정의〉를 통해 강력한 반유대주의 사상을 퍼뜨렸다. 전쟁중 미국 우정국은 방첩법 위반으로 이 간행물의 배포를 금지했고 1942년에 발행이 중단되었다.

어밀리아 에어하트(1897~1937) 1932년 뉴펀들랜드에서 아일랜드까지 열네 시간 오십육 분의 대서양 횡단비행 기록을 세웠고, 여성 최초로 대서양을 단독 횡단하고 호놀룰루에서 캘리포니아주까지 태평양을 건넜다. 1937년 조종사 프레데릭 J. 누넌과 세계일주를 시도하던 중 태평양 상공에서 실종되었다.

마이어 엘렌스타인(1885~1963) 치과의사와 변호사로 일한 뒤 1933년 다른 뉴어크 시위원들에 의해 뉴어크 시장으로 선출되었다. 뉴어크 최초의 유일한 유대인 시장으로, 1933~1941년까지 두 번의 임기를 수행했다.

에드워드 플래너건(1886~1948) 1904년 아일랜드에서 미국으로 이주한 후 성직자가 되기 위해 공부를 시작했다. 1912년 서품을 받았고,

1917년 오마하에 '플래너건 신부의 소년의 집'을 세우고 인종과 종교에 상관없이 거리를 떠도는 아이들을 보살폈다. 1938년 스펜서 트레이시가 플래너건 신부를 연기한 보이스타운에 관한 유명한 영화 때문에 전국적인 인물이 되었다.

레오 프랭크(1884~1915) 애틀랜타의 연필 공장 관리자. 1913년 4월 26일 열세 살 난 종업원 메리 페이건을 살해한 죄로 유죄판결을 받았다. 감옥에 있을 때 동료 죄수가 칼로 공격했고, 그후 1915년 8월 지역 시민들이 감옥에서 끌고 나와 린치를 가했다. 석연치 않은 판결에 반유대주의가 큰 역할을 한 것으로 보인다.

펠릭스 프랭크퍼터(1882~1965) 루스벨트가 임명한 미국 대법원 판사. 1939~1962년 재임했다.

요제프 괴벨스(1897~1945) 나치당의 초기 당원. 1933년 히틀러의 선전장관이자 문화적 독재자가 되어 신문, 라디오, 영화, 연극을 감독하고 퍼레이드와 대중 집회 같은 공개적인 행사를 연출했다. 히틀러의 측근 중에서도 헌신적이고 잔인하기로 악명이 높았다. 1945년 4월 독일이 패하고 러시아군이 베를린에 들어오자 괴벨스 부부는 여섯 명의 어린 자녀를 죽이고 함께 자살했다.

헤르만 괴링(1893~1946) 비밀경찰인 게슈타포의 창설자이자 초대 지휘관이었고, 독일 공군을 창설했다. 1940년 히틀러는 그를 자신의 후계자로 불렀지만 전쟁이 끝날 무렵 그를 해임했다. 뉘른베르크 전범재판에서 사형선고를 받고 처형되기 두 시간 전에 자살했다.

헨리 (행크) 그린버그(1911~1986) 1930년대와 1940년대 디트로이트 타이거즈에서 1루수이자 홈런 타자로 활약했다. 1938년 베이브 루스의 홈런 기록에서 두 개 모자라는 기록을 세웠다. 유대인 야구팬에게 영웅이었고, 명예의 전당에 오른 두 명의 유대인 중 첫번째 선수였다.

윌리엄 랜돌프 허스트(1863~1951) 미국 출판업자. 대중에 영합한 선정적이고 호전적인 '황색 언론'의 대표적 인물이었다. 그의 신문 제국은 1930년대까지 번성했다. 처음에는 민주당 인민주의자들과 손을 잡았으나 시간이 흐르면서 우파가 되고 FDR를 무자비하게 공격한다.

하인리히 힘러(1900~1945) 나치당의 지도자, 강제수용소를 운영한 SS 친위대의 총사령관이자 게슈타포의 지휘관. 인종 '정화' 정책을 담당했고, 히틀러에 이은 서열 2인자였다. 1945년 영국군에 체포된 후 음독자살했다.

존 에드거 후버(1895~1972) 1924~1972년 연방수사국(FBI, 처음에는 사법부 산하의 수사국이었다)의 국장.

해럴드 L. 이키즈(1874~1952) 진보적 공화당원에서 민주당으로 전향, 십삼 년 동안 루스벨트의 내무장관을 역임하며 루스벨트의 내각에서 두번째로 오래 일했다. 환경보호에 헌신했고 파시즘을 강하게 반대했다.

프리츠 쿤(1886~1951) 독일 태생으로 1차대전에 참전했다. 1927년 미국으로 이주했고, 1938년 자신을 미국의 총통으로 내세우며 이만 오천 명의 회원과 함께 미국에서 가장 강하고 활동적이고 부유한 나치 집단인 독일-미국동맹을 창설했다. 1939년 절도죄로 유죄판결을 받고, 1943년 시민권을 박탈당하고, 1945년 독일로 추방되었다. 1948년 독일 비나치화 법정에서 나치즘을 미국에 심으려 한 죄와 히틀러와 긴밀한 관계를 유지한 죄로 유죄판결을 받고, 십 년의 중노동을 선고받았다.

허버트 H. 리먼(1878~1963) 가족이 설립한 금융회사, 리먼브러더스의 동업자. 루스벨트 주지사 밑에서 뉴욕주 부지사를 역임했다. 1932~1942년 루스벨트의 뒤를 이어 주지사가 되었다. 뉴딜 정책을 지지하고 참전을 강하게 주장했다. 뉴욕주 민주당 상원의원 시절(1949~1957년) 조지프 매카시 상원의원에게 처음부터 반대했다.

존 L. 루이스(1880~1969) 미국 노동운동 지도자. 1935년 전미광산노동자조합의 회장으로, 미국노동총동맹에서 탈퇴해 산업별노동조합을 만들었다. 이 조합은 1938년 산업별노동조합회의가 되었다. 처음에는 루스벨트를 지지했지만 1940년 선거에서는 공화당 후보인 윌키를 지지했고, 윌키가 패하자 산업별노동조합회의 의장직을 사임했다. 전쟁중 광산노동자조합의 파업으로 루이스와 행정부의 적대감은 더욱 깊어졌다.

앤 스펜서 모로 린드버그(1906~2001) 미국 작가 겸 비행사. 뉴저지주 잉글우드의 부유한 권력가 집안에서 태어났다. 아버지 드와이트 모로는 투자회사인 J.P.모건사의 동업자였고, 후버 행정부 밑에서 멕시코 대사를 역임했으며, 뉴저지주의 공화당 상원의원이었다. 어머니 엘리자베스 리브 커터 모로는 작가이자 교육가였고, 스미스 칼리지의 총장대행을 잠깐 역임했다. 앤 모로는 1928년 이 대학에서 영문학 학사학위를 받았다. 그 전해 찰스 린드버그가 멕시코시티의 대사관저에 들러 그녀의 가족을 방문했을 때 그를 알게 되었다. 그를 만난 후 모로의 자세한 삶은 앞의 '주요 인물들의 실제 연대기' 찰스 A. 린드버그 대목을 참조하면 된다.

헨리 모겐소 2세(1891~1967) 루스벨트가 임명한 재무장관. 1934~1945년 재임했다.

빈센트 머피(1888~1976) 마이어 엘렌스타인의 뒤를 이어 1941년부터 1949년까지 뉴어크 시장을 역임했다. 1943년 뉴저지 주지사 선거에 민주당 후보로 지명되었고, 1933년 뉴저지주 노동연맹의 회계 간사로 선출된 이후 뉴저지주 노동계의 지배적인 인물이 되었다.

제럴드 P. 나이(1892~1971) 1925년부터 1945년까지 노스다코타주 공화당 상원의원을 지냈으며 열렬한 고립주의자다.

웨스트브룩 페글러(1894~1969) 1944년부터 1962년까지 허스트 제국의 신문들에 '페글러는 이렇게 본다'라는 칼럼을 쓴 우파 언론인. 1941년 노동 관련 갈취를 폭로해 퓰리처상을 받았다. 루스벨트와 뉴딜을 맹렬히 비판했고 뉴딜을 공산주의적 정책으로 규정했으며 유대인을 공개적으로 적대시했다. 조지프 매카시 상원의원의 열렬한 지지자이자 친구였고 매카시의 반미조사위원회의 고문을 역임했다.

요아힘 프린츠(1902~1988) 랍비, 저자, 인권운동가. 1939년부터 1977년까지 뉴어크 브네이아브라함회당의 랍비로 지냈다.

요아힘 폰 리벤트로프(1893~1946) 1933년 히틀러의 외교정책을 주도한 자문위원이었고 1938~1945년 외무장관을 지냈다. 1939년 소련 외무장관 몰로토프와 불가침조약을 체결하고 폴란드 분할을 비밀리에 합의했다. 조약은 깨지고 2차대전이 시작되었다. 뉘른베르크 재판에서 전범으로 유죄판결을 받고 1946년 10월 16일 나치당원 가운데 처음으로 교수형을 당했다.

엘리너 루스벨트(1884~1962) 시어도어 루스벨트의 조카이자, 자신의 먼 친척인 FDR의 아내. 한 명의 딸과 다섯 아들을 두었다. 영부인 시절 자유주의에 기초한 사회적 대의를 옹호하는 연설을 하고 소수민족, 소외계층, 여성의 지위에 대해 강연을 하고, 파시즘에 반대하고, 육십 개의 신문에 매일 칼럼을 쓰고, 2차대전 중에는 시민방위청의 공동청장을 역임했다. 트루먼 대통령에 의해 유엔 주재 대표로 임명되었고, 유대국가의 창설을 지원했으며, 1952년과 1956년 대통령 선거에서 애들라이 스티븐슨을 위해 선거운동을 했다. 케네디 대통령에 의해 다시 유엔 주재 대표로 임명되었으나, 그의 피그만(쿠바) 침공에는 반대했다.

레버릿 솔턴스톨(1892~1979) 1630년 매사추세츠만에 도착한 최초의 영국인 중 한 명인 리처드 솔턴스톨 경의 후손. 1939~1944년 매사추세츠 공화당 주지사, 1944~1967년 공화당 상원의원을 지냈다.

제럴드 L.K. 스미스(1898~1976) 목사 겸 유명한 연설가. 처음에는 휴이 롱과 제휴했고 후에는 코글린 신부와 헨리 포드와 손을 잡았다. 두 사람은 유대인을 무자비하게 증오하는 그를 지원했다. 그의 반유대주의 잡지 〈십자가와 깃발〉은 대공황과 2차대전을 일으킨 것이 유대인이라고 비난했다. 1942년 미시간주에서 공화당 상원의원 후보로 지명되어 10만 표를 얻었다. 루스벨트는 유대인이며 『시온장로의정서』는 진짜라고 주장했고, 전쟁이 끝난 후에는 홀로코스트는 일어나지 않았다고 주장했다.

알리 스톨츠(1918~2000) 뉴어크 유대인 출신의 라이트급 권투선수. 85전 73승을 거두었고, 1940년대에 타이틀 방어전에서 두 번 패했다. 첫번째는 새미 앤거트에게 15회 판정패했으나 판정 논란이 있었고, 두번째는 밥 몽고메리에게 13회 KO패했고, 이 경기를 끝으로 1946년 은퇴했다.

도러시 톰프슨(1893~1961) 언론인, 정치운동가. 1930년대에 백칠십개 신문에 글을 쓴 칼럼니스트. 나치즘과 히틀러에 처음부터 반대하고 린드버그의 정치적 행보를 격렬히 비판했다. 1928년 소설가 싱클레어 루이스와 결혼해 1942년 이혼했다. 1940년대와 1950년대에 시오니즘에 반대하고 팔레스타인 아랍인들을 지지했다.

데이비드 T. 윌렌츠(1894~1988) 1934~1944년 뉴저지주 검찰총장을 지냈다. 린드버그 아기 유괴사건을 담당해 브루노 하웁트만에 대한 유죄판결과 처형을 이끌어냈다. 후에 뉴저지주 민주당 조직에서 영향력을 발휘했고 세 명의 민주당 주지사의 자문위원으로 일했다.

애브너 '론지' 즈윌먼(1904~1959) 뉴어크 태생으로 금주법이 시행될 때 주류 밀매를 했고, 1920년대에서 1940년대까지 뉴저지주의 갱단을 이끌었다. 동부 연안의 갱단 두목인 '빅 식스'의 일원이었으며 빅 식스에는 러키 루치아노, 마이어 랜스키, 프랭크 코스텔로가 포함되어 있었다. 1941년 상원 범죄위원회가 광범위한 범죄 행각을 밝혀내고 이 과정이 텔레비전으로 방영되었다. 그로부터 팔 년 후 자살했다.

참고 자료

찰스 린드버그의 연설 "누가 전쟁을 선동하는가?"는 1941년 9월 11일 디모인에서 열린 미국우선위원회의 집회에서 이루어졌다. 본문은 다음 페이지에 수록되어 있다. www.pbs.org/wgbh/amex/lindbergh/filmmore/reference/primary/desmoinesspeech.html.

최근의 유럽 전쟁이 시작된 지 이 년이 지났습니다. 1939년 9월 그날부터 현재에 이르기까지 미국을 그 전쟁으로 밀어넣으려는 노력은 계속 증가하고 있습니다.

그 노력을 이끄는 것은 외국의 이익이고, 우리 국민 중 소수집단이지만, 그들은 대단히 성공적으로 이 나라를 전쟁의 문턱까지 끌고 갔습니다.

전쟁이 세번째 겨울로 접어드는 이때, 우리는 이 나라가 현재의 위치에 이른 과정을 되돌아볼 필요가 있습니다. 왜 우리는 전쟁의 문턱에 서게 되었습니까? 우리가 유럽의 전쟁에 그렇게 깊이 관여할 필요가 있었습니까? 우리의 국가정책이 중립과 독립에서 유럽의 사태에 개입하는 정책으로 바뀐 것은 누구의 책임입니까?

나는 우리의 개입에 가장 효과적으로 반대하기 위해서는 현재 일어나고 있는 전쟁의 원인과 과정을 연구해야 한다고 믿습니다. 나는 미국 국민이 객관적인 사실들과 문제들을 직시하면 우리가 전쟁에 개입할 위험이 완전히 사라질 것이라고 여러 번 말했습니다.

이 자리에서 나는 해외 전쟁에 찬성하는 집단과 미국의 운명은 독립에 있다고 믿는 사람들의 근본적인 차이를 지적하고자 합니다.

지금까지의 기록을 되돌아보면, 개입에 반대하는 우리는 사실과 문제를 명확히 하기 위해 부단히 노력해왔고, 그와 동시에 간섭주의자들은 사실을 은폐하고 문제를 흐리기 위해 애쓰고 있다는 사실을 여러분은 알게 될 것입니다.

여러분, 지난달, 지난해, 그리고 전쟁이 일어나기 전에 우리가 했던 말을 읽어보십시오. 우리의 기록은 모두에게 공개되어 있고 명확합니다. 우리는 그 점을 떳떳하게 여깁니다.

우리는 여러분을 속임수와 허위 선전으로 이끌지 않았습니다. 우리는 미국 국민을 원하지 않는 곳으로 이끌기 위해 그 어떤 부정한 수단에도 의존하지 않았습니다.

우리는 선거 전 끊임없이 되풀이한 말을 오늘도 되풀이합니다. 그리고 내일도 그 말이 단지 선거를 위한 유세가 아니었다고 말할 것입니다. 여러분은 간섭주의자나 영국의 정부 요원 또는 워싱턴DC 정부의 인사가 전쟁이 시작된 시점으로 돌아가 그들이 한 말을 확인해보라고 요구하는 것을 들어본 적이 있습니까? 그들만의 방식으로 민주주의를 옹호하는 그자들이 참전 문제를 국민투표에 부치려 합니까? 이 운동가들이 외국 언론의 자유를 위해 싸우는 것일까요, 아니면 이 나라에서 검열의 중단을 위해 싸우는 것일까요? 여러분은 어느 것으로 보입니까?

이 나라에 퍼져 있는 속임수와 허위 선전은 모든 면에서 명확합니다. 오늘밤 나는 그 핵심을 꿰뚫어 그 밑에 숨겨진 적나라한 사실들을 밝히고자 합니다.

유럽에서 이 전쟁이 발발했을 때, 미국 국민이 한결같이 참전에 반대한 것은 분명한 사실입니다. 반대하지 않을 이유가 무엇입니까? 우리는 세계에서 가장 좋은 방어적 위치에 있으며, 유럽에서 독립한 전통이 있고, 이미 한 번 유럽 전쟁에 참가했지만 유럽의 문제는 해결되지 않았고 유럽은 미국에 빚을 갚지 않았습니다.

전국 여론조사를 보면 1939년 영국과 프랑스가 독일에 전쟁을 선포했을 때 미국도 그렇게 하기를 바라는 국민은 전체의 10퍼센트도 되지 않았습니다.

그러나 국내와 해외에는 자신의 이익과 믿음 때문에 미국이 전쟁에 참가하기를 바라는 다양한 집단이 있습니다. 나는 오늘밤 그 집단들을 지적하고 그들의 계획을 드러내고자 합니다. 나는 최대한 숨김없이 말하겠습니다. 그들의 계획을 무산시키려면 그들이 누구인지 정확히 알아야 하기 때문입니다.

이 나라를 전쟁으로 떠미는 가장 중요한 세 집단은 영국인과 유대인과 루스벨트 행정부입니다.

이들보다 덜 중요하지만 이 집단들 뒤에는 다수의 자본가, 친영파, 그리고 인류의 미래가 대영제국의 지배에 달려 있다고 믿는 지식인들이 있습니다. 여기에 한 집단을 더하자면 몇 주 전까지만 해도 개입에 반대하던 공산주의자 집단들이 있습니다. 바로 이들이 이 나라에서 전쟁을 선동하는 주요 집단이라고 나는 확신합니다.

나는 지금 전쟁을 선동하는 자들만 언급하고 있습니다만, 이들 외에도 많은 순수한 사람들이 잘못된 정보에 혼동하고 허위 선전에 겁을 먹은 나머지 전쟁을 선동하는 자들에게 속아 잘못된 생각을 하고 있습니다.

앞에서 말했듯이 이 선동자들은 전체 국민 중 미미한 수에 불과하지만, 막대한 영향력으로 이 나라를 지배하고 있습니다. 미국 국민이 참전에 반대하는 것을 막기 위해 그들은 자신들의 허위 선전, 돈, 후원을 최대한 사용하고 있습니다.

이제 이 집단들을 하나씩 살펴보겠습니다.

먼저 영국인들입니다. 영국은 명백하고도 당연히 미국이 그들 편에서 싸워주기를 바랍니다. 현재 영국은 절박한 위치에 있습니다. 영국은 인구도 많지 않고 군대도 강하지 않아 유럽대륙을 정복하고 독일에 선포한 전쟁에서 이기기에는 역부족입니다.

영국의 지리적 위치 또한 우리가 수많은 비행기를 보낸다 해도 공군만으로 전쟁을 이기기에는 부적당합니다. 미국이 전쟁에 뛰어들어도 연합군이 추축국을 압도하고 유럽을 정복하기란 불가능합니다. 하지만 한가지는 분명합니다. 만일 영국이 이 나라를 전쟁에 끌어들일 수 있다면, 영국은 전쟁을 수행하는 책임과 그 비용을 나눠 우리의 어깨 위에 올려놓을 수 있다는 것입니다.

여러분도 아시겠지만 우리는 지난 유럽 전쟁의 빚을 돌려받지 못했습니다. 만일 우리가 과거보다 미래에 더 신중을 기하지 않는다면 우리는 이미 있는 빚도 돌려받지 못할 것입니다. 영국이 우리에게 군사적으로나 재정적으로 전쟁의 부담을 지울 수 있다는 희망이 없다면, 영국은 이미 여러 달 전 유럽에서 평화 협상에 들어갔을 것이고 그렇게 하는 것이 더 유리할 것입니다.

영국은 지금까지 우리를 끌어들이기 위해 모든 노력을 기울였고 앞으로도 계속 그럴 것입니다. 지난 전쟁에서 영국은 우리를 끌어들이기 위해 이 나라에 엄청난 액수의 돈을 썼습니다. 영국인들은 그 돈을 현명하게 썼다며 많은 책을 쓰기도 했습니다.

영국은 현재의 전쟁을 위해서도 미국에 엄청난 액수의 돈을 허위 선전 비용으로 쓰고 있습니다. 만일 우리가 영국인이라면 우리도 그렇게 할 것입니다. 하지만 우리의 관심은 미국의 이익입니다. 그리고 미국 국민으로서 우리는 영국인들이 그들의 이익을 위해 우리를 그들의 전쟁에 끌어들이려 한다는 사실을 반드시 깨달아야 합니다.

내가 언급한 두번째 주요 집단은 유대인입니다.

유대민족이 나치 독일의 패망을 바라는 이유를 우리는 어렵지 않게 이해할 수 있습니다. 유대인이 독일에서 겪은 박해를 고려하면 독일은 그들의 철천지원수가 되기에 충분합니다.

인류의 존엄성을 아는 사람이라면 누구도 독일에서 유대민족에게 가해지는 박해를 용서하지 않을 것입니다. 하지만 정직하고 앞을 내다볼 줄 아는 사람이라면 어느 누구도 오늘날 이 나라에서 추진하고 있는 그들의 호전적인 정책이 우리와 그들 모두에게 얼마나 위험한지를 간과하지 못할 것입니다. 이 나라의 유대인 집단은 전쟁을 선동하는 대신 가능한 모든 방법으로 전쟁에 반대해야 합니다. 그런 정책의 결과를 누구보다 먼저 피부로 느낄 집단은 바로 그들이기 때문입니다.

관용이라는 미덕은 평화와 힘에 달려 있습니다. 역사는 전쟁과 파괴가 시작되면 관용은 자취를 감춘다는 것을 보여줍니다. 선견지명이 있는 소수의 유대인은 이 점을 깨닫고 참전에 반대하고 있습니다. 그러나 다수는 그렇지 않습니다.

유대인 때문에 발생하는 가장 큰 위험은 그들이 우리의 영화, 우리의 신문, 우리의 라디오, 우리의 정부를 장악하고 있다는 사실에서 비롯합니다.

나는 유대인이나 영국인을 공격하고 있는 것이 아닙니다. 나는 두 민족을 모두 존경합니다. 그러나 나는 이렇게 말하고자 합니다. 영국과 유대민족의 지도자들은 우리의 충고를 무시하고 그들의 관점에서만 이해할 수 있는 이유로, 미국에 도움이 되지 않는 이유로 우리를 전쟁에 끌어들이려 하고 있습니다.

그들이 그들 자신에게 이익이 된다고 생각하는 방향으로 나아간다고 해서 우리는 그들을 비난할 수 없습니다. 그러나 우리는 또한 우리의 이익을 추구해야 합니다. 우리는 다른 민족의 자연스러운 분노와 편견에 이끌려 이 나라가 파멸에 이르는 것을 용납해서는 안 됩니다.

세번째로, 이 나라를 전쟁으로 끌고 가는 강력한 집단은 루스벨트 행정부입니다. 그들은 미국 역사상 처음으로 전시 비상 체제를 이용해 대통령 3선에 성공했습니다. 그들은 전쟁을 이용해 이미 상한선에 도달했다고 알려진 국가 부채를 천문학적인 액수로 늘렸습니다. 또한 그들은 전쟁을 이용해 국회의 권한을 축소하고 대통령과 그 피임명자들의 독재적 절차를 정당화했습니다.

루스벨트 행정부의 권력은 전시 비상 체제를 유지하는 데 달려 있습니다. 루스벨트 행정부의 특권은 대통령이 자신의 정치적 미래를 건 영국의 성공에 달려 있습니다. 그때 대부분의 사람은 영국과 프랑스가 쉽게 승리하리라 생각했습니다. 루스벨트 행정부의 위험은 바로 그 속임수에 있습니다. 루스벨트 행정부는 우리에게 평화를 약속했지만 국민이 그들을 뽑아줄 때 믿었던 그 약속을 무시하고 우리를 전쟁으로 이끌고 있습니다.

전쟁을 선동하는 주요 집단으로 이 세 무리를 선정할 때, 나는 호전적인 정당이 존속하는 데 반드시 필요한 집단만을 포함시켰습니다. 영국인, 유대인, 행정부, 이 세 집단 중 어느 하나라도 전쟁을 하자고 선동하기를 멈춘다면 분명 우리가 참전할 위험은 거의 사라질 것입니다.

그 한 집단의 지원이 없으면 나머지 두 집단은 이 나라를 전쟁으로 이끌 정도로 힘을 발휘하지 못할 것입니다. 그리고 앞에서 말했듯이 이 세 집단에게 다른 모든 전쟁 집단의 중요성은 부차적일 뿐입니다.

1939년 유럽에서 적대 행위가 시작되었을 때, 이 집단들은 미국 국민이 그 전쟁에 뛰어들 마음이 전혀 없다는 사실을 깨달았습니다. 그들은 그때 우리에게 전쟁을 선포하자고 요구하는 것이 무익하다기보다 그로 인해 상황이 악화되리라고 생각했습니다. 그러나 그들은 우리를 지난 전쟁에 끌어들인 것과 아주 똑같이 이 전쟁에도 끌어들일 수 있다고 믿었습니다.

그들은 계획을 세웠습니다. 첫째, 미국의 방위를 위장해 해외 전쟁에 대비합니다. 둘째, 우리가 모르는 사이에 우리를 단계적으로 전쟁에 연루시킵니다. 셋째, 일련의 사건을 터뜨려 우리를 진짜 싸움으로 몰아갑니다. 물론 그들은 그들의 선전력을 십분 발휘해 이 계획을 위장하고 추진했습니다.

우리의 극장들은 곧 전쟁의 영광을 묘사하는 연극들로 가득찼습니다.

뉴스 보도 영상은 객관성에서 완전히 멀어졌습니다. 신문과 잡지는 반전 기사를 싣기만 하면 광고주를 잃기 시작했습니다. 참전에 반대하는 개인들은 중상모략에 시달렸습니다. 참전하지 않는 것이 가장 유리하다고 용기 있게 말하는 사람들에겐 "제5열 칼럼니스트" "반역자" "나치" "반유대주의자"와 같은 공격이 끊임없이 쏟아졌습니다. 전쟁에 반대한다고 솔직하게 말하면 직업을 잃었고, 대다수의 사람들은 말할 용기를 잃었습니다.

그리고 얼마 후 전쟁을 주장하는 사람들에게 문을 열어주던 강당들이 전쟁에 반대하는 연사들에겐 문을 닫았습니다. 공포확산운동이 시작되었습니다. 항공기 덕분에 영국 함대는 유럽대륙과 안전한 거리를 유지할 수 있었지만, 항공기 때문에 미국은 그 어느 때보다 침략당할 위험이 높아졌다는 말이 나돌았습니다. 정치적 선전이 극에 달했습니다.

미국의 방위를 구실로 수십억 달러를 국방비로 쓰기가 아주 쉬워졌습니다. 국민들은 국방 정책을 중심으로 단결했습니다. 국회는 압도적인 다수의 찬성으로 총기와 비행기와 전함의 예산을 차례차례 통과시켰습니다. 그후에도 우리는 그 예산의 많은 부분이 유럽에서 쓸 무기를 제조하는 데 들어간다는 것을 몰랐습니다. 그것이 두번째 단계였습니다.

구체적인 예를 들어보겠습니다. 1939년 우리는 육군 항공단을 총 오천 대 규모로 늘려야 한다고 들었습니다. 국회는 그에 필요한 법안을 통과시켰습니다. 몇 달 후 행정부는 이 나라를 안전하게 지키려면 최소한 오만 대의 비행기가 필요하다고 말했습니다. 그러나 그 전투기는 우리의 공장에서 생산하기 무섭게 해외로 빠져나가고 우리의 육군 항공대는 새로운 장비의 극심한 부족에 시달렸습니다. 그래서 전쟁이 발발한 지이 년이 지난 지금 미 육군에는 완전히 현대적인 폭격기와 전투기가 수백 대에 불과합니다. 이는 독일이 한 달 만에 생산할 수 있는 양보다 적습니다.

처음부터 지금까지 우리의 국방 정책은 미국을 적절히 방위할 목적이 아니라 이를 훨씬 뛰어넘어 유럽에서 전쟁을 수행할 목적으로 수립되었습니다.

그렇게 우리는 해외 전쟁을 준비했고, 앞서 말했듯이 참전은 불가피한 일이 되었습니다. 이 모든 것이 이제야 널리 밝혀진 그 '갈등 없는 단계들'을 통해 이루어졌습니다.

우리는 미국이 무기 수출 금지를 철회하고 군수품을 현금으로 팔기만 하면 영국과 프랑스는 전쟁에서 이길 것이라 들었습니다. 그런 뒤 비슷한 후렴구, 여러 달 동안 우리를 전쟁으로 이끈 각 단계에서 되풀이되던 후렴구가 시작되었습니다. "미국을 방어하고 전쟁에 참여하지 않는 최선의 방법은 연합군을 돕는 것"이라는 말이었습니다.

먼저 우리는 유럽에 무기를 판매하는 데 동의했고, 다음에는 유럽에 무기를 대여하는 데 동의했고, 그다음에는 유럽을 위해 대양을 순찰하는 데 동의했고, 마지막으로 전쟁 수역에 있는 유럽의 섬을 점거하는 데 동의했습니다. 이제 우리는 전쟁의 문턱에 와 있습니다.

전쟁을 외치는 집단들은 우리를 전쟁으로 몰아넣기 위해 세운 세 단계 중 첫 두 단계를 성사시켰습니다. 미국 역사상 가장 규모가 큰 군비 정책이 시행되고 있습니다.

우리는 실제로 교전만 하지 않을 뿐 사실상 모든 관점에서 전쟁에 말려들고 말았습니다. 이제 '사건들'이 일어나는 일만 남았습니다. 그리고 이미 첫번째 사건이 우리 눈앞에 벌어지고 있습니다. 이는 계획적이며, 그 계획은 단 한 번도 국민의 승인을 위해 제안된 적이 없습니다.

아이오와 시민 여러분. 이제 단 하나만이 이 나라를 전쟁에서 구할 수 있습니다. 국민의 더 강력한 반대가 그것입니다. 오늘날 우리의 민주주의와 대의정치 체제는 그 어느 때보다 혹독한 시련을 겪고 있습니다. 우리는 승리를 한다 해도 혼돈과 쇠약을 피할 수 없는 전쟁의 문턱에 서 있습니다.

우리는 아직 준비되지 않은 전쟁, 아무도 승리할 수 있는 계획을 내놓지 못하는 전쟁에 다가가 있습니다. 이 전쟁에서 이기려면 우리의 병사들이 대양을 건너고 적군의 해안에 상륙해 우리보다 더 강한 적들과 싸워야만 합니다.

우리는 전쟁의 문턱에 서 있지만 아직은 뒤돌아서기에 늦지 않았습니다. 아무리 많은 돈이나 선전이나 후원을 이용해도 자유롭고 독립적인 국민을 억지로 전쟁에 끌어들일 수 없음을 보여주기에 아직 늦지 않았습니다. 우리의 선조들이 이 신세계에 정착시킨 독립적인 운명을 되찾고 유지하기에 아직 늦지 않았습니다.

미래는 전적으로 우리의 어깨에 달려 있습니다. 미래는 전적으로 우리의 행동, 우리의 용기, 우리의 지혜에 달려 있습니다. 만일 여러분이 미국의 참전에 반대한다면 바로 지금이 목소리를 높일 때입니다.

이런 집회를 열 수 있도록 우리를 도와주십시오. 그리고 워싱턴DC에 있는 여러분의 의원들에게 편지를 쓰십시오. 이 나라의 민주주의와 대의정치를 지킬 마지막 보루는 우리의 국회와 상원에 있기 때문입니다.

아직은 그곳에 우리의 뜻을 알릴 수 있습니다. 그리고 만일 우리 국민들이 우리의 뜻을 알린다면, 이 나라에는 독립과 자유가 계속 살아 숨쉬고 해외 전쟁은 없을 것입니다.

A. 스코트 버그의 『린드버그』(1998) 중에서

　　린드버그는 "우리가 단결해 우리의 가장 소중한 재산인 유럽 혈통을 지키고, 외국 군대의 공격과 외래 민족에 의한 희석을 막을 때에만" 평화가 존재할 수 있다고 생각했다. 그리고 항공술은 "이미 이 시대를 주도하는 서양의 민족들에게 하늘이 내린 선물…… 서양인의 손에 맞게 특별히 제작된 도구, 다른 민족들은 단지 어설프게 흉내낼 뿐인 과학적 예술, 아시아에 가득한 수많은 종족과 유럽의 그리스 혈통을 구분하는 또하나의 장벽, 그리고 황색, 검은색, 갈색의 물결이 밀려들어오는 바다에서 백인종이 살아남을 수 있는 대단히 귀중한 재산들 중 하나"라고 보았다.

　　린드버그는 소련은 이미 지구상에서 가장 사악한 제국이 되었고 서양의 문명은 소련과 그 국경 뒤의 아시아 강대국들—"몽골과 페르시아와 무어인"—을 여하히 격퇴하는가에 달려 있다고 믿었다. 또한 서양의 문명은 "우리 자신의 단합된 힘에, 외국의 군대들이 도전할 수 없을 만큼의 강력한 힘에, 칭기즈칸 같은 열등한 혈통의 침투를 막을 수 있는, 인종과 무기라는 서양의 벽에" 달려 있다고 썼다.(394쪽)

1933년   뉴저지주 뉴어크에서 유대계 미국인 1세대인 허먼 로스와
         베스 핀클의 차남으로 출생.

1950년   위퀘이크고등학교 졸업, 뉴어크대학에 입학.

1951년   버크넬대학으로 옮김. 교내 문학잡지 〈엣 세트라*ET Cetera*〉
         에 작품과 비평을 실으며 논설위원을 맡음.

1954년   버크넬대학에서 영문학 학사학위 받음. 단편 「눈 오던 날
         The Day It Snowed」을 〈시카고 리뷰〉에 발표.

1955년   시카고대학에서 영문학 석사학위 받음, 8월 군 입대. 〈에
         포크*Epoch*〉에 「애런 골드의 경기*The Contest for Aaron
         Gold*」를 실음.

1956년   8월 부상으로 제대. 시카고대학에 한 학기 강의를 신청,
         1956년부터 1958년까지 시카고대학에서 강의를 맡음.

1957년   〈뉴 리퍼블릭〉에서 영화와 TV 프로그램 리뷰어로 활동.

1958년   시카고에서 맨해튼 남동쪽으로 이사. 「유대인의 개종*The
         Conversion of the Jews*」 「엡스타인*Epstein*」 「굿바이, 콜럼
         버스*Goodbye, Columbus*」를 〈파리 리뷰〉에 실음. 「엡스타
         인」이 〈파리 리뷰〉의 아가칸상 수상.

1959년   마거릿 마틴슨과 결혼. 〈뉴요커〉에 「신앙의 수호자*De-
         fender of the Faith*」, 〈코멘터리〉에 「광신자 엘리*Eli, the
         Fanatic*」를 게재. 첫 소설집 『굿바이, 콜럼버스』로 휴턴미
         플린문학협회상, 미국 문학예술아카데미 기금 수상.

1960년   9월 아이오와대학 작가 워크숍에 교수단으로 참여. 『굿바

이, 콜럼버스』로 전미도서상과 전미유대인도서협회에서 수여하는 다로프상 수상.

1962년   프린스턴대학에서 1964년까지 강의를 맡음. 「노보트니의 고통*Novotny's Pain*」을 〈뉴요커〉에 발표. 『자유를 찾아서 *Letting Go*』 출간.

1963년   포드 기금 수혜. 마거릿 마틴슨과 이혼. 〈에스콰이어〉에 「정신분석적 특징*Psychoanalytic Special*」 발표.

1967년   뉴욕주립대학 스토니브룩 방문교수. 『그녀가 착했을 때 *When She Was Good*』 발표.

1969년   「굿바이, 콜럼버스」 영화화. 『포트노이의 불평*Portnoy's Complaint*』 출간, 〈뉴욕 타임스〉 선정 올해의 베스트셀러.

1970년   「허공에서*On the Air*」를 〈뉴아메리칸 리뷰〉에 발표.

1971년   『우리들의 갱단*Our Gang*』 발표.

1972년   『포트노이의 불평』 영화화. 『유방*The Breast*』 출간.

1973년   『위대한 미국 소설*The Great American Novel*』 출간. 「카 프카 바라보기*Looking at Kafka*」를 〈아메리칸 리뷰〉에 발표.

1974년   『남자로서 나의 삶*My Life as a Man*』 출간.

1975년   산문집 『나와 타인들 읽기*Reading Myself and Others*』 출간.

1976년   영국 여배우 클레어 블룸과 지속적인 관계를 맺음. 일 년의 반은 런던에서, 나머지 반은 코네티컷에서 생활.

1977년   『욕망의 교수*The Professor of Desire*』 출간.

1979년   『유령작가*The Ghost Writer*』 출간.

1980년   『필립 로스 소설집*A Philip Roth Reader*』 출간.

1981년   어머니 사망. 『주커먼 언바운드*Zuckerman Unbound*』 발표.

1983년	『해부학 강의 *The Anatomy Lesson*』 출간.
1984년	『유령작가』를 BBC와 PBS에서 클레어 블룸이 출연한 TV 드라마 〈미국의 장난감집 *American Playhouse*〉으로 각색.
1985년	『주커먼 바운드 *Zuckerman Bound*』 출간. 『프라하의 주연 *The Prague Orgy*』 출간.
1986년	『카운터라이프 *The Counterlife*』 출간.
1987년	컬럼비아대학과 러트거스대학에서 명예 박사학위 받음. 『카운터라이프』로 전미도서비평가협회상 수상. 런던에서 미국으로 돌아옴.
1988년	헌터대학 방문교수. 『카운터라이프』로 전미유대인도서협회에서 수여하는 전미유대인도서상 수상. 자서전 『사실들 *The Facts*』 출간.
1989년	하트퍼드대학에서 명예 박사학위 받음. 아버지 사망.
1990년	클레어 블룸과 결혼. 『기만 *Deception*』 출간.
1991년	『아버지의 유산 *Patrimony*』 출간. 전미도서비평가협회상 수상.
1993년	『샤일록 작전 *Operation Shylock*』 발표. 펜/포크너상 수상.
1994년	『샤일록 작전』이 〈타임〉 선정 올해의 베스트 소설에 뽑힘. 체코 정부로부터 카렐 차페크 상 수상. 클레어 블룸과 이혼.
1995년	『새버스의 극장 *Sabbath's Theater*』 발표. 전미도서상 수상.
1997년	『미국의 목가 *American Pastoral*』 발표. 전미도서상 후보에 오름.
1998년	『나는 공산주의자와 결혼했다 *I Married a Communist*』 출간. 대사도서상 수상. 『미국의 목가』로 퓰리처상, 국가예술훈장 받음.
2000년	『휴먼 스테인 *The Human Stain*』 출간.
2001년	『휴먼 스테인』으로 펜/포크너상 수상. 〈타임〉 선정 '미국

최고의 소설가'. 체코 정부로부터 프란츠 카프카 상 수상.
『죽어가는 짐승*The Dying Animal*』출간.

2002년 『휴먼 스테인』으로 프랑스 메디치 해외도서상 수상. 전미도
서재단 메달 수상. 미국 문학예술아카데미 골드 메달 수상.

2004년 『미국을 노린 음모*The Plot Against America*』출간.

2005년 『미국을 노린 음모』로 미국 역사가협회상 수상.

2006년 『에브리맨*Everyman*』출간. 펜/나보코프상 수상.

2007년 『에브리맨』으로 펜/포크너상 수상. 펜/솔벨로상 수상.
『유령 퇴장*Exit Ghost*』출간.

2008년 『울분*Indignation*』출간.

2009년 『전락*The Humbling*』출간.

2010년 『네메시스*Nemesis*』출간.

2011년 인터내셔널 맨부커상 수상.
백악관 국가인문학훈장 수훈.

2012년 스페인 아스투리아스 왕세자 상 수상.

2013년 프랑스 코망되르 레지옹 도뇌르 훈장 수훈.

2017년 산문집『왜 쓰는가*Why I Write?*』출간.

2018년 85세를 일기로 타계.

지은이 **필립 로스**

1998년 『미국의 목가』로 퓰리처상을 수상했다. 그해 백악관에서 수여하는 국가예술훈
장을 받았고, 2002년에는 미국 문학예술아카데미 최고 권위의 상인 골드 메달을 받았다.
전미도서상과 전미비평가협회상을 각각 두 번, 펜/포크너상을 세 번, 영국 WH 스미스
문학상을 두 번 수상했다. 2005년에는 『미국을 노린 음모』로 미국 역사가협회상을 받았
으며, 2011년 백악관 국가인문학훈장과 인터내셔널 맨부커상을, 2012년 스페인 아스투
리아스 왕세자 상과 2013년 프랑스 코망되르 레지옹 도뇌르 훈장을 받았다. 2018년 세
상을 떠났다.

옮긴이 **김한영**

서울대학교 미학과를 졸업하고 서울예술대학교에서 문예창작을 공부했다. 오랫동안 전
업 번역을 하며 예술과 문학의 곁자리를 지키고 있다. 옮긴 책으로 『위대한 미국 소설』
『나는 공산주의자와 결혼했다』『마더 나이트』『나라 없는 사람』『삶과 죽음의 시』 등이
있다. 제45회 한국백상출판문화상 번역 부문을 수상했다.

문학동네 세계문학

미국을 노린 음모

1판 1쇄 2023년 5월 12일 | 1판 2쇄 2023년 6월 23일

지은이 필립 로스 | 옮긴이 김한영
책임편집 정혜림 | 편집 김정희 오동규
디자인 김유진 이원경 | 저작권 박지영 형소진 최은진 오서영
마케팅 정민호 김도윤 한민아 이민경 안남영 김수현 왕지경 황승현 김혜원
브랜딩 함유지 함근아 박민재 김희숙 고보미 정승민
제작 강신은 김동욱 임현식 | 제작처 더블비(인쇄) 경일제책사(제본)

펴낸곳 (주)문학동네 | 펴낸이 김소영
출판등록 1993년 10월 22일 제2003-000045호
주소 10881 경기도 파주시 회동길 210
전자우편 editor@munhak.com | 대표전화 031) 955-8888 | 팩스 031) 955-8855
문의전화 031) 955-1927(마케팅) 031) 955-8861(편집)
문학동네카페 http://cafe.naver.com/mhdn
인스타그램 @munhakdongne | 트위터 @munhakdongne
북클럽문학동네 http://bookclubmunhak.com

ISBN 978-89-546-9294-6 03840

www.munhak.com